中外名家经典文丛

歌德文集

歌德◎著　韩平◎译

北京联合出版公司
Beijing United Publishing Co.,Ltd.

图书在版编目（CIP）数据

歌德文集 /（德）歌德（Goethe，J. W. V.）著；韩平译 .
—北京：北京联合出版公司，2007.3（2007.10 重印）
ISBN 978-7-80724-202-4

Ⅰ．歌…　Ⅱ．①歌…②韩…　Ⅲ．．①长篇小说—德国—近代②中篇小
说—作品集—德国—近代③短篇小说—作品集—德国—近代　Ⅳ．I516.44

中国版本图书馆 CIP 数据核字（2007）第第 030443 号

歌德文集

著　　者□歌德　著　韩平　译
出版发行□北京联合出版公司
　　　　　（北京市朝阳区安华西里一区 13 楼 2 层 100011）
　　　　　（010）64243832　84241642（发行部）　64258473（传真）
　　　　　（010）64255036（邮购、零售）
　　　　　（010）64251790　64258472　64255606（编辑部）
　　　　　E－mail：jinghuafaxing@sina.com
印　　刷□天津冠豪恒胜业印刷有限公司
开　　本□710mm×1000mm　1/16
字　　数□400 千字
印 张 数□22.5 印张
印　　数□0001—5000
版　　次□2007 年 10 月第 2 版
印　　次□2019 年 7 月第 2 次印刷
书　　号□ISBN 978-7-80724-202-4
定　　价□68.00 元

导　读

　　歌德（1749—1832年），德国作家，公认的世界文学巨匠，是具有多项才能的欧洲文化全才。

　　歌德生于德国美因河畔法兰克福一个中产阶级家庭。1765年，16岁的歌德入莱比锡大学学法律。这期间著有具有洛可可艺术风格的《莱比锡歌曲集》。1768年秋，歌德因病离开莱比锡回到法兰克福。康复后家人决定让他到斯特拉斯堡继续学法律。不久歌德在那里获法学博士学位。斯特拉斯堡成为歌德一生生活和创作的转折点。在那里，同赫尔德的结识对歌德具有决定性的影响。歌德从赫尔德那里学到一种新观点，即艺术家应该是感情的各种表现形式的创造者；学到了一种新的诗艺理论，即诗歌应成为人类富有创造性和生命力的语言；还明确了一种新风格的价值，即民族史诗等的价值。这些新的认识和感受启发他写下献给初恋情人布里翁的抒情诗。这些诗开创了德国抒情诗的新时代。1771年8月，歌德回到法兰克福，发表了《莎士比亚时代的谈话》，它预示着"狂飚突进"运动的兴起。"狂飚突进"运动是德国在18世纪70—80年代发生的第一次全国性文学运动，参加者主要有歌德、席勒、赫尔德尔、克令格尔等青年作家。运动的基本诉求有三点：一是提倡皈依自然，反对封建专制。二是鼓吹民族精神，主张德国统一。三是推崇天才，强调个性解放。这一运动因克令格尔的剧本《狂飚突进》而得名。1773年，歌德的剧本《铁手骑士葛兹·封·贝利欣极》发表，开始了对莎士比亚的崇拜，"狂飚突进"运动产生了它的第一部天才著作。

　　此后，歌德到了魏茨拉。在一次舞会上，他爱上了夏洛蒂·布甫，写下了风靡世界的《少年维特的烦恼》（1774年）。1771—1775年，歌德开始写《埃格蒙特》和《浮士德》，并完成了《克拉维戈》和《施特拉》。1775年11月，歌德到了魏玛，从此定居该地至逝世。在魏玛他担任了很多职务，成为这小小公国不可缺少的大臣（枢密顾问）。然而，国务的操劳和爱情的挫折使他无法完成巨著《埃格蒙特》和《浮士德》的写作。1786年9月，歌德戏剧性地秘密出走，开始他的意大利之行。随身带着四部剧本的草稿：《浮士德》（一个片断）、《埃维蒙特》、《托夸多·塔索》和《伊菲格涅亚在陶里斯》。意大利之游他写下了抒情诗《罗马哀歌》。1790年，再访意大利，却给他带来了失望和不安。这种情绪因外部世界的革命事件而加剧。1792年，歌德跟随魏玛公爵参加入侵法兰西的不幸战役。歌德在两本军事著作里写下了他的体验。另外还写有《市民将军》等三个剧本和以当时难民为题材的长篇叙事诗《赫尔曼与窦绿苔》，后者是作者喜爱的作品之一。

　　歌德从意大利回国后与席勒建立了友谊。两个人几乎每天通信，后来编成的四卷书信集不仅对德国文学这一最伟大时期的理想和成就提供了极其珍贵的评述，还使人们能看到一些名著的创作过程。如《浮士德》中《天上序幕》的哲理结构和《舞台序剧》的虚构框架，就是在席勒的启发下写成的。1805年席勒逝世，歌德感到失去了他"生命的一半"。1806年歌德正式结婚。1809年长篇小说《亲和力》问世。此后，《贱民》、《神与妓女》（叙事诗）和组诗《中德四季晨昏杂咏》、《西东合集》是他诗歌作品的出色成果。逝世前几个月完成的《浮士德》被认为是文学上的最高成就之一。

　　歌德有时把他的科学著作看得高于他的文学作品，特别偏爱他的《颜色学》。他在植物学和生物学方面的著作广受好评。1832年3月22日歌德在魏玛逝世，享年83岁。

　　恩格斯在《诗歌和散文中的德国社会主义》一文中说歌德"有时非常伟大，有时极为渺小"。这是因为歌德在自己的作品中，对当时德国的态度有两重性：有时对它敌视，企图逃避它，像葛兹、浮士德和普罗米修斯一样反对它；有时又亲近它，称赞它，特别是在所有他的涉及法国大革命的著作里，他甚至保护它，帮助它抵抗那向它冲来的浪潮。恩格斯指出：在歌德的心中经常进行着天才诗人和法兰克福市参议员的谨慎的儿子、可敬的魏玛枢密顾问之间的斗争。歌德作为天才诗人是伟大的，但作为庸俗的官僚是渺小的，而这两方面的精神状态在歌德的作品中都反映了出来。

　　本文集所选的作品，都是歌德的传世名篇。《少年维特的烦恼》是歌德在"狂飚突进"运动期间创作的一部书信体小说。作品写一个出身市民家庭、富有才华的青年维特由于愤恨封建等级制度和陈腐的爱情观，以自杀抗议社会的故事。维特的思想观念完全符合"狂飚突进"运动的精神。他追求个性解放和恋爱自由，强调感情在人的认识和行动中的重要地位，崇尚对朋友真诚大方，他的悲剧当然引起普遍的共鸣。小说中主人公维特用诗的语言、书信的形式把自己的悲苦哀愁娓娓道来，读来特别动人心弦，催人泪下。正因为如此，小说出版以后，在德国以至全欧洲掀起了一阵"维特热"。许多青年模仿维特的行为举止，穿"维特式"的服装，过分的是，甚至有人效法维特开枪自杀，这当然是作者始料所不及的。

目 录
CONTENTS

雷万先生是一个无官职的豪绅，在本省拥有最肥沃的土地。他与儿子、妹妹住在一座只有大公才有资格住的城堡里……

少校骑马一路向田庄行来，外甥女希拉丽亚为了恭候他的光临，站在公馆外面的台阶上迎接他。他差点没有认出她来，她出落的越发欣长和妩媚……

不久前，在圣灵降临节前夜，我做了一个梦。我梦见自己好像站在一面镜子前正忙着试穿夏日新装，这些衣服是我亲爱的父母专门为过节给我做的……

夜晚，时钟敲过了十下，一切按约定时间准备就绪，张灯结彩的小客厅里，大方餐桌铺上了干净的桌布，糕点与甜食摆满了蜡烛与鲜花之间。孩子们看着这么多好吃的东西，馋得直流口水……

大家知道，人们在一切事情都顺风得意之时，总会妄自尊大，因而不知道力量往哪儿使才好。就像那些放浪不羁的大学生，他们有一种习惯，在假期成群结队的到乡下旅行，肆无忌惮地做些恶作剧，常常把人搞得哭笑不得……

爱德华——我们这样称呼一位正值年富力强、家道殷实的男爵。在四月的一天下午，爱德华在自己的苗圃里度过了最美好的时刻，把新弄到的接枝嫁接到嫩干上……

少年维特的烦恼

有关可怜的维特的逸事，凡是我能够搜集到的，我都尽心尽力地加以整理，现在提供给读者，并且相信诸位将为此而感激我。对于他的才智和性格，你们定会深表赞赏和爱怜，对于他的命运定会洒下你们的泪水。

善良的人们呀，如果你同他一样感到痛苦压抑，你自会从他的痛苦中汲取慰藉，倘若由于命运的捉弄或者你自己的过失而觅不到知音，那就把这本小书当做你的良友吧。

上　篇

一七七一年五月四日

我终于走了，感觉到心里真快活！我最亲爱的朋友啊，人心多难捉摸！我那么爱你，一度和你形影不离、如今离你而去，我居然会感到快活！我知道，你会原谅我的。命运偏偏安排我卷入一些感情纠葛之中，不正是为了扰乱像我这样的心灵？可怜的莱奥诺蕾！可是这并不是我的过失呀。她妹妹独特的魅力令我心情欢愉并且陶醉，而她那可怜的心儿却偏偏产生了对我的恋情，这能怨我吗？然而，我就完全没有责任吗？难道我不曾培育她的感情？她吐自肺腑的纯真的真情流露原本并不可笑，而我们却往往为之开怀大笑，我自己不是也曾以此来逗乐吗？难道我不曾——啊，人呀，一味自责又有何用！亲爱的朋友，我向你保证，我一定要，一定要改正，我一定不再像以前那样，把命运安排给我们的小灾小祸拿来反复咀嚼；我一定要享受这眼前的生活，过去的事就让它过去吧。你的话有理，我的挚友，人要是不那么死心眼、不那么固执地去追忆恼人的往事——只有上帝知道人为什么这样！——而是更多地考虑如何对当前处境泰然处之，那么人肯定会少受些苦。

请费心转告我母亲，我会尽心尽力地办妥她交待的事情，并会尽早向她禀告有关消息。我已经同婶婶谈过了，发现她远非是我们在家里所描画的那种恶妇婆。她精神饱满，快人快语，心地善良。我告诉她，母亲对她压着那份遗产至今未分颇多怨言；婶婶向我说明了她的理由、原因以及她准备全部交出遗产的条件，这比我们所要求的还要多呢——简言之，我现在不谈这件事，请告诉我母亲，一切都会料理妥当。我亲爱的朋友，在这件小事情上我又发现，世界上误解和懒怠也许比奸诈和恶意还更加误人误事。至少奸诈和恶意肯定并不多见。

还有，我在这里感到很惬意。在这天堂般的地方，寂寞是一剂治我心灵的珍贵良药，而这韶华时节正以它明媚的春光温暖着我常常寒颤的心。每棵树，每道树篱都鲜花盛开，我真想变作金龟子，遨游在芬芳馥郁的海洋中，尽情摄取一切必需的养分。

城市本身并不宜人，但周围自然风光之绮丽却难以言表。座座小山多姿多彩，纵横交错，形成一个个秀丽的山谷。已故的封·M伯爵为之心动，便在其中一座小山上修筑一座花园。花园简朴无华，跨进园门便能感觉到，设计蓝图的不是专业园艺学家，而是有意在此独享孤寂的人，那座浓荫覆盖，灌木环绕的凉亭曾是已故园主人的心爱之所，现在也成了我留连忘返之地，在那里我情不自禁地挥泪追思已故主人。过不多久我将成为这座花园的主人；在这短短数日内，园丁就已对我颇有好感，今后我自然也不会亏待他。

五月十日

我的整个灵魂都充满了一种奇妙的欢畅，宛如我正一心一意欣赏的这甜蜜的春晨。我独自一人，我在此地的生活使我欢畅，这个地方是专为像我这样的心灵创造的。我是多么幸福啊，我的挚友，我完全沉浸在这宁静独处的感受之中，以至于我自己的技艺也无法施展了。眼下我失去了绘画的能力，一笔也画不了，和以往相比，此刻我是个达到了更高境界的画家。每当这环抱我的可爱的山谷里的雾气在我周围蒸腾，天上红日滞留在我那片幽暗的树林上空，只有几束阳光悄悄地射进树林中的圣地时，我便卧躺在山涧那飞泻而下的溪水边的葳蕤的野草中，更贴近地面观察千姿百态的小草；每当我感觉到我的心贴近草丛中麇集扰扰的小世界，贴近各种虫豸蚊蝇千差万别、难言其妙的形状时，我就感到那个全能的按照他的形象创造我们的上帝就在我面前，感觉到那个飘逸地将我们带进永恒快乐之中的博爱天父的气息；我的朋友，每当后来我眼前暮色朦胧，我周围的世界以及天空像情人的倩影完全地寓居在我心灵中时，我往往便会生出憧憬，并思忖：啊，但愿你能把这一切重现，能将你心中如此丰富、如此温馨的情景吐一口气呵在画纸上，使之成为你心灵的镜子，就像你的心灵是博大无垠的永恒的上帝的镜子一样，那该多好！——我的朋友——不过，我要是真是这样去做，就必遭毁灭，在这些宏伟壮丽的景象的威力之下，我必将魂销魄散。

五月十二日

我不知道，这地方是否有以假乱真的幽灵在游荡，还是有温馨、美妙的奇思异想寓于我心，把我周围的一切变得如伊甸园般的美好。在那花园的前面有一口水井，我像人鱼美露茜及其姐妹一样，被魔法禁锢在那井边。——走下一座小山，你就来到了一座拱门前，再往下走二十级台阶，便见到一泓清泉从大理石岩缝中喷涌而出。泉水四周砌了矮矮的井栏，在它的四周，大树参天，凉爽宜人。这一切既让人留连忘返，又令人悚然心悸。我每天都去那儿待上一个钟头，一天不落。城里的姑娘都来这儿打水，这是一种最普通、最必需的家务，古时候国王的女儿也要亲自动手。每当我坐在那儿，总会想起族长制时代，古代风貌历历在目，栩栩如生：先祖们在水井旁结识交往、相亲联姻，仁慈的精灵翱翔在水井和清泉的上空。啊，谁要是没有在炎炎夏日、艰辛跋涉之后享受了井畔的清凉而感到神清气爽，他不会有我这种体会。

五月十三日

你问，要不要给我寄书来？——我亲爱的朋友，求你看在上帝的份上，千万别用书来打扰我！我现在不想再要什么人来指导、鼓舞和激励，我这颗心本身就已经够喧闹的了；我需要的是摇篮曲，这我在荷马史诗中找到了不少。我常常哼唱着，以催我躁动的热血入眠，像我这颗变幻无常、捉摸不定的心，你肯定以前从未见过的。亲爱的朋友，我由苦闷变为放纵，由甜蜜的忧郁转为伤骨耗精的激情，你不是都忧心忡忡地目睹过吗？这还用我告诉你吗？我自己也把我这颗心当成一个生病的孩子对待，对它百依百顺。这些情况请不要告诉别人，否则会有人因此责备我的。

五月十五日

当地的普通老百姓都已经认识我，并且很喜欢我了，尤其是孩子们。刚开始我去接近他们，我友好地向他们询问种种情况，于是就有一些人以为我是要取笑他们，便十分粗鲁地敷衍几句了事。我并没有因此而恼怒，只不过我对我以前经常注意到的问题有了极其生动的体会：某些出身于中上层的人对老百姓总是冷冰冰地采取疏远的态度，以为似乎一接近老百姓有失他们的身份；再就是那些轻浮子弟和爱闹恶作剧的家伙，他们做出一副恩赐的姿态，好在穷苦百姓面前更显得鹤立鸡群。

我知道，我们并不平等，还不可能平等；但是我却认为，那些以为有必要疏远卑贱者以维护自己尊严的人，同那些因为怕吃败仗而躲避敌人的胆小鬼一样，卑鄙可耻。

不久前我又去井边，看见一个年轻女仆，她将水瓮放在最下面的一级台阶上，正在四处张望，看有没有女伴来帮她把水瓮放到头顶上去。我走下台阶，望着她。"要我帮忙吗，姑娘？"我说。——她的脸顿时涨得通红通红。——"噢，不用，先生！"她说。——"不必客气。"——她这才扶正头上的垫圈，我便帮她把水瓮放到头顶上。她道了谢，便向山上走去。

五月十七日

我已认识了一些各种各样的人，但可以深交的还没有找到一个。我不知道，我自己身上究竟有些什么吸引人的特点，令那么多人喜欢我、都来亲近我，可是我们只能一起走很短的一段路，这使我感到难过。倘若你问这儿的人怎么样，我只好这样回答你：同任何一个地方的人一样！人都是一个模子里造出来的。多数人为了生计，大部分时间都在工作，剩下的一点儿业余时间却偏偏使他们犯了闲愁，非得挖空心思、想方设法不让自己有片刻的自由。啊，人就是这么个命！

不过话又说回来，他们都是好人！有时我忘了自己，有时同他们共享人间尚存的欢乐：或一起品尝佳肴，酣饮醇醪，坦诚畅叙，开怀笑谈；或适时结伴郊游，举行舞会，如此等等都对我的身心颇有裨益；然而我又突然想起，我身上还有那么多剩余的精力，由于闲置未用而在衰退，而我又不得不小心翼翼地将它们掩藏起来。唉，这是多么令人揪心呀。——事情就是这样！被人误解，正是我们这样的人命中注定的。

唉，我年轻时代的女友已经离开人间，啊，我与她曾经萍水相逢！——我宁愿这样说：你是傻瓜！你在寻找人世间无法找到的东西！不过我确实曾拥有过她，我曾感到过她那颗心，那个伟大的灵魂，面对这灵魂，我就仿佛比我实际的境界高出了许多，因为凡是我能做到的一切，我都达到了。仁慈的上帝！难道那时我的心灵还有哪一种未被利用吗？在她面前难道我能不把我的心拥抱大自然时的全部奇妙感情一览无遗吗？我们的交往难道不是最纤细的感情、最敏锐的睿智，直至妙趣横生的谐谑和胡闹的永恒编织吗？这一切不全都打上了天才的印记？而如今呢——啊，岁月，她只比我年长几个岁月，竟将她先于我带进了坟墓。我永远忘不了她，永远忘不了她那坚定的意志和她非凡的宽容。

几天前我遇见一位年轻人V，他是位襟怀坦荡的青年，相貌英俊。他刚从大学毕业，虽不算高傲自大，但总以为自己知道的事情要比别人多。我从各方面都感觉到，他也很勤奋，简而言之，他的知识面很广。他听说我会画画，又会希腊文（这两件事在当地简直可说是寥若晨星），便来见我，叙谈中他从巴妥谈到伍德，从德皮勒谈到温克尔曼，将自己广博的知识都抖搂出来炫耀一番，还告诉我，他已通读了苏尔策理论的第一部分，还藏有一部海纳研究古希腊文化的讲稿。我只得在一旁洗耳恭听，任他吹得天花乱坠。我还认识了一位正派人，他是侯爵在此设置的地方法官，是个直爽、坦诚的好人。听人说，见他和他几个孩子在一起的情景，便会感受到一种人间欢乐；大家尤其对他的大女儿，更是交口称赞。他已邀请我去他府上，我想近日去拜访他。他住在侯爵的一所猎庄里，离这里一个半小时路程，他是在妻子去世后获准迁往那儿的，要不，继续住城里的官邸只能使他触景生情，陡增悲痛。

此外，我还遇到几个滑稽可笑的宝贝，他们的言谈举止都令人憎恶，而他们见了你向你表示友好情谊的那股热乎劲，尤其让人无法忍受。再谈吧！这封信全是客观介绍，一定会合你的口味。

五月二十二日

人生只是一场梦，有人早已经有此感受，这种感觉也一直萦绕在我的心头。每当我看到禁锢着人类创造力和探索力的那些局限；每当我看到人类把他们所有的精力全都耗费在设法满足目的——仅仅是为了延长我们可怜的生存之各种需求上，继而看到要从探索的某些目标中得到慰藉——那只是梦里听天由命的企盼，好比一个人在四壁画上彩色形象和光明前景，而他恰恰是被囚禁在这四壁之间——威廉呀，对于这一切我只能缄默不语。于是我就回复到自己的内心，竟发现了一个世界！我更多地沉浸在思绪和隐秘的欲愿之中，而不是去表现生机勃勃的力量。因此一切都在我的感官面前变得朦胧恍惚，于是，我在迷梦中继续朝这个世界微笑。满腹经纶的各级教师都一致认为，孩子们并不懂得他们所欲为何；成人也同孩子一样昏头昏脑地在这个地球上到处乱闯，劳碌奔忙，既不知道自己来自何处，欲往何方，办事也无真实的目标，只好成为饼干、糕点和桦树靴子的奴隶：这些谁也不愿相信，然而依我看，这是一目了然的事实。

我知道，听了上面所说你会跟我讲些什么，所以我乐于坦白告诉你，那些像孩子一样无忧无虑的人最为幸福，整天带着玩具娃娃东转西跑，给娃娃脱了穿，穿了脱，瞪大眼睛在妈妈放甜面包的抽屉周围蹑手蹑脚地转悠，要是一下把心爱之物拿到手时，便将嘴里塞得满满的，鼓着腮帮吃掉，并且嚷嚷："还要！"——这是幸福的造物。还有那些人也是幸福的，他们给自己鸡毛蒜皮的活动或者甚至把自己的癖好全都贴上堂而皇之的标签，并提请人类注意此乃造就人类幸福与康乐的壮举。——能这样做的人，愿他们幸福吧！可是，谁不怀奢望地看到这一切会有什么后果，谁看到市民的幸福就在于循规蹈矩地把自己的小花园拾掇成伊甸园，看到肩负重担的不幸的人也在不屈不挠地、气喘吁吁地继续走他自己的路去，大家同样都希望还能多看一分钟太阳的光辉——那么，他就会心地宁静，他也从自己的心里构筑了一个世界，他也是幸福的，因为他是人。这样一来，无论受着怎样的束缚，他心里始终深怀美好的自由之感，他知道，他随时都可以离开这个樊笼，他能够做到这一点。

五月二十六日

我愿找个幽静的地方盖间小屋栖居，一切设备从简，我的这个脾性你早就知道。在这里我也碰巧找到了一个非常吸引我的好去处。

有个叫瓦尔海姆的地方，离城大约一小时路程，坐落在山坡上，那地方令人神往，沿山丘上的小道往村子走去，整座山谷便一览无余。那位上了年纪的酒店女老板是个殷勤好客、古道热肠的人，她给我斟了葡萄酒、啤酒，还倒了杯咖啡；最令人陶醉的是那两棵菩提树，繁枝远伸覆盖了教堂前的农舍、谷仓和场院围绕的小场地。像这样清静宜人、又不惹人注意的去处实在不容易找到，我常常让侍者从酒店里把小桌子和椅子搬到菩提树下，在那里边喝咖啡，边读我的"荷马"。第一次，我在一个风和日丽的下午无意之中来到这两棵菩提树下，发现这个地方如此幽静，村民全都下地干活去了；只有一个大约四岁的孩子坐在地上，面前另一个大约半岁的小孩坐在他的双脚之间，他用双手搂着他，并让他靠在自己胸口上，自己正好成了小孩的靠背椅，虽然他的一双黑眼睛在活泼地溜来溜去环视四周，人却一直安安静静地坐着。此情此景，使我心生快感；我便在对面的一张耕犁上坐下，兴致勃勃地画下了这兄弟俩的神态。我又添上近处的篱笆，仓房的大门以及几个断裂的车轱辘，所有这些都按其前后远近的位置加以处理，一个小时过去了，我发现一幅布局恰当、意趣盎然的作品已经完成了，画上丝毫没有掺进我自己的意图。这增强了今后我惟独以自然为本的决心。惟有自然才是无穷丰富的，惟有自然才能造就伟大的艺术家。对于绘画成规的好处，人们可以赞美榆扬，大体犹如对于市民社会也可众口齐颂一样。一个按成规培养出来的人绝不会画出乏味拙劣的作品来，正如一个在富裕的法制社会中塑造出来的人，绝不会是一个让人不堪忍受的邻居，也绝不会成为恶毒的歹徒，但是，另一方面，一切成规无论怎么说，也必定会破坏自然的真实感受以及对自然的真实表现！你会说："这太极端了！成规只起约束作用，剪去过于繁茂的枝蔓"如此等等——好友，要我给你打个比方吗？这情况同恋爱相仿。小伙子钟情于一位姑娘，成天厮守在她身边，耗尽了全部精力和财产，仅仅为的是时时刻刻向她表白他如何把整个身心都献给了她。这时来了个担任公职的庸人，对小伙子说："可爱的年轻先生，恋爱是人之常情，你的恋爱也应该合乎人之常理！把你的时间分配一下吧！一部分时间用来工作，休息时间就可以奉献给你心爱的姑娘。计算一下你的财产，除去必要的开销，余下的我倒不反对你买件礼物送她，只不过不要送得太频繁，大体上在她的生日和命名日送送她也就行了"等等诸如此类的话。——假如小伙子照此办理，那么世上就会多一个有为的青年，我甚至可以向任何一位侯爵推荐，封他个一官半职；不过他的爱情也就完了，倘若他是个艺术家，他的艺术也就完了。啊，朋友们，为什么天才的河流难得冲破堤岸，难得成为汹涌澎湃的洪水，震撼你惊愕的灵魂呢？——亲爱的朋友们，其原因就在于，两岸住的是遇事能沉着冷静、深思熟虑的绅士们，他们担心自己花园中的亭榭、郁金香花圃以及菜园会被洪水冲毁，早就筑起了堤坝，挖好了排水沟以防患于未然。

五月二十七日

我意识到，我兴奋得神魂颠倒了，一味打比方，发议论，竟忘了把这两个孩子后来的情形向你讲完。我在犁头上一坐就是两个小时，我的思绪完全陶醉在绘画时的感受里，昨天的信上已零零碎碎地对你谈起过。傍晚时分，一位手挎小篮的年轻女子朝着始终没有挪动地方的两个孩子走来，她老远就喊道："菲利普斯，你真是好样儿的。"——她问候了我，我道个谢，站起身来，走到她跟前，问她是不是孩子的母亲。她说是，一边递给那个大孩子半块白面包，抱起小的，吻他，倾注了全部的母爱。——"我把这个小的交给菲利普斯照看，"她说，"我自己带着大儿子进城买面包、糖和煮稀饭的沙锅。"——在她揭开盖的篮子里我看到了这些东西。——"我要煮点稀粥给汉斯（这是那个最小的孩子的名字）当晚餐；我那大儿子是个淘气包，昨天他跟菲利普斯争吃沙锅里的一点剩粥时，把锅给打碎了。"——我问起她大儿子在哪儿，她说他在草地上放鹅，话音未落，他就连蹦带跳地来了，还给老二带来一根榛树枝。我跟这妇人继续聊天，得知她是学校教师的女儿，她丈夫到瑞士去领取他堂兄的遗产去了。——"他们想吃掉他的这笔遗产，"她说，"他去过信，他们置之不理，所以他亲自到瑞士去了。但愿他没遭遇到什么倒霉事儿，我一直没有得到他的消息。"——要从这个妇人身边走开，我觉得很困难，便给每个孩子一枚克罗采，最小的孩子的一枚我交给了他妈妈，等她下次进城时好买个面包给他就粥吃，随后我们便彼此道别。

告诉你，我最珍贵的朋友，这样的人在他们狭窄的生活圈子里过得快快活活，泰然自若，日复一日地自己设法解决困难，看见树叶纷纷落了，心里只想到冬天来了，此外再无别的念头。每当我情绪不好的时候，一看到他们，我紊乱的心境就会平静下来。

打那以后，我便常常坐在旅店外边。孩子们已经跟我处得很熟了，我喝咖啡的时候，他们有方糖吃，晚上他们还分享我的黄油面包和酸牛奶。星期天，他们总会得到我给的克罗采，要是我做完祷告不回那里，受我委托的女店主便会代我分发。

孩子们都很信赖我，什么事都告诉我。每逢村里有很多孩子聚集在这里时，他们的热情，他们讲出各自的欲求时的那种天真坦率的表情尤其使我乐不可支。

孩子的母亲总觉得他们给我添了麻烦，心里过意不去，我费了很大的劲才把她的顾虑打消。

五月三十日

不久前我对你讲的关于绘画的想法，当然对于诗歌艺术也是适用的，这无非是要识得其精髓，大胆把它讲出来，当然言要洗练，意要隽永。今天我领略到一个场景，只要实录下来，便是世上最美的田园诗；倘若如此，那么诗歌、场景和田园诗要写成什么样呢？每当我们参与并分享一个自然现象后，难道非得再把它精雕细刻一番吗？

倘若你指望在这个开场白里有很多精湛深奥的道理，那你就又上当了；引起我这次生动体验的，不是别的，只不过是一个青年农民。我像往常一样，一定叙述得很糟，我猜想，你也同往常一样，定会觉得我是夸大其词；这又是在瓦尔海姆，瓦尔海姆总是产生种种稀奇古怪的事情。

外面菩提树下有一群人在喝咖啡。我觉得我跟他们合不来，便托辞留在店里。

隔壁屋里出来一个青年农民，走到地里动手修理不久前我画过的那张犁。我很喜欢这个人的气质，便上前同他搭话，询问他的生活情况，不一会儿我们就彼此有所了解，同我通常跟这样的人交往一样，我们很快就无话不谈了。他告诉我，他在一位寡妇家干活，寡妇待他相当好。他讲了很多关于她的事，对她赞不绝口，我马上便觉察到，他对她已经爱得刻骨铭心了。他说，她已经不算是年轻人，曾经受她已故丈夫的虐待，不想再结婚。他的话明显地表露出，在他眼里她是多么美，多么有魅力，而他又多么希望能被她选中，从而消除她第一位丈夫的过错给她留下的创伤，因此除非我逐字逐句复述他的话，才能把这位青年农民纯洁的倾慕、爱情和忠诚形象地呈现在你的眼前。是的，为了能向你栩栩如生地描画出他的表情姿态、和谐的声音以及他目光里隐藏的烈火，我必须具有最伟大的诗人的禀赋才行。不，他整个气质和表情中所怀的那种细腻柔和，是任何言词都无法表达的；我这里所说的这些，只是很肤浅的一些点点滴滴，而且说得极为粗糙笨拙。尤其令我感动的是，他担心我会往坏处去想他同她的关系，对她良好的行为举止会产生怀疑。他谈到，她的体态和容貌虽已失去了青春的魅力，但却仍然强烈地吸引并束缚着他，令他堕入情网，那感人肺腑的情景我只有在自己的心灵深处才能加以回味。如此纯洁的企盼，如此纯洁的热切的渴慕我一生中还从未见过，甚至可以说，我连想都没有想过，也没有梦见过情欲与渴求竟然会如此纯洁。当我想起他那洁白无邪与真心实意时，我的灵魂深处也腾起了烈焰，这幅忠贞不渝、柔情似水的景象时时浮现在我心头，我自己仿佛也被点燃了，舌干唇焦，如饥似渴，深情地相思着——倘若我告诉你这一切，你可不要责备我呀。

现在我真想设法尽快见到她，不过三思之后，我以为，或许还是不见她好。通过她情人的眼睛来看她，那样更好；她本人当真出现在我眼前时或许同现在我眼前想像的她完全不同，那么我何必非要毁掉我心目中这幅美好肖像不可呢？

六月十六日

为什么我没有给你写信？——你是位学者，有足够的经验，难道还来问我？你准能猜到，我身体健康，甚至——直截了当地说吧，我认识了一个人，她深深地触动了我的心。我已经——我不知道。

我认识了一位最最可爱的人，要把这事的经过有条不紊地告诉你，那实难办到。我又快乐又幸福，所以当不成合格的记实作家；不能把事情很精彩地写出来。

一位天使！——没说的！人人都这样称呼自己的心上人，不是吗？可是我却无法告诉你我实在力不从心，她是多么完美，她为什么会那么完美；一句话，她已经把我整个心都俘获了。

她那么有灵性，却又那么纯朴；那么坚毅，却又那么善良；那么切实地生活和操劳着，而心灵又那么宁静——

我这里对她的任何议论全都是些令人讨厌的废话，使人腻味的空泛之词，丝毫反映不出她本人的特征。下次——不，别等下次了，我现在要立即告诉你。要是现在不说，那就永远讲不成了。

因为，说心里话，从我提笔开始写这封信到现在，已经有三次打算让人给马备好鞍子，想骑马出去了。今天一早我已经发誓不骑马出门了，可我仍旧时不时地跑到窗前，看看太阳还有多高。——我终究未能抑制住冲动，我还是去了她那儿。现在我回来了，威廉，我要吃着黄油面包作为夜宵给你写信。在一群活泼可爱的孩子里——在她的八个弟妹中间见到她，我的灵魂是多么狂喜呀！

要是我这么写下去，那么你看到末尾时也像开头一样莫名其妙不知所云。那么你好好听着，我要强迫自己详细叙述具体细节了。

不久前我在信里告诉过你，我认识了法官S先生，他邀请我近日内去造访他的隐居处，不如说到他的小王国去作客。对于这事我没有太在意，倘若不是一个偶然的机遇让我发现这个宁静的地方竟藏着一件珍宝，也许我就永远不会到那里去。

我们这里的年轻人要举行一次乡村舞会，我也答应去参加。我请本地一位除了善良、美丽之外便无可称道的姑娘作为舞伴，我们约定由我叫一辆马车将她和她堂姐带到舞会场所，途中再顺便捎上夏绿蒂·S一同前往。——"您将要认识一位美貌姑娘了。"马车正穿过一片稀疏的大树林往猎庄驶去时，我的舞伴说。——"您可要留神，"堂姐插话说，"别堕入情网呀！"——"为什么？"我问。——"她已经订婚了，"我的舞伴答道，"同一个挺棒的小伙子订婚了，眼下他到外地去料理事务了，因为父亲去世了，他还要为自己谋个像样儿的职位。"——我觉得这个消息同我没有什么关系。

我们到达庄园大门时，还差一刻钟太阳就要落山了。这时天气非常闷热，天边积聚了大堆大堆灰白色的云层，见之令人生畏，姑娘们很担心雷雨将至。我自己虽然也开始预感到今天的舞会将大煞风景，但仍然装出一副精通气象的样子来哄她们，驱除她们的恐慌心理。

我下了车，一名女仆来到大门口，请我们稍等片刻，说绿蒂小姐马上就来。我穿过院子，朝精心建造的屋子走去，登上屋前的台阶，跨进屋门，一幕我从未见过的最动人的场面跃入我的眼帘。前厅里六个十一岁到两岁的孩子围拥着一位容貌秀丽的姑娘，她中等身材，穿一件朴素的白裙，袖口和胸襟上都饰有粉红色的蝴蝶结。她手里拿着一个黑面包，根据周围孩子的年龄和胃口一块块切下来，亲切地分给他们；弟妹们在轮到自己的一份时，面包还没有切下来，早就把小手伸得高高的等候着，天真地说声"谢谢"，等拿到了自己的一块，便蹦跳着跑开了，性格比较文静的则拿着面包慢慢悠悠地到大门口去看陌生人和他们的绿蒂即将坐着出门的马车。——"真不好意思，"绿蒂说，"有劳您进屋来，还让两位姑娘久等了。我由于换衣服和料理在我出去这段时间里的家务，而忘了给弟妹们分发午后点心，他们又不要别人切的面包，只要我切的。"——我随便客套了几句，这时我整个的灵魂全都稽留在她的容貌、声调和举止上了，等她快步到房里去取手套和扇子时，我才有时间从诧异中恢复常态。小家伙们站在离我不太远的地方，斜眼看着我，年纪最小的孩子相貌特别逗人喜爱，我便朝他走去，他就往后退缩。这时绿蒂正好从房里出来，便说："路易斯，跟这位表哥握握手。"——于是，小家伙便落落大方地同我握了手，我情不自禁，就亲昵地吻了他，一点也不在乎他小鼻子上挂着脏兮兮的鼻涕。——"表哥？"我向她伸出手去时说，"您认为我配有这份福气做您的亲戚吗？"——"噢，"她调皮地莞尔一笑，"我们的表兄弟多着呢，如果您是表兄弟中最差劲的一个，那我会感到很难过的。"——临走时她又交待大约十一岁的大妹妹索菲，要照看好弟妹，等爸爸骑马散心后回家时大家都得向他问好。她又叮嘱了其他几个弟妹，要听索菲姐姐的话，把索菲当做她本人一样。几个孩子爽快地答应了，可是那个大约六岁的金发小妹却多嘴地说："可她不是你呀，绿蒂，我们还是更喜欢你。"——两个最大的男孩已经从后面爬上了马车，经我说情，绿蒂才同意把他俩带到林子前面，但要他俩答应不瞎闹，并且好好坐稳别掉下车去。

我们刚在马车上坐好，姑娘们就互相打招呼，之后便开始闲聊：品评彼此的服装，尤其是帽子，并很有分寸地议论着马上就要开始的晚会。这时，绿蒂叫马车夫停车，叫两个弟弟下车，他俩还要再次吻吻姐姐的手。吻手的时候大弟弟显得文雅和温柔，与他十五岁的年龄很相称，那个小的则更任性更热烈地给了她一个吻。绿蒂再次让两个弟弟代她向其他弟妹问候，在这之后我们的马车才继续上路。

我舞伴的堂姐问绿蒂，最近寄给她的那本书读完没有。——"没有，"绿蒂说，"这本书我不喜欢，可以还给您了。上次那本也不怎么好看。"——我问是哪两本书，她的回答使我颇感惊讶：我发现，她所谈的那些看法是如此有个性，我看到，随着她所讲的每一句话她脸上显现出新的魅力和新的才智的光芒。渐渐地，她的面容显得神采飞扬，因为她从我身上感觉到，我是理解她的。

"早些年，"她说，"我爱读小说胜于其他。每当星期天，若能在哪个角落里坐定下来，用我整个心分担着燕妮小姐的幸福与灾祸时，惟有上帝知道，我的心境有多么自在。我也不否认，这类书如今对我仍具魅力，可是因为我现在难得有时间看书，故而非得是真正符合我的趣味的书我才读。我最喜爱的作家应是这样的：在他的作品中我能找回我的世界，他作品中发生的事情就像发生在我周围一般，并要觉得他的故事亲切有趣，宛如自己家里的生活那样，这种生活自然并非天上乐园，可是总的来说仍然是一个无法言表的幸福源泉。"

听了这番话后，我竭力掩饰自己的内心激动，当然没能掩饰多久：当我听到她随口谈起威克菲尔德牧师和……时讲得那样中肯贴切，我便失去了控制，向她和盘托出我的见解。过了一会儿，绿蒂转过身去同两位女伴说话时我才注意到，那两位姑娘方才那段时间一直被冷落了，她们睁着大眼睛，心不在焉，仿佛没有在场似的。堂姐不只一次嗤着鼻子嘲讽地盯着我，对此我却一点儿也不在乎。

话题转到跳舞的乐趣上来了。——"如果认为这种热情是个缺陷，"绿蒂说，"那我倒也乐意向你们承认，我不知道还有什么比跳舞更美的了。我心里烦闷的时候，只要到我那架走了调的钢琴上去弹上一曲对舞，便忧愁全消。"

谈话中间，她的黑眼睛给我怎样的享受呀。她那生动的双唇和活泼鲜艳的面颊把我整个灵魂都勾住了，我完全沉醉在她言辞的精彩意念里，却往往听而不闻她用以达意的词语！——对此你会想像得出的，因为你了解我。总之，当马车在游乐宫前悄悄停住时，我像梦游者似的下了车，在梦幻的围绕下迷失在暮色苍茫的现实世界里，几乎连从灯火辉煌的大厅里飘来的音乐声也没听到。

两位先生，奥德兰和某某——谁记得住那么多名字呀——在车门口恭候我们。他们两人分别是堂姐和绿蒂的舞伴，他们各自挽着一位姑娘，我也领着自己的舞伴走上台阶。

我们跳起了小步舞，一对对旋转着；我一个个请姑娘们跳，可是偏偏是那些最不惹人喜欢的姑娘不懂得伸出手来表示告别，结束她这一轮。绿蒂和她的舞伴下场开始跳英国舞了。见到她也在队列中同我们一起一展舞姿时，我心里那份惬意呀，你是会感觉到的。你一定得看看她的舞姿！你看，她跳得多么投入，她的全部身心都融了进去，她的整个身体非常和谐，她是那么无忧无虑，那么飘逸潇洒，仿佛跳舞就是一切，除此之外她别无所想，别无所感；此时此刻，在她眼前的其他一切肯定全都消失了。

我请她跳第二轮对舞，她答应第三轮同我跳，她以世界上最坦率的态度对我说，她从心底里喜欢跳德国舞。——"跳德国舞时，原来配对好的每对舞伴必须在一起跳，这是这里的规矩，"她接着说，"我的舞伴华尔兹跳得很糟糕，倘若我免去让他跳华尔兹这份苦差，他便对我感激不尽。与您配对的那位姑娘也不会跳，而且也不喜欢，我看见方才您跳英国舞时华尔兹跳得很好；要是您愿意同我跳德国舞，那么您就到我的舞伴那儿去征得他的同意，我也去跟您的舞伴讲一声。"——我随即握住她的手，就这样我们商定，跳华尔兹的时候让她的舞伴来陪我的舞伴聊天。

开始跳华尔兹了，我们用种种方式互相勾着手臂原地旋转，好一阵子我们心里都乐不可支。她的动作多么迷人，多么轻盈！因为我们这里刚兴起跳华尔兹，而对对舞伴旋转起来又快如流星，所以会跳的人极少，开始时当然有些混乱。我们很聪明，先让别人跳个够，等到那些笨手笨脚的人都退出舞池，腾出了地方之后，我们才开始满场飞舞，并且同另外一对——奥德兰和他的舞伴一起鼓足勇气坚持到乐曲终了。我从未感到如此怡然轻快过，我已飘然欲仙了。臂中拥着个最可爱的造物，似疾风闪电四处飞舞，周围的一切悉数消失了，而且——威廉呀，说实话，我确实暗地里起誓：除我之外，永远也不让这位我心爱的、我渴望得到的姑娘同别人跳华尔兹，纵使为此我可能走向毁灭，这也认了。你理解我吧！

我们在厅里缓缓走了几圈，好喘口气。后来她便坐下来，我就把剩下不多的几个我特地放在一边的甜橙拿了来，绿蒂非常高兴，它们必定能起解渴奇效，只不过她出于礼貌，不时把切好的橙子一片片递给邻座的姑娘，而那位则毫不客气地一一受用，那每一片橙子，都像一根刺扎透我的心。

跳第三轮英国舞时，我们是第二对。我们舞姿潇洒地穿过队列，我挽着她的胳膊，迷恋着她那极其率真地表露出最坦诚、最纯洁的欢快的明眸，只有上帝知道，我怀着多大的喜悦。我们在一位妇人面前经过，仅仅是她那不再年轻的脸上卖弄风情的表情引起了我的注意，她笑盈盈地瞅着绿蒂，威胁性地竖起一个指头，在一闪而过之间，两次提了阿尔贝特这个名字。

"恕我冒昧，请问阿尔贝特是谁？"我对绿蒂说。——她正要回答，这时刚好要排成"8"字图形，所以我们不得不分开。当我们面对面交叉而过时，我发觉她额头上流露出思虑的神情。——"我干吗要瞒您，"当她又把手递给我，我们一起滑步加入到全体舞会参加者一起的列队行进之中时，她说，"阿尔贝特是个好人，我与他可以说是已经订婚了。"——对我来说这事并不是什么新闻，在路上，那两位姑娘已经对我讲过；但是在当时我并没有把这消息同她联系在一起，经过方才短时间的接触，绿蒂之于我已经变得如此珍贵，现在再一想，这消息又完全是新的了。够了，我乱了方寸，魂不守舍，结果插到另一对舞伴中去了，顿时队形陷于一片混乱，多亏绿蒂沉着镇定，将我连拉带拽，这才迅速恢复了队形。

舞会尚未结束，闪电越来越强烈，我们本来早就看见天边电光闪闪，但我一直骗她们说这是远处的雷电，可是现在呢，雷声已将音乐声淹没了。三位姑娘从队列中跑了出来，三位绅士紧随其后，于是一乱全乱，音乐也戛然而止。人们在正当尽情欢乐时突然被某种不幸或什么可怕的事情突然袭来所惊吓，那它给人的印象一定比平时更为强烈，这是很自然的，其原因，一是对比鲜明给人的感触特别深刻，二是，也是更主要的，我们的感官顿时变得敏锐，它能更加迅速地接受某个印象。由于这些原因，所以好多姑娘变了脸色。最敏感的那个坐到一个角落里，背对窗户，双手捂住耳朵。另一个跪在她跟前，把脑袋埋在她怀里。第三个挤进她俩中间，泪流满面地搂着她的两个女友。有的要回家；另一些则更是不知所措六神无主，哪里还顾得上去管住我们这些年轻骑士们的鲁莽行为，于是这帮爱占姑娘便宜的小伙子就乘机放肆起来，纷纷从这些备受折磨的美人儿的嘴唇上抢走战战兢兢地向天神倾诉的祈求。有几位绅士已到下面安安静静抽烟去了；其余的人都不反对女主人想出的聪明的主意，任她把我们安排到一间有百叶窗和窗帘的房间。我们刚到那里，绿蒂就赶忙把一张张椅子围成一个圆圈，大家便应她之请坐下来，她开始宣布我们如何来玩游戏。有的人希望能赢得一个美美的吻，我看见他们都把嘴撅成了喇叭状，伸胳膊伸腿地做好了接吻的准备。——"我们来玩数数！"绿蒂说，"请注意！我从右往左在圈子里走，你们则依次报数，每人喊出自己轮到的数字，一定要数得飞快，就像野火蔓延一样，谁要是结巴了，或者报错了，他就得吃一记耳光，一直数到一千为止。"——这下可有好戏看了：绿蒂伸出胳膊，顺着圈子转。第一个喊了"一"，旁边的喊"二"，下一个报"三"，这样依次下去。此后她开始加快步伐，而且越来越快；啪！有一个挨了一记耳光。下一个在哈哈一笑，啪的一声也吃了一记。绿蒂又加快了速度。我自己本人也挨了两下，我心中窃喜，因为我觉察到，她赏我的两记耳光比给别人的重得多，一千还没数完，大家笑得前仰后合，吵吵闹闹地结束了这个游戏。众人各找各的知己互相拉到一边，这时雷雨已经过去，我随绿蒂回到大厅，路上她说："挨了耳光，他们把雷雨以及别的一切统统都忘了！"——我没有什么话来回答她。——"我也是最害怕的一个，"她接着说，"我装作不怕的样子，来给别人壮胆儿，结果给自己也增添了勇气。"——我们走到窗前。隆隆的雷声在远方滚响，大雨如注，浇灌大地，腾起一股股沁人心脾的芳香，它随着温暖的空气扑鼻而来。绿蒂用胳膊肘支撑在窗台上，凝视窗外的原野，她仰望天空，随后又望望我，我看到她眼里已含满了泪水，她把手放在我的手上，说："克洛普施托克！"——我立即联想到萦绕在她心里的那首壮丽的颂歌，这正是我现在所想的，她呼出这个名字，一股情感的激流向我涌来，把我淹没。我忍不住俯在她手上，流着充满喜悦的泪水吻着它。随后我又凝视她的眼睛——高尚的诗人呀，倘若你能亲眼看到在这目光里你如何被神化，那该多好啊！我从今以后再也不想从那班凡夫俗子嘴里听到他们提到你的名字，因为那简直是对你亵渎呀！

六月十九日

上次信写到哪儿，我已经记不清了，我只记得，上床时已是深夜两点了，如果不是写信，而是向你当面讲述，也许我会一直让你听到天明的。

舞会后归途中的那些事，我还没向你叙述，而今天也没时间来说。那天的日出真是壮丽极了！周围是滴水的森林，清新的田野，一切显得生趣盎然。我们的两位女伴打起盹来了。绿蒂问，我要不要也和那两位一样也睡上片刻，她还让我随便一点，不要因为她而有所顾虑。——"只要我看见你这双眼睛睁着，"我说，同时紧紧盯着她，"就绝不会犯困。"——于是我们两人就一直坚持到她马车开到家门口。女仆为她悄悄地开了门，绿蒂问起父亲和弟妹们，女仆说，他们都很好，还在梦乡里呢。同她告别时，我请求她允许我当天再去看她，得到她的答应后，我也就走了。——从此以后，日月星辰尽可以各司其职又升又落，我则既不知昼也不知黑夜，我周围的整个世界全然消失了。

六月二十一日

我的日子过得真幸福，简直可以同上帝给他那些圣徒们保留的幸福日子相媲美；无论将来我的命运会是怎样，反正我不会说，我未曾享受过欢乐，未曾消受过最纯洁的生命之乐。——我的瓦尔海姆你是知道的，我已经完全固定地待在那里了，从那儿到绿蒂那儿只消半小时，在那儿我感觉到了我自己，体验了人间的一切幸福。当初我在选择瓦尔海姆作为散步的目的地时，何曾想到，它离天堂竟然只有一步之遥！那时候，在远足途中，有时从山上，有时从平原上曾隔着河流多少次看到过这座猎庄啊，如今它蕴蓄着我的全部心愿！

亲爱的威廉，我思绪万千，想到人有闯荡世界、发现新事物新天地，以及遨游世界等种种欲望，也想过人由于有了内心的本能冲动，于是便甘心情愿地把自己限制在狭小的天地里，在习惯的轨道上向前滑行，对周围事物漠不关心。

真是奇妙极了：当初我来到此地，从山丘上眺望秀美的山谷，周围的景色真让我着迷。——那是小树林！——你可以潜入林荫深处去小憩！——那是山峦之巅！——你可以从那里眺望辽阔的原野！——那是连绵起伏的山丘和僻静宜人的山谷！——嗬，我可以在那里漫游，迷路方能尽兴！——我匆匆赶去，去而复返，我所希冀的，全没有发现。哦，对远方的希冀犹如对未来的憧憬！一个巨大、朦胧的东西横在我们的心灵之前，它使我们的感觉犹如我们的眼睛，在这朦胧的整体里变得模糊一片，而我们却渴望着能把全身心都投入，让那惟一伟大而美好的感情以其全部喜悦来充实我们的心灵。——啊，倘若我们匆匆赶去，倘若"那儿"变成了"这儿"，那么这一切又将依然如故，我们依然贫乏，依然受着种种束缚，我们的灵魂依然渴求那早已逃之夭夭的心灵安慰。

于是，连那最不安分的漂泊异乡的浪子最终也渴望返回故土了，并在他的小屋里，在妻子的怀抱里，在儿女的围绕下，在为维持全家生计的操劳中找到了他在徒劳的浪迹天涯中未曾找到的欢乐。

清晨，我随日出而登程，前往我的瓦尔海姆。在那儿的菜园里亲手采摘豌豆，坐下来撕去豆荚上的筋，这当中再读读我的"荷马"；随后我在小小的厨房里挑一只锅，从盘子里挖一块黄油，同豆荚一起放进锅里，盖上锅盖，端到火上，自己则坐在一旁，不时在锅里炒几下；每当这时，我的脑海里便栩栩如生地浮现出佩涅洛佩的那些高傲的求婚者杀猪宰牛、剔骨煨炖的情景。这时充盈在我心头的那种宁静、真实的感觉正是这种族长制时代的生活特色，感谢上帝，我竟能把这种生活特色自然而然地融进我自己的生活方式里去。

我高兴极了，我感受到一个人将他自己种植的卷心菜端上餐桌时的那份纯朴的喜悦，他享用的不仅仅是卷心菜，得以品味的还有所有那些美好的日子，他栽种秧苗的那个晴朗的早晨，他洒水浇灌和为其不断生长而感到快乐的那些可爱的黄昏——所有这些，在这一瞬间，他又重新得到了享受。

六月二十九日

前天，当地医生从城里来到法官家，正巧碰见我和绿蒂的弟妹们一起坐在地上玩，有几个在我身上爬上爬下，另外几个嘲弄我，我则搔他们的胳肢窝，弄得他们大声叫嚷。这位大夫是个认死教条十分刻板的木偶人，说话的时候总要一会儿理理袖口上的皱褶，一会儿又扯扯他的轮状绉领。我从他的鼻子看出，他准认为我的行为有失聪明人的尊严。我根本不予理会，由他去大发宏论好了。原先用纸牌搭的房子已被孩子们弄倒了，我又重新为他们搭了几座。他回城以后就四处发泄他的不平，说法官家的孩子本来就缺少管教，现在完全被维特带坏了。

是啊，亲爱的威廉，尘世间惟有儿童离我的心最近。我从旁观察他们，在小事情上看到了他们有朝一日必须具备的品德和力量的萌芽；从他们的执拗中看出他们未来性格的坚定和刚毅，从他们的任性中看出他们今后应付人世风险时的轻松自如与达观幽默，而这一切在他们身上又是如此完美，没有沾上一点社会的污垢！——于是我总要一而再，再而三地回味人类导师的金玉良言："你们若不回转，变成小孩子的样式，断不得进天国……"现在，我的挚友，孩子是同我们一样的人，我们本应视他们为楷模，然而我们却待他们如奴仆，不许他们有自己的意志！——难道我们没有意志吗？如果我们可以有，那么哪儿来的这特权？——就因为我们年纪大些，聪明些！——天国中仁慈的上帝呀，在你的眼里只有年纪大的孩子和年纪小的孩子别无其他；至于你更喜欢哪一种孩子，你的儿子早已有过昭示。可是他们信仰他，却不听他的话——这也是一句老话了！——他们全都按照他们自己的模式来培养教育孩子。关于这些我不想再多饶舌了。再见，威廉！

七月一日

我从自己这颗可怜的心，这颗比某些缠绵病榻的人更受煎熬的心体会到，对一个病人来说，绿蒂有多么重要。她将要进城去，陪伴一位洁身自好的夫人住上若干天。据大夫说，这位夫人大限已近，她希望在她生命的最后时刻，绿蒂能守在她身边。上星期我同绿蒂一起去看望圣某某的一名牧师，那是个山区小镇，在旁边的山里，有一小时路程。下午将近四点，我们到了那里。绿蒂带了她的二妹妹。牧师的院子里有两棵高大的胡桃树，浓荫遮地。我们到那儿的时候，这位善良的老人正坐在门口的长凳上，他一眼看见绿蒂，便变得精神焕发，竟忘了挂他的节疤手杖就站了起来，迎上前去。绿蒂赶忙快步朝他跑去，把他按在凳上，她自己也在他身边坐下，转达她父亲的问候，还抱起那个又淘气又脏的最小的男孩来亲吻。这是父亲暮年所得的幺儿。你真该看看她对这位老人关怀备至的情景。她提高嗓音，好让他半聋的耳朵听得见。她向他讲述，几位身强力壮的年轻人竟意外地死了；她又说起卡尔斯巴德温泉的出色的疗效，并称赞老人下决心来年夏天要去那儿疗养是英明之举；她还说，他的气色好得多了，比上次见他的时候精神多了。——这期间我问候了牧师夫人，并极有礼貌地讲了几句客套话逗她高兴。老人变得兴致勃勃，在胡桃树的绿荫遮盖下，我们都觉得凉爽惬意，以致我禁不住赞叹了一番。这下打开了老人的话匣子，虽然说起来有些吃力，但他还是讲了这两棵树的故事。——"那棵老的，"他说，"连我们也弄不清是谁种的，有人说是这位，有人说是那位牧师。那边靠后那棵小一点的和我夫人同岁，到十月就满五十了。她父亲早晨栽上这棵树，傍晚她就出世了。他是我的前任，这棵树在他心目中之宝贵，那是无法用言语表达的，在我心目中当然也丝毫不差。二十七年前我还是个穷大学生，当第一次跨进这院子时，我夫人正好坐在这棵树底下的一根梁木上编织东西。"——绿蒂问起他女儿，他说，她同施密特先生到牧草地上工人那儿去了。老人接着讲他的往事：他的前任及其女儿如何渐渐对他产生了好感，他先是担任老牧师的副手，后来就成了他的继承人。他的故事刚刚讲完，他女儿就同方才提到过的施密特先生从花园里走来了。姑娘亲切、热情地对绿蒂的来访表示欢迎，我得承认，我对她的印象很不错。她是个性格敏捷、体格健美的褐发姑娘，一个暂居乡间的人，同她在相处一定会感到很愉快。她的情人（施密特先生马上就表明了他的这种身份）是个文质彬彬、但寡言少语的人，尽管绿蒂一再同他搭话，他仍旧不愿加入我们的谈话。最使我不快的是，我从他的面部表情看出，他之所以不爱谈话，并不是由于智力贫乏，而是因为生性固执和脾气很坏。这一点真令人遗憾随后就表现得一清二楚了：散步的时候，弗丽德莉克同绿蒂，有时也同我走在一起，这位先生本来就黑黑的脸，一下子便显得格外阴沉，以致绿蒂见状马上就扯扯我的袖子，暗示我别对弗丽德莉克太殷勤。我生平最讨厌的莫过于人与人之间相互折磨，尤其是风华正茂的年轻人，本可以胸怀坦荡地尽情欢乐，却愚蠢地拉长了脸把彼此的若干美好时光给糟蹋了，等他们意识到浪费的光阴已经无法弥补时，已经太晚了。想到这些，我心里感到十分恼火，因此，当我们傍晚时分回到牧师家的院子里，坐在桌旁喝牛奶，大家谈起人世间的欢乐与痛苦时，我便忍不住借题发挥，相当诚恳地对坏脾气如何不好发了一通议论。——"我们人呀，"我开始说，"常常抱怨好日子太少而坏日子太多，我觉得，这种抱怨多半是没有道理的。倘若我们始终豁达大度地去尽情享受上帝每天为我们安排的好事，那么，一旦坏事临头，我们也就会有足够的力量去承受。"——"可是我们无力驾驭自己的心情呀，"牧师夫人插嘴说，"这与我们的身体状况关系很大！一个人要是身体不舒服，走到哪儿心情也好不了。"——我同意她的说法。——"那么就把心情不佳看做一种病吧，"我继续讲下去，"我们还得问一问，有没有医治的良药呢？"——"这话不假，"绿蒂说，"至少我相信，这在很大程度上要取决于我们自己。我自己就有切身体会：当我受到嘲弄，正当恼怒之际，那我就一跃而起，到花园里去唱几支乡村舞曲，来回走几圈，不快的心情便烟消云散了。"——"这正是我要说的，"我说，"心情不佳同懒惰十分相像，它本来就是一种懒惰。而我们的天性又有此种倾向，可是，一旦我们有力量使自己振作起来，我们工作起来就会得心应手，并在工作中得到真正的快乐。"——弗丽德莉克凝神专注地听着，但那位年轻人却不同意我的意见，他反驳道，我们并不能主宰自己，尤其是无法控制自己的情感。——"我们这里谈的是关于尴尬的情感问题，"我说，"这种情感是人人都乐于摆脱的；如果不试一试，谁也不会知道自己的力量到底有多大。当然，一个人要是病了，就会到处求医，为了恢复健康，最严的戒忌，最苦的药他也不会拒绝。"——我注意到，那位正直的老人也在费劲地听着，以便参加我们的讨论。于是我便提高嗓门，把话题转向他。"牧师布道时谴责各种罪恶，"我说，"但是我还从未听到有谁在布道坛上对恶劣的情绪加以谴责过。"——"这事该由城里的牧师来做，"他说，"农民的心情没有不好的；不过偶尔专为此地的行政官，至少为他的夫人做一次这样的布道，倒也没有什么不好。"——听了他的话，我们全都哈哈大笑，他也会心地笑了，笑得咳嗽起来，我们的讨论不得不因此中断一阵子。随后，这位年轻人又开口了："您说心情不佳是一种罪恶；我觉得，这种说法未免言过其实。"——"一点儿也不，"我回答，"恶劣情绪既害自己，又害亲人，所以称它为罪恶是恰当的。我们不能使彼此幸福，难道这还不够，还非得互相剥夺各自心里偶尔还能给予自己的那点喜悦不成？请您告诉我，有没有这样的一个人，他情绪很坏，却能将它藏于心中独自承受，而不去破坏周围的快乐气氛？倒不如这样说吧，所谓心情不佳正是由于我们自己不如他人而心底里愤愤不平，是对我们自己感到不满的表现，而这种不满又总是同被愚蠢的虚荣心煽动起来的妒忌联系在一起的。难道不是这样吗？我们看到别人很幸福，但由于他们的幸福不是由我们赐予的，我们便觉得无法容忍。"——绿蒂见我说话时激动的神情，便向我微微一笑，而弗丽德莉克眼里滚着的泪水又鼓励我继续说下去。——"有的人控制着别人的心，"我说，"即还要利用这个权力去掠夺别人从自己心里萌生出来的纯朴的快乐，这种人呀，真是可恨！世上任何馈赠和美意都无法补偿我们自身这片刻的欢乐，那被我们的暴君不自在的妒忌心所败坏的片刻的欢乐。"

就在这一瞬间，我的心里充满了万千思绪和感慨。记忆起来的多少往事纷纷涌入我的灵魂，我禁不住热泪盈眶。

我大声说道："尽管你每天对自己说：你能为朋友所做的最好的事，莫过于让他们获得快乐，你只应分享他们的幸福从而增添他们的幸福。倘若他们的灵魂深处为一种胆怯的激情所折磨，为苦闷所纷扰，你能给他们哪怕是一点一滴的慰藉吗？"

"倘若你曾葬送了一位姑娘的青春年华，而她后来得了最可怕的无法医治的病，奄奄一息地躺在床上，眼望天空，漠然无情，惨白的额头上虚汗渗出，而这时你像个受天谴的人站在她的床前，深感自己即使全力以赴，也已无济于事，恐惧撕裂着你的心肺，只要能给这位行将命赴黄泉的姑娘注入一滴力量，一些勇气，即使奉献一切，你也在所不惜。"

当我说到这番话时，对于这样一个我曾亲身经历场面的回忆，以钧之力突然向我袭来。我掏出手帕来掩着眼睛，离开了在座的人，只是听到绿蒂喊我走的声音才使我恢复常态来。路上她责备我太感情用事，这样会毁了自己的！她要我爱惜自己！——呵，天使啊！为了你，我也必须活着！

七月六日

她还一直守在她那位垂危的女友身边，她是个殷勤、可爱的姑娘，精心服侍女友，始终如一；她的目光所到之处，痛苦便会减轻，便会洋溢着欢快的气氛。昨晚她同玛丽安娜和小玛尔莘出去散步，我知道后就去同她们碰头，于是我们便一起漫步。走了一个半小时，我们才踏上回城里的路。到了那口水井边，它于我如此珍贵，如今更是千万倍地珍贵，绿蒂就在井台上坐下，我们则站在她面前。我环视四周，呵，当初我的心是如此孤单，这情景此刻又生动地重现在我的眼前。——"亲爱的水井呀，"我说，"打那以后我再没来这里休息，享受你的清凉，往往匆匆而过，有时竟看也不看你一眼。"——我朝下望去，看见玛尔莘正端着一杯水小心翼翼地走上来。——我望着绿蒂，感觉到我对她所怀的全部情愫。这时玛尔莘端着杯子来了。玛丽安娜想要从她手里接过杯子。"不用！"小姑娘嚷道，声音甜美极了，"不用，绿蒂姐姐，该你先喝！"——她说这番话时是那样地真，那样地善，我听得欣喜若狂，以致我无法表达我的感情，就从地上抱起小姑娘，热烈地吻她，弄得她马上大喊大哭起来。——"你可干了件错事，"绿蒂说。——我呆在一边，不知所措。——"来，玛尔莘，"绿蒂一边说，一边拉着妹妹的手，领着她走下台阶，"快用清凉的泉水洗一洗，快，洗完就没事了。"——我站在原地，看着小姑娘手里捧着水一个劲儿地往脸颊上擦，她深信这神奇的泉水可以冲掉一切污秽，还能消除长出一脸难看胡须的耻辱。我听见绿蒂说："行了！"可是小姑娘还在使劲地洗，仿佛多洗几遍总比少洗好。——告诉你，威廉，我过去参加洗礼仪式还从未怀着那么大的虔诚呢；绿蒂上来的时候，我恨不能跪倒在她脚下，就像拜伏在为民族解脱罪愆的先知跟前一样。

当晚，心里一高兴，便忍不住把白天的事对一个人讲了，此人通情达理，我原以为他是会有人情味的，但是我却碰了个钉子！他说，这是绿蒂不对，不该让小孩子搞这一套；她这么做会引出各种谬误和迷信来的，本该让孩子们从小避免这类不好的影响才对。——此时我才突然想起，此公八天前才接受洗礼，因此这事就不与他计较了。不过我心里始终坚信这个真理：我们对待孩子应当像上帝对待我们一样，上帝给予我们的最大幸福，就是让我们在愉悦的幻觉中有种飘然欲仙之感。

七月八日

我是怎样的一个孩子呀！竟渴望着别人的一瞥！我是怎样的一个孩子呀！——我们刚去过瓦尔海姆。姑娘们是坐马车前往的，散步时我深信，在绿蒂乌黑的眸子里……我是个傻瓜，原谅我吧！你真该见见她这双眼睛呀！——我想写得简短些，因为我困得眼睛都睁不开了。瞧，姑娘们都上车了，但青年Ｗ.泽尔施塔特、奥德兰和我还站在马车周围。这时姑娘们都从车门里伸出头来，跟小伙子们闲聊。这帮小伙子当然个个都春风得意，举止轻浮。——我竭力寻找绿蒂的眼睛。啊，她这双眼睛看看这个，又望望那个！看我呀！看我呀！看我呀！此刻我的全部心思都陶醉在她的目光里，可它却偏偏不落在我身上！——我的心向她说了千百次再见！而她却不看我一眼！马车从身旁驶过，我眼含泪水。我的目光跟随着她，看见绿蒂的头饰从车门里探出来，她转过头来，在张望，啊，是看我吗？——亲爱的！我没有把握，这模棱两可使我的心飘浮不定。也许她是回过头来看我的！——那是我的慰藉。也许！——晚安！哦，我是个什么样的孩子呀！

七月十日

每当聚会时有人谈到她，我表现的那副愚蠢的滑稽相，你真该见识见识才好！要是别人问我绿蒂合不合我的心意？——合心意！我像憎恨死亡一般憎恨这个字眼。如果绿蒂合某个人的心意，最近有个人问我，我相合不合我的心意，却没有占据他的全部感官，全部知觉那他是个什么样的人哪！（我相（Ossian），古代爱尔兰说唱诗人。1762年，苏格兰诗人麦克菲森（JamesMacpherson，1736—1796）声称"发现"了我相的诗，他假托从3世纪盖尔语的原文翻译了《芬戈尔》和《帖木拉》两部史诗，并先后出版，尽管真伪难断，仍在整个欧洲风行一时，对早期浪漫主义运动产生重要影响。实际上，这些作品虽有部分是根据盖尔语民谣写成的，但大部分是麦克菲森自己的创作。关于"我相"诗篇真伪问题一直是批评家研究的一个课题，直到19世纪末，研究证明，麦克菲森制作的不规则的盖尔语原文只不过是他自己英文作品的不规则的盖尔语的译作。至此，关于"我相"的争论才得以解决。学术界一致认为，被浪漫化了的史诗《我相集》并非真正是我相的作品，而于16世纪前期整理出版的《我相民谣集》才是真正的爱尔兰盖尔语抒情诗和叙事诗。歌德当时读到的我相的诗是麦克菲森的创作，不能与真正的我相诗篇《我相民谣集》相混淆。）

七月十一日

M夫人病情十分严重；我在为绿蒂分忧，为M夫人的生命祈祷。我很难得在一位女友家见到绿蒂，今天她给我讲了一件稀奇古怪的事情。——M老头是个嗜钱如命、贪婪透顶而又粗鲁的吝啬鬼，这位夫人这一辈子在他的管束之下可说是受尽了折磨，可是她总能想出办法来摆脱困境。几天前大夫告诉她在世的日子已经不多了，她就把丈夫叫到跟前（绿蒂也在房间），对他说了下面这番话："我得向你交待一件事，要不然我死后就会引起种种混乱，惹出麻烦来的。直至今日，家务一直是我操持的，我尽力做得有条不紊，省吃俭用；不过你要原谅我，三十年来我一直瞒着你。我们新婚之初，你给家里的伙食及其他开支所规定的钱只有很少的几个钱。后来我们家业大了，开销多了，却无法说服你按情况变化增加我们每周持家的费用；简单地说，你自己也知道，即使家里开销最大的时候，你还要求我每星期只能花七个古尔盾。我未提出异议，接受了你的要求，而每星期超支的钱分，我便到钱柜里去取，因为谁也不会料到，女主人会偷自家的钱。我一个钱也没乱花，只怕继我之后，来主持家务的女人面对这一点钱她会感到束手无策，不知如何是好的，而你完全有可能坚持说，你的第一位妻子就是拿这点钱应付家庭开支的：要不是考虑到这一层，我即使不交待此事，也照样可以问心无愧地走向九泉之下的。"

我和绿蒂议论着，这M老头明知七个古尔盾是不够支付也许两倍以上开销的，这背后必定有什么名堂，而他却不怀疑一下，人的理智痴愚到了这种地步，简直难以置信。不过我自己也认识一些另一个类型的人，他们挥霍无度，以为自己家里有先知那个取之不尽的油壶，而丝毫不觉得蹊跷。

七月十三日

不，我不是在欺骗自己！我从她乌黑的眸子里看出她对我以及我的命运的关心。是的，我感觉到，这点我相信我的心不会错，我感觉到，她爱我！——哦，我敢用，我能够用这句话来表达我的无比幸福吗？

她爱我！——自从她爱我以来，我自己变得那么有价值我是那么的——我可以告诉你，因为你的心能够正确感受这些——我是多么崇拜自己呵！

这是异想天开呢，还是对真实情况的感受？——我不认识那个人，但我担心他在绿蒂心中确有重要地位。确实，每逢她谈起她的未婚夫，她那怀着那样的温情、那么爱恋地谈起他时，我便感到自己像是一个被剥夺了一切荣誉和尊严的人，连手中的利剑也被夺走了，最终惟有一死。

七月十六日

每当我的手指无意间触着她的手指，当我们的脚在桌子底下相碰的时候，啊，我周身的血液顿时沸腾了！我像碰了火似的立即缩回来，但是一种神秘的力量又在拉我伸过去。——我所有的感官都晕乎乎的，如腾云驾雾一样。——哦，她清白无事，她心无杂念，全然感觉不到这些细小的亲密举动把我折磨得有多苦。当她谈话时把手搁在我的手上，为谈话方便，而挪得挨我近些，她嘴里呼出的美妙绝伦的气息可以送到我的唇上，这时我相信自己要倒下了，像被闪电击中那样。——威廉呀，假如有朝一日我胆大包天，那么这天堂，这真心实意……你是理解我的。不，我的心还没有堕落到这等地步！软弱！十分软弱！——这难道不是一种堕落？

她于我是神圣的。在她面前，任何欲念都默不作声。在她身边的时候，我从来就弄不清我的心究竟是怎么回事，似乎我已经神魂颠倒了。她有一支曲子，这是她借助天使之力在钢琴上弹奏出来的，弹得如此纯朴又如此才气横溢！这是她心爱的歌，她只要奏响歌曲的第一个音符，困扰我的一切痛苦、紊乱和郁闷就统统无影无踪了。

关于古老音乐具有魔力的说法，我觉得没有一句不是真的。这首朴素的歌令我多么感动！而她又如何地懂得把握弹奏它的时机呀！往往在我恨不得一颗子弹射穿脑袋时，曲子响了！于是我灵魂中的迷雾与黑暗便随之烟消云散，我又可以更加自由地呼吸了。

七月十八日

威廉呀，无爱的世界在我们心中会是个怎样的世界呀！没有光，一盏魔灯又有何用！然而，你刚把小灯放进去，灿烂的彩色图像便映现在你洁白的墙上！即使这些图像无非是转瞬即逝的幻影，但如果我们像小孩子似的站在白壁前，为这些奇妙的现象着了迷，也总可以使我们快乐的。今天我不能到绿蒂那儿去，因为有个约会非出席不可。怎么办呢？我派我的仆人去她那儿，好使我身边有个今天在她身边待过的人。我等着他，心情多么焦急，见他回来了，心里又是多么高兴！要是我不害臊，我真想抱住他的头来亲吻他。

我常听人讲起博洛尼亚石，说是把它放在太阳底下，它便吸收阳光，到了夜间便会自己发出光来，尽管时间不长。现在在我眼里，这仆人就是这种石头。她的目光曾停留在他脸上、面颊上、上衣钮扣以及外套领子上，我的这种感觉使这一切在我心目中变得如此神圣，如此珍贵！此时此刻即使有人出一千塔勒来交换，我也不会把这小伙子让出去的。面对着他，我是多么愉快呀！——上帝保佑，你可不要笑我。威廉，幻影能使我们快活，那它还是幻影吗？

七月十九日

"我就要见到她了！"早上醒来，我兴高采烈地望着美丽的太阳喊道："我就要见到她了！"一整天我再也没有别的愿望。一切，一切都交织在这个期望里了。

七月二十日

你劝我随公使到某地去，这个主意我尚未接受。我这个人不大喜欢听人差遣，更何况众所周知，这个公使是个令人讨厌的家伙。你说，家母很希望我找个事干，我听后禁不住哈哈大笑。我现在不也有事可做吗？不论数的是豌豆还是扁豆，说到底还不是一回事？世上的一切归根到底还不统统都是毫无价值的无聊，一个人只是为别人的缘故而去追名逐利疲于奔命，而没有他自己的激情，没有他自己的需要，那么，此人便是傻瓜。

七月二十四日

正因为你非常关心，生怕我荒废了绘画，所以我宁愿避而不谈此事，也不愿如实告诉你这段时间我很少作画。

我从来还不曾如此幸运，一直以来我对大自然，乃至对于一草一石的感受从来没有如此充实而亲切，然而——我不知道该如何表达，我的表现力如此之薄弱，一切都在我的心灵之前游移不定，我竟不能将轮廓捕捉住；但是我仍旧异想天开，我若有黏土或蜡在手，我兴许就要将之塑造出来。倘若黏土保存的时间更久，那我便用它来捏，即使捏出来的是一块饼也好！

绿蒂的肖像我动手画了三次，三次都出了丑；我为此十分苦恼，倍觉颓丧。因为前些时候我还是画得惟妙惟肖的。后来我就为她剪了一幅剪影，聊以自慰。

七月二十五日

好的，亲爱的绿蒂，我愿为您操办和料理一切；您可以托办更多的事，多多益善！对您我有一事相求：请别再把细沙撒在您写给我的小纸条上。今天我一见到纸条马上把它贴在我的嘴唇上，弄得牙齿嘎嘎作响。

七月二十六日

我已经几次三番下定决心，不那么频繁地去看她。可是能说到做到该多好！

我天天屈服于诱惑，随后又对自己许下神圣的诺言：你明天别再去啦！可是明天一到，我却又找到不可不去的理由，不容我三思，转瞬之间，我已经到了她的身旁。要不就是她头天晚上说过："您明天肯定来吧？"——这样说了，谁还能不去呢？要不就是她让我办了件事，我觉得亲自去把结果告诉她更为妥当；要不就是这一天风和日丽，我就到瓦尔海姆去，而等我到了瓦尔海姆，离她就只剩下半小时路程了！——我离她的吸力太近，弹指间就已经在那儿了。我祖母曾给我讲过一个关于磁石山的故事：船只只要驶得离磁石山太近，船上的所有的铁质品就一下子全被吸走，钉子纷纷朝山上飞去，船板一块块脱落、解体，苦命的人惨遭灭顶之灾。

七月三十日

阿尔贝特回来了，我要走了；既使他是一个最杰出、最高尚的人，即使我已有精神准备无论哪方面我都要对他甘拜下风的话，那么眼看他当着我的面去占有如此完美的造物，我又怎能忍受得了。——占有！——够了。威廉呀，那位未婚夫已经回来了！他是个英俊、可爱的人，令人不得不对他产生好感。幸好迎接他回来时我没在场！否则我的心都会撕裂的。他也很庄重，还没有当着我的面，吻过绿蒂一次。愿上帝奖励他的行为！为了他对绿蒂的敬重，我不能不爱他。他对我很友好，我猜想，这主要是绿蒂的杰作，而并非他自己的情感所使然；女人总是精于此道，而且自有她们的道理；她们若是能使两个爱慕者彼此和睦相处，受益的总是她们，尽管这很难做到。

虽然如此，我仍不能不敬重阿尔贝特。他沉着的外表同我无法掩饰的躁动不安的性格形成了十分鲜明的对照。他感情丰富，深知绿蒂的价值。看来他也没有什么坏脾气，你知道，坏脾气是一种罪过，我憎恨它甚于憎恨人身上的任何其他缺点。

他认为我是个很有才智的人；我对绿蒂的依恋，她的一颦一颦、举手投足所给予我的暖人的喜悦，都增加了他的胜利感，因而他更爱她。至于他是否有时因为狭隘的妒忌心而折磨绿蒂过，眼下我还不敢断定，至少就我而言，若处在他的位置上，在妒忌这个魔鬼面前就没有十足把握不受它蛊惑。

他的事由他去吧，总之我呆在绿蒂身边的快乐已成往事。我该把这叫做愚蠢还是痴迷呢？——管这些名称干吗！事情本身就说明问题了！——我现在所知道的一切，早在阿尔贝特回来之前就都知道了；当初我就知道，我不能向她提出任何过分的要求，当然实际上也没有提出要求——就是说，只要做得到，尽管她如此值得爱慕，也尽可能不去追求。——现在我这个傻瓜只好干瞪着两只大眼，听凭人家把这个姑娘从自己身边夺走，因为另一个人来了。

我咬紧牙关，嘲笑自己的可怜，两倍、三倍地嘲笑那些可能要我死了这条心的人，他们说，事情根本不可能有别的结局。——我要摆脱这些毫无感情的稻草人！——我漫无目的地在森林里穿行，到绿蒂那儿去，在小花园里凉亭下看见阿尔贝特正坐在她的身边，而我只能就此止步。一见她我就傻话连篇，语无伦次，出尽了洋相。——"看在上帝的份上，"绿蒂今天对我说，"我请您别再像昨晚似的胡闹！你那时那么兴奋，真让人觉得可怕。"——和你说句掏心话吧，我瞅准时机，他一被事物缠身，我便抓住机会嗖的一下出了门，每当发现她独自一人时，我就喜不自胜。

八月八日

有些人要我们屈服于不可抗拒的命运，对这些人我痛斥他们俗不可耐。亲爱的威廉，请你相信，我绝不是指你。我真的没有想到，你会持有类似的意见。从根本上说，你是对的。只有一点，我的挚友！世上的事非此即彼的情况，真是微乎其微；感情和行为方式千差万别，就像在鹰钩鼻和狮子鼻之间还有林林总总，无以数计形状各异的鼻子。倘若我承认你的全部论点是正确的，却又想设法从"非此即彼"中间溜过去，你可别生气呀！

你说：要么你对绿蒂抱着希望，要么就别抱希望。好，如果是第一种情况，那就得设法去实现希望，设法使我的种种愿望得到满足。如是后一种情况，那就得振作起精神，设法摆脱那不幸的、势必会耗掉你全部精力的感情。——我的挚友，你这话是出于好意，但讲得也太轻巧了。

可是，假如一个不幸的人正被日益恶化的疾病慢慢耗去生命而无法阻挡，你能要求他给自己一刀，一劳永逸地结束其痛苦吗？病魔消耗他的精力，不同时也摧毁了他自我解脱的勇气吗？

当然，你可以拿一个类似的比喻来回答我：是截去一条胳膊以保住生命，还是瞻前顾后，犹豫不决，拿自己的生命孤注一掷，有谁不愿选择前一条路呢？——我无法回答！——我们还是别在这些比喻上纠缠下去。够了。——真的，威廉，有时在一瞬间，我也有振作起来摆脱一切的勇气，然而——往何处去？假如我知道，我早就去了。

傍　晚

我的日记搁置一旁有一段时间了，今天我又捧在手中，看到我竟是如此明明知道却仍旧一步步陷于目前的处境，真是大吃一惊！我对自己的处境一直看得很清楚，而我的行为，却偏偏像小孩子似的；此时此刻我对自己的处境仍是一目了然，可是境况并没有改善的迹象。

八月十日

假如我不是傻瓜，我的生活本可以过得最美好、最幸福。像我现在正置身其中的环境，既优美，又能愉悦一个人的心灵，这是非常难得的。啊，使人心幸福的只有人心，此话千真万确对。——我是这个可爱的家庭的一员，老人爱我如爱其子，孩子爱我如爱其父，绿蒂也爱我！——还有诚恳的阿尔贝特，他从不发脾气，使性子来扰乱我的幸福，他待我以亲切的友情，在他心目中，我是世上仅次于绿蒂的最可爱的人！——威廉，我们散步时一起谈论绿蒂，要是听听我们的谈话，那真是一大乐事。世界上再也虚构不出比这种关系更可笑的事了，然而我却常常为此而感动的热泪盈眶。

他向我谈起绿蒂贤淑的母亲：临终前她把家和孩子都交付给绿蒂，又把绿蒂托付给了他；自那以后，绿蒂就表现出完全不同的精神面貌，她井井有条地料理家务，严肃认真地照看弟妹，俨然成了一位真正的母亲；她无时无刻不是怀着热烈的爱心，兢兢业业地劳动，然而她的活泼的神情和无忧无虑的天性并未因此而丧失。——我和他并肩而行，不时采摘路畔的野花，精心编扎成一个花环，随后便将它掷进一旁流过的溪水里，目送它轻轻随波漂去。——我记不清是否已经写信告诉过你：阿尔贝特要在这里住下了，他在侯爵府上谋了个报酬优厚的职位。像他这样办事兢兢业业、有条不紊的人，我很少见到。

八月十二日

毫无疑问，阿尔贝特是天底下最好的人，昨天我同他演了精彩的一幕。我去他那儿向他告别；我一时心血来潮，要骑马到山里去，现在我正是在山区里给你写信的。我在他房间里踱来踱去，他的两支手枪不经意落在我的眼里。——"把手枪借给我吧，"我说，"我旅途中好用。"——"我倒无所谓，"他说，"只要你愿意费工夫给枪上弹药就行；枪在我这里挂着只是摆摆样子而已。"——我取下一支枪，他继续说："我一向小心谨慎却还是被开了个恶劣的玩笑，打那以后我就不愿再摆弄这玩艺儿了。"——我心里好奇，很想知道这件事。——"我在乡下一位朋友家里大约住了三个月，"他开始讲述，"身边带了几支微型手枪，都未装弹药，我照样睡得很安稳。一天下午，下着雨，我闲坐无事，不知怎么，突然生出奇思异想：我们可能会遭到袭击，可能用得上手枪，可能……你已经知道，事情会是怎样。——我把手枪交给仆人，叫他把枪擦一擦，并装上弹药，而这小子却拿着枪去逗女仆玩，掏出手枪想吓唬她们一下，天晓得是怎么搞的，枪走火了，通条还在枪膛里，结果一下子射进一位女仆右手拇指肌，把她的拇指打烂了。我不仅得听她的哭诉还得支付她的治疗费，自那以后，我所有的枪支都不装弹药了。亲爱的朋友，小心谨慎有什么用？危险可是防不胜防的呀！虽然……"你知道，我很喜欢此人，就是不喜欢他的"虽然"二字，因为任何一般定理都有例外，这不是不言自明的吗？此公竟如此四平八稳，面面俱到！要是他觉得说了些考虑不周、一般化的或不太确凿的言辞，他就要没完没了地对他的话加以限定、修正、增添和删减，末了让人不知所云。由于这个原因，他不厌其烦地把这件事情说得详详细细，纤悉无遗，到后来我根本就不听他说了，完全陷入了自己的一些阴郁的念头，我以引人注目的姿态把枪口对准自己右眼上的太阳穴。"啊哟！"阿尔贝特叫道，同时把我举着的枪拉下来，"这是干什么？""枪里没装弹药。"我说。"是没装，但这是什么意思？"他极不耐烦地加了一句，"我无法想像，一个人竟然愚蠢到要朝自己开枪，单是这种念头本身就让我反感。"

"你们这些人呵，"我嚷道，"每逢谈起一件事，马上就要说：'这是愚蠢的，那是聪明的，这是好的，那是坏的！这些话究竟想要说明什么问题？你们说这些话以前，探究过一个行动的内在情况吗？这个行为为什么会发生，为什么必然会发生？你们能十分确定地说明那种种原因吗？如果你们研究过，那就不会如此草率地作出判断的。"

"你得承认，"阿尔贝特说，"某些行为的发生无论出于什么动机，其本身始终是一种罪恶。"

我耸耸肩膀，承认有这种情况。——"可是，我亲爱的，"我接着说，"即使在这种情况下也有例外。不错，偷盗是一种罪恶，但是一个人为了自己和亲人不致饿死才去盗窃，他究竟该值得同情还是该受到惩罚？有一位丈夫由于正当的愤怒，一气之下杀了他不忠实的妻子及卑鄙的奸夫，有谁会拾起第一块石头砸他呢？还有那位姑娘，那位在极乐时刻完全沉醉在排山倒海的爱情的狂欢之中而失身，又有谁会拾起第一块石头砸她呢？我们的法律本身——这些冷血的、咬文嚼字的学究也会被感动，他让他们免受惩罚。""这完全是另一码事，"阿尔贝特说，"因为一个人受了激情的驱使，已经失去了理智，只能把他看作醉汉，看作疯子。""哟，你们这些有理智的人！"我微笑着感叹道，"激情！酩酊大醉！疯狂！你们却在那里泰然自若冷眼旁观，无动于衷，毫无恻隐之心，你们这些品行端正的人，你们嘲骂醉汉，唾弃疯子，像祭司一般从那边走过去，像那个法利赛人似的感谢上帝，感谢他没有把你们也造成醉汉或疯子。我曾经不止一次喝醉过，我的激情也和疯狂相差无几，这两件事情并没有使我感到悔恨，因为我在自身的境遇中已经懂得，凡是成就伟大事业，做了看似不可能做到的事的，都是出类拔萃的人，可是自古以来他们都被骂作醉汉和疯子。"

"即使在日常的生活中，凡是有人做了某种自由、高尚、出人意料的事，就总会听到人家指着他的脊梁骨在背后嚷嚷：'这家伙喝醉了，这个人是傻瓜！'这同样令人难以忍受。你们这些清醒的人！你们这些聪明人，你们应当感到羞愧！"

"你又在这异想天开了，"阿尔贝特说，"你把什么事都夸大得过了头，至少你作这种比较是没有道理的，现在谈的是自杀，你却把它扯来同伟大的行为相比较：自杀只不过是软弱的表现罢了，因为死无论如何要比坚毅地承受充满痛苦的生命容易得多。"我本来不想再谈下去；他这种论调真让我火冒三丈，我的话都是吐自肺腑，他却尽说些人云亦云，空洞无聊的老调来。可是我还是按捺住心头的怒火，因为他这一套陈词滥调我以前已经听惯了，也常常为此而气恼。于是我稍带激动地回答他："你说自杀是软弱？我请你不要被表面现象所迷惑。一个民族，一个在难以忍受的暴君压迫下呻吟的民族，当它终于奋起砸碎自己身上的锁链时，难道你能说这是软弱吗？一个人家宅失火，他惊恐之余，竭尽全力，轻易地搬开了他头脑冷静时几乎不可能挪动的重物；一个人受到侮辱时，怒火中烧之下竟同六个对手较量起来，并将他们一一制服，能说这样的人是软弱吗？还有，我的好友，既然拼命乃是坚强，那么为什么过度紧张便该成为其反面呢？"——阿尔贝特凝视着我，说："请别见怪，你举的这些例子，在我看来和我们讨论的事是风马牛不相及的。"——"这可能，"我说，"经常有人指责我，说我的联想方法近乎荒谬。那么就让我们来看一看，我们是否能以另一种方式，来设想一下一个决意摆脱生活担子的人——这种担子在通常情况下是令人愉快的——是什么样的心境。我们只有在我们怀有同感的情况下，才有资格来谈论一件事。"

"人的天性都有其界限：它可以承受欢乐、悲伤、痛苦但有一定的限度，一旦超过这个限度，人的天性就将毁灭。"我继续说，"所以，在这个问题上关键不在于一个人是软弱还是坚强，而在于他能不能经受得住自己痛苦的限度，无论是在道义上或肉体上的痛苦都有能否承受的问题。我认为，把一个自杀者说成是懦夫，正如把一个死于恶性热病的人称为胆小鬼一样，都是不恰当的，这两种说法同样是离奇的。""谬论，简直是谬论！"阿尔贝特嚷道。——"没有你想像的那么荒谬，"我说，"你得承认一种疾病，侵害人的机体，耗蚀其一部分生命力，又使另一部分生命力失去了作用，以致机体再也不能自救，无论怎么治也无法恢复生命的正常运转，这种病我们称之为绝症。"

"好吧，亲爱的朋友，现在让我们把这个比喻移到人的精神上吧，请看一看人在狭隘的天地里，各种印象如何影响着他，又如何在他的头脑里固定下来，直至最终一种日趋强烈的激情是如何夺去他冷静的思考力，以致使他毁灭的。"

"沉着而有理智的人虽然对这位不幸者的状况看得一清二楚，虽然也劝说他，但都是徒劳的！这正如一个健康人站在病人床前，却无法把自己的点滴生命力输送给病人一样。"

阿尔贝特觉得这些话说得太笼统。于是我便提起一位不久前淹死在水里的姑娘，我把她的遭遇向他复述了一遍："这是一位年轻的好姑娘，成长在狭小的家庭圈子里，每星期为家务操劳，到了星期天就穿上一套慢慢凑齐的像样衣裳同几个情况与她相似的姑娘一起到郊外去散散步，也许逢年过节还能去跳一场舞，再就是同女邻居兴致勃勃地聊上一阵，谁家吵嘴的起因啦，大家在背后散布谁的流言蜚语啦等等，讲得活龙活现，听得专心致志，除此之外就谈不上别的娱乐了。——她火热的天性后来感觉到了内心深处某些需求，男人的谄媚奉承更增加了这种需求；她渐渐觉得以前生活中的快乐变得无聊乏味了，最后她终于遇到了一个男子，一种从未经历过的感情不可抗拒地驱使她接近他，于是她便把自己的一切希望统统寄托在此人身上，忘掉了周围的世界，除他之外，除他一人之外，她什么也听不到，什么也看不见，什么也感觉不着。他是惟一的，她渴望得到他，得到这惟一的人。空洞的消遣虽可满足变化无常的虚荣心，但她不为其所左右，一心径直追求自己的目标；别无所求只想成为他的人，她要在永恒的比翼连理中寻找她所缺少的一切幸福，享受她所渴望的种种欢乐。他频频许下的山盟海誓，给她吃了定心丸，使她确信自己的希望绝不会落空；他大胆的亲吻爱抚更增添了她的欲求。这一切都充塞着她的心灵；她飘浮在朦胧的意识中，沉浸在对于欢乐的预感中，她兴奋到了极点，终于伸展双臂，要将自己的全部心愿的化身，投入她所爱的男子的怀里。——可是，她最爱的人却将她抛弃。——她呆若木鸡，神志麻木了，站在那里，面对万丈深渊；她周围是一片黑暗，没有希望，没有安慰，没有感觉，因为她惟独在这个男人的存在中才感觉到自己的存在——如今他抛弃了她！她看不见面前广阔的世界，看不到许许多多可以为她弥补这个损失的人，她感到形单影只，感到被世界所遗弃。——并且她被心中十分强烈而紧迫的需求逼得走投无路，于是便盲目地纵身往下一跳，以便让自己的一切痛苦‘在团团围困的死亡中窒息’。——你看，阿尔贝特，这便是某些人的遭遇！请告诉我，这难道不是一种病例吗？在这混乱而矛盾的力的迷津中，人的天性找不到出路，人就惟有一死了之。"

"让这帮袖手旁观、专说风凉话的人遭殃吧！他们可能会口口声声地说道：‘傻丫头！她本该等待，本该让时间来医治，这样的话绝望的心情总会被排除，就会有另一个男人来安慰她。’——这种说法正好像有人说：‘这傻瓜，竟会死于热病！他本该等待，直到他恢复精力，体液好转，紊乱的血液又恢复到正常的循环，那一切就会好起来，他会一直活到今天呐！’"

阿尔贝特还觉得这个比喻不够明白具体，又提出一些异议，其中之一是，说我讲的只是一位单纯的姑娘，倘若是个有理智的男人，又不是被局限在那样的小天地里，涉世也较深，这样的人自杀了却要别人原谅，对于这一点他就无法理解。——"我的朋友，"我大声嚷道，"人总归是人，当一个人激情澎湃，而又受到人性局限的逼迫时，他可能有的那点儿理智也很少能起作用，或者根本就起不了作用。更何况——下次再谈吧……"说着，我便拿起我的帽子。哦，我心里有多少话要讲啊——我和阿尔贝特分开了，未能做到相互理解。在这个世界上一个人要理解另一个人是多么不容易呀！

八月十五日

确实，世界上人最需要的东西莫过于爱情。我在绿蒂身上感觉到，她不愿失去我，而这帮孩子更是认定，我每天一早就去他们那儿，除此之外，再无别的思想准备。今天我去了，去为绿蒂的钢琴校音，但这事今天没能办成，因为小家伙们缠着我，要我讲故事给他听，连绿蒂都说，我应当听从他们。我给他们切晚餐面包，他们从我手中接面包就像是从绿蒂手里拿到的一样，个个都非常高兴。我给他们讲了关于一双神奇的手如何服待一位公主的故事。我自己由此学到了不少东西，这一点请你相信。这个故事给他们留下的印象之深，使我吃惊。因为我在讲的过程中往往添油加醋，第二次讲的时候上次编造的情节就给忘了只好临时编造，这时孩子们立刻就会说，这和你上次讲的不一样，所以我现在只好练习以抑扬顿挫的唱歌的音调一字不差地一气儿就把故事背诵下来。我由此懂得，一位作家如果在他的书再版时将故事作了修改，改了以后无论从艺术上有了多大提高，那还是必然会损害他的作品的。我们总是愿意接受第一个印象，人生来如此，最最荒诞不经的事你也可以使他信以为真，并且马上牢记在心，谁要想重新把它推翻或者抹掉，谁就要等着吃苦头了！

八月十八日

难道非得这样吗：人的幸福之源，反过来又会变成他的痛苦之源？

我的心曾因生意盎然的大自然获得过充实温暖的感情。这种感情一度如江河泛滥，把我淹没在无数的欢乐中，使周围世界创造成了我的伊甸园，而如今却成了一个不堪忍受的痛苦制造者，成了一个用痛苦折磨人的精灵，我走到哪里，它跟踪到哪里。以前我从岩石上纵览河对岸山丘间的丰饶的谷地，看到周围一派生机勃勃、欣欣向荣的景象；我看到座座高山，从山麓直到峰顶都有茂密的参天大树覆盖，那些千姿百态、蜿蜒曲折的山谷都遮掩在可爱的林木的绿荫之中，缓缓的河水从喁喁细语的芦苇间缓缓流去，天边，晚风轻柔，送来可爱的白云，在河里投下自己的倒影；我听到小鸟在四处啼鸣，使树林里充满勃勃生机，还有千百万只蚊蚋在夕阳最后一抹红色的余晖中纵情地翩翩而舞，落日最后几道抖动的金光把唧唧鸣叫的蟋蟀从草丛中解放出来了，我周围一片纷乱而忙碌的嘤嘤之声，又催我把注意力集中在地上，一片片苔藓从我脚下的坚硬的岩石上夺取养分，生长在下面贫瘠的沙丘上的、枝干互缠的簇簇灌木为我揭示了大自然内部炽烈而神圣的生命；此时此刻我仿佛把这一切都摄入自己温暖的心中，我的心充满了，满得不断向外溢流中，我觉得自己也飘然欲仙了，无穷世界的种种壮丽形象都生意盎然地在我心灵中跃动。崇山峻岭环抱我，深渊峡谷横卧在我眼前，道道瀑布飞泻而下，条条河水流淌在我脚下，山有声林有音，回荡交响；我看见各种难究其妙的力量在地球深处相互作用，彼此影响；于是在大地之上，天空之下繁衍着千姿百态的生物，一代代一族族又呈现出形形色色、千差万别的形态；还有人，他们家家住在小屋里，定居在一起，好共同来保护自己的安全，随处营造房屋，并按人的理解统治着广阔世界！可怜的傻瓜！你把一切都看得如此微不足道，正因为你自己就那么渺小。——从高不可攀的险峰，越过人迹未至的荒漠，到无人知晓的海洋的尽头，永恒的造物主的灵气无处不在飘荡，并为每颗能够聆听他声音的有生命的微粒感到欣喜。——啊，那时我常常渴望借助从我头顶飞过的仙鹤的翅膀，把我带往茫茫大海之滨，从这位无穷无尽者那只泛起泡沫的酒杯中痛饮那温暖人心的生之喜悦，渴望在瞬息之间，让我胸中被限制的力感受一下那位在自身生出万物、通过自身造出万物来的造物者的点滴至福极乐。

兄弟呀，惟有对那些时刻的回忆使我欢畅。我想竭力去重新唤起、重新言说那些无以言说的感情。单就此事，本身就会使我的心灵超越自身，随之我也加倍感觉到自己目前处境如何令人担忧。

仿佛挡在我灵魂之前的一幅幕布被拉开，无穷无尽的生活之舞台在我面前变成了永远开启着的坟墓之深渊。万物皆是转瞬即逝，万物过往匆匆，迅如雷电，能够维持其生存之全部力量经久不衰的事物少之又少，啊，万物都将被卷进激流，被波涛吞没；并在岩石上撞得粉碎，这个时候你能说"此物长存"吗？没有一个瞬间不在吞噬你和你周围亲人的生命，没有一个瞬间你不是破坏者，也不得不是破坏者；因为一次最最普通的散步就会让数以万计的可怜的小虫子付出生命，一踩脚就会毁掉蚂蚁辛辛苦苦营造的蚁穴，把一个小世界踩为一座蒙受羞辱的坟墓。啊，使我动情的不是世界上罕见的大灾难，不是冲毁你们村庄的洪水，不是吞噬你们城市的地震；伤害我心灵的是隐藏在大自然中吞噬一切的力量，它所造就的一切无一不在摧毁它的邻居，无一不在摧毁它自身。想到这些我便心惊胆颤，忧心忡忡，连走路都不知往何处下脚才是。我的周围有天有地，还有天地间种种创造力，我所看到的惟有永远在吞噬、永远在反刍的庞然大物。

八月二十一日

清晨，我从噩梦中似醒非醒，我向她伸出双臂，结果是竹篮子打水摸了一个空；夜里，一个幸福无邪的好梦迷惑了我，仿佛我和她并肩坐在草地上，我握着她的手，印上千百个吻，随后我在自己的床上找她时，又是海底捞月。我哪能找得着呢！唉，我在半睡半醒中昏昏聩聩地向她摸索，摸了一阵就完全清醒了。——从我压抑的心中迸涌出泪的洪流，得不到安慰的我朝着昏黑的未来失声痛哭。

八月二十二日

真是不幸，威廉，我心烦意乱，怠情懒散，我有充沛的活力，却偏偏无所事事，闲得发慌，我不能游手好闲，却又什么都干不了。我没有了想像力，失去了对大自然的感觉，书籍也使我厌恶。倘若我们失去了自我，也就失去了一切。我向你发誓，有时我真希望当一名按日计配的短工，仅仅为了每天早晨醒来时，可以展望行将到来的一天，有紧迫感也有希望。我常常羡慕阿尔贝特，看到他埋头在文件堆里，便心生妒忌，想像要是我能取而代之，该有多好！好几次我曾想要给你和部长写信，在公使馆里谋个职位。你曾很有把握地说过，我是不会遭拒绝的。我自己也相信这一点。长时间以来部长一直很喜欢我，早就劝我该找点事做；有个把小时，我也曾有过这种念头。当我回过头来再一琢磨，便想起了那则马的寓言：这匹马本来自由自在，一天它对自己的这种生活感到厌烦了，便让人加上鞍子，套上辔头，骑着它长途奔跑，直到使它成了伤残。——我不知道该怎么办。——亲爱的朋友，我心中渴望改变现状，不也许正是一种内心里颇不愉快的厌烦吗？它会时时处处缠着我的。

八月二十八日

真的，要是我的病必须医治，那也得由这样的人来治。今天是我的生日，一大早我就收到阿尔贝特寄来的一个小包裹。打开包裹，一个粉红色的蝴蝶结即刻映入我的眼帘。那是我与绿蒂初次相识时，她胸襟上结着的那蝴蝶结，自那以后，我不止一次请求她，让她把蝴蝶结送我。包里还有两册十二开本的小书——韦特施泰因版的《荷马作品集》。这个版本是我早就想要的，免得外出散步时还得背着我那本埃内斯蒂版的大厚本。你看，他们就是这样来满足我未曾表露过的心愿，他们善察人意，总是想方设法送给我一些我所喜爱的小礼品，以作为他们小小的友好表示。这些小礼品要比那些令人眼花缭乱的贵重礼物珍贵一千倍，那种光彩夺目的礼物无非是馈赠者用来贬低我们，以满足他们自己的虚荣心的。我千百次地吻着蝴蝶结，每次呼吸都将种种幸福的回忆啜入心田，于是我便沉浸在幸福的日子里。这样的日子只有了了几天，现在已经一去不复返了。威廉呀！事情就是这样，我不抱怨，生命之花只不过是幻象罢了！那么多的花儿随风飘去，没有留下一点痕迹，那么少的花儿结成了果实，而那么少的果实终于成熟了！尽管如此，世上仍有足够多的果实；可是，我的兄弟呀，对于这些熟果难道我们可以不加理会，可以鄙视它们，可以不去享受而任其烂掉吗？

再见！这是个绚丽多姿的夏天；我常常在绿蒂的果园里坐在果树上，手里拿着长杆采果器，把树梢上的梨子采下来。她则站在树下，取下我从长杆上递给她的果子。

八月三十日

不幸的人呀！难道你是个傻子不成？难道你不是在自己骗自己吗？这无休无止的汹涌澎湃的激情究竟要怎样呢？除了为她，我已不再祷告别的；除了她的倩影，我想像中已无别的形象，周围环境中的一切，除去与她相关的以外，我都视而不见。这样一来，我才能从中得到些许幸福的时刻——直到我不得不硬把自己从她身边走开为止！唉，威廉，我的心为何常将我困扰！——我坐在她身边，坐上两小时、三小时，欣赏着她的风韵，她的仪态，她的妙语清音，于是渐渐地我所有的感官都紧张到极点，我眼前一片昏暗，我几乎什么也听不到了，我的咽喉像是被暗杀者紧紧扼住了，我的心在狂跳不止，想要让压抑的感官松弛片刻，结果反倒使之更加纷乱迷惘。——威廉呀，我常常不知道，我到底是不是还在这个世界上！要不是有时我抑郁的心情有所减轻，要不是绿蒂给了我一点可怜的安慰，允许我伏在她的手上失声痛哭，渲泄我心中的积郁，那我只好起身告辞，只好跑出去，远远地到原野中去漫无目的四处游荡，那么，攀登陡峭的山峰，在无路可行的森林里踩出一条小径来，任灌木丛刮破我的衣服，任凭荆棘刺破我的肌肤，这便成为我的乐趣！这样，我的心境反倒稍微好些！但也不过是"稍微"而已！有时，我在途中，又饥又渴，便就地躺下，有时在深夜，一轮满月当头高挂，我在寂寞的森林里爬到一棵长得弯弯曲曲的树上坐下，使磨破的脚掌减轻些许痛楚，在影影绰绰的月色中，乏人的寂静将我送入梦乡！唉，威廉，一间修道士寂寞的陋室，一件粗羊毛织的长袍和一根荆条腰带仿佛是我的心灵渴求的清心提神的清凉剂。再见！这场不幸除了坟墓以外我看不出还会有别的结局。

九月三日

我非走不可了！感谢你，威廉，感谢你坚定了我动摇不定的决心。两星期来我在反复考虑离开她的问题，我非走不可了。她又进城来住在一位女友家里。而阿尔贝特——还有——我非走不可了！

九月十日

那是一个黑夜！威廉呀！我正在战胜一切。我将不会再见到她了！哦，我的挚友，我恨不能飞到你的身边抱住你的脖子，热泪千行却又欣喜若狂地向你倾吐冲击我心灵的种种感受。我坐在这儿，张着大嘴喘气，设法使自己平静下来，等待黎明的来临。太阳一出马上就启程。

啊，她此刻正睡得安稳，并没有想到，她永远不会再见到我了。我硬把自己从她身边拽走了，我够坚强的，在长达两个小时的交谈中，对我的打算滴水未漏。上帝，这是一次什么样的谈话呀！阿尔贝特事前答应我，吃完晚饭马上就同绿蒂一起到花园里来。我站在栗树下的坡台上，目送夕阳抹过可爱的山谷和缓缓的河流，沉入天边。这于我是最后一次。过去我常常同她一起站在此地，也是欣赏这幕壮丽的景象，而此刻——我在这条我十分喜爱的林荫道上徘徊；还在我认识绿蒂之前，这里就以一种神秘的使人产生同情的吸引力，挽留我经常在此漫步；我们相识之初，当我们发现彼此不约而同地都喜欢这一小块地方时，我们又是多么高兴呀！这地方真是我见过的一件最富浪漫情调的艺术瑰宝。

只有站在栗树之间，你才可以极目远望。——啊，我记得，我想我已多次在信里向你谈到过，高大的山毛榉形成两道树墙，一座延伸到近旁的小森林与之相连，林荫道因此变得更加幽暗，末了在它的尽头形成一方与世隔绝的林间空地，寂静索寞，幽静中透着阴森之气。我至今还记得，一天正午，当我第一次走进此地，一种神秘感向我袭来；当时我隐隐约约地预感到，在这方天地里，我将会饱尝幸福和痛苦的滋味。

我沉浸在离别的惆怅和重逢的欢愉中，思绪万千既甜蜜又令人焦渴。大约等了半小时，就听到他们往坡台上走来的声音。我便跑着迎了上去，当我握住并亲吻她的手时，一个寒颤流遍全身。我们登上坡台时，月亮正从郁郁葱葱的山岗后面升上来。我们漫无边际地闲聊，不知不觉已来到那座幽暗的凉亭前。绿蒂走进去，坐了下来，阿尔贝特挨她而坐，我也坐在她身边；可是，我心情不安，难以久坐，我便站起身来，在她面前踱来踱去地走了一阵儿，又重新坐下。这是一种焦虑不安的心态。这时月光从山毛榉墙尽头洒来照亮了我们眼前的整个坡台，她让我们注意欣赏月光的魅力：这景色真美，因为我们被四周的幽暗所笼罩，因此那月光辉映之处就越发显得绚丽夺目。我们沉默无语，过了一会她先开口说："我每次在月光下散步总会想起故世的亲人，对死亡和未来的感觉总会袭上我的心头。我们都将有此一天！"她接着又说，声音里饱含着极庄重的的感情："可是，维特，到那时我们还会彼此重新找到对方吗？会彼此重新认出对方来吗？您怎么想？您怎么说？"

"绿蒂，"我说，同时把手伸给她，眼里滚着泪水，"我们会重新见面的！会在这里或那里重新见面！"——我无法继续讲下去了。——威廉呀，此刻我心里正充满了离愁别绪，她偏偏又非问这些问题不可！

　　"故世的亲人是否知道，是否感觉得到，我们在幸福的时刻总是怀着温馨的爱在思念他们呢？"她继续说下去道："当静静的夜晚坐在妈妈的孩子，我的弟妹们中间，当我把他们聚集在我的周围，让他们围着我就像当年围着妈妈一样，这时，母亲的身影就会浮现在我的眼前。我含着思慕的眼泪仰望天空，但愿她能看到哪怕是极其短暂地看到，我是如何遵守在她临终时向她许下的这个诺言的：我将做她的孩子的妈妈。我怀着怎样的情感呼喊着：'倘若他们心目中，我对他们的关心不及你对他们那么周到，那就请你原谅我，最最亲爱的妈妈！哦，我已经尽力而为了，给他们穿好吃好，还有，比这些更重要的是，给他们关怀和爱。你若能亲眼见到我们相处得多么和睦该多好，亲爱的圣洁的妈妈！你一定会怀着最热烈的感激之情称颂上帝，赞美你含着最后的辛酸的泪水祈求他赐福给你的孩子的主。'"

　　她说了这么一番话！哦！威廉，有谁能重复她所讲的话呀！那些冷冰冰的、僵死的文字又怎能描画出这美妙的精神之花！阿尔贝特温柔地打断她的话说："您太激动了，亲爱的绿蒂！我知道，这些事你始终挂在心上，但是，我求您……""哦，阿尔贝特，"她说，"我知道，你不会忘记那些个夜晚，每当爸爸出远门去了，弟妹们也都让我们送上了床，我们就一起坐在那张小圆桌旁。你常常拿着本好书，却很少翻开来阅读。——同这颗善良的灵魂交流难道不比其他一切事情更有意义吗？我那美丽、温柔、活泼、勤劳的母亲呀！我常常在床上跪倒在神的面前，眼含泪水向上帝祈求：让我变成同母亲一模一样。我的眼泪上帝是知道的。"

　　"绿蒂！"我失声喊到，禁不住跪倒在她跟前，拿起她的手，让千行热泪落到她的手上，"绿蒂！上帝会赐福给你，你妈妈的在天之灵也会保佑你！"——"您要是认识她该多好，"她一边说，一边握住我的手，"她是值得您认识的！"听了这话，我深信自己正在晕死过去。还从来没有人谈到我时讲出过比这更有意义，更令我骄傲的话来。她接着又说："妈妈去世时正当锦瑟年华，最小的儿子还不满六个月！她的病持续的时间并不长，死的时候很平静，也很安详，只有她的孩子使她牵肠挂肚，特别是最小的孩子。临去时她对我说：'把他们都叫上来！'我把他们领进房里，年幼的几个还不懂事，大的则不知所措，大家都在病床四周站着，妈妈举起双手为他们祈祷，一个又一个地吻了他们，等他们出去后。她对我说：'当他们的妈妈吧！'——我把手伸给她，向她作了保证。——'你承诺的并非易事，我的女儿！'她说：'要有母亲的心，母亲的眼睛。我常从你感激的眼泪中看出，你对当母亲的分量是有所感受的。对弟妹你要有母亲的慈爱，对父亲你要有妻子的忠诚和顺从。你会给他安慰的。'接着她问起父亲在哪儿。父亲为了隐藏他心中难以忍受的悲痛，出门去了，不让我们发现这个男子汉的心碎了。"

"阿尔贝特，你当时也在房里。母亲听见有人走动，便问是谁，并要你到她身边去。她以欣慰和安详的目光注视着你和我，相信我们会幸福的，会在一起共享幸福的……"阿尔贝特一下搂住她的脖子，一边吻她一边大声说道："我们现在是幸福的！将来也会是幸福的！"——一向镇静的阿尔贝特完全失去了自制力，我自己也是百感交集，惘然若失全然不知所措。

"维特，"她接着又说，"这样一位女性，竟要让她辞别人世！上帝呀！有时我想，你创造的生命中最可爱的生命被人抬走的时候，任何人的悲痛都不如孩子们的悲痛深切，很久以后他们还在哀诉穿黑衣服的人抬走了妈妈！"

她站起身来，我也如梦初醒，感动之极，呆坐着不动，仍旧握着她的手。——"我们走吧，"她说，"已经很晚了。"——她想把手缩回去，但我却把它握得更紧。——"我们会再见的，"我大声说道，"我们彼此会找到对方的，无论变成什么模样，我们彼此会认出对方来的。我要走了，"我接下去又说，"我是心甘情愿地走的，可是，如果非要我说永远离开，我可经受不了。再见了，绿蒂！再见了，阿尔贝特！我们会重新见面的。"——"我想就在明天。"她戏谑地说——明天，但愿如此！唉，她从我手里抽回她的手时，她还全然不知呢。——他们朝林荫道走去，我站起来，望着月光下他俩的背景。我扑倒在地，放声大哭，随后又一跃而起，奔上坡台，还看得见下面那棵高大的菩提树的阴影里，她白色的衣裙一闪一闪地朝花园大门移动，我伸出双臂，这时白裙已经消失了。

下　篇

一七七一年十月二十日

我们昨日抵达此地。公使身体不舒服，需要闭门休息几天。假如他为人不怎么粗暴，我这份差事倒也不坏。我发觉，我进一步发觉，命运给安排了种种严峻的考验。我要鼓起勇气！心情愉快便什么都可以承受得住！心情愉快？这种话竟出现在我的笔下，简直可笑。哦，只要有那么一点儿轻松的心情，我就是天底下最幸福的人了。什么！别人只要有了一点儿精力和才能便在我面前自鸣得意、夸夸其谈了，我干嘛要因为自己的有才能和禀赋反而感到绝望呢？仁慈的上帝，你赐予我这一切，你为什么不留下一半，另给我以自信和满足呢？

要有耐心！有耐心！情况会好转的。我告诉你，亲爱的朋友，你的话是对的。自从我不得不在社会上整日奔忙，看看他们在干些什么以及怎样去干，我对自己就满意多了。确实，我们天生就是如此，总要拿别人同自己作比较或拿自己同别人作比较，所以幸福抑或不幸取决于我们拿自己与之作比较的那些对象，因此，最大的危险莫过于孤独寂寞了。我们的想像力受到天性的激发，又受到诗歌中奇妙的幻象的熏陶，便虚构出一系列高大的人物形象来，而我们自己则处在最低的层次，似乎除了我们自己以外，一切都美好无比，人人都更加出色，个个都更加完善。这种想法是十分自然的。我们常常感到自己有某些不足，并觉得别人所具有的，正是我们身上所缺少的，我们于是又把自己所有的一切，都统统加在别人身上，还赋予他们某种理想的怡然自得的情绪。于是，幸运者便完美无缺了，实际上他无非是我们自己的臆造产物罢了。与此相反，尽管我们有种种弱点，尽管辛苦费力，如果我们照样一个劲地勇往直前，那么我们往往便会发现，虽说我们步履蹒跚，而且逆风而行，却比那些顺风扬帆，飞桨速划的人走得更远——而且——这是一个人能同别人并驾齐驱或者甚至超而过之时真正自信的感受。

一七七一年十一月二十六日

我总算可以十分勉强地适应此地的生活了。最妙的事情便是，这里有足够的事情可做；其次便是，各式各样的人，形形色色的新形象在我的心灵之前表演了一场多姿多彩的戏剧。我认识了C伯爵，他是个思想开明，知识渊博的人，我对他的敬重与日俱增；他不拘虚礼，所以不是那种冷冰冰的人；同他的交往中他表现出极重友情、富有爱心的姿态。他很关心我，我首次造访他府上向他转达一件公务，话刚开头，他便发现我们彼此十分投机，他可以同我畅怀叙谈，而这一点他并不是同每个人都能做到的。他对我如此开诚布公，推心置腹，举止坦率，使我赞不胜赞。能见到一颗伟大的心灵向另一个心灵敞开，一个对人敞开胸怀、以诚相待的人，这种真正的，暖人的欢乐自然不是人间之欢乐。

一七七一年十二月二十四日

公使真让我厌烦透了，这倒是我事先已经预料到的。他是天底下绝顶拘泥刻板、仔细精确到极点的笨蛋，此公一板一眼，唠唠叨叨，像个老婆子；他从来没有满意自己的时候，因此别人也休想让他感到满意并表示感谢。我办事喜欢干脆利索，该怎么样就怎么样；他却会在把文稿退给我的时候说："文章满不错，不过请再看看，总是可以找到一个更好的字和更贴切的小品词来的。"——真要把我气疯了。少用一个"和"，省掉一个连接词都是不允许的，有时我不经意用了几个倒装句，而他正是所有倒装句的死敌；如果复合长句没有按照传统的节奏来写，他就根本读不懂。要同这么一个人打交道，真是苦不堪言。

冯·C伯爵的信任是我所得到的惟一安慰。最近他推心置腹地对我说，他对我的这位公使的拖沓和多虑、瞻前顾后的作风如何地不满意。"这种人总是在给自己和他人增添麻烦。可是，"他说，"可是我们又只能面对现实，就像是一个不得不翻越一座大山的旅行者；当然，如果没有这座大山，道路自然短得多也好走得多；现在既然有这座山，就只好翻越过去！"——我的上司大概也觉察到伯爵亲我疏他，因而耿耿于怀，便抓住一切机会，在我面前大讲伯爵的坏话。我当然要替伯爵辩护，这样一来，事情越来越糟。昨天他简直把我惹火了，因为他的一番话同时也是针对我的：办理这样的世俗事物，伯爵倒是轻车熟路的，还相当不错，文章写得也漂亮。可就是跟所有爱好文艺的人一样，缺少扎实的学识。说到这里，他脸上显露的那副神色仿佛在问："感到刺着你了吗？"但是，这类话在我身上是不会起作用的；竟会有这样的想法并做出这样的举动来的人，我根本就瞧不起。我毫不让步，同他针锋相对，言辞颇为激烈。我说：无论是在人品还是学识方面，伯爵都是一位不得不让人尊敬的人。"在我认识的人中，"我说，"还没有谁能像伯爵那样，善于拓宽自己的思想，涉猎无数专题，又能把日常事务处理得井井有条。"——我这些话对于这个老顽固无异于对牛弹琴，为了免于再听他的信口雌黄而大动肝火，我当即起身告辞了。

这一切全怪你们，是你们喋喋不休地劝说，我才套上这副枷锁的，你们还不断地给我大念什么要有所"作为"的经，作为！倘若一个种植马铃薯并运进城来出售的农民不比我更有作为，那我倒甘愿在这条锁住我的奴隶船上再服十年苦役。

聚集在此地的那些令人讨厌的人，虚有其表，精神贫乏无聊透顶！为了追逐等级地位，他们时时警觉，处处留神，人人都想捷足先登；这种最可悲、最可怜的欲望竟是赤裸裸的，毫无掩饰。举个例子来说吧：此地有个女人，逢人便大讲她的贵族头衔和地产，以至于初来乍到的外地人听了，都以为她精神不正常，心想：这是个傻子，以为有了点门第和地产便了不起了。——但更加令人气恼的是，这个女人不过是此地邻近地方一位文书的女儿。——我简直无法理解，你看，一个人如此鲜廉寡耻，竟这样糟蹋自己的尊严。亲爱的朋友，话虽如此，我则一天比一天看得更明白，以己之心去度他人之腹是多么愚蠢。我自己已经自顾不暇，心情又是如同暴风骤雨。唉，我自然乐于听凭别人走他们自己的路，只要他们也能让我走我的路。

最令我气恼的，便是市民阶层的可悲的处境。虽然我同大家一样深知，等级差别如何必要，而且它也给了我本人带来不少好处，只是它不该挡着我的路，妨碍我去享受人世间尚存的一点有限的欢乐和短暂的幸福。最近，我散步时认识了一位冯·B小姐，她是位可爱的姑娘，在这种僵硬死板的生活环境中仍保持着许多自然的天性。我们谈得很投机，分别时我请她允许我登门拜访。她非常爽快的同意了，我几乎等不到约定的日子就巴不得能去见她。她不是本地人，寄居在她的姑妈家里。老太太的长相我不喜欢，但对她仍十分尊敬，我多半时间是跟她交谈，不到半小时，我对她的情况就有了大致的了解，后来B小姐又亲口跟我讲了一遍：亲爱的姑妈这么大年纪了仍是一贫如洗，既无与其贵族身份相称的产业，也无才智，除了祖宗家谱并无别的依靠，除了仰仗门第的隆荫外并无别的庇护，除了从楼上俯视下面市民的脑袋之外并无其他乐趣。据说她年轻时很漂亮，生活逍遥自在，像只翩跹而舞的蝴蝶似的虚度年华，起初以她的任性固执让许多可怜的小伙子吃尽苦头；到了中年才纡尊降贵，屈就了一位俯首贴耳的老军官。由于娶了她又要勉强维持家庭开销，同她一起共度了一段艰辛的暮年，他便先去了极乐世界。她如今形单影只，晚景如斯，要不是她侄女如此可爱，有谁还会去理睬她呢？

一七七二年一月八日

人啊，真不知是怎么回事，他们的全部心思都放在了繁文缛节上，成年累月耗费思想与精力就是为了宴席上自己的座位能不断往前挪！他们除此之外无事可做了吗？不，工作多得堆积如山，正因为他们都热衷于种种伤脑筋的无聊事，才把重要事情搁在一旁不予办理。上星期乘雪橇出游时就发生了一场争吵，败了大家的游兴。

只有傻瓜才不明白，地位高低其实无关紧要，坐首席的很少是第一号角色！正如有多少国王是通过他们的大臣来统治的，多少大臣又是通过他们的秘书来进行治理！谁是第一号人物呢？依我看眼光过人、又拥有很大权力或工于心计、能把别人的力量和热情悉数调动起来，以实行他本人的计划者便是首要人物。

<h1 style="text-align:center">一月二十日</h1>

亲爱的绿蒂，为躲避一场暴风雪。我逃进一家农舍小客店的狭小房间里，我必须给您写信了。只要我呆在D镇这可悲的巢穴里，周旋于陌生的、同我格格不入的人群中，我就不会有片刻空闲，没有片刻可以使我的心吩咐我给您写信的工夫；而此刻，在这所茅舍里，寂寞、狭隘，雪花和冰雹猛烈地扑打着小小的窗户，我首先想到的就是您。我一进门，您的身影便浮现在我眼前，对您的思念就突然袭上我的心头，哦，绿蒂，您留下的纪念是如此圣洁，如此温馨！仁慈的上帝！那第一个幸福的瞬间又出现了。

我最亲爱的，但愿您能看到，我精神涣散如撞碎的浪花，我的感官似无源的枯井！我的心没有片刻的充实，也没有片刻的欢乐！一无所有！一无所有！我像站在一架西洋镜前，看着小人小马在我眼前转来转去，我常常问自己，这是不是光学的骗人把戏。我自己也在参加表演，更多的是像个掉线木偶似的被人玩弄，有好几次我握着旁边一人的木手，吓得马上把手缩回去。晚上，我打算观赏日出，可清晨我却起不了床；白天，我希望在月色下散步，但又一直呆在房里。我简直不知道，我为什么要起床，又为什么要睡觉。

使我的生命活跃起来的酵母没有了；使我深夜里仍然精神饱满的魅力消失了；清晨把我从睡梦中唤醒的诱惑力也荡然无存了。

我在这里找到的惟一的女性就是冯·B小姐。她很像您，亲爱的绿蒂，如果有人可能像您的话。"哎哟！"您准会说，"你这人真会献殷勤！"这话倒不见得完全不对。近来我很讲究礼貌，也机灵多了，因为不这样不行！女士们说，我说起赞美的话来悦耳动听，谁也比不上。（您会加上一句：尔后把谎话也讲得如此微妙。因为不说谎不行，你说呢？）还是让我谈谈B小姐吧。她感情很丰富，从她的一双蓝眼睛里充分流露出来。门第成了她的负担，满足不了她的任何心愿。她渴望离开这喧嚷混乱的环境，有时候我们一起幻想纯净幸福的乡村生活；啊，幻想同您在一起！她往往不得不崇拜您，不是"不得不"，而是自愿的，她很喜欢听我谈起您，而且爱您。

哦，我若在您那亲切、可爱的小房间里坐在您的脚边该多好啊！看着我们那些可爱的小弟妹们在我们身边互相翻滚戏耍，要是您觉得他们太吵，我就让他们在我身边围成一团，静静地听我给他们讲可怕的神怪故事。

西下的夕阳，绚丽多姿，正悬在雪皑皑的地面上方，暴风雪已经过去了，而我，又得把自己关进我的笼子里。——再见！阿尔贝特在您身边吗？您怎么样？——愿上帝宽恕我如此发问！

二月八日

连续八天，这里的天气异常恶劣，我反而心情愉快了。因为自从我到此处以来，每个阳光灿烂的日子总会有人来糟蹋了，搞得索然无味。碰上下雨、降雪、严寒、融雪天气，哈！我心里想，这下好了。家里的气氛总不可能变得比外面的天气更糟吧，或者反过来，到外面天气糟糕，待在家里反倒更好。每当早晨太阳升起，预示晴朗的一天开始时，我便情不自禁地放声呐喊：这又是一份天赐财富，他们互相又可以你争我夺弄得谁都得不到它了！任何东西他们彼此都在你抢我夺弄得谁都得不到，比如健康啦，好名声啦，欢乐啦，休息啦！多半是出于愚昧、无知和狭隘，要是听他们自己说，那个个都会讲出一通大道理来。有时我真想跪下来求他们，不要那么发疯似地大动肝火了。

二月十七日

我担心，公使和我继续共事的日子不会长了。此公简直不堪忍受。他的工作作风和办事方式极其可笑，以至我忍不住要违背他的意愿，往往按我自己的想法和方式行事，不言而喻件件从来都不合他的心意。为此他最近到宫廷去告了我一状，部长给我下了一道训令，虽说语气缓和，可毕竟是训令呀。我正打算提出辞呈，却刚好收到部长的一封私人信函。对这封信我不能不五体投地，对信里崇高、高尚和睿知的思想只有顶礼膜拜。他责备我过于感情用事，认为我在工作效率、影响他人和办公务需雷厉风行等方面的偏激的想法是年轻人良好的勇气，他表示钦佩，并不是要求消除这些想法，仅仅想设法使之稍加缓和，并把它们引导到能够真正发挥作用、产生有力影响的地方去。我读信后精神振奋，心情也舒畅融积已有八天之久。心灵宁静乃是件珍宝，它本身就是快乐。亲爱的朋友，要是这美丽而珍贵的宝石，不那么容易碎，该有多好。

二月二十日

愿上帝保佑你们，亲爱的朋友，但愿他把从我这儿扣掉的美好日子统统赐给你们！

感谢你，阿尔贝特，感谢你瞒过了我：我一直在等待你们结婚的消息，并打算在那一天隆重地把一只细心孵化出来的小鹅绿蒂的剪影从墙上取下，埋到别的画纸下面去。如今你们已成佳偶，可她的肖像仍然挂在这里！好，就让它挂着吧！为什么不挂着呢？我知道，我也和你们同在，在绿蒂心里，但并不有损于你，我在她心里，是的，在她心里位居第二，我愿意而且必须保持这个位置。哦，倘若她把我遗忘，那我一定会发疯的。——阿尔贝特，这个想法里含有许多痛苦。阿尔贝特，再见！再见，天使！再见，绿蒂！

三月十五日

我碰到一件倒霉事非常可厌可恶，它将会迫使我离开此地。我气得咬牙切齿！真是活见鬼，我难泄心头之怨，这都是你们的过错，是你们怂恿我，催逼我，折磨我，要我接受一个与气质不合的职位。这下我有好果子吃了！这果子也有你们的份！为了不让你再讲什么，全怪我思想过激才把事搞糟了之类的话，这里我就给你，亲爱的先生，讲一讲这件事的经过，就像是编年史家把它记录下来的那样既简明又精明。

冯·C伯爵喜欢我，器重我，这不是新鲜事，我也对你说过一百遍了。昨天我在他家吃饭，刚巧那天晚上贵族社会的先生太太要在他家聚会，此事我并没有放在心上，也从未在意我们这些出身低微的人是不配参加的。好吧。我在伯爵府上吃饭，饭后我们在大厅里来回走走，我同伯爵聊天，又同来参加聚会的B上校谈了一阵，这样，聚会的时间临近了。上帝知道，我确实没想起还有这件事。这时最最高贵的冯·S夫人带着丈夫和一只细心孵化出来的小鹅，那位胸脯扁平、腰身紧束的千金小姐进来了，走过的时候瞪着世袭贵族的眼睛，鼻子翘得老高。对这号人我从心里就反感，正等着伯爵同他们的无聊寒暄结束，我就告辞，正在这时，我的B小姐进来了。我每次见到她，情绪就会好些，所以我留了下来，站在她的椅子后面，过了一阵子我才发现，她跟我谈话不像平常那样无拘无束，而且有点发窘。这事引起了我的注意。难道她也和那些人一样，全是一丘之貉？我想着，我的心被刺痛了，就想走了。但我并没有走，我愿意原谅她，我不相信她真会是这种态度，还希望听到她的一句令人安慰的话以及——随你怎么想好了。这当间已经是宾客满堂了。来的人中有F男爵，穿戴着弗朗茨一世加冕时的全套行头；有在这种场合按其贵族身份称他为冯·R大人的宫廷顾问R，带着他的那位聋子夫人，如此等等；那位穿得很寒酸的J也不应忘掉，他那套老古董礼服上的窟窿用时兴的布头打了不少补丁。来聚会的就是这样一批人士。我同几个认识的人搭话，他们全都三言两语敷衍了事，我想——我干脆只守着我的B小姐，根本没有觉察到女人们都在大厅的一端交头接耳，窃窃私语，也没有发觉她们的耳语又传到男人圈子里，冯·S夫人在同伯爵说些什么（这些都是B小姐后来告诉我的），直到末了伯爵朝我走来，拉着我走到窗户边。——"我们这种特殊的环境您是知道的，"他说，"我发现，宾客们见到您在这儿都很不满意。我本人绝无此意……""阁下，"我打断他的话说，"千万请您原谅；我本该早就想到的，我知道，我中途告退您是不会见怪的；本来我早就想告辞了，却让一位恶女神把我留住了。"我笑着补充了一句，同时鞠了一躬。——伯爵深情地握着我的手，表达他难言的苦衷。我悄悄溜出聚会，在外面坐上一辆双轮马车，向M地驶去，在那儿的小山上观赏日落，读我的荷马集中吟咏奥德修斯受到好心的猪倌款待的诗篇。这一切多美好啊！

　　傍晚我回伯爵府赴宴，饭厅里只剩了几个人；他们都聚在一角落里掷骰子，把桌布推在一边。过不久正直的阿德林进来了，见了我便脱下帽子，朝我走来，并低声说："你碰到不顺心的事了吧？"——"我？"我问。——"伯爵把你逐出了聚会。"——"我才不在乎这种聚会呢！"我说，"是我自己愿意到外面来呼吸点新鲜空气。"——"那好，"他说，"你自己不在乎就好。不过这事到处都传开了，真让我生气。"——这时我才开始对这事感到恼火。所有的人，所有来赴宴的人都盯着我，我想，他们都是因为那样看你的热闹的！这么一想，直气得我火冒三丈。甚至在今天，无论我走到哪儿，哪儿就总有对我表示同情，我听见那些妒忌我的人得意洋洋地说：瞧见了吧，那些狂妄自大的家伙是个什么下场，有点儿小聪明就自以为了不起，以为可以把什么都不放在眼里了，不分高低贵贱，什么场合他都可以去。诸如此类的狗屁话还不少。——我真恨不得拿起刀来扎进自己的心窝。当然，人家爱说什么就让他去说，可是我倒要看看，谁能受得了让这帮无赖占了他的上风，对他说三道四；如果这帮无赖的挖苦话毫无事实根据，那倒可以听之任之。

三月十六日

事事都在刺激我。今天我在林荫道上遇见了B小姐，我忍不住先向她打了招呼。等我们离别人稍远一点时，我便告诉她，她最近的态度如何伤害了我的感情。——"哦，维特，"她语调亲切地说，"您是了解我的心的，您怎么能这样来解释我那天的窘境呢？从我踏进伯爵府大厅的一刻起，我为您受了多大的痛苦呀！我预见到会发生什么事，想告诉您，话都千百次到了嘴上。我知道，冯·S夫人和冯·T夫人宁肯带着她们的丈夫一起退场，也不愿参加有您在场的聚会；我知道，伯爵也不会甘愿去得罪他们。现在可好，闹得沸沸扬扬了！"——"闹成什么样了，小姐？"我问，竭力掩饰着内心的惊恐；这一瞬间，阿德林昨天告诉我的那些事，就像沸腾的开水一样，在我血管里奔流。——"我已经受了多少委屈呀！"说着，可爱的人儿眼睛里已饱含了泪水。——我控制不住自己了，准备扑倒在她的脚下。——"您有话可别憋在心里呀！"我大声说道。——眼泪从她的脸颊上流下。我激动极了。她毫不掩饰地擦干眼泪。——"我姑妈您是认识的，"她开始说道，"那天她也在场，并且，——哦，是以什么样的眼光旁观呀！维特，昨天夜里我好不容易熬过来了，今天早上为了我同您交往的事受了她好一顿教训，我不得不听着她贬低您，侮辱您，我只能，也只允许我为您作一点点辩白。"

她说的每句话都像一把利剑，刺透我的心房。她竟然感觉不到，要是不把这些告诉我，那是多大的慈悲。她还进而对我讲，人家还散布了哪些流言蜚语，有些什么样的人，为此又是如何洋洋得意，她说，这帮家伙早就指责我狂妄自大、目中无人，现在正为我受到的惩罚而幸灾乐祸，暗中高兴或喜形于色。威廉呀，听了她以最真诚的同情的声音说的这一切，我怒不可遏，直到现在还怒火中烧。我真希望有人胆敢当面指责我，这样我就可以一刀戳穿他的身子；要是见到了血，我心里兴许会好受些。啊，我已经上百次拿起刀子，想在胸口捅上一刀，好让这颗憋得难受的心透透气。据说有一种宝马，要是被激怒了，赶急了，它就会本能地咬破自己的血管，好让自己透透气。我也经常如此。真想割开一根血管，使自己获得永恒的自由。

三月二十四日

我已向朝廷提出辞呈，希望能够获准。我没有事先征得你们的同意，想必你们会原谅我的。我非走不可，你们会劝我留下，你们要说的话我全都明白，所以——请将此事婉转地告诉我母亲并多少安慰她几句，我自己实在想不出什么法子，如果我不能让她满意，那只好请她自己宽容了。当然，这件事自然会使她心里难受。她儿子正朝着枢密顾问和公使这一美好目标策马前驱，而如今却突然停住，连人带马回到了马厩里！你们爱怎么想就怎么想，也可以提出种种我能够留下和应该留下来的理由，反正我是走定了。告诉你们，我要去的地方就是这里的侯爵那儿。他很乐意同我交住，得知我的意向后，便邀请我到他的庄园去，共度这个美好的春天。这样一说，你们也就知道我的去向了。他答应，到了那里一切听我自便，因为我们彼此间有了一定程度的了解，所以我愿意碰碰运气，跟他一起走。

有 关 信 息

四 月 十 九 日

感谢你的两封来信。我没有立即回复，而是留待接到宫廷对我的辞呈批复后才提笔；我担心母亲会去找部长，使我难以实现我的打算。但是现在好了，我的辞呈批下来了。我真不愿告诉你们，他们多么舍不得让我走，部长给我的信里是怎么写的——你们知道了又会埋怨的。王储送给我二十五个杜卡登作为解职金，总之，我大受感动，险些流下眼泪来。上次我曾写信向母亲要钱，现在不需要了。

五 月 五 日

明天我将离开此地，经过的地方离我的出生地只有六里路，所以我想旧地重游，重温往日那些充满幸福梦想的日子。父亲去世以后，母亲带着我从那城门里出来，离开了这个亲切可爱的地方，蛰居在难以忍受的城市里，这次我还要从那个大门里进去。再见，威廉，你将听到有关我这次旅行的消息。

五 月 九 日

我怀着朝圣者的虔诚结束了对故乡的朝拜，一些事先没有料到的感情使我激动不已。在离城一刻钟路程处，就在去S城方向的大路旁有一棵高大的菩提树，我让邮车停下，下车后又让邮车继续往前，我则安步当车，尽情回忆，生动地重温往事。如今我站在菩提树下，当初，我还是个孩子的时候，它是我散步的目的地和疆界。多大的变化啊！那时我天真烂漫，少不更事，渴望跨过这个疆界到外面陌生的世界去，希望能在那里为我的心找到更多养料，更多享受，使我奋发向上和充满渴慕的胸怀得到充实和满足。如今我从广阔的世界回来了。——哦，我的朋友，我回来了，带来的却是落空的希望，被挫败的计划！——我望着面前的高山，当年它曾千百次地成为我憧憬的对象。我可以一连数小时坐在此地，渴望自己已身在山中，在我眼前显得如此亲切、朦胧的森林和山谷中神游；到了该回家的时刻，我离开这个可爱的地方时，是多么恋恋不舍哟！——离城越来越近了，我向所有往日熟悉的花园房舍问候致意，而那些新建的，以及作了改动的房舍则使我反感。一进城门，我顿时完完全全找到了童年时期的自我。亲爱的，我不想一一细说了；凡是对我具有魅力的，一经叙述就变得单调乏味。我决定在集市上投宿，就挨着我们的旧居。我一路走去时发现，那间教室，那个我们在一位诚实的老太太管束下度过了童年的地方，现在已成了一家杂货铺。我回想起当年在这间洞穴般的校舍里所忍受过的一切躁动不安、哭泣、感觉迟钝和心灵的恐惧。——每走一步也感触良多。一个朝圣者到了圣地也不会遇上如此之多记忆中的圣迹。他的心灵也不会如此地充满着神圣的激情。——我还要说一说记忆中千百个经历中的一件。我沿河而下，来到一个农家；以前这也是我常走的路，那时我们男孩子常在那里用扁石块练习往水里打漂漂，看谁打的水漂儿最多。我还印象鲜明地记得，那时我常常站在那里，目送流淌的河水，脑子里怀着奇妙的揣想随着逝水远去，想像着河水流去的地方定是稀奇古怪的，很快就发现我的想像力已到了尽头；但是我的思绪还在继续驰骋，还在不停地驰骋，直至于凝视极目难抵的远方时失神忘我。——你看，亲爱的朋友，我们杰出的先祖见识多么局限，却又这么幸福快乐！他们的感情，他们的诗歌又是多么幼稚！奥德修斯谈起无垠的大海和无际的陆地时，是多么真实、合乎人情，多么亲昵、贴切和神秘啊！尽管现在我能对每个学生说地球是圆的，但这对我又有什么用处呢？人只要一小块土地便可在上面安居乐业了，若为在地底下长眠那么所需要的土地就更小了。

现在我到了侯爵的猎庄上。这位爵爷为人真诚、纯朴，同他很好相处。但他周围的人却很奇怪，我实在捉摸不透。他们似乎并非卑鄙小人，但也不像正人君子的样子。有时我觉得他们倒还真诚，可是我仍不能予以信任。我最感到遗憾的是，侯爵所谈之事往往是道听途说的或是书上看到的，而且别人告诉他时持着什么观点，他也就持什么观点，没有他自己的见解。他也很器重我的智慧和才能，但却不懂我的心，殊不知我的心才是我惟一的骄傲，惟有我的心才是我一切力量、一切幸福和一切痛苦的源泉。啊，我能有的知识，人人都能有——惟有我的心才为唯我独有。

五月二十五日

我脑子里曾有过一个打算，在事成之前原本不想告诉你们的：现在反正成不了了，所以说了也无妨。我本想去从军的，这是我挂在心上已久的愿望。主要是由于这个原因，我才跟侯爵来到此地，他现任某地的将军。有次散步时我向他透露了自己的打算，他劝我打消这个念头，说除非我真有热情，而非一时心血来潮，就可以不必听从他的规劝。

六月十一日

你爱怎么说就怎么说吧，反正我无法在此久留。要我留在这儿干什么？我度日如年。侯爵待我很好，已尽其所能，但这种处境于我并不相宜。我们彼此之间根本没有共同之处。他是一个有理性的人，但他却智力平平；同他交往真还不如去读一本好书给我的乐趣来得多。我再逗留八天，然后我又将漂泊四方。我又拿起笔来作画了，这是我在这里所干的最有意义的事。侯爵颇有艺术感受力，如果他不是受那些讨厌的科学概念和普通术语的束缚，那他的感受力还会强得多。有几次，正当我怀着热烈的幻想引导他自然与艺术，他会突然牛头不对马嘴地一下子插上一句关于艺术的陈词滥调，还自以为用得恰到好处，真把我气得咬牙切齿。

六月十六日

是呀，我当然只不过是个漂泊者，尘世间一个去圣地求福的匆匆过客罢了！难道你们不也如此而已吗？

六月十八日

我将去何处？我可以私下向你透露。我还得在此地呆十四天，随后拿定主意去参观某地的矿山；但是说穿了，这并不是我的目的，我只是想再挨绿蒂近一些，此乃醉翁之意。我自己也在笑我这颗心——偏又按它的意志行事。

六月二十九日

不，这很好！一切都妙极了！——哦——她的丈夫！呵，上帝，你创造了我，倘若你又给我这份福气该多好啊，我整个的一生就会变成一篇连续不断的感恩祈祷。我不会抱怨，宽恕我的这些泪水，宽恕我的这些心存徒然的愿望吧！——但愿她是我的妻子！但愿是我把这天底下最最可爱的人儿紧紧搂在怀里——每当阿尔贝特搂住她的纤腰，威廉呀，一股寒颤流遍我的全身。

我可以披露真情吗？为什么不可以，威廉？她跟我在一起会比跟他在一起更幸福！哦，他不是能够满足她的全部心愿的那种人。他缺乏某种感情，缺乏……你愿采取什么看法都可以；在读到一本心爱的书中的某一处时——哦——我和绿蒂就会有一种心灵的交融，而他的心却不会有共鸣；更有许许多多次，当某个第三者的行为使我和绿蒂产生同感时，他却木然。亲爱的威廉！——虽然他实心实意地爱她，但是这样的爱当之有愧！

一个令人讨厌的家伙打断了我。我的泪水已经流干。我思绪已乱。再见，亲爱的！

八月四日

处在我这种心境的岂止我一个。每个人都会错把无望当希望，都会在殷切期待中受骗。我去看望了菩提树下的那位善良的妇人。她的大儿子欢呼着朝我奔来，他的欢呼声把他母亲也引来了。她的神色十分忧郁，见了我，她的第一句话便是："好心的先生，唉，我的汉斯已经死了！"——汉斯是她最小的儿子。我默然无语。——"我的丈夫，"她说，"已经从瑞士回来了，两手空空地回来了，什么也没有带来，路上得了寒热病，要不是遇上好人，他真得沿途乞讨才能摆脱困境。"——我真不知对她说些什么好，就给了孩子一些钱；她请我接受几个苹果，我收下了，随后便离开了这个给我留下悲哀记忆的地方。

八月二十一日

反掌之间，我的心境骤然不同。有时生活又透出一缕欢乐的光辉，啊，可惜太短暂了！——每当我沉湎于梦幻之中，我便禁不住会想：假如阿尔贝特死了，会怎样呢？，但愿你会拒绝这种想法，但愿她会幸福地同我在一起——于是我就想入非非，直至到了万丈深渊的边缘，才吓得胆战心惊地缩回来。

我走出城门，踏上我第一次去接绿蒂参加舞会的那条路。情景全然不同了！一切，一切皆已逝去！昨日世界没有留下半点儿痕迹，我那时激荡的感情亦已消逝。我觉得就像是一个幽灵回到了已遭焚毁的宫堡——他当年身为显赫的侯爵，在顶盛时期建造了这座宫堡，并把它装饰得金碧辉煌，临终时满怀希望地把宫堡留给了他的爱子，可是现在宫堡已经成了一片废墟，他会是怎样的心情呢？

九月三日

有时我真难以理解，怎么还会有另一个人能够爱她，被允许爱她，殊不知我爱她爱得如此专一，如此忘情，如此充实。除她以外任何别的我一概不知，一概不晓，一概不要！

九月四日

是的，事情正是这样。正像大自然正向秋季转移，我的心里和我周围也是一派萧飒秋意了。我的叶子已经变黄了，近处的树木已经在飘落了。我刚来此地不久时，不是曾经对你讲起过一位青年农民吗？现在我又在瓦尔海姆打听他的下落。听说他已被解雇，被撵走了，他后来的情况究竟如何，谁也不愿过问。昨天我在通往另一个村子的路上碰巧遇见了他，我同他搭话，他给我讲了他的故事，使我倍受感动，要是我再把他的故事向你复述一遍，你就不难理解了。可是说这些干什么呢？我为什么不把这令我担忧、使我难受的事保留在自己心里呢？我为什么还要拿它来给你增添烦恼呢？干嘛我要不断给你机会让你来怜悯我，责备我呢？莫非我的命运正是如此！

我问起他的情况，这位青年农民回答的时候神态显得有种默默的哀伤，我似乎还从中发现几分羞涩；但不多一会儿他仿佛重又认出了自己和我似的，马上就变得极为坦率了。他向我承认了自己的错误，开始悲叹自己的不幸。我恨不能把他的每一句话都复述出来给你听，我的朋友，请你来审判吧！是啊，他讲述时怀着品味往事的幸福心情告诉我说，他心里对女东家的恋情与日俱增，后来简直乱了方寸，他简直不知道自己该干什么，该说什么，整天魂不守舍。他吃不进，喝不下，睡不着，嗓子眼里好像堵住了一样，不该做的事，他做了；交待给他的事，他反倒忘了。他仿佛中了邪似的，直到有一天他得知女主人在楼上的一个房间里，他便上楼去找她，说得更确切些，是被吸引到她身边去的；因为她不理睬他的请求，他竟想对她施暴；连他自己都弄不清他怎么会这样，上帝作证，他对她的意图始终是真诚的，只渴望她愿意嫁给他，同他生活一辈子，除此以外，别无邪念。他已说了好一阵，所以开始有些结巴了，就像一个人明明还有话要说，但又不便说出口的样子。最后他羞答答地向我坦白，她允许他可以有些小的亲热的举动，还容许他贴近她。讲的过程中他曾中断二三次，一再信誓旦旦地反复强调，他说这些并不是为了败坏她的名誉，他还明确表示他还像以前一样爱她，尊敬她，还说，这样的事本不该从他的嘴里讲出来，他所以告诉我，仅仅为了让我相信他并不是个不法之徒，也不是精神错乱。——我的挚友，说到这里我又要重弹永恒的老调了：要是我能让你对这个曾经站在我面前，现在还浮现在我脑海里的人有个鲜明的印象，那该多好！我恨不能原原本本地把这一切展现在你的眼前，好让你感觉到我对他的命运有多么同情，他的命运在某种程度上也是我的命运，那又该多好！不过，够了，因为你也了解我的命运，也了解我这个人，所以你一定也非常清楚，我为什么关注所有不幸的人，尤其是这个不幸的人。

我通读此信后发现，忘了讲这个故事的结局，不过这个结局并不难推想。女主人拒绝了她的青年雇工；她的弟弟对这个小伙子本来怀恨已久，早就想把他从家里撵出去，所以这时也插手干预，他生怕姐姐再婚后，他的孩子就要失去对她那份产业的继承权，她没有孩子，所以现在她弟弟的孩子来继承她的财产的希望是十拿九稳的。因此她弟弟当即就把这个小伙子赶出家门，并且借此事大闹一场，使得女东家即使想要把小伙子叫回来也不可能办到了。现在她又另雇了一个长工，据说为了这个长工她又同弟弟吵翻了，有人十分肯定地说，她准会嫁给他的，可是她弟弟是决不答应她再嫁人的。

我向你讲述的事情，绝无夸大，也无粉饰，甚至可以说讲得平淡无味，极不生动，而且用的是我们历来习惯的一本正经的言辞，所以反倒使事情本身显得粗俗了。

这样的爱情，这样的忠诚，这样的激情绝非文学的虚构。它是有生命的，这种最纯洁的爱情就存在于我们称之为没有教养的粗俗的人的那个阶级之中。我们这些有教养的人啊，我们这些被教育坏而成了废物的人啊！我请求你怀着虔诚的心态读一读这个故事。我今天写下它的时候，心境平和；你从我的字迹可以看出，我不像往常似的写得龙飞凤舞，潦草万分。读一读吧，亲爱的朋友，读的时候可以想着，这也是你朋友的故事啊！是呀，我过去的境遇就是这样，今后也将如此。我的勇气和果敢还没有这位可怜的不幸者的一半，我几乎不敢拿自己同他做比较。

九月五日

她丈夫为料理事务滞留在农村，她给他写了一张便笺。信是这样开头的："最好的、最亲爱的，尽快回来吧！我期待着你，怀着无限的欢乐。"——正巧来了一位朋友，捎来消息，说他因故还不能马上回来。这张便笺还放在桌子上，晚上落到了我手里。一边读，一边微微笑了起来；她问我因何而笑？——"想像力真是上帝的赐予，"我大声说，"我一时间竟被假象所欺蒙，以为这张便笺是写给我的呢。"——她没有说话，似乎不大高兴，于是我也沉默不语。

九月六日

我好不容易才下了决心，换掉我那身式样朴素的蓝燕尾服。我第一次同绿蒂跳舞时就穿这一身。这件衣服穿到后来已经旧得穿不出去了。我又让人照原样做了一套新的，领子、翻边袖口也和原来这件一模一样，还配了黄坎肩和黄裤子。

可是这套新衣服穿在身上感觉总不太一样。我说不准——或许过一段时间它会使我称心些。

九月十二日

为了去接阿尔贝特，她外出了几天。今天我走进她的房间时，她走上前来迎我，我怀着无限的欢乐吻了她的手。

一只金丝雀从镜台上飞来，落在她的肩上。——"一位新朋友，"她一边说，一边把鸟儿诱到自己手心里，"这是为我的弟妹们而喂养的。这鸟儿太可爱了！仔细看看她！每当我给它喂面包，它就扑腾着翅膀，啄起食来可灵巧啦。您瞧，它还吻我呢！"

她向小鸟撅着嘴，小鸟也把喙贴在她甜密的唇间，仿佛小鸟儿也能体会到它所领受的这份幸福。

"它也会吻您的，"她说着便把小鸟递了过来。——小鸟的喙儿筑起了一条从她的嘴唇通往我的嘴唇之路，它的喙儿同我的嘴唇轻轻一触，我仿佛就闻到了她的一缕甘美的气息，领受了她的绵绵情意。

"它的吻并非完全不含有欲求，"我说，"它在寻找食物，单纯的抚爱不能使它得到满足，它把头缩回去了。"

"它还从我嘴里吃东西呢。"她说。——她用嘴唇夹了些许面包屑喂它，唇角挂着喜悦的微笑，那是天真无邪的怜悯之爱的欢乐。

我把脸转向别处。她不该做出这种姿态来，不该用这种天真无邪、销魂荡魄的动作来刺激我的想像力，不该把我这颗早已对人生感到淡漠的心从酣睡中唤醒！——为什么不该？——她是多么信任我呀！她知道，我是多么爱她！

九月十五日

真要把人给气疯了，威廉！世界上有点价值的东西本来就不多，可是竟有人对之不知珍惜，毫无感情。你知道那两棵胡桃树，我和绿蒂一起去看望圣某某的那位可敬的牧师时曾在那两棵树下坐过。就是这两棵美丽的胡桃树，上帝作证，它们始终以最大的欢乐充实我的心！这两棵树把牧师家的院子装点得多么亲切宜人，多么凉爽！两棵树的枝桠是何等壮美！还有对多少年来栽种这两棵树的可敬的神职人员的回忆。学校老师常常提到其中一位牧师的名字，这个名字他还是从祖父那儿听来的，据说此人非常正派，每逢我在树荫下忆及他时，心里充满着神圣的感觉。告诉你威廉，这两棵树被砍掉了——砍掉了！昨天我同教师先生谈到此事，他眼里噙着热泪。我简直气疯了，我真想宰了那个砍第一斧头的狗东西。假如我庭院里有这样的两棵树，我束手无策眼睁睁地看着其中一棵慢慢地老死，那我定会难过得死去活来的。亲爱的朋友，从这件事情上倒是看到了一点东西，那就是：人间自有真情在！这两棵胡桃树被砍以后，全村怨声载道，愤愤不平。我希望这位牧师太太将从黄油、鸡蛋和别的贡品的减少上体会到，她是如何地伤害了当地人的感情！砍胡桃树的正是她，这新牧师的夫人（我们的老牧师也已去世）。她是个瘦骨嶙峋、病病歪歪的女人，因此她同世人格格不入，别人也不同情她。这个蠢女人，装出一副学识渊博的样子，混入研究经典的行列，甚至花费不少精力参与一场时新的、对基督教进行道德批评的改良运动，藐视拉瓦特提倡的热诚虔信，结果把身体完全搞垮了，所以在上帝的土地上得不到一点欢乐。也只有这种可鄙的人才会把我的胡桃树砍掉。你看，我无法平熄胸中之怒火！你可以设想一下：落叶弄脏了她的庭院，还散发霉味，两棵树遮住了她的光线，而且核桃熟了，男孩子们就会扔石头击落核桃，凡此种种都触着了她的神经，而当她正在权衡肯尼科特、塞姆勒和米夏艾利斯之间孰优孰劣的时候，就会扰乱她专心思考。我看到村里的人，尤其是老人，个个都对砍树十分不满，就问道："你们当时为什么听之任之呢？"——"我们这里，"大伙儿说，"如果村长同意了，别人还能怎样呢？"——不过有件事倒还算公道。牧师还从未尝过他夫人古怪思想和作为带来的甜头，这回他也想捞点油水，就同村长合谋，打算平分收益。不料爵爷设在当地的财务机构得知此事后，便说："把树抬到这里来！"因为这两棵树原本长在牧师的院子里，而这庭院的地产权历来属于爵爷所有，所以就把这两棵树卖给了出价最高的人。现在反正砍倒了嘛！唔，我要是侯爵，我就要把牧师夫人、村长和财务机构全给……侯爵！——是啊，我要是侯爵的话，我还去为我领地上的两棵树操什么心呢！

十月十日

我只要看到她那双黑眼睛，就心情愉快！你看，使我感到沮丧的，阿尔贝特看来并不那么幸福，如他——所希望的——不像我——所以为的——假如——我不喜欢用破折号，但这里我没有别的表达方式——我觉得表达的已经够清楚的了。

十月十二日

在我心中，莪相已经把荷马挤走了。这位伟大的诗人把我引进了怎样的一个世界！我徒步漫游在狂风呼啸的荒原，四周浓雾迷漫，月色朦胧，祖先的幽灵随风飘忽不定。耳闻那幽灵从洞穴里发出的悲叹，夹杂在隆隆林涛声中从那群山间传来，被狂风刮得时断时续，还有那痛不欲生的少女的恸哭，在长满青苔、杂草丛生的四块墓石旁哀悼那位光荣阵亡的战士，她的情人。接着我找到了他，这位白发苍苍的游吟诗人，他正在辽阔的荒原上寻找他祖先的足迹。呵，他找到的却是祖先的墓碑，他于是伤心地把目光投向那颗射进滚滚云海之中的可爱的金星，往昔的时代在这位英雄心灵中复活，那时这亲切的星光也曾照亮勇士的风险，月亮曾辉映着他们扎着花环凯旋反航的战船。我看到诗人的额上刻印着深深的忧伤，看到最后这位孤独的英雄已经精疲力尽，步履踉跄地走向坟墓，在逝者虚幻无力的影子中不断吸吮新的、令人百感交集的欢乐，俯视着冰冷的土地和高高的、随风摇曳的野草，随后呐喊道："那位流浪游人会来的，他认识我时，我风华正茂，他将会问：'那位歌手，芬戈尔杰出的儿子在哪里？'他的脚步将跨越我的坟墓，向前走去，徒劳地在尘世间打听我的消息。"——哦，朋友！我真愿像高贵的勇士，拔出利剑，一下就让我的侯爵从缓缓死去的痛苦折磨中解脱出来，随后让我的灵魂去追随这位获得解脱的半神。

十月十九日

呵，这一片空白！这一片可怕的空白，我感觉到它在这里，在我的胸中！——我常常想，你只要有一次，仅只一次能让她紧贴在这颗心上，那么，这个一片空白整个儿都可填满。

十月二十六日

是的，亲爱的朋友，我确信，而且越来越确信，一个人的生命与他人而言是无足轻重，微不足道的。有位女友来看绿蒂，我便走进隔壁房间，拿起一本书，却读不下去，于是便拿起一支笔来写信。我听见她们低声交谈；她们彼此都说了些无关紧要的事给对方听，城里的新闻，这个嫁人了，那个病了，病得很厉害之类。——"她老是干咳，脸上颧骨也突出来了，而且常常晕过去；我看她的日子不长了。"客人说。——"N.N.也病得很重。"绿蒂说。——"他全身浮肿。"另一位说。——我的生动的想像力把我移到这些可怜病人的床前；我见他们在苦苦挣扎，他们多么不情愿告别生命，我见……威廉呀！两位女士正在谈论他们，大家也都在谈论着仿佛死去的是个陌生人似的。——我环顾四周，打量着这个房间，我周围挂着绿蒂的衣服，放着阿尔贝特的文稿，还有那些我非常熟悉的家具，甚至连那只墨水瓶我也很熟悉。我想：看呀，总而言之，对这家人来说你多么重要呀！你的朋友尊敬你！你经常带给他们以快乐，你这颗心似乎觉得没有他们便难生存；可是——一旦你现在走了，假如你离开了这个圈子呢？他们会感到因失去你而给他们的生活中留下空白吗？这种感觉会保持多久呢？多久？——啊，人须臾即逝，即使当他真正确信自己确实生存着的时候，即使在他心爱的人的思念中和心灵里，他也必定会风流云散，荡然无存的，真是须臾即逝啊！

十月二十七日

个人所有的很少能成为彼此共有的，气得我常常想撕裂自己的胸膛，撞碎自己的脑袋。呵，爱情、欢乐、温暖、幸福，我若不把这些带给别人，别人也不会给予我，而且，即使我带着一颗充满幸福的心，我也不能使一个冷冰冰的、有气无力、站在我面前的人幸福。

十月二十七日，傍晚

我之所有甚多，然而由于对她的感情却把一切吞没；我之所有甚多，没有她我便觉得一切都化作虚无。

十月三十日

我已经上百次险些想要去搂她脖子！伟大的上帝定能明察，一个人看到有如此可爱的东西不断地出现在他的眼前，却不能伸手去拿，他心里多么难受呀！伸手去拿，这原本是人类最自然的本能。婴儿不就是一见东西就伸手去拿？——那么我呢？

十一月三日

上帝知道我的心！我躺上床的时候常常怀着这样的心愿，有几次甚至怀着这样的：不要再醒过来。但是清晨我睁开眼睛，又看见了太阳，我真不幸！我的情绪竟会如此反复无常，要是能归咎于天气，归咎于第三者或一次事业的失败，那么我心中难以忍受的不满意的重负就只有一半是由于我的缘故。我真痛苦呀！我真切地感觉到，千错万错其因皆在于我——不，不是罪过！就这么叫吧，藏在我心里的一切痛苦之源也正是当初那个一切幸福之源。当初我感情充沛，到处游荡，所到之处，全都是天堂，我的心里可以深情地容纳整个世界，现在的我还不就是同一个人？这颗心现在已经死了，从中再也流不出欢乐来了，我的眼睛已经干涸，再也不能以清凉的泪水来滋润我的感官，使之保持清新，额头上皱起道道焦虑的皱纹。我很痛苦，因为我失去了生命中的惟一欢乐，失去了我用以创造周围世界的神圣而生机勃勃的力量；这个力量一去不复返了！——我从窗户里眺望远处的山峦，但见朝阳升上山顶，冲破浓雾，照耀着宁静的草地；在落叶纷纷的杨树间，一条小河婉蜒曲折，缓缓地朝着我流淌而来——哦！倘若这壮美的大自然像一幅漆画呆板地悬在我的眼前，然而这欢乐却无法从我心里抽取一点一滴幸福来注入我的头颅，面对上帝我整个人就像一口干枯的井和一只漏水的瓶！我常常倒伏在地，祈求上帝赐我眼泪，就像在赤日炎炎、没有一片云，土地干裂之时农人向上苍求雨一般。

但是，唉，上帝并不由于我们的呼天喊地祈求才会赐给我们雨水和阳光，这一点我有切身体会。可是当年的那些时日为什么就如此幸福？那时我耐心地等待他的圣灵，满怀虔诚和感激的心情来接受圣灵浇灌在我身上的喜悦。

十一月八日

她责备我毫无节制！呵，她言语之间含有多少绵绵情意！她说我端起一杯酒，往往就非得把整瓶酒都喝完不可，这就叫没有节制。——"您别喝这么多！"她说，"请您想一想绿蒂吧！"——"想一想！"我说，"这还需要你来告诉我吗？我一直想着呢！——不用我想！您时时刻刻都在我心里。今天我就在您新近从马车上下来的地方坐过来着……"——她转而谈起了别的，引开话题，不让我就这个话题深入谈下去。我的挚友，我的意志完全被制服了！她可以随心所欲地将我摆布。

十一月十五日

谢谢你，威廉，谢谢你真诚地关心，谢谢你善意的劝告，而且请你放心。让我来忍受吧，尽管我已疲惫不堪，但却仍有足够的力量坚持到底。我崇敬宗教，这你知道，我觉得宗教是许多精疲力竭者的拐杖，是许多渴得奄奄一息者的清凉饮料。只不过——宗教能够而且对每个人都能有这样的作用，都必定会起这样的作用吗？倘若你观察一下这大千世界，你就会发现成千上万的人，无论信教不信教，宗教过去未曾起过这种作用，而且将来也不会有那样的作用，那么，难道宗教一定会是手杖和清凉饮料吗？上帝之子自己不就说过，天父赐予他的人将守在他周围？倘若我不是天父赐予他的呢？倘若如我的心悄悄告诉我的那样，天父要把我留在他自己身边呢？——我请你不要误解我的意思，不要把我这些纯洁而恳切的话里含有讽刺我们自己的整个灵魂都袒露在你面前了，我还是不如保持沉默呢：因为有关人人都同我一样知之甚少的一切事情，我是一个字也不愿说的。受尽他的那份痛苦，喝干那杯中酒除此而外，人的命运不能有别的吗？——既然这杯酒天上的上帝用嘴唇呷一下都觉得太苦，我为何要硬充好汉，硬说我喝起来很甜呢？当我的整个生命正在存在与虚无之间颤抖，当往昔犹如闪电，照亮了未来黑暗的深渊，当我周围的一切都在沉没，世界正随我走向毁灭，在这可怕的瞬间，我为什么还要羞于叫喊呢？"我的上帝，我的上帝，为什么离弃我？"这难道不是上帝之子的喊叫声吗？不是这自甘折磨、甘愿清苦、正无法阻挡地走向毁灭的上帝之子徒劳地使出全部力气从内心深处喊出的声音？我为什么要羞于喊出这样的话来呢？他，能像卷布帛一样把天空都卷将起来的，他尚且逃脱不了那一瞬间，我又何必害怕这一瞬间呢？

十一月二十一日

她看不见，她也感觉不到，她正在酿造毒酒，将我和她一同毁掉；满怀狂喜，我将她递给我的这杯毁灭之酒一饮而尽。那友善的目光，她那经常——经常？——不，不是经常，而是有时凝视着我的目光，用意何在？她接受我下意识流露出的感情时那喜形于色的样子，还有同情；她额头上表露出来的对我所受痛苦的同情，用意又是何在？

昨天我临走时她握着我的手说："再见，亲爱的维特！"——亲爱的维特！这是她第一次叫我"亲爱的"，我听了真是心花怒放，乐不可支。这几个字渗透了我的整个身心。我自己把这句话反复重复了上百次，昨天夜里正要上床的时候，我还自言自语叨叨了好一阵，竟突然脱口而出这样一句话来："晚安，亲爱的维特！"说过之后自己也禁不住大声嘲笑起自己来。

十一月二十二日

我不能这样祈祷："让她属于我吧！"可是，我又经常觉得她就是我的。我不能这样祈祷："把她赐给我吧！"因为她是别人的。我没完地嘲笑着自己的痛苦；但是我一旦迁就自己的愿望，放松了控制，就会冒出一大套这样的祈祷来。

十一月二十四日

　　她感觉到了我忍受着何等样的痛苦。今天她的目光深深地穿透了我的心。我去了，见她独自一人；我默默无语，她则望着我。在她身上我再也看不到那媚人的美了，再也看不到那非凡的灵性之光，这一切全都在我眼前消失了。但是她的目光却更加妩媚，流露着最亲切的关怀和最甜蜜的怜悯，她的目光深深打动了我。我为何不可以跪倒在她的脚下？我为什么不可以搂住她的脖子报以千百个吻呢？她逃之夭夭了，逃去弹钢琴了，她那甜美、轻柔的声音合着钢琴的弹奏，唱起了和谐的歌。我还从未见过她的嘴唇如此迷人；她双唇微启，仿佛渴望吮吸钢琴中涌流出来的甘美的声音，随后从她纯洁的嘴里吐出美妙的回声——哦，我只怕不可能用这些话把此情此景向你描绘得淋漓尽致！——我抵挡不住了，便俯身发誓：芳唇呀，我永远不敢冒昧地给你印上我的亲吻，因为唇上飘浮着天上的精灵。——可是——我，想要！——哈！你看，在我的灵魂之前好似耸立着一道隔墙——这份幸福——随后毁灭来赎此罪过——难到这是罪过？

十一月二十六日

　　我有时对自己说：你的命运是独一无二的；赞美别人幸福吧——还没有第二个人像我那样受尽折磨。——后来我便吟诵一位古代诗人的诗篇，我觉得我好似窥见了自己的内心。我呵，必须受如此多的苦！哎，难道在我之前的人就已经有过如此不幸了吗？

十一月三十日

　　我不该，我不该使头脑清醒过来！我无论走到哪里，都会碰到一种乱我方寸的情景。今天！呵，命运！呵，人！晌午，我不想吃饭，便沿河走去。到处是一片荒凉，一阵冷湿的晚风从山上吹来。灰白的雨云飘进了山谷。我远远看见一个人，身穿破旧的绿外套弯着腰在岩石间走来走去，好像在寻找什么野花野草。我朝他走去，他听到我走路的声音便转过头来。我看到他脸上的表情十分有趣，总的来说有一种静止的悲哀，除此之外，则显得正直与善良；他的头发是黑色，梳了两个髻，用簪子别着，余下的头发编了一条粗辫子，拖在背上。从他的穿着来看，他是个等级较低的人，所以我相信，如果我关注他正在忙些什么，他大概不会见怪，因此我就问他在找什么。——"我在找花，"他深深叹了口气，回答道，"可是找不到。"——"现在可不是开花的季节呀！"我笑着说。——"现在的花还是很多的，"他边说边朝我走下来，"我家花园里就有玫瑰花和两种忍冬花，其中的一个品种是我父亲送给我的，长得像野草一样快；我已经找了两天了，还是没有找到。在野地里，花总是有的，黄的、蓝的、红的还有矢车菊，开的小花漂亮极了，可惜我却一朵也找不到。"——我觉察到某种令人疑惧不安的东西，所以便拐弯抹角地问："您要这些花干吗？"——他脸上抽搐一下，露出奇怪的笑容。"您可别把我的话泄露出去呀，"同时伸出手指搁在嘴唇上，"我答应要给我的心上人一束鲜花的。"——"太棒了。"我说。——"嗯，"他继续说，"她有许多别的东西，她很富有。"——"但是她却仍然喜欢您的一束花。"我接着他的话茬儿说。——"嗯，"他继续说，"她有好多宝石，还有一顶皇冠呢。"——"她叫什么名字？"——"要是联省共和国雇了我，我早就成了另一个人了！"他照旧说他的话，"以前有一段日子我混得挺不错！现在我可完了。我现在……"他眼泪汪汪地望着天空，一切尽在不言中。——"这么说，您曾经很幸福啦？"我问道。——"哎，我真想再像以前那样！"他说，"当初，我那样地自在快活轻松，简直如鱼得水！"——"亨利希！"一位正在往上走来的老太太喊道："亨利希，你躲在哪儿？我们到处找你，该回家吃饭了。"——"他是您的儿子吧？"我朝她走去问道。——"是呀，我这可怜的儿子！"她答道，"上帝让我背上了一个沉重的十字架。"——"他这样子已经有多久了？"我问。——"像这么安静只是近半年的事儿，"她说，"感谢上帝让他保持这个样子吧，在这以前他疯了整整一年，用链子锁着关在疯人院里。现在他不会给任何人找麻烦了，现在在他脑子里，他只跟国王和皇帝打交道。得病以前他是个文文静静的好人，挣钱养活我，还写得一手好字，后来突然胡思乱想起来，发了一次高烧，从此便疯了。他现在的情况您已经看见了。如果要我把他的事细细讲给您听，先生……"我打断了她滔滔不绝的话，问道："他自己说，有段时间他生活得很幸福，很自在，那究竟是什么时候呢？"——"这个傻小子！"她露出怜悯的笑容大声说，"他指的是发了疯的那段日子，他一直挂在嘴边，那时他关在疯人院里，神志完全不清。"——这话简直像是晴天霹雳，我万万没有想到就往老太太手里塞了一枚钱币，急忙离开了她。"那时你是幸福的！"我一面喊，一面快步朝城里走去，"那时你很自在，如鱼得水一般！"——天上的上帝呵，人只有在恢复理智以前或者再度丧失理智以后才是幸福的，难道这就是你安排给人的命运？——不幸的人呀！尽管如此我可是多么羡慕你的癫狂，羡慕使你受着折磨的神志错乱！在冬天，你满怀希望出去给你的女王采摘鲜花，为没有采到而悲伤，但并不明白为什么找不到花。而我呢——不抱希望又漫无目的地走出家门，随后又像来时一样转回住所。——你成天胡思乱想，倘若联省共和国雇了你，你将成为何等样的人。真是幸福的造物，你可以把得不到幸福归咎于人间的障碍！你感觉不到，感觉不到，你之所以不幸就在于你破碎的心和损坏的头脑，尘世上任何的国王都救不了你。

假如一个病人到远方的圣泉去治疗，结果反而加重了自己的病情，更增加了死亡的痛苦，然而谁要是嘲笑这个病人，谁将得不到安慰而死去；一个内心困惑不安的人，为了摆脱良心的悔恨，消除心灵的痛苦便到圣墓去朝拜，他的脚在尚未开辟出来的路上每迈出一步，都是减轻他灵魂不安的一滴良药，每结束一天的跋涉就使他心上减轻了许多烦恼，谁若鄙视这个良心不安的人，他也必将得不到安慰而死去！——能说这是妄想吗？你们这些坐在软垫上玩弄字眼儿的人！——妄想！——噢，上帝！你看看我的眼泪吧！你创造的人已经够可怜的了，你还非得再给他增添一些兄弟，让他们去抢夺他那本已贫乏的一点点东西，抢夺他对你，对你这个无所不爱的神的一点点信任？我们信赖能治百病的药草，信赖葡萄的眼泪，这些不都是对你信赖的表示吗？因为在我们周围的万物中你都放进了治病减痛的神力，而这种力量正是我们不可须臾或缺的。天父，我没有见过你！天父，你曾充满我的整个心灵，而现在却转过脸去，对我不理不睬，天父呵，召唤我到你身边去吧！请你不要再沉默了！对于你的沉默，我这颗焦渴的心灵快要经受不住了。——一个人，一位父亲，当自己不期而归的儿子搂着他的脖子喊着"我回来了，我的父亲"时，他会因此而发怒吗？他的儿子还说："按照你的意愿，我的旅程本该坚持得更长久些，但我中断了旅程，请你不要生气。这个世界到处都一样，辛苦和工作换来报酬和欢乐，但是这些于我又有什么意义？惟有在你所在之处，我始得安宁，在你面前无论辛苦还是享受，我都心甘情愿。"——而你，慈爱的天父，难道你会把我从你身边赶走吗？

十二月一日

威廉！我在前天信上告诉过你的那个人，那位幸福的不幸者，以前曾是绿蒂父亲手下的文书，他对绿蒂萌生一片痴情，他培育这热情先是藏在自己心里，后来被发现，并因此而被解职，被遣送回家，这片痴情终于使他发了疯。你也许是漠不关心地读这个故事的吧，因为阿尔贝特向我讲述这个故事的时候完全无动于衷，尽管我写得枯燥干巴，但愿你能体会一下，这故事对我的震动有多大！

十二月四日

我求你——你看，我这个人完了，我再忍受不下去了！今天我坐在她身边——我坐着，她弹钢琴，弹出各种各样的曲调，全曲曲有情！全都是！——全都是！——你有何感想？——她的小妹妹坐在我的膝上打扮她的布娃娃。我热泪盈眶。我低下头，看到了她的结婚戒指。——我泪如泉涌。——突然，她弹起了那支天籁般甜美的老曲子，真是突如其来，我心里感到莫大的慰藉，忆起件件往事，忆起以往听这支歌的时光，忆起中间那段黯淡的日子，忆起破灭的希望，还有——我在房里走来走去，心里强烈的欲求令我窒息。——"看在上帝份上，"我说，同时情绪激动地冲到她跟前，"看在上帝份上，请你别弹了！"——她停了下来，怔怔地望着我。"维特，"她微笑着说，这微笑穿透我的心灵，"维特，您病得很厉害，连您最心爱的曲子都厌烦了。您走吧，我求您，去让您自己平静下来吧。"——我立即离开她，冲了出去。——上帝呵，你看到了我的不幸，请你快快将它结束吧！

十二月六日

她的倩影时时刻刻跟随着我，寸步不离！无论是醒着抑或在梦中，她都充满了我整个心灵！当我闭上眼睛的时候，在我的内视力汇聚的额头里，她那双乌黑的眸子便会显现。就在这里！我无法向你表述！我一闭上眼睛，它就出现体内；她的眸子像海洋，像深渊，羁留在我的面前，我的体内，装满我额头里的全部感官。

人到底是什么？受颂扬的半神！他最需要力量的时候，却偏偏力不从心。难道不是这样吗？无论他在欢乐中飞腾或是在痛苦中沉沦，他都未加阻止，为什么正当他渴望消失在无穷的永恒之中的时候，却偏偏被拉回到迟钝，冷漠的意识中去呢？

编者致读者

我多么希望，我们的这位朋友在他引人注目的最后几天里能给我们留下足够多的手迹，这样他的遗书便可以依次编下去而不致中断，而我也不必用叙述来加以弥补了。

我已经竭尽全力，寻访那些知道他情况的人，从他们嘴里收集详细的材料。这件事情的经过很简单，各种有关叙述大体一致，连几件不重要的细节也没漏掉；惟独对于当事人的思想以及他的道德信念大家意见不一，断语各异。

因此我们，只好将我们经过反复努力所获得的情况如实地讲述出来，其中插进死者的几封遗书，即使找到的是一张字条，哪怕是最小的字条也都加以认真研究并且收入；尤其因为这些当事人都是不同寻常之人，所以哪怕只想揭示各种行为的真正原始动机，也是十分困难的。

恼怒和郁闷在维特心里扎下的根越来越深，缠结得越来越紧，渐渐占据了他的全部身心。他精神的和谐完全破坏了，他内心的狂躁和激愤摧毁了他的精神的和谐，导致了极坏的影响，最后留给他的惟有衰弱。为了摆脱这种状态，他苦苦挣扎，比他以前同种种弊病作斗争时更加疑惧胆怯。他内心的惊恐不安又耗尽了他仅剩的精神力量、活力和机敏，从此悲伤整天陪伴着他，他越来越不幸，他愈是不幸，对人对事也就愈不公正，因此也就更加不幸。至少阿尔贝特的朋友都是这么说的；他们声称，那位纯洁而温顺的丈夫现在终于获得了盼望已久的幸福，并决心将永远保持这幸福，而维特好比这样一个人，一日之间耗尽他的全部家产，到晚年就只有受苦受罪的份了。他们说，阿尔贝特在这么短的时间里没有丝毫变化，他还是维特一开始所认识、所赏识和尊敬的那个人。他爱绿蒂胜过一切，他为她感到骄傲，希望别人也都承认她是最最出众的女子。即使他希望避免出现任何猜疑，即使他不乐意同别人分享这份珍贵的财富，哪怕只是一瞬间，哪怕是以最最纯洁无邪的方式，难道就可以因此而责怪他吗？他们承认，每当维特来找绿蒂时，阿尔贝特往往就离开妻子的房间，但并非出于对这位朋友的憎恨和厌恶，而只是因为他感觉到，如果他在场，维特就心情压抑。

绿蒂的父亲患病卧床不起，他派自己的马车来接绿蒂，她便坐车出城了。那是个美丽的冬日，纷飞的初雪刚停，整个地区白雪皑皑。

第二天一早维特便追了去，他心想，如果阿尔贝特不去接她，他打算陪她返城回家。

晴朗的天气也无法使他阴郁的心情好起来，他的心情压抑而沉闷，种种悲伤的情景已经固定在他的脑中，他的内心活动就是从一个痛苦的念头转到另一个痛苦的念头，除此以外，他对什么都无动于衷。

他对自己永远不满意，因此觉得别人的境况就更加可虑，更加混乱，他相信，阿尔贝特夫妇间的美好关系已被扰乱，他不但责备自己有责任，还在这些责备中搀杂着对阿尔贝特的不满。

一路上他都在想这个问题。"是呀，是呀，"他自言自语道，并暗暗把牙齿咬得吱吱响，"这就是亲切、友好、体贴和事事共同分担的同妻子的交往，这就是心境宁和的、持久不变的忠诚！不，这是厌烦和冷淡！任何一件无聊的公务都比这位珍贵、可爱的妻子更吸引他，难道不是这样吗？他知道珍惜自己的幸福吗？他懂得如她所应得的那样尊重她吗？他得到了她，不错，他得到了她。——这我知道，就像我还知道别的事那样，我常常这样想，他还会使我发疯的，他还会把我杀死的。——他对我的友谊难道真的坚如磐石吗？他不是已经把我对绿蒂的依恋看作是对他权利的侵犯吗？把我对她的关照体贴看作是对他的无声谴责吗？我清楚地知道，我感觉到，他不乐意看到我，他希望我离开此地，我在场他就心烦意乱，局促不安。"

他往往停下自己飞快的步伐，默默地站着，似乎想要转回去；然而他又一再继续向前，心里想着这些念头，嘴里自言自语，最后仿佛违背了自己意志似的来到了猎庄。

他进了门，问起老人，问起绿蒂的情况，他发现一家人的情绪都有些激动不安。最大的男孩告诉他，在瓦尔海姆那边发生了一件不幸的事，一个农民被打死了！——他听后并没在意。——他走进内室，发现绿蒂正在劝她的老父亲，因为老人不顾自己有病，非要到出事地点去调查案情。案犯是谁尚不清楚，被害者是当天早晨在屋门口被人发现的，人们对此有种种猜测：被害人是一位寡妇的雇工，而这寡妇先前雇的那位长工又是心怀不满地离开她家的。

听到这些情况，维特心里猛地一震。——"完全有可能！"他大声说道，"我得到那里去，一刻也不能耽误。"——他急匆匆地赶往瓦尔海姆，往事历历在目，他毫不怀疑，作案的就是那个农民，他曾多次与此人交谈过，在他的心目中那个人还挺不错的。

死者停放在小酒店前面，要去那里，必须要从那两棵菩提树下经过。他到了那个以前如此喜爱的小场地，此刻的情景真使他触目惊心。邻居的孩子常常坐在上面玩耍的那条门槛，眼下一片血污。爱情和忠贞，这人间最美好的感情现在却变成了暴力和凶杀。粗壮的树木挂着冰霜，已经片叶无存，往日围绕教堂公墓矮墙之上的树篱，也是光秃秃的，从疏疏落落的空隙中可以看到白雪覆盖的墓碑。

全村人都聚集在酒店前面，当他走近那儿时，突然听得一声叫喊。人们看见一队武装人员正朝这儿走来，大家都在叫喊：凶手抓来了！维特朝那边望去，已经不再怀疑了。没错，就是那个对寡妇爱得刻骨铭心的长工，一段日子以前他默默吞下一团怒火，心灰意懒地四处徘徊时，维特还碰到过他。"你这不幸的人，你怎么干出这种事来！"维特边朝被捕者走去，边喊。——凶犯默默地望着他，沉默不语，最后泰然自若地说："谁都别想得到她，她也不会得到任何人。"——犯人被押进酒店，维特便匆匆离去。

这件可怕的事对他的触动不小，他的方寸全乱了。刹那间，把他从对人对己都漠不关心的心态中拽了出来，现在一种不可抗拒的同情心占据了他的心灵，使他产生一种不可名状的欲望：一定得挽救这个年轻人！他觉得这个农民是那么不幸，认为那个人即使成了罪犯也仍是那样地无辜。他设身处地替那个人深入思考，确信他也能说服别人和他持相同看法。他甚至希望能为他辩护，生动的辩护词已源源不断地涌出，只待启齿。他急忙奔向猎庄，路上已忍不住把要向法官陈述的话低声说了出来。

他跨进内室，发现阿尔贝特已在那儿了，情绪马上低落了下来；不过他立刻重新抖擞起精神，激昂慷慨地向法官陈述了自己的看法。但是法官却再三摇头，虽然维特使出浑身解数，而且依据实情讲得生动感人，热情洋溢说尽了一个人能为另一个人所作的辩词，可是法官仍然未为所动，这一点倒也不难想像。他甚至不让我们的好朋友把话讲完，就严词驳斥，并且责备他不该袒护一个杀人犯；法官向他指出，如果按照他的意见去办，那么法律就得统统取消，国家的安全也将彻底毁掉；他还补充说，遇到这样一件案子，他必须负起重大责任去做每一件事，一切都必须依法办事，按规定的程序处理。

维特还不甘心，他只求司法官答应一件事，假如有人想帮助犯人逃跑，希望法官能高抬贵手，睁一眼闭一眼！这个请求也遭到法官拒绝。这时，阿尔贝特终于加入了谈话，他也站在老法官一边。维特独木难支，意见被坚决否定，法官还屡屡对他说："不行，他没救了！"听了这话，于是维特怀着极大的痛苦告辞而去。

司法官的这句话使维特的精神有多颓丧，我们从一张字条上便可看出。这张字条夹在他的一堆文稿里，肯定是当日所写：

"不幸的人呀，你没救了！我完全清楚，我们都没救了。"

阿尔贝特最后当着法官的面所说的关于被捕者的那番话，维特听了极为反感：他认为阿尔贝特的话里带刺，是针对他的。经过反复思考，他还是认识到，法官和阿尔贝特两人的意见是正确的，但是他觉得如果他承认了这一点，认输了，仿佛就意味着放弃了他自己最内在的生命。

　　我们在他的文稿中又找到一张与此事有关的字条。这张字条或许道破了他和阿尔贝特的整个关系：

　　"尽管我对自己说，一再地说：他是个正派人，是个好人，但是这有什么用呢，这话把我的五脏六腑都给撕碎了；叫我如何能做到为人公正呢！"

　　这天傍晚天气很暖和，冰雪开始消融，所以绿蒂便同阿尔贝特步行回家。路上她不时地左顾右盼，仿佛少了维特的陪伴，心中快快不乐。阿尔贝特便谈起维特来，谴责他，但同时也为他说了些公道话。他谈到维特不幸的激情，并且希望尽可能疏远维特。——"我希望能这样做也是为了我们的缘故呀，"他说，"我求你，"他一边注视着她一边说，"设法让他改变对你的态度，让他少来看你。人家在注意了，我知道到处都有人在说闲话呢。"——绿蒂没有吭声，看来阿尔贝特对她的沉默很敏感，至少从此以后他不在她面前提维特了，而当她提起维特时，他也不作声，或者把话题岔开。

　　维特为救那个不幸的人所作的徒劳的尝试，是正在熄灭的火苗最后一次熊熊燃烧；这次努力的失败使他更深地陷入痛苦之中，更加不想再有任何作为；特别是当他听说犯人矢口否认自己的罪行，因此可能要求他出庭作证，证明那个人确系有罪时，他几乎气疯了。

　　他在以往公务生活中所碰到的种种不愉快的事情，在公使馆里遇到的气恼事，他遭到的种种失败，受到的种种屈辱，这时一齐在他心头上下翻腾，时隐时现。他认为凡此种种都为他的无所作为提供了依据，他觉得自己的前途已经毫无希望，就连应付日常生活事务的能力也没有了；到头来他便完全任凭自己奇怪的感情、想法以及无休无止的激情所摆布，悲哀地同那个值得爱并被他所爱的她缠磨，不但扰乱了她的平静，而且既无目的又无希望地耗费着自己的精力，就在这种永恒的单调中他越来越接近那个悲惨的结局。

　　这里我们插进他的几封遗书，关于他内心的混乱，他的激情，他无休止的奋斗与追求，以及他对生活的厌倦，这几封遗书提供了最有力的证明。

十二月十二日

　　亲爱的威廉，我现在的状态，就像那些据说被恶魔驱赶着四处乱闯的不幸的人一度所处的状态。有时，我心绪不宁，这既非恐惧，亦非欲念——而是不可名状的内心的喧嚣，它似乎要撕裂我的胸腔，扼住我的喉咙！痛苦呀，痛苦！于是我只好在这与人为敌的季节里到可怕的黑夜中去四处游荡。

昨天晚上我又不得不走出家门到外面去。突然间冰雪开始融化，我听说，河水泛滥了，溪水猛涨，洪水从瓦尔海姆倾泻而来淹没了我那心爱的山谷！夜里十一点多我奔了出去。借着月光可以看到狂暴的山洪从岩石间泻下回旋激荡，淹没了田地、草场、树篱和一切，宽阔的山谷在狂风的呼啸声中变成了一片翻腾的汪洋，那景象真是可怕！当月亮隐而复现，高悬在乌云之上，山洪映着恐怖而瑰丽的反光，在我眼前激浪翻滚，奔腾咆哮；我突然一阵战栗，继而又心生渴望！呵，我张开双臂，面对深渊喘息着。跳下去！跳下去！我沉浸在狂喜中，要把我的痛苦和烦恼一股脑儿投进深渊！像波涛一样滚滚而去！哦！——我却不能让双脚离地，结束所有痛苦！——我的时辰还没有到，我感觉到了！威廉呀，如果能驾狂风去把乌云驱散，将洪水紧锁，我多么愿意为此付出我的生命！哈哈！对于那个被囚禁在狱中的人有朝一日不也会？

我忧郁地俯视着下面，我和绿蒂曾兴致勃勃地在那儿散步，还曾在一棵柳树下息歇。——现在那地方已被洪水吞没，连那棵柳树我也差一点就认不出来了。俯视那个所在，我是多么伤心！威廉呀！我也想到她家的草地，她家猎庄周围的地方！我们的凉亭如今也被激流毁坏了吧！想到这些，往日的阳光透进心田，犹如囚徒梦见了羊群、牧场和高官厚禄。我站立着！——我不再责骂自己了，因为我有了死的勇气。——我要是果真……我现在坐在这里像个老太婆，从树篱下收拾些枯枝，挨门逐户讨些面包，好让行将就木的、毫无乐趣的生活再苟延片刻，让无欢的生活略显轻松。

十二月十四日

这是怎么回事，我亲爱的朋友？我被我自己吓了一跳！我对她的爱难道不是最神圣、最纯洁、最富亲情之爱吗？难道我曾经感受到我的心灵中有某个该受惩罚的愿望吗？——我不想保证——然而现在却有这许多的梦！哦！有的人把这些之所以产生与动机相矛盾的效果归咎于鬼怪的捉弄，他们的感觉确是真实无误！这一夜！——我现在讲时还在发抖——这一夜，我将她搂在怀里，紧紧贴着我的胸脯用无数的吻封住她正悄悄说着情话的嘴；我的眼睛在她醉意朦胧的明眸中沉浮！上帝呵！回想起这炽烈的欢乐真是销魂荡魄，我现在仍感到极乐的幸福，难道我要为此受到惩罚吗? 绿蒂呀, 绿蒂! ——我是已经完了! 我的神志紊乱如麻, 丧失思考能力已经八天之久, 我的眼里泪水滚滚。我既然无论在何处都不快乐, 那么到处都有快乐。我没有愿望, 没有希求。我要一走了之, 反倒会好的多。

在这段时间里; 在那样的情况下, 离开世界的决心在维特心里越来越坚定。自从他回到绿蒂身边以来, 这始终是他最后的出路和希望; 不过他对自己说, 采取这个行动不应仓促, 不应草率, 他要怀着美好的信念, 怀着尽可能平静的决心来迈出这一步。

他的疑虑, 他同自己的争辩, 可以从在他文稿中发现的一张字条上看得出来。这张字条可能是他给威廉写的一封信的开头, 还没有署上日期。

她的出现, 她的命运, 她对我的命运的同情, 还会从我干涸的眼睛里挤出了最后几滴泪水来的。

拉起帷幕, 走到幕后去吧! 惟有如此! 为什么还要踌躇、畏缩? 是因为无人知晓幕后的情形究竟如何吗? 是因为一去便不能复返了吗? 我们精神的禀赋, 便是能预感到混沌和黑暗, 对此我们却毫不知晓。

维特终于同这个可悲的想法越来越友好, 越来越亲近, 他决心已下, 而且坚定不移, 下面这封写给他那位朋友的含义双关的信便是一个佐证。

十二月二十日

感谢你的厚爱, 威廉, 蒙你对那句话作了这样的理解。是的, 你是对的: 我若一走了之, 反倒会好得多。你建议我回到你们身边去, 这并不完全合我的心意; 至少我还想绕一回路, 尤其是天气还有希望出现持续霜冻, 路也会好走得多。你想来接我, 我也非常感激; 只不过请你再推迟两个星期, 请等着我的下一封信再作考虑。果子尚未成熟, 千万不可采摘! 十四天左右的时间可以办很多的事。烦你转告我母亲: 请她为她儿子祈祷, 并求她原谅我过去带给她的种种苦恼。这些人我本该带给他们欢乐的, 却使他们忧伤苦恼, 哎, 这就是我的命运。别了, 我最忠实的朋友! 愿上天把所有的福分都赐给你! 多多保重!

至于这段时间里绿蒂心里有什么活动, 她对她丈夫, 对她不幸的朋友的感情分别是怎样的，我们都不敢贸然用言词来表述，尽管根据对她性格的了解，我们在心里对此会有一个大致的想像，只有一颗美丽的心灵的女性们能窥见她的心灵，并同她一起感受。

有一点是肯定的，那就是她已暗下决心，想方设法疏远维特，她之所以迟迟不行动，那是出于她真诚的友情和体贴维特的缘故，她知道，她这样做维特要付出多大的代价，而且他会觉得这是不可能办到的。然而，在这段时间里她为形势所迫，不得不采取严肃的态度；她丈夫对这种关系完全保持沉默，她对此也始终一字不提，正因为这样，她便觉得更有必要以行动来向丈夫证明，她是珍惜他的感情的。

前面插入的那封维特致友人的信是在圣诞节前的星期天写的。当天晚上，他去找绿蒂，发现只有她一人在。她正在收拾准备作为圣诞礼物送给小弟妹们的玩具。维特谈到，孩子们得到这些礼物将会如何的欢天喜地了，还说，当门突然打开，看到一棵装饰着蜡烛、糖果和苹果的美丽的圣诞树，就像到了天堂一样，定会令人欣喜若狂的。——"只要您乖乖地听话，"绿蒂说，同时用可爱的微笑来掩饰，"只要您听话，您也会得到一份礼物的，比如一支长蜡烛什么的。"——"您说的'乖乖地听话'是指什么？"他嚷道，"您要我怎么样？我怎么样才能做到？最最好的绿蒂！"——"星期四晚上是圣诞夜，"她说，"那时孩子们都来，我父亲也来，每人都会得到自己的一份礼物，到时候您也来吧——但在这之前您不要再来啦。"——维特怔住了。——"我求您，"她接着说，"现在只能这样，为了我的安宁，我求您，不能，不能再这样下去了。"——他把自己的目光从她身上移开，在房里走来走去，咬着牙喃喃地说："不能再这样下去了！"——绿蒂感觉到她这番话使他陷入多么可怕的心态，赶忙问这问那，想转移他的思想，但是徒劳。——"不，绿蒂，"他嚷道，"我不会再见到您了！"——"为什么这样？"她打断他的话说，"维特，您可以，您必须再来看我们，只不过您要有节制。哎，您怎么生就这么个急性子，抓住什么就对它倾注那么大的激情，而且一发而不可收呢！我求您，"她握着他的手继续说，"请您多少节制一点吧！您的智慧，您的学识，您的才能会给您带来各种各样的快乐，不是吗？做个堂堂男子汉吧，放弃对一个女子的苦苦依恋吧，她除了同情您以外什么用也没有。"——他把牙咬得吱吱响，目光阴沉地凝视着她。——她握着他的手。"请您平心静气地想一想，维特！"她说，"难道您感觉不出来您是在欺骗自己，甘心毁掉自己吗？为什么非要爱我，维特？为什么爱的偏偏是我？我已经是另一个男人的私产，为什么爱的偏偏是我？我怕，我怕，我对于您的愿望所以有那么大的诱惑力，仅仅是因为您不可能得到我。"——他从她手里抽出了自己的手，同时用呆板而愤怒的目光瞪着她。"明智！"他叫道，"非常明智！也许是阿尔贝特教的吧？外交辞令！十足的外交辞令！"——"人人都会这样解释，"她回答说，"难道世界上就没有一位姑娘能使您称心如意吗？下决心去找吧，我担保，您一定会找到的；这段日子以来您沉迷在这狭小的天地里自寻烦恼，这早就让我为您、为我们担心了。下决心去旅行，去散散心！您去找吧，您一定会找到另一个值得您爱的人，到时候您再回来，让我们共享真正的友谊和幸福。"

"这番话倒可以印出来，推荐给所有的家庭教师，"他冷笑着说，"亲爱的绿蒂！请您再给我一点安慰，一切都会好起来的！"——"只求您一件事，维特，圣诞夜之前不要来！"——他正要回答，这时阿尔贝特走进房间了。两人冷冰冰地互道了"晚上好"，随后尴尬地并肩在房间里来回踱步。维特开始讲了些鸡毛蒜皮的事，但只够两人交谈几句。阿尔贝特也一样，随后他便向妻子问起几件要她办的事，当他听说她还没有办妥时，便说了她几句，维特听来这几句话不止是冷冰冰的甚至是冷酷无情的。他想走，又不能走，磨磨蹭蹭一直呆到八点，他的气恼和不满也在不断增加，直到摆好晚饭，他便拿起帽子和手杖。阿尔贝特请他留下来吃饭，但维特听来这不过是一句随便说说的客套话，便冷冰冰地谢绝了。

维特回到家，从要为他照明引路的仆人手中接过蜡烛，独自走进房间，放声大哭，失去控制自言自语，狂躁地在房间里走来走去，后来便和衣往床上一倒，将近十一点仆人才敢进来，见他这种情况问要不要替少爷脱掉靴子，他让仆人替他脱下靴子，并告诉仆人，明天早晨不许进他的房间，除非他喊他。

星期一早晨，十二月二十一日，他给绿蒂写了一封信。他死后别人在书桌上发现了这封火漆封口的信，便差人给绿蒂送了去。从信里所谈情况可以看出，这封信是断断续续写成的，我也就按其原貌，分段插在我的叙述中。

已经决定了，绿蒂，我情愿去死，我写信告诉你这件事并不是浪漫主义地夸张，而是十分冷静的，就在今天早上，我将见你最后一面。当你读到此信时，亲爱的，冰冷的坟墓已经盖住了这个躁动的不幸者的僵硬的遗体了。直到他生命的最后时刻，他能享受到最大的温馨莫过于同你倾心交谈了。我度过一个可怕的夜晚，哎，也是一个乐善好施的夜晚。正是这一夜坚定了我的决心：死！我昨天离开你的时候，真是悲愤填膺、肝肠寸断，想到待在你身边我的生命已经毫无希望，毫无欢乐，我的心就冷得直打颤。——我刚跨进自己的房间，就疯了似地跪在地上。呵，上帝！你竟把最苦涩的眼泪给我作为最后一杯提神的饮料！千百种打算，千百种前景掠过我的脑海，末了只剩下最后的，惟一的念头，坚定不变的念头：死！——我躺下睡了，早晨醒来，心地宁静，我心里那个念头依然那么强烈，那么坚定：死！——这不是绝望，这是确凿无疑地相信，我已最后决定，我要为你牺牲。是这样，绿蒂！我为什么要瞒着不讲出来呢？我们三人当中必非死一个不可，而我则甘愿做这一个人！呵，我最亲爱的，在这颗撕碎的心里，有个念头狂暴地四处乱窜，经常乱窜——杀死你丈夫！——杀死你！——杀死我自己！——那就杀了我自己吧！——当你在某个美丽的夏日黄昏登上山岗时，请你想着我，回忆我往昔常常从山谷走上来，然后你遥望那边教堂墓地里我的坟墓，看那葳蕤的青草在落日余晖中随风摆动。——我动笔写这封信的时候，心境宁和，可是此时，此刻在我周围的一切都变得生动活跃，我像孩子似的哭了。

将近十点钟，维特叫来仆人，边穿外套边对他说，过几天他要外出旅行，因此让仆人把衣服刷干净，将行装收拾好；还叫他去把各处的账目结清，把借出去的几本书取回，给那几位他每月都给予一些周济的穷人预先发放两个月的接济金。他让仆人把早餐送到卧室里来。吃过饭，他骑马出城去法官家。法官恰好不在，他便在花园里徘徊，陷入沉思，似乎还要把对往事的一切伤心回忆做一次最后的追忆。

可是，孩子们却不肯让他清静，他们跟着他，在他身边欢欣雀跃，告诉他：明天，再一个明天，随后再过一天，他们就要到绿蒂家去拿圣诞礼物了，并纷纷向他讲述他们小小的想像力所能幻化出来的种种奇迹。——"明天！"他大声说，"再一个明天！随后再过一天！"——他亲切地挨个儿吻了他们，正要离开他们，这时最小的男孩却还要凑着他耳朵说悄悄话。小家伙向他透露，他的几个哥哥写了美丽的贺年片，有这么大！一张给爸爸，一张给阿尔贝特和绿蒂，还有一张给维特先生；他们要在圣诞早上送到各人手里。维特听了深受感动，送给他们每人一点东西，接着就跨上马背，让孩子们代为问候大人，随后便眼含热泪，策马而去。

将近五点，他回到寓所，吩咐女仆在炉子里加足木柴，让它保持到半夜。他叫仆人把书籍和内衣装进箱子，放在底下，再将外套缝进保护套里。随后他在给绿蒂的最后这封信上又写了下面的一段。

你想不到我会来！你以为我会听你的话，到圣诞夜才来看你。哦，绿蒂！今天不见就永远也见不到你了！圣诞夜你手里就拿着这封信了，你一定会颤抖，你可爱的泪水将把信纸沾湿。我甘愿这样做，我必须这样做！呵，我下了决心，感到多么痛快。

　　绿蒂这时也陷入了一种奇特的心境。同维特最后那次谈话之后她就感觉到，同他分手，他的心情将变得多么沉重，而要他一旦远离了她，他又将受多大的痛苦。

　　她在阿尔贝特面前像是无意之中提起似的，说在圣诞夜之前维特不会再来了。阿尔贝特则骑马去邻镇一位官员处商办公务，而且还不得不在那里过夜。现在绿蒂独自一人坐在房间里，弟妹们一个也不在身边，她浮想联翩，不由自主地沉思起自己的处境来。她看到，她同她丈夫已经永远结合在一起了。她深知他的爱恋和忠诚，她也实心实意地爱他；他的稳重，他的可靠好似上天特意安排的根基，好让一位贤慧的妻子在那上面建立自己一生的幸福；她感到，他永远是她和她弟妹们的依靠。另一方面，维特于她已变得如此珍贵，从相识的第一刻起，他俩就志同道合，意气相投，长时间与他的交往以及一些共同经历的情景都在她心里留下了不可磨灭的印象。凡是她感觉到或认为有趣的一切事情，都习惯于同他分享，他的离去必将会把她完整的内心世界撕开一个缺口而永远不可能填补。哦，要是她在瞬间能将他变成哥哥，她该多么幸福呀！要是她能撮合自己女友中的一位同他成亲，那么她就可以指望，他同阿尔贝特重修旧好！

　　她把她的女友挨个儿想了一遍，发现每个人都有某些不足之处，她可以把他托付给谁呢？竟然一个也找不出来。

　　经过这番左思右想之后她才深深感觉到，虽然没有明说，但是自己心里确实暗暗怀着隐密的、由衷的愿望，将他为自己留下，同时又在对自己说，把他为自己留下是不可能的也是不许可的；她那纯洁、美丽、平日那么轻松、那么善于应对的心此刻也感到了忧郁的重压，幸福已经无望。她的心被压紧了，一片愁云挡住了她的眼睛。恍惚间已经六点半了；这时她听到维特在上楼梯，并且听出了他的脚步声以及他询问她是否在家的声音。她的心跳得这么剧烈，我们几乎可以说在他来到时，她如此情形还是第一次。她想，真该让人告诉他她不在家的。维特走进房间时，她在激动中慌了神地喊道："您没有遵守诺言。"——维特的回答是："我没有许下过任何诺言。"——"那您至少也该接受我的请求呀，"她说，"我求过您要为我们两人的安宁着想。"

她简直不知道自己说了些什么，也不知道该做什么，便差人去请几位女友来，免得单独同维特呆在一起。维特放下他带来的几本书，又问起其他几本他想读的书。她呢，一会儿希望她的女友快来，一会儿又但愿她们不来。女仆回来了，带来口信说她们都不能来，请她原谅。

她本想让女仆留在隔壁房间里干活，但随即又改变了主意。维特在房里来回踱步，她于是走到钢琴前面，弹起了小步舞曲，但怎么也弹不流畅。这时维特已在他平时坐惯的那张长沙发上坐下来，她定了定神，泰然自若地坐到维特身边。"您没有带书来念吗？"她说。——他没有带。——"我那只抽屉里有您译的几首莪相之歌，"她说，"我还不曾读过，我总希望听您来朗诵；但是直到现在还没有机会这样做，也没有心绪。"——他笑了笑，过去取诗；当他手持诗稿的时候，全身打了一个寒颤；眼望诗句，热泪纵横。他又坐下来，开始朗诵：

黄昏之星呀！你美丽地闪耀在西方，你从云团后昂首发光，壮丽地移步山峦。你注目荒原，为寻何物？狂风已经停息，从远处传来喃喃溪声，波浪涛涛，嬉戏在远方的岩石旁。黄昏的蚊蚋在田野上成群地乘风鼓翅，嗡嗡有声。你在寻觅何物，美丽的星光？你面带笑容，缓缓移动，快乐的波涛萦绕着你，替你把秀发濯洗。别了，安静的光华！辉耀吧，你莪相心中壮美之光！

源自莪相之灵的光显现。我看见逝去的友人来到我眼前，他们聚首在洛拉平原上，犹如在那业已逝去的日子里一样。——芬戈尔来了，像一根潮湿的雾柱，他的勇士们前后簇拥着他。看呵，那些歌手们：白发苍苍的乌林！代表堂堂的利诺！歌声悦耳的阿尔品！还有你，娓娓怨诉的密诺娜！——我的朋友们啊，想当初我们在塞尔玛王室大厅举行歌唱比赛，我们的歌声像阵阵春风拂过山丘，柔声细语的野草此起彼伏，自从那次盛会以来，我的朋友，你们的变化多么大呀！

婀娜多姿的密诺娜走出来了，她目光低垂，泪水盈盈，垂着的秀发随着不断从山上吹来的风儿缓缓波动。——她那迷人的歌喉方展，英雄们心中顿时一片阴暗，因为他们常常见到萨尔迦的坟墓，常常看到一身素装的……珂尔玛幽暗的房屋……珂尔玛孤独地伫立在山岗上，歌声悦耳动听；萨尔迦曾答应前来，但是四周黑色沉沉。听吧，这就是珂尔玛的歌声，她正坐在山岗上孤身一人！

珂 尔 玛

夜幕已经降临！——我孤身一人，被遗弃在山岗，雨骤风又狂。群山中狂风在呼啸，岩石跌落的山洪在嚎叫，找不到一座草屋可以把风雨阻挡，我被遗弃在山岗，雨骤风又狂。

月亮呀，从云里出来吧！星星呀，在黑夜里闪耀吧！只需一道光引我到我爱人狩猎劳顿后休息的地方，强弓松了弦放在他身边，猎犬喘息连连守在他近旁！在这树木丛生的河畔，我只得独自一人坐在峭岩上。激流奔腾，狂风呼啸，可是我听不到爱人的一丝声音。

我的萨尔迦呵，你为何踌躇不前？难道你已将自己的诺言遗忘？——就是这块岩石这棵树，就在这条湍急的河流旁，是我们约会的地方！你答应天一黑就来到这儿；哎！我的萨尔迦迷路到了何方？我愿随你遁去，离开我骄傲的父亲和兄长！我们两个家族世代为仇，只有我和你不是仇敌，萨尔迦！

狂风啊，沉默片刻吧！激流呵，静止片刻吧！让我的声音响彻峰峦山谷，传进我那漫游人的耳中！萨尔迦，是我在喊你，我在呼唤！树木和峭岩就在这里！我的爱人！萨尔加！我在这里，你为何踌躇不来此地？

看呀，月亮出来了，洪水在山谷里闪烁，灰色的岩石从谷底一直伸到山岗，可是岩石之顶我却不见你的身影，你的爱犬也没有跑在前面来宣告你的来临。我不得不坐在这里，孤身只影！呵，下面荒野上躺着的是什么人？——是我的爱人吗？是我的兄长吗？——你们说话呀，我的朋友！可是他们不回答，令我心里多么害怕！——呵，他们已经死了！他们的剑在格斗中被鲜血染红！呵，我的兄长，你为什么杀死我的萨尔迦？呵，我的萨尔迦，你为什么杀死我的兄长？你们两个都是我亲爱的人呀！你是山下千里挑一的美男子！而在战斗中却令人丧胆！你们回答我，你们听着我的声音，呵，我所爱的人！唉，他们永远不会说话了，沉默直到永远！他们的胸膛已经像泥土一样冰凉！

哦，你们说话呀，从山岗的峭岩上，从狂风暴雨中的群山之巅！说话呀，你们死者的亡灵！我听了绝不会胆战心惊！——你们去哪儿安息？在群山中的哪个洞穴里我才可以找到你们？——在狂风中我听不到你们微弱的喊话，在山上的暴雨中听不到一息悲叹的回音。

我坐在山岗上放声痛哭，我泪流满面，等待黎明。死者的朋友呀，你们挖好坟墓吧，但不要掩埋，请等待我的来临。我的生命像一个梦，正如梦幻般消逝；我怎能苟延残生，活在世上！我要伴我的亲人住在这个地方，就在这激浪拍岩的河流旁。——每当夜幕笼罩山岗，狂风刮过荒野，我的灵魂就将在狂风中伫立，我为我的爱人之死哀鸣。猎人在他的小屋里静听，他对我的声音既怕又爱。我的悲泣声一定非常甜美动听，因为我正在为我的爱人哀鸣，他们两个都是我亲爱的人！

这就是你唱的歌呀，密诺娜，托尔曼妩媚娇艳的女儿。我们为珂尔玛流泪，我们心里都充满凄楚之情。

乌林怀抱竖琴登场了，为我们把阿尔品的歌奏响。——阿尔品的声音娓娓动听，利诺的心里热情奔放。但是他们现在都已仙逝，在斗室之中长眠，他们的歌声已经在塞尔玛绝响。从前乌林有一次打猎归来，那时英雄们尚未捐躯沙场。他听到他们两人在山岗上赛歌，他们的歌声轻柔而悲哀，他们咏叹那位群雄中的佼佼者，咏叹莫拉尔的阵亡。他的心灵活像芬戈尔的一样崇高，他的剑像奥斯卡的一样，令人丧胆。——但是他阵亡了。他的父亲悲声痛哭，他的姐姐眼睛里充满泪水，英俊的莫拉尔的姐姐密诺娜的眼里泪水盈眶。在乌林歌唱之前她便退下场，犹如西天的月亮预感到暴风雨的将至，便将美丽的脸庞在云团后面躲藏。——我和乌林一起弹起竖琴，和他同把这首悲歌低唱。

利　　诺

风过雨停，中午天气晴朗，乌云正在四散，时隐时现的太阳又匆匆照耀着山岗。山溪泛着淡红的光，在谷底奔向远方。流水啊，你喃喃低吟多么甜蜜，那是阿尔品的声音。他在哀悼死去的英雄，他低垂着衰老的头颅，哭红的双眼仍在流着热泪。阿尔品，杰出的歌手，你为何独自伫立在这沉默的山岗上？你为何哀吟像穿林的风，像击岸的浪？

阿　尔　品

利诺呀，我的泪为死亡者流，我的歌为墓中人唱。在山岗上，你何等魁梧，在荒野的儿子中，你是何等俊美！但是你也将像莫拉尔一样死亡，哀悼者也将坐在你的坟墓旁。山山岭岭将把你遗忘，你的强弓松了弦悬挂在大厅上。莫拉尔呀，你迅捷如山中的野鹿，可畏如天边的夜光，你的愤怒像呼号的狂风，战斗中你挥动利剑犹如荒野上闪闪的电光。你的声音像暴雨后山洪的咆哮，又像远山上乍响的惊雷。多少人在你的手下丧生，多少人被你的怒火吞噬。可是当你从战场上凯旋，你的前额如一片祥云！你的面容像暴风雨又像鲜红的太阳，又似黑夜里沉默的月亮，你的胸膛平静安谧，犹如风平浪静的海洋。

如今呀，你的居室狭隘，你的住处昏暗！你的坟墓只有三步长，哦，你呀，曾经是如此伟大！如今惟一记得你的就是那四块长满青苔的墓石；一棵枝叶凋零的树木和几许在风中瑟瑟的野草告诉猎人，这里就是威风凛凛的莫拉尔的坟墓。没有母亲为你痛哭，没有少女为你挥洒爱的热泪，生你育你者已死，那位莫格兰的女儿也早已香消玉陨。

来了一位拄杖者，他是谁？他是谁，这位年迈的白发苍苍的老人，他的眼睛已经通红但还噙着泪水？哦，莫拉尔，他是你父亲呀，除你以外再无儿的父亲。他听说了你在战场上的威名，他听说了被你打得落花流水，狼狈逃窜的敌人；他曾听说了莫拉尔的荣耀！呵，他怎么能不知道莫拉尔身负重伤？哭吧，莫拉尔的父亲，哭吧！可惜你的儿子已经听不到你的哭声。死者头枕尘泥，睡得又深又沉。他永远不会再听到你的呼唤，你永远无法将他唤醒。呵，什么时候坟墓里才会有黎明，好把沉睡者一个个叫醒！别了，最高贵的人，战场上的盖世英雄！但是战场上永远见不到你的英姿了，你那利剑的耀眼华光再也不会照亮黝暗的森林。你没有留下儿子，诗歌将保存你的姓氏，未来的世人将听到你的事迹，听到为国捐躯的莫拉尔的英名。

英雄们一齐悲叹，泫然泪下，声音最响的是阿明撕心裂肺的号啕大哭。他想起了自己去世的儿子，儿子死时正值青春年华。名声显赫的加马尔的君王卡莫尔正坐在老英雄身旁。"阿明因何如此哀伤？"他问道，"因何在此痛哭流涕？这里歌声琴声悠扬，陶醉并愉悦人心，歌声如柔曼的薄雾从湖上升起，弥漫在山谷，滋润着盛开的花朵；随后阳光普照，雾霭就全部消散。你因何如此伤心，阿明，你这海水环绕的戈马岛的君主？"

"伤心呀！我怎能不悲伤，我伤痛的原因至深。——卡莫尔，你没有失去儿子，没有失去青春焕发的女儿；勇敢的戈尔格还活着，最美的姑娘安妮拉也快快乐乐。哦，卡莫尔，你的家族枝繁叶茂，可是我家的宗脉到我阿明就断了根。哦，道拉呀，你的寝床如此幽暗，你正在你的墓穴安眠。——你何时能苏醒，再用你银铃般的声音唱起你的歌？刮起来吧，秋风！呼啸吧，在这昏暗的荒野上！澎湃吧，山涧！滂沱吧，栎树林里的暴风雨！月亮呀，穿过断裂的云层，现一现你苍白的脸庞吧！让我回忆那个可怕的黑夜，那一夜我子女双亡：勇猛的阿林达尔倒下了，可爱的道拉也如鲜花凋谢。

道拉，我的女儿，你多么美丽，你像高悬在富拉山上的皎月一样俏丽，甜密犹如微风，洁白恰似飞雪！阿林达尔，作战时你箭无虚发，长矛神速，你的目光如浪尖薄雾，你的盾牌如暴风雨中的火云！

阿马尔，英勇善战，闻名遐迩。他来了，他来向道拉求婚，不久便赢得了她的爱情。朋友们都表示了美好的祝愿，期待佳期来临。奥德加尔的儿子埃拉特怒火中烧，因为他的弟弟曾在阿马尔手下殒命。他乔装成一个年迈的船夫，驾轻舟一叶，乘风劈浪驶来。他的鬈发灰身，他严肃的面孔声色不动。'最美的姑娘呀，阿明可爱的女儿，'他说，'在不远的海里有座岩岛，那里树上红红的果子霞光闪闪，阿马尔正在等候他的道拉；他派我来接他的爱人，乘船越过波涛翻滚的海洋。'她随他上船来到岩岛上，不停地呼唤阿马尔；只听见岩石的回响，'阿马尔！我的爱人！我的爱人！你为什么这样吓唬我？听着，阿尔那特的儿子！听着，是我是道拉，我在把你呼唤！'

奸雄埃拉特扔下她，哈哈大笑着返回陆地。道拉以最大的声音，呼唤她的父亲和兄长：'阿林达尔！阿明！难道你们谁也不来搭救你们的道拉？'

她的声音漂过大海，听到喊声，阿林达尔，我的儿子，急忙从山上下来。他追捕猎物从不留情，箭在他身边作响，弓执在他的手中，五只灰黑色的猎犬紧紧跟随他身旁。他一眼看见胆大包天的埃拉特站在岸旁，他就去把他抓住，捆在栎树上，紧紧勒住他的身子，他的叫苦声在空中回荡。阿林达尔驾舟破浪向前，要把道拉接回到陆地上。这时阿马尔也怒气冲冲地赶来了，他射出一支灰色翎箭，嗖的一声中了你的心房，哦，阿林达尔呀，我的儿子！你代替奸贼埃拉特不幸把命送，小船抵达岩岛，他也倒了下来，气绝身亡。哦，道拉！你兄弟的鲜血在你脚边流淌，你呀，悲痛欲绝！

巨浪把小船砸碎。阿马尔纵身跳进大海，为的是去救道拉，还是自作了断？山上刮来一阵狂风，海上波涛汹涌。阿马尔沉入海底，再也没有浮上来。

我听见我的女儿独自一人在海浪冲击的岩石上哀号。她呼天唤地，喊声不断，可是她父亲却无法救她脱险。我在岸边站了通宵，我看见她站在微弱的月光下面，整夜都听到她的呼喊。狂风在呼号，暴雨拍打着山坡。黎明到来之前，她的声音就已经十分虚弱。她去了，像晚风消失在岩石上的荒草间，她死了，哀怨交集，只留下我阿明一人，孤苦伶仃！我那战场上的强者已经逝去，我那少女中的骄傲也荡然无存了。

每当山上风雨交加，每当北风掀起巨浪，我就坐在喧嚣激荡的岸旁，朝那块恐怖的岩石遥望。在月亮西沉时，我常常看见我儿女的幽灵，在朦胧中，他们时隐时现，结伴同行和睦而悲哀。"

绿蒂泪如泉涌，冲泄了她心头的压抑。但她这一哭，维特却念不下去了。他扔下诗稿，抓住她的手，辛酸的眼泪潸潸而下。绿蒂低头靠在他的另一只手上，用手帕掩住自己的眼睛。两人都激动万分。他们从这些高尚人物的遭遇中体会到了自己的不幸，他们一同感受着，他们的眼泪把他们两人交融在一起。维特的嘴唇和眼睛，在绿蒂的手臂上灼燃；她全身一阵寒战，她想把手臂抽走，但是痛苦和同情像铅一样压在她的手臂上，使它麻木。她深深吸了口气，好让自己的神智恢复清醒，她抽泣着，求他继续朗诵，她恳求时的声音非常动人，宛如来自上天的妙音！维特浑身颤抖，他的心快要碎了，他拿起诗稿，断断续续地念道：春风呵，你为何把我唤醒？你柔情缱绻地将我爱抚，并对我说：我要以天上的甘霖将你滋润！但是我枯萎的时日已近，暴风雨即将来临，它将把我吹打得枝叶飘零！明天那位旅人将会来到，他曾经见过我风华正茂，他的目光在原野上四处把我寻找，却找不到我的些许踪影。

这几句话的威力征服了这个不幸者。他完全绝望了。一下跪倒在绿蒂面前，抓着她的两只手，把它们贴在自己的眼睛上，自己的额头上，她好像感觉到他灵魂中有个可怕的盘算正在飞升。她心中乱作一团，她紧紧抓着他的手，把他的手按在自己胸口上，她一阵心酸而又深受感动，她向他俯下身来，两人灼燃的面颊偎依在一起。在他们心里周围世界已经消失了，他用双臂紧紧把她搂住，将她贴在自己胸口上，并在她颤抖的、咕嗫的嘴唇上印以无数个狂吻。——"维特！"她声音窒息地喊道，同时扭过脸去，"维特！"她那娇弱的手把他的胸脯从自己的胸口推开；"维特！"她叫道，冷静的声音里流露着高尚的感情。——他没有反抗，松开搂住她的双臂，茫然失措地跪在她面前。——她站起身来一阵害怕，心慌意乱，她的心情颤动于爱和怒之间，浑身颤抖，说："这是最后一次！维特！您再也别想见到我了。"说完，她以充满爱意的目光朝这位不幸的人好好看了看，便奔到隔壁房间，随手锁上了门。——维特向她伸开双臂，却不敢抓住她。他躺在地上，头靠在沙发上，就这样待了半个多小时，直到听见一阵声响他才清醒过来。那是女仆进来收拾桌子，准备开饭了。他在房间里踱来踱去，后来发现又只剩下他一个人时，便走到隔壁房门前，低声唤道："绿蒂！绿蒂！只再说一句话！说一声'永别'！"——她默不作声。——他等待，央求着，再等待；后来，他只好转身离去，走时他喊道："别了，绿蒂！永别了！"

他来到城门口，熟悉他的卫兵不加盘问就让他出了城，这时风雪交加，将近十一点他才重新敲响寓所的门。维特进屋时，他的仆人注意到主人头上的帽子没有了。仆人没敢多嘴，就帮他脱下衣服，他全身都湿透了。后来有人在一块悬崖的峭石上发现了他的帽子。令人费解的是在那么黑暗的雨雪之夜，他居然攀上了这块悬岩而没有摔下去，真有点不可思议。

他躺在床上，睡了很久。第二天早晨，仆人应他的呼唤，给他送去咖啡时，发现他正在写信。他在给绿蒂的信上又写了以下的几段：

我最后一次，最后一次睁开这双眼睛。唉，这双眼睛再也不会见到太阳了，盖住这眼睛的是一个阴沉晦冥、雾气腾腾的长昼。哀悼吧，大自然！你的儿子，你的朋友，你的爱人正临近他的末日。绿蒂，当一个人在对自己说："这是最后一个早晨"时，他的感觉是无法比拟的，这种感情最接近于一场快要做完的梦。最后一个早晨！绿蒂，我真不懂"最后一个"这个词！如果说我现在站立于此，精力充沛，那么明天我就将四肢一伸，连一丝气息也不剩地躺在地上。死！死亡是什么？看呵，每当我们谈起死，我们都在幻想着。我曾目睹不少人死去，但是人是多么局限，他对自己的生命始终一无所知。现在我还是我的，你的！你的，哦，亲爱的！可是转眼之间——分开，离别——也许是永远分离了吗？——不，绿蒂，不！——我怎么会消逝？你怎么会消逝？我们两人都存在！——消逝！——这是什么意思？这又是一个词，一个空洞的词语！我听后心中不会产生任何感觉。——死，绿蒂！埋进冰冷的泥土里，墓穴是多么狭窄！多么黑暗！——我曾有过一位女友，在我茫然的少年时代，她就是我的一切；她后来死了，我跟随她的遗体，站在她的墓旁，目睹别人把棺木放下去，再从棺木底下把绳子刷刷地抽上来，接着扔下第一铲土。土落在棺木上，发出沉浊的响声；响声越来越沉浊，越来越闷，最后泥土完全盖住了棺木！——我一下扑倒在墓旁——我的心被揪住了，惶恐失措，震惊万分，肝胆俱裂，但是我不明白，死亡坟墓对于我会是怎么回事——自己会出什么事——死！坟墓！我不明白这些词的意义！

哦，原谅我吧！原谅我吧！原谅我昨天的举动！倘若那是我生命的最后一刻该多好呀。哦，你这天使！那极度快乐的感觉第一次，第一次确凿无疑地如火流遍我的内心：她爱我！她爱我！从你唇上喷发出来的神圣的烈火现在还在我的唇上燃烧，我心里还留着新的、温暖的欢乐。原谅我吧！原谅我吧！呵，我过去就知道你爱我，我知道，从初次见面时你那充满感情的目光中，从第一次握手时我就知道，可是后来，当我看到阿尔贝特站在你身边而我又必须离开的时候，我就疑虑重重，灰心丧气了，陷入发热病似的绝望之中。你还记得送给我的那些鲜花吗？在那次烦人的聚会上你既不能跟我说话，又不能同我握手，你就让人给我送来这些鲜花。我在花前跪了半夜，这束鲜花把你的爱封存在我的心里了，可是，哎，这些印象已经消散，正像在圣餐时领受了浩荡神恩的基督徒，他对上帝的感恩之情也会在心灵中渐趋淡漠。

所有这一切瞬息即逝，但是我昨天在你唇上领受到的、现在我心里仍感觉到的生命之火，是永远不会熄灭的！她爱我！我这手臂曾将她搂抱，我的唇曾在她的嘴唇上颤抖，我这嘴曾在她的嘴边呐呐而语。她是我的！你是我的！是的，绿蒂，你永远是我的。

阿尔贝特是你的丈夫，这又怎么样呢？丈夫！我爱你，我要将你从他的怀里夺到我的怀里来，难道对这个世界——对这个世界这难道就是罪孽吗？罪孽？那好，我要为此而惩罚我自己；我已经品尝了这罪孽，品尝过它的全部天国的喜悦，已将生命的琼浆和力量吮进了我的心里，从这一刻起你就是我的了！我的，哦，绿蒂！我先走一步，去见我的天父，去见你的天父。这一切我都要向天父诉说，他将安慰我，直至你的到来。那时，我将飞上前去迎你，拥抱你，在永恒的天父面前拥抱在一起，永不分离。我不是做梦，不是在胡思乱想！接近坟墓的我，心里更亮堂。我们都是要死的！我们将会重逢！我们将见到你的母亲！我将见到她，将找到她，呵，我要在她面前倾诉我的衷肠！你的母亲和你长得一模一样！

将近十一点，维特问他的仆人，阿尔贝特是否已经回来了？仆人说，回来了，他看见他骑着马回家去了。主人听了，便把一张便条交给男仆，内容是：

我打算出门旅行，可否把您的手枪借我一用？祝您万事如意！

可爱的夫人昨夜辗转反侧，夜不成眠。她所担心的事，终于出现了，但出现的方式她既没能预料、又没有担心。她的天性本来一向是和悦温顺的，现在居然也热血沸腾了；徘徊瞻顾，百感交集扰乱了她那颗高尚的心灵。她心中感受到的是维特拥抱她时她在自己胸中感觉到的烈火吗？是对他举止无礼放肆？是她将自己眼前的处境与过去那段由于天真无邪而无拘无束，由于可以信赖自己的日子相比而生出的恼怒吗？她该如何去见自己的丈夫，怎样把昨天发生的那一幕向他讲清楚呢？她本来可以坦率的告诉他，可又不敢向他承认她和她丈夫相互之间对此事讳莫如深已经很久了，难道该首先由她来打破沉默，并在这极不适宜的时候使丈夫获得这一意想不到的发现？她担心，单就维特来访这件事就会给他一个不愉快的印象，更不用说这个意料之外的灾祸了！她能指望她丈夫会完全从好的方面来看待她，不带任何成见地容纳她吗？她能希望她丈夫愿意洞察她的心迹吗？还有，她在她丈夫面前从来都是光明磊落、问心无愧的，像水晶一样透明，她从未对他，也不可能对他隐讳自己的任何情感，而现在她能在她丈夫面前伪装自己吗？她左右为难，忧虑重重，处境十分尴尬；她的思想一再回到维特身上——她已经失去了维特，她舍不得放弃他，可惜又必须丢开他；而倘若他一旦失去了她，他就一无所有了。

他们夫妻间业已存在的隔阂，她一时间还弄不太清究竟是怎么回事，现在成了她沉重的心理负担！那么通情达理、那么善良的两个人，相互之间由于某些密而不宣的分歧而开始相对保持沉默，每人都在想自己是对的，别人不对，情况又错综复杂，乱成一团，在这千钧一发的严重时刻，根本就别想把这个结解开。倘若他们早些恢复愉快的信赖，相亲相爱，和好如初，倘若他们之间能够重新恢复相互间的爱情和宽容，倘若他们各自能够坦诚相见，那么我们的朋友或许还有得救。

除此之外，这里还有一个特别的情况。正如我们从维特的信中知道的那样，他从未讳言他渴望离开这个世界。对于这个问题，阿尔贝特常常就此和他争论，绿蒂和她丈夫之间有时也谈起此事。阿尔贝特对自杀行为是深恶痛绝的，他甚至常常违背他平素的性格，他完全有理由怀疑那种意图的严肃性，甚至对此开过几次玩笑，并且告诉过绿蒂他不相信维特真的会自杀。这一方面使绿蒂在想到眼前这幅悲惨图像时可以感到放心，但另一方面，要她把此刻正在折磨她的隐忧告诉丈夫，她又感到难以启齿。

阿尔贝特回来了，绿蒂神情尴尬，匆忙迎上去。他心情也不佳，公事没有办成，碰上邻区那位官员又是个食古不化、思想狭隘的人，加上路很难走，更使他火冒三丈。他问家里是否发生过什么事，绿蒂慌忙回答说，维特昨晚来过。他问有没有信，绿蒂说，来了一封信，还有包裹，都放在书房里了。他走进书房里，绿蒂独自留在那儿。她爱丈夫，敬重丈夫，他的到来在她心里产生了新的印象。想到他的高尚、他的爱情和善良，她心里就平静多了，她感到有种神秘的吸引力，使她情不自禁地跟随他，她像往常那样拿起针线活，走到他的书房里。她发现阿尔贝特正在忙着打开邮包和读信，看来信里有些内容并不令人愉快。她问了丈夫几个问题，他一一作了简短的回答，随后便坐到写字台前去写了起来。

他们就这样在一起呆了一小时，绿蒂的心情越来越阴郁，她感觉到，即使在丈夫情绪最佳的时候，把压在她心头的心事向他表露那也是很困难的；她陷入忧伤之中，而她又要竭力隐藏自己的悲伤，把眼泪往肚里吞，所以这忧伤就更加使她难以忍受。

维特的仆人来了，这使她窘迫之至；仆人把主人的便条交给阿尔贝特，他看了便条，就不动声色地朝妻子转过脸来，说："把手枪给他。"——"我祝他旅途愉快。"他对仆人说。——一听这话，简直像是个炸雷击中了她似的，她摇摇晃晃站了起来，不知道自己是怎么啦。她慢慢走到墙边，颤抖着摘下手枪，擦去枪上的灰尘，心里迟疑不决，要不是阿尔贝特用询问的目光催她，她准定还会犹豫更久。她把这不祥之物给了仆人，一句话也说不出来。仆人走了，她便收拾起自己的针线活，回到自己房里，心中忐忑不安。她预感到将有可怕的事情发生。她立刻打算去跪在丈夫面前，向他披露一切：昨晚发生的事，她的过错以及她的预感。继而她又觉得，这样做不会有什么结果，想要说服丈夫到维特那儿去看一看的希望微乎其微。正要开饭，来了一位女友，向她打听点事，本来马上要走的，她把她留下了，这样晚餐时的谈话气氛才勉强可以忍受。绿蒂强制着内心的不安，大家一起谈谈说说，也就把别的事忘了。

仆人拿着手枪回到维特那儿；当维特听说枪是绿蒂亲手交给仆人的，便喜形于色，赶紧接过手枪。他让人拿来面包和酒，叫仆人去吃饭，自己则坐下来写信。

手枪经过了你的手，你还为它擦去灰尘，我千百次地吻它们，因为你触摸过它们！你，天上的圣灵，你坚定了我的决心！你，绿蒂，把手枪递给了我，我曾多么希望从你手中领受死亡呀，呵，现在我真的领受过来了，哦，我曾详细问了我的仆人，他说，你把枪递给他时，你浑身在颤抖，你没有说任何告别的话！——唉，伤心呀，伤心，连句"再见"也没有说！——难道为了那一瞬间，那把我永远固定在你身上的那一瞬间，你就把我关闭在你的心灵之外吗？绿蒂呀，千年易过，那个印象是不会磨灭的！我感觉到，对于一个为你把爱火燃得如此炽烈的人，你是不会怨恨他的。

饭后，他叫仆人把所有的东西全都装箱打捆，撕掉了许多信函，出去处理了几笔小额债务。办完以后他回到寓所，不一会又走出大门，冒雨出城先到伯爵的花园，又在附近一带漫步，直到暮色降临才回屋继续写信。

威廉呀，我最后一次去看了田野、森林和天空。我也和你永别了，亲爱的母亲！原谅我吧！请你安慰她，威廉！愿上帝赐福给你们！我的事情都已料理妥当。别了！愿你们平安，我们会更加欢乐地再次见面的。

阿尔贝特，我竟用做坏事来报答你，请原谅我吧。我破坏了你家庭的和睦，造成了你们之间的不信任。别了！我愿了结这一切。哦，但愿我的死能给你们带来幸福！阿尔贝特，阿尔贝特，请让这位天使幸福！愿上帝永远降福于你！

这一夜，他又花费了不少时间清理文稿，撕碎很多信件，将它们投进炉里，并在几个写着威廉地址的包裹上加了封条，包里是他的一些短文和没有写完的随感，有几篇我曾见到过。晚上十点钟他叫人给壁炉里添了木柴，还拿来一瓶酒，接着就打发仆人去睡觉。仆人的房间和房东的卧室都在老远的后院，仆人回房和衣倒下便睡，以便在第二天一早起来听候吩咐，因为主人说过，驿站的马车六点以前就会到门口的。

夜里十一点以后

我的周围如此寂静，我的心灵如此安宁。我感谢你，上帝，感谢你在这最后一刻赐我温暖和力量。

我走到窗前观看，我最亲爱的人呀，透过汹涌飞驰的云层，我看到永恒的天空中有点点星光！不，你们不会陨落！永恒的主，他在心中承担着你们，也承担着我。我看见了所有星座中最可爱的北斗星。夜间，我和你分手后，跨出你家大门时，北斗星座总是挂在我的头顶。我常常凝视它，带着多浓的醉意啊！我经常高举双手把它看作我眼下幸福的标志，当做神圣的记忆的象征！还有——哦，绿蒂，哪一件东西不使我联想到你呀！你无时不在我周围！我像个孩子，把你神圣的手所触摸过的各种各样小玩意儿毫不知足地全都抢到了自己手里！

心爱的剪影像呀，我把它遗赠给你，绿蒂，请你将它珍藏。我在这帧剪影上所印的吻何止万千，当我外出或回家来时，我挥手向它致意不止千次。

我已给你父亲留下一封短简，请他保护我的遗体。在教堂墓地后面朝田野的一隅有两棵菩提树，我希望能安息在那里。他能够，他一定会为他的朋友安排此事。请你也替我求求他。我并不指望虔诚的基督徒会将他们的遗体摆放在一个可怜的不幸者旁边。呵，我情愿他们把我葬在大路旁或者寂寞的山谷中，好让祭司和利未人走过我的墓碑前时为我祝福，撒玛利亚人也将为我洒下一点热泪。

绿蒂！在此，我毫不畏缩地握住这冰冷的、可怕的高脚杯，饮下死亡的醇醪！我没有战栗，是你把它递给我的，那我还犹豫什么！一切！一切！就这样，我一生所有的心愿和希望全部得到了满足！我要扣击冥界的铁门了，心情冷静，态度坚毅。

绿蒂呀！我居然有幸去为你死，去为你献身！倘若我能恢复你生活的安宁与欢乐，那我就愿意勇敢地、高高兴兴地死。可是，唉，世上向来只有少数高尚的人，肯为自己的亲人流血献身，以自己的死让他们的朋友获得多彩的新的生命！

我要穿这身衣服入土，绿蒂，你接触过这套衣服，并使它化为神圣；这一点我也向你父亲提出了请求。我的灵魂将飘荡在灵柩上方。请别让人翻我的衣服口袋。这个粉红色的蝴蝶结，就是我第一次在你的弟妹中看到你时，你戴在胸前的那个蝴蝶结——哦，请代我成千次地吻他们，并把他们这位不幸的朋友的命运讲给他们听吧。这些可爱的小家伙！现在他们仍在我周围。呵，我已经把自己锁在你身上了呀！从第一个瞬间起，我就离不开你了呀！——让这个蝴蝶结和我同葬吧。这是我生日那天你送给我的！我是多么贪婪地接受了这一切呵！——唉，我没有想到，我当初面前的道路竟把我引到了这里！——你要镇静！我求你，不要激动！——枪里装上了子弹——时钟正敲十二点！就这么着吧！——绿蒂！绿蒂！永别了！永别了！

有位邻居看见火光一闪，接着听到一声枪响；由于再没有任何动静，所以他也就没有继续留意。

第二天早晨六点，仆人手持蜡烛走过房间，发现主人倒在地板上。身边是手枪和血泊。他呼喊着，抱他坐起来；维特一声未答，只是喉咙里还有哮喘。仆人跑去叫医生，又跑去叫阿尔贝特。绿蒂听见门铃响，一阵战栗流遍她的身体，她手脚都发软。她叫醒丈夫，两人都起了床，仆人哭哭啼啼，结结巴巴地报告了这个消息，绿蒂一听就在阿尔贝特面前昏倒了。

医生来了，见躺在地板上的这位不幸的人已经没救了，脉搏还在跳动，但四肢已经瘫痪，子弹是从右眼上方击穿头部的，脑浆都迸出来了。大夫多此一举地切开他手臂上的一根血管给他放血，血流出来了，但他还在喘息。根据靠背椅扶手上的血，我们可以推断出，维特是坐在写字台前朝自己头上开枪的，随后便向后摔倒在地，剧烈的疼痛使他围着椅子打滚。他面对窗户仰卧着，终于虚脱了，身上着装齐整：长统靴、蓝燕尾服和黄背心。

房东一家、邻里街坊以及全城都震惊了。阿尔贝特赶来了，这时维特已经被人抬到床上，额头已给包扎好，他面如死灰，四肢一动不动。只有肺部还在发出可怕的咕噜声，时弱时强；大家都在等他咽下最后一口气。

那瓶酒，他只喝了一杯。书桌上放着一本摊开的《艾米莉娅·迦洛蒂》。

关于阿尔贝特是如何的震惊和绿蒂是如何的悲痛，那就不用我说了。老法官闻讯，策马疾驰而至，他流着热泪吻着这个垂死的维特。他的几个较大的男孩也跟踵而至，他们一齐跪倒在床边，抑制不住内心的悲痛，失声痛哭，吻他的手和嘴，最大的男孩也是维特最喜欢的，一直吻着他的嘴唇不起来，直到他断了气，大家才不得不硬把这孩子拉开。中午十二点维特去世了。由于法官在场并作了部署，才避免大家蜂拥而至，造成混乱。夜里将近十一点，司法官让人把维特安葬在他自己选定的地方。老法官和他的儿子跟在遗体后面，为维特送葬，阿尔贝特没能来，他正在为绿蒂的生命担忧。维特的遗体由几位工匠抬着，没有一位神职人员来陪送。

（注：十八世纪末期，安葬死者通常都在晚间或深夜进行，棺材则由某个手工业行会的工匠来抬。在这一点上维特的下葬与一般习俗没有什么区别。所不同的是，维特安葬时没有祭司参加，这在十八世纪是非常惹眼的。因为这一来就等于把维特打成了凶手和罪犯，而在当时神职人员是不给自杀者安葬的。自杀的人也很难在公墓里得到一块墓地，所以维特预先留下遗书，托S法官将他葬在"教堂墓地后面朝田野的一隅有两棵菩提树"的地方。这里的文字是这样表述的："法官吩咐把维特安葬在他自己选定的地方。"十八世纪的读者从这句简短而含蓄的话中便可得知：没有法官的照顾，一切都不可能按维特生前的愿望进行。）

一对邻人儿女的奇缘

　　两个毗邻而居的孩子，一个男孩，一个女孩，年龄相当，他们都出身于望族，真是天生一对，将来有一天完全可以结为百年之好。人们怀着这种温馨的愿望让他们二人一起玩耍，一起成长，双方父母极想在今后的日子里，让他们结成夫妇，然而很快人们便发现，这种指望似乎不会有什么结果，因为这两个出类拔萃的孩子显得有些格格不入，相互之间经常产生一种奇怪的龃龉。也许是他们彼此的性格太相似了。他们两个人都有些自负、任性、意志坚定不移；他们都受到一起玩耍的小伙伴的热爱和尊敬，但是两个人只要在一起，他们就是冤家对头；每个人都总想树立自己的威信，因此两个人碰到一起便互相攻击；他们不为一个目标竞争，却总为一个目的而进行势不两立的斗争。其实他们本都是绝对听话可爱的孩子，只是两人之间关系是错综复杂的，既有温柔爱慕心，也有时彼此恶狠狠的，大有不共戴天、势不两立的劲头。

　　俩人之间这种奇特的关系在童年时代的游戏中已经有所表现，随着年龄的增长，情况有所发展。男孩子喜欢玩打仗的游戏，他们经常分成两队人马，互相进攻并进行顽强的抗击。这个好胜的女孩也喜欢参加他们的游戏，而且还成为其中一队人马的首领。他们以无比的顽强，甚至拳脚相加，与另一方进行了一场激战。多亏那男孩英勇善战一直顽强抵抗，最后挺身而出解除了她的武装并将她捉住，他们才免遭失败。但是即使在这种情况下，那女孩仍在负隅顽抗，又打又抓，那男孩为了保护自己的眼睛，也为了不伤害他的女对头，不得不扯下自己脖子上的丝绸围巾把她的双手反剪起来紧紧缚住。

　　她非但没有宽恕他，更有甚者，她还一直在不停地秘密地寻找机会算计他。双方的父母早已注意到这种少见的对立情绪，相互达成协议，决定把这一双互相敌视的冤家对头分开，而那个甜蜜的愿望，随之成为泡影。

　　那男孩在新的环境中不久便显露头角。每一门功课都名列前茅。他的保护人的教诲和他自己本身的爱好决定他要成为一名军人。他无论出现在什么地方，都受到喜爱和尊敬。他那卓越的天性仿佛只会给人一种幸福和愉快感受，他常常为失去这个世界给他安排的惟一的对头而内心感到非常高兴。

相比之下，那女孩的情况却忽然发生了比较大的变化。随着年龄的增长，不断接受的教育，还有内心某种感情的日益丰富，过去常喜欢与男孩子们一起嬉戏玩耍那种粗野行径，她早已忘记得一干二净。她总觉得好像缺了些什么，心里无着无落的。在她周围，似乎再没有什么东西值得她去憎恨，只有她的心上人儿，至今依旧没找到。

这时有一个青年男子对她一见钟情，他对她吐露由衷的爱慕。他年长于那个过去与她是邻居的冤家对头，有地位，有家产，是举足轻重的要人，气度十分自然却又不同凡响，不少女人都在追求他。这女孩有生以来头一次有了一个男性朋友，一个对她如此鞠躬尽瘁的追求者和奴仆。在许多比她年纪大，比她更有教养，更出色，更讲究的姑娘当中，他优先选择了她，这使她感到称心如意。他不断地向她献殷勤，却从来不死皮赖脸地纠缠；在各种偶然发生的不愉快的事件中，他总是忠实地维护她，帮助她，使她摆脱各种尴尬；他坦诚地，但却心平气和、满怀希望地向她的父母提出了求婚，因为她的年龄还小，他满怀希望耐心等待；这一切都使她对他产生了好感，加之习惯势力也起了作用。世人对他们的关系已经认可，因为大家对此已习以为常，于是她常常被别人称为他的未婚妻，甚至到最后连她自己也自认为，她就是他的未婚妻。不管是她，还是其他什么人，都没有想到，除了他们之间交换结婚戒指之外，似乎不需要任何考验了。

他们的事情进展平稳，即使是通过订婚也没加快事情的进程。双方都跟过去一样。他们愉快地相处在一起，都心安理得地把这一段美好的时光当成未来较为严肃的婚姻生活的春天来尽情享受。

在此期间，远在异地他乡的邻人之子已出落得一表人才，并且在生活实践中取得有功受禄地位。现在他重返故里休假探亲。两个过去的仇家不期而遇，面对这位漂亮的邻居之女他举止十分自然，气度却又不同凡响。而这位女邻居近来正怀着喜悦的心情孕育着家庭的情感准备做新娘，因此她与周围的一切很容易和谐相处。她相信自己是幸福的，在某种程度上来说也确实如此。但是现在，他的到来不觉在她平静数年的心波上投下一片阴影，不过这已不值得记恨了，而她也恨不起来了。是的，那时的互相仇视完全是出于一种孩子气的争强好胜，实际上不过是对对方的内在价值一种阴晦的承认罢了，只是他们自己没有清楚地意识到这一点。此次见面代之而来的则是又惊又喜的表情，大喜过望的凝视，心悦诚服地互相认错。总之，他们互相交换着这久别重逢的一切共同的感受。长期的疏远使两人不禁情话绵绵。就连儿时愚蠢的举动也成了两个消除成见的邻居回忆往事时打趣的笑料，好像以往那种显得有些滑稽的仇恨通过双方友好、关心的态度至少可以得到一些补偿！过去无视对方的粗暴行径而今也有作坦率承认的必要。

男的一方在谈话时一直很理智，所言所行都很适度，他的地位和身份，他的情愫和抱负，使他这样从容有度，因此他把人家这位漂亮的未婚妻的热情当成一种值得感谢的额外奖赏，惬意地接受下来，并没有因此认为她会与自己有什么瓜葛，或者去嫉妒她的未婚夫有这么一位漂亮的未婚妻，何况他与这位未婚夫关系好得非同一般。

女的一方看起来情况却截然相反，她犹如是从一场梦境中猛醒过来。她恍然大悟，过去与她的小邻居针锋相对地斗争，原来只是情窦初开时期内心激情的一种发泄形式；而激烈地厮杀，大动干戈，也绝非是她的本意，只不过是形式上的反抗，实质却对他由衷的眷爱，犹如生来便具有的爱慕而已。追忆往事，能感觉到的也无非对他自始至终的一往情深。她暗笑自己当时手中拿着武器，满腔仇恨地找他打架时的样子，她回味着当他解除自己的武装时自己心里那种甜蜜蜜的感觉；她想像着当他缚住自己时那种无与伦比的幸福感；总之，所有的一切，虽然在他有所损伤和反感，在她来说，只不过是天真无邪的手段，目的就是引起他对自己的注意。她诅咒那次分离，她哀叹自己昏昏然如陷入睡梦之中，竟没有醒悟到自己的感情。她诅咒懒懒散散浑浑噩噩的习俗，就因为这她才得到了这么一个对她来说无足轻重的未婚夫。从此她变了，而且变得非常厉害，至于变得与他言归于好，还是彻底破裂这完全取决她自己。

如果有人能够把她深深隐藏在心中的情感展现出来并与她共同体验的话，那么这个人肯定不会责骂她，因为她的未婚夫显然无法与那位邻居青年相媲美，只要这两个人往近旁一站，便可以一目了然。她对前者的某种愿望仅表示同意，但后者却完全赢得她的信赖；如果人们愿意把她的未婚夫当成自己的伙伴的话，那么则祈望邻居青年能成为自己的知己；如果人们遇到特殊情况想得到更大的关心和帮助的话，那么人们完全确信那位邻居青年能够做到这一点，而对她未婚夫则大概会产生怀疑。对于这些比较，女人有一种天生的直觉，敏感而准确，因为她们有动机，也有机会来培养这种敏感性。

美丽的未婚妻任这些思想秘密地在心中滋长蔓延，这时要是有个人能够为未婚夫讲讲好话就好了，并对她直言相劝，要求她保持现在的关系，用未婚妻的责任来约束她，以及对她忠贞不渝的态度提出严格要求，甚至告诉她，这是天作之合，不容更改，不容撤回；可是没有人知道她的隐衷。于是美丽的心灵更加助长了她的单相思。其间，一方面她受到社会、家庭、未婚夫和自己的允诺无法解脱的约束和牵制，另一方面那努力上进的青年邻居推心置腹地把他的想法、计划和前途对她畅谈，他犹如一个忠实的兄长，甚至还不是一个体贴入微、充满深情的兄长。他还告诉她，他很快就要离去。于是，小时候那满脑子的恶作剧、那暴烈的性情，那简单幼稚的报复思想似乎又复苏了，而且到了人生中这个较高阶段——青年时期，她变得更加粗野更加可怕。她决定去死，以此来惩罚这个她过去怨恨、现在却热恋着的人对她的冷淡无情。既然她得不到他，不能与他结合，那么至少要让自己与他的回想，与他的懊悔永远地结合在一起，让他永远摆脱不掉她死时的情景，今生今世不得安宁，让他永无休止地谴责自己，为什么他没有看透她的思想，为什么没有仔细揣摩揣摩她内心的秘密，为什么她对过去的思想竟这样事不关己无动于衷哩。

这种古怪荒唐的念头终日萦绕在她的脑际，她千方百计地掩饰自己的想法，虽然人们感觉到她有些异样，但是却没有一个人对此给予足够的重视，或者说，他们也没有足够的智慧，挖空心思去发现真正的内在原因。

此间，朋友、亲戚和熟人们都在不停地安排着各种各样的庆祝活动，几乎天天都有新的节目，每天都筹划了一些新鲜玩意儿和一些令人意想不到的活动。几乎没有一处美丽的景物没有被披上节日的盛装，以接待众多欢乐的宾客。我们这位回家省亲的年轻人在离家之前，尽其所长聊表寸心，他邀请未婚夫妇连同为数不多的各自的家人作一次水上游览。几家人家登上一艘装饰漂亮、舒适的大型船舶，这是一种游船，里面有一间小客厅和几间客舱，待在这种游艇里，跟陆上没有什么两样，非常舒服逸适。

在音乐的伴奏声中人们乘着游船顺着大河徐徐远去。由于天气炎热，这一伙人攒三聚五地分散在底下的客舱里，呼声喝叱寻欢作乐，以寻乐解闷儿。一刻也不肯闲着的年青的东道主，替换下老舵手，老舵手不一会儿便在他身旁安然入睡了。这位守卫者必须全神贯注来观察周围动静，因为游船正驶近一处险滩。河流的前方有两个小岛，它们平坦的砾石滩岸呈犬牙状，相互交错，使航道变得十分狭窄，蜿蜒曲折，构成一段危险的水域。小心翼翼、目光敏锐的掌舵人本想喊醒老舵手，但最后他还是决定自己来冒冒风险，驾驶着游船朝着狭窄的河道开去。于此同时，那个美丽的昔日的冤家对头头上戴着花环突然出现在甲板上。她取下花环朝着正在掌舵的年轻人抛了过去，并高声喊道：

"留着它作个纪念吧！"

"别打扰我！"年轻人一手接住花环一边对着她大声说：

"我现在掌舵需要全力以赴，注意力得特别集中，一点儿都不能走神儿！""我不会再打扰你了，"她喊道，"你再也不会见到我了！"

她说着疾步走到船头，猛地一下跳进了水里。

顿时，几个声音不约而同地大声疾呼起来：

"救人啊！救人啊！她要淹死啦！"

掌舵的年轻人慌了手脚，不知所措。老舵手被呼叫声惊醒，伸手就要接舵，但在这短促时间里连换手也来不及，游船一下子搁浅了。就在这一刹那，年轻人扔掉最累赘的衣服，跳入水中，追随着美丽的冤家游去。

对于熟谙水性，善于驾驭水这种自然物质的人来说，水表现出它友善的一面，它托浮着青年人，完全被这个灵巧的游泳好手所征服。年青人随心所欲掌握着河水很快追上了被水冲走的美人儿，他一把抓住她，娴熟地把她的头托出水面，抱着她游。但是，一股强大的水流猛然把他们两个人一起卷走，直到河中小岛和滩地被远远地甩到后面，航道才又逐渐变宽，河水也开始流得缓慢起来。这时年轻人才松了一口气，他又振作起来恢复了常态，总算摆脱千难万险，不再随波逐流连思考的时间也没有。年轻人尽力把头露出水面，举目四望，然后单臂划水竭尽全力朝着一块长满灌木的平地游去，这块地方可人意并恰到好处地伸展到河里。他把娇艳绝伦的猎获物抱到干燥的地方，这时已感觉不到她还有一丝气息，他陷入绝望之中。突然间他眼睛一亮，发现一条光秃的小路通向并穿过一片灌木林。他重新抱起这个珍贵的包袱，沿路前行，不久便发现一座孤零零的住宅。他走到房子跟前，在这里找到一对青年夫妇——一对心地善良的农民。来者的不幸和困境不言而喻，所以他经过一番思考后提出的请求全都得到了满足。他们生旺了火，床上铺上了的毛毯，各种毛皮衣服和皮毛以及家中现有的所有能起到保暖作用的东西都统统很快被搬了过来。此时，当务之急是营救这位坠入情网的女孩，这种欲望战胜了其他任何考虑。为了使已经半僵硬的裸露的玉体重新获得生命，没有哪一种方法没有试过。终于成功了。她睁开双眼，看到的竟是自己的心上人，她伸出天使般柔美的双臂紧紧搂住了他的脖子。她搂着他，她这样持续了好久，泪水似潮涌，不断地向下流，这时她完全恢复了正常。

"你还愿意离开我吗？因为我是在这种情况下才获得你的。"她大声问。

"再也不会了，"他叫喊着，"再也不会了！"此时，他其实并不知道自己在说什么，也不知道自己在做什么。

"你要珍重自己！"他又补充了一句，"要好好珍重自己！为了你自己，也为了我，你要多多保重呀！"

她这才想到她自己，发现自己眼下所处的窘境。不过在自己心爱的人面前，又是自己的救命恩人面前，她用不着感到羞涩；然而她还是愿意让他先离开，好使他有可能也料理一下自己，因为他浑身上下还是湿淋淋的，清水淌个不停。

年轻的夫妇互相商量了一下，他们决定把自己结婚时穿的礼服提供给这一对青年男女使用，丈夫的给男青年用，妻子的给那美人儿用，这两套礼服仍然完好无损地挂在那里，足够把一对新人从头到脚，从里到外穿个焕然一新。

半晌，两个历险者不但穿戴完毕，而且还梳洗打扮了一番。他们看上去极为可爱，当他们二人又聚到一起时，真是郎才女貌。他们惊讶地互相凝视着，两人都不禁看呆了，满怀无限的激情猛然扑到对方的怀抱里。青春的活力和爱情的鼓舞使他们倾刻间完全恢复了原来的朝气，只可惜缺了音乐，否则他们会跳起舞来。

从水中到地面，从九死返回一生，从家庭圈子到荒野林庄，从绝望到喜悦，从冷淡到倾心到狂热的爱，这一切都发生在片刻之间，要想跟上并理解这急剧的变化，人的头脑简直不够用，否则脑袋非得爆炸不可，不爆炸也会被弄得晕头转向如堕烟海。在这种时刻，一个人必须有颗健全心脏，才能承受得起这骤然间接踵而来的大悲大喜。

两个人的心已经完全融合为一体，沉浸在爱情的甜蜜之中。过了一些时候他们才想起，留在船上的人还在担惊受怕，焦虑不安地牵挂着他们。当又想到不知道该如何重新面对那些人时，自己又会怎样害怕和担忧？

"咱们应该逃走吗？咱们应该躲藏起来吗？"年轻人问。

"我们要生活在一起。"她说，这时她的双手还紧紧吊着他的脖子。

那位农民听到他们提到游船搁浅的事，没有再细问，便急急忙忙往河岸跑。幸好这时那艘游船已经缓缓地顺水漂来，人们费了九牛二虎之力才使游船摆脱了困境又重新启动。大家一路行来心头忐忑，只能漫无目标地摸索着继续往前行驶，企望能重新找到两个失踪的人。农民又是呼喊又是招手，引起了船上人的注意，然后他朝可以停靠船的码头奔去，并且还在不停地招手和呼喊，于是游船转向河岸驶来。当船上的人登陆时，将有一场精彩的戏文开场了！两个已经私订终身的人的父母迫不及待地首先蜂拥上岸；痴情的未婚夫差一点儿失去知觉。他们刚一听说心爱的儿女已经得救，两个穿得如此别致服装的人立刻从树丛中走了出来。要不是他们走上前，他们的父母就无法相认。

"我看到的是谁呀？"母亲们异口同声问到。

"我看见了什么啊？"父亲们也喊道。

这对获救的儿女在他们面前双双跪下。

"你们的孩子啊！"他们大声说，"是一对夫妻了。"

"请原谅我们吧！"姑娘高声请求道。

"请祝福我们吧！"男青年也高声恳求。

"为我们祝福吧！"两个人一起乞求道。

这时，所有在场的人都惊异得一句话也讲不出来了。

"祝福我们吧！"第三次响起了他们的苦苦哀求声，此情此景有谁愿意做出否定答复呢？

谁是泄密者

"不行！不行！"他叫喊着，激动地、匆忙地走进为他安排的卧室，把灯放下，"不行，这是不可能的！可是我该上哪儿去诉说呢？我还是第一次跟他的想法不同，第一次跟他的感受不一样，啊，父亲！您要是施展隐身法来到我身边，细细打理我。您一定会相信，我还是我，还是您忠实、听话的爱子。现在我居然不听他的！违背他的殷切期望！这怎么好开口？怎样表达？就说，我不能跟尤丽娅结婚。这话我一出口心里就发怵。怎样走到他跟前，向他，我亲爱的好心的父亲说这个话呢？他听了准会大吃一惊，连连摇头；这位有远见卓识的人，会一句话也说不出来，我真不幸！啊，我知道要向谁诉说烦恼，替我求情了。只有你，璐琴德！首先，我要告诉你，我是多么爱你，我多么倾心于你。接着，我要恳求你替我说情！如果你爱我，愿意做我的妻子，那就替我们俩说说情吧！"

把上面这段出自肺腑而热情洋溢的内心独白解释清楚，是颇费笔墨的。原来，N省的N教授有一个才貌双全的独子。八岁以前，父亲把儿子交给自己妻子，她是一位典型的贤妻良母；夫人对孩子生活和学习照顾得无微不至，教他知书达理以及一切为人之道。夫人去世了，父亲感到自己一个人无力继续管教儿子。从前，不论做什么，双亲意见都是一致的，他们为了一个目的费心操劳，一起决定不久以后该做出什么，母亲把一切安排得井井有条。现在，这鳏夫的忧虑成倍增长。他知道，而且天天亲眼见到，要指望教授的儿子通过高等学校获得良好教养，只能是奇迹而已。

在这种进退两难的境地中，这位官员已不懂得如何提出忠告和帮助。他只好求助朋友，R省的最高行政长官，他和这位长官早已把儿女联姻的事情安排好了。要他把儿子送到德国蓬勃发展起来的众多好学校中的一所学校去，让他在那里整个身心和品德方面受到熏陶。

儿子安置好了，父亲感到太孤单。他妻子早逝，本来在身边的爱子又走了。他对儿子期望很大，一心盼儿子得到深造，遗憾的是自己没法出力。这时，又是长官伸出友谊的手。既然父亲有换换地方和散散心的愿望和兴趣，两家之间距离的远近就不算回事。鳏居的学者来到同样没有母亲的家里，发现朋友有两个各具魅力的、可爱的女儿。两位父亲情投意合，彼此越来越亲密，希望有朝一日欢天喜地把两家合成一家。

他们生活在一个逍遥自在的公国，行政长官是一个精明强干的人，他这个职位是终身的，而且很有可能成为这块领地继承人。现在，按照家庭和相府的计划，要把路齐多尔培养出来，准备接替他未来岳父的这个重要职位。他也一步步成功地做到了这一点。他们不遗余力地向他传授各种知识，培养从事国务活动必须具备的能力：维护严格的法纪并掌握好宽严尺度。处在那些可敬的人们的关怀之下，对这位年青人来说应具备的聪明才智和应变能力；既安排好日常细小事物，又高瞻远瞩，但一切都要与生活直接相联系，使之成为人们生活中的可靠的、不可缺少的准则。

路齐多尔在这种情况下完成了学业，现在，父亲和恩人正准备把他送进大学深造。在一切学科上，他都显示了卓越的才华。这一方面要归功于天赋，另一方面他运气之好也是罕见的。出于热爱父亲，对朋友的尊敬，他的能力完全朝人们所指引的方向发展；这首先是由于他有一颗顺从的心，其次因为他有充分的自信，他被送到外地一所大学学习，不论从他自己的信中还是从他的老师和监护人寄来的成绩单中，都可以看出，他一直是在通往既定目标的路上前进。只有一点人们觉得不好，就是他有时过于激动，不能自制。父亲对此频频摇头，行政长官却连连颔首。谁能有这样一个儿子！

这时，长官的两个女儿，尤丽娅和璐琴德，也都长大成人。妹妹尤丽娅顽皮、可爱、好动，个性捉摸不定但却非常逗人。璐琴德的特征很难描述，因为她纯洁、坦率，这是人们对每个女性的求之不得的品德，两家经常互访，尤丽娅在教授家里找到了无穷乐趣。

地理是教授的专业，他善于通过对地形的描绘进行形象生动的讲授。尤丽娅看过霍曼书社出版的丛书中的一本，仔细察看其中所有的城市，就对所有城市有了大致概念，可以作出判断，表明自己喜欢哪个，讨厌哪个；所有的港口城市她都非常喜爱；对其余的城市，只有当它们引人注目，拥有一定数量的塔楼、圆形屋顶和清真寺尖塔，她才有几分看上眼。

父亲常让她一连几周留在这位忠诚可靠的朋友家里，她真的一本正经埋头研读这门学科。她的知识和理解能力当真得到加深和提高，对有人居住的世界的主要特征、重要城市和居民区颇为了解。她也很注意其他民族的服装。她的养父有时半开玩笑地问她，在这么多来往于窗前的漂亮小伙子当中，有没有人能中她的意。她说："只要他外表出众，我就看得中！"因为我们的年轻的大学生们从不缺少买衣服的钱，所以她常有机会饶有兴趣地看看这个，瞧瞧那个；有一次她看到一个人身穿外国民族服装，她端详了一阵，断定那是一个希腊人。她希望去参观莱比锡博览会，在那里的大街上她会看到各式各样的服装。

在枯燥的，有时简直是厌倦的工作之余，教授除了教她功课外，没有别的快乐时光。他为能培养这样一个任何时候都喜欢交谈的可爱的儿媳而暗自得意。她不但经常惹人喜爱，而且又那么逗人。两位父亲相互商定，不让女儿猜到他们的意图，对璐琴德也守口如瓶。

光阴似箭，转眼几年过去了。路齐多尔通过了各门考试，大学毕业了。连最高当局都为他的成绩感到高兴，他们不希望别的，只望他能诚心诚意工作，不辜负德高望重的老公务员们的期望。

事情顺理成章地向前发展着，终于达到了这样的地步，路齐多尔担任下属官职干得很出色，政绩卓著，现在如愿以偿，获得一个高级职位，介乎大学教授与行政长官之间。

对于尤丽娅，父亲从前只是给儿子一些暗示，现在肯定地说她就是他的未婚妻和未来的夫人，父亲不让儿子有半点怀疑，而且为他即将占有这样可爱的珍宝而深自庆幸。在父亲的想像中，她早已是自己的儿媳，她不时到家里来，欣赏地图、鸟瞰图和城市景观图。儿子记得那是一个大家都喜爱的活泼的女孩子，小时候既调皮又友好，总是给他带来快乐。现在路齐多尔要骑马前往行政长官官邸，仔细看看那个长大成人的美人，住上几个星期，以便了解和熟悉整个家庭。如果两个青年人的心愿能够了却，情投意合，那么这事就可以公开，他会立刻前来给他们举行隆重的订婚仪式，使庄严的婚约能将预期的幸福永远确定下来。

路齐多尔受到格外亲切友好的接待。主人给他安排了一个房间，他进去换了换衣服，就出来拜见主人。在他们中间，除见到我们熟悉的家庭成员外，他还结识了长官家半成年的小儿子。这少年虽然娇生惯养，但是直率、聪明、和善、待人亲切还很幽默，与全家相处得不赖。家里还有一位年事虽高但健康快活的老人，安详、温和、聪明、风烛残年仍跑来跑去帮上一手。紧随路齐多尔之后，来了个客人，不年轻了。他仪表堂堂，自命不凡，阅历丰富，见过许多世面，因而总是谈笑风生。他们都管叫他安东尼。

尤丽娅对她的未婚夫周到，但很有礼貌；璐琴德则端庄，不失大家闺秀的身份，而尤丽娅只盼客人喜欢自己。白天，大家都过得非常愉快，惟独路齐多尔闷闷不乐：他一向沉默寡言，为了不致显得过分沉默，他不得不偶尔找些话来谈，可是看来谁对此都不感兴趣。

他的注意力怎么也集中不起来，从第一眼开始，他对尤丽娅的印象就是既不喜欢也无反感，但感到有点疏远。璐琴德反而引起他的注意，当她张开她那对充实、纯洁、安详的眼睛望着他时，他的心就突突地跳。

头天晚上，他就这样闷闷不乐地走回卧室，一口气说出了故事开头的那段独白来倾诉自己的苦衷。但是，为了说明这段独白，说明这些言词所表达的激情与我们所熟悉的人的性格多么相符，还必须作些简单交代。

路齐多尔是个感情深沉的人，思路往往会从目前的环境下岔到别处去。因此，谈话和说笑时，总是显得很呆笨；他对此有所察觉，只要话题不涉及他曾钻研过、正用于工作的学科，他总是默不作声。加之，他先后在中学和大学读书时，受过同学欺骗，他因向他们倾吐衷肠而遭到过不幸。因此，在他看来，任何谈心都是可疑的；而猜疑多端的结果，就什么都听不进去。他早已习惯于对父亲唯唯诺诺，只有在独处时，才把全部心里话倾诉在独白之中。

第二天早上，他振作精神，但当尤丽娅更加愉快活泼，更加无拘无束地迎面走来时，他还是差一点失去自制力。她爱问长问短他作过哪些水陆旅行，在大学时代怎样背着背包遍游瑞士全境，甚至翻越阿尔卑斯山。她还想多知道一些南方大湖里那座美丽小岛的情况；它向下流时也一定经过一些更迭，莱茵河从它上游的发源地起必然流过许多荒无人烟的地带，它向下流时也一定经过一些更迭，最后自然来到美因茨与科不伦茨之间那片气象万千的地区，通过最后障碍，荣耀地流向广阔的世界，注入浩瀚的大海。

路齐多尔感到很轻松，便兴致勃勃、娓娓动听地讲述起来，因而尤丽娅欣喜若狂地高叫起来：要是两个人在一起看到这一切该多么好！这话使路齐多尔又吃了一惊，他感到这话简直是暗示他们俩未来要过共同漫游的生活。

他很快就从故事讲述人的义务中解脱出来，那个称为安东尼的陌生人很快接上了嘴，大谈起千姿百态的山泉、岩石嶙峋的河岸时而受阻时而直泻的江河，马上又到了热那亚观光，从那里走不多远，便到了里窝那，这样就毫不费力地看到了这个国家最有意思的景致；当然，在一个人去世以前总得到那不勒斯去观光一下。剩下的还有君士坦丁堡，那也不应错过。安东尼对遥远世界的描述，使听众无不心驰神往，尽管他在讲述时并不怎么热情洋溢。尤丽娅激动得不得了，还不满足。她觉得还有兴趣去一趟亚历山大、开罗，特别是金字塔。关于金字塔，她已经从她意想中的公公的讲课中获得了相当充足的知识。

第二天晚上，路齐多尔（刚拉上门，灯还没放下）就大声说："你要仔细想想！这是严肃的事情。你学习过，也懂得怎样对待严肃事情。既然你已经是一个地地道道的律师，那你研究的法学又有什么用呢？你要把自己看成全权代表，忘掉你自己，就像为别人办事一样！这真叫人不寒而栗！那个陌生人明明是为璐琴德而来的，她向他表示的神情，是最美好、最高尚、社交和家庭式的；而那个小傻瓜只要能周游世界，跟谁去都行，傻得不能再傻了。另外，她还是一个狡黠的姑娘，她对各个城市各个国家都很感兴趣，那只不过是故弄玄虚，逼得我们不得不沉默。我为什么要把这件事看得那么错综复杂呢？难道行政长官本人不是最理智、最明达、最可亲的调停人吗？你要把你的感觉和想法告诉他，即使他不同情你也会体谅你的，他可以与父亲商量。一个是他女儿，另一个就不是吗？那个到处游历的安东尼跟家庭暖房里长大的璐琴德又有什么相干？要知道，她生在这个家庭，本身就是为了追求幸福和创造幸福。让那个好动的水银珠紧贴着永远流动的犹太人吧，她才是他最匹配的伴侣哪！"

一早，路齐多尔下楼，决定跟她们的父亲谈一谈，在他的人所共知的空暇时间里找到他。他听说长官因公出差，后天才能回来，心里好难受，很不安。尤丽娅好像正准备出去野游一整天，因此她一刻也不离开那位世界漫游者；她把路齐多尔让给璐琴德，而且笑她只配呆在家里。我们的朋友先前隔一定距离凭大致印象瞅这位高贵姑娘时，就对这少女十分钟情；现在，他在她身边，发现她的魅力比以往大两三倍。

那位好心的老友现在顶替外出的父亲，他阅历很深，体验过爱情，遇到一些挫折，现在终于在自己青年时代的朋友身边找到了安身之处，重新振作起来。朝气蓬勃乐天知命，有他在场，谈话气氛很活跃，他特别谈到女孩子在选择丈夫时进入的误区，列举了一些及时表态或坐失良机的妙趣横生的例子。璐琴德光彩照人，她认为，在生活中，包括在恋爱婚姻中，最美好的结局往往由某一偶然事件决定。如果一个人可以说，他的幸福全靠自己，全靠自己一颗心的坚定不移，以及高尚的决心和当机立断而获得的，那就更美好，更振奋人心。路齐多尔热泪盈眶，对她的话连声表示赞同。两个姑娘随后走了，老当家很想换个话题，在谈话中提到的一些有趣事例触动了男主人公的心，只有他这样有高度教养的人才能克制住自己没有发泄；但当他独处时，他再也忍不住了。

"我是控制住自己了！"他嚷道，"我不愿意让我的慈父卷入这混乱不堪的局面，叫他为此伤心。我所以能克制，是因为我把这位尊敬的老者看成两位父亲的代表；我可以跟他谈，他一定会从中调停，刚才他不是几乎说出了我的愿望吗？他一般表示赞成的事，难道在个别场合会加以谴责吗？明天早上我就去找他，我必须把我的强烈愿望告诉他。"

可惜次晨早餐时，老人不在，据说，昨天晚上，他话说得太多，坐的时间太长，又比往常多喝了几口酒，大家讲了很多赞扬他的话。正是听了这些话，和他的作风，路齐多尔才为不能立刻找到他而失望。他听人说，老人这么一犯病，7天不能见人，他的不快心情变本加厉了。

乡间的生活对社交活动大有好处，如果东道主是有思想、有感受、多年来孜孜不倦致力于改善周围自然环境的人，更是如此。幸运的是，这里的环境就很不错。长官开始任职时是单身，随后过了多年幸福的家庭生活，很富有，高官厚禄。大大小小的园林设施，都是按自己的想法、夫人的爱好以及孩子们的愿望和奇想设计修建的。经过逐步改进，种植了一些花卉树木，开辟了一些小径，把家里环境布置极为雅致。现在，游览者可以看到，这里处处是独具一格的、赏心悦目的景色。正如我们喜欢把我们建造的东西展示给陌生人看一样，这个家庭的年轻人也请客人在这里周游一番，希望我们司空见惯的东西能引起他们的注意，给他们留下难以磨灭的好印象。

无论在远处还是在近处的景物，对他家的朴素设施和乡村特有的景色都极为协调。果实累累的小丘和有良好灌溉设备的草场纵横交错，随时随地都可以看到整个地区的风光，决不会感到平淡无奇。土地和地面都根据专门需要精心设计，所以一切不乏优雅动人的魅力。

在主要建筑物和经营性建筑物旁边，修建了供休憩的园子、果园和花园。客人走出这些园子，就进入小树林，一条能走马车的大道蜿蜒曲折地从这里穿过。中央，在最重要的高地上，盖一个大厅，里边有一个起居室。走进大门，就会在一面镜子里看到反映在里面的一片优美的景色，这时人们只不过窥见一个概貌，准会急速转身观赏这种意想不到的实际景象。大厅前的路完全是人工铺设的，巧夺天工，令人赞叹不已。走进大厅的人，都会看看镜子里的大自然景色，又转身看看实际的大自然景色。

这一天，风和日丽，白昼漫长，他们踏上了旅途，围绕和穿过整个地区作了一次安排周到的野游。人们称这里是"好妈妈晚间聚会所"，那里长着一棵挺拔秀丽的山毛榉，四周是空地。走不多久，尤丽娅指着白杨和赤杨之间、小溪附近的梯田，半开玩笑地说，璐琴德就喜欢在这儿作早祷。这里真美，这里耕地稍稍隆起，而草地却向下方伸展，这样的风景也许到处都可以看到，但就质朴而言，别处可不会这样叫人开心，这样意味深长。然而，不管尤丽娅愿意不愿意，小弟弟就硬要她去观赏那些小凉亭和儿童乐园：这一切都紧挨着鲜为人知的磨坊，不易被发现。这些园亭与以往的岁月紧密相连，那是尤丽娅才十岁左右建造起来的，她满脑子想着有朝一日当上磨坊女主人，两位老人去世后，亲自上场，挑选一个好样的磨工学徒。

"在那个时候，"尤丽娅大声说，"那时我对河边和海边的城市一无所知，也不知道热那亚。路齐多尔，是您好心的父亲使我改变了主意，从那时起我就轻易不到这里来了。"在形成篷盖的接骨木树丛下，她嬉皮笑脸地坐在一个刚能容下身子的小木凳上。"嘿，老蹲着干吗！"她大喊一声，腾身而起，跟喜气洋洋的弟弟一起跑到前边去了。

落在后面的一对男女谨慎地谈着话，在这种场合，他们越谈越投机，彼此更加心心相印。他们漫步前行，纵横谈论着眼前变换着纯自然景物，他们冷静地看到，聪明的人类多么善于利用它们，对现存世界的认识与自己的需要结合，人类创造着奇迹，首先使世界能够居住，然后使居住的人增加，最后人满为患。这一切都是两人的话题。璐琴德对所有的问题都作了解释，她很拘谨，但并不隐瞒自己的观点。她认为：把远隔两地的一对男女愉快地、舒服地结合在一起，也是天意，是可敬的圣母引点、促成或提供方便的结果。

不管白天多么漫长，最后的夜幕还是来临了，人们不得不考虑回家。大家打算绕道走平坦大路，快活的小弟弟却提出走坎坷甚至难走的近路。他说："你们已经夸耀过你们的园林妙景，夸耀你们怎样美化和改善了这片地区，供艺术家的眼光欣赏，迎合温柔心灵的喜好。那就让我来享受这份光荣吧？"

现在大家只好穿过农田，走上羊肠小路，踩着偶然被抛下的石块，跨过星星点点的沼泽。他们看到远处杂乱无章地堆放着各式机件。来到近处一看，原来是一个巨大的游乐场，整个布置不可谓没有用心，也富有民间风味。按适当间距排列着一个大转轮，不论上下，总是保持平衡，还有秋千、吊索、跷板、保龄球道等。头脑里能没想出来的东西，都应有尽有。真没有想到，在一个大草坪上，有可供这么多人运动和游戏的各式各样整齐如一的器械和场地。"这是我的发明，"他高声说，"这是我的园地。虽然是父亲出钱，还有一个能干的小伙子动脑筋想办法设计出这套东西，要是没有我，智慧和金钱不会结合在一起，可是你们还老说我笨呢。"

一行四人就这样高高兴兴地随着落日回到了家。安东尼在那里等候。然而，妹妹却觉得振奋人心的日子不过瘾，又让人备车，乘车穿过田野访问女友去了，她已经两天没看见她，想得要命。霎时间，剩下的四个人都觉得十分无聊，甚至有人说，父亲不在家，家里的人感到很不自在。谈话正要中断，快活的少爷一跃而起，走了出去，不大工夫他带着一本书转回，并自告奋勇为大家朗读一段。璐琴德忍不住问，他是怎么想起要朗读的，他一年没这样做过了；弟弟活泼地回答说："我无论干什么都适逢其时，到时候我自然会想起来。而你们则无法以此自傲喽！"于是，他朗诵了一个系列的童话，这些童话教导人们掌握自己的命运，实现自己的愿望，要求人们即使在最幸福的时刻也不要重视约束我们的清规戒律。

"我究竟在干什么？"刚剩下一个人，路齐多尔就大声说："时间紧迫，我不信任安东尼；他孤芳自赏。我不知道他是什么人，是怎样进来的，还想干什么。看来，他是在追求璐琴德，要是这样，我对他还抱什么希望？我只有一条路：去找璐琴德，她应该知道，第一个知道。对，就这么办。为什么不让我们走上聪明的道路呢？现在看来，第一着棋子，现在也应是最后一着棋子，我希望能达到目的。"

星期六早上，路齐多尔天亮就穿好衣服，在室内走来走去，反复思考怎样跟璐琴德谈话；突然从门外传来玩笑般的口角声，紧接着门就开了。只见快活的小少爷把一个为客人送咖啡和烤面包的男孩推到前面；他自己端着冷菜和葡萄酒。

"你应当先动手，"小少爷说，"应该先侍候客人，让客人先吃，我习惯于自己照料自己。亲爱的朋友！我今天来得早一点，闯到您这儿来，闹哄哄的让您受惊了。咱们一起安心地享受早餐，然后再看看做点什么，对别人未必能存什么指望了。小姑娘去看女友还没有回来；正常情况下，她们至少要在一起呆上十四天。星期六，你休想去找璐琴德，她要为父亲算家务方面的账目家庭开支情况；我本来也应该参与，但上帝保佑了我！一种食物，我要是知道是多少钱买的，就一口也咽不下去。有一批客人明天来，老人还没有恢复平衡，安东尼打猎去了；我们也马上去凑凑热闹。"

他们走进院子时，猎枪、袋囊和猎犬都已备齐，于是他们便出发到田野里去。在那里，他们只勉强猎获了一只小兔和一只可怜没有什么了不起的小鸟。他们一边打猎，谈起了客人、家里人以及他们之间的种种关系，也谈到安东尼。路齐多尔不失时机地仔细探问了他的情况。快活的小少爷无不自负地担保说，这个怪人尽管做事诡秘，但他见的世面可多咧。"是的，"他接着说，"安东尼是一个富商之子，他刚成年，正打算干一番大事业，准备尽情享受人间的荣华富贵时，他家就破产了。他从希望的顶峰跌落下来，但并没有气馁，他去为别的单位服务，终于为自己和家人做出了了不起的成绩。他漫游全世界熟悉世间的事物，深入而详细地掌握各个国家间的贸易情况，同时也没有忘记自己的利益。他做事勤恳，为人老实可靠，一直受到很多人的绝对信任。因此，他的朋友和熟人也就遍天下了。不难看出，他的活动能力遍于全世界，正如全世界都有他的熟人一样。因此，他经常需要在世界四大洲逗留。"

小少爷的叙述详细而又天真烂漫，，其中穿插不少戏弄性的解说，仿佛是故意推长他编出来的童话故事。

"他已经这么久没有跟我父亲联系了！他们以为我没有见识，因为我什么也不管；正是由于这个缘故，我才看得更清楚，因为一切都跟我毫无关系。他把很多钱存在父亲手里。父亲呢，又把这笔钱稳当而有利用地作了处理。就在昨天，他还交给那位老人一个装满珠宝的小匣；我还没见过比这更纯粹、更美丽、更珍贵的东西。我只瞥了一眼，因为这是要保密的。大概这是送给新娘的礼物，既可以讨新娘欢心，也表示未来有了保障。使今后的感情更巩固一些。安东尼看中了璐琴德！但是，我每次看到他们俩在一起，都不觉得是合适的一对。那个厉害的小姑娘也许更合适于他；照我看，她还是把他当成一位长辈的好，有时她仔细地打量那个爱发牢骚的老头，眼神是那么热情，那么兴奋，好像她已经准备跟他一起坐马车，立刻远走高飞似的。"路齐多尔极力克制自己，又不知道怎样回答，虽然他打心眼里同意他所听到的每句话。小少爷继续说，"总之，那个小姑娘对老年人有一种反常的好感。我看，她宁愿嫁给令尊大人，也不嫁给他的儿子您。"

路齐多尔跟着他的同伴走，这同伴领着他在坎坷不平的地段上东拐西逛；两个人都忘记了打猎，反正猎获不到什么东西。他们来到一家佃农院子，受到殷勤的招待。一个朋友又吃又喝，废话连篇；另一个埋头沉思，仿佛借此可以揭开内心的奥秘，使自己得到好处。

根据所听到的那一番讲述和表白后，路齐多尔对安东尼产生了莫大的信任。他一进庭院就打听安东尼的去向，并立刻跑到花园，以为能在那里找到他。在欢快的夕阳中，他踏遍了花园里每一条路，但一无所获！人影也没有见到。最后他走进大厅，使他十分吃惊的是，夕阳反映在镜面上光芒四射，在耀眼的光线中，他看到两个人坐在长椅上，虽然认不出是谁，却能分辨出：一个男人正在热烈地吻坐在他旁边的一个女人的手。定睛看，眼前坐着的竟是璐琴德和安东尼，他不禁大吃一惊，恨不得钻到地洞里，但两脚却像扎了根似的，一动也不动地站着。这时，璐琴德非常友好地、神态自若地对他表示欢迎，向里边挪动了一下身子，请他坐在她的右边，他不知不觉地坐了下来。她跟他攀谈，问他今天白天都干了些什么，他推说家里有些杂务搪塞过去。他觉得她的声调几乎叫人难以忍受。安东尼站起身来，向璐琴德告辞；这时，她也站了起来，邀请这个留下来的人去散步。他走在她身边，一声不吭，感到很尴尬；她也显得拘束不安；哪怕他稍微留神一点，他就会从她的一声长叹中猜想到她是在努力隐藏自己内心的痛苦。他们一直走到大楼附近，她才向他告辞。他慢慢地转过身接着猛地掉头朝向原野。他觉得花园太窄，于是快步穿过田野，只听见自己的心跳声，无心欣赏盛夏黄昏特美的景色。只剩下他一个人的时候，他才泪如泉涌，把自己的全部感情大声发泄出来：

"我在生活中受过不少苦，可从来没经过这种断肠之痛！我所期望的幸福手拉手，肩并肩地向我们走来，同时又宣告永远分别。我曾坐在她身边，同她肩并肩地漫步，飘动的长裙碰过我的身体，可是我已经失去她！别再对这个耿耿于怀，别老想这个了，沉默吧，下决心吧！"

他不让自己再张口说话，默默地思考着，没有走惯常行走的小路，而是穿过田野、草地和灌木丛大踏步向前。他深夜回到房间，再也忍不住了，高声说："明天清早我就走，这样的日子我一天也不再忍受了！"

他和衣倒在床上。多么幸福而健康的青年！他马上睡着了。白天的活动累得他筋疲力竭，他在夜间获得甜蜜的安息。然而曙光把他从快慰的晨梦中唤醒；这正是一年中最长的一天，他觉得这一天格外长。他对夜晚星空的幽静毫无觉察，对美艳动人的良晨美景却敏锐地感到，但这种感触却是绝望。他看到，世界永远是如此美丽；在他眼里，世界没有丝毫变化。但他内心却充满了矛盾，没有一样东西再属于他，他已经失去璐琴德。

路齐多尔很快打好了背包，但他并不打算把它带走。他没写信，只留几句话让马夫转告主人，就说他不回来吃午饭，也许留宿在那边，反正那马夫他是非喊醒不可的。但他一下楼，就发现马夫在马厩前大步走来走去。"您真的不打算骑马去吗？"一向温和的马夫显得有些怒气冲冲，懊恼地说："我得告诉您，小主人没有一天不使性子。昨天他出去逛了一大圈，大家想，感谢上帝，他这个星期日早上可以休息了。不料今天天没亮他就跑到马厩里来叫喊，我起来时，他已经给您的马备好了鞍，上了嚼，我怎么挡也挡不住他。他飞身上马，大声说：'瞧我干一件了不起的事吧！你倒想想看都说这匹马只能慢腾腾地小跑，我要看看我能不能让它活蹦乱跳地飞奔。'他大概说了这么一些，另外还说了一些别的怪话。"

路齐多尔听到马夫的话感到万分难受，他爱这匹马，象珍惜自己品德似的，因为这匹马能适应他的性格和生活方式。他听说这匹有灵性的好马落到一个冒失鬼手里，火冒三丈。他的计划破产了。他本想到大学时代的一个知心朋友那里去避一避，度过这困难时刻。昔日的亲密友谊在召唤他，他们之间虽远隔数十英里但他不当一回事。他相信这位善良明智的朋友一定会给他劝告和安慰。然而，这个愿望现在已经破灭；不过，如果他有胆量，迈开青年人听使唤的强劲脚步，他的希望也不会落空。

首先要设法离开公园，进入旷野，走上通往朋友家的路。他对方向不很清楚，忽然瞥见左边小树林有一座隐蔽的住宅在神奇的屋架上高高耸立，知道那是他以前听说的神秘地方。然而使他最为惊奇的，却是在那中国式的屋顶的长廊上，看见那位被以为卧床多日的善良老人，正神采奕奕地张望。老人极亲切地打招呼，热情地邀请他上去。可是路齐多尔用急匆匆的表情避过他的请求，表示拒绝。但当看见老人急忙从很陡的楼梯上摇摇晃晃往下走，险些栽下来，善良的老人待他这样好，他过意不去，只好迎上去，让他拉上楼。他带着惊讶的神情走进一间舒适的小客厅。室内只有三扇窗，从窗口望去，是一派宜人的田园风光。其余的墙上悬挂着或者说覆盖着数以百计的铜版雕刻像和画像，它们井井有条地粘在墙上，各个像之间都有一定的间隔，还镶着彩色花边。

"我的朋友，不是每个人都能像您这样受到我的欢迎的；这是一座圣殿，我要在这里安度晚年，对社会迫使我做过的所有错事在这里都能得到补偿。我一向饮食失调，我要在这里加以调理。"

路齐多尔观赏了所有的像，他很懂历史，一下就清楚地看出，这里的一切都表现出居住者对历史的偏爱。

"在这上面的装饰线条里，"老人说，"您可以看到古代杰出人物的名字，仔细看来只是一些名字，是因为他们的相貌不易辨认。但在主要位置上写着的名字，却与我的生活有直接关系，这些人的名字我在童年时就听过。杰出人物的名字一般是在人民的记忆中留存五十年左右，然后这些名字就销声匿迹或变成传奇材料。虽然我的父母都是德国人，但我生在荷兰，在我看来，威廉·冯·奥兰宁这位英国的执政者和国王是一切杰出人物和一切英雄的始祖。"

"在他的旁边，您看到的是路易十四，他是……"如果不是怕对我们的讲述人不够礼貌，路齐多尔真想打断老人的话！因为他斜视了一眼腓特烈大帝及其将军们的像，立刻意识到现在不得不洗耳恭听那些新奇的历史故事。

这个好小伙子很敬重老人对上古和中古时期史实引起的浓厚兴趣，但觉得历史的各个面貌和老人个人的特点和看法并不怎么有趣，在大学里听到的还是新近的和最新的故事。人都是这样，只要听过一次，就觉得不要再听了。他的思绪飞到了远方，听不见，几乎也看不见，正想笨拙地冲出门，从那长而危险的楼梯上跑下去。这时，突然从下边传来响亮的击掌声。

路齐多尔不免愣了一下。老人把头探出窗外，下面传来十分熟悉的声音："老先生，看在上帝的份上，请您快从您的历史画廊里下来吧！别再闭关自守了！如果我们的朋友什么都知道了，那您就帮我安慰安慰他吧。我把路齐多尔的马搞得昏头转向，马蹄铁掉了一个，我只好把它留在那边了。他会说什么呢？我这个人真蠢，尽干蠢事。"

"您上来吧！"老人说，然后转过身对室内的路齐多尔说："喂，你有什么话好说？"路齐多尔没有吭声，那个任性的少爷走了进来。他们你一言我一语，说了好长时间，场面好不热闹，最后决定立刻派马夫去解决马的问题。两个年轻人告别老人，赶快往家里跑。被拉回来，路齐多尔并不是完全不愿意。也许他从那里能获得所需的东西，至少在这高墙之内有他惟一倾心的对象。在绝望的境地，总是身不由己的，只要有人出主意，甚至强迫做点事情，都会感到片刻的安慰。尽管如此，路齐多尔回到房间后，还是有种奇特的感觉，好像一个人刚离开旅店房间，就车轴断裂，不得不返回旅馆中他刚离开的那个房间内。

快活的小少爷立即动手解背包，把里边的东西一件件取出来，把便于携带的节日服装虽然准备是旅行时穿的堆在一起；然后，他让路齐多尔穿上鞋袜，帮他梳理蓬乱不堪的褐色发卷，把他打扮得焕然一新。然后，他要他后退几步，从头到脚打量我们的朋友和在他拼凑下的杰作，说："小朋友，你简直像一个故意招惹漂亮女孩子的人，就是去会未婚妻也绰绰有余。再等一小会儿！你会看见，到时候，我懂得显露头角。我是从军官们那儿学来的，女孩子老是斜着眼睛瞧他们；我已经有了军官姿态，所以现在她们对我也要看个没完。因为没有人知道我将会出落为怎样的人。你会看到，在人们观望、惊叹和注意力集中时，一般会突然出现一些奇特的神情，尽管它不持久，但为它消磨一点时间还是值得的。"

"朋友，现在您就跟我来，帮我去体验一下这种生活！等您看见我一点一点地显出我的本色时，您就不会否认这个轻浮的孩子既有理智又有才干了。"

他拉着朋友穿过古老城堡里那漫长而婉蜒的甬道朝前走。

"我在那，"他说，"我在那最后边住过。不瞒您说，我宁可一个人孤单地呆着，因为任何人想讨别人的好，可不怎么容易。"

他们经过文书室时，一个仆人立即走出来，给他们送来一套祖先留下的又大又黑、完好无损的台式墨水瓶，纸张也没有忘记。

"我知道，他们在纸上乱涂了些什么，"小少爷说，"到那边去吧，把钥匙给我！您到里边瞧瞧，路齐多尔！我去穿衣服，这儿会使您很开心的。一个法律顾问是不会像马厩的常客那样讨厌这种地方的。"他随手把路齐多尔推进了审判厅。

年轻人马上觉得到了一个自己十分熟悉的惬意的环境里。他回想起以前的那些日子：他怀着强烈的事业心，坐在这样的桌子旁边练习听和写。他清楚看出，这地方已变成为改变宗教信仰的人修建的、供奉特密斯女神的、古老而庄严的家庭礼拜堂。只是宗教概念不同而已，在文件柜里，他发现了他熟知的文件和备忘录。以前他在京都曾管过这类事情。偶然打开一个档案柜，一份他亲自誊写的通告落到了他的手里；他所起草的通告则保存在另一个档案柜里。写满字的纸张、公章和首席法官的签字，所有这一切都使他回忆起他那孜孜不倦钻研法律的青年时代。他环顾四周，发现那把当初决定供他使用的行政长官的坐椅。他想到，发觉赐给他这块美丽的地方和这么一个优雅环境全蒙受排斥时，他心里真是加倍痛苦，而璐琴德的形象也仿佛离他更远了。

他很想到户外去，但发觉被禁闭了。那位奇特的朋友，不知是轻率，还是想开玩笑，竟把他反锁在屋里。好在我们的朋友被痛苦拘禁的时间不长，那位朋友又回来了，请他原谅，由于他的打扮和平时迥然不同，引起路齐多尔兴趣。他的服装颜色和式样都很别致，透露着自然美。我们喜欢这种美，就像我们看到纹身的印度人不得不报之掌声一样。"今天，"他大声说，"要把我们往日的枯燥烦闷一扫而光，来了好些朋友，都是些好朋友，活泼的朋友，有漂亮的姑娘，也有令人喜爱的淘气的女孩子，另外就是我的父亲，您说希奇不希奇，还有您的父亲。现在就像过节一样，吃早饭时，大家都聚集在大厅里。"

路齐多尔从一片烟雾里往里瞧，所有熟悉的和不熟悉的客人的形象在他眼中仿佛都是幽灵；他的意志坚强和心地纯洁，使他在这样环境中仍能昂然挺立，几秒钟后，他又感到自己胜过所有的人。他迈开坚定的步伐，紧紧跟着匆匆走在前面的好友，决心静候，一切任其自然，静待他所希冀的事发生，而且对他的心愿做一番表白。

然而，刚跨进大厅门槛，他便惊呆了。他看到，在窗前那个很大的半圆形圈子里，他的父亲正坐在行政长官的身边，两人都穿着节日盛装衣冠楚楚仪态万方。他以模糊的视线一个个地观察那两姊妹、安东尼以及其他认识的和不认识的客人。他摇摇晃晃地走近父亲，父亲极为和蔼可亲，但多少有点拘束，不能不说有点妨碍谈话时的相互信任。路齐多尔站在这么多人的面前，想马上为自己找到合适位置，本想坐在璐琴德身边，但尤丽娅很大方地挪动了一下身子，为他腾出一个座位，他只好朝她走去，安东尼一直留在璐琴德身边。

在这关键时刻，路齐多尔又一次感到自己像受人委托的律师，凭借所掌握的全面的法律知识，为了证实精神力量而重复着下面的格言："既然我们应该像处理自己事情一样处理陌生人所委托的事，为什么不可以按照这个精神处理我们自己的事呢？"由于在辞令方面受到过良好训练，他想说的话很快就在脑子里过了一遍。客人构成了一个平展的半圆形，好像把他围在里面。对于自己要说的话他已成竹在胸，就是不知道怎样开头。他发现桌子上的一角放着一个大墨水瓶，跟文书室那瓶差不多，旁边坐着一个记录员；行政长官做了一个准备说话的动作。路齐多尔想抢先发言，但在这一霎时间，尤丽娅按住了他的手。路齐多尔茫然不知所措，知道生米煮成了熟饭，一切都完了。

现在用不着再顾及整个生活环境、家庭关系、社会习俗和礼节了；他两眼直视前方，从尤丽娅手心抽出手来，急速冲出了大门，他的动作太快，在场的人没有注意他的出走，连他自己都不知道是怎样突然到外面的。

强烈的阳光照得他睁不开眼睛，他向前走着，战战兢兢躲避着别人的目光，一直走到花园高处的大厅。一到门口，他的双膝就不听使唤了，他冲进去，绝望地一头栽倒在大镜子下的沙发上。在这些道德高尚的上流人士当中，他显得这么狼狈，不禁思潮起伏百感交集。过去的他和现在的他展开了搏斗，这正是难以忍受的可怕时刻。

他这样躺了一阵子，脸紧紧贴着坐垫，璐琴德的手昨天就是放在这个坐垫上的。他完全陷入了痛苦之中，根本没有察觉一个身影走近他，只感到什么东西触了他一下。他霍然坐身，看见璐琴德正站在他身边。

他猜想她是别人打发来叫他回去的，她的使命无非是以姐姐般的柔情蜜语劝他回到聚会上去，接受违心的命运。想到这里，他高声说："您不该受他们派遣来，璐琴德，因为正是您驱使我离开那边的，我不回去！如果您还有一点同情心，就给我一个机会，为我创造一个逃跑的机会和条件。为了向您证明您是无法把我拉回去的，我给您一把钥匙，让您打开我的心灵，看看我这样行事的秘密原因；您也好，别人也好，肯定都以为我疯疯癫癫是精神错乱。请您听听我的誓言吧，这誓言我早在心中暗暗发过，现在要原原本本地大声说出来：我只愿意跟您一起生活，一起享受青春，共享年华，我永远以忠诚的爱慕之心与您白头偕老。我是个最不幸的人，就是离开您了，但我现在的誓言就像在圣坛前发出的誓言一样，是坚不可摧的。现在我再发誓，要是我离开你我将是世界上最该受诅咒的人。”

尽管璐琴德紧挨着站在他前面，他还是做了一个要溜走的动作，但她温柔地把他搂到了怀里。“你怎么啦？”他大声说。“路齐多尔！”她喊道，“正像你猜想的那样！你真的是我的人吗？我是您的；我现在拥抱着您，您不要迟疑了，也拥抱我吧。您父亲对一切都表示满意了，安东尼娶我妹妹。”他惊讶地推推她，向后缩缩身子，“这是真的？”璐琴德微笑着点头。他从她的双臂里脱出身来：“让我再远远地看看，离我这么近的对我这么亲密的究竟是谁。”他抓起她的双手，两只眼睛对着两只眼睛：“璐琴德，您是我的？”“那还用说。”她答道，最诚实的眼睛里含着最甜蜜的泪水。他把璐琴德搂在怀里，把头倒在她的头后面，就像一个水上遇难者紧靠岸边岩石一样不肯放手；大地依然在他脚下震颤。再睁开眼睛时，他惊讶的目光落在那面大镜子里，他看到她在自己怀里，自己也被她搂抱着。他垂下眼睛，又朝镜子里看了一眼。这种感觉终生难忘。他在镜中也看到湖光山色，这些景色昨天还是那么可恶充满不祥的预感，那么不祥，现在它比任何时候都秀丽，比任何时候都宜人。他们就是在这样的地方，在这样的背景下，紧紧拥抱着！所有的痛苦此刻都获得令人满意报偿。

“我们并不孤立。”璐琴德说。他还没有完全从惊讶中摆脱出来，就看见来了很多花团锦簇的女孩和男孩，手捧花环堵住了大门。“一切完全变了样，”璐琴德大声说，“你瞧，他们打扮得真不错呀！现在什么都搞得乱哄哄。”远处传来欢快的进行曲，一大群人从宽广的街道兴高采烈地走过来。他犹豫不决，不敢迎上前去，好像没有璐琴德拉着他的手，他的双脚就不听使唤似地；现在，璐琴德站在他身旁，紧紧挽着他的臂膀。他们等待着与亲友重新会面的庄严时刻，准备对家人的宽恕表示感谢。

但任性的诸神情绪变换无常：从对面传来的喜气洋洋的邮车号角声，突然打乱了全盘庄重的安排。他们茫然不知所措“谁来了？”璐琴德问。路齐多尔见来的是一个陌生人，不禁打了个寒噤，那辆马车好像也从未见过。那是一辆新的，简直可以说是崭新的双座轻便旅行马车！马车一直驶到大厅门口，这当口有一风度优雅的男孩从后面跳下，他爬进车里熟练地用手拧了几下，把车篷推了回去，在所有走过来的客人眼里，这低矮的篷车真是一个良好的愉快的兜风工具。安东尼抢在拥挤过来的人群前头，把尤丽娅领到车边。“您来试试，”他说，“看这辆小马车合不合您的心意，您将跟我一起坐这辆车沿最好的道路周游世界；我不会把您带到别的道路上去，必要时，我们会同心协力想办法。翻山时我们骑马，还可以乘登山的车子。”

"您真太好了！"尤丽娅说。那男孩走过来，以魔术师的手法向他们展示这辆车的种种舒适轻便的优点。

"在这世界上我不知怎么感谢你才好，"尤丽娅提高声音说，"只有从这小小的、运动的天空，从您把我托进去的云层里，我才能向您表示衷心的谢意。"说话间，她已经跳上车，从车里朝他亲昵地瞥了一眼，用手给了他一个飞吻，"您现在别进来，我要请另一个人陪我试车，他还要经受一次考验。"她喊了一声路齐多尔；路齐多尔正在跟父亲和未来的岳父面面相觑，无声地进行交谈，自然乐意被叫进这辆轻便马车，因为他迫切需要离开片刻时间，稍微散散心。他坐在她身边，她高声告诉马夫怎么走。一股灰尘飞快地把他们带走，淹没在扬起的尘土里，从观望者们的视野里消失。

尤丽娅把身子往角落里挪了挪，坐得稳一些，舒服一些。

"请您背靠那个角落，姐夫先生，这样咱们才能舒服地看着对方的眼睛。"

路齐多尔："你真叫我莫名其妙狼狈不堪。我还是觉得好像在梦中，请您帮我脱离梦境吧。"

尤丽娅："您看看那些可爱的农民，他们是那么亲热地向我们致意。您在这儿恐怕还没有到过山村。那里，所有人都富裕，大家对我都很友好。也没有一个特别富的人，因为没有一个人肯一下子替别人心甘情愿地干太多的活。我们行驶的这条平坦的路，是我父亲出钱修的，这个庄园也是他捐助建成的。"

路齐多尔："这个我相信，也同意。但这些话怎么能消除我内心的混乱？"

尤丽娅："不要急嘛。我想让您看一看这片土地的富饶的情况和它的雄伟壮丽。现在我们在山上！与高山相比，这片平地显得多么开阔！所有村庄都非常感谢父亲，当然也感谢母亲和女儿们。那后面的小镇才是地界。"

路齐多尔："我发现您的情绪很好。您好像并没把要说的直接了当说出来。"

尤丽娅："您朝左下边看，那儿的一切都那么美！高大菩提树旁边的教堂、村后杨树下面的乡公所。还有我们前面的花园和那个公园。"

车夫快马加鞭向前行驶。

尤丽娅："山上的那个大厅，您是熟悉的。从这儿望过去，从那儿望过来，风景一样美。我们就在这棵树下停车；正好在这个地方，现在我们的形象恰好反映在上面的那面大镜子里，他们在那里可以清楚地看见我们，我们自己却无法识别自己。往前走吧！如果我没有记错的话，不久前有那么一对男女就是在那儿清清楚楚地反映在那面大镜子里，双方对他们的亲密关系都感到很满意哩。这点我没有猜错吧？"

路齐多尔惆怅满怀，一句话也答不上来。他们默默地乘车行驶了一程。车速很快。"从这儿开始，"尤丽娅说，"就是难走的路了，这条路你有朝一日可能有用。下山前您再朝下边看看：妈妈的那棵山毛榉的枝头比所有的树都高。你把车向前赶，"接着她对车夫说，"你只管沿这条险阻的路一直走下去。我们徒步抄小路穿过山谷，我们会比你先到那边的。"下车时，她提高嗓门说："您可得承认，那个永远流浪的犹太人，那个永不停息的安东尼·赖泽尔，也懂得为自己和同伴安排舒舒服服的远游，这是一辆挺漂亮挺舒适的车子。"

她已经沿山坡跑了下去；路齐多尔心事重重地尾随于后，发现她坐在一个铺设得端端正正的的长凳上，那是以前璐琴德坐过的。尤丽娅请他坐在自己身旁。

尤丽娅："现在我们坐在这里，彼此毫不相干。本来就该这样。小水银珠与您根本不相配。你看不中我这个饶舌的小妇人，您觉得它可恨。"

路齐多尔越来越惊讶。

尤丽娅："您爱的当然是璐琴德！她是十全十美的典型，可爱的妹妹自然不放在你眼里！我看得出，您已经忍不住要问，是谁跟我们讲得这么详细。"路齐多尔："背后肯定有告密者。"

尤丽娅："说得对！一个告密者已经牵涉进去了。"

路齐多尔："请说出他的名字。"

尤丽娅："这个人马上就会被揭露出来，他就是您自己！您有一个习惯，一种值得赞扬或不足称道的习惯，就是您总喜欢自言自语；我愿意以全家人的名义向您承认，我们轮番偷听过您的话。"

路齐多尔（跳了起来）："竟然用这种方式让外来人上圈套，原来你们就是这样殷勤好客！"

尤丽娅："决不是圈套。我们原来并没有想到要窃听您和任何别的客人的话。您知道，您的床是放在墙拐角，隔壁隔成一间小室，通常用来当储藏室。几天以前，我们让我们的老人到那儿过夜，因为他的隐居室太偏僻，我们对他不放心。头一天晚上，您就在那情绪激昂的作了那篇热情洋溢的独白，老人第二天早晨就把独白的内容详细地讲给我们听了。"

路齐多尔不想打断她的话，拔腿就走。

尤丽娅（站起来跟着他）："解释这些，对我们又有什么用！因为我老实承认，即使当初您不讨厌我，等待我的命运也会根本不合我的心意。做行政官员的夫人，多么可怕！嫁给一个刚直不阿、精明强干的官员，这个官员本应为人们主持公道，可是他在公正的法律面前却不能主持公道，无论对上层还是对下层都不能秉公办事。最糟糕的是，对他自己也做不到这点！我知道，对于父亲的正直廉洁和坚忍不拔，我母亲不知受了多少磨难花了很大耐心。后来，可惜是在母亲逝世之后，他稍稍松懈了一些，好像是求而一直没得到的东西，而此前他一直是徒劳地跟它斗争的。"

路齐多尔（停住脚步，对所发生的怪事很不满意，对这种轻率态度很气愤）："这种玩笑开一个晚上还说得过去，但不管白天黑夜都这样不光彩地愚弄一个落落大方的客人，搞一些神秘化活动就是不可饶恕的了。"

尤丽娅："我们大家都有过错，我们大家都偷听过您的独白，但惩罚的只应是我一个人。"

路齐多尔："所有人都偷听过！那就更不可饶恕了！你们夜里无耻而违法地占我的便宜，既然自己也觉得羞愧，觉得不能容忍，那么白天你们看着我，无非还拿我开心呢？我现在看清了，你们白天的活动是预谋，是为了更牢靠地把我掌握在你们手中。这是一个多么可爱的家庭！您父亲的公正的爱，跑到哪里去了？还有璐琴德！"

尤丽娅："还有璐琴德！这是什么口气！您不就是想说，您的痛苦是她造成的吗？您把璐琴德想得太坏了，居然把璐琴德看作同我们是一种货色。"

路齐多尔："我对璐琴德很不理解。"

尤丽娅："您是想说，这样一个纯洁高尚的灵魂，这样一个安稳温顺的少女，这样一个女性的模范，良知和善意的化身，你的未婚妻也与一群轻浮的人，一个爱恶作剧的妹妹、一个没有教养的弟弟，还有一些神秘莫测的人物串通一气，这是不可理解的。"

路齐多尔："是的，这是不可理解的。"

尤丽娅："原来您正是这个意思！跟我们大家一样，璐琴德也牵连进去了。如果您能看到她很惶惑，注意到她几乎毫无保留地向你倾吐心曲时显得多么窘，您就应该成倍地爱她，不是一切爱情本身都具有十倍百倍力量。我可以向您肯定地说，我们大家后来也都对这个玩笑感到厌烦了。"

路齐多尔："你们为什么迟迟不结束这个把戏呢？"

尤丽娅："这个我现在可以向您解释。父亲得知您的第一次独白后，很快看出所有的孩子都不反对姐妹掉换，马上下决心找您父亲。这件事太重要了，他犹豫不决。只有父亲才懂，才能对别人的怀有责任感的父亲抱着崇敬的心情。'他应该尽早知道这一切而不是最后才知道，'我父亲说，'我不希望他在我们取得一致意见以后一气之下勉强同意。我非常了解他，知道他一旦有了什么看法、爱好和打算，就很难改变，所以我很担忧。他习惯于把他的地图、城市景观图与尤丽娅联系在一起，因此他决定只要有一天这对年轻人在这儿定居，一切不会轻易改变，他就打算把他的地图集都放到这儿来，他本人也打算在我们这儿度假。总之，他是一个很善良很快活的人。他应该尽早知道，这场恶作剧的性质怎样，简直一切都不可思议，一切都没有定准。'接着他严肃地嘱咐我们好好观察你，无论发生什么事，都要留住你，使你的愿望迟迟无法实现。为什么父亲迟迟不归，您知道他费了多少口舌，多少心血，坚持不懈地说服您父亲，才得到您父亲的同意。您还是听他自己说吧。不说了，事情已经定下来，璐琴德已经给了你。"路齐多尔和尤丽娅离开原先坐着的地方，慢慢地向前走，时而停一小会儿，边走边谈。他们越过牧场，登上高地，这块高地通往另一条修筑得很好的路。马车也很快赶到了。尤丽娅突然指给她的同伴看一幅奇异景象：弟弟引以自豪的全部体育器械，都显得生龙活虎，转轮正把很多人抛上抛下，秋千荡来荡去，每根爬杆都有人爬，可以看到各种各样的勇敢的人飞跃在无数观看者的头上！那种纵跳自如大胆泼辣教人们真不敢想像，所有这一切都是少爷安排的，无非是让客人茶余饭后尽情地娱乐。"你赶车让我们穿过下面那个村子，"尤丽娅大声说，"那儿的人很喜欢我，你待会儿就看出来，他们对我多么亲切。"

村子里空空荡荡，年轻人都跑到游乐场去了，只有老头老太太被邮车的号角声召唤到窗前和门外，所有人都向他们鞠躬致意，为他们祈祷祝福，高声欢呼说："真是天生的一对！"

尤丽娅："你现在总算看到了！归根结底，我们俩还是很般配的，您现在反悔还不晚。"

路齐多尔："但是现在，亲爱的姨妹……"

尤丽娅："说的倒是好听，现在您摆脱了我，就说'亲爱的'了！"

路齐多尔："最后一句话！您现在肩负重任。既然您已经了解，而且体察到了我尴尬处境，您为什么不跟我握握手呢？我有生以来还没有经历这样恶作剧透顶的事。"

尤丽娅："谢天谢地！事情已获得补偿，现在可以饶恕了。我不愿意嫁给您，这是真的，但您压根儿就不想娶我，这是任何女孩子都不能饶恕的。这一回握手，只是逢场作戏，您要记住这一层！我承认，我不是郑重其事，仅仅是开个玩笑罢了。只有我原谅了您，我才能宽恕我自己。现在，大家都得到了宽恕，把一切都忘记吧！我的手就在这儿！"

他握住对方伸出的手，表示言归于好。尤丽娅说："瞧，我们回来了，回到了我们的花园！我很快就要动身到外面广阔的世界去旅行，以后还要回来，我们后会有期。"

他们回到山顶那间大厅前，看来大厅已经没有人了；大家不满地看到午饭一再推迟，感到腻烦就到外面散步去了。但安东尼和璐琴德从里面走了出来。尤丽娅从车上跳下来，奔向她的朋友，怀着感激之情诚心诚意跟他热烈拥抱，高兴得流出了眼泪。这位高贵的旅行家脸一下子红了，他的真面目显露出来，眼里闪烁着泪花，坦荡无遗地表现了一个青年的美好严肃的品质。

就这样两对情侣，他们此时怀着最甜蜜的好梦也无法描绘的心情去寻亲友了。

褐　姑　娘

　　费了九牛二虎之力的威廉，终于圆满地完成了任务，列纳多面带微笑地说："谢谢您给我介绍了这么多情况，不过我还有一个问题，最后我的姑妈没有让您向我转告一个好像并不很重要的情况吗？"威廉想了想，说："噢，我想起来了。她让我告诉您，那个叫瓦勒丽妮的女子，嫁了一个好丈夫，现在生活得很好。"

　　"听您这样一说，我心中的石头落了地。"列纳多接着说："我现在要回家了，回忆起这个姑娘时，就不致触景生情而感到内疚了。"

　　"也许我不该问，您与她是什么关系，"威廉说，"只要您能用某种方式关心这个姑娘的命运，就不必于心不安了。"

　　"这是世界上最微妙的关系，"列纳多说，"它不是一般人想像中的爱情关系。我完全信赖您，可以讲给您听，其实这并不是故事。如果我对您说，我迟迟不归，害怕回到我的庄园，刚才所说的奇怪做法，对了解家里情况的询问，所有这一切全是为了顺便弄清这个孩子的处境，您会怎么想呢？"

　　"请您相信我，"他继续说，"我知道得很清楚，有些熟人，很长时间没有看见，再看见他们时发现他们没有什么变化，我估计我家里的人也差不多是这样，很快就会和过去一样，相处得很好。我惟一挂念的是那个孩子，她的情况肯定发生了变化，上帝保佑，但愿变得更好了。"

　　"您这么一说，倒引起我的好奇，"威廉说，"您是要我等着听一个不寻常的故事。"

　　"至少对我说来，这是不寻常的。"列纳多答道，接着便讲起自己的故事来：

　　"在我的青年时代，按传统周游全欧洲的文明国家，是我的不可动摇的决心，我很小就有这种决心，只可惜这个打算一拖再拖，总没有实现。久而久之，我只对近处的景色感兴趣，远处的读得越多，听得越多，对我的吸引力就越小。

最后，由于叔父的鼓励和见过世面的朋友们的催促，我在没有准备好的情况下，就下了决心远游，而且比我们预料的快。"

"我的叔叔本来就一定要促成这次旅行，也提不出反对意见。您是了解他和他的个性的，他总是很专一，手上的一件事不完成，其余一切都谈不上。尽管这样，他还是做了很多事，而且似乎超过了他个人的力量。这次旅行在他看来也是相当突然的，但他马上想通了。他把计划修建，甚至已经动工的几项建筑工程停下来了，因为他从来不想动用储蓄。他是一个聪明的理财人，想的是另外的办法。最简单的办法是收取逾期贷款，特别是欠交的租金，他对债务人很宽容，不到万不得已的时候决不索债，这也是他的一个特点，名单总是交给管家，事情由管家全权处理。详细情况我们不大清楚。我只是偶然听说，我们庄园有一个佃农，我叔叔对他欠租宽容了很长时间，最后才把他赶走，扣了他的保证金作为这次损失的微不足道的赔偿，把这块田地转租给了别人。这个人属于'田间劳动不慌不忙'那类人，而且不怎么精明能干，但由于虔诚、善良而受人爱戴，又由于有爱管闲事的弱点而被人辱骂。妻子死后，身边有一个女儿，大家管叫她褐姑娘。这姑娘虽然决心长成一个精力充沛的、坚强勇敢的女子，终归太年轻，难以成大气候。一句话，这个人是每况愈下，连叔叔的宽容态度也挽救不了她的命运。"

"我旅行的主意已定，必须赶紧采取措施。一切都要准备，有的要包起来，有的要拆开，动身的日子就要到了。一天傍晚，我又到花园散步，向熟悉的树木花草辞行，劈头遇上了瓦勒丽妮，这是姑娘的芳名，另一个名字则是绰号，那是人们根据她的淡褐脸色叫起来的。她堵住我的路。"

列纳多若有所思地停顿了片刻。"我怎么认不出她是谁？"他说，"她不是叫瓦勒丽妮吗？是的，没错。"他接着说，"还是绰号叫起来顺口。总之，褐姑娘挡住了我的路，恳求我在叔叔面前为她和她父亲说情。因为我知道事情的前因后果，而且清楚地看到当时为她说情很难，甚至可以说不可能，就把这一切跟她直说了，还把她父亲个人的过错数落了一通。"

"她回答的态度非常鲜明，同时又非常天真可爱，使我感到她完全把我当做知己，使我感到如果钱在我自己的银库里，我定会立刻答应她的请求，使她幸福。但这牵涉叔叔的收益，他已经采取措施，下了命令；根据他那种思想方式和他过去一贯的做法，是毫无希望的。自从知道他的这一个性以来，我再也没有答应过谁。因此，不论谁提出请求，我都会狼狈不堪。我已经养成一种习惯，拒绝一切求情，不管被拒绝的是什么。这一次也不例外。她的请求出于个性和感情，我的拒绝则是受义务和理智约束。不瞒您说，到了后来我自己都觉得这样做太残酷了。我们你来我往，都说服不了对方，她被逼上了绝路，眼泪禁不住夺眶而出。她仍然镇定自若，但她说话时很兴奋，而且很激动，我却一直装成冷若冰霜，无动于衷，她的情绪便一股脑儿发泄了出来。我正想结束这个局面，她突然跪倒在我脚下，抓住我的手吻起来，抬起头来用可爱和感人的眼神望着我，弄得我不知所措。我赶快把她扶起来，说：'你尽管放心，孩子，我会尽可能办！'说完便拐入一条小路。'请您尽一切可能办！'她在后面大声对我说。我不知说什么好，但还是说了声'我打算'，底下的就说不下去了。'请您办成！'她突然快活地喊了一声，对我的话充满无限的希望。我向她点了点头，就匆匆走开了。"

"我不想马上去找叔叔，因为我知道得非常清楚，他只要投身于大事，就不会分心管小事。我只有找管家，但他骑马出去了。晚上来了客人，都是给我送行的朋友。我们吃喝玩乐，直到深夜。第二天他们没有走，由于精力不集中，那个苦苦恳求者的形象从我的脑海里抹掉了。管家回来后，忙得不可开交。每个人都找他问事，他没有时间听我说话。但我还是试着把他拦住了，我刚提到那个忠厚的佃户的名字，他就斩钉截铁地驳回我的话：'上帝保佑，您千万别向您叔叔谈这件事，免得自寻烦恼。'我动身的日子已定，需要写信，会客，拜访左邻右舍，手下的人虽然花费了不少力气，但手脚都不大灵活，不能减轻准备工作的负担，什么事都得我亲自动手。当管家终于在夜里拿出一个钟头来安排我的财务时，我又一次壮着胆子为瓦勒丽妮的父亲求了一次情。"

"'亲爱的男爵，'机智的管家说，'这么点小事，您怎么老挂在心上？今天我在您叔父面前好难堪的，您这次出行所需要的费用远远超过了我们的估计。尽管这是很自然的事，但是办起来难得很。事情看来已成定局，再要下去就会后患无穷，老主人特别不高兴。这种事常常有，后果肯定是由我们这些人承担。为收回拖欠债务而采取的严厉措施，是他自己制定的法规，他自己也得遵守，很难劝他让步。请您不要干预这种事了，我求您了！那完全是白费力气。"

"我想收回我求情的念头，但并没有完全死心。我只催促他，因为事情都是他办理的。我要他办事温和些，公道些，他都答应照办，这种人的特点是，先答应下来，求得眼前的安静。答应后他就走了，我的时间越来越紧迫，思想越来越不集中！我坐在车里，便把我在家中管的一切都抛到脑后去了。"

"一个生动的印象，就像一道伤痕。受伤时没有感觉，后来才疼痛，化脓。我觉得花园里发生的事跟这一样。每当我空闲下来，孤身一人的时候，那个求情姑娘的身影、整个环境、每一棵树、每一棵草、她下跪的地点、我进去和离开她时走的路，汇合成一个整体，出现在我的灵魂面前。"

"这是一个不可磨灭的印象，它可能被别的形象和事物蒙上阴影，完全遮住，但绝不会消失。一到寂静的时刻，它就重现，时间越久，我用原则和惯例换来的罪过使我越痛苦。虽然当时态度暧昧，吞吞吐吐，而且是第一次陷入狼狈境地。"

"在头几封信里，我就没少向管家询问这件事的情况。他总是很迟才答复。后来，他回避答复这个要点，再后来他的信写得含混不清，最后干脆不吭声了。我离家乡越来越远，我与家乡的隔阂越来越大。我有很多东西要观察，有很多活动要参加。那个姑娘的形象就消失了，她的名字也给忘记了。想起她的时候越来越少。我跟家里人联系不是通过信，而是通过一些标记。这些怪癖促使我把早年的处境及其一切条件几乎忘光。现在，我离家很近了，想以此补偿家里在此期间的损失，这种莫名其妙的懊悔（我只能说这懊悔是莫名其妙的），才又猛烈地向我袭来。那少女的形象连同家里人的形象，都在我心中复活了。我害怕听到，她在被我推入的不幸中被毁灭。我总觉得，我的疏忽加速了她的毁灭，导致了她的悲惨命运。我千百次对自己说，这种感情，说到底，是一个弱点。我过去坚持的决不答应帮忙的原则，完全是出于怕万一造成悔恨，而不是出于高尚的感情。现在看来，对我进行报复的恰恰是我想避免的这种悔恨，它偏要利用这个万一的机会折磨我一次，而不是折磨一千次。说起来奇怪，那种形象，那种使我感到痛苦的回忆，总是给我以一种舒服感、迷恋感，使我乐意留在它们之中。而且我一想到那个情景，她在我手上留下的那个亲吻，就使我热血沸腾。"

列纳多说完了，威廉赶忙高高兴兴地说："原来我以为，除了补充我的汇报以外，我是不能为您更多地效劳了，补充汇报有如此故事，其中往往包含最有意思的内容。我对瓦勒丽妮的情况虽然知之不多，因为关于她的情况都是道听途说。但她肯定是一个富有的地主的夫人，日子过得很美满，这是您的姑妈在我辞行时向我保证了的。"

"好极了，"列纳多说，"现在没有障碍了。您使我知道我是无罪的，我们马上回家去，家里人已经等得太久了。"威廉答道："可惜我不能陪您了，因为有一条特殊的规定，我必须遵守，那就是我在任何地方不得停留三天以上，我离开的地方在一年内不准再去。我无权向您说明这个特殊规定的原因，请您原谅。"

"太遗憾了，"列纳多说，"我们这么快就要失去您，我又不能和您一起做点事情。您反而开始为我做好事了。您去看看瓦勒丽妮，详细了解一下她的真实情况，然后书面或口头把详细情况告诉我，我会十分愉快的。如果是口述，就要到第三个地点会面。"

他们进一步讨论了这个建议。瓦勒丽妮的住址威廉已知道。他同意去探望她；第三地点也定下来了，男爵到那儿去时，要带着费利克斯，这孩子此刻还留在两位女子的身边。列纳多和威廉并排骑马继续赶路，时而说说话，在舒服的草地上走了一段路程，快要上了大路的时候，才追上男爵的马车，这辆马车要载着它的主人重返家园了。两个朋友要在这里分手。威廉告辞时亲切地说了几句话，再次答应很快向男爵报告瓦勒丽妮的消息。

"我想，"列纳多说，"假如我陪您去，也只要绕一小段弯路。为什么我不亲自去探望瓦勒丽妮呢？不亲眼看一看她幸福的生活呢？您既然愿做好事，充当信使，那为什么不当我的陪同呢？您知道，我必须有一个陪同，一种道义上的支持，正如人们在法庭上不相信自己的能力，需要律师帮助一样。"

威廉说，家里人正在盼望久别的亲人回来，要是回来的是辆空车，会给人留下可怕的印象，还可能产生别的想法。列纳多对这些反对意见不以为然，最后威廉只好决定充当列纳多的陪同，尽管他担心这次拜访会产生不良后果，并不很情愿。

他向仆人作了些交代，告诉仆人到家时说什么话，之后，两个朋友便踏上通往瓦勒丽妮住地的那条路，这个地区看来很富，土地肥沃，是耕田的好地方。瓦勒丽妮丈夫所在的地区也富，农田全部是精耕细作。威廉有时间仔细观赏周围风光，列纳多始终一言不发地与他并行。列纳多终于开口说："别人处在我的地位，恐怕接近瓦勒丽妮也要装出不相识的样子，因为站在被自己伤害过的人跟前，总会感到很痛苦。但我愿负荆请罪，我担心她的第一束目光就是责备，但我绝不为了保全面子而伪装和说谎。谎言和真话一样，都会使我们不安。如果我们权衡一下哪一种的益处持续的时间长些，那么我们会看到，永远讲真话总是好些。我们放心朝前走吧，我可以自我介绍，就说您是我的朋友和旅伴。"

庄园到了，他们在园内下车。一个仪表堂堂、衣着朴素的男人出来迎接。他们都把他当成佃户，他却自称是这家的主人。列纳多作了自我介绍，庄园主看来特别高兴见到他和结识他。他大声说："我妻子又要见到她恩人的侄儿了，她会说什么呢！她和她父亲欠男爵叔父的情，她会说个没完的。"

有多少奇特的想法在列纳多的头脑里盘旋。"这个人看来能说会道，是不是把自己的苦衷隐藏在笑脸和好话背后呢？他能给他的怨言披上好看的外衣吗？难道叔叔没有给这个家庭造成不幸？要么，"他怀着急切弄个水落石出的心情想，"想像的那么糟？你从来就没得到过准信。"这些思虑在列纳多心中翻来复去，主人则忙着派人去接夫人回来，夫人到邻近的庄园作客去了。

"夫人回来以前，如果允许我按照我的方式接待您，同时允许我继续干我的事，就请您跟我一起到地里走走，看看我是怎样经营我的产业的。您这样伟大的庄园主，最关心的莫过于农业这项高尚的经济和高尚的艺术。"列纳多不反对，威廉更乐意增长见识。这个乡下人占有和经营一大片土地，一切井井有条；他做每件事都有一定目的，撒种栽苗都与地况完全相符。他把所有耕作方法及其理由讲得头头是道，谁听了都会明白，并且认为完全做得到，完全可以获得丰收，人们很容易产生一种遐想，只要得到一个专家，一切困难都会迎刃而解。

两个客人表示非常满意，除了夸奖和表示赞同外，说不出什么话。他感激而兴奋地听着，补充说："现在我必须告诉您我的弱点，每个一心扑在事业上的人都有这种弱点。"他带他们走进场院，让他们看工具、工具库、存放农具及其配件的仓库。"人们常指责我走得太远了，"他说，"但我不因此怪罪自己。把自己的事业当做玩偶的人，乐于承担环境赋予的责任的人，总是幸福的。"

两个朋友没有少提问。威廉特别满意他所作的一些介绍，对主人的问话也一一作答；列纳多越发陷入沉思，稍微感到有一种说不出的不快，心情却很安定，因为他认为在这种环境里瓦勒丽妮肯定会很幸福。

主人的妻子乘车来到门前时，大家已经回到屋里。所有的人都立刻赶出来迎接她；但列纳多看见她走下车来，又是多么诧异，多么吃惊啊！原来不是她，不是那个褐姑娘，恰好相反，虽然也是身材修长，美丽，但头发却是金色，具备金发女郎的一切优点。

她的美丽容颜和优雅举止，使列纳多大为吃惊。他的眼睛搜寻的是褐姑娘，但面前出现的却是另一个。这个少妇的特点他也记得。她的言谈举止很快使他深信不疑，这是在叔叔身旁享有很高威望的那个法律顾问的女儿，所以她才会得到很多嫁妆，这新的一对夫妇才会得到资助。所有这一切以及别的一些情况，都是见面寒暄时，这位少妇兴致勃勃地对他讲的，意外的重逢使她欣喜若狂。宾主互问是不是一见面就互相认出来了。他们谈到外表都有些变化，到了这个年纪，变化还相当明显。瓦勒丽妮一直是可爱的，当快乐把她从日常的冷漠中拉出来时，她变得极为可爱。大家交谈起来，谈话气氛热烈。列纳多控制住自己，掩饰自己的失落感。那位朋友赶快向威廉示意，让他明白这里发生了意想不到的事，威廉也竭力帮助他。瓦勒丽妮露出了一点点虚荣心，觉得男爵还没见到家里人，先想到她，先来探望她。有了这点虚荣心，她就没有怀疑客人有别的意图或发生了误解。

大家一直聚到深夜。两个朋友早就想谈谈知心话，所以他们一进客房，单独在一起时，就开始交流心得。

"看样子，我的痛苦是摆脱不了啦。我发现，由于把名字搞混了，我的痛苦加了一倍。我常见这个金发美人跟那个谈不上漂亮的褐发姑娘在一起玩，我比她们大好多岁，也跟她们在田野上和花园里跑来跑去。两人都没给我留下什么印象；我只记得一个女孩子的名字，结果张冠李戴了。现在我发现，一个跟我无关的女孩子过上了超出一般水平的幸福生活，天晓得另一个被抛到世间的什么地方去了。"

第二天早上，两个朋友几乎比勤劳的村民还起得早。与客人相见的喜悦使瓦勒丽妮也醒得早。威廉大概看出了，列纳多没有得到褐发少女的消息，非常痛苦，便把话题引向往日，引向儿时的游戏，引向他自己熟悉的地方，引向别的回忆，瓦勒丽妮很自然地提到那个褐发姑娘，说出她的名字。

还没听她说出纳科蒂妮这个名字，列纳多就完全想起来了。那个求情者的形象也随着这个名字回到他的脑海，强有力地攫住他的心，他不忍心听下去：瓦勒丽妮深表同情地谈到那个忠厚佃户的财产怎样被强制扣押，他怎样退佃，搬家，靠女儿过活，女儿背着一个小包袱。列纳多好像失去了知觉。瓦勒丽妮又幸运又不幸地卷入了一种复杂的境地，这种境地使列纳多心碎，但还能在旅伴的帮助下表现出一定的克制力。

分手时，夫妻俩诚心诚意地希望客人不久再来，两位客人半心半意地、虚假地应允。对于真心行善的人来说，一切都会成为他的幸福的预兆；根据这个道理，瓦勒丽妮总是从对自己有利的方面来解释列纳多的沉默、临别时明显的心不在焉和离去的匆忙，虽然她是一个憨厚村民的忠实可爱的妻子，心中却禁不住复活或新生对前庄园主的爱慕之情并从中得到喜悦．．这次奇特的会面结束以后，列纳多说："我们本来怀着美好的希望去的，但在码头近处翻了船，现在只有一个念头使我感到安慰，使我可以暂且安宁地回家见亲人，这就是上天把您派到我这里来，您为负起您的独特使命，不计较为了什么目的，也不计较到什么地方去。请您费心找一找纳科蒂妮，然后捎个信给我。她要是很幸福，我就满意了；她要是不幸，您就用我的钱帮她一把，请您不要有顾虑，不要怕花钱。"

"我究竟应该朝哪个方向走？"威廉微笑着说，"如果您不知道，那我怎样聪明起来？"

"您听着，"列纳多回答，"昨天夜里，您曾看见我绝望地、一筹莫展地走来走去，我头昏脑胀，心乱如麻。我想起了一个老朋友，一个可尊敬的朋友，他从来没板起面孔教训过我，但他对我青年时代有很大影响。他把最珍贵的艺术品和古玩收藏在住宅里，不能长时间离开，否则，我一定会很高兴地请他做我的旅伴，至少陪我一段路。据我所知，他交际极广，在这个世界上只要能通过高贵的渠道联络的人，他都认识；您到他那里去，把我刚才提出的要求讲给他听，就有希望得到他的同情，他会告诉您到什么地方或在哪个地区能找到纳科蒂妮。我心里正焦急的时候，突然想起，那个孩子的父亲是一个虔诚的教徒，我自己眼下也变得够虔诚了，我面对讲道德的世界秩序，恳求他破例为我发一次善心。"

"还有一个困难需要解决，"威廉答道，"我的费利克斯放在哪儿好？在路途如此不确定的旅行中，我不想把他带在身边，又舍不得让他离开我。我总觉得，儿子在成长时期最好跟父亲在一起。"

"不对！"列纳多表示反对，"这是慈父的误区。父亲同儿子总保持一种专制关系，不承认儿子的优点，对儿子的错误反而幸灾乐祸。所以，古人常说：'老子英雄儿无用'。我本人对世界进行过周密的观察，可以讲清这个道理。幸好我的老朋友也能就这个问题发表最正确的意见，我马上给他写封短信，请您带去。几年前，我最后一次见到他的时候，他对我讲过一些关于综合教育的问题，我当时认为那不过是乌托邦。当时在我看来，在反映现实的图象中，这是指一系列观念、想法、建议和计划。它们当然是互相关联的，但在事物的正常发展过程中，未必能够聚合在一起。因为我了解他，因为他喜欢以直观形式，表示可以实现的和不能实现的思想，所以我对他的话是相信的，现在要给我们带来好处了。他肯定会给您指出您孩子的去向，告诉您怎样安慰和信任您的孩子，指望他在高明教师指导下受到最好的教育。"

他们骑在马上边走边谈，看见一座高贵的别墅，建筑格调庄重而活泼，屋前有一个庭院，周围环境开阔典雅，树木繁茂；门窗都紧闭着，看上去非常寂寞，但保存完好。一个老人好像正在门前干活，从他口中得知，这是一个青年人从他不久前寿终正寝的老父亲那里继承的一部分遗产。

通过详细询问，才知道，在这位继承人看来，这里的一切可惜都是现成的，他在这里无事可做，坐享其成不是他的事业；因此，他在山脚找了个地方，为自己和朋友修造一个小楼，还想盖类似猎人歇脚的小木棚。关于讲述者本人的情况，他们也问清楚了：他是随别墅一起留下来的管家，精心维护和清扫这份遗产，使孙子们了解祖父的产业和爱好，看到所有的东西都和祖父生前的一样。

他们默默地继续走了一阵子，列纳多颇有感触地说，人的本性就是想从头开始。他朋友接过话题说，这是不难理解的，也是情有可原的，准确地说，实际上每个人都是从头开始的。"要知道，"他提高声音说，"前辈人受过的折磨不要留给后代！对不想失掉快乐的人，怎么能进行责备呢？"列纳多就这个问题发表看法："听了您的话，我才敢承认，我就是只对自己创造的东西感兴趣。不是我从小培养出来的仆人，我不愿意用；不是我亲自驯服的马，我不爱骑。我还要向您承认，由于有这种思想，我强烈希望回到原始状态去。在文明国度和民族中的旅行，也没有减弱我这种感觉。我的想像力驱使我到大海上去寻找欢乐，原始林区先辈们忽略了的家产使我充满着希望，一个经过冷静思考，按照我的愿望逐渐完善的计划终将实现。"

"这个我一点也不反对，"威廉回答，"这是一种开拓新的未知领域的想法，很有见地，也很伟大。不过我还是请您再考虑考虑：这样的事业只有依靠全体成员的共同努力才能实现。您到了那里，就会找到我所知道的那份家产。我的同事也有过同样的打算，他们已经在那里定居。请您和他们联合起来，他们都是有卓识远见、聪明能干、体格健壮的人。两方面的力量合起来，事业会更顺利些，发展会更快些。"

两个朋友边谈边走，不觉到了分手的地点。二人坐下来写信，列纳多把他的朋友介绍给上面提到的那个杰出人物；威廉向他的同事报告他的新朋友的情况，这封信自然地成了推荐信，他在信的结尾又讲了讲他跟雅诺谈过的事，再一次阐明了自己希望尽快从"永远流浪的犹太人"的苦恼状态下解放出来的理由。

相互交换信件时，威廉忍不住再次劝朋友对困难要有思想准备。

"我认为，"他说，"就我而言，能使您这位高贵的人克服不安的情绪，能把一个人从可能陷入的苦难中解救出来，这是最合心愿的使命。这个目标可以看作航行时的指路明星，尽管人们并不知道途中会遇到什么情况和风险。我不否认，有一种危险随时会降临到您的头上。如果您肯守信诺，我就要求您答应，不再跟这个对您如此宝贵的女人见面，我给您带来的关于她生活美满的消息，您会很满意的；当然前提是我发现她确实已经很幸福，或者她有能力创造自己的幸福。但是，我不能够，也不愿意给您什么许诺。所以，我要以您的宝贵而又神圣的事物的名义恳求您：为了您自己、您的亲人，也为了我，您的新交，不管有什么借口，您都不要企图与您失去了的这个女人接近。您也不能要求我明确指出或透露我找到她的地点，和我逗留过的地区。您要相信我说的'她生活得很好'这句话，您要把日子过得舒服些，把包袱卸下来，把心神安定下来。"

列纳多微笑着回答说："那就劳您的大驾啦，我会感谢您的。一切都拜托给您了，您只管去办好了。您把我交给时间、理智、智慧，让它们对我进行处置吧！"

"请愿谅，"威谦答道，"不过，谁也不能预见，感情这东西会以什么奇妙的方式偷偷钻到我们心里来。假如真正能够预见可能产生的念头，而在他那种情况下，在他所处的关系中，这种念头必然召来不幸和迷茫，那当然是必须制止的。"

"我希望，"列纳多说，"等我知道这个姑娘生活得很幸福的时候，我一定摆脱对她的思念。"

两个朋友就此分手，各奔前程。

天 涯 痴 女

雷万先生是一个无官职的豪绅，在本省拥有最肥沃的土地。他与儿子、妹妹住在一座只有大公才有资格住的城堡里。他有公园、水域、农田和作坊，方圆6英里范围内的半数居民都靠他的家产生活；他有很高的威望，爱做善事。如果这些都算上的话，他实际上是一个大公。

几年前，他沿着他家公园围墙旁边的大路散步，想在供人们游乐的树林里休息片刻。这里，高大的树木耸立在茂密的小树丛之上，给人们挡风遮阳，清澈的泉水渗入树根、石块和草地。游人们都喜欢在此处落脚歇息。散步的人通常带着书本和猎枪，但读书时常常受鸟雀啼鸣和行人脚步声干扰，不能使精力集中。

在那一个美好的早晨，一个年轻可爱的女子朝他这个方向走来。她离开大路，像是要找一个清爽的地方歇口气来休息一下。他正好在那个地方，当他抬起头看时，见一个女子在眼前，不由得为之一怔，手中的书本滑落在地。流浪女眼睛太美了，美的世界上绝不会有第二双。由于走路的缘故，她脸上透出红润，身材、步履和举止也都极为优美。他情不自禁地站起身来，朝大路望去，想看看跟在她身后的随从。那女子又一次吸引了他的注意力，恭敬地向他鞠了一躬，他也恭敬地回了礼。美丽的旅游者叹了一口气，一言不发的坐到泉边。

"同情心的作用是神奇的！"雷万讲到这里时，提高了声音说，"我也以叹息声作答，什么话也没有说。我不知道要说什么，做什么，只有怔怔的站在那里。她太完美了，我的眼睛不够用了，她躺在地上，舒展着双腿，并用一只胳膊支撑着身体，简直是绝代佳人！她的鞋引起了我的注意，鞋子上布满尘土，说明她走过长路，但她的丝袜光洁的好像刚从抛光筒上取下来一样。她那撩起的裙子上没有皱摺，头发似乎像早上刚刚卷好的，身上穿的是绣着美丽花边的细麻布衬衫；从衣着看，似乎是准备去参加舞会的。她身上没有一处像是流浪女，但她的的确确是一个流浪女，并且是一个让人惋惜和尊敬的流浪女。"

"她望了我几眼，我趁机问她是不是孤身一人在旅行。'是的，先生，'她说，'在这个世界上，我是孤独的。''怎么？小姐，难道您没有父母，也没有亲戚？''先生，我刚才可没有这么说呀，我父母双全；亲戚也不少，可是没有朋友。''这不是您的过错，'我接着说，'您很漂亮，心当然也很善良，可能您的心灵付出过许多代价。'"

"她也许从我刚才的恭维话里感觉出了责备的意思，不过我看出她很有教养。她晶莹透亮的眼睛像蔚蓝的天空，闪闪发光；那是一种最完美、最纯洁的蓝色。她看着我，用庄重的语调说，像我这样一位高贵的先生，对路上偶遇的单身年轻姑娘产生怀疑，是不能怪罪的，因为她经常遇到这种情况。尽管她是一个陌路人，尽管任何人都无权盘问她，她还是请求人家相信她出门远行的意图是光明磊落的，有一些谁也讲不清的原因逼她把她的痛苦带到各地。她并且认为担心女子可能遇到的危险只是一种想像，就算落在草寇手里，也只有在女子心软和放弃原则时她的贞洁才会遭到蹂躏。"

"此外，她又说到，她只在她确认为安全的时间里和路途上行走，并且避免跟任何人说话。只是到了合适的地方，能靠自己的一技之长挣钱时，她才住下来。说到这里，她放低了声音，垂下了眼帘，我看见她的脸上有几滴泪水流了下来。"

"我赶紧说，我没有对她良好的出身和受人尊重的行为怀疑过。我惟一感到遗憾的是，她这样高贵的人，因境遇所迫，也不得不伺候人，而她本应是让人伺候的。我虽然好奇，但并不想继续规劝她，只想通过进一步了解，确信她能在任何时候，任何地方保护她的名声和贞操。我这样说似乎又伤害了她，因为她回答说，她为了保持名声才隐瞒了姓名与国籍，但通常名声，并不一定反映实际情况，而只是人们的一种猜想。在谈到她为别人服务的情况时，她列举了最近几家作为例子。她在哪些地方做过事从不隐瞒，但却不让别人过问她的国籍和家庭情况。通过这一点，人们是应该相信她的，上天和她的话都是完全可以相信的，她的生活过程是洁白无瑕，无可非议的。"

如此表白没有使人怀疑这位美丽的女历险家神经有什么不正常的地方。雷万先生很不理解这种独自旅行的决心，所以猜想，可能有人想把她嫁给她不中意的人。后来他想，可能是因为爱情已经毫无希望。奇怪的是，要是她真的爱上了一个人，而另一个人又爱上了她，那么他们应该在热恋中，那个人也会替她担心的。看来，她还会想流浪下去。他无法让自己的目光离开她那美丽的面孔，而且这面孔在半明半暗的绿色光线中被衬托得更加美丽。可能山林水泽中真有女妖，因为在这片草地上，从来没有见过比她更美的女人舒展四肢躺着；他无法抵御这多少有点浪漫色彩的相逢所散发出的诱惑力。

没有更深入地进行了解，雷万先生便劝说这个素不相识的美丽女子跟他到他的城堡去。她表现出见过大世面的风度，没有丝毫的为难，就跟着他走，给她送来冷饮，她没有虚假的客套，而是非常有礼貌地说声谢谢拿起就喝。吃午饭之前，让她参观了各个房间。她只注意那些值得称赞的东西，如家具、绘画等，也谈对房间的巧妙布置感兴趣。她到一个书房里，一看就知道哪些是好书，并很谦虚又很有见解地说几句对这些书的看法，并不夸夸其谈，也没有因为不懂而难堪。用餐时，举止也是自然而高雅的，谈话的语调非常动听。她的一切都表现为知书达理，性格像她的人一样可爱。

饭后，她转过脸朝雷万小姐抿嘴微笑，这个小小的动作，显得她更加可爱了。她说自己习惯于午饭后干点事来酬谢主人的招待。她没有钱，所以常常要求女主人让她做点针线活。

"请允许我用您的绣花架绣朵花吧，"她补充说，"这样，您以后见到它就会想起这个素不相识的可怜女子。"雷万小姐回答，很抱歉，她没有撑绣花布的绷子，没法对她那一手好刺绣手艺一饱眼福。这时，流浪女把目光转向钢琴，说道。"那么，我倒想，像过去的流浪歌手一样，用'没有重量的钱币'来感谢您们的盛情。"她弹奏了两三小节序曲，试了试钢琴，短短的弹奏就使人感到这是两只多么熟练的手。谁也不再怀疑她出身高贵，上流社会一切必不可少的才能她都具备。起初的演奏，高昂而且明快，很快转向严肃，逐渐过渡到深沉悲伤，这已经能从她含着泪水的眼睛里看出。她脸变了色，手停了下来。突然，她以世上最动听的声音，活泼欢快地唱起了幽默歌曲，使在场的人无不拍手叫绝。后来我们确有理由认为，她的性格很符合这个幽默浪漫曲的内容，因此，在这里我引用一下，请原谅引用得不太好。

穿大衣的朋友，为何匆忙？
他应知道东方还没有发亮！
寒风凛烈他能否保重自己，
朝拜的旅途上会不会受凉？
是谁拿走了他的那条头巾？
难道他自己愿意赤足步行？
他怎能穿过这密集的树木，
爬上那座积雪的荒山野岭？

这件大衣是件暖身衣，
给他带来过无穷乐趣，
如果他现在把它脱下，
他定会感到羞耻无比。
因为坏人曾把他欺骗，
解开绳索还拿走行李；
可怜朋友被脱得精光，
像亚当一样赤身露体。
他为何要走那么长的路程，
一定要登上那危险的山顶？
磨坊里的生活是多么美好，
与极乐世界又有什么不同！
他难以讲述那闹剧的内容，
只说是拼老命冲出了大门。
宽广的原野响起悲歌一曲，
痛苦的旋律在低沉地哀鸣：
"望着她那火样的眼睛，
没有一个字写着变心！"
她似乎要与我共享欢乐，
一心想着那秘密的行动！
躺在她怀里我怎能做梦，
她的心里藏着多少杂音？
她抓住爱神飞快的脚步，
不让敲响那不利的时钟。
为了爱情我们寻找甜蜜，
在甜蜜中时间全被忘记。
黑夜过去迎来的是黎明，
母亲的呼唤把我们叫起！
十几个亲戚在门前拥挤，
那真正的人流凶狠无比！
兄弟们后面是姑姑姨妈，
叔叔的旁边还站着兄弟！

有的愤怒，有的啼哭！
每个人都像一个动物。
要求归还贞洁与名声，
我大声吼叫进行驳斥：
"你们不能执迷不悟，
年轻后生纯属无辜，
这种宝贝不可多得，
任何手段都非错误。"
爱神看着这美好游戏
及时行乐是天经地义。
他怎能容忍那朵鲜花
在磨坊虚度一十六年！
他们夺去裤带和内衣，
那件外套也不想放弃。
骂我是个该死的流氓，
我想钻地却无缝可觅！
我一跃而起拼命外逃，
再厚的人群阻挡不了，
再看一眼那邪恶姑娘，
见她的美丽仍然完好。
我的愤怒把他们吓倒；
骂人脏语却听了不少，
刹时我有如电闪雷鸣，
终于从地狱逃之夭夭。
应该躲避你们农村姑娘，
也不要去奢望城市女郎！
你们要让有身份的女人
高兴地把仆人衣服脱光！
你们久经训练灵敏刚强，
温柔的责任全不放心上，
三天两日变换一次爱人，
可不要让他们伤心断肠。

寒冬腊月他把歌儿唱，
大地太荒凉寸草不长。
不要说内心多么悲痛，
自种苦果应归自己尝。
每个人白天都是这样，
对高贵情人不惜撒谎，
到夜间胆子大得惊人，
爬进爱神的伪善磨坊。

让人不安的是，她很难在唱歌时控制自己，这个无意发现也许说明她并不一直是完美的。"但是，"雷万对我说，"我不知道是为什么，当时我们忘了进行任何观察，这本来是可以做到的。我们完全被她演唱时的那种妙不可言的优美姿态迷住了。她弹奏的曲调明快，清新。她的手指绝对服从她的意志，她的声音确实悦耳。演唱一停，她又恢复了原来安详的神情，我们都觉得她好像是帮助我们饭后消化的。"

"过了一会儿，她便请求登程。我妹妹看了看我的眼色说，如果她还有时间，还满意我们的接待的话，她可以在我们家里多住几天，我们将会像过节一样高兴。我想，她一旦同意留下来，就让她做些事。但第一天和第二天我们只领她在城堡里游览。她总是很随和，懂事，优雅。她文思敏捷，性情温和，记性好，常常吸引我们所有人的注意力，令人称赞不已。上流社会的规矩以及如何对待我们家里的每个人，她都表现的很熟悉；也懂得如何对待来我们家的几个朋友，我们简直不知道怎样才能把这样良好的教养和奇特的遭遇联系起来。"

"我再也不敢提议让她在我家做事了。我妹妹对她颇有好感，也认为自己有义务珍惜这个陌生女人的感情。她们俩一起管理家务，使得常常无事可做的小男仆只好被派去做超出仆人权利的财务和管理工作。"

"时间不长，她就在城堡中建立了一种秩序，直到如今我们还没有放弃这种秩序。她像女管家一样精明。由于一开始她就跟我们一起用餐，所以吃饭时，她坐在我们身边总是无拘无束，态度也很自然。但是，在她打牌，弹钢琴之前，一定要先做完家务。"

"不瞒您说，的确这个女子的命运开始深深地打动我的心。我为我父母，没有生出这样一个女儿而感到惋惜。这样谦虚的美德，这样高尚的情操，竟被埋没，我为之叹息。她跟我们生活了好几个月。我希望，一旦我们取得她的信任，她就会把心中的秘密说出来。如有不幸，我们可以帮助她；如有错误，我们也可以从中调解和提出证明，并且宽恕她往日的过失。但我们的良好愿望和请求都毫无见效。她发现我们有意从她口中探听她的秘密，就用一些道德箴言，为自己辩护，但无教训人的意思。例如，我们要是谈起她的不幸，她就说：'不幸是对善与恶的判决，是一种烈性药物，能把养料和毒素一起清除。'"

"假如我们想要知道她从父亲家里出走的原因，她就面带微笑：'小鹿离开母鹿，并非过错。'如果我们问，追求她的人是不是很多，就听到这样的回答：'命中注定有些出身好的姑娘要被人多次追求，又多次拒绝的。由于被人伤害而哭泣，只会受到更多的伤害。'问她是怎样狠下决心，把自己的生命置于大批野蛮人威胁之下，或者说至少是靠别人的慈悲怜悯来维持自己生存的。她又大笑说：'吃饭时，穷人向富人致意，并不是没有头脑。'有一次谈话时，我们开玩笑的跟她谈到情人，问她在恋爱时是不是遇到了一个薄情郎。这时我才明白这种话多么刺痛她的心。她看我的眼光非常严峻，使我都不敢看她了。此后一旦是谈起爱情，我们就会看到有一层阴影，蒙在她那可爱的性格和她的乐观精神上。当她陷入沉思，我们都认为这是一种空洞的遐想，不过这里也许有真正的痛苦。但总的来说，她虽不是特别快活，但仍然显得很高兴；虽不是很庄重，但仍然很高雅，虽不是很坦率，但沉着而不怯懦；她的温柔更多是出于忍耐，听见亲热话和恭维话时总是感激多于感情。她过去肯定是一个有教养的大家闺秀，但看上去年龄不会超过21岁。"

"这个征服了我的心、捉摸不透的年轻女子，就这样在我们家里愉快地度过了两年。直到出了一件荒唐事，才结束了这段生活。她出众的品德一直令人钦佩。我的儿子，因为比我年轻，还觉得无所谓；我却很担心我太软弱，会经不起因永远失去她而受到的打击。"

"现在我想讲一个聪明女子干的蠢事，以便说明，蠢事也有合情合理的时候，只不过表现形式不同而已。确实，不能不看到这位高贵的流浪女的性格与她所施展的可笑伎俩之间的奇特矛盾。我们已经看到，她的流浪生活与她唱的那支歌完全地不同。"

很明显，雷万爱上了这位陌生女子。虽然他这个50岁的男子看上去像30岁人那样容光焕发和勇敢坚强。但是，他不能把希望寄托在他面容上，他希望能博得她欢心的，可能是他的与青年人一样的健康体魄、善良、温柔、乐观和豁达，也许是他的财富。感情特别细腻的他，也感到有些东西是用钱也买不到手的。

雷万的儿子的情况有所不同，他可爱、温柔、热情，不像父亲那样犹豫，昏昏然就陷入了危险的漩涡。开始时，他小心翼翼，试探性地去征服陌生女子。父亲和姑妈的称赞和友情，让他感到她极为尊贵。他如痴如醉地坦率地追求这个可爱的女子。而且她的威严比她的行为举止和美貌，更能激起他的热情；他大胆地追求，倾诉，许诺。

并非出于本意，父亲在情场上却也保持着长辈的尊严。他对自己很了解。当他发现自己的竞争对手时，出于不想违背做男人的本分，便不再希望战胜对手了。尽管如此，他还是继续追求她。但是他并不明白，女子在受到良知和财产的诱惑时，都是会打算盘的。爱情一旦有了魔力，并且还有青春年少，前一种诱惑力就显得微不足道了。何况，雷万还犯了一个事后非常懊悔的错误。在一次友好而且亲密的谈话中，他讲到要跟她保持一种永久、秘密的、合法的关系。他有时禁不住的说些抱怨的话，甚至说出"忘恩负义"之类的字眼来。其实，他并不了解他爱上的这个女子，有一天他竟对她说很多善人得到的是怨恨之类的字眼。陌生女子直截了当地回答说："很多善人想从那些受他们庇护的人那里得到不应得的权利。"

美丽的陌生女子在情场上陷入两面受困的境地，他们的动机不得而知。看来，她是想在这种暧昧的处境中寻找一条巧妙的出路，使自己和别人都从这种荒唐的争斗中解脱出来。儿子年少气盛，继续大胆地穷追不舍，仍然威胁说，要把生命献给这个无动于衷的女子。父亲虽然不像儿子那样冒失，也心急如焚。两个人的感情都是诚挚的。在这种情况下，那可爱的人儿要完全保住她应有的地位，是很容易的，因为两位雷万都发誓要娶她为妻。

希望女人们从这个姑娘身上吸取教训，不论是由于虚荣心，还是因为精神错乱而失去理智，正直的人都不会使难以治愈的心灵创伤加重。流浪女感觉自己如同站在悬崖边缘，自己的安全难以得到保证。她受到两个情人的压力，两人都能用纯洁的心来证明自己爱情的坚贞不渝，因为他们都想通过结婚仪式来掩饰自己的鲁莽行为。她完全清楚事情就是如此。

她完全可以请求雷万小姐保护，但是出于对她的恩人的爱惜和尊重，她没有这样做，她依旧泰然处之，并想出了一个办法：首先让人对她的品行有所怀疑，从而使每个人都保住自己的美德，忠诚使她迷惘，然而她的情人根本不配得到这种忠诚。如果他没有感到她做出了重大牺牲，还是让他不知道这一切为好。

一天，雷万很明确地回答了她所表示的友谊和感激之情，突然她眼里闪出一种纯洁无邪的目光。雷万立刻注意到她的表情，"先生，您的好意，"她说，"使我心里害怕。请您让我坦率地告诉您其中的原因吧。我觉得我应该感谢您。

不过……""残酷的姑娘！"雷万说，"您的意思我明白。是我的儿子打动了您的心！""啊！先生！不是的。我都给弄糊涂了，我也说不清。""怎么？小姐！难道您……""我想，这件事情嘛……"她说着，深深地鞠了个躬，落了一滴泪。女人总是在耍滑头或为自己的过错辩解时，从来不缺少眼泪。

不管雷万陷入爱情漩涡中如何不能自拔，但也不能不对想做母亲的那些女人的这种纯真坦白的态度表示惊叹，他发现她鞠躬非常得体。"但是，小姐，我一点也不明白……""我也不明白，"她说着眼泪不停地流出来。雷万不耐烦地沉吟了片刻，直到他又安详地说话时，她才止住眼泪。他说："现在我全明白了！我看到了我的奢望是多么可笑。怨不得您。是我给您造成了痛苦，为了弥补这些，我只能这样做：我将把我的遗产分给您一份，您需要多少就取多少，我们倒要看一看是不是他比我更爱您。""啊！先生，请您饶恕我的罪过吧！您千万别跟他讲这些！"

要求他不说，目的是要求他去说。这只是一种手段，提出这个要求以后，陌生的美人就等待自己的情人愤怒地来到她面前。果然他很快来了，从他的眼光中可以看出，他有激烈的话要讲。但他竟结结巴巴，只说："怎么？小姐，这可能吗？""出了什么事，先生？"她微笑着说，在这种情况下，微笑会把人带到绝望的境地。"怎么？究竟是怎么回事？小姐，您走吧，您真可爱！但是，不管怎样合法子女的继承权是不容剥夺的。凭这一点就足以对您进行起诉了。是的，小姐，您和我父亲的阴谋我早已看透了。您说要偷偷给我生个儿子，但我敢说，那将会是我的兄弟！"

美丽的痴女仍然愉快而安详地回答他说："您瞎说，我既不给您生儿子，也不会给您生兄弟。我讨厌男孩！我不想要男孩。我要一个可怜的女孩，远离人群，带她走得远远的，远离恶人、傻瓜和不忠实的人。"

接着，她把心里的气全部发泄出来，说："好了！好了，亲爱的雷万！您天生心地纯洁，请您牢牢记住堂堂正正做人的准则。就算有牢靠的财富，这些准则依然行得通。对穷人您要慈善。谁鄙视受苦受难的无辜者的要求，自己也会最终向人乞求而无人理睬。谁昧着良心，蔑视一个孤苦伶仃的弱女子的良心，谁就会成为没有良心的女子的牺牲品。要想得到一个纯洁的姑娘，而又不了解她应有的感情，就不可能得到她。谁要违背一切理解，违背家庭的意志和计划，只凭个人兴趣为自己着想，谁的兴趣就不能得到实现，也不会得到家庭的尊重。您是真心实意爱过我，我相信这一点；亲爱的雷万先生，猫还知道舔的是谁的胡须呢！如果您命中注定要做一个值得您爱的女子的情人，您就要记住那个不忠诚的人的磨坊。您就以我为例，学一学应该怎样信任您情人的坚贞不渝和守口如瓶吧。我是不是不忠诚，您和您父亲知道的一清二楚。我注定要在世上漂泊，去经历千难万险。毫无疑问，在这里，大多数人对我有威胁。因为您年轻，我才私下跟您讲：不管男人或是女人，他们的不忠诚，都是有意的。这话我也对我那个磨坊里的朋友说过，说不定我与他还会见面呢！如果他心地纯洁，他会对自己失去的东西感到悔恨。"

　　年轻的雷万还在怔怔地倾听，她已经把话说完。他如遭受雷击似的猛然站起，一会儿，眼泪使他睁开了眼睛，他跑去找姑妈和父亲，不安地对他们说："小姐走了，小姐是个天使，应该说，她是个魔女，她在世上到处游荡，折磨人的心灵。"但这流浪女却十分谨慎，以防备再被人找到。父子和解后，谁也不再怀疑她的无辜、才能和疯癫。以后，不管雷万如何花费心思，却总也得不到关于那个匆匆而来的、非常可爱地出现在我们面前的天使般美人的最简单的解释。

50 岁的男人

少校骑马一路向田庄行来，外甥女希拉丽亚为了恭候他的光临，站在公馆外面的台阶上迎接他。他差点没有认出她来，她出落的越发欣长和妩媚。她抢步走到他的跟前，他像父亲一样紧紧拥抱她，他们很快走上台阶去看她的母亲。

他的姐姐男爵夫人同样对他表示欢迎。希拉丽亚赶紧出去准备早点。这时，少校高兴地说："这一次我可以明确告诉她：有关我们的田庄业务我们的事办完了。大元帅哥哥看得很清楚，他既管不住佃户，也管不住亲戚，决定在他有生之年把财产转让给我们和我们的孩子。他名下的那些年金当然是优厚的，我们也有能力一直付下去，因为我们眼下收益已经不少，何况将来一切都归我们。田庄上的新机构才整顿好不久。我不久就要回去过繁忙的生活，眼看又要大干一场，为我们和我们的亲人造福。我们已经看到子女长大成人。我们，他们自己，都还要加把劲，赶快把他们的婚事办妥。"

"要是不把我才知道的一件秘密向你揭示，也许这结合是件好事。"男爵夫人说，"我刚刚发现一个秘密，正要透露给你听。希拉丽亚的心已经不自由了，你的儿子对她不能抱多大希望了，甚至可以说，根本没有希望了。"

"你说什么？"少校大声说，"我们正在为经济事务全力以赴，这种爱情却把我们搞得晕头转向，这怎么成呢？告诉我，亲爱的姐姐，快告诉我，是谁把希拉丽亚的心紧紧抓住了？难道事情真的到这种不可收拾的地步？也许，这只是一时的迷恋，还有希望挽救这稍纵即逝的印象！"

"你先仔细考虑一下，猜一猜吧！"男爵夫人心不在焉地回答，更加重了弟弟局促不安的情绪。这种情绪已经达到顶点。正想要作进一步追问，这时，希拉丽亚带着送早点的仆人走进房来，谜底暂时无法解开。

少校认为，现在对这个美丽的孩子要另眼相看了。他似乎觉得对那个幸运儿产生了嫉妒之心，想不到那个人的形象会在这个美丽姑娘心坎上留下深刻印象。早饭他吃得毫无滋味。其实，他的这份早餐一切都是按照他的喜好，按照他往常的愿望和要求安排的，他却根本没有注意到。

大家沉默不语，谈话进行不下去，希拉丽亚快活的神气也几乎兴趣索然。男爵夫人也尴尬，就把女儿拖到钢琴旁边；可是，她那旋律明快、感情充沛的演奏却没有赢得少校的一声喝彩。少校希望早饭快点结束，这个漂亮的女孩子快快地离开他的身边。男爵夫人只好站起身来，建议弟弟到花园里去散步。

当姐弟二人刚刚单独在一起时，少校就迫切地重复他吃饭前提过的那个问题，姐姐犹豫了一会儿，笑着回答说："要找到希拉丽亚看中的那个幸运儿其实很容易，你不用走到天边，他就近在你眼前：她爱上了你。"

他吃了一惊，愕然若失停住了脚步，大声说："老实说，这使我感到既尴尬又不幸，如果你要说服我的话，我认为这是在开一个非常不合时宜的玩笑！虽然我的这种惊讶的心情需要很长时间才能平静下来，但是我一眼就可以看出，这种出乎意料的事件一定会损害我们彼此间的关系。惟一使我感到慰藉的是：这种类型的感情往往是表面的，隐藏在它背后的是自欺欺人。而且她这样一个心灵纯正、美好的人，会很快迷途知返，这可能通过本人，也可能要通过聪明的指点。"

"我却不这样认为，"男爵夫人说，"从种种迹象来看，占据希拉丽亚整个心灵的，是一种很严肃的感情。"

"我也不相信她这种纯朴的素质竟会染上如此虚假的感情。"少校回答。"这并不见得是什么虚假，"姐姐说，"记得我年轻的时候，也对一个年纪大的男人动过感情，那个人当时比你现在还老。你今年50岁，这个年纪对于德国男人来说，并不算老，因为德国人不像其他活跃民族那样容易衰老，对你来说正进入壮年哩。""你能用什么证实你的猜想呢？"少校说，"不是猜想，是事实。我希望你日益跟她接近。"

希拉丽亚过来和他们呆在一起，少校的感情一反他的理智，又起了变化。她在他眼里意味着比以前更动人更华贵；她的言谈举止中情意更浓：他开始权衡姐姐的信念了。不管他愿不愿意承认，他的感觉是极其愉快的。希拉丽亚的确非常可爱。尽管如此，他却默不作声。对情人羞羞答答的柔情，与对舅舅的大方洒脱态度，结合得水乳交融，因为她是真心实意、完全出于内心的。

花园里春光旖旎景色宜人，少校看见许多老树长出了新叶；觉得自己也恢复了青春，跟这位千娇百媚的姑娘盘桓，谁都会春心欲动的！

他们一起度过了整整一个白天；全家都极为快乐。晚饭后，希拉丽亚又坐在钢琴旁边。少校则用跟早上不同的耳朵来聆听琴声。曲子弹奏了一个又一个，歌唱了一支又一支，小小的团聚到深夜还依依不舍。

少校走进自己的房间，发现一切摆设完全跟旧时一样，都按照他的老习惯安排得舒舒适适，连他所欣赏的几幅铜版画也从别的房间取来挂在这里了；他已经是有心人了，所以对室内的所有陈设都看得很仔细，不免察觉到即使自己个别细小的爱好也受到无微不至的照顾。

这一夜他只睡了几个小时就觉得睡足了，生命力一大早就被唤起。但他突然意识到，今天的某些事物安排尚欠妥贴。多年来，他对兼有下人和内室侍从双重身份的老马夫没说过一句重话，因为一切总是安排得井井有条：马喂养得好，衣服换洗得也及时。可是今天主人起得太早，所以对任何事情都有些看不上眼似的。接着又有一件事引起少校不安和生气。过去，他觉得自己和仆人都没有什么变化；可是现在，他站到镜子前面，发觉他的面貌与他理想中的样子大不相同。两鬓已经无可否认地长出白发，就是在脸上也有明显的皱纹。于是，他在梳妆打扮方面下的工夫比以前多得多，又是洗擦又是搽粉，但白发和皱纹依然如故，只好听之任之；对服饰和服装整洁程度，他也很不满意，随便看看，就可以看到外衣上的皱褶和靴子上的灰尘。老马夫不知说什么才好，见面前站着位变了样的绅士时，好不惊讶。

尽管为了打扮耽搁了不少时间，少校还是早早地来到了花园。他是来见希拉丽亚的，还真的见到了。她带给他一束鲜花，他却没有勇气像平日那样吻她，拥抱她。他因为遇到世间最大的喜事而不知所措，一时无法想像，根本不管这感情会把他带向何方。

没多长时间，男爵夫人就赶来了。她一面举起邮差刚送到的便条给弟弟看，一面大声说："猜猜看，你肯定猜不出来这张小纸片通知我们谁来了。""马上就会知道的！"少校回答。姐姐告诉他，一个演戏的老朋友路过庄园，打算进来看望一下。"我能跟他再见一面感到很开心，"少校说，"他已经不年轻了，但我听说，他一直演青年角色。""他比你总要大10岁吧，"男爵夫人说。"完全是这样，"少校回答，"我不会记错。"

不多久，来了一个活跃、身材匀称、讨人喜欢的男子。当旧友重逢时，都愣了一下。很快地，两个朋友就认出了对方。对往事的回忆，使谈话气氛很活跃。他们相互叙寒问暖，有问有答，又介绍了彼此目前的情况，很快就感到好像根本没有分开过一样。

有关这位朋友我们得知一个鲜为人知的故事，大意是：这个人年轻时风度翩翩，惹人喜爱，引起了一个贵夫人青睐，这既是福，也是祸，他陷入了困境，而且有危险。就在这悲惨的命运威胁着他的时候，少校伸出援助的手把他解救了出来，他从心底里感谢少校，也感谢少校的姐姐，是她及时提出了忠告，使他处处谨慎步步小心。

饭前的那段时间，大家让两位男友单独谈一谈。少校将老朋友从头到脚打量了一番，又端详了一阵子，羡慕之余不仅觉得诧异，简直有些不敢相信。他的样子看来没有变化，怪不得他能在舞台上一直扮演年轻的情人。

"你这么死死地盯着我看，可不够礼貌啊，"他终于对少校这么说，"我终日忧心忡忡使你觉得我跟昔日相比变化太大了。""恰恰相反，"少校回答，"使我感到吃惊的是，你看上去比我还精神，还年轻。你是个有所作为的人，我壮着胆子帮你解难时，你已经是一个成熟的人了，而我还是一个鲁莽的小子。"

"这是你自己的过错，"对方应道，"这是你们这类人有失检点。对你们的做法虽然用不着痛斥，但是责备一下还是应该的。我们必须考虑到万不得已的时候你们注重本质，不注重现象。但是，如果把现象与本质加以比较，就会发现，现象与本质相比，较易消逝，就都懂得，既注重内心又不忽略外表，并没有什么不好。""你说得很对，"少校接口说，差点没忍住一声长叹。"也许不全对，"上了年纪的年轻人说，"从我工作来说，如果不能超常地保持自己年轻的面容，是绝对不可饶恕的。而你们是把注意力放在别的更重要、意义更深远的事情上了"。

"不过也有这样的情况，"少校说，"就是当人们内心感到青春焕发时，那么他的外表也必然精神焕发。"

客人不了解少校的真实心情，便从军人的角度进行解释。来抒发自己的见解，军界人不仅要注重服装，也要注重外表，犹如一位军官必须时时注意衣着，连他的皮肤乃至头发也不能有半点马虎。

"我不负责任打个比喻吧，"他继续说，"像你这样，两鬓发白，满脸皱纹，头顶光秃，是一种不负责的表现。你好好看看我这个老头子！仔细瞧瞧我保养得怎么样？并不需要魔力；在于为此所耗费的精力，绝对不超过一定界限即对自己身体和使自己感到无聊所耗费的精力。"

少校发现自己从这次偶然的谈话中受益匪浅，一时无法打断他的话。但他还是一面向老朋友赔不是，一边慢慢把谈话引上正题。"可惜我已经错过时机，"他说，"补救是来不及了，我必须从目前开始，对这方面多加注意，你不要对我有什么不好的想法。"

"我看什么也没有错过！"对方说，"只要你们这些做实事时严肃认真的先生别那么执拗，别那么拘泥，不把那些重视外表的人看成爱虚荣的人。你们失去的只不过是在社交中和个人生活中的某些快乐和满足感。"

"不施魔法，"少校微笑着说，"却能使你们自己青春常驻，其中必有奥秘，至少有报纸上常称赞的那种秘方。你们知道其中哪些效果最好，把最奏效的挑出来尝试。"

"我不知道你是不是在开玩笑，"朋友回答，"不过你说到了点子上。这恰恰是你的一种秘方，外貌总是比内心容易衰老。在我们以前试用过的美容品当中，有些的确非常有效，其中有简单的，也有合成的，一部分是我花钱买的或偶然弄到的，一部分是我的艺术界同仁介绍，然后再由我自己闯出一条路子来。我一直用这些东西，同时不放弃新的研究。我只能对你说这么多。我不会夸张，别的都可以不要，化妆匣一定是随身带的。只要我们能在一起呆上两周，我就会把这小箱子上的种种效果都在你身上试验一下。"

少校想，要是这种方法切实可行，在关键时刻，一个偶然的机会把这些方法送上门来了，这无异于雪中送炭。这种想法使少校的精神为之一振，他看上去果然年轻些了，活跃些了。产生了一些希望，由于怀着可以使头部和面部与内心一致的希望，他浑身充满了活力，由于怀着尽快了解美容品效应的急切心情，他的头发面庞跟他的那颗赤心一样，他变得爱活动了。午饭时，他好像变成了另外一个人，镇定自若地接受希拉丽亚在他面前做出的一切亲昵表示，非常信任地望着她。今天早上他还是十分陌生的。

如果说，在上午，演戏的朋友很有把握通过回忆、讲述和对幸福的看法，使少校保持振奋和加强了那业已被激起的喜悦变得活跃和开朗起来，那么，在饭后，当这位朋友准备道别，继续赶路时，少校却变得一筹莫展地不安起来了。他一定要留住他的朋友，哪怕只住一夜也好。他答应明天一早就备好马车，增加马匹。总之，在没有弄清那个有疗效的化妆匣的内容和用法之前，决不能让这个匣子出屋。除非这朋友要了解其他设施，少校清楚地知道，不能再坐失良机了，决定饭后马上单独找他的老朋友谈。他不好直截了当地说出自己的心愿，而是转弯抹角地向正题上引。

他重提前面谈过的话题，保证，就他个人而言，即使有人一时把所有注重外貌的人都看成爱虚荣的人，妄加诋毁；即使他们还不能从伦理角度理解那些认为必须保养身体的人的观点，但是就他本人而言，他很愿意花更多的精力去注重外表，保养他的外形。

"这些话我并不感到讨厌！"那位朋友答道，"这是不动脑筋的人惯用的说法，他们在讲话时，从不很好考虑，严格说来，这反映了他们不友好，不诚实的本性。只要仔细想想，就会明白，人们经常叫的虚荣指的是什么东西。每个人都应该有自己的乐趣。谁能享受到乐趣，谁就是幸福的人。人们得到乐趣以后，怎么能不表露出喜悦呢？既然从现实生活中获取这种乐趣，难道要隐藏在生活中，才能得到生活乐趣吗？如果说，好心人，我们只谈好心人，对乐趣的表露进行指责，那仅仅是由于享乐过了头，把自己作乐时妨碍别人作乐和表露乐趣，那么，这是没有什么好说的，指责十之八九是由过火行为引起的。首先就要受到人们的指责。但是，为什么要用古板的僵硬态度来反对乐趣的必然表露呢？如果人们允许在一定程度上，在一定时间里，表露出乐趣，那为什么偏偏不认为这种体现在他身上的乐趣表露是可以原谅，可以容忍的呢？甚至可以说，没有情投意合的朋友，没有这种表露，好心人是不能存在下来的。自得其乐，要求把自己的感受告诉别人，是给别人愉快；自己也会给别人以美的享受。上帝保佑！如果所有的人讲虚荣（是指有意识的、有分寸的、正确意义上的打扮），那么，我们这些生活在文明世界的演员全都成为最幸福的人了。女人是天生喜欢爱慕虚荣，不过她们越打扮，我们越喜欢她们。年轻人不爱打扮，怎么称其为年轻人呢？即使天性愚钝、毫无价值的人也懂得修饰外表。精明人能很快地把外在美转化为内心美。至于我自己，我完全有理由把自己看成最幸福的人，因为我的职业赋予我虚荣权利，因为我越虚荣打扮，越能给人以乐趣。别人受指责的，在我身上却受到称赞，而且恰恰在这康庄大道上，我才有权利，也荣幸地在进入高龄后，还能打动观众的心，取悦观众。别人到了我这个年纪，不是被迫离开舞台，就是跑龙套。"

少校不大愿意听完朋友的这些研究结论。他想利用朋友所说的"虚荣心"这个词，以巧妙的方式，他怕再谈下去会离题更远，单刀直入一下抓住了要害。

"至于我自己，"少校说，"我对你的观点没有丝毫反对的意思，我愿意在你的旗帜下宣誓，因为你认为这对我来说还不算太晚，还可救药，你说过，我在一定程度上还能把耽误了的补回来。请你把你用的油彩、发膏和香脂讲解给我吧，我想试一试！"

"我告诉您，"对方说，"有许多困难在于比人们想像的难得多。不是简单地把这些小瓶子里的东西分一些给你，把化妆匣里最好的配料留一半给你，就能解决问题的，最难的是在于怎样使用它。讲解的东西不可能一下子掌握住，即使你拿到了这些东西。配料是否合适，对象状况在什么条件下，按什么顺序使用配料，凡此种种这一切都需要反复试验和思考。如果在这种事情上没有天分，也是不会有效果的。"

"你的意思，"少校顶了几句，"你现在是要改口了。你拿出重重困难，富有寓言色彩的主张永远不受任何干扰，并不想给我机会和条件，让我到实践中去检验你的言论。"

"我的朋友，"对方应声说，"你这套激将把戏是不可能激动我去满足你的要求的。如果我对你不怀好意，我就不会一开始向你作介绍。除非像我开头那样讨你的好，你想想，人本来就乐意说服别人改变信仰，总想在别人身上看到自己所珍视的东西，不自觉让别人对自己作出新评价，让别人享受自己所享受的乐趣，并在他们身上重新看到自己和表现自己。如果硬要说这是利己主义，这也是一种最值得爱、最值得称赞的利己主义，正是这种利己主义把我们造成人，把我们作为人来支持，由于它的促使。姑且不论我对你的友谊，仅在这个意义上说，我也乐意使你成为返老还童术的学生。但是，如果名师不出高徒，我会不安和无所适从的。因为我们从大师那儿学到的并非江湖艺人那套玩艺。我说过，仅配料和讲解是不够的，仅靠一般性讲解是学不会使用方法的。为了讨你的欢心，也出于我传授知识的意愿，我准备作出任何牺牲。眼下我要为你作出的最大牺牲是：我把我的佣人留给你。他是内室侍从，也是魔术师，当他没有把事彻底干完是不肯轻易透露全部秘密的，但他熟悉全部的美容方法，在开始阶段对你用处很大，到了你可以亲自动手的时候，我会向你揭示深层次的秘密。把全部秘密告诉你。"

"怎么！"少校提高了嗓门，"你的返老还童术还分阶段，有等级？你对内行也保密？""那当然！"对方接口说，"要知道，一蹴而就，一眼看穿的底细，只可能是扮低劣艺术。"

没耽搁很久，那个内室侍从就奉命来见少校，少校答应优待他。他承诺要为少校好好效劳，他让男爵夫人准备了小盒子、小瓶子和小杯子，她不知道是干什么用的。一直忙到深夜，两人轻松愉快地，并且谈得很有意义。当迟升的月亮悬挂于天空，客人才离开，并答应过些时候再来。

少校拖着疲惫的身子回到房间。今天一早就起了床，一天没休息，现在想赶快上床。但这时他看见的不是一个仆人，而是两个。旧时的照老习惯赶忙帮他脱衣服；这时，新佣人走进来说，夜间是施用防衰老剂和美容品的最佳时间。通过安静的睡眠效果更有保障。少校欣然同意，让他在自己的头上抹了油膏，脸上擦了香粉，画了眼眉，在嘴唇上勾出轮廓，提出了各种的禁戒，连睡帽也不准直接戴在头上，而要先罩上一个网，细软的皮帽也不能戴。少校上床时感觉很不舒服，不过他还没来得及弄清楚原因，就睡着了。如果要我们说出他的内心感受，那么可以说，他觉得自己像木乃伊似的在一个病人和一具涂有防腐剂的尸体之间。只有希拉丽亚那充满希望的甜蜜形象，被一股令人振奋的希望笼罩着很快把他送入梦乡。

第二天早上，马夫准时来到少校身边。少校的全部穿戴的服饰，都像往常一样搭在椅子上，少校要起床，新仆人进来，他对主人操之过急的情绪大为不满。他说，要镇静自如，要想成就一件事情，要想花些力气得到快乐，就应该平心静气，有耐心。主人采纳了他的意见，过一会才能起床，起床后要品尝一下早点，洗上一个澡，澡盆是准备好了的。这些安排他一样照干不误而且干得非常出色。

少校缩短了洗澡后的休息时间，打算赶快穿上衣服，根据他的性格，并想尽早见到希拉丽亚。对这些，他的新佣人也表示反对，而且明白地告诉他，必须彻底改变做事匆忙的习惯。做什么事都要从从容容，舒舒服服，心情舒畅，特别是穿衣服的时间，必须把它当做自我娱乐时间，我们要绝对防止功亏一篑。

这个佣人的言行完全一致。少校站在镜子前面，看到自己打扮得极为得体，真的一尘不染了，确信自己的穿着比以前帅了。不问就知道，内室侍从为了使他今晚变得年轻，把制服也修整成时髦样子，他为此花费了一整夜时间。少校对这么快就使自己变年轻的方法十分满意，觉得自己从内心到外表都朝气蓬勃，迫不及待要会见他的情人了。

他见姐姐站在一张家谱前面，说起这些画像这个家谱是姐姐要佣人挂起来的。前一天晚上，他们议论过几个旁系亲属，有未娶妻室的，有的客居在遥远的地方，也有下落不明的。正是这个原因使姐弟俩及其子女有希望各获得一笔遗产。他们就这个问题商谈了好长时间，却始终未涉及到要点，家庭的一切忧虑和努力，都与他们的子女有关。由于希拉丽亚的意中人起了变化，全局也就起了变化。但少校和姐姐此时都不愿继续考虑这件事。

男爵夫人走了，少校独自站在那张族人画像前面。希拉丽亚来到他身边，稚气可掬地依偎着他，看着那些画像，问这些人他是不是都认识，谁还在世以及诸如此类的问题。

少校从他自童年就有模糊印象的最老的族人谈起，述说了历代父系祖先的性格，分析了子女与父辈的异同。有的一脉相承，有的迥然不同，他发现，祖父的禀性往往在孙辈身上再现。他有时也说到母系祖先的影响，他们都是从外姓家族嫁过来的，往往使后代完全失去本家族的特征，发生了翻天复地的变化。他颂扬某些先辈和直系亲属的崇高品德，也不隐瞒他们的缺点。对那些使人感到羞愧的人，默默无言地匆匆走过。最后他来到底排的画像前。这一排有他的大元帅胞兄、他自己和他的姐姐，他的下面是他的儿子，旁边是希拉丽亚。

"瞧，这两个人恰恰是面对面地望着哩，他们彼此已看够了吧"少校说。他没有进一步表达真实的意图。沉默片刻之后，希拉丽亚叹了口气，谦虚地，低声地说："对眼光高的人，是不能加以责备的！"她一边说，一边朝上看了他几眼，这目光表露出她的全部爱心。"我真的了解你吗？"少校转向她，问道。"你有什么不清楚？我说不上你还有什么不了解的。"希拉丽亚微笑着回答。"你使我变成了阳光下最幸福的人！"少校大声说着，跪倒在她的脚前，"你愿意嫁给我吗？""我的上帝，您快起来！我永远属于你。"

男爵夫人走了过来。她虽然不觉得奇怪，但也裹足不前。

"如果不是幸福，"少校说，"姐姐，那要归罪于你。如果是幸福，我们会永远感谢你。"男爵夫人自幼爱她的弟弟胜过爱一切男人，也许希拉丽亚的爱与此有关。虽然与母亲那种偏爱并不相像，但也汲取了一定营养。即使她的爱并不完全来自她的母亲，肯定也受母亲很大的影响。现在，三个互爱互敬的人结合在一起，最幸福的时光为他们无声无息地流逝。真到最后，他们还感觉到，地球的转动与他们心情步调一致。但他们终究还是回到了他们周围的世界上，这个世界与他们的这种感情却是格格不入的。

他们又想起了少校的儿子。家里人早已把希拉丽亚许配给他，这一点儿子知道得很清楚。在与大元帅兄长办完事之后，少校本应到驻地去看儿子，跟儿子把这一切谈妥，使婚事圆满成功。意外事件改变了整个进程。把整个步骤都打乱了。原来亲密无间的父子关系看来要变成敌对关系。他料想很难使家庭气氛出现转机。

现在，少校不得不下决心去看他的儿子了，他已将行程通知儿子。这次出门事与愿违，少校心里充满矛盾，预感到会出现特殊情况，何况，他要短时间离开希拉丽亚，心里觉得很痛苦。他犹豫了一段时间，便把马夫和马匹留在姐姐那里，只带着他已经离不开的那个美容侍从，乘车前往他儿子逗留的那个城市。

久别重逢，父子热烈地相互问候和拥抱。二人都有很多话要说，但有关他们的心里话却一时说不上来。儿子说，他很快要晋升了；父亲则详尽地介绍家里古老的家族间，老人们商定的事，以及全部家财和每个田庄的分配方案。他们的谈话一开始便言不及意。儿子壮着胆，微笑地对父亲说："亲爱的父亲，您对我很体贴，我感谢您。您跟我讲了家里的田庄和财产，我至少是有一份的，可是您没有提到有关的明文规定以及在此规定下我可分得多少，您对希拉丽亚的名字闭口不谈，大概是期望我说出她的名字，说在不久的将来，我是多么渴望与这个可爱的女孩子结合吧。"

听了儿子这番话，少校感到很狼狈。但是，按照他的个性和习惯，他跟别人谈话时总是反复琢磨对方说的话，跟他打交道的对手究竟在想什么，所以他一直沉默不语，只是以难以捉摸的微笑望着儿子。"父亲，您不必猜测我打算向您说些什么，"少尉继续说，"我恨不得一口气把什么都告诉您，你不仅对我悉心照顾，当然都是为我的幸福着想，我相信您的好意。有一点我是非说不可的，而且马上就说：希拉丽亚决不会使我幸福！我会把她当作最可爱的表妹，愿意终生跟她保持最友好的关系，但是另一个女人燃起了我的热情，把我的爱情之心紧紧锁在爱里不可抗拒，您千万别造成我的不幸。"

少校好不容易掩饰住要流露在脸上的内心喜悦，他慈祥温柔而又严肃地问：那个占住他整个心灵的女人究竟是谁。

"您应该见见这个女人，爸爸！她是无法形容，难以言语的。只怕您见了她，也会像别的接近她的人一样着迷。天呀，我现在就感到了醋意，您好像成了您儿子的情敌了。""她到底是谁？"少校问，"你要是不能描述这个人物，至少可以向我讲一讲她的外貌嘛，这总是容易说的吧。她的容貌谅必人们早有所传闻了！"

"那当然，我的父亲，"儿子答道，"不过，在另外一个女人身上，即使有她那样的外貌，风韵也会完全不同，当然同样的外貌，在不同的女人身上，会产生不同的影响。她是一个年轻寡妇，年迈而富有的丈夫才死不久，她成为丈夫财产的继承人，她是独立的，洁身自好也是高贵的。很多人围着她转，很多人爱她，很多人向她求爱。但是，要不是我采取模棱两可态度，她的心是属于我的。"

见父亲沉默不语，没有任何反对的表示，儿子又兴高采烈侃侃而谈，说这位美丽的遗孀对他的关心备至、她那不可抗拒的魅力以及她的柔情蜜意；从这些方面，做父亲的自然会看到女人在被人追求时随便表示的好意，她倾向于众多追求者中的某一个，但并不打算嫁给这个人。在其他任何情况下，他不仅对儿子，就是对朋友，也要提醒对方注意其中可能隐藏着的自我欺骗；但这一次他自己牵连在内，巴不得儿子没有受骗，寡妇也真心爱自己的儿子，而且会尽快作出有利于儿子的决定，这样一来，父亲用不着顾虑重重，也用不着怀疑一切了，或许什么意见也不用表示。

"你使我进退两难啊，"父亲过了一会儿说，"我们族中的旁支别系他们都一致认为：必须你得跟希拉丽亚为夫妇。如果她与陌生人结婚，那么，把全家财产完整、圆满、有机地融为一体的计划，就会落空，特别是对你名下的那一份就无法考虑周全了。当然，办法还是有的喽，听起来不挺顺耳，但却绝对不会影响你的收益；这就是让我这把老骨头与希拉丽亚结婚，不过，这样一来我将使你感到极大的不满了！"

"这简直是世界上最伟大的事件了！"少尉失声叫起来，"一个人只要有真正的爱心，就能享受爱情的幸福，或者希望能享受到爱情的幸福，而不会嫉妒任何一个朋友，甚至一位他所尊重的朋友！您并不老，爸爸，希拉丽亚也并不是天仙玉女！即使心中仅仅是闪过求婚念头，本意也出于我的幼稚心灵，出于我的纯洁胆识。您就让我们认真地考虑一下您这个一闪而过的念头和提议吧！只有在我知道您生活幸福的时候，我才会真正感到幸福。当您取得希拉丽亚如此美好而高尚的垂青，从而为我的命运，又这样无微不至的照顾，我真是打心眼里感到高兴。现在我才有勇气自信地、坦然地把我的美人介绍给您。您会承认我这感情是真诚的，因为您也有所体会。您今后不会在您儿子的幸福道路上，设下任何障碍，因为您自己也准备迎接幸福。"

讲完这些话父亲还想提出一些质疑，儿子却不断催促，不给父亲说话的机会，急急忙忙地陪着父亲到那位孀居的美人家里去了。她在一幢陈设讲究的大楼里接待他们，那里正在聚会，她的闺房很宽敞，陈设很华丽，客人固然不多，人品却很出众，他们说得兴高采烈。她的确是个人人喜爱的女性。她使出了浑身的解数，一下子就把少校捧成晚会的主角。其余的在座人员，好像都是她的家庭成员似的，惟独少校是客。她对他身价地位其实了如指掌，但她还是一一询问，好像一切都是第一次从少校口中听到一样。就是在座人员，也逐一向这位新客介绍了他们的身份。一个说认识他哥哥，另一个说见过他的庄园，第三个说知道他别的情况。这样一来，少校便感到自己在这热烈的谈话中成了中心人物。他坐在离美人最近的座位上，她双眸凝视着他，朝他微笑，一句话，他很得意，把来访目的抛到了脑后。她对他的儿子只字不提，尽管那个少年正兴致勃勃地参与他们的谈话，在她眼中，他与其余所有的人一样，今天晚上只不过是他父亲的陪客而已。

女人当着客人的面做针线活，装出漫不经心的样子，显示出自己的聪颖和高雅，其作用往往是很显著的。一位绝色佳人如果在客人面前专心致志地做针线活，装出旁若无人的样子，也会引起客人的沉默和不快，但是如果一会儿，她好像苏醒过来似的，那么，即使只说一句话，只看一眼，也会把客人的注意力重新拉回到晚会上来，她也就重新受到热烈欢迎。女人如果把针线活放在自己膝间，仔细恭听那些善于发表有教育意义演说的男人的高谈阔论，那么，演说者就会觉得颇受青睐，受宠若惊。

我们那位美丽的孀妇正在以这样的方式缝制一个漂亮精巧的信袋，这个信袋比一般信袋大得多，式样既华丽，又雅致。现在，它正成为客人们议论的对象，坐在她身边的一个人已经把它拿在手中，继而在转辗传递的过程中，大家全都赞不绝口，而这位艺术家和少校正在讨论着一些严肃的问题。一位老世交言过其实地夸奖了一番这个即将完成的作品。但是，等它传到少校手里时，女主人好像觉得它微不足道，不值得给他一看。但他却偏偏对她的劳动成果，极力表彰一番。这时，那位世交坚信不移地认为自己从中看到了珀涅罗珀那件永远不能完工的织物。

人们在房里走来走去，偶尔也聚在一起。少尉走到我们的美人跟前，问道："您对我父亲的印象怎么样？"她脸上挂着笑容回答说："我想，您可以拿他作榜样。您瞧，他的穿着多么整洁得体！衣着和言行都略胜他的亲爱的儿子一筹！"她对父亲为儿子所作的重大牺牲大加颂扬，她的话在这个年轻人的心中激起了一种满意和嫉妒的混合感情。

过了不久，儿子走到了父亲的跟前，便把听到的话，一字不差地向父亲把美人儿的话讲诉了一遍。父亲因而对这个寡妇更和蔼了。她再跟少校说话时，那声音听起来又动听又亲切。一句话，我们可以说，到了分手的时候，少校已经跟其他所有的客人一样进入了她的圈子，属于她的人了。

谁知一场倾盆大雨使得客人不能像来时那样回家了。来了好几辆豪华马车，步行的人分别坐上了车，惟独少尉借口车里人太多，他让父亲先走一步，自己则留下来。

少校一回到自己的房间，就感到神情恍惚，觉得周围的一切都在旋转，仿佛一个人刚刚下船，感到陆地还在移动，像一个人突然从亮处转到暗处，觉得灯光还在闪烁。少校依稀觉得那个美丽的女人还在自己的身旁，希望经常见到她的面，经常听到她的声音。他考虑了一会儿以后，原谅了自己的儿子，甚至还称赞儿子很有福气，什么样的好处他都有权利占有。

这时儿子打断了他的思绪。儿子欣喜若狂地闯进房门，张开双臂热烈地拥抱父亲，嘴里不由地大叫道："我是世界上最幸福的人了！"叫喊了几声之后，父子之间才开始交谈。父亲说道，那个美妇人跟他谈话的过程中始终没有提到儿子的名字。"这恰恰是她的惯用手法，时而情意绵绵，时而沉默寡言，时而似说非说，时而若暗若明，弄得求爱者既觉得有把握如愿以偿，又不能完全摆脱疑虑。这就是她对我的一贯态度，爸爸，您这一来，仿佛是个奇迹。我承认，我留下来，是为了多看她一眼。我看见她在灯火通明的房间里走来走去，因为我知道，客人散后，不让灯熄灭，这是她的习惯。每当她的客人走了以后，她都要独自在她的客厅里来回走动。她用妩媚的声调跟我说话，但谈论的全都是些无关紧要的事。我们穿过各个房间之间一扇扇敞开着的门，来回穿行着，不止一次地走到房子的尽头，走进那个灯光昏黄的小屋。如果说，在明亮灯光的照耀下，她已经使人心神不宁，那么，暗淡而柔和的光线更使她的美貌无以复加，如天仙下凡一般。我们再次走进那个房间，返回时脚步停留在那里。我不知道是什么力量驱使我如此胆大妄为，不知道我怎么会有那么大的胆量，在随便谈话中，突然抓住和亲吻她的纤手，并把那只手拉过来按在我的胸前。我抓得很紧，她无力把它扯开。'我的天仙呀，'我呼喊着，'再也不要躲开我了！把你仙心的秘密都说出来吧，公开承认它吧！现在是最美好、最合适的时刻啊。要么把我赶走，要么就请你紧紧的拥抱我吧！'我不知道我怎么会说出这些话，也不知道说这些话时我是一副怎样的神态。她没有离开，也没有抗拒，更没有回答。我索性大胆地把她抱在怀里，问她愿意不愿意成为我的人。我疯狂地吻她，她便使劲地推开了我。'当然，那还用说！'她压低声音，慌乱中说了这么一句话。我离开时，大声说：'我要把父亲请来，让他为我说情！''刚才的事情你千万不要跟他说！'她边回答，边随我走了几步。'您走吧，您要把刚才发生的一切统统忘掉！'"

少校当时想了些什么，我们不便说明。他却对儿子说："你认为我们现在应该怎么办？我想，事情虽然来得突然，但是我们还来得及按手续办事。我明天去她那找她，为你正式求婚，这样做或许是很讲礼节的。""看在上帝的份上，父亲！你千万不要这样，"儿子大声嚷道："这会把事情给搞糟的！她的态度，她的原则，是任何礼节也不能动摇和改变的。父亲，只要您能去，对我们的结合就会加快速度，却不需要您说话。是的，我的幸福全靠您了！我的那位亲爱的对您的尊重已经消除她的怀疑，要是父亲不为儿子做些准备工作，儿子就会一辈子也享受不到这种幸福的。"

他们围绕这个话题一直谈到深夜，定好了行动计划：少校想以辞行为借口登门拜访，然后就回去跟希拉丽亚结婚，同时也要促使儿子的婚事早一点成功。

少校大清早就去拜访那个美丽的寡妇，向她辞行，要是有可能，就巧妙地转述儿子的心意。他见她穿着极精致华丽的夏装，正与一个中年女子在谈话。中年女子受过良好教育，和蔼可亲，他立即便产生了好感。年轻女子妩媚动人，中年女子谨慎持重，二人配合得完美无缺，从她们的相互巧妙配合来看，她们是互爱互敬的。看来，年轻女子是抓紧时间，刚刚把我们昨天见到的那个信袋做完的，因为在惯常的礼节性问候和表示高兴欢迎的客套话过后，她转过身子，把手中的工艺品递给女友，马上继续着她刚刚中断的话："您瞧，我总算把它织完了，由于一些琐碎的事一再耽搁，所以样子不怎么好看。"

"您来得正好，少校先生，"那位中年女子说，"您可以对我们的争论判断一下，至少给我们某一方做出解释。我认为，一个人如果不是为了自己的意中人，是不会着手干这种苦差事的，没有这种意图，也决不会把这项工作彻底完工。您自己看一看这件艺术品，我觉得称它为艺术作品最合适，没有目的的人随手是做不出来的。"

我们的少校对这件作品是赞赏不已的。那上边有编织，有刺绣，惊讶之余，使人产生了一种想弄清楚它是怎么制做出来的要求。用的料子是彩色的绢缎，但是绣上了不少金色的丝线。总之，使人很难断定，究竟要赞美的是它的华丽，还是它的格调。

"这物品本来还应该很好地加工，"美人说着，随即解开了用彩线扎好的蝴蝶，整理了一下内部。她继续说，"我不想争个高低，不过，我倒想讲一讲我是怎么会有兴致做这个东西的。作为年轻的姑娘习惯了用手指干些灵巧的活，思绪迷迷糊糊的，随着思绪编织着；久而久之，我们学会了干些难度非常大、观赏价值非常高的手工活。在干活过程中，我们把心灵和手巧结合起来，两者同时并进。我不否认，我把每一件精巧的手工制品都与一种思绪联系起来了，其中有人也有事，有欢乐也有悲哀。因此，开了头的活就很珍贵，至于收了尾的，我敢说，那是比较名贵的。我认为，类似这样的物件，哪怕最微不足道，也是有价值的，最容易的手工也有价值，至于繁重无比的，它的价值仅仅在于，看见它时就会回忆，越回忆内容越丰富，越回忆思绪越完善。所以，我把这样的手工作品总是赠送给朋友和爱人，赠送给值得尊敬的人和高尚的人。这些人必然会了解这一点，并且知道，我送给他们的是我所最珍贵的东西。这种东西的意义是多方面的，难以用言语表达的，然而，它是一种令人愉快的赠品，是作为友好的问候所乐意接受的。"

像她这样亲切的自白，是难以回答的；惟独那位女友懂得怎样接应两句讨人喜欢的话。少校毕竟是有办法的，他向来善于评价古罗马的作家和诗人的高雅和智慧，记得他们光辉灿烂的诗篇。这时他想起了几行恰如其分的诗句。为了避免以书呆子形象出现，他只宣读了一遍，只是泛泛而谈。但是他不显得愚昧无知，他即兴式把这些诗句解释。他译得并不成功，差一点弄得谈话没有办法进行下去。

那位中年女子却把少校进来时放在桌子上的一本书拿起来。这本书是一本诗集。恰好引起了女友们的注意，因此也就有了谈论诗歌艺术价值的良好机会。但是一般性的讨论持续不了多久，因为女士们很快就体会到，她们很了解少校在诗歌方面的才华。少校的儿子并不隐瞒自己诗歌上的造诣，他想得到诗人的桂冠。以前他就谈起过父亲的诗，甚至还吟诵过几首。无非是为了炫耀一下自己出身于书香门弟。年轻人惯于谦虚地标榜自己是个有上进心的、可望胜于父亲的有为年轻人。但少校却不同，只想退缩，说自己充其量只能算一个蹩脚的作家和文学爱好者，特别是他过去习作时写过几首歪诗，都是些从属的，不正规的东西，几乎不值一提。但是女士们不给他退路，他无法躲脱，只好承认写过几首人们称为有教育意义的诗。

那些妇女，尤其是年轻女子，都非常喜欢教育诗。她说："我们都想理智而平静地生活，总之，这也正是所有人的愿望和目的，然而，使人激动的东西往往很有感染力。而能够使人们不受干扰和安静地生活的东西却没有感染力。没有诗歌，我就不能生活。诗可以把我带到一个重新认识自己的快乐地方，它会使我牢牢记住纯朴乡间的基本价值，让我穿过一堆堆小树丛的草地进入一座树林里，不知不觉地又登上了一片高地，再望过去便是林木茂密的山岭，最后是那些蓝色的层峦叠峰构成的一幅令人心旷神怡的图画。当我陶醉于层次分明，音韵和谐的诗篇之中时，我坐在沙发上，也能通过自己的想像清楚地看见诗人所描绘的，使我由衷的高兴的画面，比我经过艰苦爬山涉水在旅行中所看到的景色还要动人，我是非常感激的。"

少校把这压倒一切的谈话当作接近她的一种手段，他试图把话题再引到抒情诗上来，他儿子在这方面写过一些值得称赞的诗。她们对少校的吟诵并不加以反对，但总希望把他从他所走上的道上拉回来，特别是当他要提到他儿子写的爱情诗的时候。他儿子曾给这位绝代佳人朗诵过爱情诗，表达自己忠贞不渝的爱情，而且可以说是有感染力的，巧妙的。

"情人们的歌，"那美丽的女人说，"我既不喜欢人家朗诵，也不喜欢人家唱歌，使幸福的情人产生嫉妒，而不幸者却总是感到厌倦。"这时中年女子转向她可爱的女友说道："在与我们所尊敬和爱戴的男人交往中，又何必这样的转弯抹角，浪费时间呢？为什么不直说？他在他的一首优美的诗歌中表达了他的追求，我们已经很愉快地听过其中一部分，为什么不可以请他把整篇诗都读完呢？您的儿子，"她接着说，"他凭记忆热情地给我们朗诵过几行，我们很想知道它的整个内容。"

当父亲再次把话题转到夸奖儿子才能的时候，被两个女子挡回去了，说，他要谈起他的儿子，显然是一个托辞，间接地拒绝满足她们的要求。少校没有什么办法，只好答应把这首诗寄来，并顺势将话题扭转，但他不能再谈儿子的长处，何况儿子曾劝过他，事情不要操之过急。

应该告辞了，我们的朋友要起身告辞，美人儿竟变得有点心慌意乱，慌乱中显得越发娇艳。她细心地将信袋上那条刚刚系好的带子展平，说："遗憾的是，无论历来诗人或者文学爱好者的名声都不好，有人说他们的诺言是不可以信赖的。请原谅我对这位名人所说的话表示怀疑。我要典当一件东西，并不索取典银，反而给当铺先付了钱！请您把这个信袋收下，它跟您的游猎诗有着类似的作用，那里边维系着许许多多的回忆，我花了不少时间才编织完工的，就请您把它当做我们传递您那可爱的精品的信使吧！"

这种意想不到的馈赠，少校不禁愣住了。礼物太高雅了，与别人给他的差得太远，与他所使用过的其余赠品差别太大，他虽然得到了它，但也很难把它据为己有。他还是镇静过来了。幸好所学的东西还没有忘记，立即想起了一段经典的古诗。这事弄不好会有点学究气，但这段诗使他的思路豁然开朗。是呀！可以把它巧妙地意译出来，表达他的友好的谢意和善意的恭维。这样，这一场戏便在所有谈话人满意的气氛里结束了。

末了，他不无惶惑地发觉置身于一种完全摆脱尴尬的处境。他同意给她寄诗写信，认为这是他的义务，尽管履行义务本身就是一种很厌烦的事情。他肯定把与这个女人保持无拘无束的关系当作自己的幸福，他很快要和这位具备很多优点的女人结为至亲了。他心情愉快地告辞走了。我们的诗人精心创作的作品从来没有受人重视过，而今却出乎意料地受到如此亲切的重视，他怎么能不感到欢欣鼓舞呢！

少校一回到自己的住所就坐下来写信，把所遇到的一切都向他的好姐姐报告一番，而在这封信中自然地流露出难以抑制的兴奋的心情，对此他自己也有所觉察。儿子经常干扰父亲，进行规劝，使这种心情变得越发高涨起来。这封信给男爵夫人造成了一种错综复杂的印象。虽然弟弟和希拉丽亚的结合有望发展和加速，固然他非常满意，但她怎么也不能喜欢那个美丽的寡妇，可就是想不出是什么理由。趁这个机会我们不妨做个说明。

一个男子任何时候也不要把对某一个女人的感情告诉另一个女人，因为她们彼此非常了解，谁都认为对方不配获得这种荣幸。男人们来到她们面前，犹如来到商店的顾客。店主熟知自己的商品，总是处于优势，可以利用一切机会大赞大夸他的货好，而顾客却总是以一种无所谓的态度走进商店，他需要哪个商品，就买哪个，很少人能以行家眼光看出问题。店主却很明白他给的是什么货，而顾客却一直都不知道他得到的是什么货。然而，这种规律在人们的生活和交往中都是一成不变的，而且为人们所赞赏。求爱和说媒，买卖和交换，都是以这个规律为基础。

男爵夫人的观点不是这样明确，但她的感受却十分相似，因此不论是对儿子的爱情还是对父亲的好意的描绘，都表示非常不满。她对整个事情的妙不可言的转变，仅仅是有点惊讶，而对两对情侣的年纪悬殊则抱有反感。希拉丽亚与弟弟相比年纪轻得多，那个寡妇与少校的儿子相比又年事较高。事情已取得进展，看来无法阻挡。随着一下轻声叹息，心中油然而生一个真心的希望，希望今后发展顺利。为了减少心头的郁闷不欢，她拿起笔给一位人情练达的女友写信。述说了全部过程，然后写道：

"那个年轻的迷人寡妇对我并不陌生。她好像从不同女人来往，惟独一个女人陪伴着她。伴女对她毫无危害，事事对她逢迎，默不作声的优点不突出，并且懂得用言语和心计博得人们的注目和欢心。这个交际场所的观众和演员无非是那些男人，她一定要把男人吸引过去，并且紧紧吸住。我想，这个美女讨人喜欢的地方，她看来落落大方、谨小慎微，但她喜欢卖弄风情，总会造成一些麻烦，我认为最严重不过的是：她没有深思熟虑，却有一定企图。这是受快乐的天性所引导。由于具有卖弄风情的本性，她的天真无邪和大胆就成为更加危险的了。"

少校来到各个田庄，日以继夜地进行参观访问。他在参观过程中发现，即使是经过深思熟虑，制定了周密计划，在实施过程中还是会遭到从各个方面的偶然的阻碍和破坏，最初的设想往往毫无用处，有时仿佛已经彻底破产，直到在一片紊乱的思绪中，精神上重新出现必胜的可能性时，才能看到，时间这个坚忍不拔、忠实可靠的同盟者作为我们的得力助手。

要是没有明察秋毫的经济学家的指点，就不能预见到，只要有了清醒的头脑和实干精神，用不了多少年，就可以东山再起，使停顿的重新运转，用规章制度和辛勤劳动，达到既定目标。如果说上述情况是不可能的，那么，这些荒芜的、管理不善的美丽而宽广的田庄目前的凄凉景象，真会令人绝望。

这时，那位性格开朗的大元帅光临了，还带着一位神情严肃的律师。与那个生活漫无目的、有目标但无行动、把逍遥自在当做生活中必不可少的要求的人相比，这位律师在少校心中所引起的忧虑，要少得多。犹豫了很长时间，元帅终于认真起来，摆脱他的债权人，放弃管理田庄的职权，扭转他失常的家政，无忧无虑地享受一笔很有保障的优厚收入，即使以前习惯了的微不足道的享受。

他原则上同意由弟妹占有全部田庄，特别是那所领主庄园。但他没有完全放弃对那个邻近的园亭的占有，他每年生日时都邀请世交和新友在那里，设宴招待。临近园亭、与主屋相连的小花园，依旧归他使用。所有的家具都要留在别墅里，不仅墙上的铜雕挂着不动，就连优质桃和草莓，又大又香的梨和苹果，特别是他每年都奉献给孀居的公爵夫人的金灰色小苹果，都不许别人乱动。他还规定了一些不很重要的条件，看似意义不大但会给家主、佃户、管家和花匠带来很多特殊的麻烦。

平时，元帅是个非常随和幽默的人。他总认为，一切最终都会按他的想法进行，这是随和性格的一个突出的表现。他关心的是美味佳肴，通过不费力的游猎做几个钟头的必要活动，他喜欢不断地讲故事，整日露着笑容。他也笑容可掬地向大家告辞，对少校表示由衷的感谢，感谢少校念念不忘手足之情，他还要了些钱，要佣人把今年丰产后收藏的金灰色小苹果仔细地装筐，驱车带着这份准备奉献给公爵夫人的珍贵礼物，前往公爵夫人孀居的官邸。不用说，在那里他受到了优厚而亲切的款待。

少校离开后的感受完全相反，如果他要扭转混乱的局面，享受成功喜悦的话，那么，他所面临的重重困难就足以使他陷入混乱之中，他认为得不到那种使勤劳者欢欣鼓舞的援助。幸好律师是个正派人，他因为还要做很多事，便很快办完了签约手续。同样幸运的是，元帅的一个贴身侍从也参与了签约工作。他答应在合适的条件下参加办事。这样一来，双方便产生了有益的默契。虽然这个希望非常使人愉快，少校这个正派人在办事过程中看到种种扯皮的现象，也很着急，觉得要达到正当的目的，往往要采取不正当的手段。

事情间歇之余，他就腾出时间，便马上赶回自己的田庄。因为在那里，他找出了他那些保存完好的诗稿。他对那位美丽的寡居者所许下的诺言，时刻都没有忘记。同时他还找到了一些纪念册，阅读古代和近代作家一些作品的摘录。他突然想起，他偏爱贺拉斯和罗马诗人，其中绝大多数内容都是对往事的怀念和对现实的伤感的。我们这里不打算引用很多，只想引用几节：

Heu!

Quae mens est hodie, cur eadem non Puero fuit? Vel eur hisonimis incolumes non redeunt genae!

今天，我的心情究竟怎么样？
非常惬意，非常高兴！

因为少年时代，血气方刚，
忧郁和暴躁，乃是我的个性。
岁月对我已经绝情，
我的心情又怎么能够平静，
我魂牵梦萦那逝去的红颜，
我希望它能重新回到我的身边

我们这位朋友很快从整整齐齐的旧纸堆里找出了那首游猎诗。看到自己的字竟如此工整，不禁高兴异常，那么多年前，他就能在八开纸上写出秀丽的拉丁字母。精美的信袋很大，足够装下这个精美的诗篇。一个作者很难看到自己作品的装帧如此精致。他觉得有必要补充几行，散文形式肯定不合乎规格。他又想起了奥维德的一段诗，现在他打定主意，如果用诗的形式加以改正，不再像以前那样用散文体意译。下面便是这一段诗：

Nec faCtas solum vestes spectare juvabat，Tum quoque dum fierent;tantus decor adfuit arti.

我眼看双手灵巧编织，
心中缅怀那美好的青春！
如果要成功必须要有思想，
成功壮景是从来没有见过的。
如今我却占有了它，
木已成舟又何必承认；
但愿织品还没有完工，
因为缝制的过程才是壮景。

但我们这位朋友对这段改写颇为满意的心情，很快就消失了。他责备自己不该把"dum fierent"这个表示完美的动词改写成悲观而抽象的名词。他十分烦躁，因为他再三推敲，却无法把它修改得更加完善。忽然，他对古老语言的偏爱重又生气勃勃，觉得他努力登上的德国巴那萨斯山的光辉，而今也显得黯然失色了。

他最后发现这句明快的赞美诗虽然与原文无法相比，但也有很浓郁的文艺气息，深信女人能够心领神会。于是，他产生了第二个念头：诗歌不能表达爱慕之情的话，就没有风韵，他在这里要扮演未来公公这样一个令人奇怪的角色。最后他还想起一件非常糟糕的事情：奥维德的诗述说的是一个活泼的，美丽而可爱的纺织女工阿拉赫娜，但是醋意颇浓的米奈尔瓦把她变成蜘蛛，那就是把一个美丽的女人比作蜘蛛，蜘蛛在张开的网中央编织，即使从很远的地方望过去，那也未免太可怕了。如果在我们这位女士周围这个人才济济的团体里，有一个博学者悟出了诗中比喻的含义，就会大事不妙！我们这位朋友怎样摆脱这种困境，我们就不得而知了，要是缪斯女神抛来了一块面纱，大胆地掩饰住了。总之，那首游猎诗是寄出去了。关于这首诗，我们还得补充说几句。

那首诗的读者为这种奋不顾身狩猎的热情和助长这种热情的一切言行而感到欢欣鼓舞。季节也有助于提高人们的兴趣，因为这个季节正在以多种方式唤起和激发人们的狩猎热情、被追捕猎物的特点，醉心于狩猎的猎人的个性，鼓舞和损伤狩猎热情的偶然事件，所有这一切，特别是那有关飞禽的一切事宜，都用明快的笔锋，作为高大的形象描绘出来。

从山鸡的交尾到第二次发情，从第二次发情到乌鸦筑巢的栖宿所在，一个细节都没有被忽略，一切都写得清清楚楚，一切都说得明明白白，笔法热情奔放，格调轻松诙谐，有时还有些滑稽。

然而全篇的基调都是以悲哀为主题的，这种意境写得比对欢乐生活依依惜别，有过之无不及。虽然，它以浓厚的感情色彩描绘了愉快的经历，非常感人，但总的来看，是表现享受后的空虚。无论书页的翻动还是瞬间的不舒服，都使少校很扫兴。他好像站在分水岭上，清楚地看到，岁月把一件件美好的礼物送来，又把它们一件件收回去。到浴场的旅行取消了，那毫无享受流逝而去的夏日时光，那缺乏常规的日常活动。所有这一切都使他的身体有种不舒服的感觉，以为自己真的病了，他无法忍耐下去。

如果说，女人在对自己无可指摘的美貌产生怀疑的那一瞬间就会认为这是她们最大的痛苦，那么，上了年纪但仍然精力充沛的男人，哪怕只觉得力量稍有不济，也会使他十分难受，甚至有某种程度的不快。

然而，这时却有了另一种本来会使他惴惴不安的新情况，反而使他异常地快乐。原来，他的那个专管美容的内室侍从也跟着他同住在乡下。侍从近来好像改变了做法，少校每天起床、骑马外出散步、接待来访的办事人员、甚至陪伴无所事事的大元帅，仿佛都少不了他似的。如果只涉及演员才关心的琐碎小事，他一个人能应付得了，就不打扰少校了。他把注意力更多地集中在处理一些重要的事情上，以前他在处理它们时都是采用巧计暗中进行的。凡是不仅有助于维护健康的外表，而且有助于维护健康本身的事情，他都劝说少校去做。这位行家一直特别重视掌握分寸，注意适应环境的变化，保护皮肤和头发、眼睛和牙齿、手和指甲，以及指甲的最美丽的外形和最佳的长度。他恳切要求一切适可而止，避免失去平衡。现在，该做的都做了，这位美容教师只好自我引退了，因为他的主人已经不再需要他了。可以想像得出，他当然是想回到他从前的主人那里去，继续在昔日的舞台生涯中，找寻他的种种乐趣。

少校重变得无拘无束，感到由衷的高兴。有理智的人只要能做到随心所欲，才能感到这才是幸福。他又能自由自在地从事骑马、打猎等传统运动及其有关活动了。在这寂寞无聊的时候，希拉丽亚的形象又活跃在他的脑海里，他在适应当丈夫后要做的事情。在世俗生活的圈子里，这种事情也许是上帝恩赐的最愉快事情了。

好几个月以来，所有家庭成员都没有互通特殊的消息。少校在官邸忙于认证和审批他所签订的契约；男爵夫人和希拉丽亚两人也有她们的事情，正在准备一份赏心悦目、丰富多彩的嫁妆；儿子正在向他的美人献殷勤，什么事情都被他忘得一干二净。冬天来了，给乡间住宅带来烦人的暴风雨和过早的昏暗暮色。

如果有人在十一月的沉沉黑夜里，在贵族庄园区迷了路。借着浮云遮蔽的柔和月色下，看到眼前朦胧的田野、牧场、树木、山岗和灌木，在急转弯时猛然发现，前面一座长长的建筑物里窗内灯光竟如此明亮，他肯定会认为，在那里遇到的是一次张灯结彩的盛大晚会。出于异乎寻常的好奇心，他肯定会沿着仆人很少的楼梯向上走，房间里出现在他眼前的只有三个女人：男爵夫人、希拉丽亚和贴身丫环。这三人正坐在陈设大方、温暖舒适的四壁之间，舒适无比。

既然我们肯定会对男爵夫人所安排的隆重场面颇为惊诧，就有必要作一些说明。这种灯烛辉煌的景象并不是什么了不起的景象，而是这位女士在早期生活中养成的一种怪癖的体现。她是领主庄园主管家的女儿，从小在宫廷里长大，每逢寒冬腊月，总是把灯烛辉煌当做自己一切内容中的最重要的享受，从未断过蜡烛。她最老的一个仆人非常善于制作灯烛，庄园里没有一盏新式灯烛不是他用心血布置的。虽然到处都有明亮的光线，还是难免个别地方仍旧黑沉沉的。

男爵夫人出于爱慕，也经过郑重考虑，放弃了贵妇人的地位，自愿同一个大庄园主和意志坚定的农艺师结了婚。因为她初来乡间，很不习惯，她那位明察秋毫的丈夫，征得邻人的同意，又根据政府的规定，在乡村的四周修筑了好几英里长的平坦大路，邻近庄园的交通没有一处比这里通畅。当然，进行这种值得称赞的基本建设的主要意图，是让这位女士随时可以乘车外出，尤其在风光旖旎的季节里可以到处游览。冬天，她愿意跟他呆在家里点灯，把黑夜照耀得如同白昼一般。丈夫去世以后，她精心照料女儿，忙的不亦乐乎。弟弟的经常看望使他感到慰藉，惯常的通明透亮也产生一种快感，也被她当做真正的安慰。

今天的灯光却有点不同寻常，因为我们在一个房间里看见了类似圣诞节的场面，光彩夺目，好不引人注目。聪明伶俐的丫环要男仆把灯全都齐集一起点得更亮些，陈列开来，把准备给希拉丽亚做嫁妆的东西都摆出来。她的用意是乖巧的，不是在于把已经办到的事物大肆吹嘘，而是谈论还缺什么。所有必不可少的东西都已有了，包括最精致的衣料和最美的手工制品，可以说应有俱有。但阿娜奈特总是善于让人们看出漏洞。陈列出来的各种漂亮的麻织品使人眼花缭乱，亚麻布、平纹细布以及能叫得出名字的一切细软衣料种类繁多，赏心悦目，可是看不到彩色绸缎。当初采购时踌躇不决，因为流行的东西是瞬息万变的，采购员总想采购最新款式，以后作为锦上添花，再行补办好了。

她把东西观赏一遍之后，很开心，便又进入平时那种丰富多彩的晚间娱乐活动。男爵夫人心里清楚，一个妙龄女子，不管命运把她引向何处，当她露出幸福表情时，是什么使她从心底里感到愉快，使她的存在充满意义。男爵夫人虽然处在这种农村环境中，却善于开展多种多样有教育意义的娱乐活动。所以，明察秋毫的希拉丽亚就对很多事情在行了，无论谈什么她都毫无拘束，她的举止又总是与她的年龄相称。描述她的成长过程，要费许多笔墨。总之，今天这个夜晚也是她有生以来的一个榜样。时光在精神充实的朗读中、在优美动听的钢琴乐曲中、在那悦耳动听的歌声中流逝，虽然和往常一样使人又愉快，又有节制，符合规范，但意义却更加重大。大家都想念一个可爱可敬的第三者，一切都是为了亲切友好地接待他。不仅希拉丽亚一个人怀着将做新娘的甜蜜感觉，母亲也以细腻的感觉从她那里分享到一份快乐，连一向聪明能干的阿娜奈特也陶醉在遥远的希望之中，想像着那个外出的男友就要回来了，不久就会出现在她的面前。这样，三个各领风骚的女人的感情，便同周围明亮的灯光、温馨和愉快的环境，浑然融为一体了。

庄园门外传来强烈的敲门声和吆喝声、门内外的人用威胁和催促语调的一问一答、庄园里的灯笼火把，竟把她们温馨的歌声给打断了。还没来得及弄清楚是怎么回事，喧闹声却已平息，但并没有平静下来。楼梯上人声嘈杂，男人们一面争吵一面上楼。没有经过任何通报，门就开了，女人们不由得大惊失色。弗拉维奥闯了进来，样子十分可怕，蓬头垢面，头发有的像刷子倒竖，有的却被雨水弄得湿漉漉地下垂，衣服被撕成了碎片，好像刚从荆棘和灌木林中钻出来的；身上脏得要命,仿佛在泥潭或沼泽里打过滚似的。

"我的父亲呢,"他大声嚷道,"我的父亲在哪里?"女人们站起身来,不知所措。老猎人,他早年的仆人和慈祥的保护人,紧跟着进来,这时便对他说道:"您父亲不在这里,您要冷静点,仔细看好,这是姑妈,这是表妹!""他既然不在这儿?那就让我走,我去找他。让他单独听听我的意见,然后我要去死。我要离开这些灯光,离开这儿,它使我头晕目眩,把我彻底毁灭。"

家庭医生这时走进房来,一把握住他的手,细细地诊脉,几个仆人胆颤心惊地站在四周。"怎么能让我踩在这些地毯上?我会把它玷污,把它毁掉。我的不幸会在它上面留下痕迹,我的苦命会把它牵连。"他朝门上撞去,人们趁势把他拦了回来,送进一间远处他父亲常住的那个房间,那母女俩站着发愣,她们看到了俄瑞斯忒斯被复仇女神紧追不舍。尽管那是一宗艺术,却是令人恐惧和讨厌的现实,与灯烛通明、金碧辉煌的房间形成鲜明对照,它更令人害怕。女人们你看着我,我看着你,彼此都相信在对方眼睛里看见了深刻在自己心中的恐惧形象。

还来不及多加考虑,男爵夫人就一个一个地派仆人去打听他的消息。仆人打听到的是一些使人放心的消息。人们把他的衣服脱掉烘干,并很好地细心照料,他似醒似睡地听任摆布,什么情况也问不出来。

最后,两位担惊受怕的女人终于听仆人说,医生给他放了血,还使用了一切可以采用的镇静方法。他已经安静下来,希望他能睡觉。

到了午夜,男爵夫人认为,要是弗拉维奥已经睡着了,不妨去看看他。医生本来坚决反对,但后来却也作了让步。希拉丽亚跟随母亲一起进去。屋里很暗,只有一支蜡烛在绿色的灯罩下射出一抹半明不暗的光线,她们几乎什么也看不到,听不到什么声音。母亲走近床边,希拉丽亚迫不及待地拿起蜡台照了照睡在床上的人。他侧身躺着,但一只好看的耳朵,一侧圆胖的苍白的面颊,从鬈发下露出来,显得这样的讨人喜欢,一只一动也不动的手和细长而刚中有柔的手指,却把希拉丽亚的目光深深的吸引住了。希拉丽亚屏住呼吸,似乎听到那青年的轻轻的呼吸声,她把蜡烛移近他,她的冒失好像普赛克去扰乱颇有疗效的安静。医生从她手中把蜡烛接去,给母女二人照着路,把她们送回自己的房里。

这两位有资格过问病人一切情况的好心人是怎样度过她们的长夜的,对我们来说一直是个秘密。但是第二天一大早,她们却有显著的不耐烦的样子,没完没了地询问,婉转而迫切地表达了想看病人的要求。直到中午时分,医生才同意她们探望一小会儿。

男爵夫人来到房里,弗拉维奥忙把手递过来。"原谅我,亲爱的姑妈,请您忍耐一下吧，也许时间不会太长。"希拉丽亚走上前去，他也把右手伸给了她。"你好，亲爱的妹妹！"这话不料却刺痛了她的心，他不放她走，他俩相对而视，真是天生的一对。青年的一双闪亮的黑眼睛，配上他那深色的蓬乱的鬈发，看来十分相称，她却镇静自若地站着，对于令人震惊的事件来说，心头产生了一种不祥的预兆。"妹妹"这个称呼唤起了最亲切的感情。男爵夫人问："亲爱的侄儿，你觉得怎么样？"

"还可以，不过他们对我太卑鄙了。""怎么？""他们给我放了血，真是太残酷了；他们把血拿走了，显然太粗暴了。要知道，血不属于我，是属于她，只属于她。"说这些话的时候，他好像有些异样，含着热泪把头埋在枕里。

母亲发现希拉丽亚的面部表情非常可怕，犹如一个可爱的孩子当面把地狱门打开了一样，使他第一次但又是最后一次看见这件令人心惊胆战的怪物。她痛苦地迅速穿过大厅，走进最后的那个房间，一头栽在沙发上，母亲追过来问，她到底觉察到了什么不好的事。希拉丽亚茫然地抬头望着母亲嚷道："血！他的血是属于她，只属于她！可是这个'她'是不配的，可怜的人啊！不幸的人啊！"

说出这番话的同时，痛苦的眼泪不住地流，压抑的心反倒轻松了些。

谁能把往事造成的局面的秘密全部揭穿呢，把这第一次见面使母女内心深处产生的不幸，吐露出来呢？对病人来说，这是极大的创伤，至少医生是这么认为的。医生虽然经常来报告病情和安慰，但总觉得有义务禁止她们继续接近他。在这一点上，她们都心甘情愿的服从；女儿是不敢要求去做母亲可能不允诺的事，所以，她们对这位明智的男人完全是惟命是从的。作为酬谢，他带来了使人放心的消息，说弗拉维奥向他要了纸和笔，在纸上写了些什么。他写的东西就放在床上自己的身边。焦急不安的余波未平，现在她们又产生了好奇心，这简直是一种痛苦的折磨。不久，医生送来了一张小纸片，上面的字迹虽然潦草，却写得活泼，潇洒。其中几行是：

可怜人的诞生，是一个奇迹，
面对诸多奇迹，彷徨的人难以寻觅，
没有光明，不知哪边是门槛，
没有道路，我的脚步将踏向何方？
如果见到了生机勃勃，光辉灿烂的天国，
我就会了解，什么是黑夜、地狱和死亡。

　　这是一首高尚的诗歌，充分体现了神圣不可侵犯的力量。它与音乐融为一体，可以医治一切心灵的创伤。它先使伤口恶化，使脓血流出，然后在溶解的痛苦中消失。医生深信不疑，这个年轻人要不了多久就会康复；只要他精神上的负荷的痛苦消除或缓和了，他就会精神愉快，身体健康了。希拉丽亚想和他一首曲子，便坐到钢琴前，试图把病人的这几行诗配上旋律，却没有成功，她缺少痛苦深切体会。谱曲时，节奏和韵律与她的情思逐渐合拍，她用稍微明快的旋律和上那首诗，她抓紧时间，推敲出这段诗篇：

> 深受痛苦的彷徨的人诚然难以寻觅，
> 然而，你却是为追求幸福来到世间；
> 振作起来迈出你稳健的步伐，
> 在光辉灿烂的天国你将得到深厚友谊；
> 你可看见你周围的人们多么诚实，
> 朝你欢乐激喷的是生命源泉。

　　作为世交的家庭医生，承担了信差的任务，当信到了以后，青年人心平气和作了回答。希拉丽亚继续平静地过日子，大家渐渐地觉得云消雾散，风和日丽，可以自由自在地活动了。也许天赐良机，我们将有幸向读者报告了这次令人回味的治疗过程。总之，在这样你来我往的通信过程中，他们非常愉快地度过了一段日子。医生考虑要不失时机地让他们心平气和地重新见面。

　　男爵夫人在这个时期里已经把那些旧时的信件收集起来，整理得整整齐齐。这项完全适应当前情况的活动，对激发精神起了特殊的作用。她回顾自己昔时的生活，沉重的痛苦已经都过去了，想到那些情景，顿时信心百倍。她回忆起她和马卡利亚之间的那段美好关系和患难之交。那位无以伦比的伟大女性又出现在她的脑海里，她立即作出决定再找她谈谈。除了她，还能向谁诉说目前的心情，向谁吐露自己的忧郁和希望呢？

　　在整理家务的时候，她发现了弟弟的一张半身画像，不由得为少校父子的相像微笑着轻轻叹息一声。这时，希拉丽亚愣愣地看着她，接过画像看，也不禁对那父子酷似的相貌感到大为惊讶。

　　又过了些时候，弗拉维奥经过医生的同意，在医生的陪同下到饭厅来用早餐。第一眼见到弗拉维奥，母女俩心里都有些害怕。往往在重要的甚至可怕的时刻，会发生一些令人高兴的甚至令人发笑的事儿，这里也幸运地发生了这样的事。原来儿子穿的全是父亲的衣服。因为他自己的衣服没有一件能穿，大家只好在少校的衣柜里替他找衣服暂时穿上，少校是为了打猎和家用的方便把那些衣服存放在姐姐家里的。男爵夫人微微含笑，极力控制住自己的感情。希拉丽亚不知怎么才好，有点手足无措的样子，连忙便把脸转过去，在这个时刻不想对年轻人说一句温柔的话，也找不到合适的词句。为了使这紧张的气氛得到缓和，医生把父子俩的身材作了一番比较，他说，父亲高一点，所以上衣显得较长；儿子身体较胖，所以上衣的肩显得窄些。两人的衣服都不合身，所以装束看上去显得有点奇形怪状。

幸亏这小小的几句插话，把难堪局面打破了。当然，对希拉丽亚来说，父亲年轻时的画像和儿子朝气蓬勃的形象一般无二，是可怕的，甚至使人苦恼的。

不过，下面的情节想让女人柔软的手来描述，因为根据我们的文风写只能勾画大致的轮廓。这里有必要通过诗歌艺术的作用，侧重地来谈一谈。

不能否认，我们的弗拉维奥是有一定才华的，但作者一定要在感情炽热的基础上，才能写出优秀的作品。所以，几乎所有献给那迷人女子的诗，都是感人至深而又值得称赞的。特别是现在，在一个非常可爱的美女面前热情地朗诵这些诗，也一定能取得卓著的效果。

一个女人如果看到另一个女人被热烈的眷爱时，总希望自己能充当一个知心人的角色，她会怀着一种神秘的、不知所以的感觉，看到自己悄悄地被推上受万人尊敬的位置，不一定是不愉快的事。谈话越来越有意义。痴情的年轻人喜欢互赠诗歌，尽管机会不多，他的一部分诗可以得到他的美人的回答，内容正是梦寐以求的，但几乎不能亲耳从她美丽的小嘴里听到。有时也与希拉丽亚一起读诗，因为诗作是他们之中一个人的手笔，双方为了同声朗读不得不把小册子拿在各自的手里，所以他们并排坐着，彼此越靠越近，手和手相碰，膝头弯起来，悄悄地碰在一起了。

有了这种美妙不可言的关系，他们产生了情投意合的感情，弗拉维奥在这种情况下掩饰不住内心的痛苦。他盼望父亲能早日到来，对大家说，最重要的事情只能对父亲说。其实，他只要反复推敲，这个秘密是不难猜出来的。很明显，年轻人迫不及待地要求给最后的答复时，那个迷人女子断然回绝了这个不幸的人，从而使他一直很有把握的希望被抛弃、毁灭。这样的场面，我们是不敢描写的，我缺乏年轻人的激情，很担心害怕。总之，他难以克制自己，也没有请假，就匆匆忙忙离开部队驻地，不分昼夜，不管狂风暴雨，怀着绝望的心情来到姑妈的庄园寻找自己的父亲，我们在前面已经目睹了他到达时的情景。现在他清醒过来了，便考虑起这一步的结果。父亲是他惟一可以依靠的亲人，父亲出去一直都没有回来，他既控制不住自己，也找不到解决的办法。

当他收到部队上校寄来的一封来信时，他心惊肉跳，惶恐不安，踌躇了一阵后，才惊慌失措地揭开信上那熟悉的火漆封印。然而，上校向他表示了非常友好的问候，通知他假期还可以延长一个月。

对于这种恩惠，似乎是无法解释的，可这使他心中一块石头落了地，因为这块石头比起被拒绝的爱情还要沉重。他深受感触，能在可爱的亲人那里找到可靠的避难所，真是幸福之至。他可以享受到留在希拉丽亚身边的愉快了。令人忧虑的事件发生不久，他那喜爱交际的特点重又恢复如故，由于有这些特点，不论是那个美丽的寡妇，还是她周围的人，都感觉少不了他。只是因为过分勉强地追求那美丽的寡妇，这些特点才销声匿迹了。

他的情绪好转起来，他就可以耐心等待父亲回来了。这时发生了一次自然灾害，使他们的生活活跃起来了。日以继日的暴雨把他们禁锢在公馆里，河水猛涨，堤坝决了口，公馆下面的地带犹如一汪波光粼粼的湖泊，座落在高岗上的那些村镇、筑有围墙的庄园、大大小小的农舍，然而看上去，都像浮出水面的小岛似的。

在这种罕见的但还可以想像得到的情况下，大家很好地组织起来。主人一声令下，仆人们便分头行动。起初是进行广泛的抢救，然后又烤了面包，宰了几头公牛。渔船往返穿梭于广阔的水域，只要哪儿需要支援和照顾，大家就全力以赴。一切都非常顺利，受灾的人怀着喜悦和感激的心情接受友好的馈赠。人们只对一个负责发放物资的乡长表示很不信任，弗拉维奥欣然接受这个任务，驶着装满食品的船只迅速平安地到达了那里。他工作很好，事情办得很出色。接着，我们的这个青年去办理临行时希拉丽亚委托他办的事。正在这不幸的日子里，希拉丽亚特别关心的一位妇人分娩了。弗拉维奥好不容易找到这位产妇，带着这位产妇的深情和众人的感激之意返回。他还带回了各种各样的见闻。没有一个人死亡，到处都谈论这次了不起的救援工作，谈论许多罕见的、滑稽的、甚至令人好笑的事件；尤其那些化险为夷的事件更是被描绘得有生有色。希拉丽亚突然觉得有种无法抗拒的力量要马上去看望那位产妇，给她送点东西，在她旁边愉快地消磨时光。

善良的母亲多次劝阻，但希拉丽亚冒险的热情到最后取得了胜利。我们对情况作了一些了解，难免在这次航行中发生过一些令人忧虑的事件：搁浅、翻船、美人死里逃生，青年舍身营救，无形的线把他们之间的松软纽带拉紧了。不过，有关这一切我们也不用说了。行船非常顺利，看望了那个产妇，礼品也送给了她。医生陪同而来，起了很好的作用，偶尔也出点小小的故障。遇到紧急情况时，阻止了船只的继续航行，后来都觉得好笑，因为大家看到了那些惊恐万状的狼狈相和吓破了胆时的表情。然而，在这次航程中，彼此信任的程度增加，互相照顾和同舟共济的传统得到了发扬。只有一点令人越来越担忧，那就是亲戚关系加相互爱慕可能导致过分亲近并永结良缘。

他们在愉快的气氛中迈步前进到恋爱的大道上。天气已经放晴，随着季节的变化，严冬又要来临了，洪水没有退完就结了冰。这时，大地的面貌突然变了样。凡是被洪水分开的地段，现在都被冰冻连结在一起。于是，一种绝妙的工具充当了理想的交往手段，这种工具只有在北方才有的，它把短暂的初冬装点得无比壮丽，把欣欣向荣的新生活带到千里冰封的土地上。储藏室的门打开了，人人都争着寻找有自己标记的冰鞋，尽管带有几分危险，但还争取第一个踏上光滑如镜的冰面。在客人中，有不少久经锻炼、动作轻巧的溜冰爱好者。这样的娱乐几乎每年在邻近的湖面或者在相连的运河上活动。今年，却在广阔无垠的冰面上尽情滑行。

弗拉维奥觉得身体日见痊愈，希拉丽亚从小就受舅父的教诲，在刚刚冻结起来的冰面上身轻如燕，俩人一天比一天快活，一会待在一起，一会儿又分开；一会儿两下走散，一会儿又聚做一堆。平时，分手是一种沉重的心理负担，而现在只不过是个小小的玩笑而已，因为分手是为了转瞬间的重新聚合。

然而在享受欢乐的同时，生活也是人们关心的大事。到现在为止，还有几个村落没有得到急需物品。于是，套上了壮实牲口的雪橇迅速的往来行驶，把急需物资和农副产品从远离临时大道的偏远地带迅速地运到附近小城镇最近的市集，然后又把各式各样的商品运回来，这样一来，有些地方本来对某种东西感到奇缺或紧张，这下却得到了解决。能做到这一切，是因为有了让机智勇敢的人们大显身手的光滑路面。

这年轻的一对在寻求欢乐和满足的同时，并没有忘记关心他人。他们探望了那位产妇，给她送去了各类必需的物品，还一一登门看望了一些人。对老人，他们精心照料；对教士，他们按照习惯作了虔诚的谈话，从而发觉了教士的崇高品质。较小的地主多年前就大胆地把庄园建在容易受灾的低洼地上，但筑了坚固的堤坝保护，整个庄园安然无恙。经历了无数次担惊受怕之后，他们得以生存，真有说不出的高兴。他们又看到每座庄园、每所房屋、每个家庭、每一个人，他们都有自己的经历，他们都认为自己在别人的心目中都成了重要人物，因此往往不顾一切随便打断别人的话。无论说话还是做事都非常匆忙。因为，冰雪可能突然融化，愉快交往的整个的团体也就可能受到极大的干扰，既威胁了主人，又驱走了客人。

如果说白天大家保持紧张情绪，兴致勃勃；那么晚上人们就会通过各种不同的方式度过舒适无比的时光，因为滑冰的乐趣要比其他体育运动的乐趣大得多，使劲不出汗，经久不劳累。全身关节更加灵活了，力气虽然淌耗殆尽，却又仿佛有新的力气产生。沉浸在这夜晚的宁静之中，使人心旷神怡和陶醉。

这一天，我们这对年轻人在这光滑的冰面上再也不舍得离开了。他们每次朝着灯火通明、吵吵闹闹的公馆滑行时，就掉头转滑向更遥远的去处。他们怕迷路失散，所以不敢分开滑行。为了确保安全，他们一直手牵着手。但最甜蜜的还是把手紧紧地勾在对方的肩膀上，不自觉地用纤细的手指玩弄对方的发卷。

一轮满月升起在星光闪烁的天空，使周围形成了一种变幻莫测的景象。他们彼此看得非常清楚，像平常那样在对方的黑眼珠里寻找答案。但他们所获得的答案又不同于平常的答案。从他们眼睛深处好像射出一道光芒，暗示此处无声胜有声，都感到进入了心醉神迷的快乐之中。

沟渠边挺拔的白柳和赤杨、山岗上低矮的灌木树丛、闪烁的繁星、上升的冷气，对于这一切，他们一点都没有觉得。他们走在月光映照在冰面上所形成的长长的反光带上，向着星星的倒影滑行。他们突然抬头看见一个男人的身影来回晃动，好像是在跟踪他自己的影子。那人本身是黑的，处在光环的包围之中，对直向他们滑过来。他们下意识的掉转身去。不论碰到什么人，对他们来说是不愿意的。他们一直都在躲避滑过来的人影，那人影似乎并没有注意到他们，一个劲地沿着他们所滑行的直路奔向公馆而去。但那人突然改变了方向，围着惊恐万状的这对年轻人转圈。这对年轻人机警地转向影子一边。那人在月光中朝他们滑来，眨眼间站在他们的跟前。距离那么近，如果再认不出那就是父亲的话，那简直是不可能的了。

希拉丽亚心慌意乱，冷不防地停住脚步，连身子也失去了平衡，不由得跌倒在冰面上。弗拉维奥连忙单腿跪下，把她的头抱在自己的怀里。她捂住自己的脸，一时间不知该怎么办才好。"我去找一个雪橇来，下边恰好有一个人经过，但愿她没伤着身子，等一下我在这三棵大赤杨树下找你们！"父亲说完就向远处滑去。希拉丽亚在年轻人的搀扶下，勉强地支撑着站起来。"咱们逃了吧！"她失声说道，"这个人真叫我受不了。"说着她飞快地朝与公馆相反的方向滑去，弗拉维奥花了好大的劲儿紧追她，好言相劝。

月夜冰面上的这三个迷路人的内心世界，简直是难以详细描述的。总之，直到深夜他们才回到公馆。这对年轻人是分头进来的，不敢互相接近；父亲则是带着空雪橇回来的，他曾驾着这个雪橇在广阔的田野上空跑了一阵，准备助一臂之力，没想到他们已经回来了。乐声悠扬，舞会早已开始，希拉丽亚借口摔得太重浑身疼痛，躲进了自己的房中。弗拉维奥也愿意把领舞和指挥的任务让给另外几个青年人，实际上他们在他没来时早就取而代之。少校也没有露面，他发现自己的房间好像有人住过，尽管这也不出所料，但仍不免大为惊讶；因为他的衣服、衬衫和用具都不像他平常那样放得整齐。女主人尽职守责，好不容易把所有客人妥善安排以后，腾出时间向弟弟解释。解释很快做完了，但要从惊讶中清醒过来，谅解突变，消除疑虑，那毕竟还需要时间。至于要彻底地解开症结，从而思想得到解脱，也都不是马上就能做得到的。

我们的读者会相信，从这里开始，我们的故事再也不能单纯用描述手法，而只能采取剖析和观察的态度，因为我们打算深入地观察主人公的内心世界，把他们的心理状态展现出来。我们首先要谈的是，少校从我们的目光中消失以后，他把全部时间都放在家庭事务的处理上，事情虽然简单，进展也很顺利，但在某些个别问题上也受到一些意想不到的阻力。要把紊乱不堪的局面改革一新，要从一团乱麻中理出头绪来，那谈何容易。他要到不同的地点找不同的人进行业务上的联系，行踪总是定不下来，所以姐姐的信到他手里时，总是过了很长时间，而且毫无次序。他首先得知儿子精神错乱和身罹疾病，接着听说儿子获得了一个叫人困惑不解的假期。而希拉丽亚在爱情上的突变，信中却避而不谈。其实作为姐姐，她怎么能告诉他这个情况呢？

他听到洪水泛滥的消息后，便日夜兼程，匆匆赶来，但也是在天寒地冻以后才到达冰冻区附近。他购置了冰鞋，让仆人和马绕道回公馆，自己抄近路速滑而来。

远处望见窗口有灯光，明月把世界映照得如同白昼，他看到了令人不快的灯光，不禁令人心急如焚。内在的信念转变为外在的现实，总要经过阵痛，相聚则爱，分离则疏，这两种不同的因果关系，怎么会获得同等权利？原来，分离造成心理上的鸿沟，使人心碎。幻觉在浮现的时间里，也会激起人们坚定的信念。只有硬汉子精神，能在认识谬误的过程中日益高尚，日益坚强。这种新认识是自我提高的，使他更上一层楼；而旧的认识则层层障碍，只有一步一步向新认识靠拢，才能勇气百倍地阔步前进。

处在这种时刻的人遇到的困难，是层出不穷的；人靠自身力量发现自己聪明才智的途径，也是层出不穷的。即使力量还不够的话，人也知道在人力范围之外去寻找力量。

然而侥幸的是少校已经意识到，对这类事变有了心理准备，而不会被自己的喜好所左右。他与美容侍从分别以后，对于外表的修饰也停止了要求，而是恢复了正常的生活。

当他身体不舒适时，他体会到从先头的情人转化为懦弱的公公时，心里确实不快。随着时间的推移，父亲这个角色一直压在他的心头。他关心的首先是希拉丽亚的乃至全家的命运，然后才是爱情、眷恋和彼此接近的愿望。他想把希拉丽亚抱在怀里时，就觉得她的幸福，应该是真心实意为她创造幸福，其次才是对她身子占有的那份乐趣。他确实想享受她的纯真感情，但那一定是她对他海誓山盟的一往情深。他不堪回首地想起了她出乎意外地表示要把自己的终身要许托给他的那个时刻。

而此时，在星月宁静的夜晚，他亲眼看到一对如胶似膝的青年男女，情人跌倒在青年的怀中，两人都不理睬他的热情帮助，不在他约定的地方等他归来，而是在这茫茫夜色中逃之夭夭，使他茫然不知所措。哪个有同感的人不会产生沮丧的情绪？

这个上下和睦，而且有希望更加和睦的家庭，突然变得意见分歧，鸡犬不宁。希拉丽亚不出房门一步，少校鼓起勇气从儿子口中把事情的来龙去脉都了解清楚。祸事的根源还是那个美丽媚妇的卖弄风情。她为了不把她热恋的崇拜者弗拉维奥不轻易让给另一个钟情于他的可爱少女，假情假意向他表示出超常的好感。他受不了挑动，壮着胆子，试图用非分手段达到目的，从而引起了纠葛，出现了无可挽回的决定性破裂。

父亲非常和善：对于孩子的错误行径，所造成的令人可悲后果时，感到心痛并设法补救，对他们的处理比较宽容，采取原谅态度并既往不咎。经过短时间的考虑商议，弗拉维奥代替父亲到刚接管的田庄去料理一些事务，一直到假期结束，然后回到部队，此时他的团已经转移到其他地方了。

少校花了好几天时间整理他外出期间由姐姐代为收下的信件和包裹，他发现在这些邮件中有一封是那位精通美容术、保养得很好的演员朋友的来信。朋友说，辞别少校回到他身边的那个美容侍从，通过他了解到了少校的情况和结婚的打算。在这件事情即将办理之前，他心平气和地给少校分析了种种不妥的地方。他处理这类事情有自己的一套方法，认为，对于一个上了年纪的男人来说，最有效的美容品是撇弃对一切女人的纠缠和享受尊严的舒适的自由生活。少校面带微笑地把这封信给姐姐看，虽然有些讪笑的意味，但相当严肃地指出了内容的重要性。他不禁想起了一首诗，韵律我已经忘却，内容很好，比喻形象生动，用词造句高雅：

> "迟迟不落的月亮，在夜间青春勃发，但在初升太阳面前却又显得如此苍白；老年人的爱情，在朝气蓬勃的青年面前，简直不值一提；松树在冬天青春勃发，挺拔有力，但到了春光明媚的时节，与青翠欲滴的桦树相比，却显得枝老株黄。"

我们不想把哲学家和诗人当作主宰一切的救世主。一件小事往往会造成极其重大的后果，对于犹豫不定的主张，往往要采取当机立断的态度。天平不是倾向这一边，就是倾向那一边。少校不久前掉了一颗门牙，惟恐再掉第二个。他没有打算镶假牙，但带着这个缺陷去追求年轻的少女，是丢面子的，特别是现在他和她同住一个屋檐。迟一点或早一点，影响都不会有问题，可恰恰在这关键时刻，任何一个强壮的男人都会觉得倒霉。他仿佛觉得自己这座有机建筑物的基石被抽走了，其他拱门就会相继倒塌似的。

这样考虑之后，少校很快与姐姐直截了当地讨论了这件看来糟糕透顶的事情。他俩必须承认：这件事本来是应该采用迂回曲折的办法处理，来达到他们的目的，可是一些偶然事件、外界因素、孩子们涉世不深的错误，意外地使目标远离。他们觉得最自然不过的是坚决地促成这两个孩子的结合，以父母的身份，为了他们的孩子诚实可靠的态度，来提供父母应有的关心，创造一切条件。与弟弟取得一致意见后，男爵夫人来到希拉丽亚的房间。希拉丽亚正坐在钢琴旁边，边弹边唱，用快活的眼神热情的鞠了鞠躬，表示邀请刚进来并向她打招呼的人听她演奏。

那是一支欢乐而宁静的歌，表达女歌手百无聊赖的情绪。唱完后，便站起来，没等持重的老人开口，她就先说话了："最亲爱的母亲，我们对那件最重要的事情已经很久没有谈论了，这真太好了，谢谢您始终没有拨动那根弦。如果您愿意的话，现在正是作出解释的时候。您看怎么样？"

男爵夫人发现自己的女儿竟有这样安详和温柔的情操，感到无比喜悦，便坦率地叙述了弟弟昔日的情况、人品和功绩。并理智的进行了剖析：这是惟一值得一个年轻姑娘亲近和倾心的男人。这种倾心并不是指孩子式的敬畏和信赖，而是一种孕育着爱情，甚至是热恋的情感。希拉丽亚注意地听着，并以肯定的表情和姿态表示她完全赞同母亲的话。当母亲把话题转到侄儿身上时，女儿长长的睫毛低低垂了下来。母亲找不出同样有说服力的论据来赞颂年轻人，便转变话题，说父子两个各有千秋，说青春赋予儿子以优势，说他完全可以当选为合法的终身伴侣，在必要的时候就是父亲的完美化身。在这个问题上希拉丽亚好像也有同感，那略带严肃的目光和低垂的眼帘中流露出一种当时极为自然的某种内在活动。随后，话题转向幸福美满但需要承担义务的外部环境。已完成的财产分配，目前相当可观的收入，从广阔的发展前景看，所有这一切都实实在在地展现在希拉丽亚眼前，直到最后，连希拉丽亚也回忆起早年跟她一起长大的表兄，虽然是说着玩的，但却是有婚约的。根据过去许下的诺言，母亲最后决定：现在，在取得她和她舅父同意的情况下，两个年轻人立即举行婚礼。

希拉丽亚静静地看着母亲，她说她现在还不能推断出这个结论的正确性，她妩媚动人地提出自己的不同看法。任何一颗温柔的心这时都会产生同样的情感，我们当然就不需用千言万语来表达这种情感了。

有理智的人一旦省悟，就能排除重重困难，从而达到自己种种目的。他们的论据既很清楚又有条理。但是如果只顾自己幸福的人突然发表完全不同的意见，并由于藏在内心深处的原因不同意做值得做的事情，有理智的人也会感到惊讶，感到非常烦闷。

母女各有各自的见解，谁也说服不了谁。理智渗透不了感情，感情也无法迎合必然。谈话变得非常热烈，理性的触角碰到了受过创伤的心，这颗心再也不能平静，便慷慨激昂地道出了真情。最后，姑娘振振有词据理力争，说这种结合是不合理的，甚至是犯罪的。母亲被她的傲气和尊严感到束手无策。

男爵夫人心乱如麻地回到弟弟那里去的。回想一下，读者可以想像得出，当然并不见得完全会领会到，少校听到希拉丽亚断然拒绝儿子的态度后，心里真是有种说不出的喜悦。在姐姐面前说不抱希望，却面带欣慰的表情，觉得自己的羞愧已经解除，那件使他名誉扫地的极其微妙的事而今已平息下来。在姐姐面前，他暂时把这种充满痛苦的喜悦心情掩饰起来，说了在当时情况下恰如其分的话：绝不能操之过急，应该让孩子有充分的时间考虑，让她心甘情愿地走上现在摆在面前的这条路。

我们对读者绝不能有所奢望，要求他们终止对这种感人肺腑的内心世界的观察，而转向繁杂的外部世界。男爵夫人索性不管女儿，一会儿弹琴唱歌，一会儿刺绣绘画，舒舒服服地度日。希拉丽亚有时自己读书，有时给母亲朗读。少校则趁春回大地的时节忙着整理家中的一切大小事务。儿子这位未来的富裕地主，把自己视为希拉丽亚幸福的丈夫，不过在今天他却感到，自己应在未来战争中立功受勋。在这目前相安无事的时候，人们认为完全可以事先料到，这个奇迹，不久就要出现了。

遗憾的是在这外表的平静中却显得并不安宁。男爵夫人天天等待女儿回心转意，但毫无结果。希拉丽亚谦虚，聪明，但在关键问题上寸步不让，她以坚决的口气让人家知道，她的信念是矢志不移的。她心中只有一个人，只陪伴这个人，否则谁也不要。少校内心感到矛盾，如果希拉丽亚真的决定嫁给他的儿子，那么他会抱恨终生；然而如果希拉丽亚决定嫁给他的话，那么他肯定会拒绝她的以身相许。

我们很同情这位心地善良的男人，现在，忧虑和痛苦犹如浮动不息的弥漫大雾，时而变作背景，使那迫在眉睫的现实和各种事实都展现出来，时而又跑到了前面，把所有的一切都掩盖起来。

这种动荡不停的景状在他的精神世界里运动着。如果说白天，他可以忙碌敏捷而有成效的从事实际工作，但夜间醒来的时候，一切都已形成的或仍在演变的讨厌的事就形成一个令人极不愉快的圈子，在他心中翻滚折腾。这个周而复始的、不可驱逐的东西一直徘徊在他的脑海中，把他带入了一种几乎可以称作绝望的境地，一向被认为可以在这种情况下使用的最可靠的药物保证，现在几乎起不了任何镇静作用，更谈不上令人满意了。

正在进退两难之时，我们的朋友收到一封陌生人的来信，请他立即到附近小镇的邮局去会见一位行程匆匆的过客。他在处理纷繁事务中习惯于应付类似这样的情况，没有耽搁一点时间就赴约了。他总觉得这陌生、潦草的字迹好像在哪儿见过。他像往时一样沉着冷静地来到那个约定的地点，不料在一间他所熟悉的农舍式的堂屋里，那美丽的孀妇向他迎面而来。她比他离开时更楚楚动人。也许是我们的想像力很差，无法牢记她出众的美貌，也许真的是由于冲动才赋予她更多的魅力。总之，需要加倍镇定，用通常惯性的礼貌来掩藏自己的惊诧和不安的神色。他很客气而冷淡地向她打了招呼。

"不用客气，亲爱的，"她不禁说道，"我真不该把您请到这种粉刷的而又十分简陋的房子里来的，这么不堪入目的设施不适合进行客气的谈话。我是来解除我心中的重负的。所以我说，我承认，我给您的家庭带来了许多不幸。"少校听了，惊讶地倒退了一步。"我全都知道了，"她继续说道，"我们彼此不用再多解释；您和希拉丽亚，希拉丽亚和弗拉维奥，还有您的心地善良的姐姐，我对你们大家表示歉意。"她好像说不下去，那极其美丽的睫毛挡不住滚滚下落的泪水，脸颊涨得绯红，此时她的容貌比任何时候都美。高贵的男人站在她面前，显得心慌意乱，一种不可名状的柔情贯穿他的全身。"我们坐吧，"煞是可爱的人儿边擦眼泪边说，"请您原谅我，请您可怜我，您瞧，我真该受到惩罚。"说着她又把刺绣手帕按在自己的眼睛上，来掩饰她痛哭流涕的样子。

"请您把话说清楚，我尊贵的夫人。"他急切地说。"不要说什么尊贵！"她微笑着回答说，"就把我称作您朋友好了，您不是从来没有忠实的女友吗？我的朋友，我全都知道了，对您家中的全部状况，对各种思虑和烦恼，我都一清二楚了。""是谁把情况告诉您这么详细？""我自己了解的。说起那个人你们也不会感到陌生的。"她把几封展开的信递给他看。"这是我姐姐的笔迹！竟有这么多封信，从这歪歪斜斜的字看得出来。您一直跟她保持联系吗？""直接倒没有；间接联系已经有些时候了。这儿就是收信人的地址，给……""又一个谜，是写给马卡利亚这个最能保持沉默的妇人的。""她也是一切受压抑的灵魂所信赖的女人和专门听取所有苦难人忏悔的女人，是专门听取所有失魂落魄、想找出路又不知出路何在的所有人的忏悔。""我的上帝呀！"他大声说，"竟给我找来这么一位媒介者。我想过，我自己去求她是不合适的；我的姐姐为我做到了这一点，我得忠心的祝福她。她的某些事迹我是知道的：这位卓越的好手里拿着一面伦理魔镜，从不幸者混乱的外部形态看到他纯朴无邪的内在美，从而突然对自己感到满意，并孜孜以求获得另外一种新的生活。"

"她这与人为善的行为也为了我。"美人儿接着说。此时，我们的朋友虽还不清楚，但已有种果断的感觉，肯定这位内向而奇特的女人已经变成一个既能接受别人善意，也能对别人怀善意的人了。"过去我并非不幸，而是感到不安，"她继续说，"我是不属于我自己的，这就是说，归根到底，我是没有幸福而言的。我连自己都不喜欢自己了。按照自己原来的意愿我回到了镜子面前，我始终觉得打扮的目的是为了参加化装舞会。但自从她把我推到她那面镜子前，自从知道人也可以培养自己的内在美时，我才觉得我真的变美了。"她含着眼泪微笑地说，我们必须得承认，她不仅可爱，而且令人尊敬，永远值得人们信赖。

"怎么样我的朋友，我们简单地说吧：信件都在这里，你不妨读读这些信，反复地读，再仔细想想，您至少要花一个小时，或者更多时间；然后三言两语地对我俩的事情作个决定吧。"

说着她离开了他，到花园漫步去了。他拆开男爵夫人给马卡利亚的来往信件，它的内容我们做个概括地叙述一下。男爵夫人抱怨美丽的孀妇，从信中看出，这是一个女人经过对另一个女人的观察，然后作出尖锐的批评。当然，谈的只是她的谈吐和外表，至于她的内在素质，并没有提及。

关于这方面，马卡利亚在回信中只作了些婉转的评论，她认为对于这样一个女人，必须要通过内在的素质加以描绘。外表是偶然的产物，是无可指摘的，至少还可以谅解。接着，男爵夫人又报告了有关侄儿的失意和癫狂，有关两个年轻人日益成熟的恋爱，有关父亲的到来和希拉丽亚的断然拒绝等等。在以后的复信中，关于这些问题马卡利亚恰如其分的解答，她的解答里充满一种坚定的信念，认为结果必然是人类伦理上的修正。最后她把所有的信件全都转寄给这位美丽的女人。现在，这位美人天使般美好的心灵慢慢地显示出来，而她的外貌也开始变得华贵完美。整个故事以马卡利亚的一封解答信得以圆满结束。

新 帕 里 斯

一个男孩的奇遇

不久前，在圣灵降临节前夜，我做了一个梦。我梦见自己好像站在一面镜子前正忙着试穿夏日新装，这些衣服是我亲爱的父母专门为过节给我做的。我的新装是一双锃亮的皮鞋，那上面装饰着几颗大银扣子，一双精致的棉线长袜，斜纹布内衣的黑衬衣，和一件绣着金色花纹的绿色厚呢外衣，与此相配套的金丝绒背心，它是我父亲当新郎时穿的一件背心而今却改制了一下。我梦见我还理了头发，头发上撒了香粉，我觉得发卷从我头上高高挑起，犹如小小的翅翼那样，但是这时我却无法把衣服穿好因为我老把衣服穿错了，另外每当我打算穿上第二件衣服时，第一件衣服就从身上滑落下来掉到了地下。正当我狼狈不堪的时候，有一个年轻的英俊少年朝着我走过来，他对我彬彬有礼地打了个招呼。

"咳，欢迎您大驾光临！"我回答说，"在这里看见您我太高兴了。"

"你认得我吗？"美男子微笑地问我。

"为什么不认得，"我也露出了笑意，回答说，"您是墨丘利，我在画像上常见到你。"

"我正是墨丘利，"那美男子说，"众神派我来交给你一项重要的使命。你看到这三个苹果了吗？"

他把手伸过来，给我看三个苹果，它们长得异常诱人，十分壮硕，他的手几乎都抓不住了，其中一个苹果是红色的，另一个是黄色的，还有一个是绿色的。人们看到它们肯定会把它们当成宝石，只不过是做成苹果的样子罢了。

我正想去拿苹果，他却又把手缩了回去，并且说：

"你必须首先知道，这些苹果不是给你的。你得把这三个苹果交给这座城市里三个最英俊的小伙子，然后他们三个人应在自己的命运的支配下找三位他们所希望得到的妻子。现在把苹果拿去吧，但愿你把事情办好！"他说着便把三个苹果放到我张开的双手上，我觉得它们显得更大了。

我把苹果高高举起，对着灯光一看，这才发现三个苹果全是透明的。就在这一刹那，三个苹果忽然往上伸长，变成三个非常漂亮的姑娘，个子有普通的布娃娃那么大，她们穿的衣服颜色跟原来苹果的颜色完全一样。她们身轻如烟从我的指间冉冉上升，我想抓住她们，哪怕能抓住一个也好，但这时她们却都已经飘走了，飘得又高又远，我只好眼睁睁地看着。我站在那儿，怅然若失，不知所措，犹如一尊岩石，一动不动，一双手却依旧高举在空中，眼睛看着自己的手指，好像还能从上面发现些什么似的。忽然我看到，在我手指尖上有位煞是可爱的姑娘正在翩跹起舞，她比飞走的那几个还要娇小玲珑，而且又俊俏又活泼；她没有像她们那样惟恐逃之不迭似的，而是徘徊不去舞蹈不止，她一会儿跳到这个手指尖上，一会儿又跳到那一个手指尖上，就这样翩翩起舞，我不胜惊诧地观察着。我相信我最终一定能够捉住她。我伸出手去，并且认为我的动作够敏捷了，可是就在这一瞬间，我感觉有人在我头上击了一下，我立即昏厥过去跌倒在地上，然而在我还没有完全清醒以前，我却马上要穿好衣服，匆匆赶往教堂。

在作礼拜的时候，我情不自禁地回忆着这一幕又一幕的梦境，就是在外祖父母家的餐桌旁吃中饭时也是如此。下午我要探访几位同窗好友，这不仅是为了炫耀一下我的新衣服，以及腋下的帽子，挂在腰里的剑；而且作为礼尚往来，这是对他们进行的一次家访。在他们家里我没有找到一个人，因为我听说他们到花园里去了，于是我就想到那里去找他们，好一起快快活活地玩一晚上。我走的那条路把我引向一个城堡的回廊，于是我来到一个完全有理由叫做"危险墙"的地方，因为那里很不安全。我慢慢地走着，心里却在思念着那三位仙女，不过我尤其想念的是那个娇艳动人的小姑娘，于是我将双手不止一次地向空中伸去，希望她能俯首贴耳，重新回到我的掌中，婆娑起舞。我一边沉思一边往前走，这时我发现，我左手边的高墙上有一扇小门，我从未看见它。这门看起来似乎不高，但是上端有一个尖顶门拱，即使是个彪形大汉也能通行无阻。拱门和门框都留下了石匠和雕刻家的鬼爷神工的痕迹，不过格外吸引我注意的还是那扇门。那门是棕色的，由一块粗糙的木板刻成，上面嵌着一道道浮雕或镂刻的青铜版条，在青铜版条凸雕的树木上面还栖息着形态逼真的小鸟，看得我真是惊叹不已！然而最使我感到奇怪的是，却是在门上既没有锁孔，门把手，更没有扣门器环，由此我猜想这扇门只能从里边打开。我果然没有猜错，因为当我走上前去想抚摸一下那门上的饰物时，那门便自动朝着里面打开了，接着出现一个男人，他那套特别的衣服显得又长又宽，还有点儿古怪。他的下巴密密麻麻地长满了令人生畏的胡子，好像一团云雾托着他的下巴，因此很容易让我把他当成一个犹太人。他好像是猜透了我的心事，打着手势画了一个神圣的十字，用这种方法向我表示，他是一个虔诚的天主教徒。

"少爷，您怎么到这里来了？"他声音和蔼、和颜悦色地问。

"我很欣赏镶嵌在这扇门上的装饰，"我回答说，"因为像这样的手艺，在我有生以来还是第一次见到哩，也可能在一些收藏家那里见过一两件，不过都是小件作品。"

"我很高兴您喜欢这样的手艺，"他接着回答说，"里面的门还要好看多了，如果你有兴趣不妨请到里面来吧！"

我对他的邀请并不完全乐意，守门人这身奇异的打扮，这寥落空寂的所在，另外，冥冥之中我总感觉还有什么我说不清楚的东西正在酝酿之中，凡此种种都使我感到纳闷。我借口想在外面多看一会儿，继续徘徊在门外，同时偷偷往花园里窥视，因为那园门，恰巧向我惘然敞开。我看到，紧挨着门后面是一个布满树荫的大广场，古老的菩提树一株挨着一株，保持一定的距离，纵横交叉的桠枝，遮天蔽月，把整个广场遮盖得严严实实，我想，不管有多少人，都可以在下面纳凉稍息！我的脚不知不觉已经踏到门槛上，看门老人一再引诱我再继续往里面跨一步，我本来没有反对的意思；因为过去我常听别人说，一个王子或者一个苏丹处于这种情况时绝对不会考虑个人安危，何况我还有一把宝剑挂在腰上，只要那老头儿流露出一丝敌意来，我还会对付不了他吗！

于是我安心进去，看门老人随后把门关紧，门在关上时只发出极轻微的啪嗒声，甚至我几乎都没有感觉到。看门老人把花园内部的摆设，那些更加巧夺天工的艺术品，一一给我介绍，想以此证明他对我的一番特殊的好意，因此我完全放下心来。接着，他顺着圆形的围墙带着我在绿荫森森的地方行走，那墙呈环状，在墙边我看到一些令人惊奇的景物。一座座壁龛艺术地装饰着贝壳、珊瑚和矿石，壁龛中立着鱼尾人身的海神雕像，水流源源不断地从它们口中喷射出来，注入在大理石的水池中。那中间则装有一个个鸟舍和围栏，围栏里小松鼠跳来跳去，豚鼠窜来窜去，此外还有许多各种各样人们平时喜欢的可爱的小动物。当我们走上前时，小鸟啾啾地对着我们歌唱，特别是那些多嘴的燕八哥，它们喋喋不休地施展着自己的才能，一只燕八哥总是在喊：帕里斯！帕里斯！另一只却叫着：纳尔齐斯！纳尔齐斯！它们的发音如此清晰，犹如启蒙的孩童在学习口语那样。当看门老人听到燕八哥叫这些名字时，他好像一直在认真地盯着我看，不过我却没有露出好像在注意他似的神态，而且我确实也没时间去注意他，因为我发现我们这时正沿着圆形的围墙行走。这片林荫广场原来是一个很大的圆形花园，中间还套着一个更为重要的圆形花园，周围都用金栅栏围着。我们顺着墙根走，自然又转回到门口。

看门老人好像马上要请我出园似的，而我的眼睛却紧盯着那个金栅栏，它好像把那奇怪花园的中间地方，给团团围住了似的。我们一路走过去又转回来时，我有足够的机会对它进行观察，尽管看门人总领着我贴墙走，使我与花园中间那块地方保持一定的距离。当看门人朝门口走去时我向他鞠了一躬说：

"您刚才对我如此厚爱，恕我冒昧在与您分别之前再向您提出一个请求。那边有一大圈金栅栏，把这座花园的中间部位围了起来，不知可否允许我进去欣赏一番。"

"欢迎得很！"那看门人回答说，"不过，您必须得遵守一些条件。"

"是什么条件？"我急切地问。

"您必须把您的帽子和宝剑留在这里，同时我陪你去；你的手要让我搀住。"

"非常乐意！"我一边回答一边顺手把帽子和宝剑放到跟前的一条石头长凳上。

看门老人立即伸出右手，一把抓住了我的左手，并紧紧地握住，他用力拽着我笔直地朝着金栅栏走去。到了金栅栏跟前，我的好奇心顿时变成了惊叹，这样的场景我可从来没有见过！无数根枪和戟竖立在一座高高的大理石台基上，它们一根紧挨一根地排列着，兵器的上端通过一种奇特的装饰互相连接，构成一个完整的圆圈。通过这些武器的间隙，我见到后面是泓溪溪流动的清水，水渠两旁用大理石做堤，渠中的水缓缓地流淌，清澈见底，多得不计其数的小金鱼和银色铂鱼可以一目了然，它们时而慢，时而快地游来游去，时而聚在一起，时而四下散开。但是，我现在还想进一步看看那水渠对面的地方，了解园子中部的结构。可是让我十分失望，因为水渠对面也用同样的栅栏围住，安排得如同天造地设般的，这边栅栏的空隙恰好被对面的枪和戟挡住，再加上其余的装饰物遮挡，所以不管往哪儿站都不能看到对面。另外，看门老人一直紧紧握住我的手，他总阻碍我，使我不能随意走动。由于这目睹的新事物，我的好奇心越来越强烈！我鼓起勇气问那老人，是否也可以到那边去看看。

"为什么不能呢？"看门老人回答说，"不过还有新的条件。"

当我打听是哪些新条件时，他明确地表示我必须通身上下换过衣服。

没有问题，我完全同意。看门人引领着我重又回到墙边，进入一间干净整洁的小厅里，小厅的四壁挂着各种各样的服装，从样子看来，仿佛都是按照东方的时装加工缝制的。我迅速地换好衣服，看门老人强制把我发上的尘土统统掸去，然后把它们卷好，用一个发网套罩起来。我在一面大镜子中看到，自己这身装束非常俊秀，跟我原来那身星期日才穿的硬邦邦的好衣服相比，我更加喜欢这身打扮。我做了几个姿势，并且跳了几下，我曾经在一个大集市的舞台上看到舞蹈演员就是这样做的。我一边做动作一边照镜子，这时我意外地瞥见我身后有一个壁龛，在它的白色基石上悬挂着三根绿色的小细绳子，编结的形状各不相同，只是我在远处看不太清楚是怎样结的。我迅速地转过身来向看门老人询问那壁龛的事和绳子的事。他露出快活的样子立即取下一根给我看。那是一根绿色的丝绳，编得十分结实，丝绳的两端都用双层绿色的皮子紧紧裹住，这东西看起来像是一种起着预期不到的作用的工具。我觉得这东西可疑，于是我向那看门老人打听它的用途，他沉着而亲切地回答我说，它们是用来管教那些言而无信的人的。他把丝绳又重新挂回原处，回身要我立即就跟着他走，这回他没有牵着我的手，因此我能够自由地走在他身旁。

这时我最大的好奇心莫过于，栅栏门和通过水渠的桥可能在哪里，因为到现在为止我一直没有发现这类的门和桥。我们匆匆来到金栅栏旁边，我特别注意着金色的篱丛。突然在一刹那间我被吓得脸无人色，因为枪、矛、钺、戟出乎意料地剧烈晃动起来，而这种罕见的景状，所有的枪互相横对着往下降，就像古代用长矛武装起来的两军对垒时准备互相攻击一样。我看得眼花缭乱，耳边叮当作响，让人简直不能忍受。当这些兵器全部倒下盖住水渠后，出现了一幅令人无限惊讶的景象：一座奇丽壮观的桥搭成了，可以说，你想像这桥有多壮丽就有多壮丽。现在放眼望去，一个五彩缤纷的大花圃映入眼帘。花圃由互相交错的花坛组成，从整体上看就好似一个精心修饰迷宫。所有花坛的四周都种着一种我从来没有见过的长得又低矮又浓密的绿色植物，花坛里面百花盛开，姹紫嫣红，每一个花坛都有不同的颜色，这些花同样紧紧的匍匐在地面上，因此它们所构成的图案一览无余，尽收眼底。我披着满天的骄阳欣赏着这绚丽多彩的景致，并深深地被它吸引，只是我简直不知道我应该把脚置于何处，因为婉蜒的路径都是由最纯净的蓝色沙子铺成，真是纤尘不染犹如在地上造起一个蓝色的天空，又犹如天空映照在水中。我跟在我的向导身旁，低垂着目光，就这样走了一阵子，直到最后我才发现花圃中央长着一大圈柏树和白杨树之类的树木，这些树木最下面的枝杈仿佛是从地上冒出来的，正好挡住我的视线，使我无法看到对面的情况。我的向导这时并没有向旁的地方兜抄却径自来到树林子的中央，而是带领着我直接往中间插过去。当我们走进那古木参天的林间，我感到多么惊异呀，因为一眼望见在一幢无比豪华的花园宅子里，有个带柱头的大厅，另外几面的外观和门似乎都是一样的。但是，与这座建筑物的样式相比，更让我陶醉的还是从大厅里传出来的美妙动听的音乐。我觉得我听到的这乐声一会儿是琉特琴弹奏的，一会儿是竖琴，一会儿是齐特尔琴，一会儿却又是与上面三种乐器很不和谐的玎琮之声。

我们朝着一个门走去，看门老人只轻轻地一碰那门便打开了，一个姑娘走出来迎接我们，她跟我梦中见到的那个在我手指上跳舞的俊俏姑娘长得一模一样，这真使我又惊又喜！彼此相识似的，她同我打过招呼后。就把我请进去，看门老人留在外面。我跟随她穿过一道装饰得非常美丽的拱顶短廊走入中心大厅，它那高大的圆顶极为壮观，一进门就把我的目光给吸引住了，令我惊叹不已。不过我的目光不可能总在那里流连，因为有格外精彩的戏文在深深地引诱着我。穹顶中央正下方的一张地毯上坐着三个女子，她们的位置成三角状；她们穿的衣服色彩分别不同，一个是红的，另一个是黄的，第三个是绿的；她们坐的椅子是镀金的，而那下面的地毯简直就是一个完美无瑕的花坛。她们怀中抱着的三种乐器跟世俗的迥然不同，由于我这不速之客的打扰，她们中断了弹奏。

"我们欢迎您的到来，"坐在中间的那个女子说，她坐在大门的对面，穿红色衣服，手里抱着竖琴，"请您坐下，静静地听吧，如果您爱好音乐的话！"

这时我才看到下面横放着一张小长凳子，上面摆着一个曼陀林，那个俊俏的小姑娘拿起曼陀林坐下来，然后把我拉到她身旁坐下。眼下我注意着右边的第二位女郎，她穿着黄色衣服，手里拿着齐特尔琴。如果说那个演奏竖琴的女子体态标致，仪态万方的话，那么这个弹奏齐特尔琴的女子则妩媚动人，活泼开朗。她是一个身材苗条的金发女郎，而持竖琴的女子却有一头褐色的青丝，尽管她们的乐曲奏来各尽其妙，但音调和谐，娓娓动听。不过这不能妨碍我对第三位穿绿衣服的美人儿进行观察。她弹奏的琉特琴动人心弦又风格独特，很合我的胃口。

她似乎是对我最为倾心的一个，而且她好像是在为我弹奏，只是我无法猜透她的意思，因为每次她弹奏的曲调发生变化时，她的表情也随之发生变化，我觉得她一会儿含情脉脉，一会儿奇特古怪，一会儿坦诚直率，一会儿执拗倔强；而且，她时而好像是想打动我，时而又对我讪笑嘲弄。但是，不管她随心所欲地矫揉造作，我却始终无动于衷，因为我旁边这位小姑娘，我正与她肩并肩地坐在一起，获得了我对她的全部好感。我现在已经清楚地认出那三个女子就是我在梦中见过的精灵，是由三种颜色的苹果变的，于是我明白了我没有缘由留住她们。如果我不是回想起那个俊俏的小姑娘在梦中曾经对我当头一击的话，我倒宁愿抓住她。直到现在她手拿着曼陀林一直安安静静地坐在那里，当那三位女主宰停止弹奏时便命令她表演几段轻快的曲子助兴。她弹完三两支扣人心弦的舞曲后，就从座上一跃而起，我也同样跳了起来。她边奏边舞。她的表演把我给迷住了，我情不自禁地随着她的舞步陪着她翩翩起舞。我表演的是一种小芭蕾舞。三个女子观赏后，似乎是颇为满意，因为我们刚一跳完，她们就嘱咐这姑娘，在晚餐备好前准备些丰盛的菜肴，让我好好享受一番。当时我的确忘记了除了这个乐园之外，世界上还有其他的东西存在。

小姑娘立即带我回到刚才进来时经过的短廊。在短廊的一侧有两间布置舒适的房间，我们来到她居住的那一间。她给我端来橙子、无花果、桃子和葡萄。我不仅享用着异邦的水果，而且连下个月才能上市的水果我也事先美美地品尝了一顿。另外还有大量的糖果甜点。她用一个磨得玲珑剔透的水晶高脚杯斟满了起着泡沫的葡萄酒，但是我已经不需要再喝了，因为我津津有味地食用了足够的水果，精神已经得到恢复。

"现在咱们来做游戏吧！"她一边说一边把我领进另一间屋子。这里看起来就像是一个圣诞节的集市，不过像这样名贵精致的礼物，我在圣诞节集市的任何铺子里，都是从未见过的。这里有各种各样的洋娃娃，有洋娃娃的衣服、洋娃娃的用具、厨房、起居室、商店，还有数不清的单个儿玩具。她领我观看一个又一个玻璃柜，因为这些精美的手工艺品都保存在这些玻璃柜子里。不过她很快又把最初打开的几个柜子关好，并且说：

"这些不适合你玩，这点我知道得很清楚。不过您看这里，我们倒是可以找到各种各样的建筑，有城墙、塔楼、房屋、宫殿、教堂，我们一定可以盖个大城市起来，但是我又不感兴趣。我们还是找个你我都高兴玩的吧。"

她说完便取出几个箱子，我看到里面堆叠着一层又一层的小军队，我必须得承认，我从来没有见过如此精美的玩具。她不允我再花时间一个个仔细看看，便拿起一个箱子往腋下一挟，我把另一个箱子也提起来。

"咱们到金桥上去吧！"她说，"在那儿玩打仗的游戏最好了。枪对枪，刀对刀，犹如敌我双方部署阵势那样。"

说着我们已经抵达金桥下，当我跪下去设置我的战线时，我听到下面的水在潺潺流动，鱼儿戏水发出劈啪的响声。现在我看到，我的部队是清一色的骑兵。姑娘十分自豪，首先占有了阿玛宁女皇，作为她那队女兵的头领，而我得到的是阿基利和一支魁梧骠悍的希腊骑兵。双方的部队对峙而立，这场面再好看不过了。我的骑兵可不是我们常见的那种扁扁的铝制品。我的骑兵和马都是立体的，圆鼓鼓的很丰满，而且手工极精细，个个栩栩如生。让人几乎不可理解的是它们完全靠自己的脚站立，脚下没有底板支撑着，也不知他们是怎样保持平衡的。

当她向我颁发进攻令的时候，我们都怀着自鸣得意的心情，审视着各自的部队。我们在自己的箱子里也找到了炮弹，它们实际上是一盒盒磨得光光的玛瑙球。我们应该使用这些玛瑙球在规定的距离内互相交战，然而大家有约在先：投弹时不能过分用力，只允许把士兵打翻，不可以把它们打坏了。这时，两下的炮火，交织如梭，开始的一段交战看来使我们双方都很满意。不过当我的对手发现我炮火的命中率，要比她强得多，并且根据谁余下的站立者多，谁就获胜的规定，我有可能取得这场战斗的最后胜利时，她违反规则向前移动了位置。因此虽然她柔弱力单，却仍然取得了理想的战果，一下子把我的许多精兵强将打翻在地上。我越抗议她越投得起劲。终于我被她这种做法激怒，我声明，我也要移动地方。于是我不仅果真向前移动几步，而且为了发泄自己的怒气，对她的女战士进行了一番狂轰滥炸，没过多久她的部队便被我打得溃不成军，她的那些半人半马的女怪物被砸得粉身碎骨，我的女对手在盛怒之下，也顾不了许多。但是突然我愣住了，犹如一尊岩石立在那里一动不动，我惊诧地看到，那些支离破碎的子儿，忽然都自动合拢起来，阿玛宗女战士和坐骑不但完好如初地合成一个整体，而且还都变活了，她们飞马驰骋穿过金桥进入到菩提树林中，经过一阵来回奔窜最后朝高墙冲去，然后就杳无踪影了。我的那位漂亮的对手终于发现了，她突然嚎啕大哭起来，一边哭还一边高喊着说，我使她遭受到了不可弥补的损失，而且实际上的损失比现在所表现出来的还要大得多。但是，我不由得怒不可恕，所以越能伤害她我越拍手称快，于是我再接再励，从我剩余的玛瑙球中又拿起几颗，并不顾一切地拼命往她的军队里扔。太不幸了，我击中了她的女王，直到目前为止按照这类游戏的规则，女王应该享受特殊待遇，不在打击之列。她却被炸得粉碎，她身旁的几个女副官也被我击碎。但是她们很快又恢复了原形，急忙逃遁而去，与前面发生的情况一样，她们非常可笑地在菩提树林中窜来窜去，最后消失在墙边。

我的女对手见状，出言不逊骂不绝口。我呢只诅咒了一句，弯下腰来正准备把在金桥上滚来滚去的几颗玛瑙球拾起来。我仍然怒气冲冲，恨不能把她的整个部队打得全军覆灭，片甲不留。她也不甘示弱，抢步跳到我的跟前，给了我一记耳光。顿时我的脑袋里嗡嗡地响起来。我过去总听人说，被一个姑娘打了耳光理应该还给她一个不客气的吻。于是我猛地抓住她的耳朵，一连吻了她好几下。她不禁大声疾呼起来，这使我非常惊恐，我放她走了，这真是我的运气，因为就在这一刹那，我自己还不知道自己会遭到什么横祸呢。我感觉脚下的桥已开始震动，并发出叮铃咣啷的响声，我很快发觉那栅栏也重新动了起来。只是我既没时间考虑怎样逃跑，也由于双脚站不稳而无法逃跑。我心惊胆战，害怕随时会遭到枪刺，因为那些自动竖立起来的戟和长矛已经把我身上的衣服挑破了。最后我实在禁受不住了，我两耳发聋，双目失明不知道怎么回事，我一下子失去了知觉，什么都听不见也看不见了。当我从昏厥中清醒过来，从惊恐中恢复过来时，却发现自己跌倒在菩提树下，我惊讶不迭。是突然从地上弹起来的栅栏把我抛到了这里。

我清醒过来后，心头不免产生了怨恨。我的女对手在另一边轻缓地落在地上，而我巴不得她摔得重一些才好！当我听到对面传来她嘲讽的言辞和笑声时，我更加怒不可遏。我按捺不住跳了起来，只见在我的周围，躺着那支小小的军队，还有他们的首领阿喀琉斯，全都是支离破碎的，原来他们跟我一样，都被那栅栏一下子弹到了这儿。于是我首先一把抓住英雄阿基利，把它对着一棵树扔去。他旋即恢复原形并仓惶逃遁，使我加倍的开心，除了因为我亲眼目睹了这一世界奇观，此外还伴随着我的幸灾乐祸。我正打算把所有的希腊兵给那位英雄遣送回去，突然从四面八方，从石头和墙壁，从地上和树枝上哗哗地不断往外喷水，那水流纵横交错，不论我向哪儿腾挪躲闪，都能浇到我身上。我的单薄的衣服一会儿便完全湿透了。本来衣服已经被枪刺破了，所以我毫不犹豫，把它一古脑儿抛脱了下来。我甩掉鞋子，一件接一件地剥衣服，是的，我在这温暖如春的阳光下感到浑身舒坦。于是我赤身裸体，谨小慎微地涉足于这快适的流水中，并想能够这样舒舒服服地多淋一会儿才好。我的怒火渐渐地熄灭，我现在什么都不想了，只希望能与我的女对手取得和解，握手言欢。可是转眼间流水陡然中止，而我仍然湿淋淋地站在浸满了水的地上。

不料看门老人这时来到了我的面前，我根本不欢迎他来，我真希望即便无处藏身，然而至少也得将身子裹一下！我羞愧得无地自容，一边打着寒颤一边还在努力遮遮挡挡的，这使我扮演了一个十分可怜的角色。那老人利用这一时刻把我狠狠地斥责一顿。"什么东西能阻止我拿不出一根绿绳子来，"他高喊道，"即使不能卡断你的脖子也能在你背上抽一顿！"

我十分生气他对我的威吓。

"您说出这样的话可得小心，"我大声喊道，"甚至有这种念头都不行！否则您和您的女主人注定要完蛋！"

"你到底是什么人？"他态度傲慢地问，"竟说出这样的话来！"

"我是众神的宠儿，"我说，"你们每位小姐是否能找到高贵的如意郎君，是否能过上幸福美满的生活可全取决于我了，只要我愿意，我还能让她们在魔庵里受尽煎熬变得老朽不堪。"

看门老人听了倒退几步，既惊讶又疑惑地问道：

"是谁给了你这样的启示？"

"三个苹果，"我说，"三颗宝石。"

"那么你要什么报酬呢？"他喊道。

"我只要那位小姑娘，"我回答说，"她使我神魂颠倒！"

那老人不管地上又湿又脏，向我跪下，然后他站起来，身上竟一点儿没湿，他亲切地拉住我的手，把我领进那个大厅，利索地帮我穿好衣服，倾刻间我又恢复了星期天的打扮，发式也跟原来的一模一样。看门老人没有再说一句话。不过在他让我跨出门槛之前，他拉住了我，伸手指着对街墙边的几件景物，同时又向后指指小门。我明白他的意思，他无非是要我牢记这些景物，以后好更有把握地再找到门。我走出门外，那门便猝然关上了。

我这时才看清楚对面的东西：古老的胡桃树，树枝高耸着越过高高的墙头，遮住了墙尽头的部分飞檐。它们的桠枝一直伸展开去触及一方石头纪念碑，石碑装饰着镶边，但我却认不出石碑上刻印的铭文。石碑座落在一个壁龛的支柱石上，在这个壁龛里有一个人造喷泉，它喷出的水流从一个溢水盘泻入到另一个溢水盘，然后注入水池中，这水池沉入地里像一个小池塘。喷泉、石碑和胡桃树这一切都层次分明地排列着，我真想把我看到的东西都原封不动地画下来。

　　不难想像，当天的夜晚以及后来好几天我是怎样度过的，我怎样一次又一次重温着这种连我自己都几乎难以置信的奇遇。只要一有机会，我都会再次跑到"危险墙"那里去，至少可以从回忆中唤起那些景物的特征，再看看那扇精美的小门。可是使我吃惊的是，我发现一切都改变了。那些古老的胡桃树虽说仍然高耸过墙，不过它们却没有紧紧地靠在一起；一块石碑也是砌在墙里，不过在那些胡桃树右边很远的地方，没有装饰物，更没有清晰可读的铭文；一个带有喷泉的壁龛在左边很远的地方被发现，不过与我原来见到过的那个根本无法相比，以至我差一点儿不得不相信，这第二次奇遇几乎与第一次一样，完全是一场梦，因为我原来见过的那扇小门现在竟然连一丝痕迹也找不到了。惟一使我感到慰藉的是我注意到了那三样东西似乎始终都在变换着地方，因为我再一次故地重游时我相信我看出来了，那些胡桃树仿佛又互相挪拢了一些，石碑和泉水也同样像是靠近了。也许，这一切能够重新有层次地排列在一起，那扇门也就可以重新见到了。我呢，当然又可以进行冒险了。至于我是否能够把我以后遇到的事情讲给你们听，另外我会不会遭到坚决禁止不准我讲，这我可就说不好了。

不要太过分

夜晚，时钟敲过了十下，一切按约定时间准备就绪，张灯结彩的小客厅里，大方餐桌铺上了干净的桌布，糕点与甜食摆满了蜡烛与鲜花之间。孩子们看着这么多好吃的东西，馋得直流口水。他们知道今天可以上桌吃饭。穿着节日盛装，戴着假面具，围着餐桌蹦蹦跳跳的孩子们，为了形象美观，他们都化装成非常可爱的小精灵兄弟姐妹。父亲把他们叫到跟前，让他们朗诵献给母亲的生日祝辞。

时间一刻钟一刻钟地过去，善良的老夫人为排解我们朋友的不耐烦，便不时地找些话说，一会儿说楼梯上好几盏灯快灭了，一会儿说她担心为受贺人挑选的可口美味煮得太熟。孩子们感到无聊和急躁，有点憋不住了，便淘起气来，向来沉着冷静的父亲，今天也忍耐不住了。他焦急地听着街上的马车声，见几辆车开过都没有停留，心头火不由得生起。为了打发时间，他让孩子们再朗诵一次祝辞，孩子们厌倦了，思想集中不起来，念起来尽出错，表演得笨手笨脚，像演员装腔作势一样。痛苦一分钟一分钟地在好心的父亲心中加重，已经10点半了，下面的事让他自己描述吧：

"时钟敲过10点，我的焦急变成了绝望。没有希望了，但我还是担心她用往常那种轻松优美的姿态和漫不经心的神情表示歉意，强调她非常累，做出一副责备的样子，指责我使她倒胃口。我心中如乱麻一般。这些年来，在许多事情上我一忍再忍，在我的心头一直像是压着沉重的石块。我开始恨她，但不知道如何对付她。打扮得像天使一样的孩子们，在沙发上静静地睡着了。我坐立不安，不知如何是好，看来只有逃走，才能避免看到事态的进一步发展。我急急忙忙像平时那样穿上单薄的礼服，走到房门口，向老夫人记不起用了什么借口结结巴巴地嘟哝了几句，她塞给我一个斗篷，我来到了街上。我多年来没有过过这种生活了，像个血气方刚的青年，在大街小巷徘徊。我正想到一个空旷的地方去，一股潮湿寒冷刺骨的风刮来，吹散了我的一大半烦恼。"

此处，我们暂且用了叙事诗人的权利，把热心的读者过快地引入感情冲突之中。我们遇到的是一个陷入家庭纠纷的重要人物，但还不了解他，因此，我们利用现在这点时间简单介绍一下情况，与老夫人打打交道，听听她诉说她面临的问题、内心的激动和狼狈的处境，听听轻言细语和大声疾呼。

"我早就想到并预言过：我无法宽恕这个女主人，我的忠告却让她变本加厉。白天，男主人在办公室、城里和乡下办事，晚上回来，要么看到的是空房，要么是事先没有告知他的舞会。她离不开那些。如果身边没有人，没有男人，如果不坐车东游西逛，衣服如果不时时更换，她就会觉得闷得喘不过气来。今天是她的生日，一大早她就下乡去了。即使这样！我们趁她不在，还是安排了一切，她发誓9点钟回家，我们做好了准备。男主人听孩子们规规矩矩地背诗，孩子们都让我打扮得漂漂亮亮，油灯和蜡烛都点燃了，烹炸蒸煮样样都有，但她却没有回来。虽然男主人有很强的自我克制能力，竭力地掩饰自己的焦急情绪，但还是爆发出来了，并且这么晚离家走了！出走的原因很清楚，但却不知去向。我常常出于真诚与劝告想吓吓她，她已经有了情敌，使得她能回心转意。直到现在我还没有看出男主人有什么反应。他早就看中了一个漂亮女人，这个女人也在追求他。没有人清楚他是不是为此奋斗过。现在他出走了，这一次是绝望的情绪逼得他不敢正视现实，才在夜里离开了家，也是因为他的善意得不到好报。我算认输了。我多次对她讲，她不应该做得太过分。"

现在我们又找到了我们的朋友，听他自己讲：

"我看到本地最豪华的旅馆下面亮着灯光，就走去敲窗，有个店员伸出头来张望。我用熟悉的声音问，是不是有生人来登记过。他对两个问题都作了否定的回答，说话之中他已把门打开，然后请我进去。想到我当时的心情，我觉得要继续过一过童话式的生活，便请他给我开一个房间。他立刻为我收拾好了一个在三楼的房间；他说，二楼的房间已有客人预订。说完就又忙他的事去了。我没有再麻烦他，只是向他担保我一定会付账。住宿的事很容易就办好了，我又陷入痛苦之中。往日的一切，无论激烈的还是柔和的，一齐涌上心头。我责骂自己，力图控制住自己，抑制自己的烦恼，但愿明天早晨一切恢复正常。我想像明天一切已在正常进行，但随后又毫无节制地发起怒来，我从来不相信自己会落到这步田地。"

我们是通过一件看来微不足道但令人激动的事，偶然认识这个高尚的人的，他肯定会引起我们读者的同情，因而希望知道这个人的具体情况。正在房间里激愤的他，一言不发地走来走去，趁今夜的奇遇还没发生，我们继续介绍他的情况。

他叫奥多阿德，是一个古老的大家族的后裔。他继承了历代祖先最高贵的优点，在军事学校学习过，胸怀豁达，精神充沛，仪表堂堂，风度翩翩。宫廷里的短期服务，使他洞察过高贵人品的外在特征。他年纪轻轻就颇受重用，随一个外交使团出国考察而大开眼界，了解到不少外国宫廷的情况。良好的机遇造就得使他观点明确，回忆清晰，特别是产生了尽快投身事业的良好愿望。他能流利地使用几种外国语言，交谈时态度自然，从容大方。所有这些使他飞黄腾达起来。他幸运地参加了所有外交使团的工作，由于善解人意，对各方提出的种种理由能作出公正的判断，使各方都很满意，而深受欢迎。

首相很想把这个杰出人才留在自己身边，把自己的女儿，一位非常活泼美丽、谙熟上流社会道德礼仪的女子，许配给他。就像人间其他美事一样，这件事也遇到阻碍。在大公的宫殿里，索菲洛尼亚公主是以被监护人的身份长大的。她是她们大家族的最后一个支脉，土地和佃户都掌握在叔父手中，但是她的能力和要求依然具有重要意义。为了避免争执，人们想把她嫁给比她年龄小得多的王储。

人们因为发现奥多阿德写过一首题为《曙光女神》的诗赞美她，便怀疑他爱上了她。她在这一方面不够谨慎，又很直率，半开玩笑地对女友说，要是连这些优点都看不见，那就是没长眼睛。

后来这种猜疑也随着他的结婚而平息了，但暗处的敌人仍然在悄悄地继续这种猜疑，并利用机会进行挑拨。

虽然人们尽量避免触及国事和王位继承问题，谈话时仍然难免冒出几句。大公及其智囊团认为，这件事最好是放一放，但暗中追随公主的人希望早日完事，以便给他们更大的余地来监视这位高贵的女士，他们很想把握时机，利用那个沾亲带故、处于有利地位的老国王索菲洛尼亚还在世，还可以有机会偶尔用父亲的身份进行干预。

人们怀疑奥多阿德利用使团进行纯礼节性访问的机会，把本来要拖延的事情提出来。反对派利用了这个机会，他费尽口舌解释自己是无辜的，岳父这才相信他，并不得不展开自己的全部影响，为奥多阿德在一个边远省份谋得一个总督职位。在那里，奥多阿德感到很幸福，因为可以做有用的、有益的、善良的、美好的和伟大的事业，能流芳百世，不致虚度此生，不致违心地在繁杂的关系中去做那些临时性的毫无意义的事情，甚至自甘堕落。

他的夫人并没有这种感觉，仍留在大都市，过了很长时间，才迫不得已地来到他身边。他尽可能使她欢喜，想各种办法补偿，鼓励她夏天到附近乡下游玩，冬天参加演戏、跳舞，从事她所愿意的一切事情。奥多阿德甚至容许一位陌生的朋友住在家里，这个朋友是熟人不久前推荐来的。实际上，他根本不喜欢这个人，凭他锐利的观察人的眼光，就看出这个人不大老实。

他对我们刚才所说的，有一部分并没有看清楚，但对很多事情是非常明白的。总之，将这些秘密透露出来，为弗里德里希的可靠记忆提供素材以后，我们又转向奥多阿德。他还烦躁地在房间里走来走去，又打手势，又高声说话，表达出他的内心很激烈的进行斗争。

"我左思右想，激动地在房间里走来走去，店员给我送来一盘牛肉汁，正解我的饥渴。因为整日筹备生日庆祝活动，我什么东西都没吃，家中可口的晚餐摆在那里，连刀叉都没有动。在这个时候，我们听到邮车传出悦耳的号角声。'这是从山里来的'，店员说。我们奔到窗前，借着车上两盏很亮的马灯的光，看到一辆坐满了人的四驾马车来到门前，这是总督专车。仆人们从车上跳下来。'他们到了！'店员边喊边向房门跑。我一把拉住他，再三叮嘱他，不要说我在这里，也不要透露有人租了房间。他边答应着，就蹿了出去。"

"因为说话，我错过了机会，没看见走出车来的是什么人，我又变得焦躁不安了。我得不到任何消息，好不容易等到他来，我才从他口中了解到，客人都是女眷：一位年老的贵夫人、一位美貌无双的中年女子、一个讨人喜欢的宫女。'她开始时对我下命令，'他说，'接着温柔地向我讨好，但等我对她表示爱慕的时候，她又嘲笑我，看来她的活泼可爱完全是一种天性。我立刻发现她们都有些吃惊，因为我在等候她们，房间也准备好了，每个房间都点着灯，壁炉里生了火，在这里可以安居，厅里摆好了晚饭，我端上牛肉汁，她们看来都很满意。'"

两个女子坐在餐桌旁，老夫人没怎么吃，美丽可爱的女子一口也没有吃；叫做璐茜的侍女，却吃得很香，而且对这个赏心悦目的旅店，明亮的烛光、精致的桌布、各种瓷器和餐具，都极力称赞。她在烧得旺旺的壁炉旁烤暖和后，回头问再次进来的店员，这里的人是不是不分白天黑夜接待客人。小伙子也还算老练，但此刻变得像一个孩子，既想保密，又想表现点什么，起初他的回答含含糊糊，渐渐地接近实情，最后在这个调皮女孩子的反复追问下，无路可走，什么也瞒不住了，只好承认有一个公务人员来过，一位老爷，已经走了。最终，他还是说漏了嘴，告诉她这位老爷还在楼上心神不定地来回走动。年轻女子一跃而起，别人跟着站起来。她们慌忙地说，那可能是一位老先生，店员肯定地说，那人很年轻。她们还是怀疑，他又向她们保证他所说的全是真话。夫人越发慌乱不安。美妇人认为那人肯定是叔叔；老夫人却说，这不符合他的习惯。年轻女子坚持自己的看法，认为除了他，别人不可能知道她这个时候会来。店员一再保证，那是一个英俊健壮的年轻人。璐茜打赌说，那肯定是叔叔，认为店员是开玩笑，根本不可信，她们争辩了半个小时。

最后，店员只好上楼恳求先生，赶快下楼去，并且说，要不然，女士们就要亲自上来向他请安了。"她们已经急坏了，"店员接着说，"我真不明白，您为什么老是不想露面，她们以为您是她们的叔叔，迫不及待地要和您拥抱呢。请您下去吧，求求您了！难道您不是在等候她们吗？请您不要故意错过这次让人喜悦的奇遇吧！那位年轻漂亮的女子声音太好听了，太值得一看了，她们都是本分人。请您赶快下去吧，要不然她们会闯进您的房间的！"

店员的热情激起了他的热情。他恢复了以前的激动，对新的、陌生的东西的渴望。他下楼去，希望能跟新来的客人风趣地谈谈话，说明自己到这个陌生的环境来是为了散心，但他觉得这好像是他熟悉的、预示要发生什么事的环境。他一边想着，不觉到了门口。女士们以为听到的是叔叔的脚步声，就赶紧迎上来。怎样的奇遇！多么欢乐的场面！美丽的女子大叫一声，搂住老夫人的脖子，我们的朋友认出了她们俩，不由得吃了一惊，就向前迈了一步，跪在那个年轻美人的脚下，很温柔的拿起她的手吻了一吻，又随即松开。"曙—光—女—神"这几个字停留在他的双唇上。

现在，我们来看看我们朋友的家，发现这里一切还是老样子，厅里和楼梯上的灯都没有熄灭，善良的老夫人不知道如何是好，便把饭菜从火上取下来。有一些菜已经烧焦，不能吃了。侍女神情安静，细心的一直守在熟睡的孩子们身边，屋里仍然点着蜡烛，而老夫人却走来走去的闷闷不乐。

马车终于回来了，夫人一下车就听说丈夫几小时前被叫走了。她顺着楼梯向上走，仿佛一点儿也没觉察到节日般的灯光。老夫人从仆人那儿知道，路上出了事，马车跌进了沟里。

夫人走进房间。"这是什么化装舞会？"她用手指着孩子们问。"您要是早来几个小时，"侍女回答，"一定会更高兴的。"孩子们被摇醒了，他们看见母亲，就跳下地，朗诵刚学到的格言。起初，双方只是有些拘束，但由于没有鼓励和提示，孩子们随后便开始结结巴巴，最后一句话也没说出，大人只好安慰这些可爱的孩子上床睡觉。夫人单独留下，一下子栽到沙发里，抱头痛哭。

现在只好详细介绍一下这位夫人以及她很不痛快地度过的乡村庆祝活动。阿尔贝蒂妮是一个跟她单独在一起时没什么话可说的那种女人，但在社交场合人们很愿意见到她。在那里，她是全体公认的真正增添光彩的人物。她能像兴奋剂一样，在场面冷却时使大家活跃起来。她的动人之处在于能表现自己。给她一定的空间，她就能舒展她的身体，观众越多，表现的效果越好。她需要一种能够容纳她并需要她的魅力的环境。然而她却不知道怎样对待和面对单个的人。

在他家里常住的那位朋友虽然不懂如何在令人愉快的大圈子里安排活动，但还是能得到她的厚待，并一直留下来，仅仅是因为他善于使活动花样翻新，不断变化。分配角色时，他总是当慈父，一本正经地、老成持重地压倒比他年轻的一号、二号和三号情人。

弗洛丽妮是附近一个大骑士庄园的女主人，她冬天住在城里，很多事都委托奥多阿德办。他采取的改善国营农场的措施有时也给她的庄园带来很大好处，使庄园的产量大幅度增长，给她带来希望。在夏天，她返回庄园，使庄园成为一个开展多种文娱活动的场所。不但举办各种各样的节日聚会，并且对生日庆祝活动尤其不错过。

弗洛丽妮是个生性快乐，喜欢开玩笑的女子。她从不依恋任何人，也不要求任何人依恋她。她特别喜欢跳舞，对男舞伴，她只评价其舞步节奏感，她在舞会上永远也不知疲倦，对郁郁寡欢的人见过一面，就很难忍受。此外，她善于扮演每出歌剧或话剧中不可缺少的快活的情人角色，表演时总是高雅迷人，因此她跟一向扮演谦虚大度女主角的阿尔贝蒂妮从不发生争执。

为了举行一次成功的活动，庆祝即将到来的生日，她向周围城乡的上流人士发出了请帖。生日那天，吃过早点就开始跳舞，午餐后接着跳，一直持续了很长时间，很晚了，客人们才回家，伸手不见五指的黑夜中，路很不好走，更糟糕的是，大家没有预料到路是刚修过的情况，因此大吃一惊，车夫又看不清，不幸车掉进了沟里。我们的美人与弗洛丽妮以及那位朋友都狼狈不堪。那位朋友很快爬了出来，从车顶朝下面喊："弗洛丽妮，你在哪儿？"阿尔贝蒂妮觉得是在做梦。那位朋友探身进来，把躺在上面的弗洛丽妮拉出来，她已经晕过去，他为她忙了一阵子，又用自己强有力的胳膊托着她重新上路。此时的阿尔贝蒂妮还闷在车里，她在车夫和仆人的帮助下从车里钻出来，仆人搀扶着她一步一步往前挪。路况很糟，尽管有小伙子搀扶，穿着舞鞋极不方便的她还是一拐一拐的。她的内心荒凉阴郁极了。她不知道，也不明白，自己究竟出了什么事。

她走进旅店，在一个小房间看见弗洛丽妮躺在床上，女店主和弗里德里希围着她团团转，她才证实了自己的不幸。她的不忠的朋友与背叛她的女友之间的暧昧关系，一下子暴露无疑。无可奈何地她看到，她的女友刚睁开眼，带着苏醒时的柔情就抱住那位朋友的脖子，带着苏醒时的柔情，她的黑眼睛重新闪出光辉，苍白的脸染得鲜红，显得更年轻，更动人，更可爱。

孤单单的阿尔贝蒂妮，垂下眼睛站在那里，他们根本没感觉到她的存在。他们醒悟过来，极力掩饰自己的感情时，损失已经酿成了。大家还得继续乘车，即使在地狱，有情人、男叛徒和女叛徒也可以极不和谐地凑在一起。

危险的打赌

　　大家知道，人们在一切事情都顺风得意之时，总会妄自尊大，因而不知道力量往哪儿使才好。就像那些放浪不羁的大学生，他们有一种习惯，在假期成群结队的到乡下旅行，肆无忌惮地做些恶作剧，常常把人搞得哭笑不得。他们的性格各不相同，年轻人的生活乐趣把他们聚集起来，结合在一起。他们有不同的出身和家境、思想和教养，但所有的人都愉快地交往，互相促进。他们经常把我也邀去做伴，因为我承担的责任比他们中的任何人都重，往往会获得"恶作剧大师"的荣誉称号，关键原因是我平时很少开玩笑，然而一开起玩笑来就高人一筹。下面发生的事不妨来证明一番。

　　一次郊游中，我们来到一个风景宜人的山村。虽然这个山村较偏僻，但人们竟设下了个驿站，虽然冷清，却住着几个绝色的少女。大家打算休息一下，既可消磨时光，又可跟姑娘们调情，过一阵子少花钱逍遥自在的生活，然而却花费了更多的钱。

　　饭后，有一些人兴致勃勃，有些人无精打采。有些人醉醺醺地睡大觉，有些人则想随便想个办法醒醒酒。我们在驿站的一侧，租了几个大房间。这时一辆漂亮的轻便马车由四匹马拉着，把我们吸引到窗前。仆人们从驾驶座位上跳下来，扶出一位高贵的绅士，那位先生仪态大方，虽然上了年纪，却精力充沛。首先映入眼帘的是他那张端正的脸上的那个漂亮的大鼻子，连我自己都搞不懂是什么原因促使我立即想出一个极大胆的方案，而且没有多加考虑就开始去实施。

　　"你们对这位先生的印象怎么样？"我问同伴们说。"从他的外表来看，"一个人说，"他好像是个不允许跟他开玩笑的。""对，对，"另一个人接着说，"从外表上看，他好像是神圣不可侵犯的。""不管怎么样，"我很有把握地回答说，"你们赌什么，我要捏住他的鼻子，我不但不会引起他的恶感，甚至还可以骗取他一声先生的尊称。"

　　"要是你这回得逞，"一个叫"斗士"的家伙说，"我们每人给你一个金路易。""那好，就麻烦您帮我收钱了，"我提高嗓门说，"我信得过您。""对我来说，我宁愿从狮子嘴边拔一胡子。"小个子说。"我必须抓紧时间。"说着，我匆忙地向楼下跑去。

我一见这位陌生人时，就发现他长了一脸浓密的胡子，可想而知，他身边没带修面师傅。这时，凑巧遇到一个跑堂的，便问道：

"那位新来的客人没有问起修面师傅？"

"问过了！"堂倌回答，"这是件要急于解决的事，这位先生的贴身仆人已经迟到两天了。先生要把他的胡子刮掉，可是我们惟一的理发师现在也不知跑到哪家串门去了。"

"那么我来吧，"我接着就说，"你只管领我去见先生，就说我是剃须师傅。你会沾光的。"说罢，我转身回到房里拿了理发工具，跟着跑堂走了。

这位老先生极为隆重地接待了我，从头到脚把我打量了一番，好像是在揣摸我是否有套娴熟的手艺似的。"您有这门手艺？"他问我。

"不是吹牛，比得上我的还没有找到。"我说，我对我做的事很有把握的。因为我在过去曾经干过这种高贵的手艺活，特别使我出名的是用左手使剃刀。

先生当盥洗室用的那个房间，正好朝着院子，我的朋友们恰巧可以把整个房间看得一清二楚，特别是当窗子敞开着的时候。理发工具是早已备齐的。主人就坐下来，围好理发围布。我彬彬有礼地走上前去，说道："阁下！我干这个手艺活的时候，有一种很奇怪的现象，那就是我替平民百姓修面，总要比给贵族豪绅修得精致，更叫人满意。这种事我百思不得其解，怎么也找不到原因何在，后来终于被我摸索到了，原来我干活时在空气流通的地方总比在关闭的屋子里干得好。要是阁下允许我打开窗户，您会有个称心如意的效果。"经过他的同意后，我打开了窗子，跟我的朋友们打了个手势，然后非常舒服地往那些浓密的大胡子上涂上一层皂沫。我以敏捷熟练的技术刮去了他面部的胡子，轮到刮上唇的胡子时，我就毫不迟疑，一把抓住我这位恩公的鼻子，同时引人注意地把它扭过来扭过去，我故意这样做，莫非是让我的赌友们高兴地鉴赏一番，并且也要他们承认，这次的打赌他们输定了。

老先生庄重地对着镜子左顾右看，看得出他是带着几分满意的神情在端详自己，说实在的，他是个俊美的男子。然后他转过身来，用他那神采奕奕的黑眼睛和蔼可亲地望着我说："我的朋友，你给人修面的手艺，是值得称赞的，我觉得你比别人的不文明动作少得多。你在一个地方从不刮两三次，而是一刀就解决了，你不像一些理发师那样把剃刀在手掌上抹来抹去，而且把刮下来的脏东西寄放在我的鼻子上。特别值得称赞不已的是你左手使刀的熟练。这是给你的报酬，"他一边说，一边递给我一个古尔登，"但你千万要记住一点，给有身份的人修面，不要捏他的鼻子，如果你能改掉这个粗俗的习气，你在理发界定会走运的。"

我深深地鞠了一躬，对他的赠言表示全部接受，并请求他下次回来再给我一次效劳的机会，我就以最快的速度奔向我们那些年轻的伙伴们，他们简直使我感到有点害怕，原来他们正在捧腹大笑，大声喧哗，像疯子似的在屋子里乱蹦乱跳，鼓掌欢呼，当那些睡着的人被吵醒以后，重新又闹又笑地讲述我刚才的经过，我一进房里，只好先把窗户关好，请求他们看在上帝的份上尽快地安静下来，但最后我想起自己那么严肃认真地干那种恶作剧，也忍不住和他们一起笑了起来。

过了一会儿，震耳欲聋的狂笑声才渐渐平息下来，我认为自己交了红运，口袋里装着金币，外加一枚轻易得到的古尔登。我觉得我相当充实。当大家决定第二天散伙时，我觉得这正投我的心意。但是，命中注定我们不可能有善始善终分手的福分。这个故事太逗人了，没有办法不外传。尽管我一再恳求和央求，务必在那位先生离开前守口如瓶，我们当中有一个外号叫机灵鬼的，他和房东女儿搞得火热。他们一块儿闲逛，天晓得他有没有更好的玩笑让她取乐，反正他对她和盘托出，两个人笑得差点没气了。这还不够，她又把这笑话张扬开去。所以还没等到睡觉的时候，这笑话终于传到了那位老先生的耳朵里。

我们比平时更加安静地坐着，因为闹了整整一天，大家也累了。突然，那个非常关心我们的跑堂倌闯进来大声嚷道："你们快逃吧，他们要打死你们！"我们霍然而起，很想把情况再打听清楚些，但他早已跑出门去了。我抢步上前，插上门闩，这时已经听到有人在敲打房门，我们甚至以为听到斧头劈门的声音。我们都吓得赶快退到里屋，没有人吭一声。"我们被出卖了，"我不禁嚷道，"现在是魔鬼捏住了我们的鼻子！"

"那个斗士"连忙拔出他的剑，我又一次显示了一下我的力大无比，独自将一个很重的五斗橱推到门前，幸亏那扇门是朝里开的。但是，就在这时我们已经听见前室传来的一声巨响，我们这个房间的门受到极其猛烈的撞击。

"斗士"似乎已拿定注意，准备进行自卫，但我却反复地冲着他和别人喊："你们快逃命！你们这些出身高贵的人，呆在这里不仅要挨一顿狠揍而且还要遭受他们的侮辱。"刚说到这，那个姑娘闯了进来，她泄露了我们的秘密，现在知道自己的情人有生命危险，显出失魂落魄的样子。"快走！快走！"她边喊边拉着他，"快走！快走！我带你们爬出顶楼、谷仓，然后从过道里逃生。大家快点跟我来，最后的人把梯子撤掉！"

所有的人都迫不及待地从后门冲了出去，我又把一个箱子放到柜上，牢牢地顶住那两扇受到攻击而往里倒塌的门板。但是我这顽强的抵抗行径几乎把我自己给毁了。

当我向大家追踪而去时，发现梯子已被撤掉，逃命的希望很渺茫。这时，我这个真正的元凶，肯定会被打得粉身碎骨。不知道怎么回事，直到今天我还能在这里给你们讲这段故事。你们要牢牢记住，专搞恶作剧的人到头来是没有好下场的。

至于那位老先生由于被愚弄而又未报仇泄恨，他非常恼火，因而得了重病。有人说这件事导致了他的死亡，尽管不是直接的，也有很大的影响。他的儿子一直追踪这帮肇事者，不幸地得知"斗士"也有份。几年以后我们才知道，他提出与"斗士"决斗，不料这个美男子受到严重的创伤，抱恨终生。又过好几年，由于一些偶然事件的株连，这个行动也使他的敌人受到伤害。

任何寓言都有一定的教育意义，让人们从中吸取教训。现在说的这个寓言包含着什么意思，你们大家肯定都很清楚了。

亲 合 力

第一部

第一章

爱德华——我们这样称呼一位正值年富力强、家道殷实的男爵。在四月的一天下午，爱德华在自己的苗圃里度过了最美好的时刻，把新弄到的接枝嫁接到嫩干上。他正好做完自己的工作；他把各种工具收拾到工具袋里，满意地观察着自己的劳动成果，这时，园丁走了过来，为主人的勤奋赞赏不已。

"你看到我的妻子了吗？"爱德华问道，一面正准备动身走开。

"在那边新修的建筑物里，"园丁回答说，"她在城堡对面岩壁旁边修建的苔藓小屋今天就要完工了。一切都弄得漂亮极了，老爷您一定会喜欢的。从凉亭四下望去，景致十分幽雅：下面是座落有序的村庄，旁边稍右的地方是教堂，越过教堂的塔尖还能望到很远的地方；小屋对面就是城堡和众多的花园。"

"说得对，"爱德华回答说，"离这儿几步远的地方，我还看到有人在劳作呢。"

园丁接着说："还有，右边的山谷豁然展开，越过茂密的长有树木的草地直着望过去，就能看到晴空万里的天空。通往山间小道铺得十分好看。尊敬的夫人很在行，在她手下工作是令人愉快的。"

"你到她那儿去，"爱德华说，"让她等着我。告诉她，我希望看看她的创造物，她的新作。"

园丁匆匆离去，爱德华随即跟着前往。

　　爱德华走下平台，边走边仔细察看温室和暖床，一直走到水边，然后跨过一座小桥路就分成了两条岔道，一条穿过教堂的墓地，几乎是直达岩壁，他没走这条岔路，而选择了另外的一条。这条岔路在左边稍远的地方，穿过一片优美的灌木丛，缓缓地蜿蜒向上；他在这两条岔路会合的地方，坐在一条安放得非常巧妙的长凳上，休息了片刻，随即踏上了山径。在这条时而十分陡峭时而非常平缓的窄路上，他走过了所有的台阶和平台，最后到达了苔藓小屋。

　　夏绿蒂在门前迎接自己的丈夫，让他坐在一个能够容易观看风景的地方，从这个地方，透过门窗，一眼就能把一幅犹如置身于画框里的千姿百态的景色尽收眼底。他满怀喜悦，希望春天不久又会使万物更加富有活力。"我只是想提醒你一下，"他说，"我觉得这凉亭太小了。"

　　"对我们两个人来说，它已经够宽敞的了。"夏绿蒂回答说。

　　"那当然，"爱德华说，"就是有一个第三者，地方也够用了。"

　　"为什么不呢？"夏绿蒂回答说，"有一个第四者也够了。如果来很多客人，我们还得准备其他地方。"

　　"现在我们单独在这儿生活，没有人来打搅，"爱德华说，"心情都十分平静和愉快，所以我得向你承认，近来一些时候，我就有桩心事，我必须而且也很想把它告诉你，可却一直没机会。"

　　"我已经看出来了。"夏绿蒂回答说。

　　"我得承认，"爱德华接着说，"若不是明天早晨信差会来催我，若不是我们今天必须做出决定，那我也许还要沉默下去呢。"

　　"这究竟是什么事？"夏绿蒂亲切地问道。

　　"是关于我们的上尉朋友的事，"爱德华回答说，"你知道，和其他人一样，他并没有过错，却落到了这个地步。像他那样有知识，有才能和本领的人，却无所事事，真是叫人痛苦啊。所以，我不想继续克制我对他的愿望：我想请他到我们这里住一段时间。"

　　"这得好好地考虑考虑，还得要从多方面来观察。"夏绿蒂回答说。

　　"我准备把我的意见告诉你，"爱德华对她说，"在他最近的那封信里，隐约地流露出郁郁寡欢的疑问心情；并不是因为他缺少什么必需之物，他完全知道自己约束自己。至于必需之物，我已为他准备好了；他接受我送给他的东西也不会惝惝不安；过去我们彼此之间欠的债实在太多，无法计算得出。因为他无所事事，这才是他真正的痛苦。他自己受过很多方面的教育，能每天每时给他人带来益处，这才是他惟一的乐趣，甚至是他的激情。而现在呢，他却无所事事，要么继续攻读，再去学习本领，其实，他的本领够多了，正感到没地方用得上呢——够了，亲爱的，这是一种可悲的处境，他在寂寞中更感到两倍、三倍的痛苦。"

"我记得，"夏绿蒂说，"有好多地方曾向他提供过就业机会。我自己也曾为他给某些做事的男友和女友写过信，而据我所知，这些信并非是没有效果的。"

"完全正确，"爱德华回答说，"但是，甚至这些不同的机会，也只会给他带来新的痛苦，新的不安。其中没有一种情况是适合于他。他要干一番事业，而不是牺牲他的时间、他的思想、他的个性，这对他来说是绝对不肯的。我越是考虑到这一切，感觉到这一切，让他到我们这儿来的愿望就越强烈。"

"你对朋友的处境这样关怀，"夏绿蒂说，"这非常好，也是你的一番盛情；不过，请允许我向你提个要求，为了你，为了我们你应该再考虑一下。"

"我已经考虑过了，"爱德华回答她说，"他在我们身边，只会给我们带来好处和愉快。关于费用方面无需谈及，如果他搬到我们这儿来，那些费用对我来说都是微不足道的；同时我特别想过这点，那就是他的到来不会给我们造成哪怕是一点点细小的麻烦。他可以住在城堡的右厢房里，其余的一切都是现成的。这会给他带来多少好处，与他交往又会给我们带来什么样的快乐，是啊，带来多少好处！我早就想对这儿的地产和整个庄园进行测量；这项工作可由他来料理和指导。你本来打算等到现有佃农的租佃期满就自己动手管理庄园。可这是一项多么不容易、多么令人忧虑的计划啊！难道他不能帮助我们获得一些管理庄园的基本知识！我越来越觉得，我正缺少这样一个人。当地人虽然有足够的知识，但他们的报告总是混乱的、不诚实的。那些来自城市和高等学府的大学毕业生，虽然头脑清晰，办事井井有条，但是缺少对事物的实际经验。而我的这位朋友兼备了两者的长处；此外，我很乐意想像，从中还会有上百种其他令我赏心的乐事，这也与你有关，我预见到有好多益处呢。我感谢你和颜悦色地听了我这一席话；现在，你也要无拘无束细致周详地把你要说的话都说出来；我不会中间插嘴的。"

"那好，"夏绿蒂说，"我想先从一般的看法谈起。男人们更多地想到个别，想到现实，这是有道理的，因为他们的使命就是有所作为，有所影响；女人们恰恰相反，她们更多的想到生活中的关系，而这同样也是有道理的，因为她们的命运，她们家庭的命运与这种关系息息相关的，她们所要求的也正是这种联系。现在，就让我们看看我们现在和过去的生活吧！这样，你会向我承认，聘请上尉一事与我们的意愿、我们的计划、我们的安排并不相关。

"我非常喜欢回忆我们以前的关系！在年轻的时候，我们彼此热烈地相爱；

可我们被人为地拆散了：你离开了我，因为你的父亲出于对财富的贪婪，把你同一个年龄较大的有钱女人结合在一起；我和你分手了，因为我没有特别的指望，不得不嫁给一个富裕的、我所不爱的但很值得我尊敬的男人。我们又都自由了；你早一些，你的那位小母亲似的妻子给你留下了一笔巨大的财产；我比你晚一些，正是你旅行归来的时候。这样，我们又在一起了。回忆起这些我们就感到很高兴，我们喜欢这样回忆，我们能够不受任何干扰的生活在一起了。你急于和我结婚，我却没有立即同意，因为我们虽然年龄差不多，但作为妻子我是有些老了，而作为丈夫你却不然。最终我还是答应了你，因为你把结婚看做你惟一的幸福，你想借此摆脱掉你在宫廷、在军队、在旅行中所经历的一切痛苦和不安，你要在我身边获得休息，恢复理智，享受生活的乐趣，但你只愿同我一个人在一起。这样，我只好把我惟一的女儿送进寄宿学校，在那里她能够受到多方面的教育，要比在乡下好得多；我不仅把她，也把我亲爱的外甥女奥狄莉送到了那里，本来，她如果在我身边，在我的指导之下，也许会成为一个操持家务的好手。这一切都是经过你同意的，只有这样我们才能单独地生活在一起，我们才能不受干扰地享受那盼望已久的，但却珊珊来迟的幸福。这样我们才来到这乡下居住。我照管内务，你负责外事和全局。我所做的一切安排全都是为了迎合你的需要，只仅是为你一个人而生活；至少让我们试试看，按照这种生活方式，我们彼此是否能够适应。"

"像你所说，搞联系工作本来就是你们女人的特长，"爱德华说，"因此我自然没有必要听你们把话继续说下去，或者认定你们是有道理的，你的话到今天也还是有道理的。直到现在，我们为我们的生活所做的安排是够好的了，可难道我们不应当在现有的基础上再建造点什么吗？难道不应当再进一步发展吗？我在庭院和你在花园里所做的一切，难道只是为了遁世隐居之用？"

"说得对！"夏绿蒂答道，"好极了！只是我们不要把任何有碍的、陌生的东西弄进来。你要考虑清楚，我们的各种计划，以及我们消遣的各种设施，在某种程度上仅与我们双方的共同生活有关。你过去说过，你打算先把你的旅行日记按着顺序念给我听，借这个机会把一些与此有关的文稿整理出来，在我的参与和帮助之下，把这些珍贵而杂乱无章的册页编成一本使我们和其他人都喜爱、完整的书，我答应帮助你抄写，这样我们就能舒适、幽雅、愉快和秘密地在回忆中去漫游我们不曾共同看到的世界，是的我们已经有了个开头。每天晚上，你再次拿起你的笛子为我的钢琴伴奏；还有邻居的彼此往来和相互拜访。从这一切之中，我度过了我一生中渴望享受的第一个真正快乐的夏天。"

"你对我说的是那么真情意切，那么通情达理，"爱德华一面摸摸额头，一面回答说，"只是那个念头总是萦绕不散，我觉得上尉的到来丝毫不会打扰我们，甚至，他的到来更能加快一切工作的进行，更能给这里的一切带来活力。而且，他也曾参加过我的一部分漫游；他也用不同的眼光记录下某些印象，我们可以共同利用它，那样才会整理出一份美好完整的东西来。"

"让我坦率地对你说吧，"夏绿蒂带有几分不耐烦地说道，"你的这种打算与我的感情相悖，我有一种不祥的预感。"

"照这样看来，你们女人大概都是不可征服的，"爱德华说，"你们先是通情达理，叫人不能反对；随之充满温情，叫人乐于献身；然后是情真意切，叫人不愿与你们为难；最后是预感不祥，叫人恐慌吃惊。"

"我并不迷信，"夏绿蒂说，"如果这只是一些模糊不清的感觉，我完全不用重视它们，但是它们都是一些美好和不幸的结局的不自觉的回忆，这是我们在自己或别人的行动中经受过的。无论是哪种情况，再也没有比第三者的介入关系重要了。我看到过一些朋友、姐妹、恋人、夫妻，他们的关系由于一个新来的人无意或有意的介入而完全改变，使得情况完全颠倒过来。"

"这是可能发生的，"爱德华说，"但只是发生在那些浑浑噩噩生活的人身上，而不是发生在那些经验丰富、是非能辨和有自知之明的人身上。"

"说到自知之明，我最亲爱的，"夏绿蒂说道，"这并不是完全有效的武器，甚至在某些时候，对于使用这一武器的人来说却是一种危险的武器；从这一切谈论中都可以看出，我们至少不要草率从事。你再给我几天时间吧，不要马上就下定论！"

"按现在的情况来看，"爱德华说，"就是再过几天，也还是草率从事。我们已经相互提出了赞成和反对的理由，现在就应该做出决断，如果我们都认为自己的理由充沛，那最好的办法只好是抽签了。"

"我知道，"夏绿蒂说，"在犹豫不决的情况下，你喜欢以打赌和掷骰子的办法来做出决定；但现在用在这么一件严肃的事情上，我认为是一种罪过。"

"那我写给上尉的信该怎么写呢？"爱德华喊了起来，"我得立刻回信给他。"

"写封理智的、平安的慰问信吧。"夏绿蒂说。

"这和没有写信有什么区别。"爱德华说。

"在某些情况下，"夏绿蒂说，"这是必要的、是友好的；泛泛地写点什么总比什么都不写要好得多。"

第二章

　　爱德华独自一人坐在自己的房间里，夏绿蒂再次提起他的生活遭遇，记忆犹新地回忆起他们双方共同生活的情况以及他们未来的向往，这一切使他非常高兴，也激发了他那活泼的情感天性。他们共同走过的日子，让他感到无比幸福，于是他想给上尉写一封友好的、同情的，但却平淡而空洞的回信。但是，当他走到写字台前，再次把朋友的来信重读一遍时，那位出色的男子的悲惨境况马上又浮现在他的眼前，这些日子以来那些使他苦恼的感情又油然而生，让朋友陷入在这么难堪的境地而不顾，他无论如何也做不到。

　　爱德华对自己的追求从不放弃。他是个富人家的惟一的和娇生惯养坏了的孩子，父母巧言说服他和一个年龄比他大得多的女人结婚，这是一桩奇怪而又非常有利的婚事。他受到这女人百般的溺爱，千方百计的讨好他，她总是用无比的慷慨大方来回报他对她的善意。不久她就去世了，他成了主人，独自外出旅行，喜欢变换环境和口味，他从不企求什么过分的东西，但想要许多各式各样的东西。他为人率直、善良、诚实，而在某些情况下，却显得非常勇敢——在这个世界上有什么能不顺从他的愿望呢！

　　直到现在，他事事如意，他已占有了夏绿蒂，这是他通过顽强的，甚至是传奇式的忠诚才最终赢得的；现在，他第一次遇到挫折，第一次遇到障碍，偏偏他想把自己青年时代的朋友招到自己的身边的时候，在他把自己的生活仿佛隔绝起来的时候，他心情烦闷，情绪焦躁，几次拿起笔，又几次放下它，因为他拿不定主意，不知道该写些什么。他既不想违背妻子的愿望，又不想顺从她的要求；此时他心烦急躁，却要写一封恬淡的信，这是他完全做不到的。最自然的办法，就是设法拖延时间。他草草地写了几句，请朋友原谅他这几天没有写信，原谅他今天写得这样简单，并允诺下次写一封有内容的、令人欣慰的信。

　　第二天，夏绿蒂利用去同一地点散步的机会，重新提起上次的话题，或许她相信，要使一个人对某种意愿失去兴致，最有效的办法就是常常把它絮叨一番。

　　爱德华却正希望她老话重提。他用自己的方式亲切而愉快地表述了自己的意见。因为像他这样一个天生易受感动的人，即使他易于激动，即使他那强烈的欲望变得急不可耐，即使他的固执使人焦急不安，他也要充分照顾别人的情绪而使用温和的言词，使人觉得他一直是和蔼可亲的，即使人们认为他很难以打交道。

　　这天早晨，他用这种方式使夏绿蒂心情变得十分愉快，随之用优雅的言词巧妙地把谈话转到主题，使她完全失去了常态，最后她竟然喊叫起来："你肯定是要我把拒绝给丈夫的东西给予情人。"

"至少，我亲爱的，"她继续说，"你应该发觉，你的愿望与你表达它们时所流露出的愉快兴奋的心情，使我不无所动、不无所感。你的这番话逼使我向你承认，我直到现在对你也隐瞒了一件事情。我的处境和你的处境差不多，我同样也在强制着自己，就像我施加在你身上的那种强制。"

"这个我倒愿意听听，"爱德华说，"我觉得，夫妻之间有时应当展开争论，因为这样才能增进彼此间的相互了解。"

"那么你应当了解，"夏绿蒂说，"我关心的是奥狄莉，你关心的是上尉。这个可爱的孩子在寄宿学校里情绪极为抑郁，令我十分忧虑。我的女儿露茜娜，她是为这个世界而生，为这个世界而接受教育；她学习语言、历史和其他知识，看谱弹奏乐曲和变奏曲；她天性活泼，记忆力强。可以这样说，她把一切都忘记了，但转瞬之间又能想起来。她行动自如，舞姿优美，谈吐文雅得体，因为这一切使她超群出众，而她天生的主宰者的气质，使她成了她那个小圈子里的女王。学校的女校长也把她看作是她一手栽培起来的小女神。她不仅为她赢得了荣誉和信赖，还为学校吸引了一大批青年人。女校长的来信和按月给家长寄来的报告，开头的几页总是对这个孩子的出众大唱赞歌，我自然懂得把这些赞词很好地转换成我自己的平淡语言。信里最后提到奥狄莉时却相反，总是一再地表示抱歉，总是说这样一个长得如此秀丽的姑娘却不开朗，不愿表现出自己的才能和智力。女校长的言外之意，对我来说也绝不是个谜，因为我从这个可爱的孩子身上，看到了她母亲的全部性格，我最为珍贵的女友同我一起长大成人，若是我可以成为她女儿的教师或监护人的话，我一定能把她的女儿培养成为一个出色的人。"

"但是，这毕竟不是我们计划中的事，人们在自己的生活中，不愿为过多的事操心，不必老是想着把新的东西吸引进生活中来，这样，我宁愿自己承受，甚至自己克服这种不愉快的感觉：我的女儿知道得很清楚，可怜的奥狄莉完全依赖我们，所以她利用自己的种种长处，傲慢地对待奥狄莉，因而把我们的一番好意毁掉不少。"

"但是有谁会有这么好的修养，不利用自己的优势以一种残忍的方式施加于他人呢？谁能在受到这种压力而不感到痛苦难过呢？通过这些考验，奥狄莉的价值增长了；但是，自从我清楚了这种苦恼的境况之后我始终都在想方设法，把她安置到另一环境中去。我时刻都在等待一个答复，一旦有了答复，我就会毫不迟疑地把她送去。我最亲爱的，这就是我现在的打算。你看得出来，我们双方都有一颗诚实善良的心，都承担着同样的忧虑。让我们共同承受吧，因为它们彼此是无法抵消的。"

"我们的脾气都有些古怪，"爱德华微笑着说，"当我们把令我们忧虑的事情从心中摆脱掉的时候，我们就以为事情都解决完了。在整体上我们可以做出许多牺牲，可在局部上要我们放弃却成了一种我们很难忍受的要求。我的母亲就是这样。我年幼时就生活在她的身边，她时刻都放心不下。我骑马外出迟些归来，她就担心我是遇到了不幸；如果遇雨被淋，她就断定我要发烧。我出外旅行，远远地离开了她，她倒觉得我几乎无所谓了。"

"要是我们更仔细地观察一下，"他继续说下去，"那么，我们就会明白，我们的所作所为是愚蠢的是不负责任的，把两个与我们的心如此贴近的、极为高尚的人，弃之于苦恼和压抑之中，只是为了使我们免遭一次危险，如果说这算不上自私自利，那还能算什么呢？你把奥狄莉接来，让我请上尉来。看在上帝的份上，让我们试试吧！"

"如果这个风险只是对我们，"夏绿蒂疑虑地说，"试试也未尝不可。不过，你认为让上尉和奥狄莉同住在我们家里是可行的吗？上尉的年纪和你的差不多，在这样的岁数时——我只是私下里这种奉承你的话，男人才懂得爱，也值得女人去爱，况且像奥狄莉这样一个具有许多优点的姑娘呢。"

"我真的不太清楚，"爱德华说，"你为什么把奥狄莉抬得这样高！我只能这样来解释，她承受了你对她母亲的喜爱。她漂亮，这是千真万确的，我记得，一年前我和上尉归来时，在你姑母家遇到她和你在一起时，上尉就提醒我注意她。她的确漂亮，特别是她那双美丽的眼睛；但是我确实不记得她究竟给我留下怎样的印象。"

"你说的这番话是值得称赞的，"夏绿蒂说，"因为那时有我在场呀；不管她比我多么年轻，但是因为旧情难忘，我的在场对你有那么大的魅力，竟使你对一个富有朝气、妩媚婀娜的佳丽漠然处之。这也正是你为人的品格，所以我才很高兴与你共同生活。"

夏绿蒂说话时虽然显得十分真诚，但她确实是隐瞒了某些事实。当时在爱德华旅行归来时她故意把奥狄莉带到了他的面前，使心爱的养女有一个如意的佳偶，因为她再也不想和爱德华继续保持关系。上尉也是受她的指使才提醒爱德华去注意奥狄莉的。但是爱德华却一往情深，对夏绿蒂的爱始终是刻骨铭心，他目不转睛，只是陶醉于一种幸福的情感之中：一件他热切渴望的、经过一系列变故几乎要永远失去的美好的东西，现在终于又有可能得到了。

夫妇两人正准备走下新建的凉亭朝古堡走去，这时一个仆人匆忙迎面走来，满脸笑容还在底下就朝上面喊道："请老爷和夫人快到那边去！米德勒先生已骑马飞奔进古堡的院子。他派我们到处寻找你们，要我们问您，是否有什么急事。他在我们后面喊叫：'你们听见没有？快去，快去！'"

"这个滑稽的人！"爱德华脱口而出，"夏绿蒂，他来得正是时候吗！赶快回去！"他吩咐仆人说："告诉他，我有要紧事，非常要紧！请他下马。你去照料一下他的马，把他带他到大厅去，给他一份早餐，我们马上就来。"

"让我们走近路吧，"他对妻子说，马上踏上了那条他平时总是避开不走的穿过教堂墓地的小路。使他非常惊奇的是，他发现夏绿蒂对这里也深怀感情。她尽可能地保护好那些古老的墓碑，把它们排列得井然有序，使这里成了一个令人赏心悦目，流连忘返的愉快场所。

就连那些最古老的墓碑也得到了她的青睐。她按照年代把它们倚墙立了起来，砌入墙内或者妥善地安排在适当的地方；甚至教堂高高的地基也被她用各种各样的墓碑装饰起来，显得很别致。爱德华穿过小门走了进去，感到一种异样的惊奇，他握住夏绿蒂的手，眼里噙着泪珠。

但是，那位脾气古怪的客人吓走了他的眼泪。原来他没在古堡里静下来，而是策马穿过村子直接来到教堂门口，他停在那儿，迎着他的朋友们叫了起来："你们总不会是拿我开心吧？真的有急事，我只能在这里呆到中午。你们千万别故意留住我，我今天还有好多事要办呢。"

"您既然已经跑了这么远的路，"爱德华向他喊道，"那就进来休息片刻吧，我们在一个严肃的地方会面，您看，夏绿蒂把这块让人悲伤的地方布置得多美啊。"

"我不会进来的，"骑马的人大声说，"我既不会骑马，也不会乘车或走路进来。这里的人安息在和平之中，我和他们没有什么交道可打。如果有一天有人拉着我的脚倒拖进来，那我也只好忍着了。这么说，真的有很严重的事情？"

"是的，"夏绿蒂大声说，"真的非常严重！我们这对新婚夫妇第一次陷入困惑和迷惘之中，找不到任何解决的办法。"

"你们看来不像是这样，"他回答，"但我还是愿意相信你们的话。你们如果捉弄我，那我以后就不会再管你们的闲事了。快跟我来吧；我的马也该休息一下了。"

不久，他们三人就聚集在大厅里；饭菜已经准备好了，米德勒把他今天的活动和打算都说了一遍。这位怪人从前是个神父，他在那个职位上孜孜不倦地工作着，做得非常出色，善于调解一切争端，不管是家庭内部的，还是邻里之间的，首先是个别居民之间的矛盾，然后是整个教区和许多地主之间的纠纷，他们都来找他调解和平息。在他任职期间，没有哪个夫妇闹过离婚，没有人打架，也没有人打官司，地方上的同僚们相安无事。他早就发觉，法律知识对他是多么重要，于是把全部精力都放在攻读法律上，不久，他觉得自己已成为一名十分精明干练的律师。他的影响范围奇迹般地扩大开来，有人正准备把他请到京城，以便从上面完成他在下面开始的事业。可当他，获得一笔可观彩票奖金时，他购买了一份中等的田产，并把土地租出去，使它成为自己活动的中心，确立了自己的志向，或者更确切地说，他按照古老的习惯和兴趣，要是没有什么可以调解和帮忙的人家，他决不在这个家庭停留片刻。那些迷信名字意义的人断言，米德勒这个名字迫使他去履行所有使命中最奇怪的使命。

仆人已经送来了点心和水果，这时客人一本正经地警告主人，有话直说，不要藏头藏尾的拖延时间，因为他喝完咖啡后就得立即动身。这对夫妻于是详细地把他们的心事说出了，可是他刚一听明白事情的意义所在，便厌烦地从桌旁跳了起来，快步奔向窗口，叫人备马。

"或许是你们不认识我，"他惊叫起来，"所以不理解我，或许是你们居心不良。这难道也算是一种争执？这难道也需要帮助？你们以为我活在世上就是为了给别人出谋划策吗？这是一个人所能干的最愚蠢不过的事情。每个人都应该给自己拿主意，做他无法避免的事情。如果事情成功了，他就会为自己的智慧和幸福而喜悦；如果事情办糟了，我会义不容辞来帮忙。谁想摆脱一种不幸，那他总会知道自己该怎样去做；谁想得到比他现有的还要好的东西，那他就是个真正的瞎子——是呀！是呀！你们只管笑好了——他在玩抓盲牛，他也许会抓住它，但是抓到的是什么呢？你们想干什么就干什么去吧：这完全无关紧要！把朋友们接到你们这儿来，再让他们离开：完全无关紧要！我见过最理智的事情遭到失败，而最愚昧的事情却成功了。你们用不着费尽脑力去想，如果事情以这样或那样的方式办糟了，你们也不必为此而伤透脑筋。到时派人来找我，我会给你们帮助的。就说到这里，为你们效劳。"

他飞身上马，连咖啡都等不及喝了。

"你瞧，"夏绿蒂说，"如果在两个亲密结合的人之间意见并不统一时，第三者根本是起不了什么作用的。如果可以这样说的话，我们现在比先前更加惶惑，更加没有把握。"

要不是爱德华收到了上尉对他最后那封信的回信，夫妇俩大概还要犹豫一段时间。上尉决定接受别人给他提供的一个职位，尽管他根本不适合这项工作。原来别人要他去分担那些高贵的有钱人的无聊岁月，因为他们认为他能给他们消愁解闷。

爱德华把整个情况看得非常清楚，心里也很明白它将会发展到何种地步。"难道我们能让我们的朋友陷入这种境地吗？"他喊了起来，"你不能这样残忍，夏绿蒂！"

"那个脾气古怪的人，我们的米德勒，"夏绿蒂答道，"归根结底还是正确的。所有这样的行动都是一种冒险行为。没有人能预先看得出结果怎样。这种新的关系既会带来幸福，也会带来不幸。在这件事上，我们无须做出什么特别的贡献。我感到自己已没有力气再和你对抗下去。让我们试试看吧！我惟一求你的是，这样的安排时间不会太长。请你相信，我会做出比以前更多的努力，利用我的影响和我的社会关系，设法给他弄到一个适合他的性格，也能令他感到几分满意的职务。"

爱德华用最优美的姿势向自己的妻子表达了最衷心的感谢。他怀着轻松而喜悦的心情，急忙给他的朋友写信，向他提出各种建议。夏绿蒂只好亲笔在信中附言表示自己的赞同，以自己的友好请求，希望他能同意。她文笔流畅，写得殷切有礼，但却显得有匆忙之感，而这是她平时所不习惯的；写到最后她在纸上滴下了一滴墨汁，这是轻易不会发生的事情，她为此感到恼火，试图把它抹掉，却弄得墨渍更大了。

爱德华借此开了个玩笑，因为信纸上还有地方，他就又加上了一句附言：朋友应该从这些文字符号中看出，人们等着他的急切心情，因此他也要像这封在匆忙中写的信一样，抓紧时间，急速上路。

信差走了，爱德华再三坚持要夏绿蒂立即把奥狄莉从寄宿学校接回来，他认为除此之外没有什么更能表示他的谢意。

她请求把这件事推迟一段时间再说，她想在这个晚上用音乐激起爱德华的兴趣。夏绿蒂的钢琴弹得非常好，可爱德华的笛子却吹得不怎么样。尽管他有时花费不少精力，但缺少培养这样一种才能所必不可少的耐心和毅力。所以，他吹奏得非常不均衡，有的地方吹得不错，也许只是节奏快了点；在另外一些地方，他又停顿下来，因为这些段落他不熟练，与他合作二重奏进行到底，这对任何人来说都是一个难题。可是夏绿蒂却知道怎样办；她也停下来，然后再随着他演奏下去，这么一来，她就履行着双重责任，她既是一个优秀的乐队指挥又是一个聪明的家庭主妇。尽管个别的迅速而轻快的段落不怎么合拍，但在总体上她却都保持了节度。

第三章

上尉到了。他事先寄来一封非常通情达理的信，它使夏绿蒂全然安心了。他对自己以及对自身的处境对自己朋友们的情况都十分清楚，使人看到一种明朗而愉快的前景。

开头几小时的谈话，像在多年不见的朋友之间惯有的那样，显得非常活跃，甚至几乎是谈得精疲力竭的。傍晚时分，夏绿蒂提议到新建的凉亭那边去散步。上尉对周围的环境十分喜欢，多亏有这些新辟出的道路，他才能看到和欣赏到一幅幅的美景。他有着一双既有经验而又易于满足的眼睛。虽然他非常清楚地看到这里的一切并非十全十美，但他并不像人们惯常遇到这类事所做的那样，例如不切实际地给予评论，或者正面提起他在别处看到过的更为满意的建筑，以免使带领自己参观其庄园的主人们感到很尴尬。

他们到达了苔藓小屋，它是用人造花和冬青装饰的，其中还配有一束束美丽的天然麦穗及其他的农作物和树生果实，这一切充分体现了指导者们的艺术思想。

"虽然我的丈夫不喜欢别人庆祝他的生日或命名日，但今天我要用这少许的花环庆祝这个三重的喜庆节日，我想他不会不高兴吧。"

"什么三重的喜庆节日？"爱德华叫了起来。

"完全正确！"夏绿蒂问答说，"我们的朋友的光临应看作为一个节日，完全正确，你们两人大概没有想到吧，今天是你们的命名日。你们不是一个叫奥托，另一个也同样叫奥托吗？"

两个朋友从小桌面上互相伸手相握。"你使我想起了青年时代的那段友谊，"爱德华说，"在少年时代我们都叫奥托，可是当我们在寄宿学校一起生活时，曾因为同名同姓而惹出不少误会，所以我便把这个漂亮而简洁的名字让给了他。"

"可你这样做并不是出于慷慨大方，"上尉说，"因为我记得非常清楚，你更喜欢爱德华这个名字，它从心上人的嘴里说出来，特别的悦耳动听呢。"

他们三个人围桌而坐，在这里，夏绿蒂对这位客人的到来做了热情的表示。爱德华感到心满意足，所以不愿使妻子想起过去那些不愉快的时刻；但他还是按捺不住地说："就是来了第四个人，这地方也足够了。"

就在这时候，从古堡那边传来了一阵阵号角声，好像是在肯定和确证这些聚集在一起的朋友们的美好愿望与意愿。他们默默地谛听，每个人都陷入沉思之中。爱德华首先打破了寂静，他站了起来，走出苔藓小屋，对夏绿蒂说："让我们马上把我们的朋友带到最高地方去吧，不要让他以为这狭窄的山谷就是我们的世袭田产和居住之处；上面会使眼界更加开阔，心胸更加扩大。"

夏绿蒂说，"那这次我们还得沿着那条古旧难走的老路往上攀登；但我希望在不久的将来，走我那条让人铺筑的台阶和山径会使大家更容易地登上山顶。"

他们越过岩石，穿过丛林和灌木，来到了最后的高地，这上面并不是平坦的，而是连绵起伏、土壤肥沃的山脊。站在这里，后面的村庄和古堡再也看不见。在山谷深处，是一片宽阔的池塘；对面是长满植物的山丘，他们正朝那儿走去；最后是峭崖陡壁，它们垂直向下，截断了最后的水面，水面上反射着高大的身影。那儿是一个峡谷，一条湍急的溪流直流池塘而去，一座磨坊半隐其中，与周围的环境连在一起似乎成了一个令人惬意的休息场所。目光所及，在这整个半圆之内，景象万千，变幻无穷；有高山、深谷、灌木、森林，它们的新绿将形成一幅茂密丰郁的景色展现给人们。就连一些地方的个别树丛也紧紧吸引住人们的目光。特别是在眺望景色的朋友们的脚下，一片白杨和梧桐得天独厚地长在中间那个池塘的岸边。它们正在蓬勃生长，清新秀丽、枝叶茂盛、坚实挺拔，不断向四周扩展开去。

爱德华要他的朋友特别注意这些树木。他大声说道："这是我在青年时亲手栽的。那时它们还是小树，我父亲为了修建府邸的大花园需要一部分土地，就吩咐人把它们在盛夏季节拔掉。是我把它们移栽在这里，给了他们新的生命。毫无疑问，它们今年又会长出新的嫩枝，再次表示它们对我的感激之情。"

他们满意而欢快地返回。主人在府邸的右厢给客人安排了一间舒适宽大的住处。他很快就把书籍、纸张和工具整整齐齐地放好，以便继续他所习惯了的工作。但是，爱德华在最初几天里不让他安闲，他领着他到处观光，有时骑马，有时步行，使他熟悉这个地区和他的庄园；也以此机会向客人表达了自己长期以来存在心里的愿望，想更好地了解和更有效地利用这些产业。

"我们要做的第一件事，"上尉说，"就是我要用指南针测量一下这个地方。这是一项愉快而轻松的工作，虽然它不是十分精确，但测量一下毕竟是有用处的，对于开头的工作是使人高兴的；这件事我用不着别人多大的帮助就可以去做了，而且肯定能完成。如果将来你想更精确地进行测量，现在我测量得到的数据也是可供参考的。"

上尉对这类测量工作十分内行。他带了必要的仪器立即就开始工作。他指导爱德华和几个帮助他工作的猎人和农民。白天测量的工作进展很顺利；晚上和清晨他绘下草图，又画出阴影线，并把一切很快地涂匀色彩，绘制完善。爱德华从纸上很清晰地看到自己的地产像一个新创造物似的。他认为现在才算认识了它，它们似乎现在才真正属于他。

有了这样的通览图，对周围地区，对各种建筑物也就更清楚地看到了，再也用不着凭个人偶然的印象到自然界中去摸索了。

"我们必须得让我的妻子清楚才好。"爱德华说。

"别这样做！"上尉说，他不希望用自己的信念破坏了别人的信念，经验曾告诉他，人们的见解是各式各样的，哪怕是最明智的想法，也无法使它们汇集到一点上来。"别这样做！"他大声说道，"她会对我们的做法误会的。她和所有出于爱好而从事这类工作的人一样，她关心的不是做得怎么样，而是做了什么。人们探索大自然，偏爱这块或那块地方；人们不敢去清除这些或那些障碍，人们缺少足够的勇气去牺牲某些东西；人们不能预先设想会产生出什么，人们进行试验，有的成功，有的失败；人们在改变世界，但也许改变的正是人们应该放弃的东西，也许放弃的正是应该改变的东西，这样到头来剩下的总是不完整的作品，它虽然使人喜欢，使人激动，却不是令人满意的。"

"你坦率地向我承认吧，"爱德华说，"你对她所设计的一切并不满意。"

"如果一个非常好的思想能得以实施的话，那就没什么意见了。她曾辛辛苦苦地沿着这些岩石吃力地往上爬，现在又迫使每个人同她一起攀登山路。人们既无法并肩同步，又不能鱼贯而行，很少有什么自由。步伐的节奏随时都会被打断；对于这一切有什么不能反对的呢？"

"那改动一下会很难吗？"爱德华问。

"不难，"上尉答道，"她只要把那只由碎石组成的、没有特点的岩角拆去就行了；这样一条通向高地的漂亮的弯道，同时用那些多余的石块把这条路上狭窄地段展宽，把破损的地方铺平。不过，这只是我们两人私下说说而已；如果她知道，是会产生误解和感到苦恼的。再说，已经建好的东西，就该让它存在下去。若是想多花钱和精力的话，那么，从苔藓小屋向上越过高地，这之间还有许多可做的事，还可以增添很多赏心悦目的景色。"

两位朋友眼下有许多工作，但也愉快地回忆着昔日的美好时光。往往这个时候夏绿蒂总是参与到他们的谈话之间。他们还打算等下一步的工作一结束，就开始整理旅行日记，以便通过这种方式来回忆过去。

除此之外，爱德华与夏绿蒂单独在一起时很少有什么话题可谈，特别是他听到上尉对她的园林建筑的指责以来，这成了他的一件心事。上尉私下和他说的话，他一直没有告诉她；但是当他看到他的妻子近来又忙着从苔藓小屋向高地铺设小台阶和小径时，他再也无法保持沉默了，于是他很委婉地说出了自己的新见解。

夏绿蒂吃惊地站在那儿。她非常聪明，立即看出他们的见解是对的；但是事件已经成了定局。既然做了也只能如此。她认为自己所做的是正确的，她的工作是让人们满意的，甚至被指责的每一处都是可爱的；她对他们的劝告进行反驳，为了维护自己小小的创造物。她责备这两个男人，说他们出于一种开心，出于一种消遣，立即萌生好大喜功之念，马上想大干一场，而不去考虑一项如此庞大的计划需要巨大的费用。她激动不已，觉得受了伤害，因而觉得苦恼。旧的东西她不能放弃，新的东西也不能完全拒绝；不过她仍像往常那样当机立断，立即停止了工作，她需要时间深思熟虑。

她现在失去了这种劳作的乐趣，而那两个男人却更加愉快地忙个不停，特别是忙于园艺和温室的管理，有时也继续搞骑术训练，如狩猎、买马、换马、驯马和驾车等等；因此夏绿蒂觉得一天比一天寂寞。但她与朋友的书信往来比以前频繁，其中也有为上尉谋求工作的书信，可是尽管如此，仍然免不了有寂寞的时刻。所以，当她接到从寄宿学校寄来的书信时，就格外地兴奋和快乐了。

女校长寄来一封详细的来信，与往常一样，满意地谈到了夏绿蒂的女儿的进步情况，信后还有一段简短的附言；此外，还有学校的一个男助教的亲笔附信。这两份东西我们照录如下：

女校长的附言

尊敬的夫人，关于奥狄莉，我只能重复我在前几封信中所说过的话。我没什么可责备她，但我对她确实并不满意。她一向对人谦逊随和，乐于助人；但这种忍让和顺从我并不喜欢。夫人不久前给她寄了钱和各种各样的东西。钱，她没有动用；那些东西也原封不动地放在那儿。当然，她把自己的用品保持得十分整洁和完好，似乎只是由于这个缘故她才更换衣服。对她在饮食方面的过分节制，我也并不赞赏。我们的膳食并不丰盛；但是，每当我看到孩子们饱食可口和有益于健康的饭菜的时候，心里就最欢喜不过。经过慎重考虑和妥善安排才摆在餐桌上的饭菜，应该吃完才对。可是我们却从来没有使奥狄莉做到这点。甚至她为了避开一道菜或饭后甜点心，而去做女仆们疏忽了的事情。在这以上有关她的种种情况，我终于注意到她有时患偏头疼，这是我后来才了解到的，虽然是过去了，但可想而知一定是够痛苦的。对这个美丽而可爱的孩子，今天就谈这么多吧。

男助教的附信

我们出色的女校长习惯让我阅看这些信，在这些信中她向家长和上司汇报她对学生的观察情况。寄给夫人的信，我总是读得加倍仔细，感到双倍的欣喜。一方面我为您有一位兼备一切优秀品质、将来定会平步青云的女儿向您祝贺，另一方面我也必须为您有一位可爱的养女表示我的赞美，她来到这个世界上是为别人的幸福，为使别人满意，当然也为她自己的幸福而诞生的。在对奥狄莉这个学生的看法上，我和我们十分尊敬的女校长不能取得一致看法。我这决不是对这位积极负责的女校长有所责怪，她只是要求人们从外部就能清楚地看到她细心培育的成果，但是，也有一些不向外显露的果实，它们才是真正壮实的，迟早会发展成为一个美丽的生命。您的养女肯定就是这样一个人。在我教她的时间里，我发现她总是迈着同样的步伐慢慢地缓缓地稳步前进，从不后退。如果说一个孩子凡事都需要从头学起，那么她就是这样。凡是不按部就班的东西，她就不能理解。对一件十分易于理解，但与她毫不相关的事情，她就感到无能为力，甚至发呆。但如果人们能找到此中的联系，并向她讲清楚，那么，即使最难懂的她也会领悟的。

由于她这种迟缓的前进，与其他女同学相比，就显得落后于她们。那些女同学的能力各不相同，她们总是进步很快，对所有的甚至互不关联的东西，都能轻易地理解，轻易地掌握，而且得心应手地加以运用。她的情况则与她们不同，例如在上一堂加速的课程时，她就感到一无所获了。有几门功课就是这个样子，授课的老师都是优秀的，但由于讲的速度过快和缺乏耐心，结果她什么也没有学到。人们对她的字体有怨言，抱怨她对语法规则缺乏理解力。我曾对这些责备做了进一步的调查：这是真的，她写字缓慢，笔画僵硬，但并不显得胆怯拘谨和不成形状。我给她上法语课，这虽然并非我的专长，但因为我循序渐进地教她，她很容易就理解了。令人惊奇的是，她知道得很多，而且也很正确，可是只要一问她，她却显得就像什么都不明白了。

如果我用一句总的评语来作为结束的话，我想说：她不是作为换句话说受教育的人在学习，而是作为一个想从事教育的人在学习；换言之，她不是作为女学生，而是作为未来的女教师在学习。也许夫人会感到很奇怪，我本人作为一个教育者和教师，如果说我把某人宣布为和我们教师一类的人，则是对他的更高的褒奖了。夫人远见卓识，才学渊博，会从我这些见识狭隘但善意的语句里面有所汲取。您将会确信，在这个孩子身上也可以期寄于厚望。我向您表示祝愿，只要我相信，我有某些有意义和愉快的消息需要函告夫人时，请允许我再给您写信吧。

夏绿蒂为这封附笺而感到高兴。它的内容完全与她对奥狄莉的看法相符；她忍不住露出一丝微笑，这位教师的关怀似乎有些太热情了，一般说来，教师对一个学生的品德的观察通常是不会做出如此评价的。她本着一种冷静的、没有偏见的思考方式，像对其他许多情况一样，也就任其自然了；她认为这位明达事理的男人对奥狄莉的关心是可贵的。因为她从自己的生活中深深地懂得，在这个充满冷漠和嫌恶的司空见惯的世界里，任何一种真正的倾慕都该受到高度的重视。

第四章

一份地形图不久就完成了，庄园及其周围环境都以相当大的比例，以钢笔线条和各种颜色描绘出来，显得清晰易变，又直观。这些都是上尉通过几次三角测量数据为此打下了可靠的基础才绘制而成的。这位埋头苦干的人简直是废寝忘食，没有人能像他这样，他白天经常忙于眼前的事务，因此每天晚上也有工作要做。

"现在让我们着手其他工作吧，"上尉对他的朋友说，"要对田产加以说明，有了田产登记就可以对往后的租赁估算和其他方面的问题做出安排。只有一件事情我们得商量和确定下来：要把工作和生活分离开来。工作要郑重其事，一丝不苟，而生活则要求随心所欲；工作要求极其严密的逻辑思维，而生活常常需要前后不符，这一点是可爱的和令人高兴的。如果你在这一方面有信心，那么你在生活中就会感到更自由了；如果两者混淆，那么，这种信念就会被这种自由剥夺和抵消。"

爱德华觉察到在这些建议中有一种轻微的责备。他虽然天性就不喜欢事情做得有条有理，但他从来也没有把他的文件分门别类整理的井井有条。哪些文件应该由他和别人一道处理的，哪些文件应该由他自己处理的，都混在一起。同样，业务与娱乐，工作与消遣，他也分得不够清楚。现在，他觉得轻松多了，因为一个朋友承担了这项劳动，好像由第二个自我完成了这种分类的工作，而他一个人是无法为这种事分身的。

他们在上尉住的厢房里设置了文件柜，用于存放现有的资料，还为过去的资料设置了一间存档室；他们把所有的文件、证券、信息资料等从各种各样的贮藏器、小房间、柜子和板条箱里搬出来，很快就把这一大堆杂乱无章的东西整理得井井有条，分门别类地，放入作了标记的方格柜子里。想找什么，可以找到比他希望得到的还要完整。在这件事上，一位老文书帮了他们的大忙，他整天伏案工作，甚至夜里也干到很晚才休息，可是爱德华过去对他一直不满。

"我简直认不出他了，"爱德华对他的朋友说，"这人多么肯干，多么有用啊。"——"正是因为，"上尉说，"我们并没有让他做什么新的工作，他所完成的，只是他乐于做的旧工作，你看了吧，他干得很出色；可要是有人妨碍他，那他就什么也干不成了。"

两位朋友就以这种方式一起度过白天，晚上他们总是按时到夏绿蒂那聚会。如果是邻近的地区和庄园没有社交活动——这是常有的事——那么，谈话和阅读的内容大多是有关增进市民社会的福利、利益和舒适感的问题。

夏绿蒂本来就习惯于利用眼前的情况，她看到丈夫满意的心情，也觉得受益不少。她早就想添置各种家庭设备，但却一直没有筹办成功，现在由于上尉的积极努力而得以实现了。家庭药房一直只有很少的药品，现在充实起来了。夏绿蒂阅读浅显易懂的医书，向别人请教，能够比以往更经常、更有效地发挥她那积极和乐于助人的本性。

由于考虑到一些常见的和一些出人意外的紧急情况，所以拯救溺水者所需的一切物品也都购置好了。原来附近有许多池塘、河流和水利设施，容易发生一些不幸事件。上尉非常仔细地考虑了这些方面的问题，爱德华脱口说出这样一句话：在上尉的生活中曾经发生过类似事故，并以奇异的方式开创了一个新的时代。可是上尉沉默不语，好像想避免悲伤的回忆，于是爱德华也就住口了。熟知此事的夏绿蒂，对此也避而不谈。

一天晚上，上尉说："所有这些预防性的措施都是值得赞扬的，可是我们还缺少一件最最重要的东西，缺少一个善于处理这一切的能干的人。所以我可以推荐一位我所熟悉的外科军医。现在可用一般的代价把他请来，他是一个在自己专业里很出色的人物，在我看来，就是在治疗严重的内科急症时，他做的也要比其他著名的医生更令人满意。乡下最缺少的往往是这样从事急救工作的医生。"

聘请这位医生的信很快就写好了。夫妇二人非常高兴，他们现在终于可以把一笔可自由使用的款项派上最好的用场了。

这样，夏绿蒂就能够按照自己的心意去利用上尉的知识来工作。她开始对上尉的到来感到非常满意，对一切后果也坦然处之了。她习惯于向他请教一些问题。由于她希望生活永远幸福，所以她总想把一切对生命有害的东西，一切致命的东西清除掉。陶器上的铅釉，铜器上的绿锈，都引起她的某些疑惧。她为此向爱德华请教，这样就自然而然地涉及到物理和化学的某些概念上去了。

爱德华喜欢为聚会的朋友们朗读，这为夏绿蒂进行这样的叙谈提供了偶然的、却总是受人欢迎的机会。他有一副非常动听，低沉的嗓音，过去他曾用生动而富于感情地朗诵过一些诗人和演说家的作品而小有名气。现在他喜欢朗读的是另外一些著作。一段时间以来，他主要朗读的都是物理、化学和科技方面的优秀著作。

他有一个与别人不同的特点，那就是在他阅读时不能忍受别人看他朗读的书。从前，在朗诵诗歌、戏剧和小说时，朗诵者和诗人、戏剧家、小说家一样，都怀有热切的意图，希望自己的朗诵能产生应有的效果，为此就需要让听众感到惊异，有意的停顿和激起听众的期望。如果有个第三者有意地去扫视他朗诵的内容，那就达不到预期的效果了。因此，在朗诵时，他总是习惯不要有人坐在他的背后。现在只有他们三人，这种谨慎的做法也就不必要了。由于现在不必要再去激发听众的感情和想像力，所以他就不再去考虑如何格外小心在意了。

可是有一天晚上，当他漫不经心地坐下朗读时，他发觉夏绿蒂在看他朗读的书，这使他那急躁的老脾气顿时发作了，他在某种程度上不客气地斥责她："难道不应该把诸如此类的坏习惯永远改掉吗！要知道，在社交场合里，这些是令人讨厌的！当我给人朗读时，那不就是等于我在亲口向他讲述吗？写在纸上的和印出来的东西，都代替了我本人的思想和我本人的心灵；如果在我的额前或胸前装有一扇小窗户，使那个想听我讲述我的思想、传递我的感受的人，早就从窗户里知道我要说的是什么了，那还要我干什么呢？每当有人看我所朗诵的书，我总是觉得，好像自己被撕成两半似的。"

夏绿蒂机敏之处就是无论在大小团体里，都能把那些令人不快的、激烈的，以至是尖锐的言词加以缓解，把冗长的谈话打断，把停顿的谈话继续下去，这次她也发挥了她的这种卓越的才能。她说道："如果我说明我在这一瞬间所想到的，那你肯定会原谅我的过错。我听到你在念'亲合力'这个词儿时，马上就想到我的亲戚，我的两个表兄弟，他们恰恰在这个时候给我带来了麻烦。当我的注意力又回到了你的朗读上时；我听到你所读的都是无机界的事，我想把事情弄清楚，于是就朝你读的书看了看。"

"这是一种比喻的讲法，它使你精神不集中，"爱德华说，"这里所指的都是土壤和矿物，但人却是个真正的那喀索斯，他喜欢到处照自己的影子，把自己当做整个世界的衬底。"

"是这样!"上尉接着说,"凡是在人自身以外的东西,他都这样去看待,他把自己的智慧与愚蠢,意志与任性,都赋予动物、植物、自然元素和神灵。"

"我不愿使你们远离目前的话题,你们能否简短地给我讲讲,这里的'亲合力'究竟指的是什么。"

"这我很愿意,"上尉回答,因为夏绿蒂的话是冲他说的,"当然我只能把大约十年前我所学到和读过的东西作为依据来回答这个问题。至于现今科学界里的人士是不是还这样想,它是不是符合新的学说,我就说不准了。"

"这实在糟透了,"爱德华大声说,"现在人们不能为自己整个的一生再去学些东西。我们的祖先总是固守他们在青年时代学到的东西;可现在如果我们不想变得完全落后于时代的话,那么就得每五年重新学习一次。"

"我们女人并不这么认真,"夏绿蒂说,"坦率地说,我所关心的只是对字义的理解罢了,在社交场合中,没有比把用一个生疏的、生造的术语用错更可笑的了。因此我只想知道,这个词儿在何种意义上正好用于这些事物。至于它与科学有什么联系,那是科学家的事。顺便说一下,就我所知,就连他们也很难取得一致的意见。"

"我们现在从什么地方谈起,才能最快地进入正题呢?"片刻沉默后,爱德华问上尉。上尉沉思片刻,随即回答说:

"如果允许的话,不妨先从现象说起吧,不久我们就会达到目的。"

"请您相信,我会聚精会神地听您讲的。"夏绿蒂一边说,一边把手中的活计放到一边。

上尉便开始讲述:"在所有我们所看到的自然物质上,我们首先观察到,它们自身都有着一种联系。当我们把一些不言自明的东西说出来时,听起来未免感到奇怪;然而,只有我们对熟悉的完全了解之后,我们才能去探索那些不熟悉的。"

"我想,"爱德华打断他的话说,"举例说明就能很容易地向她和我们说明这个问题。你只要想到水、油和水银这些东西,那你就会发现它们之间有着一种统一性,一种关联性。除非通过强力或其他的办法,它们是不会放弃这种统一性的。一旦除掉了这种强力,它们立即又聚合到一起。"

"毫无疑问,"夏绿蒂赞同地说,"雨水能汇聚成河流。早在儿童时代,我们在玩弄水银时就感到惊奇。我们把水银分成一个一个小球,然后再让它们重新滚动聚合到一起。"

"也许我可以顺便提出一个重要之处,"上尉补充说,"即这种完全纯粹的、通过液体的形式才能产生的关联，总是以球形表现出来。下落的水滴是圆的；您自己刚才也提到了水银珠；甚至一滴下落的熔化的铅，如果在下落时有足够时间完全凝固的话，那它落到地上时也会是个球状。"

"让我先说几句，"夏绿蒂说，"看我是不是能与您说到一处。既然每一种事物自身都有着一种关联，那么它对其他的事物来说，也有着一种关系。"

"这种关系因事物的不同而不同，"爱德华急忙接着说道，"有时它们是作为朋友和老熟人的身份相遇的，这时它们很快地走到一起，统一起来，彼此都没有什么改变，像酒和水混在一起一样。反之，它们则顽固地、彼此陌生地互不理睬，即使通过机械的混合和磨擦也无法使它们结合在一起，就像油和水，即使搅合在一起，但马上又彼此分离开来。"

"这种情形可不少，"夏绿蒂说，"在这几种简单的形式里，人们也可以这样看到他们所熟悉的那些人；特别想起生活其中的那些社会团体。世界上彼此对立的人群、等级、职业，贵族与第三等级，士兵与平民都与这些无灵魂的事物有着许多类似之处。"

"对呀！"爱德华说，"正如这一切通过了道德和法律可以使这些人协调一致一样，在我们的化学世界里也有中间媒介，它们可以把互相排斥的东西结合在一起。"

"例如，我们用碱性盐使油和水溶在一起。"上尉插嘴道。

"请别讲得太快，"夏绿蒂说，"要让我的思维能跟得上你所讲的才行。现在我们不是该谈到'亲合力'了吗？"

"完全正确，"上尉回答，"我们立即就能认识到它的全部力量和精确性了。事物碰到一起时互相迅速吸引并互相影响的性质，我们称之为亲合力。碱和酸它们彼此是对立的，但是，也许正是因为它们彼此是对立的，才最坚决地相互寻求、相互吸引、相互改变，构成一种新的物体。这说明碱和酸的亲合力是够明显的。再让我们说一说石灰；它对所有的酸都表现出巨大的好感和一种强烈的结合欲。我们可以给你做各种实验，它们是非常有趣的，而且比起语言、名称和术语更能给您提供一个更为明确的概念。"

"您听我说，"夏绿蒂说，"如果您把这种奇怪的性质称作亲合力，那么在我看来，它们并不是血统的亲合，而是精神和心灵的相亲合。同样，按照这种方式，的确可以在人与人之间产生真正的诚挚的友谊，因为相反的特性会使一种内在的结合成为可能。因此，我要耐心等待，希望您能让我亲眼看到这种神秘的作用是什么。"她把脸转向爱德华说，"现在我再也不想妨碍您的朗诵了，为了更好地受到教育，我要聚精会神地恭听了。"

"既然你请求讲事例给你听，"爱德华说，"那你就不能轻易说算了；最错综复杂的事例才是最有趣的。只有在这些事例上，人们才能认识到亲合力的程度，即认识到各种各样的关系：密切的强烈的，疏远的微弱的；亲合力只有在分离作用时才显得更有趣。"

"分离是个可悲的词儿，"夏绿蒂大声说，"遗憾的是现在人们在世界上经常听到，难道它在自然科学里也是这样吗？"

"当然，"爱德华回答说，"人们把化学家称为分解艺术家，甚至这是化学家的一种典型的荣誉称号呢。"

"现在人们不再这样称呼了，"夏绿蒂说，"这样做得对。结合是一种更伟大的艺术，一种更为伟大的功绩。结合艺术家在每一种行业中总是受欢迎的——既然你们已经谈到了，那就给我举一些这方面的例子吧。"

"现在我们接下去说，我们在前面提到和讨论过的东西，"上尉说，"比方说吧，我们称之为石灰石的东西，是一种纯度不同的石灰，它同一种弱酸密切地结合在一起，这种弱酸是以一种气体的形式而为我们所熟知的。如果人们把一块石灰石投入稀释的硫酸之中，那硫酸就会立即和石灰石起反应，而与它一起变成为石膏；而那种气体状的弱酸则飞逸而去了。这里既产生了一种分解，同时也产生了一种新的组合，于是人们现在也有更多的理由来用'亲合力'这个词，因为它确实让人看到了，有一种关系好像优于另外一种关系，于是一种关系被另一种关系取而代之。"

"请您原谅，"夏绿蒂说，"正如我原谅自然科学家一样；不过我在这儿从不把它看作是一种选择，而是视为一种必然，甚至认为这样说也很勉强，因为归根到底这也许只是机遇而已。机遇造就了关系，正如机遇成全了窃贼一样。如果所谈的是您刚才提到的那些自然物体，那在我看来，这种选择仅仅掌握在化学家的手里，是他把这些物质聚集在一起的。如果它们能结合在一起，那是上帝的仁慈！在目前情况下，我只为那可怜的碳酸气感到惋惜，因为它又不得不在无穷的宇宙中到处游荡了。"

"那就取决于它了，"上尉说，"它可以同水结合成为矿泉水，就可以成为健康者和病人的清爽饮料。"

"石膏倒是满意了，"夏绿蒂说，"它现在已经完事了，成了一种物体，被人关心，而那个被驱逐出去的物质，还得经受一番磨难，直到它重新找到归宿才算停止。"

"也许我错了，"爱德华微笑着说，"或者在你的言词背后藏有小小的诡计。快把你的这种狡黠承认了吧！说到底，我在你的眼里是石灰，被充当硫酸的上尉捕捉了，失去了你的青睐，变成了一种毫无感应的石膏。"

"如果良心叫你作这样的观察，"夏绿蒂回答，"那我也没什么可担心的了。这些比喻是好听的有趣的，有谁不喜欢玩弄类似这样的游戏呢？但人毕竟比那些元素不知高出几级，如果他在这儿过于慷慨地使用'选择'和'亲合力'这些美丽的字眼，那么他最好先用在他自己身上，趁此机会好好考虑一下这些说法的价值。遗憾的是这些情况我太熟悉了，两种东西的密切而似乎不可分解的结合，由于一个第三者的偶然介入而遭到破坏，先前结合得很好的一对分开了，其中的一员被驱逐到无垠的宇宙中去了。"

"而化学家们在这方面表现得就更加有礼貌，"爱德华说，"他们让一个第四者加入其中，使得每一个都落空。"

"完全正确！"上尉说道，"这种情况的确是最重要和最值得注意的，借助它们，人们可以把吸引、亲近、离开、结合之间错综复杂的关系如实地表现出来。这四种迄今一直是成对地结合在一起的东西，使它们互相接触，那迄今存在的结合便解体了，开始重新的结合。在这种分离与捕捉，逃逸与追求中，人们认为确实看到了一种更高的使命；人们相信这样的物质有一种意志和选择的本性，认为'亲合力'这个术语是完全有道理的。"

"请您给我把这种情况描述一下吧。"夏绿蒂说。

"这种情况用言语是解释不清的。"上尉说，"我已在前面说过了！要是我能亲自做实验给您看，那一切就会更加清楚。现在我只得使用一些您所不熟悉的可怕的，厌烦的术语，给您解释了。人们必须对这些表面上没有生机、然而内部却一直蕴藏着活力的东西，注意地观察，看它们彼此如何相互寻求、吸引、捕捉、破坏、吞噬、咀嚼，然后从这种极密切的结合中重新出现一种再生的、新的、意想不到的形体。这样人们才相信它们有永恒的生命，甚而有思想和理智，这是因为我们的感官几乎不能真正地去观察它们，而我们的理性也不能够充分理解它们。"

"我不否认，"爱德华说，"这些稀奇古怪的术语，对于不通过感官的观察，而是通过概念与它们相安的人理解是比较困难的，甚至是可笑的。可我们能够很容易地用字母把我们刚才提到的关系表达出来。"

"如果您不认为这样做显得迂腐的话，"上尉说，"那么我大概可以用符号语言简短地加以概括。您设想一个A，它与B密切地结合起来，通过多种手段和好些强力都不能把它和B分开；您再设想一个C，它与D同样密不可分；现在您让这两对发生接触，这时A就投向D，C就投向B，而我们却不知道，究竟是哪个先离开他原来的伙伴，是谁先同另外一个重新结合起来。"

"就是这样！"爱德华插嘴说，"直到我们亲眼看到这一切之前，我们想把这个公式看作是一个比喻，从这个比喻中我们引出一个学说，来直接地加以运用。你扮演A，夏绿蒂，我扮演你的B，因为我本来就依附于你，跟随着你，就像B紧跟着A那样。很明显上尉就是C，在某种意义上说，这回是他把我从你身边夺走的。如果你不想在虚无中飘荡，就得设法为你找一个D，这样就非常公平了。而这个D毫无疑问就是那个可爱的奥狄莉，依我看，你不好再继续反对她的到来而进行辨解了吧。"

"好吧！"夏绿蒂回答说，"即使这个例子我觉得并不完全适合我们的情况，但我仍然把这看作是一件幸事，因为我们今天终于聚会在一起，而这种自然力和亲合力促使我们之间谈出亲密的话儿。我只想坦白地告诉你们，从今天下午起，我已决定把奥狄莉接回来，因为一向忠实的女管家就要辞去工作，回去结婚了。这也许是从我这方面着想，也是为了我的缘故；至于促使我把奥狄莉接回来的原因，你读一读这封信就会明白了。我不会朝你读的信看，因为其中的内容我早已知道了。你读吧，快读吧！"她一边说着，一边抽出一封信来，把它递给了爱德华。

第五章

女校长的来信

尊敬的夫人，请原谅我今天给您写的信很短！因为去年我们通过公开考试之后，我得将经过情况向所有的家长和上司汇报，以检查我们在过去的一年里，我们取得了怎样的成绩。再说，我也有理由写得短些，因为我可以用少许的字句说出更多的意思。你的女儿不管在哪方面都证明她是出类拔萃的。随信附寄的证书，她的亲笔信，这封信里有她对自己获奖情况的说明，同时也表达了她对于这样顺利地获得成功所感到的喜悦心情，将使您得到宽慰，甚至使您感到高兴。但我的喜悦，却有所减少了，因为我预见到，我们没有更多理由把这样一个进步如此之快的学生留在我们这里了。我在此暂向夫人告别，并请允许我下一次向您陈述一些我对她所抱有的最为有益的想法。关于奥狄莉的情况，我的友好的助手另有专函。

助教的来信

关于奥狄莉的情况，我们尊敬的女校长让我写一封信，一方面是因为按照她的性格，去报告不得不告知的那些事令她难过，另一方面也是因为她本人需要您的谅解，而这种歉意她宁愿借助我的笔来加以陈述。

我知道得很清楚，善良的奥狄莉很少表达她心里的想法以及她能做些什么，因此在正式考试之前，我就为她感到几分担心，尤其是这次考试事前根本没法准备，所以我的担心更大了。按常规方式进行准备，奥狄莉对这种表面文章无能为力。考试结果证实了我的担忧是有道理的。她没有得奖，属于没有获得证书的学生之一。我还有什么可说的呢？在书法方面，奥狄莉的字体如此之好，几乎没有人能和她相比，可是其他人的笔锋却比她的灵活洒脱得多；在算术方面，她善于解答难题，可是在检测时她却没有表现出来；在法语方面，有些学生的会话和陈述超过了她；在历史方面，她不能迅速说出人名和年代；在地理方面，对政治区划她缺乏关注；在音乐方面，她既没有时间也没有心思去演唱她那几首简单的曲调；在绘画方面，她本来肯定会获奖的，因为她的画轮廓清秀，描绘时十分细心，富于幽默，可惜画面过于庞大，没有完成。

女学生们退出考场以后，主考人员聚在一起商量问题，这时我们教师至少也可间或发表意见。我很快就发现，人们根本避而不谈奥狄莉，即使谈到她，不是责难，就是十分冷淡。我希望通过对她的性格作一次公开的说明，激起人们对她的某些好感，于是我以加倍的热情大胆地发言，一方面是因为我确信我谈的是对的，另一方面是因为我在自己的青年时代也曾同样处于这种可悲的境况之中。他们注意地听我讲；但是，当我讲完之后，主考员友好而简洁地对我说："才能是前提，但学生们应该使它们得到发展和完善。这就是一切教育的宗旨，是家长和上级的公开而明确的意愿，也是孩子们隐藏在内心的、似懂非懂的意愿。考试的目的同时是对教师和学生进行评定。根据您所谈的，我们对这个孩子抱有良好的希望，而您对学生的才能如此详细的观察是值得称赞的。如果明年您把这样的才能变为成绩，那您和那位受到您宠爱的女学生是会受到人们的好评的。"

由此而引起的是什么后果，我早就作好了心理准备，可是不久又发生了一件我未曾料及的更糟糕的事。我们善良的女校长就像一个善良的牧人，就连一只羊羔也不愿丢失，或者就这儿发生的情况来说，她不想看到任何不加修饰的羊羔。当那些先生离开以后，她再也无法掩饰她的不满，便去找奥狄莉，这时，其他的人正为自己得奖而高兴，而奥狄莉却非常安静地站在窗前。女校长对奥狄莉说："看在上帝的份上！您告诉我，一个本来不蠢的人，怎么看上去会这么蠢呢？奥狄莉十分镇静地回答："请您原谅，亲爱的母亲；我恰好今天头又痛了，而且痛得非常厉害。"——"这是别人无法知道的！"这位一向体贴人的女士说，同时快快不乐地转身而去。

这是真话，谁也无法知道她头痛，因为奥狄莉的气色并没有改变，我也从来没有看到她用手摸过额头。

这还不是所有的情况呢。尊敬的夫人，您的女儿一直活泼、直爽，但在今天，因为陶醉在胜利中，就失去了节制，她变得放纵和傲慢起来。她拿着她的奖状和证书在房间里又蹦又跳，而且冲着奥狄莉的脸摇晃。"你今天真丢脸！"她大声说。奥狄莉非常从容地回答："这还不是最后一次考试呢。"——"可你总是最后一名！"小姐大声说，随即便跑开了。

奥狄莉在其他任何人面前总是显得泰然自若，只是在我面前不然。她强忍住一种内心不安的激动，这在她的脸色上表现出来。她的左脸颊立刻变得绯红，而右脸颊却十分苍白。看到这种征象，我禁不住对她产生了同情。我把女校长引到一边，严肃认真地就此事同她进行了交谈。这位杰出的女士认识到了她的错误。我们商谈了很久。为了避免扯得太远，我想把我们的决定和我们的请求向夫人禀示：请您把奥狄莉接回，让她在您身边住一段时间。至于理由，您肯定很清楚。如果您决定这么做，我愿进一步谈谈如何对待这个善良的孩子的问题。根据我们猜测，您的女儿离开我们，我们就会看到奥狄莉高高兴兴地回到学校来的。

还有一点，我怕以后会把它忘记：我从未看到奥狄莉有过什么要求，或有过什么紧急的请求。相反，有些时候——虽然并不常见——她试图拒绝别人对她提出的要求。她用一种举动表示她的拒绝，这种举动对于那个理解它的含义的人来说是无法抗拒的。她紧握双手，向上举起，然后放到胸前，身子微微前倾，用锐利的目光死死盯住那个提出要求的人，使他心甘情愿地放弃自己的一切要求或愿望。如果您有一天看到了这种举动，尊敬的夫人，在您的照管下，这是不会发生的——那就请您想想我所说的话，疼爱怜惜奥狄莉吧。

爱德华面带微笑地朗读了这两封信，同时对与此有关的人和事态进行了评论。

"够了!"爱德华最后喊道,"事情已经决定了,让她回来吧!亲爱的,我会为你做好安排的,乘此机会,我也可以把我的建议提出来。我迫切需要搬到右厢房去和上尉住在一起,因为早晨和晚上才是共同工作的好时光。你和奥狄莉住在最漂亮的房间里。"

夏绿蒂表示很满意,爱德华描述着他们未来的生活方式。他大声说:"姨侄女有轻微的左偏头痛,夏绿蒂给新来的奥狄莉轻微的暗示。我有时患右偏头痛。如果我们碰到一起,我们就面对面坐着,我支着右肘,她支着左肘,手托着脑袋,各朝一个方向,这可是一幅有趣的画面。"

上尉认为这是危险的;爱德华却喊道:"亲爱的朋友,你对D可要小心提防啊!如果C从B那儿被夺走了,那么B该怎么办呢?"

"我想,"夏绿蒂说,"这事不是明摆着的吗。"

"当然了,"爱德华说,"它回到它的A那儿去,这就是事情的开头和结局!"他又说又跳,把夏绿蒂紧紧抱在怀里。

第六章

奥狄莉乘坐的马车到了。夏绿蒂迎上去;这可爱的女孩也急忙朝她跑来,跪倒在地抱住她的双膝。

"别这么谦恭!"夏绿蒂有些窘迫地说,要把奥狄莉扶起来。"这不是谦恭,"奥狄莉说,她依然抱着夏绿蒂的双膝不放,"我只是想回忆以往的岁月,那时候我还没有您膝盖高,却已经得到了您的抚爱。"

她站了起来。夏绿蒂热情地拥抱她。她被介绍给爱德华和上尉两个男人,而且立刻作为客人受到了特别的尊敬。美丽的客人到处受到特别欢迎。她对他们的谈话,显得聚精会神,但她并没有加入进去。

第二天早晨,爱德华对夏绿蒂说:"这是一位迷人的、谈吐优雅的姑娘。"

"谈吐优雅?"夏绿蒂微笑着说,"可她一直没有开口啊。"

"是吗?"爱德华装出思索的样子说,"这倒是奇怪了!"

该如何料理家务。奥狄莉很快就看出了所有的安排,甚至可以说,她感觉出了这一切。她轻而易举地明白,自己该为所有的人,特别是个别的人做些什么。一切都按时办妥。她知道该如何安排工作,并不发号施令,如果有人犹豫不决,她就立刻亲自去把事情料理妥当。

她一旦发现自己还有多少时间是富余的,就请求夏绿蒂允许她安排自己的时间，她对安排好的时间，总是准确地遵照行事。夏绿蒂从助教的来信中已经知道了她的工作方式。她按照这种方式进行工作，别人都不干预，听她自便。只是夏绿蒂有时试着去鼓励她。比如夏绿蒂时常把奥狄莉用秃了的笔换掉，为的是让她把字体写得更自如洒脱些。可这些用坏了的笔很快就又被奥狄莉削尖了。

两位女士私下里约定，只要她俩单独在一起，就用法语交谈。夏绿蒂之所以坚持这样做，是因为奥狄莉在校时必须讲法语，此外，她用外语说话比平时说的要多得多。在夏绿蒂家里，奥狄莉说的似乎比她想要说的还要多。特别让夏绿蒂感到有兴趣的是与奥狄莉的一次偶然的谈话，在这次谈话中，她详尽地生动地描述了整个寄宿学校。奥狄莉成了她的一个可爱的伴，她希望有朝一日奥狄莉会成为她的一个可信赖的女友。

在这期间，夏绿蒂把那些有关奥狄莉的旧书信重新找出来，以便能回忆起女校长和助教对这个善良的女孩所作的评定，然后把这些同奥狄莉本人作以比较。夏绿蒂认为，与自己一起生活的人，应该尽快地熟悉他们的性格，这样才能知道，可以从他们身上期待些什么，可以从他们身上造就成什么，或者永远必须向他们承认和谅解的是些什么。

虽然在进行这项考查时没有什么新的发现，但是某些已知的事情却使她觉得更重要和更惹人注目。比如，奥狄莉在饮食方面的节制真让她感到担忧。

她俩关心的下一件事是服装。夏绿蒂要求奥狄莉穿得更考究，更华丽些。后来这个善良、勤快的女孩立刻裁剪了一些别人送给她的衣料，不需要别人多大的帮助，她就很快为自己做成了既合身又漂亮的衣服。这些时髦的新衣更显出了她的身材：因为一个人也可以通过外表把她的可爱的气质表现出来，所以，如果她自身的种种特点使新的环境受到感染，那么人们就好像看到了一个新人，一个更加妩媚的人。

这样，她从一开始就引起了这两位男子的注意，而且越来越令两个男人——请允许我们用这个名副其实的词来表达——赏心悦目了。如果说绿宝石由于它瑰丽的色彩使人感到赏心悦目，甚至对眼睛这个高贵的感官产生某些治疗的功效的话，那么人的美丽就会以大得多的力量对人们的外部和内部的感官发生作用。谁看到了这个美人，都不会有什么不愉快之感的，而只会感到与自身和世界协调一致了。

因此，奥狄莉的到来，以某种方式使他们每晚的聚会更加富有活力。这两位朋友更加准时地，甚至分秒不差地到这来聚会。无论是吃饭、喝茶还是散步，他俩都准时到达，绝不让人等待太久。特别是在晚上，他俩并不急于离开餐桌。夏绿蒂注意到了这点，于是暗中观察他们。她试图发现，他们当中是否一个人为另一个人提供机会，然而她并没有发现两个人有什么不同。两人都显得更喜欢交际了。在谈话的时候，他们似乎是考虑过的，什么话题才会引起奥狄莉的兴趣，什么内容才能与她的理解和知识相适应。在朗读和讲话时，如果奥狄莉离开了，他们会暂停下来，等她回来后再继续下去。他们变得比以前更加温顺，更加健谈了。

奥狄莉为了回报他们的好意，每天工作起来更加勤奋。她对这个家、这里的人和各种关系了解得越多，就越是积极地帮助干活，对每一道目光，每一个动作，每一句话和每一点声响的理解的越快。她始终安详而又全神贯注，她的从容不迫的动作依然如故。她行、立、坐、卧、举手投足，都显得不慌不忙。她的举止总是不停地变换，总是有一种让人愉快的感觉。还有一点，她步履轻盈，人们听不到她走路的声音。

奥狄莉这种循规蹈矩、乐于助人的态度，使夏绿蒂十分高兴。只有一点她觉得不怎么满意，她并不对奥狄莉隐瞒。有一天，她对奥狄莉说："当有人从手里掉下什么东西，我们很快弯腰把它拾起来，这当然是一种值得称赞的举动。只是，要从更大的范围加以考虑这种谦卑是对谁表示的。对待妇女，我不愿给你做出什么规定。你还年轻。对待上级和年龄比你大的人理应这样做。对待和你同辈的人，应该有礼貌。对待比你年幼、地位比你低下的人，应该热情友好。不过作为一个女人，如果用这种方式向男人们表示顺从和谦卑，那就不合适了。"

"我要努力改掉这种毛病，"奥狄莉说，"同时，如果我向您说明我这样做的原因，你或许对我这种不合礼仪的举止会宽恕吧。我学习过历史；但我记下的东西并不多，只记下我认为应该记住的东西，因为我不知道记那么多对我有什么用处。只有个别事件却给我留下了很深的印象，例如：有一次，英王查理一世站在那些所谓的法官面前受审时，他手中的权杖上的金杖头掉落到地上。通常，在这种情况下，这种事都是由别人为他效劳的。这时他四下环顾，似乎期待着这次也有人为他献这种小殷勤。可是没有一个人动。于是他只好自己躬身下来把杖头拾起来。对此，我感到非常痛苦，我不知道我做得对错与否，从那以后，若是我看到有人手里掉下东西的话，我就情不自禁地弯腰替他拾起来。当然这样做是不合乎礼仪的，而我，"她微笑着继续说，"又不能在任何时候都讲这个故事，所以我以后要更多地克制自己。"

在此期间，那些慈善工作——这两位朋友感到自己有责任做它们——没有中断。是啊，他们每天都发现有新的理由要考虑，要忙碌。

有一天，他俩步行穿过村庄，他们不满地看到，这个村庄远不如其他的村庄整齐、清洁，那些村庄的居民由于珍视自己的生存空间，在这两方面的工作下了很大的功夫。

"你记得吧，"上尉说，"我们在经过瑞士旅行的途中，曾流露过这样的愿望，去真正地美化一所乡村的大花园，就得把一个村庄按照瑞士的那种整齐和清洁来布置，而不是按照它的建筑式样，因为只有这样才会促进人们去利用它。"

"比方说吧，"爱德华说，"这里也许就是我们需要改造的村庄。府邸所在的山坡沿着一个突出的岩角延伸下去；村镇就在山峦的对面以半圆形的形式相当有规则地建造起来；一条小溪从村子中间流过，为了防止溪水上涨泛滥，沿河的村民，有的用石头，有的用木桩，有的用横梁，而有的邻里甚至用厚木板等方式来防御，谁都不愿意帮助别人，结果没有一家的作法有益于自己和他人，甚至还带来了损失和灾祸。所以这条路走起来也不方便，时而向上，时而向下，时而穿过河水，时而越过石头。如果大家能一起动手，不需要花费太多，就能在这里筑起一道半圆形的围堤，把下面那条直通村舍的路面垫高，这样就辟出了一块非常漂亮的地方，使处处都变整洁，再通过一项庞大的可行的安排，把所有这些琐碎的而且不中用的东西全消除掉。"

"让我们试试看！"上尉说，他用目光扫视了一下整个地形，迅速做出了判断。

"我不愿意与那些平民和农民打交道，如果我不能向他们直接地发号施令的话。"爱德华回答说。

"你说的并不是没有道理，"上尉回答说，"因为在我的生活中，类似的事情曾给我带来许多烦恼。要让人们正确地认识到，要有所收获就必须做出牺牲，该是多么困难啊！要让人们明白，要达到目的而不采取使用手段，这该有多困难啊！许多人甚至把手段和目的混淆起来，只欣赏手段，而不重视目的。任何弊端，一旦出现，就应当立即整治，但人们并不关心它究竟源出何处，也不追究它的影响从何而来，因此出谋划策确实困难，特别是同那些群众，他们在日常生活中非常通情达理，但却鼠目寸光的和人打交道。甚至出现了这种情况：在公共设施的建设中，有的人该有所得，有的人则会有所失，一味斤斤计较，这样就根本无法成事。所以，一切公共事业必须通过绝对的权威才能得到促进。"

在他们站着交谈时，有个人走过来向他们行乞，这个人看来是出于厚颜无耻，而不是因为饥饿乞讨的。爱德华不高兴行乞者打断他的话，显得厌烦起来，在几次平和的口气拒绝对方无效之后，他便责备了乞讨者。可是这家伙不满地嘟嚷起来，甚至和爱德华对骂起来。他迈着小步离开时，死皮赖脸地说乞丐有乞丐的权利，人们可以拒绝施舍，但不可以对他进行侮辱，因为乞丐也和其他人一样，都是受到上帝和官方保护的，这使爱德华完全失去了自制。

上尉一边劝慰，一边对爱德华说："让我们把这件事看作是一种挑战吧，我们的乡村警察也应把他们的权力扩展到这里来。施舍总是应该的，不过，不是本人亲自施舍，特别是不在家里施舍，那就更好了。人们对任何事情，包括慈善事业在内，都应当有节制，应当一视同仁。一种过分慷慨的施舍，只会把更多的乞丐招来，而不会把他们打发走；相反，在旅行期间，或在行车途中，你倒不妨，以幸福使者的形象扔给他一点出乎意外的施舍。就村庄和古堡的地形来看，我们非常容易建造这样一个设施；对此我早就考虑过了。"

"村庄的一端有一家客栈，另一端住着一对善良的老夫妇；在这两个地方，你都得投放一笔数目不大的钱。进村的乞丐分文没有，而出村者可得到一点施舍。因为这两处的房屋都在通往古堡的路旁，这样凡是想上古堡乞讨的人，就让他们到这两个地方去。"

"走吧，"爱德华说，"我们马上就去办这件事；具体的事情我们以后再作补充。"

他们先到了店主那儿，然后又到了那对老夫妇那儿，事情就这样办妥了。

当他们一起登上通向古堡的山路时，爱德华说："我很清楚，世界上的一切事情都取决于一个聪明的主意和一颗坚定的决心。比如你非常正确地对我妻子设计的那些园亭作了评价，对我暗示了改进的办法，不瞒你说，我立即把你的意见都告诉了她。"

"我能猜到这一点，"上尉说，"但我并不赞成这样做。你会使她不知所措；她所有的工作都停止了，和我们在这件事上赌气：因为她避而不谈这件事，也不再邀请我们去参观了，却在闲暇时和奥狄莉上那儿去。"

"我们没有必要为此而感到不安，"爱德华说，"如果我坚信某件好事是会发生和应该发生的，那么我不看到它办成，我是不会罢休的。我们一向都精明能干，善于引导。让我们以描写英国公园的铜版画作为晚间的话题吧，然后再看看你绘制的庄园图。初始，我们得把这件事当做一个问题，像开玩笑似地对待它，然后再当正经事去干。"

两个人这样约定之后，他们打开了那些图册，里面画的全都是这个地区的平面图和最初的自然状态中的风景。在另一页纸上，可以看到地区平面图经过了艺术加工是作了改动，目的是让人们充分利用现有的产业并提高其价值后的情况。

由此，人们就可以对自己的产业及其周围环境，按自己的意愿去改造了。

从现在起，人们很高兴把上尉设计的规划图作为基础，只是一时还不能完全摆脱夏绿蒂对这件事的最初设想。不过，他们毕竟想出了一条更好走的登山路；他们打算靠着山坡，在一片可爱的小树林前建造一座别墅，使它与城堡遥相呼应，从城堡的窗子里看出去，可以望到别墅，从别墅里望出去，又可以把城堡和花园尽收眼底。

上尉对这一切显然进行了认真的思考和仔细测量，并且又把那条村庄小路、溪边的那道围堤，以及实施的办法提了出来。"我打算修建一条通向山顶的便利道路，"他说，"这样，所得到的石块，修筑那道围堤就够用了。这两项工作同时进行，费用就可以减少而且更迅速地完成。"

"可是，"夏绿蒂说，"我有些担心。你们必须提出明确的计划。如果你们知道搞这样一项工程需要多少费用，那么你们就可以把它分摊开来，即使不是按星期，至少也得按月来计算。现金由我来掌握；我照单据付款，自己记账。"

"你好像不怎么特别信任我们。"爱德华说。

"对随意开支的人我并不怎么信任，"夏绿蒂说，"我们会比你们掌握得更好。"

一切安排就绪，工作开始了。上尉总是在现场。从现在起，夏绿蒂几乎每天都成了他办事认真而明确的见证人。他对她也有了更进一步的了解，这样，两人感到很容易合作，而且相处得轻松愉快。

工作如跳舞一样，能保持步调一致的人，必然会感到彼此之间互不可少，彼此之间也必然会产生好感。夏绿蒂对上尉进一步了解以后，对他确实产生了好感。下面的例子便是一个明证：她曾在花园中，特意挑选出一块地方，并精心加以装饰做为休息场所，可是，这妨碍上尉的计划，于是，她非常镇静地让他毁掉了这个休息场地，而丝毫没有不满和不悦之意。

第七章

夏绿蒂和上尉有了共同的工作，结果使爱德华和奥狄莉更多地聚在一起。一段时间以来，在他的心中，早就对她产生了一种秘密的、友好的爱慕之情。她对任何人都是殷勤体贴、彬彬有礼；如果说她对他最好，这未免是他的一种自我感觉。不过有一点是肯定无疑的：他喜欢吃什么，以及喜欢到什么程度，她早就注意观察了；他喝茶时习惯放多少糖，以及类似的事，都逃不过她的眼睛。特别是小心避免有穿堂风，因为爱德华对风显得十分敏感，并为此常常和他那老嫌通风不够的妻子发生争执。奥狄莉同样对苗圃和花园里的花草树木十分内行。凡是爱德华喜欢的，她都设法促成；凡是他不耐烦的事情，她都竭力避免。这样一来，她在短时间内就成了一位他不可缺少的慈善的保护神一样，如果她不在，他便感到痛苦。此外，每当他俩在一起的时候，她的话更多起来而且更加坦率大方。

爱德华虽然年岁增加，但仍保持着某些孩子气，这特别适合奥狄莉这样的青年。他们喜欢回忆以往的岁月，那时他们常常见面；这种回忆一直追溯到爱德华对夏绿蒂钟情的年代。奥狄莉还想起爱德华和夏绿蒂是宫廷里最漂亮的一对配偶。当爱德华对她在童年就有这样的记忆力表示怀疑的时候，她却坚持说，有一件事她记得非常清楚，仿佛这件事就在眼前一样：有一次，爱德华走进屋里，她躲进在夏绿蒂的怀里，不是由于害怕，而是出于一种儿童般的惊喜。她还补充说：因为他给了她一个十分生动的印象，使她非常喜欢他。

由于在这种情形下，两个朋友以前所着手的一些工作，在一定程度上陷入了停顿状态，于是他们觉得有必要重新作出一份概要来，拟一些草案，写几封信。为此，他们到了自己的文书室，发现那位年老的抄写员正无事可做。他们开始工作，给他安排了一大堆工作，可是并没有注意到，竟把他们平常习惯于亲自完成的事情也加到那个老人的身上了。上尉没有立即拟出第一个草案，爱德华也并没有立即写好第一封信。他们为了构思起草，虽然花费了很长的时间，但进展并不大。爱德华干得最慢，他终于忍不住向上尉问起时间来了。

事也凑巧，上尉竟忘记了给他那只有秒针的计时精确的表上发条，这还是多年来绝无仅有一次；而他们似乎预感到时间已开始对他们变得无关紧要了。

当男人们对他们所从事的工作有所松懈的时候，女人们的积极性却反而增强。一般说来，一个由固定成员和必要环境组成，其通常的生活方式，就像一个家庭容器一样，本身也可能包含着一种特殊的爱慕，一种变化而正在形成的激情，这种情形可以保持相当长的一段时间，直到新的成分引起了明显的发酵作用，冒着泡沫溢出容器为止。

在我们这四位朋友那儿，这种相互之间产生的一种令人愉快的相互爱慕之情使他们个个心情舒畅，从特殊的好感中产生出共同的欢心。每一个人都觉得很幸福，同时也赐予别人幸福。

这样一种情况使精神升华，使心胸开阔。所有他们正在做的和打算做的一切事情，都有一个远大的目标。所以，这几位朋友不再把他们的活动局限在住宅之内，他们跨出家门，散步的路程延伸到更远的地方。通常，爱德华和奥狄莉匆匆走在前面，选择一条小径，开辟新的道路，而上尉和夏绿蒂则紧跟在后面，两人津津有味的交谈，一边兴致盎然地观赏一些新发现的地方和意想不到的景色，从容不迫沿着快步走在前面的那两个人的足迹走去。

一天，他们外出散步，他们穿过府邸右厢的大门，顺坡而下直到那家客店，然后越过一座桥，朝溪水走去，他们像平时追寻水源一样，沿着小溪一直往前走，最后到了岸边，这里被灌木丛生的丘陵和山岩所包围，再往前已无路可走了。

由于爱德华在这一带打过猎，对这里的地形并不陌生，便带着奥狄莉在一条长满野草的小路上继续前进，大概他知道，掩藏在山岩之间的一座古老磨坊离这儿不远。可是，这条人迹罕至的小路不久就失去了痕迹，他们在浓密的树丛和长满苔藓的岩石中间迷了道路，不过他们并没有害怕，因为水车轮子的轰鸣声告诉他们，所寻找的地方就在附近了。

他们向前攀上一段峭壁，看到了那所奇特的黑色老木屋就在下面，掩映在陡峭的岩石和高大的树木之间。他们决定穿过青苔和碎石下山去。爱德华走在前头，当他回头朝高处望去的时候，看到奥狄莉也跟着他爬了下来，她脸上毫无害怕恐惧之色，处在非常好的平衡状态中。他以为自己看见了一个在他头上飘浮的来自天国的仙女。有时，她在站立不稳的地方抓住他伸出的手，甚至扶住他的肩膀，这时，他无法否认，她是他接触到的最最温柔的女性。他几乎希望她绊一跤，滑倒下来，他好把她抱在怀里，然后拥有胸前。可是，他无论如何也不敢这样做，原因不只一个：他担心这样会冒犯她，更担心这样会伤害她。

这究竟意味着什么，我们马上就会知道。他走下来以后，和奥狄莉在大树下的一张有乡村风味的桌子旁面对面的坐下，向和气的磨坊主的妻子要了牛奶，并派热情的磨坊主去迎接夏绿蒂和上尉。爱德华带着几分犹豫后开始说：

"亲爱的奥狄莉，我有一个请求：请您原谅我，即使您拒绝了我的请求，也没有什么关系。在您的衣服下面，在您的胸前，有一个小画像。您不把他当做秘密，也不必把它当做秘密。那是您父亲的画像，他是个诚实的人，您恐怕并不太了解他，但无论如何，他都值得在您的心中占有一定的位置。不过，请恕我冒昧直言，这肖像太大了，上面的金属和玻璃都使我恐惧万分，每当您举起一个孩子，或把什么东西抱在胸前的时候，每当马车摇晃或我们穿越丛林的时候，就像刚才我们从岩石上爬下来时，我都会为您担心。使人更惊恐不安的是，万一发生意外的碰撞、跌倒、接触，都会给您带来致命的伤害。请您看在我的分上，把这肖像摘掉吧，不是从您的记忆中，也不是从您的房间里；当然，您应该把它放到您房间里最美好最神圣的地方，只是别把它挂在您的胸前，因为它太贴近您的胸口，我觉得那是太危险了，也许是我过分担忧吧。"

奥狄莉沉默不语，当他说话的时候，她直视着前方，然后，她把目光更多地对准天空，而不是对准爱德华，然后她不慌不忙、毫不犹豫地把项链解开，摘下肖像，把它在自己的额头上按了一按，就把它递给爱德华，同时说道："请替我保管它，等到家后再还给我。我无法更好地向您表示，我是多么珍视您对我的关怀。"

爱德华不敢亲吻这幅肖像，但是他握着她的手，把它按在自己的眼睛上。这两只紧握的手也许是世界上最美的手了。他觉得仿佛有块石头从他心上落了下来，仿佛隔在他与奥狄莉之间的一道墙已经坍塌了。

夏绿蒂和上尉在磨坊主的带领下，沿着一条较为好走的小路来到了这里。大家互相问候，每个人都感到高兴和神清气爽。在返归时，他们不想走同一条路，爱德华建议走小溪另一侧的一条岩石小路，这样又可以看到那些池塘，不过这条路走起来有些吃力。此时，他们穿过一片纵横交错的树林，向郊野望去，可以看到各种各样的村庄、乡镇、牛奶厂，以及牛奶厂周围一片葱绿的肥沃的草地。他们先来到一个座落在高地树丛中间的附属庄园，令人倍感亲切。在这片缓缓上升的高地上，无论你朝前还是朝后看，都能看到这无比富饶的地区的非常优美的风景。他们从高地走到一片雅致的小树林，从小树林里走出来就到了府邸前面的那块岩石上了。

他们不知不觉到达了这里，真是喜出望外。他们已经周游了一个小世界；他们站在新建筑即将矗立的地方，而且还看到了他们住房的窗户。

他们来到了苔藓小屋，四个人第一次坐在这里。他们自然而然地表露出他们共同的愿望：他们今天缓慢而吃力地走过的这条路，应该加以改建，以便人们能并肩而行，悠然自得地在新路上漫步。每个人都提出了好多建议。他们算计了一下，如果把这条费了他们几个小时的路改造成只需走一个小时就可以回到府邸。他们早就考虑在磨坊下面溪水流入池塘的地方，造一座既可以缩短路程又可美化风景的桥。可夏绿蒂给这种富有创造性的想像力泼了点冷水，因为她提醒他们注意这样一项工程需要很大的一笔开销。

"这方面我也有办法，"爱德华回答说，"森林里的那个附属庄园，看起来虽然很美，但收益却少得可怜。我们可以出让它，将所得的钱用于这项工程。这样，我们在轻松愉快地散步时，就能享受一项很好的投资所带来的乐趣了，而且在最近的年终结算时，我们都为这个附属庄园那笔可怜的收入感到不快。"

夏绿蒂作为一个好管家，对此也没什么可反对的。何况这件事他们早就提出过。现在上尉有个计划，他打算把地皮分给森林里的农民；而爱德华却希望有一个更简捷、更干脆的办法。他认为，现在已经多次提出过申请的佃户，可以出让给他们，并可以分期付款。爱德华也想分期和分段地把这一项工程逐步完成。

这样一项合情合理的计划，自然得到了大家的赞同。他们在想像中已经看到了这些蜿蜒曲折的新路，他们还希望看到沿路及其附近能有一些舒适的休息地点和观赏风光的场所。

为了这一切从细节上更多地加以考虑，傍晚时，他们在家里立即摊开了新绘制的地图，全面观察了那条他们走过的路，看它在某些地段还可以建得更好些。他们把过去所有的计划再次加以讨论，并把它们同最新的想法结合起来，在府邸对面的新房的建筑位置再次得到了赞同，并决定把环形的道路直修到那为止。

奥狄莉对这一切一直都保持沉默，最后爱德华把一直放在夏绿蒂面前的规划图转放到她的面前，并请她发表意见。当她犹豫不决时，爱德华亲切地鼓励她：不要保持沉默，这一切还没有成为定局，一切都还在完善之中。

"我想把房子盖在这儿，"奥狄莉一边说，一边用手指指向高地上的那个最高的地方，"在这儿我们虽然看不见府邸，因为它给小树林遮住了，但是我们在这儿仿佛置身于另外一个崭新的世界之中，因为从这里既看不到村庄，也看不到所有的住房。从这里向外眺望，可以看到池塘、磨坊、高地、山岭和田野，这样的景色美极了；我今天路过时就注意到了。"

"她说得对！"爱德华大声说，"为什么我们没有想到呢？奥狄莉，您的意见是这样吧，是不是？"说着他拿起一支铅笔，在地图上的高地上用力地画了一个长方形，画得又重又粗。

上尉看到他精心绘制的洁净的地图遭到这样的涂抹感到不悦。不过，在一阵轻微的责备之后，他镇静下来，并且同意了这个想法。"奥狄莉说得对，"他说，"我们作一次远游，总不是为了去喝一杯咖啡，品尝一条鱼吧？这些东西平常在家里是引不起我们食欲的。我们要求换换花样，来点新奇的东西。老一辈人把府邸建造在这里是有道理的，因为这儿可以避风，而且在附近可以比较方便的买到一切日用品；相反，要是一座建筑物更多地用于社交聚会，而不是用于日常居住，那么建在那儿自然是合适不过了，因为在一年的美好的季节里，人们可以在那儿享受到多么惬意的时光。"

他们这件事越是详细地讨论下去，就越觉得这件事合适，爱德华无法掩饰他喜悦的心情，因为这个想法是奥狄莉提出来的。他对此感到非常自豪，仿佛这是他自己想到的。

第八章

上尉在第二天一大早就去那个地方调查，他先是设计出一份草图，待大伙儿在现场做出决定后，他又起草了一个详细的平面图，并附有估价和所需一切材料的清单。此外，必要的准备工作也是不少的。出售附属庄园的事也开始进行。男人们在一起有了新的工作。

上尉提醒爱德华注意，用举行奠基的仪式来庆祝夏绿蒂的生日，这不仅是一种礼貌，甚至是一种义务。无需多费口舌使爱德华改掉反对这种庆祝活动的老习惯，因为他很快就想到随后就是奥狄莉的生日，同样应该好好地庆祝一番的。

夏绿蒂觉得这些新的建设工程以及随之而来的种种事情，是巨大的、重要的，甚至几乎可以说是令人忧虑的，因此她私下再一次审阅了预算、时间和钱款的分配。白天，他们见面的时间少了，于是晚上就更加希望聚在一起。

奥狄莉在此期间已经完全成了料理家务的女主人，除了她还有谁合适呢？她举止文雅、稳重，当之无愧。再说，她整个的情趣更多地倾向家庭和家务，而不是想到外面的世界和户外的生活。爱德华不久就觉察到了，她同他一起到附近地区去漫步只是为了讨好他；她只是出于社交上的义务，晚上才在户外呆较长的时间；即便如此，有时她也以做家务为借口而重新回家去。因此，他很快就做出了妥善的安排，使大家在日落前返回家中，开始久已中断了的诗歌朗诵，特别是朗诵那些能表达出一种纯洁的，但却是热烈的爱情的诗歌。

他们晚间通常围着一张小桌，坐在固定的座位上；夏绿蒂坐在沙发上，奥狄莉坐在她对面的一把扶手椅上，两个男人分坐在她们的两边。奥狄莉坐在爱德华的右边，每当他朗诵时，就把灯推向这边。然后，奥狄莉也会靠近一些，以便能看到爱德华朗诵的书，因为她更相信自己的眼睛，而不是别人的嘴；爱德华也同样向她凑过去，以便尽量使她看得舒服些。他甚至经常故意延长朗读中的停顿时间，直到奥狄莉看完一页后再翻到另一页。

夏绿蒂和上尉把这一切看在眼里，时而相视一笑。可是，另外一种迹象使他们两人大吃一惊：奥狄莉有时也公开的表露出她对爱德华暗中爱慕之情。

一天晚上，由于一个讨厌的客人来访，使他们的聚会失去了一部分时间。爱德华提议大伙儿再待一会儿。他兴致勃勃地想要吹笛子，这在他们的日常生活中已经消失很长时间了。夏绿蒂便去寻找他们平常一起演奏的奏鸣曲乐谱，可是她怎么也没有找到。奥狄莉踌躇了一会儿，便承认乐谱是她拿到自己的房间里去了。

"您能，您愿意用钢琴为我伴奏吗？"爱德华大声问道，两眼由于喜悦而闪闪发光。"我想可以吧，"奥狄莉说。她取来乐谱，坐在钢琴旁。两位听众全神贯注地倾听，使他们惊奇的是，奥狄莉私下里把乐曲练得如此完美娴熟，使他们更加感到惊异的是，她善于配合爱德华的演奏方式。说"善于配合"还不够恰当，这是因为，当夏绿蒂在演奏时，为了取悦于她那时而拖后、时而超前的丈夫，利用自己娴熟的技巧和自由发挥的能力，在这里停一停，在那里赶一赶；而奥狄莉呢，只不过听他们夫妇演奏过几次奏鸣曲，便在心里记住怎样为爱德华伴奏。她使他的缺点也成为她自己的缺点，从而产生出一种在整体上生动活泼的演奏方式，虽然听起来并不合乎节奏，但却让人感到极为舒服和愉快。要是作曲家本人看到自己的作品被人以这种深情的方式加以歪曲，他也会感到高兴的。

上尉和夏绿蒂对这件神奇的意想不到的事情保持沉默，他俩有着这样一种感觉，就像人们在观察幼稚的行动时，虽然对他们忧虑的后果不以为然，但也不便责骂，甚至，或许令人羡慕。其实，他俩之间的爱慕之情，就像爱德华和奥狄莉之间的一样日益强烈；也许，由于上尉和夏绿蒂更严肃认真，对本身更加自信，更能控制自己，这也就变得更加危险了。

上尉已经开始感到，一种不可抗拒的习惯要把他束缚在夏绿蒂的身边。他控制着自己避开，夏绿蒂通常去工地的那些时间。为此，他很早就起床，把所有事情都安排妥当后就回到府邸他住的厢房进行工作。最初几天，夏绿蒂还以为这事是偶然的；她到凡是他可能去的地方去找他；后来她对他的用意都明白了，于是更加尊敬他了。

上尉一方面避免和夏绿蒂单独在一起，另一方面更加努力地催促和加速这项工程，以便在夏绿蒂的生日时，举行盛大的庆祝活动。因此，他从下往上，从村子后面修筑一条容易走的路，同时借口需要采石料，也从上往下修路。他把一切计算、安排得比较妥当，到夏绿蒂生日前的最后一晚，就可以使两段路会合在一起。高地上新屋的地下室已经破土动工，还没有完全挖好，一块具有格架和盖板的漂亮的基石已凿好。

户外的工作，内心中那些锁细的、亲切的、充满神秘的意愿，或多或少受到压抑的感情，这一切使得他们的聚会变得不那么活跃了。因此爱德华感到缺了点什么。有一天晚上，他让上尉用小提琴，为夏绿蒂的钢琴伴奏。上尉不能拒绝大家的要求，于是他们两人带着感情，愉快而自由奔放地合奏了最难的一支乐曲，使得他们和旁听的一对都感到极大的喜悦。他们约好以后要经常进行这样的演奏，并经常在一起练习。

"奥狄莉，他们比我们演奏得好啊！"爱德华说，"我羡慕他们，但我们大家都感到很高兴。"

第九章

夏绿蒂的生日到了，一切工程都已完成。那条沿村路修筑的防水堤墙加高了；那条经过教堂的路也修好了，它与夏绿蒂铺设的小径相连接，然后沿山岩而上，经过左边的苔藓小屋，再向左转了一个直角，把苔藓小屋甩在自己的下面，逐渐延伸到山顶高地。

这天来的客人非常多。朝教堂走去的人，可以碰见穿着节日盛装的教区居民聚在那里。做完礼拜之后，孩子们、青年和成年男人按次序走出教堂，随后是主人和他们的来客及侍从；姑娘、少妇和太太们则走在最后。

在道路拐弯的地方，修建了一处加高了的石头场地。上尉让夏绿蒂和客人们在此稍事休息。从这里，整条马路都展现在他们的面前：向上行进的男人队伍，以及跟在他们后面的妇女们。这天风和日暖，这景象既美又壮观。夏绿蒂感到惊喜交集，她热情地紧紧握住了上尉的手。

他们跟随着缓步前进的队伍，人群已围着未来的房屋场地形成了一个圆圈。屋主及其家人和贵宾都被邀到房屋场地的低处，这里正要准备安放的建筑物的基石立在一边。一个穿着整齐的泥水匠，一手拿着泥刀，一手拿着锤子，用韵文发表了一篇优美的演说。这里我们只能用散文把他的演说大致复述一遍：

"修建房屋有三件事应该注意，"他开始说，"一是选择正确的地点，二是打好地基，三是建造完美。第一件事本来是屋主的事。在城市里，只有侯爵和教区能够决定房屋应该建造在什么地方；而在乡下，这种特权是属于地产主人的，他说：我的房屋应该建造在这里，而不是任何其他地方。"

爱德华和奥狄莉尽管面对面站得很远，但听到这番话时，彼此却不敢对视。

"第三件事，完成这个建筑是许多行业所共同关心的，只有少数不参与这项工作的行业是例外。但是第二件事，打地基，这是泥水匠的事，我敢说，这是整个工程的首要大事。这是一项严肃的工作，而我们的邀请也是严肃认真的：因为这次庆祝仪式要在建筑场地的低处举行。在这挖掘出来的狭窄的坑里，承蒙诸位赏光到场，作为我们这项神秘的工作见证人，对此我们深感荣幸。我们马上就要把这块雕凿精美的石头埋下去，过不了多久，这些饰有漂亮和高贵的人物图像的土墙就被填塞起来，再也无法接近了。"

　　"这块基石的角表示这幢建筑物的正确的角度，用它的直角表示建筑物的规矩，它的水平和垂直位置标识所有墙壁的铅垂线和水平线。我们很快就可以把这块基石放下去，因为它由于本身的重量可以平稳地躺在那里。不过在这儿也要有石灰和黏合剂。正如生来彼此情投意合的人，需要通过法律结合在一起，才能相处得更好一样，形状相配的石头也只有通过黏合的力量，才能使它们联结得更紧。在劳动者当中是不应该有懒汉的，所以请诸位也别拒绝和我们在这儿共同劳动，共同工作吧。"

　　随后他把他的泥刀递给夏绿蒂，她用它把石灰投到基石底下，其他人也做了同样的工作，不一会儿，基石就沉入地里了；紧接着泥水匠把锤子递给夏绿蒂和其余的人，在三次敲击之后，基石与地基顺利地结合了。

　　"眼下，"演说者继续说道，"虽然泥水匠的工作是在露天进行的，并总是被人看到的，但终归是默默无闻的。按照规矩打好的地基给掩埋了，即使人们看到我们白天所做的工作，到最后也几乎想不起来是我们做的了。石匠和雕塑家的工作是人们一眼便能看到的。粉刷工通过涂抹、磨光和着色完全把我们双手留下的痕迹抹掉了，并把我们劳动的成果据为己有，我们甚至还得对此表示同意。"

　　"试问，有谁比泥水匠更关心自己的工作呢？他干完工作才感到满足。有谁比他更有充分的理由自信呢？当房屋建成，地面弄平并铺上石板，外表装饰完毕以后，他透过所有的外层一直看到里面，仍然认得出那些细心操作留下的整齐的接缝，整个建筑的存在和得到支撑，都有赖于它们。"

　　"然而，一个人做了一件坏事必然会害怕，不管他如何防止，罪行总会暴露在光天化日之下。与此同时，那些暗中做了好事的人，也必然在期待着这一天，那时他们的善举被众人所知。因此我们把这块基石同时也当做纪念碑。在这上面凿出的深浅各不相同的空洞里，应该放入各式各样的物品为遥远的后世留下凭据。这些焊接起来的金属小盒里装有文字资料；在这些金属板上刻着各式各样有观赏价值的东西；在这些美丽的玻璃瓶里装着陈年好酒，并标有它的出产年代；这有今年铸造的各种各样的钱币；所有这一切，都是我们慷慨的房主施予的。若是哪位客人和旁观者愿意拿出点什么留给后代，那么这儿还有空地方。"

　　过了片刻，这位伙计环视四周。但是，在这种情况下，通常会发生的，而没有人有所准备的，大家都感到意外。终于有一个性情开朗的年轻军官说道："若是要我贡献一点在这个宝盒里还没有的东西，那我就把制服上几颗钮扣割下，它们也许值得留给后代。"他说罢便做了！这时，其他人也都做了类似的事情。女人们毫不迟疑地把她们的小梳子放了进去；还有人毫不怜惜的捐献了小香水瓶和其他装饰品。只有奥狄莉还在发呆，她只顾看别人捐助和放入的一件件物品，直到爱德华向她说了一句亲切的话，才把她从这种神态中唤醒。她随即从颈上解下悬挂着她父亲肖像的金项链，轻轻地用手把它放到其他的一些首饰上面。这时爱德华急忙吩咐人盖上盖子，再用泥灰将它严密地封了起来。

那个年轻的伙计又显出一副演说家的表情继续说道："为了保证这所房屋今天和未来的主人永远享有它，我们奠立这块永恒的基石。我们把它像一件珍宝似的埋在这里的时候，我们同时在想，我们所从事的是一切职业中最细致的一种职业，我们还想到，人世间的事物即使是最牢固的也会消亡。我们想到这样一种可能，这个封闭严密的盖子可能又被重新打开，连我们还没有修建好的房屋，也会统统遭到破坏。"

"但是，我们要把我们的思想从未来引回到现在！我们要把这座房屋建成。让我们以今天的庆典来加快我们的工作，好让在打好地基的工地上继续干活的工匠们继续工作，而不是无所事事，好让房屋迅速地耸立起来，早日竣工。这样，房主及其家人和好友就可以从尚未安装的窗子里非常惬意地眺望这一带的风光。在此让我们为他们以及在场诸位的身体健康，干杯！"

说着，他把高脚杯中满满的酒一饮而尽，并把酒杯掷向空中。摔碎高兴时使用的杯子是表示一种极度的欢愉之情。但是这次却发生了点意外：玻璃杯没有落到地上，也没有人觉得奇怪。

原来，他们为了房屋建筑的进展，已经在对面的一隅把地基完全挖好了，并且开始砌墙，为了工程的最终完成，脚手架也按所需要的高度搭起来了。

为了这次庆祝仪式，人们特地在脚手架上铺了木板，一部分观众早已攀登到上面，这对工匠们来说是有好处的。酒杯向上飞去，被一个人接住了，他把这一偶然事件看作是一个吉利的兆头。最后，他把玻璃杯牢牢地握在手中，向周围的人炫耀。人们看到杯子上刻有E和O两个字母，它们非常可爱地缠绕在一起。原来，这是为青年时代的爱德华特制的一只酒杯。

脚手架上又空无一人了，一些敏捷的人爬到上面朝四周张望，他们对周围的景致赞不绝口：谁要是更上一层楼，站在高处眺望，有什么看不到呢？向前望去，许多新的村庄呈现在眼前；河流像一条银色的带子历历在目；甚至城市里的钟楼也隐约可见。在树木丛生的山丘后面，远山中的几座蓝色的山峰巍耸入云，而附近景色尽收眼底。有人喊道说："现在只差把三个池塘连成一个湖了；要是能连成一片，那景色壮丽无比了。"

"这是能办到的，"上尉说，"因为它们已提前形成山湖了。"

"我只请求保留我的那些梧桐树和白杨树，"爱德华说，"它们长在中间那个池塘的周围，很美、很漂亮，您看，"他转向奥狄莉，并把她朝前引了几步，用手指着山下说，"这些树是我亲手栽的。"

"它们大概有多少年了？"奥狄莉问。"差不多跟您的年龄一样大，"爱德华说，"是的，亲爱的孩子，我栽下那些树时，你还躺在摇篮里。"

客人们又回到了府邸。宴席结束之后，他们被邀请去村里散步，以便让他们亲眼看看这儿的新设施。居民们都遵照上尉的建议集合在自己的家门前；他们没有排成队，而是按照家庭的形式自然划分开来：一部分人做着晚间的工作，另一部分人在新的长凳上休息。至少在每个星期天和节日他们都要搞卫生，把一切都弄得整齐清洁，这已经成为他们感到愉快的义务了。

我们这四位朋友之间业已产生的爱慕与内心的交流，总是被更大的社交活动所打断，这是令人不悦的。当他们四人又重新单独聚在大厅时，每个人都感到很愉快，可是这种家庭感情由于爱德华接到一封信而受到了几分打搅，信中说明天有新的客人到来。

"正如我们所猜测的，"爱德华对夏绿蒂大声说，"伯爵是不会不来的，他明天就到。"

"这就是说，男爵公主到这儿的日子也不远了。"夏绿蒂说。

"肯定不远了！"爱德华回答，"她明天将从她那边出发抵达这里。他们请求在我们这儿住一夜，后天再动身继续旅行。"

"这么说，我们得做些准备了，奥狄莉！"夏绿蒂说。

"您有什么吩咐呢？"奥狄莉问。

夏绿蒂大概的做了些指示，奥狄莉转身便离开了。

上尉问起这两个人之间的关系，因为他对此只是泛泛地知道一些。据悉，他俩都结过婚，后来热烈相爱。这种双重婚姻的关系肯定会惹人注目，招人非议。于是，他们想到了离婚。这对男爵公主来说是可能的，可伯爵却办不到。他们只得表面上分手，但仍保持着夫妻关系；他们如果冬天不能在都城里相聚，夏季他们便外出旅游和到浴场疗养，以此作为补偿。他俩的年龄比爱德华和夏绿蒂的年龄稍大，他们从前在宫廷任职时是比较要好的朋友。他们一直保持着友好的关系，尽管他们对朋友的所作所为并不完全赞同。可是这次夏绿蒂对他们的到来却感到有些不合适宜。如果她仔细地想一想，就会发现这是因为奥狄莉的缘故。这个善良纯洁的女孩是不应该这么早就知道这样的事情。

这时奥狄莉正巧进屋来，爱德华说："如果他们再晚几天到我们这儿来就好了，这样我就可以把出售附属庄园的事办妥。文件已经拟好了，我这里有一份副本，现在还缺少一份抄件，我们的老文书又病倒了。"上尉表示自己来做，夏绿蒂也表示愿意，但却有许多的理由不能这样做。"那就把抄写的任务交给我吧！"奥狄莉急不可待地说。

"你没有办法把它抄完的。"夏绿蒂说。

"可后天一早我就要这份文件，而且要抄的东西还很多。"爱德华说。"我会把它抄完的。"奥狄莉大声说，说着把文件拿在手里。

翌日清晨，他们从楼上向外望去，看看客人是否到了，他们不想耽误了迎接客人。这时爱德华说："有人骑着马从那边的公路上过来了，骑得真慢，你们猜是谁？"上尉较详细地描述骑马人的形态。"一定是他，"爱德华说，"你在局部上看得比我细，而你看到的局部和我看到的整体完全相符。他是米德勒。可是他为什么骑得那么慢呢？"

这人越来越近，的确是米德勒。当他慢慢地登上台阶时，他们亲切地迎接他。"您为什么昨天不来？"爱德华朝他喊道。

"我不喜欢热闹的庆祝活动，"他回答说，"不过今天来了，为的是同你们一起安安静静地补祝我的朋友的生日。"

"您怎么会有这么多时间呢？"爱德华诙谐地问。

"如果我的来访对你们是有价值的，那你们就得听我说一说我昨天所做的一切。我为一家人做调解工作，我极为快乐地消磨了半天时间，终于促成了和解。这时我听说你们这儿在庆祝生日。于是我暗自思忖：'你只愿和那些被你促成和睦的人一起时才感到快乐，这终归只是一种自私自利的行为。为什么你不可以同保持和珍惜和睦的人一起快乐呢？'我说到做到！于是我便像我说的那样来到了这里。"

"如果您昨天来，就会看到一个大规模的社交活动，可是今天您只能看到小型的了，"夏绿蒂说，"您会看到伯爵和男爵公主，他俩也曾给您带来过麻烦呢。"

这个古怪而受人欢迎的男子，带着既让人厌烦又令人愉快的表情，从围着他的四个人当中脱身出来，立即去寻找他的帽子和马鞭，一边说："每逢我想休息和舒适一下的时候，总会有个不吉利的星宿在我的头上飘荡！可是这次我为什么要违背我的本性呢？我本不该到这里来的，现在我被赶走了。因为我不愿和那两个人同在一个屋檐下。你们要小心，他们除了带来灾祸，什么也不会带来！他们的人品就像是一块发酵的面团，会把霉菌传染给别人的。"

他们试图安慰他，但没有用处。"谁破坏了婚姻生活，"他大声说道，"谁用言语，甚至用行动破坏了一切道德社会的基础，那他就是与我作对；要是我奈何不了他时，我就绝不同他打交道。婚姻是一切文明的开端和顶峰。它使粗野的人变得温顺，使最有教养的人，以极好的机会去证明他的宽厚。婚姻是不可以解除的，因为它带来这么多的幸福，使一切个别的不幸都变得微不足道了。然而，人们所谈论的不幸是什么呢？它是不时地突然侵袭人的一种烦躁情绪，而人们却喜欢把它当做自己的不幸。如果他让这一瞬间过去，他就会觉得自己有福气，并且庆幸已经存在了很久的婚姻关系依然存在。夫妻分手是绝没有充分理由可言的。人的一生中充满着欢乐与痛苦，以至于一对夫妇之间的恩恩怨怨是根本无法计算的。夫妻之间的债务是一笔无尽的，只有通过永恒才能偿还、有时候也会是不愉快的，但我认为这是很正常的。我们不是也同良心结下了不解之缘吗？但我们常常想摆脱掉这种良知，因为它比起我们成为一个男人或一个女人更令人感到不愉快。"

他热烈地讲个没完，如果不是驿车夫吹响号角宣告男女宾客的到来，他还会长时间地说下去。宾客们像是算好似的，同时从两个方向驾车驶进了府邸的庭院。当四位主人快步迎向他们的时候，米德勒却避而不见，叫人把马牵到客栈，从那儿心绪恶劣地骑马走了。

第十章

客人们受到了欢迎，并被引入室内；他们很高兴又踏进这所住宅，走进这些房间。过去他们曾在这里度过了一些美好的日子，可是打那以后，他们有好长时间没有来过这里了。他们的到来使朋友们极为高兴。伯爵和男爵公主算得上又高尚又漂亮的人物，他们虽然已进中年，却比青年时代更加好看，因为他们的青春时光虽然已经过去，但他们却以一颗爱心激起一种令人们对他们的绝对信任的情感。此时，这对人儿也显得非常自然。他们对待和处理生活的不拘一格的方式，他们的欢快情绪和落落大方的举止，立即博得了人们的好感，而高尚的礼貌又约束着大家，使人觉察不到有任何勉强之处。

这种影响立即就在这一团体中显现出来了。两位新来的客人，直接来自上层社会，这可以从他们的服饰、用品和所有跟他们接近的人上能够看出来。起初，他们同我们的朋友及其朴素的、暗暗激动的情况形成一种对比，但它很快就消失了，对往日的怀念和对现实的关怀融合在一起，迅速而又热烈的交谈使大家很快融洽起来。

这样的交谈时间并不长，他们就分开了。妇女们回到了她们居住的厢房，在那儿相互倾吐自己的私房话，并且开始展示最新款式的晨衣、帽子和类似的用品，从中得到了充分的消遣；男人们则忙于谈论新式的旅行马车，察看马匹，并且立即开始议价和交换。

直到晚饭时，他们才又聚到了一起。大家都换了衣服，在这方面，这对新来的人也显示出他们的优越之处。他们所穿戴的一切都是新款式，似乎从来没有见到过，然而由于他们这么一穿戴，人们也就习以为常，看起来也舒适自然多了。

谈话是热烈的，而且话题经常变换。对在场的这些人来说，似乎没有什么他们不感兴趣，又似乎什么都没有兴趣。他们用法语交谈，为的是不让仆人们听懂，这样就可以放心大胆地畅谈一些上层和中层社会的种种情况。惟有一个话题谈话的时间比其他要长得多，那就是夏绿蒂打听她青年时代的一位女友，并颇为惊异地了解到她很快就离婚了。

夏绿蒂说道，"如果一个人相信他在远方的男友们都安然无事，而只有他所喜爱的一位女友愁眉不展，转眼之间他又不得不听说，她的命运动荡不定，她又得踏上新的、或许又是艰险的和不可靠的生活道路。这真令人不愉快。"

"说到底，我最亲爱的朋友，"伯爵对夏绿蒂说，"如果我们为这种事而感到吃惊的话，那只是我们自己的过错了。我们总喜欢把世上的事情，特别是婚姻关系，想像为是持久不变的。而就后一点而言，我们经常重复看到的那些喜剧，诱使我们产生了与世界的进程毫无关系的幻想的错误念头。在喜剧中，我们看到结婚是作为一种愿望的最终目的，在经过一幕又一幕的磨难之后，在最后一幕，在目的达到之际，帷幕就落下了，也得到了瞬间的满足。而在生活中，情况就不同了；演出在幕后继续进行。若是幕再次升起时，我们就什么也不想看，什么也不想听了。"

"事情还不至于这样糟糕的，"夏绿蒂微笑着说，"因为我们看到，就是那些从这个舞台上退下来的人，也还是高兴再扮演一个角色的。"

"对此我并不反对您的看法，"伯爵说，"也许他们愿意再扮演一个新的角色，如果人们把这个世界完全都认识的话，也许就会看到，世界本身就具有某些僵化的东西，在世界上如此灵活多变的事物中，只有婚姻这种绝对的、永恒持久性显得有些僵化。我有一个朋友，他的思路敏捷，喜欢为新的法律提出一些建议，他声称：每次婚姻应以五年为限。他说，这是一个美妙而神圣的奇数，这个时期正好足够用来相互了解，生儿育女，闹意见，而最美好的是再次谅解。通常，他总是大声喊道：'最初的时间过得该是多么幸福啊！至少有两三年的愉快生活。后来，有一方希望这种关系更长久地继续下去，眼看解除婚约的期限越来越近，对另一方的体贴就会一再增长。而态度冷漠甚至不满意的一方，也会因他的这种举止而得到安慰并受到感动。这样，就如同人们在快乐的聚会中忘却时间一样，他们也会忘记时光的流逝；而当他们发觉婚期已经过去时，婚期已悄悄地延长了，他们会感到吃惊欣喜若狂。'

这些话听起来如此优雅如此有趣，人们尽量赋予这种玩笑以一种深刻的道德解释，但夏绿蒂感觉到，这种言论使她感到不快，特别是因为奥狄莉的缘故。她知道得很清楚，再没有比这样一种过分自由的谈话更危险的了，因为它把一种违法的或半违法的事情说成是一种普通的、平常的、甚至是该称赞的事情。在夏绿蒂看来，所有这一切谈话是触犯婚姻关系的。因此，夏绿蒂试图利用自己灵活的处世方式把话题转换，可她没有做到。更令她难过的是，奥狄莉把一切都安排得周到齐全，无须她站起来去照料客人。这位安详而专心致志的姑娘，通过眼神和手势与管家互通心意，把一切安排得尽善尽美，尽管是几个穿制服的笨手笨脚的新仆人在那里侍候。

伯爵没有觉察到夏绿蒂有意转移话题，仍对这个问题继续发表着自己的意见。这位平素在谈话中一贯不惹人讨厌的伯爵，对这件事实在是满腹怒气，而与妻子离婚所面临的种种困难也使他严厉地批评了有关婚姻关系的一切制度，其实他本人正热切地希望能和男爵公主建立起婚姻关系。

"那位朋友，"他继续说道，"还提出另一个法律上的建议：如果只有当事人双方，或至少一方是第三次结婚，婚约才可以看作是不可解除的了。因为只有这样的人才能够承认，婚姻是某种不可缺少的。何况他们过去在婚姻中的表现如何，这已经清楚了，他们是否具有某种品性？这比不良品性更容易引起分离。所以，人们就应该相互了解；人们对待结婚和不结婚都应郑重其事，因为人们不知道，事情究竟会发展到什么地步。"

"这自然会大大增加社会对此的关注，"爱德华说，"因为事实上我们都已经结婚，没有人会继续打听询问我们的德行和缺点了。"

"如果是这样一种安排，"男爵公主微笑着插了嘴，"我们亲爱的主人可以说是已经幸福地升到第二阶段；可以为第三个阶段做准备了。"

"你们是幸运的，"伯爵对夏绿蒂说，"死神心甘情愿地做了教会监理会通常不乐意做的事情。"

"我们让死者安息吧。"夏绿蒂带着半认真的表情说。

"为什么这么说呢？"伯爵说，"要知道，我们是怀着崇敬的心情想到他们的。他们非常简朴而知足地活了短短几年，留下一笔庞大的财产。"

"但愿在这种情况下，他们牺牲掉的并不是最美好的岁月。"男爵公主忍住一声长叹说。

"说得对，"伯爵说，"要不是在人世间还有如此稀少的事显现出所希望的结果，人们必定会对此感到绝望了。孩子们不遵守他们的诺言；年轻人也很少遵守，而当他们遵守诺言时，世界也不遵守它对他们所做的诺言了。"

夏绿蒂对话题的改变感到高兴，她愉快地说："好吧！我们反正不久就得习惯于逐件和分批地享受财产了。"

"当然了，"伯爵说，"你们两人享受过非常美好的时光。我还记得，那时您和爱德华是宫廷中最漂亮的一对；如今再也谈不上那样辉煌的岁月了，也没有那样出类拔萃的人物了。那时，每当你们两个跳舞的时候，所有的目光都追逐着你们，你们却旁若无人，相互热烈地恋爱着。"

"现在已发生了很多的变化，"夏绿蒂说，"我们只能怀着知足的心情来倾听这些美好的赞词了。"

"我经常在心里责备爱德华，"伯爵说，"怪他没有一定的主见，因为最后他对脾气古怪的父母屈服了；能赢得十年的青春这可不是一件小事啊。"

"我必须为爱德华说几句，"男爵公主插嘴道，"夏绿蒂也不是完全没有责任的，她也在左顾右盼，虽然她从心底里爱着爱德华，而且也在暗中把他看作自己的丈夫，可是她也经常地折磨他，这样他在逼迫下很容易做出不幸的决定，他离家出走，到外面旅行，试图能把她忘掉，这些都是我亲眼看到的。"

爱德华向男爵公主点头示意，对她的辩解表示感激。

"可是我必须补充一点，"她继续说，"我要为夏绿蒂辩护：那个当时追求她的男人，早就向她表示了爱慕之情，而且，如果我们对他进一步了解的话，肯定会认为，他是个很可爱的人，比你们乐于向他人承认的要可爱得多。"

"亲爱的朋友，"伯爵兴高采烈地对男爵公主说，"我们承认，您对他也并不是完全无动于衷的，夏绿蒂对您比对其他女人更担心。我发现女人身上有一个非常可爱的特点：她们如果爱上某个男人，就会长久地保持对他的爱慕，这种爱慕绝不会因任何方式的分离而受到妨碍最后化为乌有。"

"这种优秀的品质也许男人们更多，"男爵公主说，"至少是在您身上，亲爱的伯爵，我已注意到了，没有谁比一位您过去爱慕过的女人更能主宰您的感情了。我也看到了，您为这样一个女人进行辩护，而且为了取得某些效果，您不惜花费很多时间，而您现在的女友却得不到这样的关心了。"

"对您这样的指责我只好听之任之了，"伯爵说，"不过，对夏绿蒂的第一位丈夫，我却不能忍受，因为他拆散了一对佳偶，一对天造地设的情侣，如果他们结合在一起，就用不着害怕五年的婚期，也不再需要第二次甚至是第三次结婚。"

"我们试着把我们失去的再补回来。"夏绿蒂说。

"那您得赶快去做啊，"伯爵说，"您的第一次婚姻，"他稍显激烈的语气继续说下去，"确实是一种令人憎恶的合法婚姻；并且，可惜的是——请原谅我用一个更生动形象的词来表达——这是一种愚蠢的婚姻。这种婚姻破坏了最细腻的爱情关系，而仅仅只是为了一种粗俗的安全感，这至少能给一方带来某些好处。这一切是不言而喻的，人们只是表面上结合在一起，目的是为了今后可以走自己的路。"

这时，一直想打断这种谈话的夏绿蒂果断地转移了话题。她成功了。他们谈起了平常的事情，爱德华夫妇和上尉都能参加到这种谈话里，就连奥狄莉也有机会发表自己的意见。在极其欢快的气氛中，宾主们享用了餐后的点心，精美的果篮里盛满了水果，精致的花瓶里分别插着五颜六色的鲜花，这无疑大大地增加了人们的兴趣。

他们也谈到了花园里新的设施，在饭后随即进行了参观。奥狄莉借口有家务事要做，没有一同前去，实行上她只是为了坐下来抄写文件。伯爵由上尉陪同，后来夏绿蒂也参加了进来。当他们到达高地时，上尉殷勤地赶忙跑下山去取地图。这时，伯爵对夏绿蒂说："我很喜欢这个人，他为人挺好，又善于处理各方面的关系，此外，他做事非常认真，而且有条不紊。他在这儿所做的工作，要是在一个更高的阶层里做，也许会起到更大的作用。"

夏绿蒂听到对上尉的称赞，心里有种说不出的高兴，但是她仍保持着镇静，只是平静而明确地肯定伯爵说的话是正确的。可是，当伯爵继续说下去的时候，她就感到有点惶恐不安了！伯爵说："与上尉认识，对我来说正是时候。我可以推荐他去一个更适合他的职位，使他幸福，这样也可以使我能和一位高贵的朋友建立起最良好的关系。"

这段话对夏绿蒂来说，好比头上的一声晴天霹雳。伯爵却什么也没有觉察，因为女人们在任何时候都习惯于控制住自己的感情，即使在极端惊骇的情况下，总是能保持某种表面上的镇定。可是，当伯爵兴致勃勃继续往下说的时候，他说了些什么夏绿蒂再也听不清了。伯爵说："只要我确信某种事情是对的，那我就会马上着手去办。我已经在脑子里把我的信拟好了，我要尽快把它写好。请您设法给我准备一个骑马送信的人，今天晚上我就让他把信送走。"

夏绿蒂内心感到撕裂般的痛苦，她不仅对伯爵的建议感到意外，而且对自己的心情也感到吃惊，就连一句话也说不出来。幸好伯爵继续在讲他为上尉安排的计划，这个计划所带来的好处，夏绿蒂一下子就注意到了。这时，上尉返回了高地，并在伯爵面前摊开了设计图。夏绿蒂用一种异样的眼光注视着她即将失去的朋友！她勉强鞠了一躬，随即离去，急忙下山向下面的苔藓小屋走去。在半路上，泪水夺眶而出，此时，她冲进这所供人隐居的狭窄的房子里，完全陷于一种痛苦、一种激情和一种绝望之中，而在片刻之前，她还丝毫没有料到自己会是这样呢。

在另一边，爱德华和男爵公主沿着池塘漫步。这位聪明的女人，一直都喜欢打听各方面的消息，她在试探性的交谈中不久就觉察到爱德华对奥狄莉的称赞过分了，于是她以一种很自然的方式，逐渐使他吐露真情，到了最后，她毫不怀疑，这里不仅酝酿着一种爱情，而且实际上已经成熟了。

结了婚的女人，虽然相互间并不相爱，但也能悄悄地站在一起，特别是在反对年轻姑娘的时候会联合在一起。男爵公主凭着她那熟谙世故的智慧，很快就意识到这样的爱慕会带来什么样的后果。再说，她今天早上已同夏绿蒂谈到了奥狄莉，对这个女孩留在乡下，特别是对她那少言寡语的性情很不以为然，于是，男爵公主建议把奥狄莉送到城里的一位女友家里，据说，她的女友对自己独生女儿的教育十分尽心，正在为她寻找一个性格温顺的女伴，为自己的第二个孩子，可以享受一切利益。夏绿蒂已经答应考虑此事。

洞察了爱德华的心思，男爵公主决定马上把这个建议付诸实际行动。为了使这件事进展得更快，表面上她就越是迎合爱德华的愿望。没有人比这个女人更善于控制自己了，这种在特殊情况下的自我克制，往往使人习惯于用伪装来对待普通的事情，并使人在强烈克制自己的同时，也把自我克制施加到别人身上，以此使我们表面上获得的东西，补偿我们内心所缺少的东西，从而在某种程度上不受损失。

除了这种想法之外，男爵公主多半还有一种幸灾乐祸的心理，她暗中嘲笑别人的昏馈，嘲笑别人陷入不幸的懵然无知中。人们不仅仅为目前的成功而感到高兴，同时也为将来突如其来的丢脸事而感到高兴。男爵公主就是这样的，她心怀回测地邀请爱德华在葡萄收获的季节同夏绿蒂一块去她的庄园做客。当爱德华问起是否可以带奥狄莉一起来时，她的回答模棱两可，由爱德华可以随意做出对自已有利的解释。

爱德华怀着一种狂喜，谈起那个景色秀丽的地区、那条大河、那些丘陵、山岩和葡萄园，那些古老的城堡、水路旅行、采摘和压榨葡萄时的欢乐景象等等。心地纯洁无瑕的爱德华预先就把未来的印象高兴地说出来，想让这些景色也使性情活泼的奥狄莉留下深刻的印象。就在这时候，他们看到奥狄莉走了过来，男爵公主连忙对爱德华说，刚才谈到的秋季旅行一事，先不要告诉奥狄莉，因为高兴得过早的事情，往往不容易实现。爱德华答应了她，并催促她快些朝奥狄莉走去；最后他快步朝这位可爱的姑娘走去，比公主早到好几步。他全心全意地流露出由衷的喜悦。他吻了吻她的手，并把他在半路上采集的一束野花塞在她的手里。看到这情景，公主的内心几乎感到愤怒。她并不认为这种爱慕的表示应该受到惩罚，可即便如此她也不赞成这个出身寒微的少女应受到如此亲切和令人愉快的示意。

当他们聚在一起用晚餐时，气氛变得完全不同了。伯爵在用餐前已写好了信，并且交给信差送走了，此时他正在和上尉谈话，今晚，他还特意让上尉坐在自己身旁，用一种明智和谦逊的方式对他进行越来越多的了解。坐在伯爵右手边的男爵公主因此没有怎么讲话；爱德华同样很少讲话，他先是感到口渴，随后由于激动而不停地喝葡萄酒，他把奥狄莉拉到自己的身旁，非常热烈地与她交谈。在另一边，夏绿蒂坐在上尉的身旁，她很难掩饰，甚至几乎不可能掩饰她内心的激动不宁。

男爵公主有足够的时间进行观察。她注意到了夏绿蒂的不悦，但因为她心里只想到爱德华同奥狄莉的关系，所以她很容易以为夏绿蒂对自己丈夫的行为感到忧虑和苦恼，男爵公主在考虑今后如何能更好地达到自己的目的。

晚餐以后，这个小团体中的气氛仍然不是很和谐。伯爵打算对上尉进行彻底的了解，他不得不用各种委婉的言词来了解他希望知道的事，因为上尉是一个文静、毫不虚夸、甚至可以说是少言寡语的人。他们一起在饭厅的一侧来回地踱步。这时，爱德华因喝了酒和充满希望而兴奋不已，同奥狄莉在一扇窗子旁边开玩笑。夏绿蒂和男爵公主在餐厅的另一侧并肩默默地走着。她们沉默无言、百无聊赖，一会儿站在这儿，一会儿站在那儿，最后使其他的人也失去了兴趣。女人们返回了她们居住的厢房，男人们则回到了另一厢。这一天好像就这样结束了。

第十一章

爱德华陪同伯爵到他住的房间，随着谈兴变浓，他很希望伯爵能同他谈话，以便在他那里多待一段时间。伯爵陷于对过去岁月的沉思中，愉快地回忆起夏绿蒂美丽妩媚的情影，他像行家一样怀着火热的情感赞美夏绿蒂的美丽："一双秀足是大自然给她的伟大的恩赐。这种优美的形象是无法泯灭的。我今天观察了她走路时的姿态，直到现在我还一直想吻一吻她的鞋，虽然这样做有点野蛮，但却是古代撒尔马顿人的一种风俗；他们为了对一个他们所热爱和尊敬的人表示深切的敬意，为了祝福他的健康，认为最好的方式就是饮尽盛满在鞋中的酒。"

这两个知心朋友不仅赞美夏绿蒂的脚尖，还从夏绿蒂这个人回忆起旧日的故事和冒险，谈到当时人们为一对情人的约会所设置的种种障碍，以及为了克服这些障碍所做的种种努力，才得以诉说他们彼此相爱。

"你还记得吧，"伯爵继续说道，"有一天，我们的那些最为高贵的王公们去拜访他们的伯父，大家都聚集在宽大的宫殿里，我很友好和无私地帮助你经受住一次又一次的冒险。白天，我们身穿节日盛装在众多的庆祝活动中度过了；晚间，至少我们有一部分时间可以用来进行亲切、无拘无束的交谈。"

"您早就注意到了能通向宫女们住所的那条道路，"爱德华说，"于是，我们幸运地到达了我爱的人那里。"

"但她考虑更多的是宫廷礼节，而不是我当时的满意心情。"伯爵说，"她把一个非常丑陋的女伴留在身边，当你和夏绿蒂眉目传情，谈得十分火热的时候，我却觉得命运对我来说太残忍了。"

"昨天，听说您要来此地的时候，"爱德华说，"我和我的妻子还想起这段往事，特别是想起我们的'撤退'的情形。我们走错了路，于是来到了卫兵们居住的前厅。因为我们从那儿可以找到归路，便不加思索地穿行而过，就像经过其他岗哨一样。可是一开门，我们惊得发呆！地上铺满了床垫，上面躺着一行行的彪形大汉，他们都睡着了。岗哨上惟一醒着的卫兵惊讶地望着我们；我们仗着血气方刚无所畏惧，非常坦然地跨过一双双脱在地上的靴子，任何一个鼾声如雷的恩纳克的孩子都没被惊醒。"

"我真愿被绊倒，"伯爵说，"弄出很大的响声来，这样我们就会看到一种少见的复活场面了！"

这时，府邸的钟声敲响了十二下。

"已经是午夜了，"伯爵微笑着说，"现在正是时候，亲爱的男爵，我得请您帮帮我的忙：今天晚上，请您像我那时带领您一样为我带次路。我答应了男爵公主今晚再去拜访她。今天一整天我们都没有在一起单独谈过话，我们已经好久没有见面了，渴望有个亲密的时刻，没有比这更自然的了。请给我指一条去路，归路我自己会找到，不管怎样，我是不会被靴子绊倒的。"

"我很高兴为您效劳，"爱德华说，"可那三位女士都住在上面的厢房里。天知道，她们是否还聚在一起，或许我们会引起一些麻烦。"

"放心好了！"伯爵说，"男爵公主正在等我。她这个时候肯定是单独一个人呆在房间里。"

"这样，事情就容易多了，"爱德华说，他拿起一盏灯，在前面为伯爵照亮，从一条秘密的楼梯，来到了一条很长的过道。在过道的尽头，爱德华打开了一扇小门。他们沿着一条旋梯而上；在上面一个狭窄的休息地方，爱德华把灯交到伯爵的手里，指给他右边的一扇滚糊过的暗门。伯爵轻轻敲了敲，门便马上打开了，他走了进去，而爱德华却留在黑暗之中。

左边还有另一扇门通到夏绿蒂的卧室。听见有人在里面说话，于是窃听起来。夏绿蒂在问她的女仆："奥狄莉已经睡了吗？"——"没有，"那女仆回答，"奥狄莉还在下面写字呢。"——"那您把夜间用的蜡烛点上吧，"夏绿蒂吩咐说，"已经很晚了，您可以走了。我自己会熄灭蜡烛，上床去睡的。"

爱德华惊喜地听到奥狄莉还在抄写。"她在为我做事呢。"他得意地想着。他完全沉浸在自己的想像中，透过黑暗，他仿佛看到她坐在那里抄写，他以为自己在朝她的身边走去，看到她向他转过身来；他感到一种不可抗拒的要求，要再次和她亲近。可是，从这儿没有通向她所住的阁楼的路。现在，他发觉自己就站在妻子的门前，他的心里产生了一种奇怪的错觉，把夏绿蒂和奥狄莉混淆起来了；他试图把门打开，可是他发现门是锁着的。他轻轻地敲门但夏绿蒂没有听见。

夏绿蒂在隔壁一间较大的屋子里，激动地来回踱步。自从伯爵提出那个意想不到的建议以来，这个建议无数次地在她的脑海里轮回。此时，上尉好像就站在她的面前。仿佛他还住在这所房子里，使那些散步变得活泼有趣。可是他要离开了，这一切都将成为一场空！她为了安慰自己，自言自语地道出人们可以自言自语地道出的一切，甚至像人们通常所做的那样，设想一种既能减轻自己的痛苦，又能安慰自己的方法，如人们经常说的，时间能缓和痛苦。她诅咒这能缓和痛苦的时间，诅咒这些能减轻她痛苦的死气沉沉的时间。

到最后，她只好求助于眼泪来减轻自己的痛苦。她扑倒在沙发上，尽情发泄自己的痛苦。这种情况在她身上是很少发生的。至于爱德华呢，他也不能离开这道门，他再次敲了敲门，第三次敲得更响，在深夜的寂静中夏绿蒂听得很清楚，她吓得跳了起来。她的第一个念头是，这可能一定是上尉；第二个念头是，这是不可能的！她以为是一种错觉，但她确实是听见了，她希望，却又害怕听见，她走进卧室，轻轻地走到上锁的暗门旁。她责备自己怎么如此胆小。"这很有可能是男爵公主来要点什么东西！"她自言自语地说，于是镇定自如地大声问："是谁？"——一个轻轻的声音回答："是我。"——"谁啊？"夏绿蒂没有辨别出是谁的声音，又问道。她觉得好像是上尉的身影站在门旁。这时，回答她的是一个更响亮的声音："是爱德华！"她打开门，站在她面前的果然是她的丈夫。他开玩笑似的向她打了个招呼。而她也用同样的口吻回答了他。他用谜一般的语言解释这次难以琢磨的来访。"我为什么要来呢？"他终于说，"我必须向你承认，我曾立了一个誓愿，今天晚上还要吻吻你的鞋子。"

"你可是好久没有想到了。"夏绿蒂说。——"那就更糟了，也可以说更好！"爱德华说道。

她坐到一张扶手椅子里，为的是使爱德华不要注视她那薄薄的睡衣。他扑身在她的面前，她无法阻止不让他吻自己的鞋子，当他把鞋子脱去之后，他握住她的脚，脉脉含情地把它搂在怀里。

夏绿蒂是一位生性节制的女人，在夫妻关系上，她从不故意和竭力地继续保持情人的姿态。她从不去挑逗丈夫，甚至不去迎合丈夫的要求。她始终像一个可爱的新娘，既不冷淡，也不严厉，就是在夫妻间容许做的事情上也是羞答答的。今天晚上她在双重的意义上看待爱德华。她多么希望爱德华能够离开，因为上尉的身影像是在责备她。但她本该让爱德华离开这里，这反而更加使他动情。从她的脸上可以看出某种激动的心情。她曾哭过。如果说柔弱的女性由于哭泣而失去风韵，那么，我们平常认为是坚强和稳重的女性却因为哭泣而更加妩媚。爱德华是这么可爱，这么和善，这么恳切；他请求她让他留在这里，他并不强求，他只是时而郑重其事，时而诙谐戏谑地劝说她，他没有想到他本来就有这样的权利，最后他故意把蜡烛吹灭了。

在寝灯朦胧的微光中，内心的爱慕和幻想的力量立即就凌驾于现实之上。爱德华以为搂着的是奥狄莉，而上尉则飘忽不定的在夏绿蒂的心中。不在身边的人和在身边的人，如此迷人和狂意地混淆在一起，确实是奇妙极了。

然而，现实却不容许它拥有巨大的权利被剥夺掉。他们在谈天戏谑中度过了夜里一部分时间，遗憾的是他们都言不由衷，正因为是这样，更加无拘无束。但是当爱德华第二天早晨在夫人的怀里醒来时，他似乎觉得射进来的曙光充满不祥的预兆，一种罪行似乎暴露于光天化日之下。他轻轻地从她身边悄悄溜走。当夏绿蒂醒来时，她发现自己独自一人躺在床上，一种莫名其妙的感觉涌上了她的心头。

第十二章

早餐时他们又聚在一起，这时，一位细心的观察者可以从每个人的举止中发现他们不同的内心思想和感受。伯爵与男爵公主见面时，满怀喜悦的表情，就像是一对热恋的情人，在久别重逢后互吐衷肠时露出的表情；夏绿蒂和爱德华则与他们不同，满面羞愧之意，迎着上尉和奥狄莉走去。因为爱情就是这样，它只认为自己有权利，所有别的权利都得在它的面前消失。奥狄莉像孩子似的兴奋，照她这副样子，可以说她是天真无邪的。上尉显得严肃；伯爵同他的谈话，激发了他身上一段时间以来静止和沉睡的一切，使他深有所感，认识到他在这里根本无法施展自己的才能，说到底，只是在一种半休闲半工作的状态中打发日子而已。两位客人刚离开，又来了新的客人。夏绿蒂感到高兴，她觉得客人来得正是时候，因为她希望借此来驱散心中的烦恼，希望散散心。然而爱德华却觉得客人来的不合时宜，他加倍感到这时需要与奥狄莉呆在一起；奥狄莉也同样觉得客人来的不是时候，因为她还没有抄完明天一早就要用的副本文件。所以，当客人们迟迟离去以后，她便马上返回自己的房里。

已经是傍晚时分了。爱德华、夏绿蒂和上尉在客人上车之前，还陪同他们步行了一段路。送走客人以后，他们三人还一致同意到池塘那边去散步。爱德华从远方高价购置的小船已经到了。他们想试试，小船是否容易划动和驾驶。

小船拴在中间那个池塘的岸边，离那几棵古老的橡树不远，这几棵橡树已被列入将来园林建筑设施之中。这里要修建一个码头，在那几棵橡树底下还要修建一个像样的休息场所，为了能够吸引在湖上划船的人把船划到这儿来。

"那一边的靠岸点修在哪里最好呢？"爱德华问，"我想最好修在我的那些梧桐树的旁边。"

"这些树太靠右了，"上尉说，"如果再往下一点靠岸，就离府邸更近了，不过可以再考虑考虑。"

上尉已经站在小船的尾端，拿起了一支桨。夏绿蒂上了船，爱德华也跟了上去，抓起了另一支桨；可正当他要把小船撑开的时候，他忽然想起了奥狄莉，想起这次水上之游会耽误他的时间，谁知道什么时候才能返回呢？他当机立断，重新跳上岸，把另一支桨递给上尉，匆匆地表示歉意，随即赶忙回家。

到家后他才知道，奥狄莉把自己关在屋里抄写文件。她在为他做事。他一方面感到快意，另一方面又感到极其沮丧，因为他不能立即见她。他的焦急之情时时在增长。他在大厅里来回走着，设法集中自己的注意力，可怎么也做不到这点。他希望见到她，在夏绿蒂和上尉返回之前，单独见到她。夜已来临，蜡烛都点燃了。

奥狄莉终于神采奕奕地走进大厅。一种为朋友效力的心情，使她的整个生命获得了超越自身的意义。她把原稿和抄件放在爱德华面前的桌子上。"要我们核对一下吗？"她微笑着问道。爱德华不知该怎样回答才好。他看了看她，然后认真地看了看抄件。头几页写得非常认真，出自一位温柔的女性之手；随后的几页像是改变了字体，变得更洒脱自如了。可是，当他用目光掠过最后几页时，他惊讶到了极点！"天哪！"他喊叫起来，"这是怎么一回事？这是我的笔迹呀！"他望望奥狄莉，又看看抄件，特别是结尾部分，完全像是他自己写的。奥狄莉默不作声，可是她朝他看的时候，目光里流露出一种极其得意的神情。爱德华举起他的胳臂，大声说："你爱我！奥狄莉，你爱我！"她俩拥抱在一起。至于是谁先拥抱谁，这是无法分辨出来的。

从这一瞬间起，对爱德华来说，世界发生了翻天覆地的变化，他不再是原来的他，世界也不再是原来的世界。他们面对面地站着，他握着她的双手，他们相互凝视着彼此的眼睛，准备再次拥抱。

夏绿蒂与上尉走了进来。他们为在外面逗留的时间太久而连声道歉，爱德华对此暗暗发笑。"你们回来得太早了！"暗自说。

他们坐在一起共进晚餐。席间还对今天来访的每一位客人作了评论。爱德华由于得到奥狄莉的爱而兴奋不已，对每个人都说好话，始终表示体谅，甚至常常表示赞许。夏绿蒂并不完全同意他的意见，她注意到了他的这种情绪，于是开玩笑地说，平时他对离开的客人总是苛刻地评头品足，今天却是这样的温和宽容。

爱德华怀着火一般的激情和诚挚的信念喊道："一个人只要真心诚意地爱上了另一个人，那其余的，所有人在他眼里也都会显得可爱了！"奥狄莉垂下眼帘，夏绿蒂凝视着前方。

上尉接过这句话说道："尊敬和崇敬的感情也与此会发生类似的情况。只有当人们有机会对一个人表达这些崇高的感情的时候，才会认识到世界上值得珍贵的事物。"

夏绿蒂不久就借故回到卧室里去了，为了能够更好地回忆今天晚上发生在她与上尉之间的事情。

当爱德华跳上岸，把小船推离陆地，听凭夫人和上尉随船漂在动荡的水面上时，夏绿蒂望着在雾色苍茫的夜色中坐在自己面前的男人，他摇动双桨漫无目的地向前荡去，为了他，她的心受了多少折磨呵。她感到一种深沉的、少有的悲哀。在这万籁俱寂的夜晚，小船在漂动，双桨击水有声，水面上掠过阵阵微风，芦苇沙沙作响，鸟儿飞翔着返回巢穴，天空中出现的星星闪烁不定，所有这一切都具有某种神秘的色彩。她仿佛觉得，他在把她带到远方，为了把她丢弃，留下她孤身一人。在她的内心产生了一种奇怪的悲拗，但她却不能哭。

在这个时候，上尉向她描绘，怎样按照他的意图来修建这里的林园。他称赞这只小船性能良好，一个人就能轻而易举地用双桨划动和操纵。他劝她自己也学会划船，还说有时候独自一人在水面上荡舟，既当船夫又当舵手，那是一件很愉快的事情。

听了上尉的这番话，这位女友的心头涌上了分别之情。"他这样说是有意的吗？"她暗自思忖，"难道他已经知道了？或是猜到了？或是他偶然说出，在不知不觉中预先宣告了我的命运？"一种莫大的忧伤，一种焦躁不安的心情攫住了她。她请求他尽快靠岸，同她一道返回府邸。

这是上尉第一次在水塘里划船，尽管总的来说，他已经对池塘的深度做过考察，但对个别地方还是不甚了解。天色开始暗下来，他把小船划向他认为是容易靠岸的地方，他知道离那儿不远有条通向府邸的小径。可是夏绿蒂满怀恐惧的心情再次要他尽快靠岸时，小船或多或少地偏离了原定的航向。他一再努力向岸边靠拢，可惜他觉得船在离岸不远的地方停住了，船搁浅了。他努力使小船回到水里，但毫无用处。怎么办呢？他别无选择，只好跳到水里，幸好水很浅，可以把夏绿蒂抱上岸。他幸福地把这个可爱的身体抱在怀里，为了使人本身保持平衡，为了不使她感到担心，他稳稳地走着。可是她却胆怯地用手搂住他的脖子。他紧紧地抱住她，紧贴着自己。直至到了一片长满青草的斜坡上，他才把她放下，他感到一阵激动和迷惘。她还是搂着他的脖子。他再一次把她抱在怀里，热烈地吻了吻她的嘴唇。就在这一瞬间他跪倒在她的脚下，吻着她的手，大声地说："夏绿蒂，您能原谅我吗？"

上尉勇敢的一吻，使夏绿蒂清醒过来，她几乎是用吻回答他的。她握住他的手，但却没有把他扶起来。她朝他俯下身子，把一只手放到他的肩上，说道："这一瞬间在我们的生活中开辟了一个新时代，我们是不能阻挡的；不过，我们是否无愧于它，这就取决于我们了。您注定要离开。亲爱的朋友，您就要离开了。伯爵正准备改善您的命运；这使我很高兴也很痛苦。我本想隐瞒此事，等到事情都成为现实再告诉您。可是这一瞬间迫使我向您把这个秘密说出来。只有当我们有勇气改变我们的处境时，我才能原谅您原谅我自己，因为改变我们的思想，不是取决于我们自己。"她把他扶了起来，抓着他的手臂，这样可以支撑住自己，他们就这样默默无言地返回了府邸。

她现在站在自己的卧室里，在这里她不得不感到自己是爱德华的妻子，她必须把自己看成是爱德华的妻子。在重重的矛盾之中，她那刚强的、在生活中经过多种磨练的性格帮助了她。她向来惯于自觉地控制住自己的感情，所以，就算是现在，她也能通过严肃认真的思考，轻易地恢复所希望的心理平衡。是呀，当她想起爱德华那次深夜来访时，不禁为自己感到好笑。可是，她很快就有一种奇怪的预感，全身由于喜悦和不安而战栗起来，这战栗随即消失在虔诚的希望之中。她激动地跪了下来，她重复着她在神坛前对爱德华发过的誓言。友谊、爱慕、弃绝，化成欢快的画面从她面前一一闪过。她觉得内心又恢复了往常的平静。不久，一种甜蜜的疲倦攫住了她，她安然沉沉入梦乡。

第十三章

就爱德华而言，他的情绪就完全是另一个样子。他没有想到去睡觉，甚至没有想到要解衣就寝。他无数次地亲吻文件的抄件，亲吻奥狄莉用孩子般的怯生生的手写的开头部分，他几乎不敢亲吻结尾部分，因为他以为看到的是自己写的。"啊，这要是另一份文件就好了！"他暗暗对自己说。这对他来说，已经是一种极好的保证，因为他那最高的愿望已得到了满足。现在它就在他的手中，尽管它由于第三者的签名而走了样，但他仍然会不断地把它贴在心上。

下弦月升到了枝头，温暖的夜晚诱使爱德华走到了户外；他漫无目的地到处穿行，他是人世间最烦躁和最幸福的人。他漫步穿过花园，他觉得花园太狭窄了。他奔向田野，他又觉得田野太辽阔了。于是他返回府邸，站在奥狄莉的窗下。他坐在那儿的一级台阶上，自言自语："虽然墙和门闩把我们隔开，但我们的心却是分不开的。她若是站在我的面前，就会投入我的怀抱，我也会投入她的怀抱，这是完全肯定的，无需加以怀疑！"他的周围一片寂静，没有一丝微风，静得连辛勤的动物在地底下掘土的声音都清晰入耳，对它们来说，白天和黑夜是一样的。他沉浸在自己幸福的梦想之中，他终于入睡了，在太阳露出笑脸和晨雾散去之前，他一直没有醒来。

此时，他发现自己是庄园里最早醒来的人。他觉得工人们来得太迟了。他们来了，可他觉得来的人太少，每天要做的工作少得可怜，满足不了他的愿望。他要求来更多的工人，人们答应他，当天就增派了很多工人。就是再来一些人，要想迅速完成他的计划，他觉得还不够。忙碌的工作不再使他感到快乐，这一切工程要完成，是为了谁呢？所有的道路都应该修建好，以便让奥狄莉走路舒适些，各处的椅凳也应该安放好，使奥狄莉能够休息。他也为修建新别墅尽心尽力，以便赶在奥狄莉的生日完成。爱德华的思想和行动失去了节制。爱人与被人爱这种意识使他的要求没有了节制。在他看来，所有的房间和周围的一切都变了样儿！他不再感到自己是在自己的家中。奥狄莉的存在把他的一切都吞噬得干干净净，他完全沉醉在奥狄莉的身上。他拒绝进行任何别样的思考，也不愿听从良心的劝说；他天性中受到抑制的一切，现在如火山一样爆发，他的整个身心都投在奥狄莉的身上。

上尉观察到了这种狂热的举动，很希望预防那可悲的后果。这儿的一切设施，是他原本打算和朋友过一种平静而愉快的共同生活而安排的，现在却单方面由爱德华过分地增加了。大庄园的附属庄园通过他已成交，第一次付款已经兑现，按照约定，夏绿蒂将这笔钱已掌管起来。可是在头一个星期里，她得比平时更加认真、更加耐心和更加有条理地去使用这笔款子，因为按照目前这种轻率的方式花钱，这笔钱很快就会花光的。

许多事情开了头，还有许多工作要做。上尉怎能在这种情况下置夏绿蒂于不顾呢！他们协商后取得了一致意见：他们宁愿自己去加速这种有计划的工作，通过借贷筹措资金，把出售附属庄园尚未支付的余款作为偿还之款，并定出偿还期限。通过这种权利的转让，他们几乎不受损失；这样，手头宽裕了，他们就更能自由地行事了。一切都在进行，加之有足够的工人，所以一下子就完成了许多工作，他们相信很快就能达到目的。爱德华对此也表示赞同，因为这和他的意图不谋而合。

然而，夏绿蒂在心里仍然坚持她原先的设想和提出的计划，而上尉作为她的志同道合的朋友，当然坚定地站在她的一边。这样一来，更增进了他们相互间的信赖。他们相互交换对爱德华的激情的看法；他们商量对策，让夏绿蒂更多地接近奥狄莉，更加细心地观察她。她对自己的内心越是了解，对这姑娘的心就看得越透。她找不到别的解决办法，除非让这个女孩离开。

所幸的是，露茜娜在寄宿学校里因成绩优异得到了特别的表扬，夏绿蒂觉得这是命运的一种巧妙的安排，因为姨祖母听到这个好消息后，一定要把她接去，让她住在自己身边，然后再把她引进上流社会。这样，奥狄莉可以返回寄宿学校；上尉也将得到妥善安排，离开这儿；一切都会像几个月前一样，而且会变得更好。夏绿蒂希望不久又能恢复她和爱德华之间的夫妻关系，她觉得这一切非常合情合理，以致她越来越陷入一种幻觉之中：她可以回到早先的那种狭隘的状态之中，一种迅猛迸发出来的感情又将受到约束。

　　然而，爱德华却感到人们为他设置了种种障碍。他很快觉察到他们有意把他和奥狄莉分开，使他很难和奥狄莉单独谈话，甚至很难接近她，除非有许多人在场。他为这件事以及其他一些事而闷闷不乐。如果他能和奥狄莉匆匆说上几句话，那不仅是向她保证他的爱情，而且也是对他的妻子和上尉的一种抱怨。他没有发现，由于他大兴土木，金库已经枯竭了；他尖锐地责备夏绿蒂和上尉，怪他们在业务上违背了第一次协议。其实他本人是赞同第二次协议的，不错，第二次协议还是他本人倡议和竭力促成的。

　　恨是有偏见的，而爱偏见更大。奥狄莉同夏绿蒂和上尉也有些疏远了。有一次爱德华向奥狄莉抱怨上尉，说上尉作为一个朋友在这样一种关系上并不怎么诚实。而奥狄莉不假思索地回答说："看到他对您不那么诚实，我早就感到不满了。有一次，我听到他对夏绿蒂说：'但愿爱德华饶过我们，别再呀呀地吹笛子！他吹不出来什么好曲子，只会使听众感到讨厌。'您能想像得出，这话使我多么痛苦，因为我是那么喜欢为您伴奏。"

　　这些话刚一说完，她的理智便告诉她，她应当保持沉默；可是话已出口。爱德华的脸色大变。没有什么东西比这更使他恼怒了；在他最得意的事情上，他受到了攻击。他原以为这是一种喜悦稚气的追求，绝非夸大。吹笛子能使他得到消遣，使他得到快乐，朋友们本应以爱护的态度对待才是。他没有想到，对于旁人来说，让他听缺乏音乐天才的人的吹奏，会伤害他的耳朵，这是多么可怕啊。他感到自己受到侮辱，十分恼怒，再也无法原谅宽恕别人了。他觉得自己摆脱了一切义务。

　　和奥狄莉在一起，见到她，跟她说些悄悄话，信任她，这种内心迫切的需要与日俱增。他决定给她写信，请求她和他暗中通信。他言简意赅地把他的心思写在一张小纸条上，然后把它放到书桌上。当仆人进屋给他烫发时，一阵风把纸条吹落在地上。仆人为了试试烫发铁钳的热度，通常都是弯腰从地上找一些纸片。这次，他拾起那张纸条，迅速把它钳住，纸条一下子烧焦了。爱德华发现仆人这次拿错了纸条，便把纸条从他的手里夺了过来。随后，他又坐下来重写一张；可是写第二遍时，下笔同第一次总是不一样。他感到有些地方需要仔细斟酌，不过他还是顺利写完了。在他能接近奥狄莉的一瞬间，他把这张纸条塞到她的手里。

　　奥狄莉立即给他回了信。他没有读就把它塞进背心里，可是那件时兴的背心很短，不便于藏东西。纸条露了出来，在他不知不觉之中掉到了地上。夏绿蒂看见了，把它拾了起来，匆匆扫了一眼，然后把它递给爱德华。"这是你写的一张纸条，"又说，"也许你不愿丢失它吧。"

他感到吃惊。"她是在装假吗？"他想，"她已经知道纸条的内容了？或者由于笔迹相似她搞错了？"他希望是后一种情况。他受到了警告，受到了双倍的警告，但这些特殊的偶然预兆——一种更高级的生物似乎通过这些预兆在同我们交谈——却没有使他从激情中理智起来。相反，这种激情使他对奥狄莉的爱恋更深，于是他就觉得别人在限制他，这使他感到越来越无法忍受。他不再与他们友好来往。他的性格变得内向起来。当他不得已同上尉与妻子聚在一起时，他已无法在心里找到和激起从前那种对他们的好感。他不断地谴责自己，他感到难过，觉得不该这样，他试图求助于一种幽默，但由于没有爱，所以也就缺乏惯常的那种风趣。

夏绿蒂凭借内心的感情经受住了这一切考验。她意识到自己严峻的处境，决心放弃如此美好而高贵的爱慕情感。

她多么希望去帮助那两个人啊！她清楚地感到，以她一个人的力量是不够的。她打算同善良的奥狄莉谈谈这件事，但是她不能这样做；一想起自身的动摇，她便打消了这一念头。她试图泛泛地谈一下自己对这方面的情况，但这种情况同样使她羞于说出口。她想给奥狄莉的任何暗示，都会反射到自己的心上。她想告诫别人，但同时感到，她自己也同样需要别人的告诫。

因此，她依旧默默地想把这对相爱的人分开，可是事情并不因此而变得更好一些。她有时脱口说出的一些轻微的暗示话，对奥狄莉并不起作用，因为爱德华使奥狄莉相信，夏绿蒂爱着上尉，还使她相信，夏绿蒂本人希望离婚，他想用大家都可以接受的方式促使希望得到实现。

奥狄莉觉得自己是清白无辜的，她怀着这种感情在渴望已久的幸福之路上奔跑，她只是为了爱德华而活着。由于这种对他的爱，她坚信一切美好的事物，也因为他的缘故，她干起事来也更加愉快，对待别人也更加豁达了，她觉得自己生活在人间的天堂里。

每个人都以自己的方式继续过着日常的生活，有的人在思考，有的人什么也不想。一切仿佛都在正常地进行，即使是在生命遭到巨大危险的情况下，人们还是继续生活下去，似乎什么也没有发生过。

第十四章

在此期间上尉收到了伯爵的来信。是一封具有双层含义的信：一层是为上尉指出前景是美好的，前途是无法限量的；另一层是现在他为上尉提供了一个可靠的机会，在宫廷事务中担任一个重要的职务，职衔是少校，收入很高，而且还有其他好处，不过由于种种次要的原因，有些情况目前还不能言明。上尉把这个消息告诉了他的朋友们，只是提到了充满希望的前景，而对此时不行的事情没有透露。

在此期间，他继续忙着当前的各种工作，暗中为了在他离去以后的一切事情不受影响，做了很多准备。他自己也身体力行，使某些事情能按时完成，以便能够赶上奥狄莉的生日。这时，两位朋友虽然没有明确表示愿意合作，却也很高兴在一起工作。爱德华此时非常满意，由于预先募集了资金，现款多了起来。整个工程进展得很迅速。

上尉现在极想劝阻把三个池塘连成一个湖。因为这样一来，下面的那条堤坝要加固，中间的堤坝要拆除，整个事情从各方面来讲，都是重大而值得考虑的。然而这两项彼此相连的工作已经开始了。来了一个年轻的建筑师，他是上尉从前的学生，上尉非常欢迎他的到来。他一面聘用能干的师傅，一面采取可行的包工办法，这样就能推动工作，并使工程的安全和持久性得到保证。上尉为此暗暗欣喜，因为即使他离开此地，工作也会照常进行。他有一条原则，即在有人顶替他的工作之前，他不会把自己业已承担、但尚未完成的工作放弃的。是的，他看不起那些没有教养的自私自利的人，他们为了使人觉得离不开他们，故意在他们的工作范围里制造一些乱七八糟的事情，甚至希望把事情毁掉，使工作无法继续进行。

为了庆祝奥狄莉的生日，大家一直努力地工作，不过这点他们却不明言，也不肯坦率地承认此事。夏绿蒂虽然毫无嫉妒之心，但按照她的看法，奥狄莉的生日不能当成一个重要的节日。奥狄莉还年轻，她的幸运的处境，她同这家人的关系，使她没有权利在一天里成为女王。爱德华不愿谈及此事，因为这一切的发生都是自然而然地，自然而然地使人感到意外和高兴。

因此，大家默默地找了一个借口，取得了一致：在新居建成的那天，举行落成仪式，借此机会通知村民和朋友们前来庆祝，而不是为了其他的什么原因。

但爱德华对奥狄莉的爱慕是没有止境的。由于他渴望占有奥狄莉，他对她的关注、馈赠、许诺也没有节制。他想在那一天送给奥狄莉一些礼物，夏绿蒂提出了一些建议，但他觉得过于寒酸了。他同管理服装的仆人商量，这个人经常与商贩和时装商人打交道，对那些最令人愉快的礼品，以及呈献这些礼品的最好方式非常熟悉。他立即在城里订购了一只极为精致的匣子，匣面包有红色的羊皮，镶着钢钉，里面装着几件与匣子相称的礼品。

他还向爱德华提出了另一个建议。府里还存有一套小型的焰火，到现在一直没有机会燃放，可以再添置一些，到时一起燃放。爱德华采纳了这个主意。那个仆人答应这件事由他去负责。这件事暂时要保密。

生日已经越来越近，上尉在此期间做了一些安全方面的措施，他认为，当群众被召集或吸引而来的时候，这方面的工作是十分必要的。他甚至对乞讨以及其他令人不愉快的事也预先采取了防范措施。

爱德华和他的亲信仆人却相反，热心于燃放焰火的事。燃放的地点选在那些粗大的橡树的前面靠近中间池塘的地方；观看的人群应留在对面那几棵梧桐树下，可以从适当的距离，又安全又舒适地观赏焰火的效果，欣赏水中的倒影及漂浮在水面上的燃烧着的焰火。

所以，在另一个借口之下，爱德华派人清理梧桐树下的那块场地，除掉那些灌木、杂草和苔藓。这样，在清理得干干净净的地面上，才显出这些梧桐树的高大和壮观。爱德华对此感到极为欢欣。"我种这些树时，大约也是这个季节。有多少年头了呢？"他自言自语地说。他一回到家里，就查阅过去的日记，这些日记是他的父亲特地住在乡下时非常工整地写下来的。虽然日记里对种树的事不会提及，但是在同一天家里发生了另一件重要的事，这件事想必在日记里会有记载的。他匆忙地翻阅了几本日记，终于找到了。他发现了一个奇异之极的巧合，他是那样的惊讶，那样的欢欣啊！原来他植树的那天、那年，又恰巧是奥狄莉的生年。

第十五章

爱德华终于把他渴望的早晨盼来了，这天阳光灿烂，许多客人陆续到来了。这次，请帖早就发到周围很远的地方，上次奠基典礼，一直为人津津乐道，没有参加的人就更不愿错过这次庆祝活动。

在酒宴开始之前，木匠们奏着音乐出现在府邸的庭院里，抬着由层层叠叠、摇晃不定的绿叶和鲜花编成的花环。他们向客人表示欢迎，并请求漂亮的女士们把她们的丝绸手帕和带子赏给他们，用作通常的装饰物。当客人们进餐之时，他们欢呼着继续前行，在村庄里停留了一段时间，同样也向妇女和姑娘们讨了一些彩带，最后在翘首以盼的一大群人的陪同下，来到了房屋落成的高地。

夏绿蒂在宴会以后，挽留客人们再多待一会儿，她不喜欢庄严而死板的场面，因此，他们三五成群，既不讲究身份也不顾地位，从容不迫地来到了别墅前的广场。夏绿蒂带着奥狄莉显得犹犹豫豫，但她这样做也没有使事情如愿，因为奥狄莉成为了最后一个上来的人，喇叭和铜鼓好像只在等着她，而庆祝仪式好像要在她到来时才正式开始似的。

人们按照上尉的吩咐，用绿色的树枝和艳丽的鲜花富有艺术性地将房屋装饰起来，遮掩别墅粗糙的外观。但是，爱德华事先没有告诉上尉，就吩咐建筑师用鲜花在正面的突出部分标明落成的日期。这还说得过去。这时，上尉及时阻止人们把奥狄莉的名字标在山墙的三角面上。他以一种巧妙的方式否定了这项已经开始的工作，并把那些已经装饰上去的鲜花字母拿掉。

花环放上去了，周围很远的地方都能看得很清楚。五彩缤纷的丝巾和丝带迎风飞舞。简短的演说大部分都被风声吹走了。庆典结束了。人们在别墅前平整过的、用绿叶围成的广场上开始跳舞了。一位英俊的木匠把一位身材窈窕的村姑带到了爱德华的面前，并邀请站在旁边的奥狄莉跳舞。人们立即跟着这两对翩翩起舞。而爱德华很快便和木匠交换舞伴，他抓住奥狄莉，和她跳了一轮。年轻的小伙子和姑娘快活地加入到跳舞的人群中，上了年纪的人则在一旁观看。

人们在分开散步之前就约定，在太阳落山的时候再到梧桐树边聚会。爱德华最先到了那儿，他安排好一切，并和在那的仆人商定，要他协助燃放焰火的人，照管好燃放活动。

上尉并不满意爱德华采取的种种措施。他预料到观众会很拥挤，想同爱德华谈谈这个问题，但爱德华却有点儿性急地请求上尉，把这部分的庆祝活动交由他一个人来办。

人群拥上了被武断地铲掉草皮的堤坝上，那儿既不平坦也不安全。太阳西沉，暮色降临。客人们期待夜色更浓。梧桐树下备有各种饮料点心。人们发现这地方无比美丽，不禁喜形于色，心想将来从这里可以欣赏到那宽阔的、绚丽多姿的湖泊景致。

这是一个无风的宁静、寂静的夜晚，这预示着夜间的燃放焰火庆祝活动可顺利地进行。就在这时，有人突然发出一声可怕的叫喊。原来是大量的土块从堤坝上滑下来，好些人落入水中。那儿的土层由于越来越多的人拥来和践踏而下陷。每个人都想占有最好的位置，现在他们陷入了困境。

每个人都跳了起来，朝出事地点奔去，但因为够不到，大家只能看着而无能为力，上尉带着几个做事果断，准备援救的人匆匆赶来，立即把人群从堤坝上赶到下面的岸边，以便腾出地方营救落水者。不多一会儿，那些落入水中的人，一部分靠自己的努力，一部分靠别人的帮助，又回到了陆地上。只有一个男孩，由于过分害怕和惊慌，竭力挣扎，非但没能靠近堤岸，反而离它越来越远。他似乎已经精疲力竭，他的一只手和一只脚从水面上露几次。不幸的是，对面的那只小船装满了焰火，从船上卸下来，要花很长的时间，这样援救就迟了。上尉当机立断，他脱掉上衣，大家都注视着他。他那结实而强壮的躯体，顿时赢得了每一个人的信赖。可是，当他纵身跳入水中的时候，人群中还是发出了一声惊恐的叫喊。所有的目光都注视着他。上尉是一名技术熟练的游泳好手，他很快就游到男孩身边，把他带到堤岸边。他以为他已溺死。

这时，小船已划了过来。上尉登上了小船，仔细观察着孩子。外科医生来了，他把那个被人认为已经溺死的男孩接了过去。夏绿蒂走了过来，她请上尉照顾好自己，回别墅去更换衣服。他迟疑不决，直到那些稳重而老成的人——出事时，他们就在附近，在营救中也出了力——信誓旦旦地向他保证，所有的人都得救了，他才离开。

夏绿蒂目送他返回家中。她想到酒和茶以及他所需要的东西都给锁起来了。在今天这种情况下，人们做事总有些不知所措。她匆匆穿过仍逗留在梧桐树下的三两成群的人。爱德华正忙着劝说人们留在这里；他打算马上就发出信号，开始燃放焰火。夏绿蒂走了过来，请求他改期燃放焰火，因为现在这种场合和时机都无法使人领略这种乐趣。她提醒他对救上来的孩子和救孩子的人应尽点责任。"外科医生会尽职责的，"爱德华说，"他会采取一切抢救措施的。我们现在去表示关心，只会帮倒忙。"

夏绿蒂坚持自己的看法，并向奥狄莉招手，奥狄莉准备马上离开。爱德华抓住她的手，大声说："我们不想在医院里度过这一天！让她去做仁慈的女护士好了。没有我们，那些假死的人也会醒来，那些活着的人也会把身子擦干的。"

夏绿蒂默默地走开了。有几个人跟着她离去，另一些人也相继离去；最后，谁也不愿意再呆下去，于是大家都跟着离开了。梧桐树下只剩下爱德华和奥狄莉。尽管她急切和不安地请求他同她一起回府，但他还是坚持留下来。"不，奥狄莉！"他喊道，"不平凡的事情，必须通过艰难险阻的途径，否则无法实现的。今天晚上发生的意外事故，使我们更快地相聚在一起。你是属于我的！我已经多次对你说过这话，而且向你起过誓，我们不需要再说，再起誓了，现在，这话该成为现实了。"

小船从对岸漂过来。船上站着那个男仆，他不知所措地询问那些焰火现在该怎么办。"燃放吧！"爱德华大声地对他说，"奥狄莉，这是单为你一个人准备的，现在也要让你一个人单独观赏！请你允许我坐在你的身旁一同欣赏吧。"他温存而谦逊地在她的身旁坐下，没有去碰她的身体。

火箭呼啸着射向空中，花炮发出隆隆的响声，火球腾空而起，焰火盘旋；火轮飞溅，火花在空中乱窜，开始是单个燃放，接着成对燃放，然后一起点燃，响声越来越大，连绵不断，汇成一片。爱德华的胸中仿佛也在燃烧，他以愉快而满意的目光追逐着这些焰火的奇景。奥狄莉的心绪温柔而激动，看到这种呼啸的、倏忽之间暗生和消逝的景象，使她有些害怕，而不是愉快。她羞怯地靠在爱德华的身上，这种亲近，这种信赖，使他充分地感觉到，她是完全属于他的。

夜色重新降临大地，月亮升了起来，照亮了两人回家的小径。这时，有个人挡住了他们的去路，手里拿着帽子，向他们请求施舍，因为他错过了白天的庆祝活动。月亮照在他的脸上，爱德华认出来了，原来，这就是那个曾向他强行乞讨的乞丐。但他现在是如此幸福，他发不出火来。他也没有想到，特别是在今天，乞讨是绝对禁忌的。他在口袋里摸了一会儿，掏出一枚金币给了乞丐。他多么愿意使每个人都幸福，因为他的幸福显得是无边无际的。

而这时，家里的一切都进行得很顺利，外科医生的全力抢救，一切必需品的齐备，夏绿蒂的帮忙，由于这几方面的合作，男孩被救活了。客人们散了，既是为了从远处再瞧瞧焰火，也是为了在经过这么混乱的场面后返回自己安静的家园。

上尉迅速地换好衣服，积极地参加了必要的救护工作。所有的一切都平静下来，只有上尉和夏绿蒂两人。这时，他亲切、友好地对夏绿蒂说，他不久就要动身走了。她今晚经历得太多了，以至于上尉透露的这个消息并没有给她留下什么印象。她亲眼看到，这位朋友怎样做出不顾自我的行为，怎样救人，这些神奇的事件似乎向她预示了一个显赫的，并非不幸的未来。

爱德华和奥狄莉一回到家中，就得知上尉即将动身的消息。他认为夏绿蒂早就知道了此事的详情，然而，由于他还有很多事情要做，考虑更多的是他自己，所以顾不上对此感到不快。

相反，他聚精会神和满意地听人说起上尉即将担任的美好而光荣的职位。他内心深处隐藏的愿望简直乐不可遏，他迫切希望能成为现实。他仿佛已经看到上尉同夏绿蒂结合，自己同奥狄莉结成夫妻。如能这样，今天这个庆典的节日就是献给他的最珍贵的礼物了。

当奥狄莉刚走进自己的房间，发现桌子上有只小巧玲珑的贵重箱子时，她是多么吃惊啊。她立刻把它打开。里面的一切东西都包得很精致的，摆得整整齐齐，以致她不敢把它们分开，甚至不敢把它们拿出来透透空气。印度纱、麻纱、丝绸、长方形披巾和花边，一件比一件精致、细巧和贵重。还有首饰。她当然明白赠送礼物的人的意图，她不止一次地从头到脚打扮起来。然而，所有这些东西是那么贵重和陌生，那么稀罕，使她不敢相信这些现在都是属于她的。

第十六章

第二天清晨上尉走了。他给他的朋友们留下了一封感谢信。前一天晚上他和夏绿蒂作了简短的话别。她感到这意味着永久的分离，只好听天由命，因为在伯爵的第二封信里——上尉最后才把这封信的内容告诉了她——提到了上尉有希望达成一桩有益的婚事。虽然他并没有重视这一点，但她却认为这事已成定局，于是，完全对他断了念头。

另外，她相信别人也应具有她的那种自制力。她能办到的事，别人也同样能办到。基于此，她开始同丈夫交谈，当她感到这事必须彻底地加以解决时，谈话就变得更加坦率和更有信心。

"我们的朋友已经离开了我们。"她说，"现在，我们之间的关系又像从前一样了，至于是否还想完全回到旧日的状况，这就要看我们自己了。"

爱德华除了爱听那些阿谀奉承他的言词之外，其他的话根本听不进。他以为夏绿蒂用这些话来表示她从前的寡居生活，虽然说得不够明确。所以他微笑着回答："为什么不呢？问题只在于我们之间要相互理解。"

当夏绿蒂说出下面一席话时，他才发觉自己大大地受骗了。"把奥狄莉也安置到别处去，我们眼下只能做出这样的选择。现在有两个机会可以改变她的处境，这些都是她所希望的。她可以返回寄宿学校，因为我的女儿已搬到她的姑妈那儿去了；她也可以被一家有声望的体面的家庭接受，同这家人的独生女儿作伴，享受与她社会地位相称的教育和一切利益。"

"可是，"爱德华相当镇静地回答说，"奥狄莉在我们这个亲切友好的环境里已经娇生惯养了，换个环境她会感到难以适应的。"

"我们大家都娇生惯养了，"夏绿蒂说，"你也并不是最后一个。但是现在是时候了，它要求我们进行思考，同时严肃地提醒我们，要考虑我们这个小团体的全体成员的利益，同时也不要拒绝做出任何一种牺牲。"

"要奥狄莉做出牺牲，"爱德华说，"至少我认为是不公平的，现在我们把她推到陌生人当中去，这显然是不合乎情理的。上尉在这儿碰上了好运气；我们可以心安理得地，甚至是高兴地让他离开我们。可是，谁知道奥狄莉将会遇到什么呢？我们干吗要匆忙从事呢？”

“我相当清楚我们所面临的问题，”夏绿蒂略微激动地说，因为她打算彻底摊牌，她继续说，“你爱奥狄莉，对她已经习惯了。爱慕和激情也从她那方面产生和滋长。我们为什么不挑明这件每个人都知道的事呢？难道我们不应该非常慎重地扪心自问，这会产生什么后果吗？”

“如果人们不能立即回答，”爱德华说，一边竭力控制住自己，“但我可以先告诉你这些话：我们首先要耐心等待，看未来会给我们什么教训，不妨先这样，当我们不知事情怎样发展时。”

“要预见这事的结果，”夏绿蒂说，“并不需要多大的智慧，不管怎样，我们马上就可以说，我们两人都不很年轻了，再也不能盲目地去走我们不想走或不该走的路。谁也不会再为我们担心；我们必须做我们自己的朋友，做我们自己的管家。谁也不希望我们不顾一切地去冒险，谁也不希望我们遭人责难，甚至遭人嘲笑。”

爱德华一时没法回答妻子的这番坦率的话，于是说道：“如果我关心奥狄莉的幸福，你能责怪我吗？你能责骂我吗？你考虑的不是什么未来的、遥不可及的幸福，而是眼前的幸福。你好好地想一想，不要自欺欺人，把奥狄莉从我们这里推出去，并把她交给外人——至少我感到，把这种变故加在她身上，未免太残忍了。”

夏绿蒂十分清楚丈夫在虚假言词掩饰下的决心。她现在才感觉到，他和她的距离太远了。她有些激动地嚷道：“要是奥狄莉把我们拆散，她能幸福吗？要是奥狄莉抢走了我的丈夫，夺走了孩子的父亲，她能幸福吗？”

“我想，会有人照顾我们的孩子的。”爱德华冷冷地笑着说，但接着他又用稍为亲切的语气补充了一句，“谁会马上想到走极端呢！”

“激情和走极端差不了太远了，”夏绿蒂补充说，“现在时间还来得及，你别拒绝我好心的规劝，别拒绝我为我们提供的帮助。在模糊不清的情况下，只有看得最清楚的人才能发挥作用和帮助别人，这次我就是这个看得最清楚的人。亲爱的，最亲爱的爱德华，听我的话吧！难道你能指望我放弃我已获得的幸福，放弃我那最美好的权利，放弃你吗？”

“谁这样说过？”爱德华有些困惑地说。

“是你自己呀，”夏绿蒂说，“你想把奥狄莉留在身边，后果不是显而易见吗？等于承认由此而产生的一切后果吗？我不想催逼你，不过，要是你不能克制自己，那你至少不能再继续欺骗你自己。"

爱德华觉得她说的话非常有理。如果一下子说出久藏在心里的秘密，那么这说出口的话是可怕的。为了避开眼前的窘状，爱德华回答说："是啊，我不明白，你究竟有什么打算。"

"我打算，"夏绿蒂说，"同你一起来考虑这两个建议。这两个建议都有许多好处。根据我现在对这孩子的观察，她回寄宿学校是最合适不过的了。但是，如果考虑到她将来该成为怎样的人时，那么我觉得那个较大、较广阔的环境对她更有利得多。"接着，她把两种情况向丈夫详细地说明，并用下面的话作为结束："按照我的意见，我宁愿选择那位夫人的家庭，而不选择寄宿学校，这有多方面的原因，特别是因为我不愿意那位在寄宿学校，被奥狄莉看中的青年教员对她的爱慕和激情发展下去。"

爱德华似乎对她的看法表示同意，但这只是为了拖延一些时间。夏绿蒂打算当机立断，当爱德华没有直接表示异议时，便立刻抓住这一机会，将奥狄莉的行期定在几天之内，而奥狄莉动身前所需要的一切，夏绿蒂早就把一切准备妥当。

爱德华感到震惊，他觉得自己上当了，他妻子的那些温柔体贴的话是早就想好的，是做作的，而且是有预谋的，为的是把他和他的幸福永远分离开来。他表面上把这件事完全交给她处理，但内心却有自己的主意。为了缓一口气，为了防止由于奥狄莉的离去而引起的无法估计的不幸后果，他决定离家出走，不过他得事先和夏绿蒂打个招呼；他懂得怎样去做，他设法蒙骗夏绿蒂，说他在奥狄莉动身时不想在场，甚至从这时起不愿再看到她。夏绿蒂以为自己取得了胜利，于是事事都支持他。他吩咐准备马匹，给男仆做了必要的指示，该怎样打点行李，如何跟随他前往。一切就绪之后，他坐了下来，开始写信。

爱德华致夏绿蒂

我亲爱的，我们遭到的痛苦也许能够医好，也许不能医好。我只是感到目前还没有陷入绝境。我既然做出了自我牺牲，就可以对你提出要求。我离开我的家庭，只有在更为有利和更为平静的情况下才会返回家园。在此期间，你应掌管这个家，但是得同奥狄莉在一起。我希望她能生活在你的身边，而不是把她送到陌生人那里。请你像平常和像以往那样关心她，而且还要比以前更亲密，更友好和体贴。我答应不与奥狄莉秘密交往。最好让我在一段时期之内不知道你们的生活情况，我想这是最好的解决办法，但愿你对我也是这样。只是，我对你有一个最衷心最迫切的请求：千万不要设法把奥狄莉送到别的地方去，不要把她送到一个新的环境中去！一旦她出了你的古堡和你的庭园，一旦她被托付给了陌生人，那么，她就是属于我的，我就会把她占有。可是，如果你尊重我的感情，我的愿望和我的痛苦，如果你能对我的幻想，我的希望，表示友好，那么，只要有可能，我将不会反对恢复关系的机会。

这最后的转折是顺笔而来，但并不是发自内心的。是啊，当他在纸上看到这句话时，不禁痛苦地哭了起来。难道他应当以某种方式舍弃由于爱奥狄莉而招来的幸福或不幸吗？现在他才意识到自己做了些什么。他离家出走，但并不知道这会产生怎样的后果。现在，他至少不能再见到她。至于以后能不能见到她，他能有什么把握呢？但是信已经写好，马已站在门口；他每分钟都在担心，生怕在什么地方看到奥狄莉，因为这会使他的决心化为泡影。他镇定下来，心想，他在任何时候都有可能返回来，而离家出走恰恰更接近他的愿望，相反，如果他留下来，可以想像，奥狄莉就会被赶出家门。他把信封好，急忙走下楼梯，飞身上马。

当他路经客店时，他看到那个乞丐坐在凉亭里，正快乐地坐在那里吃着午饭。这个昨天晚上被他解囊相助的乞丐站了起来，毕恭毕敬地，甚至是崇拜地向他躬身致敬。当他昨夜挽着奥狄莉的手臂散步的时候，他面前出现的也是这个乞丐；这个人使他痛苦地想起他一生中最幸福的时刻。这增加了他的痛苦；一想到他把奥狄莉留在了这里，他就感到无法忍受。他再次向乞丐望了一眼，然后大声喊道："哦，你这个值得羡慕的人！你还可以靠昨天的施舍过活，而我却不能再享有昨天的幸福了！"

第十七章

当奥狄莉听到有人骑马外出的时候，她来到窗前，还看得见爱德华的背影。在他离家之前，既没有去看她，也没有向她道声早安，这使她感到诧异。这时，夏绿蒂让她陪同去散步，途中谈起各种事情，就是故意只字不提她丈夫的事，她变得不安起来，更加心事重重。回来后，她发现餐桌上只有两份餐具，这使她感到更加吃惊了。

我们平素对那些似乎微不足道的习惯很少注意，可是在某些重要的情况下，缺少这样一些习惯，就令使我们感到痛苦。爱德华和上尉都走了，夏绿蒂很久以来第一次亲自布置餐桌，这似乎是想告诉奥狄莉，她已经被免职了。两个女人面对面地坐着；夏绿蒂毫无拘束地谈到上尉的职位，谈到没有什么希望再见到他。在这种情况下，惟一使奥狄莉感到安慰的是，她认为，爱德华是为了送朋友一段路才骑马尾追而去的。

当她们刚一离开餐桌，就看到爱德华的旅行车停在窗下。夏绿蒂带着几分不悦地问，是谁把车子弄到这儿来的。有人回答说，是那个男仆，他还要在这儿装上一些东西。奥狄莉竭力使自己镇定，以掩饰她的惊奇和痛苦。

那个男仆走了进来，还想取一些用品：主人用的一只漱口杯，两只银匙，还有其他物品。这似乎是向奥狄莉表明，这是一次远行，是一次长时间的外出。夏绿蒂直截了当地拒绝了他的要求，因为她搞不懂他说这话是什么意思，因为一切与主人有关的东西一向都是由他掌管的。这个有心计的男仆进来的目的，只是想单独同奥狄莉谈话，所以想用某种借口把奥狄莉引出房间。他请求夏绿蒂的原谅，但仍坚持他的要求，奥狄莉也表示愿意协助他；可是夏绿蒂拒绝了，男仆只好离开，车子隆隆地驶走了。

这对奥狄莉来说，是一个无法忍受的时刻。她不理解，也不明白这究竟是怎么回事；但是她能感觉到，爱德华要长时间的离开她。夏绿蒂也有同样的感觉，但她却让奥狄莉一个人留在这里。我们不忍描述奥狄莉的痛苦，她的泪水，她的痛苦是无止境的。她只有祈求上帝，帮助她熬过这一天；她熬过了白天和黑夜，当她重新恢复神志后，她发现自己仿佛变成另外一个人了。

她没有镇定下来，也没有沮丧不堪，但在遭到这么大的打击之后，她仍留在这里，还有更多的事要担心。当她的意识再度恢复时，她首先担心的是，在两个男子离开之后，她会很快被夏绿蒂赶走。她根本儿没有想到，爱德华为了把她留在夏绿蒂身边，曾在信中留下恐吓之词。不过，夏绿蒂的态度倒使她感到几分放心。夏绿蒂总是设法让这个善良的女孩有事可做，也不愿让她离开自己。虽然她清楚地知道，用言语去克制一种热烈的激情是不会有多大效果的，但她同时也懂得审慎和意识的力量，因此她经常找机会就某些事情和奥狄莉进行交谈。

有一次，夏绿蒂经过再三思考之后，故意对奥狄莉说了下面这番话："那些陷入热恋困境中的人，借助我们冷静的帮助而得到摆脱，他们的感激之情是多么热烈啊。让我们高高兴兴、快快活活地完成两个男人留下的还未完成的工作吧；这样我们就为他们的归来准备了最美好的礼物。可以通过我们的节制对他们狂暴而急躁的性格，想要破坏的东西，得到维护和促进。"听了这番话，奥狄莉感到一种巨大的安慰。

　　"由于您谈到节制，亲爱的姨妈，"奥狄莉说，"这不能不使我想起男人们的放纵，特别是在饮酒上。每当我看到，一个杰出的男子，由于酗酒，失去了纯洁的理智、聪明、对别人的爱护、文雅和客气，在几小时内这些优秀品质无影无踪，取而代之的往往是不幸和混乱，这时我总是感到忧虑和恐惧！而蛮横的决定往往是在这种情况下做出的！"

　　夏绿蒂对奥狄莉的看法表示赞同，但她不想继续说下去，因为她清楚地感觉到，奥狄莉现在想到的仍然是爱德华。虽然爱德华没有养成酗酒的习惯，但却有时借喝酒来提高兴致，使其更加健谈和活跃，他喝酒已多次过量，让人忧虑。

　　在夏绿蒂说那番话时，奥狄莉可能会想到那两个男子，特别是想到爱德华，当夏绿蒂像提起一件众所周知而又确实可靠的事情一样，谈到上尉即将结婚的事时，奥狄莉感到格外惊愕，因为这样一来，一切都会变样，与爱德华从前向她保证时她所想像的那样不同了。由于这一切，奥狄莉更加注意夏绿蒂的每一句话、每个眼色和每个动作。她变得聪明、敏感和多疑起来，但她自己还不知道。

　　在此期间，夏绿蒂对每件事都以敏锐的目光观察着，并清醒而灵活地处理它们，这时她总希望得到奥狄莉从旁协助。她大胆地紧缩家庭支出；是啊，如果她仔细地观察这一切，就会把这桩爱情上的事件看做是命运的转机。因为如果按照以前那样生活下去，他们很容易失去节制，在他们还没来得及意识到这点之前，一种紧张而繁忙的生活和活动，即使不致崩溃，也会大为动摇这个家庭。

　　她并没有去干预正在施工中的园林建筑，相反，那些必须为未来的扩展而奠基的项目，她让人继续下去。不过，这几件事一经做完便到此为止。她想让她丈夫将来回来时，能找到足够使他高兴的工作可做。

　　那位建筑师的才能在从事这些工作和实施这些计划的过程中，让她赞不绝口。在很短的时间里，那个拓宽了的湖就呈现在她的眼前，在那些新出现的湖岸上栽种了各种树木和花草，被装点得丰富多彩。新别墅旁边的一切粗坯建筑均已完工，维修房屋所必需的东西也已备齐。于是她把工作暂时告一段落，以便爱德华回来以后能高兴的把工作继续下来。在这种情况下，她的心情是平静而开朗的；而奥狄莉表面上也是这样，因为她把这一切只是看做爱德华不久将要返归的征兆。除了观察到这点之外，她对一切都毫无兴趣。

　　故此，儿童培训学校的成立使她极为高兴。她把村里的儿童们召集起来，目的是让他们维持这座大花园的整洁。爱德华早就有过这个念头。于是，让人给这些男孩每人定做了一套漂亮的制服，傍晚时，这些孩子在浑身清洗干净之后才穿上制服。所有的衣服都放在府邸里，交给一个最懂事也最细心的男孩保管，建筑师指导一切工作。不久，这些男孩全都掌握了某种本领。他们愉快地接受训练，做起工作来真有点儿像进行军事演习。的确，当一些孩子带着刮刀、长柄刀、铁耙、小铲子、锄头、扫帚走过来时，当另一些孩子拿着箩筐跟在后面把杂草和碎石弄到一旁，并把又高又大的铁滚轮拖来时，当然形成一支漂亮的、令人愉快的队伍。建筑师记下了孩子们种种优美的姿态和动作，作为装饰花园的一部分。而奥狄莉把这一切仅看做是孩子们为了欢迎即将归来的主人而举行的阅兵演习。

这件事激起了她的勇气和乐趣，她也打算以类似的方式来迎接即将归返的爱德华。从此以后，她设法鼓励村子里的女孩们去从事缝纫、编织、纺织和其他女人们做的工作。自从建立了保持村子整洁和美观的措施以来，姑娘们的这些美德也增加了。奥狄莉也经常参加姑娘们的活动，但机会不多，看兴趣而定。现在她想更完整、更有计划的去做。可是，女孩们不像男孩们那样，无法从她们当中组成一个合唱队。她只好按照自己善良的愿望去做，自己也不甚了了，反正她将努力给每个女孩灌输信赖家庭、父母和姐妹的思想。

她成功地说服了许多女孩。只是还有一个活泼的小姑娘一直受到埋怨，说她太笨，在家里什么事也不想干。奥狄莉不嫌弃这位小姑娘，因为这个小女孩对她特别友好。只要奥狄莉允许，小女孩就到她那儿去，同她一起走路，一起跑步。这时女孩显得兴致勃勃、活泼、不知疲倦。她觉得，对这样一位美丽的女主人的依恋仿佛成了她的一种生活需要。开始，奥狄莉只是勉强让这个女孩陪伴自己，可随后她自己也对她产生了依恋之情，最后她们已不再分开了，这个名叫南妮的女孩处处都陪伴着她的女主人。

奥狄莉经常到花园去，她非常喜欢那里草木茂盛的美丽景象。采摘草莓和樱桃的季节已近结束，可是南妮特别喜欢品尝它们晚熟的果子。在谈起秋季其他水果丰收在望的时候，园丁总是想到他的男主人，而且没有一次不盼望他早日归来。倾听这位善良的老人谈话，奥狄莉心里非常高兴。他精通园艺，在奥狄莉面前不停地谈论爱德华的事。

当奥狄莉看到今年春天嫁接的那些嫩枝全都长得十分茂盛的时候，园丁忧虑地说道："我只希望好心的主人由此能得到许多快乐。若是他今年秋天回到这里，他就会看到，从主人的父亲以来，古老的府邸应当栽种了宝贵的品种。现在的园艺师先生们不像过去的卡尔托伊斯修道士那样可信。在他们的树种目录里，都是些好听的名字。于是，他们嫁接和培育，到最后开花结果的时候才发现，费了这样一番气力把这样的树栽在花园里是不值得的。"

这位忠实的仆人几乎每次看到奥狄莉的时候，总是一再重复地打听主人的归期。要是奥狄莉不能告诉他，这位善良的老人就暗自悲伤，以为她不信任他。她为自己回答不出而感到难过，这样的感情就这样深深地折磨着她。可是，她不能离开这些花坛和苗圃。他们一同播下去的种子，一同种植过的小树，现在都已长得花繁叶茂；除了让南妮经常去浇水外，无需有人去照料了。奥狄莉是怀着一种怎样的心情去观察那些直到现在才迟迟开放的花朵啊！她曾多次许诺过要庆祝爱德华的生日，并用鲜花表达她的爱慕和感激之情，它们该在爱德华过生日时才争芳吐艳、绚烂缤纷的。然而，想要看到这个节日的希望，不再是那么活跃了。怀疑和忧虑经常在向这个善良的姑娘的灵魂低语。

她想和夏绿蒂恢复原来那种推心置腹的和谐关系，但再也不可能了，因为这两位妇女的处境完全不同。当一切都停留在老地方，当人们回复到合法的生活轨道上去，夏绿蒂就会赢得眼前的幸福，一种快乐的前景即将展现在她的面前。相反，奥狄莉则失去一切，可以说一切都失去了，因为她是在爱德华身上才初次找到了生活和欢乐，而在目前的情况下，她感到一种无穷的空虚，这是她从前几乎未曾料到、这是因为一颗寻求爱情的心总是感到它所缺少的东西；而一颗失去了爱情的心总是感到它缺少了什么。思念变成了烦恼和焦急。一个习惯于期望和等待的女人，如今想要冲出禁圈，变得积极和有所作为，而且也要为自身的幸福做点什么。

奥狄莉并没有放弃爱德华。尽管夏绿蒂聪明地，一反常态地认为这件事已成定局，并断言她丈夫与奥狄莉之间建立一种友好而平静的关系是可能的，但奥狄莉怎么能够放弃呢？多少个夜晚，当她把自己锁在屋里，便经常跪在那只打开了的箱子前面的时候，她就端详着那些爱德华送给她的生日礼物，这些礼物她还没有动用过，没有剪裁，也没有缝制。在太阳升起的时候，这个善良的姑娘奔出这所她曾从中找到一切幸福的屋子，奔向旷野，奔向以往她并不怎么喜欢的地方。她甚至不想留在陆地上。她跳进小船，直划到湖心，然后她拿出一本游记来读，让小船随波逐流，她沉入梦境，梦到一个陌生的地方，在那里找到了她的朋友；她还一直贴近他的心，他也同样贴近她的心。

第十八章

我们已经认识的那位异常活跃的男子米德勒，在他得知发生在朋友之间的不幸消息之后，尽管没有一方祈求他的帮助，但是在这种情况下，他仍然乐意表示他的友谊，显示他的本领，这是不难想像的。可是他觉得还是再等一等才能更好，因为他清楚地了解，在道德陷入迷惘的情况下，有教养的人往往比没有教养的人要难帮。因此，他尽量像平时那样不去过问他们，可是后来他终于再也呆不下去了，了解了他的行踪后，便匆匆地找他。他向着一个景色如画的山谷走去，谷底茵茵碧草，树木繁茂，一条汩汩流淌的小溪蜿蜒曲折从谷底缓缓而去。放眼望去，丘陵上是一片肥沃的田野和排列整齐的果树。村庄点落其中，整个画面给人一种宁静平和的印象。某些地区虽不尽完美，但居住和生活看来非常合适。

米德勒终于看到一个维修得很好的农场，里面有一所整洁的住宅，屋子四周环绕着一些花园。他猜想，爱德华目前就住在这里。他的确没有猜错。

对于这位孤独的朋友，我们目前只能说：他沉浸在自己的激情之中，想出了各种各样的计划，培植了一个又一个完整的希望。他承认，他希望在这儿见到奥狄莉，希望把她带到这儿，和她生活在一起，他不能控制自己去想一些应该或不应该做的事情。在这种情况下，他的想像力驰骋于各种可能性中。如果他在这儿不该占有她或不能合法地占有她，那么，他打算把整个田庄献给她。她应该在这里过上幸福、自由、安静和独立的生活；她应当幸福，要是他任凭自我折磨的想像力继续发挥的话，那么，他想，她也许会同另外一个人幸福地生活。

时光流逝在摇摆不停的希翼与悲痛，泪水与笑容，幻想，准备与绝望中。看到米德勒，他并不感到惊讶。他早就希望他来，所以他对米德勒的到来也表示出半是欢迎的态度。他认为米德勒是夏绿蒂派遣而来，他早就准备好各种各样的请求理解，维托之词，以及更加明确的建议了。他高兴地把米德勒当做上天派来的使者，可是，他希望再听到一些有关奥狄莉的消息。

当米德勒告诉他不是从那里来，而是主动前来时，他的情绪顿时变得不高兴，情绪顿时变坏了。他的心扉关闭了，谈话也索然无味。可是米德勒心里非常清楚，一个沉浸在情爱之中的人，需要一位朋友来倾诉衷情，迫切需要宣泄表白自己的感情。于是，寒暄之后，他从中间人的角色，转化为知心朋友来反复思考了。

他友好地责备爱德华不该过这种孤独的生活。爱德华回答说，"哦，我不知道该怎样更愉快地度过我的时间！我现在一直想着她思念她，觉得自己一直在她的身边。我有一个很大的长处，能够想像奥狄莉现在在什么地方，在哪儿走路，在哪儿站立，在哪儿休息。我看到她像平常那样在我面前做事、忙碌，总是做那些最使我高兴的事。可是，这还不够，因为离开了她我怎么能幸福呢！现在，我浮想联翩，想到奥狄莉该怎样接近我。我以她的名义给我自己写了几封甜蜜而亲切的信；我给她回信，并把这些信一起保存在一起。我答应过不去接近她，我愿遵守诺言。可是，有什么约束让她不给我写信呢？难道是狠心的夏绿蒂要她答应、发誓不给我写信，不让我知道她的消息吗？这是肯定的，也是可能的，可我总觉得这是令人气愤，无法忍受的。如果她像我想像的那样爱我，为什么她不逃跑，投入我的怀抱呢？我有时想，她应该这样做，也应该能够这样做。每当前厅里有点动静，我就向门那边看去。我想，而且期盼，她应当来呀！唉！可能的事情变得不可能的了，我多想让以为不可能的事情会变得可能呀！每当我深夜里醒来，看到卧室里有一缕摇曳不定的灯光时，我就想，这应该是她的身影，她的灵魂，有一种预感正向我飘来，向我靠近，攫住了我，刹那间，我似乎得到了某种感应，她在思念我，她是我的。

"这是我仅剩下惟一的一点欢乐。那时，我在她身边，从没有梦到过她；如今，她并不在，反倒在梦中相聚，真是怪。更令我感到奇怪的是自从我在附近认识了几个可爱的姑娘之后，她的形象才出现在我的梦中，像对我说：'瞧吧！周围找不到比我更美、更可爱的人了！'就这样，我每次做梦的时候，都会印着她的身形。只要我和她在一起，一切都杂乱地交织在一起。首先，我们签署一份婚约，她的手和我的手，她的名字和我的名字，两者混在一起，分不清了。这些充满欢乐的魔术般的遐想也不是没有痛苦的。有时，她做了一些事情，有损于她纯洁的印象。这时我才意识到，我是多么爱她，我的恐惧不可言表。有时，她戏弄我，一反常态地折磨我；但是她的面容立即变了，她那圆圆的，妩媚的面孔拉长了，变成另一张面孔。我却感到痛苦、失望和不满。

"您别笑，亲爱的米德勒，好吧，您就笑吧！也许您认为这种依恋最愚不可及、疯狂的爱——不，我从来没有爱过，现在我不感到什么叫做爱。在我认识、喜欢和全身心爱上她之前，我生活中的一切只是个序幕，只是无聊的打发时间。虽然人们当面没有诋毁我，但在背后却对我指指点点，说我做事大意、草率。他们可能说的对，还没有哪方面能施展我的才能，现在我倒要看看，有谁能在爱的才能方面胜过我。

"虽然，这种才能是一种悲戚的、充满痛苦和眼泪的，但，爱对我来说是一种既自然又固有天赋，实在很难放弃。"

爱德华通过这些生动和诚恳的肺腑言论，似乎得到了一些宽和轻松。可是，他那奇特处境中的每一个特征突然明显地呈现在他的眼前，以致他被痛苦的内心矛盾所主宰，不禁失声恸哭，而且由于通过自己的表白倾诉而变得泪流不停。

爱德华痛苦地宣泄自己的激情，使米德勒觉得自己此行的目的受挫。这个生性敏捷、头脑异常清醒的中间人再也忍不住了，他坦率而尖锐地批评了爱德华。

他认为爱德华应该振作起来，应当考虑自己作为男子应有的尊严；不应当忘记，在不幸中保持镇静，沉着而体面地忍受痛苦，这样才能获得最高的荣誉，才能受到极高的评价和尊敬，才能被人树为楷模。

对于像爱德华这样一个易于激动、充满了极端痛苦的情感的人来说，自然觉得米德勒的这番话空洞无物。"幸福的人，生活惬意的人，当然可以信口开河，"爱德华继续说，"可是，如果他认识到，这对于受苦的人来说是多么难以忍受，他也许就会感到羞愧。生活僵化了的快乐的人只要求有一种无止境的忍耐，却不承认有一种无止境的痛苦。事实上有这样的情况，是的，有这样的情况！这时，任何慰藉被视为卑鄙，任何绝望被视为义务，有位高贵的希腊人，一位善于刻画英雄人物的希腊人，从不拒绝让自己笔下的人物在痛苦的煎熬下痛哭流涕。他甚至说过这样的名言：泪多的男子是善良的。让任何一个不动感情、不掉一滴泪的人离开吧！我诅咒那些把别人的不幸当做好戏来看的幸运儿。不幸的人，在身心遭到极端压抑和摧残的情况下，还要做出高雅的姿态，以便博得他人的喝彩，不仅如此，为了让他人在自己临死时再次鼓掌喝彩，他还得像一位古罗马的斗士那样在他人的眼前体面地倒下。亲爱的米德勒，我感谢您来看我；不过，要是您能在花园里和这一带四下看看，这对我来说就是一种莫大的爱了。我们待一会儿再碰头。我尽量使自己沉着一些，更像您一些。"

米德勒宁愿转换话题，也不愿中断谈话，因为重新接上话头并不是那么容易的。就是爱德华本人也觉得应该把谈话继续下去是最合适的，因为，他有可能会达到他的目的。

"当然，"爱德华说，"各抒己见，思想不统一，是一点用处也没有的，可通过这番谈话，才使我清楚地认识到，我为何要下决心，做出这样的决定。我理解我目前的处境，也知道我将要面对的生活；在痛苦和欢乐之间我必须做出选择。我最亲爱的朋友，请您设法促成我和夏绿蒂离婚吧，离婚是必要，而且已成事实了。请您想办法把夏绿蒂的许诺带来。我不想进一步解释，为什么我相信她会同意离婚的。亲爱的朋友，请到她那儿去吧，您使我们大家得到安慰，您使我们大家得到幸福！"

米德勒为之语塞。爱德华继续说："我的命运和奥狄莉的命运是无法分开的，我们是永生的。您看这玻璃杯！我们的名字就刻在上面。一位兴高采烈的人曾把它抛向空中，谁都以为没有人能够再用它喝酒了，因为酒杯会落在石头上摔碎，但是它被人接住了。我用高价才把它重新买了回来。现在，我每天用它喝酒，这是为了每天向我证明，凡是命运决定的一切，都是毁灭不了的。"

"啊，我的天哪，"米德勒喊道，"为了我的朋友，我得有多大的耐心啊！现在，我又碰上了迷信，我觉得，它是人世间危害最大的东西，它让我憎恶。我们玩弄预言和梦境，以此使我们的日常生活变得重要。但是，倘若生活本身变得确实不同凡响，我们周围一切都在动荡和咆哮，那么，风暴会由于那些幽灵而变得更加可怕。"

"生活总是捉摸不定的，"爱德华喊道，"在这希望和恐惧之间，请您为我这颗可怜的心充当指路明灯吧，我的心虽然不能驶向前，但能够望到它。"

"只要能起些作用的话，"米德勒答道，"我是乐于为您效劳的；不过我常常发现，没有一个人重视警告性的征兆，而只重视恭维和好听的话，而且对此深信不疑。"

米德勒发现自己要被引入昏暗的领域，他在这里呆得越久，就感到越不舒服，于是，他勉强接受了爱德华要他去夏绿蒂那里的炽烈请求。在这个时刻，他还能向爱德华说些什么呢？赢得时间，去搞清那两个女人的情况，这就是按照他自己的想法，当前惟一能做的事情了。

他到了夏绿蒂那里，发现她像往常那样镇静和快活。她乐于把所发生的一切都告诉他，因为他从爱德华那里听到的只是事情的结果。他小心翼翼地表述自己的看法，可是怎么也下不了决心说出离婚二字，哪怕只是顺便提一下也不行。夏绿蒂接着对他谈了许多不愉快的事情，最后她说道："我必须相信，也必须希望，一切会恢复原状的，爱德华会重新回到我的身边。怎么可能是别样呢？告诉您，我已经怀孕了。"听到这话，米德勒是多么惊讶，多么诧异呵，同时这话投合他的思想，因此又多么开心！

"你怀孕了，我没有听错吧？"米德勒插问了一句。——"完全没有。"夏绿蒂答道。"这消息使我万分高兴，我要为您祝福！"他喊了起来，拍打着双手，"我认为这个对一个男人的情感是最有力的。我看到过有多少婚姻都因此而加快、得到巩固或重新和好！这样一个美好的消息胜过千言万语，这真是我们所能希望的最大的喜事。但是，"他接着说，"至于我本人，我完全有理由为此感到懊丧。在这种情况下，我清楚地意识到，我的虚荣得不到赞扬了。我的效劳得不到您感谢。我觉得自己就像我那位当医生的朋友，他给穷人治病时手到病除，但是他却很少能够治愈一个愿付优厚酬金的富人。所幸的是，这里的事情会自行得到解决，不然的话，我的努力、我的劝说，都白费了。"

夏绿蒂要求他把这消息带给爱德华，并顺便给他捎去她写的一封信，看看该做些什么，有什么需要策划的。米德勒不愿接受她的要求。"一切事情都已经做了，"他大声说，"您写信吧！任何一个送信的人都会干得和我一样好。我必须到更需要我的地方去看看走走。只有为了表示祝贺的时候我才会再来，我来为孩子洗礼。"

夏绿蒂像往常那样，这次也对米德勒不满。虽然他那急躁的性格完成了某些善举，但是他的轻率也导致了不少事情失败。没有人比他更容易被一时的心血来潮所左右了。

夏绿蒂派的送信人来到了爱德华那里，他微感诧异地接待了这位信差。这封信既可能是表示同意，也可能是表示反对。他很长时间不敢把它拆开。当他看完了这封信时，特别是读到信末这几行字的时候，他大为震惊，呆呆地愣着：

"想想那天夜里的时刻，你像个情人似的偷偷拜访你的妻子，不容抗拒地把她拉到你的身边，把她当做一个情人、一个未婚妻搂在怀里。让我们把这个稀有的偶然举动当做上天的安排来崇敬吧。这命运的安排，在我们幸福的生活即将遭到解体和面临消亡威胁的时刻，它为我们的关系缔造了一条新的纽带。"

从这个时刻起，爱德华的心灵中所发生的变化是难以描述的。在这样一种窘境中，最终是那些古老的习惯，古老的倾向重又冒出头来，为的是毁灭时间，为的是充实生命的空间。狩猎和战争始终只是为贵族们准备好的一条临时的出路。爱德华渴求外在的危险，以便保持内心的平静。他渴望沉沦，因为生存对他来说，即将变得无法忍受。是啊，想到自己将不久于人世，并因此使自己的情人和朋友们得到幸福，他觉得这是一种慰藉。没有人能阻碍他的意志，因为他隐瞒了自己的决定。他按照一切手续写下了自己的遗嘱：他把自己的财产遗留给奥狄莉，这使他有一种甜蜜之感。对夏绿蒂、对未出世的孩子、对上尉、对他的仆人们，爱德华都分别在遗嘱上做了安排。重新爆发的战争促进了他的计划。在他的青年时代，军队里的各种不完善的制度曾给他带来许多麻烦，他因此退了役。如今，能同一位统帅一起出征，他感到这是一种莫大的光荣。关于这位统帅，他只能对自己说：在这个人的指挥下，死亡是可能的，而胜利却是肯定的。

奥狄莉知道夏绿蒂怀孕的秘密以后，也和爱德华一样感到震惊，并且更厉害。她反躬自省，她没有什么可说的了。她不能有什么希望，也不允许有什么愿望。她的日记能使我们有可能对她的内心有所了解，我们打算从中摘出几段，以飨读者。

第二部

第一章

我们经常在日常生活中遇到那些我们在史诗里通常被称为诗人的艺术技巧的东西，这就是当主要人物离开、退场，或毫无作为时，便立即有第二个人、第三个人，或一个迄今一直未被注意的人来填补空位。他施展他的才能，因此，他同样值得我们关注、重视，甚至夸奖和赞许的。

那位建筑师便是这样的一个人，在上尉和爱德华离开之后，他的重要性便日趋可见。一些工程的安排和实施全要靠他，在这方面他显得十分细心、内行和勤奋。同时，他以各种方式帮助两位女士，并且懂得在寂静难捱的时刻为她们排忧解愁，他仪表堂堂，颀长的身躯和英俊外表也足以使人产生信任和好感。他是一个真正的青年人。他乐于承担一切操劳之事。由于他精于筹算，不久就对整个家政了如指掌，处处都能发挥良好的作用。平常有客人来，一般都由他来接待。就是来了不速之客，他也懂得是否该表示拒绝，或者至少使两位女士有所准备，以免产生不愉快的情况。

给他带来不少麻烦的客人中有一天来了一位年轻的律师。这位律师是附近的一个贵族派来谈一件事情的，此事虽然没有什么特殊的意义，却使夏绿蒂内心受到了触动。我们不得不把此事提一下，因为它又把许多本来也许会长期无人过问的事推了出来。我们还记得夏绿蒂曾给教堂墓地做了一些变动。所有的石碑都从原来的地方移走，都依次放到墓地的围墙和教堂的墙基边上，腾出的地方都被平整一新。只有一条宽敞的道路通向教堂，这条路也从教堂旁边经过，通向墓地另一端的小门；除了这条路之外，其余的空地上全都种上了品种各异的苜蓿草，眼下长得花繁叶茂。按以往的规矩，新墓应该从教堂墓地的一端依次排过来，棺材入土之后，墓地必须铲平，上面同样要种上苜蓿草。没有人否认，这种安排使礼拜天和节日上教堂的人，能够看到一种愉快和庄重的景色。就连一开始对此安排有情绪的、老派的教士，如今，他在古老的菩提树下，像菲莱蒙同他的鲍前丝坐在后门口休息时那样，映到他眼前的不是高低不平的墓地，而是一幅绚丽的彩毯，也感到欣然。再说，夏绿蒂答应把这块地的使用权交给他，这还可以给他的家计带来好处。

即便如此，教区里的一些人却对此举表示不满，因为标志他们先人安息之地的碑石被挪动，这样一来仿佛对先人的怀念之情也随之消失似的。表示不满的另一个原因是，因为保存完好的墓碑虽然能表明埋葬者是谁，但不能标明他葬在什么地方。然而，正像许多人所强调的，标明埋葬在什么地方才是至关重要的。

附近的这户人家就持有这种看法。这家人多年前给教堂一笔不大的捐款，从而为自己及其亲属在这块公共墓地上获得了一块地方。这个年轻的律师就是这个人派来的，为的是索回这笔捐款，并表示今后不再继续交付这笔款项，因为迄今一直履行的条件已被单方面毁掉了。他们虽然提了种种抗议和反对意见却都未引起重视。夏绿蒂作为改造墓地的主使人，打算亲自和这位年轻人谈话。他讲起话来虽然很活跃，但在陈述他和他的委托人的理由时并不过分专制，他所谈的有些地方确实值得考虑。

"您看到，"他在简短的开场白里为自己的唐突来访做了说明之后说道，"您看到，无论是最卑贱的人还是最高贵的人，都看重将埋葬他们亲人的地方做个标志。就是一个最贫穷的农民，在埋葬他的孩子时，也会在墓前竖一个简单的木十字架，放一只花圈把墓点缀一下，以便在痛苦的日子里，至少能寄托对孩子的怀念之情。尽管这种标志像悲哀本身一样，会随着时间的消逝而消失，但对他来说也是一种安慰。有钱的人把木十字架换成铁十字架，想方设法地加固它，保护它，好让它多保存几年。然而就是这样，铁十字架最终也会锈蚀，变得难以辨认，于是，有钱的人宁愿立一块石碑，它可以世世代代留存下来，而子孙后代也可以将它加以修复和整理。不过，我们关心的倒不是墓碑，而是墓碑下安息的人，黄泉下的死者。问题并不在于怀念，而在于死者本身；不在于回忆，而在于现实。我宁愿深情地拥抱坟墓中的亲爱的死者，也不愿拥抱墓碑上的名字，因为墓碑本身是毫无价值可言。但是，它像界石一样，配偶、亲戚和朋友在他们死后也能围在这儿聚集，而生者有权利把陌生人和讨厌的人，从亲爱的死者身边赶走和移掉。

"因此，我认为我的委托人有充分的权利取消这笔捐赠，这样做是完全公平合理的，因为这家人在感情上受到的伤害，是无法用金钱补偿的。他们失去了祭奠亲人时的那种痛苦而甜蜜的感受，也失去了有朝一日安息在亲人身边的、给人以慰藉的希望。"

"事情并没有这么严重，"夏绿蒂回答说，"这件事没有必要通过法律行动而引起不安。我对自己的安排并不感到后悔，教堂因此受到的损失我也愿意给予赔偿。只是我不得不向您坦率地表明，您的理由并没有说服我。在我看来，至少是在死后，那种最终人人平等的纯洁的感情，要比将我们的个性、对他人的依恋和人世关系顽固而死板地坚持下去的做法，更能使人得到安慰。——您对此有什么看法？"她问建筑师。

"对这件事，"建筑师回答说，"我既不想争论，也不想做评价。还是让我把我的艺术见解，我的思想方式简单地表达出来吧。现在我们不再有幸能将亲人的骨灰装入盒中，拥在胸前，由于我们既非富有，也非高兴地将遗体完整无缺地放在雕花的大石棺里。由于我们在教堂里不再能为自己和亲人找到一席之地，而只能在野外安息，那么我们就有一切理由对您，尊敬的夫人，所采取的方式和方法表示赞同。如果一个教区的教徒一个挨一个地埋葬在一起，那么他们就是长眠在亲人的旁边和中间了。如果有朝一日地球要把我们都容纳进去，那么我认为最自然最圣洁的做法，莫过于把那些偶然出现、逐渐坍塌的坟墓毫不犹豫地铲平，这样，还能使死者减轻覆盖在他们身上的泥土的重量。"

"难道不留下任何纪念的标志，不留下任何引人回忆的东西，所有这一切就这样消失了？"奥狄莉问道。

"决不是这样！"建筑师继续说道，"不是摆脱怀念，而只是摆脱这个地方。人们要使自己的存在能够延续下去，可以寄希望于建筑师和雕刻家，他们对此极为热心。因此，我的愿望是把那些构思精巧、制造优良的墓碑放在一个能永久保存的地方，而不是零乱地、毫无规律地乱放。甚至那些虔诚的人和高贵的人都放弃了死后安息于教堂里树立墓碑和墓志铭。有设计出来的成千上万种的形式，有装饰它们用的成千上万种花纹图案。"

"如果艺术家们真是这样才华横溢的话，"夏绿蒂说，"那您告诉我，为什么他们就不能摆脱小型的方尖碑、一种截头圆柱和一种骨灰罐的形式？代替您所夸耀的成千上万种的发明，我看到总是成千上万次的重复。"

"在我们这里是这样的，"建筑师回答她说，"但不是所有地方都如此。再说，谈到发明和适当地加以利用，这本身就不是一件小事。在这种情况下，要使一个肃穆的地方变得令人欢愉，要使一件伤怀之事不至于弄得令人悲戚，那是特别困难的。至于各种纪念碑的式样，我倒是收集了许多，有机会我要拿给您看看。不过，一个人最美的纪念碑永远是他本人的肖像。它比其他任何东西都更能使人了解他是一个怎样的人；它就像乐谱上最美妙的歌词，无论音符是多还是少。只是这种肖像必须在他最美好的时期绘成，而这个机会通常被错过了。没有人想到去保存他活着时的肖像。即使做了，也不够完美。一个人死后，人们才赶紧用石膏拓下他的面模，然后根据面模雕刻一个石像，这就是所谓的半身像。然而要把石像雕刻得栩栩如生，艺术家们都很少能做到！"

"也许您没有意识到，"夏绿蒂接着说，"您在无意之中将谈话完全引到有利于我的方面来了。一个人的肖像是可以独立存在的，无论它立于什么地方，它只是表明自己，我们不能要求它来标志特定的墓地。然而我该不该向您承认一种奇怪的感觉呢？就是我甚至对那些肖像有着一种厌恶之感，因为我总觉得它们在默默地责备；它们在暗示着某些遥远的、久已逝去的东西，并提醒我，去切实地尊重现实，是一件多么困难的事。让我们想一想吧，有多少人我们见过，认识过，并且得承认，我们对于他们是多么微不足道，他们对于我们也是多么微不足道，我们的心情会怎样！我们遇见过有才智的人，却没有同他交谈；遇见过学者，却没有向他学习；遇见过旅行家，却没有向他求教；遇见过可亲可爱的人，却没有向他表示快慰之情。

"遗憾的是，这种事不仅仅发生在过路人身上。社会和家庭对待其最可爱的成员，城市对待其最可敬的市民，百姓对待其最杰出的君主，国家对待其最优秀的人民也是如此。"

"我曾听到有人问，为什么人们谈到死者，可以直截了当地说出那么多的好话，而谈论生者时却总是小心谨慎。回答是：因为对死者我们不再怀有惧意，而对生者，我们则随时随地有同他们相遇的可能。对他人的怀念之心竟是如此不纯。这往往是一种自私的玩笑，要是生者同死者的关系在纪念之中一直生动活泼地保持下去，那倒是神圣而严肃的。"

第二章

由于这件事和与此有关的谈话，大家的情绪都比较兴奋，第二天便前往墓地。建筑师为墓地的修饰和美化提出了一些好的建议，不过他对教堂也很关心，他的注意力从一开始就被这座建筑物吸引了。

这是一座存在了好多个世纪的教堂，它是按照德国的艺术风格建造的，匀称协调，装饰十分精美。人们能看得出，它的建筑师也就是附近一座修道院的建筑师，此人在这座小教堂上也同样显示了他的卓识和爱好。虽然教堂内部供新教徒做礼拜用的新设施，稍许减弱了它的宁静肃穆，但它依然给参观者一种庄重和谐的感觉。

建筑师没有花费什么力气就从夏绿蒂那里拿到了一大笔款子，他打算用这笔钱把教堂内外按古代式样加以修葺，使它与前面的墓地和谐一致。他本人的工作精巧细致，此外他很想把几个修筑房屋的工匠留下，直到这项神圣的工程结束为止。

他们在对教堂本身及其周围环境和附属建筑物进行考察时，在教堂侧面发现了一个很少被人注意到的小教堂，它的构造匀称得体、精巧，装饰也更加优美，颇具匠心，这使建筑师感到惊讶和高兴。小教堂内还保留下来一些旧日做礼拜用的雕刻和绘画的残留物。这表明当年人们已经知道用各种各样的图像和用具来标明不同的宗教节日，而每一种节日都是以它特有的方式进行纪念的。

建筑师马上把这个小教堂列入了他的计划，特别是他想把这个狭小的地方，作为过去时代及其风尚的纪念馆加以修复。他打算用自己的喜好加以修饰那些空白的墙壁，并庆幸有机会施展一下自己的绘画才能。不过，起初他还想对府邸里的人保守秘密。

首先，他遵守诺言，向两位女士展示了古代墓碑、容器以及类似物品的各种复制品和草图。当他们的谈话涉及到北方民族简易的坟墓时，他便把他收藏的、从墓中挖掘出来的各种兵器和用具全都拿出来给她们看。这些东西他都保存得非常整洁，放在可搬动的分隔抽屉里，木板上衬着一层布。由于他的保护，这些庄重的古物都还显得有些时尚。观赏它们的人就像看时尚物品商的小匣子似的兴趣盎然。他既然把珍藏品开始展示，而且两位女士的寂寞也需要排遣，于是他每天晚上都带些过来。这些东西大部分是德国出土的，有中古时期的薄银币、厚铸币、印章以及诸如此类的东西。所有这些东西都激起了人们对古代的想像。后来他又拿出了早期的印刷品、木刻和最古老的铜版画，他讲起来绘声绘色。在他这种崇古思想的支配下，教堂的色调和其他的装饰也变得日益复古起来，以至人们不禁要问问自己，是否真的还生活在现代？人们处在这种完全异样的风俗习惯、生活方式和宗教信仰里是不是一场梦幻？

由于有了这些鉴赏方面的准备，建筑师最后拿出来一只较大的纸夹，这产生了极好的效果。纸夹里面装的虽然多半是一些人物素描，但它们都是从古画上临摹下来的，完全保留了古代的性质，这对观赏者来说是很有吸引力的！这些人物一个个都表现出他们的存在是最纯净的，即使人们认为不是高贵的，也算得上是善良的。他们心情愉快、聚精会神，甘心佩服凌驾于我们之上的一位可尊敬的人，在爱情与希望之中沉迷着，这一切在所有的面容上，在所有的姿势上都表现出来了。那秃顶的老人，鬈发的儿童，活泼的少年，庄严的男子，神采飘逸的圣者，空中飘荡的天使，都在一种纯真的满足之中，在一种虔诚的期待之中，显得幸福快乐。画中的最平凡的景况也具有一种天国的生活特色，每一个祈祷动作都与每一个人的本性完全相符。

大多数人观赏这样的一个场景都好像觉得看到了一个已逝的黄金时代，一个失去了的天堂。也许只有奥狄莉才能感觉到自己置身于画上那些人的队伍中。

建筑师提议要在小教堂尖形穹顶的内壁上以这些古画为样本绘上去，以此来度过他在此地的美好时光，有谁会反对他这样做呢？建筑师在说明自己的意图时带有几分伤感，因为他从事态的发展看得很清楚，他不可能长久地留在这样一个美好的生活团体中，也许不久他就要离开了。

在这些日子里虽然没发生什么事情，但是还有许多话题是值得认真严肃谈一谈的。因此，我们利用这个机会透露一些奥狄莉在日记中所记的事情。为此我们借用一个比喻作为过渡的文字，没有比这更为合适的了，它会促使我们去读奥狄莉的亲切的日记。

听说英国海军中有一种特殊的设备，就是皇家舰队的所有缆绳，从最粗的到最细的，制作时都有一根红线从头一直穿到尾，不把整个缆绳拆开，这条红线无论如何也是取不出来的。因此，哪怕只是一小段缆绳，但只要有这根红线，就可以看得出它是属于皇室的。

同样，在奥狄莉的日记中也贯穿着一条爱慕与依恋的红线，它所有的一切，同时也标志着整体。因此，日记中的评论、见解、引用的格言，以及其他言词，足够表明写日记者的特性，并且对她本人是具有意义的。我们选录和介绍的每一段文字都可以为此证明。

奥狄莉日记摘录

如果一个人想像死后的归宿，那么将来和心爱的人安葬在一起，这恐怕是他感到最愉快的想像了。"与亲人团聚"，这是一句多么真挚的话啊。

世上有很多纪念碑或纪念物能使我们思念远去和辞世的故人，然而它们都缺少肖像所具有的意义。对着一幅心爱的人的肖像谈话，即使画得不像，那也是愉快的，如同和某个朋友争论，有时也会使人感到愉快一样。人们会高兴地感觉到，他们是永远不能分开的一对。

人们有时同一个站在面前的人交谈，把他当成同一幅肖像交谈时一样。他不需要说话，更不需要看着我们，不需要和我们打交道，我们看到他，就能感觉到我们和他的关系。甚至他不需要做什么，不需感觉什么。他对我们只是一幅肖像而已，我们和他的关系就能加深。

人们对他所认识的人的肖像绝不会感到满意的。因此，我总是为那些肖像画家感到惋惜。人们很少要求别人做无法做到的事情，然而偏偏向肖像画家提出这样的要求。要求画家把画中人与人们的关系，他的爱憎，都在每幅画中表现出来；要画像不仅只是表现出他们对这个人是怎样理解的，而且应该表现出，每个人对这个人是怎样理解的。这样一来，当这些画家逐渐变得执拗、冷漠和顽固时，我就觉得没有什么好奇怪的了。其实，只要不缺少那些可敬可爱的人的画像，就随画家们去画好了。

建筑师收藏的那些兵器和古代的器具都是殉葬之物，是从高高的土堆和岩石下面挖出来的，这些东西向我们证实了——人们为了死后遗体的保存所做的努力是毫无用处的，这样看是对的。然而我们却这样自相矛盾！建筑师承认自己挖掘过先人的坟墓，可他依然继续为后人建造墓碑。

可为什么人们对待这一类事情这样认真呢？难道我们所做的一切都是为了永恒？我们不是晨起穿衣，晚上又脱掉吗？我们外出旅行不是还要返回来吗？为什么我们不该希望安息在我们的亲人身边，即使只有一个世纪的时间？

当人们看到那许许多多塌陷下去的、遭到来教堂的人践踏的墓碑，看到倒塌在墓碑上的教堂时，总会觉得人死后第二次生命在他的肖像里和墓志铭里出现了，而且在这里，比在世时的生命还要长久。但即使是这个肖像，这第二次生命，迟早也会消亡的。无论是对人还是对纪念碑而言，时间总是无情地流逝。

第三章

一个人如果去做一件他只一知半解的事情时，就会有一种非常愉快的感觉，谁也不会指责一个业余爱好者去从事一项他从来没有从事过的艺术。同样，若是一个艺术家越出他的本行，有兴趣涉足一个相近的专业领域时，也不会有人指责他。

我们就是以这种公正的眼光，来看待建筑师为小教堂画画所做的种种准备。颜料全都备齐，尺寸也已量好，厚纸板上画出了底稿，他放弃了任何创新的意图，完全以那些原图临摹。他在意的只是把坐着的和在空中飘荡着的人物做些适当的调整，以便把整个空间装饰得更加和谐优美。

脚手架搭起来了，工作有了进展。一些画好的画很引人注意。因此建筑师无法对夏绿蒂和奥狄莉的来访表示拒绝。那栩栩如生的天使般的面孔，那蓝天映衬下飘逸的衣裳，无不使她们赏心悦目，而他们那恬静虔诚的品性则使她们心神平和而安详，产生了一种温柔的感觉。

两位女士登上脚手架，来到他的身旁。奥狄莉觉得这儿的一切工作如此轻松愉快，她以前上课掌握的绘画才能可以得到充分的发挥。于是她拿起颜料和画笔，在建筑师的指点下，干净娴熟地描着一件多格的衣服。

夏绿蒂非常希望看到奥狄莉能做点什么事，这样可以让她心情好些，于是她让他们两人留下来，自己走开了。她要理一理自己的思想，要把自己那些无法告诉他人的观察和忧虑暗暗地思考一番。

当普通人在日常生活中因陷于窘迫而显得惶惶不安时，我们禁不住会对他露出怜悯同情的微笑；相反，我们往往怀着敬畏的心情来观察这样一种人：伟大命运的一粒种子已经在他身上撒播下去，他必须等待种子的萌发，不管从中产生的是善还是恶，是福还是祸，他都不能也无法加速其到来。

爱德华在隐居时，通过夏绿蒂派来的信使，对她做了答复，虽然答复是友好的富有同情的，但却显得冷静而严肃，感觉不到亲切和温柔。随后不久，爱德华便杳无音讯，他的妻子怎么也得不到有关他的消息，最后她偶然在报纸上发现了他的名字，他的名字列在一次重大战役受到褒奖的名单之中。她现在才明白他选择了一条什么样的道路；她知道他逃脱了危险，同时她也深深相信他会去冒更大的危险，她非常清楚，若想要阻止他这样做，无论怎么说都是很困难的。她只有独自一人，忧虑重重，思前想后，但不管她怎样反复思量，都无法安下心来。

奥狄莉对此一无所知，眼下她对绘画工作产生了浓厚的兴趣，并且很快得到夏绿蒂的允许，按时到教堂继续绘画工作。工作进展得很迅速，蔚蓝色的天空上不久就画上了令人敬羡的天国居民。等画最后几幅画时，奥狄莉和建筑师也就更加得心应手了，这些画显然比先前画的好多了。那些由建筑师单独画的人物脸部，也逐渐显示出一种完全特有的表情，它们全都与奥狄莉酷似。与这个美丽的姑娘接触，必然会在这位年轻人的心中留下鲜明生动的印象，在此之前，他的心中还没有一个天然的或艺术的人物容貌。于是，他就逐渐把眼睛见到的，在手下一丝不差地表现出来，到后来也使观察和描绘完全协调一致了。在最后画的一些人物面孔中，有一个与奥狄莉几近相同，这幅画看上去宛如奥狄莉本人在天上俯视人间。

穹顶上的画已描绘完工了。墙壁部分，他们决定对此简单的表面，只涂上一层浅褐色。精致的柱子和精美的雕饰则抹上了一层深褐色。不过画面总要环环入扣，于是他们决定，再画些鲜花和繁硕的果实把天和地连接起来。奥狄莉在这个方面完全是驾轻就熟的。花园为她提供了最美的样板。花环画得绚丽多彩，而完成的时间比原先预定的要提前得多。

可这里的一切看上去仍旧显得乱七八糟。脚手架和木板堆放得高低错落，凹凸不平的地面上溅上了各种颜料，很不雅观，一踢糊涂。建筑师请求两位女士给他八天的时间，进行清理工作，在此之前不要进入小教堂。终于，在一个美妙的黄昏，他邀请两位女士前去参观，不过他不希望陪同她们参观，说完就告辞了。

他走了之后，夏绿蒂说："无论他有什么令我们惊喜的东西，现在我也没有什么兴趣下楼，还是你一个人去吧，回来后告诉我好了。他肯定是完成了什么令人高兴的东西。我想先听你的描述，然后再去实地欣赏一番。"

奥狄莉熟知夏绿蒂，在某些事情上是十分注意的，她想避免心情激动，特别是不愿意受到意外的惊扰，于是奥狄莉独自一人前往教堂。她到处寻找建筑师，却见不到他的人影，他看来是躲起来了。她发现教堂的门是敞开着的，便走了进去。里面早已完工，打扫得干干净净，可以举行落成典礼了。她走到小教堂的门口，沉重的、包有铁皮的门很容易地在她面前打开了。她走进这个熟悉的地方，一派意想不到的景象呈现在她的眼前，使她惊讶不已。

一束庄严而绚丽的光线透过高处惟一的窗户里射进来，因为窗户是由各种颜色的玻璃拼凑而成的，整个室内因此而有着一种异样的色调，具有一种独特的气氛。穹顶和四壁被精心装饰的地面映衬得尤为壮观美丽。地面是用形状别致的石砖砌成美丽的图案，表面浇上了一层石膏使之平坦。这些石砖和各种颜色的玻璃，建筑师早就暗中准备好了，所以能在短时间完成它。甚至还考虑到休息的地方。在以前那些教堂的旧物当中，找到的几把雕刻精美的椅子，原是供唱诗班用，如今都物尽其用，十分恰当地放在靠墙的地方。

奥狄莉面对这原本熟悉的地方，和修整后这陌生的整体感到欣喜万分。她一会儿站在那里，一会儿踱来踱去，看了又看。最后她坐在一把椅子上，时而仰望，时而环顾，仿佛觉得身在这儿，又不在这儿，仿佛她既感觉到自己，又感觉不到自己，仿佛一切都在眼前消失，连她本人也随之消失了。当太阳离开了一直闪耀着它的光辉的窗户时，奥狄莉才苏醒过来，匆匆地赶回府邸。

她并不掩饰这场惊喜，这是在一个如何特殊的时刻里发生的。这正是爱德华生日的前夕。当然，她曾希望以独特的方式来庆贺这个日子。为了这个节日，有什么地方不该大加装饰一新啊！可现在呢，秋日的园中各式各样的花卉都没人去采摘。向日葵还一直把脸庞仰向天空，翠菊还依然恬静而谦恭地凝视远处。即使把这些花摘下来结成花环，也仅仅是作为图案用来装饰某个地方。如果说这地方除了让艺术家产生某种怪念头之外，还能派点什么用场的话，那么它用做公共墓地是最适合不过的。

她禁不住想起爱德华为庆祝她的生日而忙碌的情景，那天是多么热闹啊；她不禁想起那座新建的房屋，在屋檐下，他俩彼此袒露各自的心扉。是啊，那焰火的光芒又重现在她的眼前，那焰火的声音又响彻她的耳畔。她越是觉得寂寞，她的想像力就越是丰富，因此她也越是感到孤单。她再也不能依靠在他的手臂上，再也没有希望在他身上找到任何依靠。

奥秋莉日记摘录

我得记录下一位青年艺术家的话："不管是在一个工匠还是在一个造型艺术家的身上，我们很容易清楚地看出，那些本来完全属于他自己所有的东西，他却占有得很少。他自己的作品离他而去，犹如鸟儿飞离孵化它的巢一样。"

建筑艺术家在这方面却有着最为奇妙的命运。为了建造房屋，他往往倾注了自己的全部才智和所有的爱好，然而房屋一旦造成，他又不得不离它而去。皇宫大厅的富丽堂皇都要归功于他，可他却不能与它共享乐趣。他建造了圣殿，可他却在自己和至圣至明的上帝之间划出了一道界限。他却不能再登上为隆重而庄严的庆典建造的台阶，就像金匠却不能再登上用珐琅和宝石镶嵌的圣体盒，建筑艺术家把宫殿的钥匙交给了富翁，他们可以进去享受舒适和安逸，而他本人却享受不到。如果艺术家的作品像一个分得了家财的孩子，不再报答父亲的养育之恩，那么照此下去，艺术岂不是同艺术家慢慢隔绝开来了吗？如果艺术注定是为公众服务，为既属于大家也属于艺术家的利益服务，那么艺术本身将会有多大的拓进！

古代民族有一种想法是严肃的，甚至显得可怕。他们想像他们的先人住在巨大的石窟中，围坐在宝座旁，默默地交谈。要是有新的人进来，而且是位高贵的人，那么所有的人都会站起来，向他躬身表示欢迎。昨天，当我坐在小教堂里，看到我所坐的雕花椅子的对面还摆有许多椅子时，我觉得那种想法是亲切的，是美好的。我暗自思忖，为什么你就不能坐在这儿呢？一直默默地反省，持久地坐着，直到朋友们进来，那时你朝他们站起来，友好地鞠躬致意，然后指给他们座位。由于窗户上的彩色玻璃，白昼变得朦胧；也许得点上一盏长明灯，这儿的黑夜才不会显得阴森。

无论人们如何想像，然而他总是在边思想边观看。一个人做梦也只是为了使观看不至于停止。也许有一天，我们内心的光亮也会从心中照射出来，到那时我们就不再需要其他的光亮了。

岁月渐渐消逝了。风吹过收割后留下的残茬，它再也找不到什么东西可以吹动了。只有那些细长枝条上结的红色浆果，仿佛还能使我们想起有生机的东西，就像打谷者的劳作声中会使我们联想到，在割下的谷穗中蕴含着许许多多营养和生命一样。

第四章

发生了这么多的事件，奥狄莉对此产生了人生无常、世事易逝的感受。后来她得到消息，知道了爱德华已投身于变幻不定的战争，这令她多么惊异啊。可惜她不能不进行各种各样的思考，她有理由这样做。幸好一个人还能承受一定程度的不幸，超出了这个局限，它就会使他毁灭，或者使他变得冷漠而无动于衷。在某些情况下，恐惧和希望合成一体，互相抵消，消逝在一种模糊的麻木不仁的状态中。否则的话，我们明明知道最心爱的人身在远方，时刻都处在危险之中，怎么能正常地继续我们的生活呢？

所以，就在奥狄莉陷于孤独寂寞、百无聊赖的时候，仿佛善良的天使，派来了一支狂野的人马冲破了寂寞，不仅使她在外部有足够的事情可做，同时使她在内心感受到了自身的力量。

夏绿蒂的女儿露茜娜刚从寄宿学校毕业进入社会。在姨祖母的家里，就被一大群人包围住了。她那讨人喜爱的样子，确实博得了别人的好感。一位非常富有的年轻人很快就产生了占有她的强烈欲望。他拥有巨大的财富，这使他有权把任何最美好的东西占为己有。除了一位十全十美的妻子外，他似乎什么也不缺了。他要让世人羡慕他有这样一位妻子，就像羡慕他有其他东西一样。

这件家事使夏绿蒂一直都很忙碌，她把她的思虑，她的书信都花在这件事上，只是还没影响她去打听爱德华的最新消息。这样一来，奥狄莉最近多半是一个人独处。她知道露茜娜即将回来，因此她在家里做些必要的准备，可是谁也没料到露茜娜会来得这么快。本来她们还想写信商量，把归期确定下来，没想到露茜娜的人马像飓风似地朝府邸和奥狄莉闯来了。

女仆和佣人，以及装满箱笼的行李车首先抵达，由此看来家里要增加两三倍的人。接着客人才正式驾到：姨祖母带着露茜娜和几位女友，那位未婚夫也同样有一些人陪同。皮箱、提包和其他皮盒把前厅都堆满了。把许多小箱小盒从套盒里分拣出来花了不少力气工夫。行李和带来的用品简直理也理不完。这时突然下起了大雨，造成了一些麻烦。面对这纷乱嘈杂的一切，奥狄莉毫不慌乱，充分显露出她办事敏捷的才干，在很短的时间内就把一切料理得井井有条。每个人的住处都安排停当，令他们感到舒适愉快，相信受到了很好的照顾，他们各得其所，可以不受任何拘束与妨碍。

经过一次长途跋涉之后，大家都想好好休息一下。露茜娜的未婚夫则想接近他的岳母，向她表示他的敬意和良好意愿。可是露茜娜却静不下心来，她曾幸运地被允许骑马兜风，现在有了机会，她的未婚夫带来了很多骏马。她飞身上马，不顾狂风暴雨，仿佛人活着就是为了让雨淋得透湿，然后再把自己擦干似的。若是她想要步行，那她也不会在乎身上穿着什么样的衣服，脚上穿着什么样的鞋子。她要参观一下她早已多次听说过的新建筑。在不能骑马的地方她就步行。不久，一切她都看过了，而且对这一切做了评价。人们无法阻挡她那急切的个性，所以她周围的人吃了不少苦头，特别是那些侍女，她们总是洗熨拆缝，忙个不停。

她刚看完府邸和周围的庄园，便又觉得有义务去拜访四周的邻居。她无论是骑马还是乘车，速度都非常快，因此连很远的人家都拜访到了。而回访者也使府邸人来人往应接不暇，为了不致白跑一趟，他们不得不事先把日期定好。

在此期间，夏绿蒂和姨妈以及未婚夫的管家，在忙于安排姻亲间有关的事情，而奥狄莉同她的手下人则忙于料理一切杂事，确保府邸在人多的情况下什么也不缺。她把猎人、园丁、渔夫和小贩都发动起来了。与此同时，露茜娜却一直带着一群人跑来跑去，就像一颗燃烧的彗星，身后拖着一条长尾巴。很快她对来访客人的一般应酬谈话感到索然无味了。于是，她把一些年纪较大的人在牌桌旁安顿下来，随即就催那些好动的人一定要跟她去。对于她这种诱人的催促，又有谁不应允呢？他们都得陪她，不是去跳舞，就是去玩活泼的典当游戏、处罚游戏和猜谜游戏。虽说这一切，包括赎回的典当品在内，都是对她本人有利的，但另一方没有一个人，特别是没有一个男人，不管他是什么样的人，都不会空无所得。她看中了几位德高望重的年长者，打听到他们的生日和命名日恰好在这段时间内，便特别为他们进行庆贺，从而赢得了他们的好感。她运用独有的灵活手腕，使所有的人都感到自己受到了青睐，甚至使每个人都认为自己是最受优待的，就连他们当中最年长的人也明显不过地表现出来。

她的计划像是要把那些有身份、有名望、有声誉或者有其他重要特性的男人吸引到自己身边，使他们失去理智和长处，使他们对她这个任性的古怪女人倾心争宠；同时，她也让年轻人各得其所，使他们每个人都可得到她一天或一小时的青睐，她知道在这段时间里该如何去吸引他们，怎样才能使他们快乐。不久，她注意到了那位建筑师。他长着一头黑色长鬈发，显得很潇洒帅气。他总是挺直而泰然自若地站在那儿，保持着一定的距离，对于所有的询问他只做些简明扼要的答复，并显出没有兴趣介入他们的圈子的样子。终于，露茜娜一半出于迁怒，一半出于狡黠，决定让他扮演社交界的主角，从而使他成为她的追随者之一。

她带了非常多的行李，还有些行李是随后运到的，她这样做不是没有打算的。她准备频繁地更换自己的服装。她一天要换三四次服装，从早到晚，从通常的服装到社交界流行的服装换个不停。如果说这给她带来了欢乐，那么乔装打扮更使她觉得兴奋不已。她装扮成农妇、渔妇、仙女或卖花女。她也不惜把自己打扮成一个老妇，以便使自己年轻的脸蛋儿在头巾下显得更为娇嫩。就这样，她也确实把现实和虚幻搞得混淆不清，使人看了，真以为自己成了这个女精灵的亲属和姻亲了。

这种化装主要还是为了在哑剧里和舞会上表演。在表演中，她善于表现各式各样的人物性格。她的随从中有位献殷勤的男子，事先已和她约好随时准备用大钢琴弹奏必要的乐曲，为她的表演动作伴奏；他们互相配合得很默契。

有一天，在一次愉快的舞会休息时间，按照她私下的吩咐，让人邀请她做一次即兴表演。她故意装出一副难为情的样子，一反平常的做法，让人三请四邀了好半天。她摆出不知演什么好的姿态，像一位即兴表演者那样让人家挑选节目。终于，那个与她商量好了的钢琴演奏者坐到钢琴旁，开始演奏一曲挽歌，请求她扮演阿特美西娜，这是她早已练得不能再熟的角色。她又让人邀请了一番，这才表示同意。她告退片刻，随后她出现在人们面前。在哀婉凄凉的哀乐伴奏下，她扮作国王的遗孀，捧着一只骨灰盒，眼中含着泪光迈着缓慢而庄重的步伐。在她身后，有人抬着一块大黑板，拿着一只金黄色的笔筒，里面放着一支削尖的粉笔。

她对一个崇拜者和追随者附耳说了几句，那人随即走到建筑师跟前，请求或者说是强求他出场，甚至硬把他拽了上来，要他以建筑师的身份画一个陵墓，而且要他扮演的不是一个跑龙套的角色，而是一个正儿八经的配角。建筑师显得很尴尬，因为他一身黑色的现代平民服装与对方身上的罗纱、轻绸、流苏、珐琅服饰、摆设和王冠形成了奇特的对比，尽管如此，但他立刻镇静下来。这一来，那场面显得更加奇特。他一本正经地站在由两个童仆扶住的黑板前，经过一番思考，便认真而精确地画出了一座陵墓，它看起来不怎么像卡林国王的陵墓，而更像伦巴第国王的陵墓。但是，它的比例得当，各个部分都很庄重，饰物也很精巧，大家起先就兴致勃勃地注意着它的造形，等到画成后，都惊叹起来。

建筑师在作画的过程中，没有转过身来看看王后，他只是在聚精会神地画画。最后，他向王后鞠了一躬，示意他已完成了她吩咐的事。但，她却把骨灰盒送到他面前，要求把它画在陵墓的顶上。虽然他很不情愿，因为骨灰盒画在这种陵墓上是很不相称的，但他还是这样做了。现在露茜娜不止是不厌烦了。她原来根本不打算要他这样地画。要的是他随便画几笔，画个看起来像座陵墓的东西，然后把其余的时间都用在她的身上，这就是她的最终目的和愿望了。可是恰恰相反，这使她显得极为狼狈。虽然她交替地流露出痛苦、命令和暗示的表情，甚至对渐渐画出的陵墓表示出欣赏的样子，有几次几乎要把他拉出来，想表现出他们的角色关系，但是他毫无反应。这样她必须用那只骨灰盒帮她把戏继续下去，她把它紧紧抱在胸前，仰望天空。到最后，这种动作愈演愈烈，使她看起来不怎么像卡林王后，而更像埃菲苏斯的遗孀了。表演拖了很长时间，那位平素很有耐心的钢琴师，现在也不知所措。谢天谢地，这时他看到骨灰盒画了上去，那位王后也正要向他表示她的感激，于是他不由自主地奏起一段欢快的弦律。这一来演出失去了原来的气氛，但在场的人都显得很开心。他们马上分成两部分，一部分人走向露茜娜，对她出色的表演表示赞赏，另一部分人走向建筑师，对他精湛的绘画艺术表示钦佩。

尤其是露茜娜的未婚夫，他也与建筑师交谈起来。"我很遗憾，"他说，"这幅画不能长久保留下来。不过，请您允许我先把它带回我的房间，然后我再和你就这方面谈谈吧。"

"如果你喜欢，"建筑师说，"那么我可以把这类建筑物和陵墓的更精致绘画拿给您看。这幅画不过是偶然间匆忙画出来的。"

站在不远处的奥狄莉走了过来。"您让男爵先生欣赏您的收藏品吧，可别错过了这个机会，"她对建筑师说，"他是爱好艺术和文物。我希望你们彼此能多多接近。"

露茜娜走了过来，问道："你们在谈些什么？"

"我们在谈这位先生的收藏，"男爵回答说，"他有机会会拿给我们看。"

"他可以马上拿来嘛，"露茜娜大声说，"您马上去拿，好吗？"她妩媚地说，同时亲切地用双手握住他的手。

"现在还不行。"建筑师回答说。

"什么啊！"露茜娜口气专横地嚷道，"您敢不服从女王的命令吗？"随后她又撒娇似地请求起来。

"您不必任性了！"奥狄莉轻声说。

建筑师既没表示许诺，也没表示拒绝，鞠了个躬就走开了。

他刚一走，露茜娜便在大厅里和一条赛狗追逐起来。"啊，"她突然扑到母亲身上，叫了起来，"我是多么不幸啊！我没有把我的猴子带来。他们硬劝我不要带。只怪我的仆人偷懒，才叫我葬送了这种乐趣。我一定要派人把它送来。哪怕只能见到它的画像，我也高兴。我一定要叫人给它画张像，不让它离开我。"

"也许我能让你得到一点安慰，"夏绿蒂说，"我叫人到图书馆给你拿一本大画册，上面都是些有趣的猿猴图片。"露茜娜听了高兴地叫了起来。对开本的画册拿来了。这些面目可憎的生物近似人类，经过艺术家的加工更酷似人类，露茜娜看了开心极了。她在每只猴子身上都找到了与某个熟人的相似之处，这给她更大的乐趣。"这只看起来难道不像姨父吗？"她粗鲁地嚷道，"这只就像服饰商M，这只像神父S，这只就像那个人，叫什么来着的，简直像极了。事实上，这些猴子完全像巴黎的时髦人物，把它们排除在上流社交场合之外，简直是不可理喻。"

她是在上流社交场合讲这种话的，然而没有人怪罪她。由于她姿容娇美，人们已经习惯在许多事情上宽容她，后来甚至对她不体面的言行也宽容了。

这期间，奥狄莉与露茜娜的未婚夫在交谈。她希望建筑师回来时把那些庄重高雅的收藏品带来，使在场的人们从猴子的话题中解脱出来。她是怀着这种期待在和男爵谈话，并时刻提醒他注意一些事情。然而，建筑师一直没露面。当他终于回来时，却混入了人群之中，他什么也没带，什么也没做，一副若无其事的样子。一瞬间奥狄莉感到——该怎么说呢？——厌恶、气恼和惊讶。她本来替他说了几句好话，也是出于好意，想让露茜娜的未婚夫能按自己的心愿度过一个愉快的夜晚，因为她看到那位未婚夫虽然很爱露茜娜，可是对她的举止也感到了难堪。

到了吃晚间茶点的时候，有关猴子的话题终于结束。随后大家又聚在一起玩起了各种游戏，甚至还跳了舞，到最后兴致减退，闲坐了一会，再站起来玩一阵，终于乏味了。这次像往常一样，一直延续到深夜。露茜娜已经习惯晚睡晚起。

奥狄莉在这段时间的日记中大事记得不多，记的有关生活和源于生活的格言和警句却很多。其中大部分可能不是出自她本人的原意，或许是她从别人给她的小册子里摘录的，她记下了她所喜爱的那些句子。有些则是她本人内心情感的抒发，这从贯穿于日记中的那条红线上可以看出来。

奥狄莉日记摘录

我们喜欢展望未来，这是因为我们想通过默默的希望，把动荡不定的未来事物朝有利于我们的方向引导。

在一个大型的社交聚会中，我们很难不这样思考：把许多人聚在一起的偶然机会，也会把我们的朋友一起带来。

无论人们如何离群独处，都会有转瞬之间成为这样一种人：或者欠别人的情，或者别人欠自己的情。

人家欠了我们的情，我们碰到他时，马上便会想到他应该感谢我们才是。可是我们欠了人家的情，我们碰到他时，却想不到应该感谢他。

对人说心里话，这是人的天性；听取别人说心里话，这是一个人的教养。

如果一个人意识到他经常误解别人，那么他在社交场合就不会多说话了。

复述别人的话时，如果没有理解，往往容易改变原意。

谁在别人面前独自夸夸其谈，而没有取得别人的好感，那一定会引起反感。

说出来的任何一句话，都会引起反面的意思。

反驳和吹捧，两者都会造成一场恶劣的对话。

最令人愉快的聚会莫过于聚会者彼此都怀有欣悦的仰慕之情。

一个人觉得可笑的东西，往往最能描绘出他的性格。

可笑的东西出于一种道德上的对比，这种对比以一种对感官无害的方式结合起来。

喜欢感性享受的人常常在不该笑的场合发笑。不管有什么使他激动，他内心的喜悦都会表现出来。

有见识的人觉得几乎一切都是可笑的，有理性的人觉得没有什么是可笑的。

有人责怪上了年纪的人还追求年轻姑娘。可是他说："这是使自己变得年轻的惟一手段，每个人都会这样做的。"

一个人为自己的缺点可以忍受指责，忍受惩罚，甚至忍受某些痛苦，但要克服它们却无法忍受了。

有某些缺点，这对于一个人的存在是必要的。如果老朋友们把他们的某些特性都舍弃了，那我们就会感到不快。

一个人做了与他的本性和生活方式相悖的事，人们就会说："他就要死去了。"

什么样的缺点我们可以保留，甚至在我们身上加以培养呢？这就是那些讨人喜欢而不伤害他人的缺点。

激情是缺点也是优点，只是在程度上不同而已。

我们的激情真是火中的凤凰，老的自焚而死，新的随即又从灰烬中诞生。

巨大的激情是不治之症，能医治它的，却格外使它变得危险。

激情通过表白而增强或减弱。对我们所爱的人表示亲热或缄默，也许都不如取中庸之道更受欢迎。

第五章

在交际的漩涡中的露茜娜，尽情享受着生活的欢乐。追随她的人多了起来，这一方面是因为她的活动刺激和吸引了人，另一方面是因为她善于用殷勤和恩惠把人拉拢过来。她为人极其慷慨大方。她的姨祖母和未婚夫宠爱她，一下子给了她许多漂亮而贵重的东西。因此，她觉得好像什么东西都不是她自己的，好像不知道堆在她周围的东西有什么价值。她会不加思索地解下一条昂贵的围巾，给一个女人围上，她觉得这个女人同别人相比穿的太寒酸了。这种事情她做得调皮而又得体，使人无法拒她的礼物。在她的追随者中，有一个人总是带着钱袋，并受她的委托，在她所到的地方问候一些老弱病残者，给他们施些钱财，使他们的困境至少能暂时得到缓解。这一来，她乐善好施的美名在当地传开了，不过这也给她带来了一些麻烦，因为穷苦人都慕名而来了。

但最使她声誉大增的莫过于她坚持善待一位不幸的年轻人了。她对他的这种态度非常惹人注意。这位青年面貌英俊，受过良好的教育，在一次战争中失去了右手，虽然这是光荣的事情，但他成了残废，因此他回避社交活动。他为自己的残废而感到苦恼。每一个与他新结识的人总要打听他致残的事，这使他非常厌烦，他宁愿躲起来，埋头读书和学习，也不愿参与社交活动。

露茜娜知道了这个年轻人的情况。她让他到这里来，先参加小型的社交活动，然后是较大的，最后是大的。在他面前比在其他人面前举止更为优雅。她特别善于用殷勤备至的态度对待他，使他感觉到他做出的牺牲是有价值的，她要设法给他一些补偿。在宴会上，她一定要他坐在自己身边，用刀给他切好食物，使他只须用叉子就行了。要是德高望重的年长者坐在她的身边，那她就把对他的关切之情延伸到餐桌的那一边。由于她不在他的身旁而无法做的一切，就叫忙碌的仆人代她做了。后来她又鼓励他用左手写字，要他尝试写信告诉她。因此，不管是在近旁还是在远处，她都一直同他保持着联系。这个年轻人自己也不知道是怎么了，从这时起，他确实开始了一种新的生活。

人们也许会想，露茜娜的这种做法会使她的未婚夫感到不高兴，可是恰恰相反。他认为她的这种努力是很大的功绩，他了解她那几乎有点极端的个性，所以他对此根本不放在心上，而露茜娜也知道拒绝一些会稍微使他感到尴尬的举动。她对待任何人都可以随意而为，每个人都有可能被她碰撞和拉扯，甚至受到嘲弄，但是任何人都不可以对她采取这种做法，不得随意触摸她；她可以自由地对待他人，而他人不可以自由地对待她，哪怕是最有限的。这样，她使别人对待她时，保持在最严格的道德界限之内，而她对待别人时，似乎随时都可以逾越这条界限。

她无论是对赞美还是责难，对爱慕还是憎恨，都一律毫不在乎，人们简直可以相信，这成了她的最高生活准则。每当她用各种方法把人们拉到自己一边的时候，她又常常用那不饶人的舌头毁掉了与他们的关系。无论她到邻近的哪个庄园去拜访，她和她的追随者在他人的府邸和宅第中受到多么友好的款待，可是在归途中，她没有一次不放肆地议论，让人感到，她总是喜欢以取笑的态度看待人与人之间的关系。譬如，有兄弟三人，互相礼让，不肯首先结婚，结果年纪很快就老了；又说，这儿有个矮小的年轻的女人，嫁给一个高大的年迈的男人，正好相反，那儿有个矮小的性情活泼的男人，娶了一个高大的迟钝的女人。还说，有一家人，孩子多得叫人每走一步都会撞着一个小孩，可是在另一家，参加社交活动的人再多也叫人觉得空荡荡的，因为没有孩子。她认为，老年夫妇应当尽早被埋葬，因为他们再不会去为法定继承人伤脑筋了，这样，他们死了，家里就可以听到别人的笑声了。年轻夫妇应当去旅行，因为干家务事对他们来说太不相称了。她对人是这样，对物也一样，无论是建筑，还是家具和摆设，都成了她的谈笑资料。尤其是墙壁装饰特别引起她的嘲弄。从最古老的织花壁毯到最新式的壁纸，从最受敬重的家庭画像到最粗俗的新式铜版画，没有一样不遭到她苛刻的评论，没有一样不被她贬得一无是处，如果周围五英里内还存在没有被她贬到的东西，那人们一定要感到惊喜了。

在露茜娜这种否定一切的评论中，也许不存在什么恶意，通常只是一种自私的任性在促使她，可是在她与奥狄莉的关系上，她表现出来的却是一种真正的妒恨。奥狄莉可爱文静，忙碌不停，受到了大家的赞赏，然而遭到了她的鄙视。当人们赞扬奥狄莉如何细心管理花房和暖房时，她听了加以嘲笑，装出一副不屑的样子，说什么现在既看不到鲜花，也看不到果实，无视眼下正是严冬季节。不但如此，她还叫人每天摘来许多嫩绿的树枝和刚吐蕾的花木，装饰她的房间，使得奥狄莉和园丁难受极了，他们眼睁睁地看到寄予以后的希望都被毁掉了。

露茜娜也同样不让奥狄莉安静下来，尽心尽力地操持家务。她却要奥狄莉陪她去游览，乘雪橇，参加邻近庄园举行的舞会，要她既不畏惧风雪严寒，也不畏惧夜间的暴风骤雨，还说什么别的人也没有因此丧命嘛。温顺的奥狄莉虽然吃了不少苦头，但露茜娜也没有因此得到什么益处。因为奥狄莉衣着非常简朴，可是至少在男人的眼里她是最美的。她有一种温柔的吸引力，把所有的男人都吸引到她的身边，在大厅里，无论她是坐在哪里都是如此。就连露茜娜的未婚夫也经常和她交谈，每当他从事一件事情，需要征求她的意见或帮助时，更是如此。

露茜娜的未婚夫对建筑师有了进一步的认识，观赏他的收藏，同他谈了许多，在其他场合也是如此，特别是在参观小教堂时，对他的这一方面的才能极为赞赏。男爵年轻、富有，他喜欢收藏珍品，也想搞建筑；他的兴趣爱好很广泛，但知识却很贫乏；他相信建筑师正是他要寻觅的那种人，同这样的人在一起，他可以同时达到几个目的。他对露茜娜讲了他的意图，她称赞了他，非常赞同他的想法。不过，与其说她想真心实意地利用他，倒不如说她想把这个年轻人从奥狄莉身边拉走，她相信，建筑师对奥狄莉有几分好感，她觉察得到。虽说他在她搞的即兴表演中显得很有才干，在某些活动中也出过主意，但她总认为自己比他更懂行。实际上她想的都是一些平常的主意，一个聪明伶俐的仆人就足够把这些主意付诸实现，而且出色的像艺术家做的一样。就说为某人的生日或纪念日举办庆典吧，她想到的只是一个祭坛，以及一只套在石膏像或活人头上的花环，除此之外，她的想像力也仅此而已。

露茜娜的未婚夫向奥狄莉打听建筑师的家庭情况，她告诉了他。她知道夏绿蒂早就为他找到了一个职位。如果这批客人不来的话，这位年轻的建筑师在完成工作后就离开这里了，因为，在冬天建筑工程必须停下来。这位心灵手巧的艺术家若能被一位新的恩主任用，那的确是他所想要的。

奥狄莉和建筑师的个人关系是纯洁自然的。她感到他在场令人愉快，充满活力，就像一位兄长，给她带来快乐和喜悦。她对他的感情保持在不带任何激情的平静的表层上，是一种兄妹般的关系，因为她的内心已没有多余的空间，它已完全被她对爱德华的爱占据了，只有无所不在的上帝，才能同时和他占有这颗心。

严冬来临，天气越来越恶劣，道路也越来越难行，因此在社交中消磨日渐缩短的白天，便显得越有意思。在低潮之后，宾客们像潮水似地涌进府邸，甚至连远处驻军中的军官也赶来了，他们中间那些有教养的人给社交活动大为添彩，而粗鄙之徒给人带来不快。在客人中也有人不是军人，有一天，伯爵和男爵夫人出乎意料地一起乘车驾临了。

他俩的到来形成了一个真正的宫廷般的圈子。有地位有礼貌的男子围在伯爵的身旁，而女士们则对男爵夫人公正待之。看到他俩呆在一起，而且那样亲昵，人们也没有多么的惊讶，因为他们听说伯爵夫人已经去世，一旦时机成熟，他俩就要结为夫妻。奥狄莉想起他们第一次来访时，想起那些有关结婚和离婚、结合和分离、希望和期待、割舍和思念的谈话。当时他们还谈不上有结合的希望，而现在这两个人站在她的面前，离他们所向往的幸福是如此的近。奥狄莉不由得从心里发出了一声叹息。

露茜娜听说伯爵爱好音乐，便准备举办一个音乐会。她想在会上自弹自唱。音乐会办成了。她吉他弹得不错，歌也唱得悦耳动听，但歌词却很难听懂，好像一个德国美女用吉他演唱一样。不过，每个人都肯定地说她唱得很有感情，而她听到热烈的掌声也很得意。只是在这时却发生了一件令人不愉快的事。在出席音乐会的人中有一位诗人，露茜娜特别想拉拢他，因为她指望他写几首诗献给她，所以在那个晚上她演唱的歌大多是他的词。诗人像其他人一样对她很客气，可她怀有比这更多的希望。她几次向他暗示她的想法，却没有听到他进一步的回答。她终于忍无可忍，便打发一个追随者到他那儿去摸底，问他听见自己优美的歌被唱得如此优美是否感到高兴。"是我写的诗吗？"诗人惊讶地说，"请您原谅，先生，"他补充说，"我只听到几个字母，其他什么也没听到，甚至连这些字母也没能完全听清。不过，对这种友好的用意，我应该表示感谢。"那个追随者听后一声不响，那位诗人试图说几句好听的恭维话把此事了结。露茜娜还是让他明显地觉察到她的意图。要不是显得太不礼貌，诗人真想写给她一份字母表，让她随便看做是一首赞美诗，去配上任何一种曲调。可他不想叫她扫兴，事情就这样了结了。不久她得知，那天晚上诗人为奥狄莉喜欢的曲子配上了一首美妙绝伦的诗，这远非是一般的应酬。

露茜娜也像她这种类型的人一样，总是看不清什么是自己的长处，什么是自己的短处。她现在又想在朗诵上试试她的运气。她的记忆力很好，但坦率地说，她的朗诵却是干枯乏味，急促而没有热情。她朗诵民谣、小说，以及其他能用来朗诵的作品。但她在朗诵时有一个不好的习惯，喜欢做些手势，以这种令人反感的方式，把原来是叙事和抒情的，同戏剧性的混在一起，而不是密切地联在一起。

伯爵是个有洞察力的人，他很快便了解了这群人以及他们的爱好、热情和消遣。说不上是有幸还是不幸，他向露茜娜提出了一种完全适合她的新的表演方式。"我发现，"他说，"这儿有那么多体态优美的人，他们肯定不会缺乏模仿画中人物动作和姿态的能力。他们想必还没有试过把真正的名画用于表演吧？这种表演虽然排练起来辛苦，但一定可以带来妙不可言的魅力。"

露茜娜很快便意识到她是最擅长这种表演的。她那优美的身材，丰满的体态，端正而富有表情的脸，淡褐色的发辫，细长的脖子，这一切都像是从画上拓下来似的。如果她知道她静立的姿态比走动的姿态看上去更美，那她会以更大的激情来投入这种自然的造型表演了。而她一走起来，就会露出一些令人不快的不优雅的姿态来。

他们找来了一些名画的模版，先选中的是凡·迪克的《布列萨尔》。一位身材魁梧、上了年纪的人扮演这位坐着的双目失明的将军。建筑师模仿画中的武士，他站在将军面前，流露出同情、哀伤的表情，他非常的像这个武士。露茜娜半是出于谦虚，挑选了背景处那个少妇的角色，她从钱袋里拿出大量的施舍金放在手上数着，一个老妇人家是在推让，说她给得太多了。另外一位真的递给将军施舍的女人，也没忘记找人扮演。

他们对待这些画及其他一些事是一丝不苟。伯爵在场景安排方面给建筑师做了一点建议。他立即布置了一个舞台，并为灯光照明上费了一番心思。他们做了大量准备工作，这时才发现这项活动需要一笔不小的费用，而且在隆冬季节，有许多必需的道具在乡村根本搞不到。为了使工作顺利进行，露茜娜几乎让人拆了她的所有衣服，把它们改成艺术家们随意画出的各式戏装。

演出的晚上来到了。表演在大批观众面前和众人的掌声中开始。庄严的乐曲使大家期待的心情急促起来。帷幕揭开，布列萨尔首先登台表演。演员的体态是如此恰到好处，色彩是如此调和，灯光照明是如此富于想像，这一切使人真的相信是置身于另一个世界。只是现实中的真人替换画上虚幻的人物，这使人产生了一种惶恐的感觉。

帷幕落下后，在观众的强烈要求下又一再拉起。观众听着悦耳的幕间音乐，一幅更为美妙的造型画展现在眼前。这是普桑的名画《阿哈斯威鲁斯与爱丝苔尔》。这次露茜娜考虑得更加周全。她扮演昏倒的王后，展示出自己的全部扭力，而且她聪明地挑选了长相漂亮、身材窈窕的少女扮演扶住她的宫女，当然这些人长象是根本无法和她媲美的。在这些画的表演中，奥狄莉都被排斥在外。那位坐在黄金宝座上、像宙斯一般的国王的扮演者，是从在场的观众中挑选出来的，这是一位最健壮、最英俊的男子，这使这幅造型画表演达到了无可比拟的完美的程度。第三幅造型画选了泰尔布克的《父亲的劝诫》。有谁不知我们的威勒根据这幅画制作的精美的铜版画呢？一位高贵的、有骑士风度的父亲盘腿而坐，像是在规劝站在面前的女儿。这个少女身材优美，穿着多褶的白缎裙，虽然只能看到她的背影，但是她的形象却显示出她在使自己安静下来。从父亲的面部表情和姿态上可以看出他的劝诫并不激烈，没有使她羞得无地自容，而那位母亲，望着手上的酒杯，打算喝完它，从而掩饰略显尴尬的神情。

露茜娜利用这个机会，展示自己光彩夺目的形象。她的头型、脖子和背部都美得无与伦比。她纤细、轻盈的腰肢，因为平常穿了现代仿古女服，所以看不出多少，现在穿上古装才显露出它的优美。建筑师花了一番功夫，把白缎裙的褶港折得十分富有艺术性，毋庸置疑，这使得生动的模仿造型效果远远地超过了原画，引起了普遍的赞赏。观众一再要求看看少女的正面。这个优美的形象，他们从背部看够了，也想欣赏欣赏她的正面。这种自然的愿望越来越强烈，以致有个滑稽的、没有耐心的人大声喊出了"tournez s'ilvous plai t"。这是人们在写满一张纸后，在末尾习惯注明的话。这句话引起了普遍的响应。然而表演者们十分清楚他们的长处所在，也非常理解这幅艺术作品的含义，所以他们面对大家的呼声没有继续响应。至于随后的小型表演，挑选的都是描绘荷兰酒店和市集的画，对此我们没有更多的可说了。

伯爵和男爵夫人要动身了，他们答应，在婚后的第一个蜜月里再来此地。夏绿蒂现在希望在辛苦的两个月过去之后，其他的客人也许会走掉。她确信，女儿初做未婚妻的自我陶醉和狂热消退之后，是会幸福的，因为她未婚夫觉得自己是世界上最幸福的人。他家资富有，性情温和，像是以一种奇妙的方式，为自己占有一个让整个世界都为之倾倒的女子而自豪。他有一个非常奇特的想法，就是一切都得先和她联系，再通过她与自己联系。如果一个新来的人没有立即注意她，而是像一些上了年纪的人那样，常常因为他心性善良就想和他接近，对她不是十分关心，那他就会感到不愉快。至于那位建筑师，也很快有了安排。新年时，他跟露茜娜的未婚夫一道进城，并一起在城里过狂欢节。露茜娜要在城里再次表演那些优美的名画造型以及其他的节目，希望从中得到乐趣。特别是姨祖母和未婚夫为了使她高兴，似乎对她需要的任何开销都不在乎。

客人们都得分手了，但不能采用通常的方式。一天，有人大声开玩笑地说，露茜娜的过冬贮藏品快要吃光了。那位扮演过布列萨尔的贵客——他家境富有，对露茜娜倾慕已久，现在又为她所吸引——于是不假思索地叫了起来："那就让我们按波兰人的方式来办！你们上我那儿去，把我的也吃光吧！然后就一个个地轮下去。"这样说就这样办，露茜娜同意了。第二天，打点行装便涌向另一个府邸。那儿地方不小，但不够舒适，设施也不全，因此带来了许多不便，然而这偏偏使露茜娜感到非常开心。他们的生活变得放荡不羁。他们在积雪很深的野地里狩猎，挖空心思地举办一些别人觉得不方便的活动。妇女和男人一样，都得参加这些活动。他们打猎、骑马、乘雪橇，闹哄哄地从庄园出来，最后一直到达都城的附近。关于宫廷人士和城市居民如何娱乐消遣的消息和传闻，使他们的想像力开始转向，从而把露茜娜和她的全部随从不停地带进另一种生活。在这期间她的姨祖母已经先行一步离开了。

奥狄莉日记摘录

在世界上，对待一个人，他自以为是什么样子，便以什么样子对待他，不过他得表现出什么样子才好。人们宁愿忍受那些令人不快的人，也不愿容忍那些无足轻重的人。

人们可以把所有东西硬加给社会，但是却不能把那些会产生后果的东西加给它。

我们无法了解他们，为了知道他们的情况，我们就必须上他们那儿去。

我们对来访的客人往往要评论一番，他们一离开，我们便会做些极不客气的评论，这种情况我几乎觉得是理所当然，因为我们可以说，有权利根据我们的标准去衡量他们。就连知事明理和公正不偏的人，在这种情况下也不得不说出一句尖刻的评论。

相反，如果我们来到别人家里，看到他们的环境、习惯和无可回避的处境，看到他们是如何活动，适应的，那么在某种意义上值得敬重的东西就会呈显出来，把这些看做是可笑的，那就未免是愚蠢之举和居心不良了。

借助于我们所谓的品行和美德，就可以得到那些只有暴力才能得到，甚至暴力也不能得到的东西。

同女性交往是美德的要素。

人们的性格和特性如何才能与生活方式并存呢？人的特性只有通过生活方式才能表露出来。每个人都想出人头地，只是这不该因此令人不快。

在生活和社交中，一个有教养的军人有着优点。粗鲁的大兵不会改变其本性，但在一般情况下，他们在强壮有力的背面还隐藏着一种善意，因此在必要时也是可以和他们来往。

再也没有人比一个非军人阶层中的愚人更令人讨厌的了。人们可以要求他们文雅些，因为他们并没有做出粗鲁的举动。

当我们同那些做事得体、感情细腻的人一起生活时，一旦见到某些有失检点的行为，我们就会为之感到担心。比如，我和夏绿蒂在一起时便有这种感觉，一有人摇动它，我就担心，因为这是她决不能容忍的。

要是一个男人知道，鼻梁上架着一副眼镜走进一间内室，我们妇女见到他会立即打消同他谈话的兴致，那么他也许就不会这么做了。

用亲近代替敬畏总是令人可笑的。如果一个人知道，不问候先脱帽是多么滑稽可笑的话，那他就不会这样做了。

礼仪要是没有深刻的道德做基础，就不会在外部表现出来。正确的教育方法应该是同时传授这种表现和基础。

品德是反映每个人的形象的镜子。

有一种心灵上的礼仪，它和爱是相近的。那种外部行为得体的礼仪就是这么产生的。

自愿的依附是最美好的感觉，没有爱又怎能有这种感觉呢？

如果我们在想像中得到了自己所需要的东西，那么我们离自己所希望的东西就不很远了。

一个人自以为自由，而实际上并不自由，那么他就像奴隶。

一个人如宣布自己是自由的，从那一刻起他也就没有了自由。反之，依然面对别人的伟大优点，除了爱别无补救的方法。

一个优秀人物受到傻瓜的赏识，这很可怕。

人们常说，仆人眼中无英雄。这是因为只有英雄才识英雄，而仆人也许只知道敬重仆人。

对于平庸的人来说，最大的安慰，莫过于天才不会永生不死。

最伟大的人物总是通过一种弱点与他们所处的世纪联系在一起。

人们往往把别人看得过于危险，而实际上并没有他想像的那么危险。

愚人和聪明人同样是无害的。只有半愚半智的人才是最危险的。

除了借助于艺术，人们没有更可靠的办法来推进这个世界；除了借助于艺术，人们没有更可靠的办法同这个世界联系在一起。

即使在最幸福或最困苦的时刻，我们都需要艺术家。

艺术所表现的是困难和善良。

看到困难的事轻易地得到了处理，我们便会产生一种不可能的感受。

越是接近目标，困难就越大。

播种不像收获那样艰辛。

第六章

夏绿蒂因女儿回家探亲，平添了很大的烦恼，但也得到了补偿，那就是对女儿有了深刻了解，她对社会的认识在这方面给了她很大的帮助。像女儿这种性格的人，她并不是第一次碰到，但奇特到这种程度，还从未见过。根据经验，她知道，这样的人通过生活、各种事件，以及父母的影响，最终会成熟起来，变得可喜可爱，他们的个性会有所减弱，他们的行动会有更明确的方向。作为母亲，她对那种令别人可能感到不快的表现宁愿容忍，而一般的父母此时所希望的，是让客人们得到享受，或者至少不要打扰他们。

女儿走后，夏绿蒂碰到了一件奇特的麻烦事。女儿因为一件事招来了流言蜚语，她的行为本来不应受到非议，而应受到赞扬。露茜娜似乎给自己定了这样一个原则：不仅和快乐者共快乐，而且和忧伤者共忧伤。为了试验一下这种矛盾的心理，她有时就让快乐者苦恼，让忧伤者欢乐，她每到一家，总要打听那些不能在社交场合露面的人。她去他们的房间探望他们，自己充当医生，从车上随身携带的旅行药箱里，取出药效好的药物，硬叫他们服下。可以想像，这种治疗方法的结果，那就全凭运气了。

她在这种慈善活动中，显得冷峻严酷，容不得别人插手，因为她坚信自己干得很好。但是有一次尝试，她失败了。这给夏绿蒂带来了不少麻烦，因为它产生了不良后果，人们都在议论纷纷。夏绿蒂在露茜娜走后才听说。恰好那次聚会奥狄莉也在场，所以她不得不向夏绿蒂做了详细说明。

有个大家闺秀不幸对妹妹的死负有责任，为此她一直心神不安，无法恢复常态。她独自呆在房间里。如果她家人独个儿来看她，她还能忍受，可是若有几个人在一起，她立即就会猜疑他们是在议论她和妹妹的处境。每当和别人单独在一起时，她表现得很理智，可以和他连续谈很久。

露茜娜听说了这件事，她暗自拿定主意，只要她到了她家，就要创造一个奇迹，使这位少女再次走进社交场合。为此她做得比往常更为谨慎，她设法独自一人去接近那位女病人，而且正如人们所看到的，她通过音乐来赢得病人的信任。只是到最后，她却大意了。由于她想一鸣惊人，而且自以为让病人已做了充分的心理准备，有天晚上，她突然把这个美丽、苍白的少女带到了丰富多彩、富丽堂皇的社交场合。如果不是在场的人出于好奇和担忧，不明智地围了上来，随即又避开了，窃窃私语，交头接耳，使得她精神错乱，激动起来的话，那么事情可能就成功了。然而，病女脆弱的感情承受不了这种刺激，她像看见怪物向她扑来似的恐怖，吓人地尖叫起来，跑了出去。在场的人吓得四下散开。只有奥狄莉和其他几个人把这个完全失去了理智的姑娘搀回了房间。

这时，露茜娜按照她一贯的做法，狠狠地对在场的人谴责了一通，可丝毫没有想到这完全是她一个人的失误，她也没有因为这次或其他的过错而停止这类所作所为。

从此，病人的状况变得越来越严重，最后恶化到这种程度：她的父母已无法将这个可怜的孩子留在家中，不得不把她送进一家公共医院。夏绿蒂没有别的办法，只好对这一家子特别关怀体贴，以减轻她女儿给他们造成的伤害。这件事给奥狄莉留下了深刻的印象。她更加同情那个可怜的姑娘，有一点她是相信的，而且她对夏绿蒂也毫不隐讳，那就是如果病人当初得到彻底的治疗，那么肯定会痊愈的。

由于这件事，人们谈起以往不快的事便多于愉快的事了。于是，奥狄莉对建筑师的那次误会也成了人们的话题，这就是那天晚上，奥狄莉尽管向建筑师恳切地请求，他却没有把他的收藏品拿出来展示。奥狄莉自己也搞不清这究竟是为什么，她对建筑师断然拒绝的态度一直耿耿于怀。她的这种情感是十分在理的，像奥狄莉提出的要求，建筑师本来是不应该拒绝的。不过。建筑师对于她的轻微指责也做了颇有说服力的辩解，并且表示了歉意。

"如果您知道，"他说，"就连一个有教养的人对待最珍贵的艺术品也是那么不小心，那么您就会原谅我不把我的收藏品拿出来。您瞧，没有人懂得鉴赏一枚纪念章应该拿着它的边缘。他们总是摸上面最精美的印饰和最精细的底面，把最珍贵的艺术品在拇指和食指间翻来复去，好像要用这种方式来鉴别它的艺术形式似的。他们也不想想画应当用两手拿起，然而他们却只用一只手抓起一幅无可替代的铜版画，或者一幅无比珍贵的图画，就像一个狂妄的政治家随手抓起一张报纸，然后把它弄皱，仿佛这样就能预先对世界大事做出判断似的。没有人会去想一想，如果一件艺术品被这些人一个接一个地这样对待，那么到了最后人的手里时，就没有什么可看的了！"

"我是不是有时也使您感到为难呢？"奥狄莉问道，"我是不是偶尔也无意识地这样做了呢？"

"从来没有过，"建筑师回答说，"从来没有过！您不可能那样做，您天生就懂得怎样做才得体。"

"不管怎么样，"奥狄莉说，"要是以后有本介绍礼仪的小册子，不仅介绍社交场合饮食方面应有的礼节之后，再谈谈人们在参观艺术收藏品和博物馆时应有的行为规范，那倒是不错的。"

"当然，"建筑师回答说，"如果那样，艺术品收藏家和爱好者就更乐意把他们的稀世珍品拿出来供人欣赏。"

奥狄莉早已原谅了建筑师，不过建筑师对她的责备总是念念不忘，并且一再申明他是非常愿意把它们拿出来的，是乐意为朋友效劳的。这样一来，奥狄莉倒觉得自己伤害了他那脆弱的感情，感到很过意不去。因此，当他在这次谈话之后向她提出一个请求时。便无法再断然拒绝了，尽管她很快在心里做了考虑，但还是想不到怎样才能完全满足他的愿望。

事情是这样的：由于露茜娜的妒忌，在模仿名画表演中，奥狄莉被排斥在外，对此建筑师深感不平。另外，夏绿蒂由于身体不适，只是间隔观看了这次社交娱乐活动中的最精彩部分，对此他也同样感到遗憾。他想举办一次比以往更为优美的表演，好使奥狄莉得到荣耀，也使夏绿蒂得到消遣，以此来表达对她们的感激之情，否则他是不会离开的。这样做还有另外一个隐秘的动机，也许连他本人也没意识到：对他来说，实在舍不得离开这座府邸，这个家庭，尤其无法离开奥狄莉的目光，在最近这段时间，他几乎全靠奥狄莉那恬静、友好和亲切的目光来维持生命的。

圣诞节就要到了，建筑师忽然想到，名画表演要从所谓的马槽圣婴图的人物造型开始，从人们在这个神圣的时刻敬奉圣母圣婴的虔诚表演开始，表现他们在卑微的处境中最初怎样受到牧羊人的崇敬，随后怎样受到国王们的崇敬的。

他完全有可能实现它。他找到了一个漂亮而娇嫩的小男孩，也找到了扮演牧羊人和牧羊女的人，但是没有奥狄莉，事情就无法进行下去。在他的构想中，她已经上升到扮演圣母的位置，如果她拒绝这个角色，演出就会告吹。奥狄莉对他的建议感到为难，要他去向夏绿蒂提出请求。夏绿蒂欣然同意，并亲切地劝说奥狄莉，消除了她不敢扮演圣母形象的胆怯心理。于是，建筑师日夜不停地工作，以便在圣诞节夜晚，使一切都变得完美无缺。

说建筑师不分昼夜地工作是名副其实的。他本来食量不大，只要奥狄莉在身边，他就觉得她胜过了一切食品。为了她而工作，好像睡眠也属于他，为了她而忙碌，他好像就不需要饮食。因此到了圣诞节夜晚，一切都准备就绪了。他还想方设法把一些音质优美的吹奏乐器集中在一起，用来演奏序曲，造成一种他所期望的气氛。当幕布拉起时，夏绿蒂真是吃了一惊。展现在她面前的这幅画，在世上不知重复过多少遍，她并不指望从画中会得到什么新的印象，可是原画变得像现实一样的妙不可言。整个场景不像是黄昏，更像是夜间，然而周围的一切都显得很清晰。光芒从圣婴那儿发出，这确是一个绝妙的构思，建筑师把一个灯光巧妙地隐藏在被光束照亮的前景人物的阴影里，不被观众看到。四周站着快乐的少男少女，他（她）们秀美活泼的面容被台下的灯光照得十分清晰。那些天使本身发出的光，在圣光的映照下显得暗淡了。他们那飘忽的形体凝聚在神化之人的形体面前，显出对光的渴求。

幸好扮演圣婴的小孩在造型最优美的时候睡着了，因此人们便把目光集中到圣母身上，她以无比优美的姿态揭开一块纱巾，让遮掩住的圣婴显露出来，一点也没影响观众的欣赏。瞬时，画面像是凝固了。圣婴的光芒令人目眩，圣婴的精灵令人神迷，四周的子民不由自主地做出了一个动作，他们把目光移开，好奇而欣喜地投向前面。他们更多地表现出惊讶和喜悦，而不是赞颂和崇敬，但后两种表情并没有被忽略，它们由几个年纪较大的人表现出来了。

奥狄莉的体形、神态、表情和眼神都超过了任何一位画家所能描绘的。一个感情丰富的鉴赏家要是看到这个场景，一定会感到担心，生怕表演者会有一丁点移动，他也会担心今后是否还有什么东西能使他如此欣然折服。不幸的是在场的人没有一个能领会这场表演的效果。只有扮演细高个牧羊人的建筑师，从一群跪着的人那儿望过来，尽管他站的位置不是很好，但还是从中感到了最大享受。又有谁能描绘出那位新创造出来的王国王后的表情呢？她脸上流露出来的是如此的感情：一种在不配领受的无上光荣和不可思议的无限幸福面前所产生的最纯净的谦卑和最可亲的恭敬。她所表达的这种感情既是她自身的感受，也是她对自身角色的想像。

这幅美丽的画使夏绿蒂感到很高兴，尤其是那个圣婴深深地感染了她。她泪水盈眶，沉浸在生动的想像中，指望不久也能有一个可爱的小孩抱在怀中。

这时幕布落下了，一来好让表演者稍事休息一下，二来也好变换一下场景。建筑师已经决定把第一场夜间暗淡的画面换为白天辉煌的画面，为此他在四周准备了大量的照明灯，趁幕间休息时把它们全部点燃。

奥狄莉在这半是演戏的表演中，一直显得十分冷静，因为除了夏绿蒂和少数几个家里人之外，没有别人观看这场虔诚的艺术表演。在幕间休息时，她听说来了一位陌生人，在客厅里受到夏绿蒂的亲切接待，不禁感到有些惊讶。这人是谁，没人能告诉她。为了不使表演受到影响，她只好不去关注。这时灯快全部被点燃，她的周围灯火通明。幕布升起，观众面前出现了一个令人叹服的景象：整个画面一片光明，阴影完全消逝，剩下的全是绚丽的色彩。由于灯光巧妙的调合，这些颜色柔和适度，十分吸引人。奥狄莉的目光透过长长的睫毛，看到夏绿蒂身边坐着一个男人。她没有认出他来，但是听声音，她相信他是寄宿学校的那个教师。一种奇异的感觉涌上了心头。自从她听不到这位诚实的教师的声音以来，她经历了多少事情啊！一件件的事情，像闪电一样在心头闪过，并提出了这样的问题："你一切都能向他坦白、承认吗？你是多么卑微，竟以这种神圣形象展现出来！他过去见到的是你的本来面目，现在看到的却是这样的乔装打扮，这会引起他一种怎样奇怪的感觉呢？"在她的心里，感情与理智在迅猛地相互撞击着。她的心畏缩了，眼睛里充满泪水，可她仍强制自己，继续表演那一幅不动的画面。后来抱着的婴儿动了起来，建筑师见此情况不得不示意降下幕布，这使奥狄莉感到多么快乐啊！

如果说那种不能向一位尊敬的朋友吐露的痛苦感情，在表演的最后一刻已经和其他感情汇聚在一起，那么现在她则陷入了更为狼狈的境地。她能穿着这身异样的服装，佩戴这样的饰物去见他吗？她要不要先去换下衣服呢？她没有怎么犹豫便做出了后一种选择。在换装时，她竭尽全力集中精神，使自己镇静下来。当她终于穿了平日的衣服去欢迎客人时，她才恢复了平静的心境，和往常一样。

第七章

建筑师对爱护他的两位女士怀有最美好的祝愿，他终归是要离开她们的，因此，当他看到那位尊敬的教师与她们为伴时，他自然感到高兴。然而当他想到她们对自己怀有深情厚意，而眼看自己这么快、这么完全地被别人所取代，生性谦和的他，便感到些许酸楚。他过去总是在迟疑不决，而现在却急于离去。因为他离去之后，他情感忍受的这件令人酸楚的事情，至少不会再亲眼目睹了。

在离别时，两位女士把一件背心作为礼物送给他，这使他近乎悲哀的心境得到极大的快乐。他曾看到她俩长时间地编织这件背心，并对将来得到它的、未知的幸运儿暗自妒忌。这样一件礼物是最美好的礼物，这样一件礼物是一位怀有爱心、受人敬重的男人才配得到它。当他想到那纤纤玉手不倦地操劳时，他不能不感到得意，他想两位女士从事这样一件如此持久的劳作，她们在感情上绝不会无动于衷的。

现在，两位女士得招待那个新来的男人了。她们对他怀有好感，他在她们这里一定会过得很舒适。女性一经有了自己内在的不可改变的兴趣，那么世上没有任何东西能使她们背弃这种兴趣。然而，在外部的社交场合上，她们倒是愿意轻易地让那些围在她们身边的男人决定某些事情，但她们通过拒绝或接受，坚持或谦让，掌握着真正的统治权，这在遵守礼仪的圈子里没有一个男人可以摆脱它的。

那个建筑师似乎是按自己的兴趣和爱好，用他的才智，来达到使两个女友快乐的话，为了达到这种目的，根据这种意图，来安排她们的娱乐活动。如果说建筑师是如此行事的话，那么教师采用的却是另一种做法，因此，在很短的时间内，她们的生活方式变成了另一种样子。他极善辞令，对人际关系，特别是对青少年的教育问题，更是侃侃而谈。这样一来，便出现了与过去的生活方式相当明显不同的对比，说得更清楚些，教师对前一段时间的一切活动并不完全赞同。

他来的当天就观看了名画表演，对此他却只字不提。可当她们得意地带他参观教堂、小教堂及与此有关的地方时，他却禁不住发表自己的看法和观点了。

"就我来说，"他说，"我是根本不喜欢把神圣的东西同感官的东西接近或混淆起来的做法。弄出一块特别的地方，装饰一番，作为祭神之用，以便培养和维系一种虔诚的情感，这种做法，我也不以为然。任何一种环境，哪怕是最普通的，也不应当扰乱我们心中的神圣感情。遇到扰乱这种感情处处陪伴着我们，使任何一个地方都能成为一座祭祈的殿堂。我喜欢看到在人们平常用餐、聚会、游玩、跳舞的大厅里举行家庭祈祷仪式。人类最崇高、最出色的东西都是不具形体的，因此人们应当小心，除了在崇高的行为中显示自身外，不能使自己变成其他的形体。"

夏绿蒂对他说的话总体来说已经有所了解，不过她还想在短期内做更多的探究，于是她把建筑师动身之前已经训导过的儿童园丁都叫到大厅里来，让教师在他最擅长的领域里一试身手。那些孩子身穿明快、整洁的制服，动作整齐，性情天真活泼，看起来都十分可爱。教师按照他的方式考察他们，并通过一些提问和转换话题，不久就对这些孩子的性情和能力了如指掌。不到一个小时，他不知不觉地对他们进行了十分重要的教育和促进。

"您是怎么做到这点的呢？"夏绿蒂在孩子们走了之后问道，"我非常注意地听了，您问的都是一些最熟悉不过的事情，可我不知道怎样才能在这么短的时间内，通过这么多的一来一往问答，就能做到这样的效果。"

"也许人们应当把他们的业务专长当作是一种秘密，"教师回答说，"可我不想对您隐瞒一个非常简单的准则，按照这个准则，您就能做到这一点，就能获得更多的成绩。那就是，您要紧紧抓住一个题目，一个材料，一个概念，不管人们称呼它什么，您都要把它抓得紧紧的，将它的各个方面都弄得清清楚楚，这样您就能很容易地通过谈话的方式，了解一群孩子心里想的是什么。他们对什么感兴趣，需要对他们提供些什么。不管孩子们对您的问题的回答如何不当，如何离题，只要您的反问能把他们的思路和意识引入正题，只要您不离开自己的立足点，那他们到最后就一定会想到和理解，并确定教师的意图是什么。教师最大的失误就是被受了教育的学生牵着走，不知道牢牢把握住要讲授的重点。下次您不妨试一试，它肯定会给您带来很大的乐趣的。"

"这倒是很妙，"夏绿蒂说，"良好的教育方法与良好的生活方式恰恰相反。在社会上，人们不应该经常流连驻步，而在受教育时，克服思想分散却成了最高的戒律。"

"假如能轻易地保持住这种值得称赞的内心平衡，那么，对教学和生活来说，纵有变换而心神专一，就是最好的座右铭了！"教师说到这儿时，还想继续说下去，夏绿蒂叫他再看看那群孩子，他们正精神抖擞地列队穿过庭院。他看到孩子们穿着制服走了过去，感到很满意。他说："男子汉应当从少年起便穿制服，因为他们必须习惯于共同行动，与他们相同的人打成一片，共同服从，一起工作。任何一种式样的制服都能促进军人的思想，培养简捷而严谨的举止行为。而且，所有的男孩生来就是军人，这只要从他们喜欢玩打仗的游戏，喜欢冲击和攀登就可以清楚了。"

"我没让我的那些女孩子穿一模一样的服装，"奥狄莉说，"您不会因此责备我吧。若是我把她们带到您面前的话，希望她们那五彩缤纷的衣着能使您感到愉快。"

"我完全赞同这样做法，"教师说，"女人的衣着就应该绚丽多彩，多式多样。每个人都应该按自己的方式和方法穿着，这样才能知道穿什么样的衣服合身、得体。另外还有一个很重要的理由，那就是她们注定一生要独自生活，独自处事。"

"我觉得这是非常矛盾的，"夏绿蒂说，"我们几乎从来不是为了我们自己。"

"哦，是这样的！"教师回答说，"女人对另外一些女人来说，肯定是这样的。人们总是把女人看做是一个恋人、一个未婚妻、一个妻子、一个主妇和母亲，她们总是独处的，孤单的，而且也愿意这样。在这种情况下，那种有虚荣心的女人更是如此。任何女人，从天性上来说都排斥其他女人，因为每个女人都被要求去尽女性应尽的一切义务。而男人就不是这样了。男人需要男人，如果没有，他就会自己创造出第二个男人。女人可以永久地生活下去，而不想创造出和她同样的女人。"

"人们只需把真实的东西说得离奇，那么到最后离奇的东西也就成了真实的。"夏绿蒂说，"我想从您的谈话中得出最好的结论。作为女人，我要和别的女人团结起来，共同行动，使男人们的长处不超过我们。如果男人们互相之间相处也不是那么和谐一致的话，那么您对我们流露出的略微幸灾乐祸的心情，想必也不会怪罪吧。这种心情将来我们一定会体验得越来越深刻。"

这位聪明的教师，非常细心地考察了奥狄莉对她的那些女学生的教育方式，他对此极为赞赏："您教育您的那些学生学会一些直接有用的东西，这是非常正确的。整洁能促使孩子们高兴地看重自己。如果她们受到了鼓励，乐意而自觉地完成她们所做的事，那么一切都会成功的。"

除此之外，奥狄莉所做的一切，不是注重外表和外观的需要，而是看重内在的、不可缺少的必需之处，这也使他感到极为满意。"若是人们洗耳恭听的话，"他大声说道，"那么我只需用很少的几句话就可以说明整个教育事业！"

"您不愿意对我说说吗？"奥狄莉亲切地问道。

"当然愿意，"他回答说，"只是您不能泄露这是我说的。我们应该教育男孩成为奴仆，教育女孩成为母亲，这样便到处都行得通。"

"教育成母亲，"奥狄莉说，"这对女人来说，也许还说得过去，因为她们即使不能成为母亲，也得准备去当护理员。可是对我们那些年轻的男人来说，让他们去当奴仆，这就太过于屈就了，因为不难看出，他们每个都认为自己很有能力，更适合于发号施令。"

"正因如此我才对他们缄口不语，"教师说，"人们进入生活，总是自己奉承自己，但生活却不会讨好我们。这一点他们最终是不得不承认的，可是有多少人会心甘情愿去承认呢？这些与我们毫无关系的话题，还是不必谈了吧。"

"我很赞赏您对您的学生采用了正确的方法，这是值得庆幸的。如果您的那些最小的女孩抱着布娃娃，用些碎布给它们缝制衣服，如果那些年纪大些的女孩能照料小女孩，而且自己动手，帮忙做点家务活，那么她们踏入人生的那一步就不会太大了。这样的姑娘就会在她丈夫身边找到她离开父母时所失去的东西。

"但是在有教养的阶层里，这个任务却是复杂得多。我们必须顾及到更高级、更敏感、更细腻的关系，特别是社会方面的关系。因此我们必须对我们的学生施以外向的需要来培养。这是必要的，是不可缺少的，只要不失之过度，那就会是有益的。由于人们想把孩子们培养成能上大场面的人，这样做很容易使他们变得没有节制，看不到他们内在天性的本来要求。教育者所能完成的，或他们完不成的任务也就在于此。

"在寄宿学校里，我们教给女学生的某些东西使我们担忧，因为经验告诉我，将来这些东西对她们很少会用到。当一个女人处于家庭主妇和母亲的地位，还有什么不会马上被抛掉，还有什么不会马上被忘却呢！

"既然我已经献身于教育事业，便不能放弃自己的一个虔诚的愿望：将来能找到一位忠实的女助手，同她一起去教育我的学生，使她们获得独立跨进自己活动的领域时所需要的知识。这样，我才能说，在这个意义上，她们所受的教育算是完成了。当然，在这之后还会受到另一种教育。这种教育，随着我们年龄的增长，不是受我们本人，而是受环境激发而促成的。"

奥狄莉觉得他的这番话，是多么真切啊！在过去的一年中，如受到一种意想不到的激情的教育！每当她瞩目当前，展望不久的未来时，眼前浮现的一切，哪一样对她不是一种考验！

这个年轻人提到他需要女助手，需要一位贤内助，不是出于无心的。虽说他生性谦卑，但他却不能不通过一种稳定的方式暗示他的意图。可以说他受到了某些情况和事情的鼓励，想借助这次来访，接近自己的目标。

寄宿学校的女校长已经上了年纪，她早就想在她的男女同事中物色一个能和她合作的人，最后她向这位值得信赖的教师提出了建议，请他和她一道领导这所学校，在学校的管理上发挥他的才智，在她死后则作为她的继承人和惟一的主管人。现在，最主要问题就是他必须找到一位志同道合的妻子。他心目中的对象只有奥狄莉，只是他有时顾虑重重，不过这些顾虑又被一些有利情况抵消，有了几分信心。露茜娜已经离开了寄宿学校，因此奥狄莉可以不受障碍地返回学校。她同爱德华的关系虽然也有耳闻，但他对此以及类似的事情并不介意，甚至这种事情更能促使奥狄莉返回学校呢。可如果要是有一次突然的来访给了他特别的鼓励，那他也许不会做出决断，不会迈出这一步。伯爵和男爵夫人参观过这所寄宿学校，就像显要人物在某个社会团体里出现一样，不会不留下后果的。

伯爵和男爵夫人经常被人问及各个寄宿学校的优劣情况，因为每个人都关心自己子女的教育。这所寄宿学校声誉特别好，于是，他俩决定到这所学校进行一番特殊的考察。再说，他俩已经结婚，凭借这种新关系他们可以共同进行这样的调查。不过男爵夫人却还别有所图。上次她在夏绿蒂那儿做客时，曾同她对有关爱德华和奥狄莉的事情做了长谈。她一再坚持必须把奥狄莉打发走。她试着鼓起夏绿蒂的勇气，不要对爱德华的威胁感到惧怕。她们谈到各种各样的解决方法，在谈及寄宿学校时，也谈到了这位教师对奥狄莉的爱慕，这更大程度地促使男爵夫人下定了决心，去进行这次计划中的访问。

她到了这所寄宿学校，认识了这位教师。他们进行了参观，也谈到了奥狄莉，伯爵甚至很乐意谈起她，因为在上次访问中他对她有了更深的了解。奥狄莉主动接近他，甚至受到他的教诲，因为通过和他进行的内容丰富的谈话，她了解了那些直到现在她还感到陌生的事情。她在和爱德华的交往中忘记了世界，而在伯爵的面前她觉得世界才是最美好的。任何一种吸引力都是相互的，伯爵对奥狄莉怀有一种爱怜之心，很喜欢把她当成自己的女儿。这样一来，男爵夫人感到她是一个绊脚石，这种感觉在第二次见到她时比第一次更强烈。天知道，男爵夫人在这种激烈的情绪中，有什么反对奥狄莉的事情做不出来啊。现在她想要通过一种婚姻，使奥狄莉无害于她了，这对她目前来说已经够了。

因此，她聪明地用一种隐约而有效的方式，鼓励教师，要他到府邸进行一次短暂的旅行，不失时机地使计划和愿望得以实现。关于这些计划和愿望，他并没有对男爵夫人保守秘密。

女校长完全赞同他的这次旅行，他怀着最美好的希望踏上了旅程。他知道，奥狄莉对他并非没有好感。虽然他们之间在地位上存在某些的差别，但这些差别通过符合时代的思想方式也是非常容易消除的。男爵夫人曾叫他放心，说奥狄莉一直是一个穷苦的姑娘。而同一个富有的家族建立亲戚关系，这也得不到什么好处，因为一个人即使面临一笔可观的财产，他想从按照亲戚关系完全有权占有这笔财产的人手里夺走它，总是有所顾忌的；而且一个享有支配遗产大权的人，在行使这种特权时，对他心爱的人很少有利，这确实是奇怪的，然而事实就是这样，他得尊重传统，即使他并不愿意，也得优先照顾那些在他死后有权继承他的财产的人。

在这次旅行中，教师感到自己与奥狄莉完全平等了。他受到了友好的接待，这更增加了他的希望。虽然他觉得奥狄莉对他不如往日那样坦率，但她却变得更有教养了，她已经是一个成年人了，而且可以说，总的看来她比他以前所认识的那个奥狄莉更健谈了。人们信任地让他考察一些事情，特别是有关他专业方面的事情。然而，当他想接近自己的目标时，他总感到内心胆怯而使他止步不前。

有一次，夏绿蒂倒是给了他一个机会，她趁奥狄莉在场时对他说："哎，您对我们的圈子里的一切都做了观察，您觉得奥狄莉怎么样？您可以当着她的面谈谈吧。"

教师用平静的语气表达了他敏锐的见解，他发现奥狄莉举止更活泼自如，言谈更为流畅豁达，观察世事的目光更高远犀利，她在行动上而不是在言词上表明了这一点。他觉得这些变化都是她的长处。不过他也相信，若是她返回寄宿学校待一段时间，那对她来说将是有益的，这样她可以系统地、彻底地、长久地掌握一些知识，而在社会上只能零散的学到一些，甚至是过时的知识，这往往会使人茫然，得不到满足。他不想对此谈得过多，奥狄莉本人最清楚，当时她是在怎样有系统的学习期间中断了她的学业的。

奥狄莉无法否认这点。但她没法承认她从教师的这番话中得到了什么感受，因为连她自己也无法解释清楚。每当她想到自己所爱的人时，就觉得世界上没有什么是互相关联的；她无法理解，要是没有他，还有什么会互相关联的。

夏绿蒂以聪明而友好的态度对他的提议做了回答。她说，她和奥狄莉的想法是一样的，早就希望她能返回寄宿学校，只是目前她实在不能缺少奥狄莉这样可爱的女友和助手。不过，以后若是奥狄莉仍希望重返那里，把她业已开始学的东西学完，把中断了的学业继续完成，那她是不会受到阻拦的。

教师很高兴地接受了这个提议。奥狄莉在思想上引起了惊恐，但对此说不出反对的话来。夏绿蒂一心想赢得时间，她希望爱德华在她生下孩子之后，会感到自己是一个幸运的父亲而重新归来。她坚信那时一切都会恢复如初，而且她也可以用这种或那种方式来安排奥狄莉了。

在这样一次重要的，必然会引起参加者深思的谈话之后，往往会出现一段时间的平静。这时他们在大厅里来回踱步。教师翻阅书籍，最后翻到了那本大画册，这还是露茜娜走后放在那儿的。当他看到里面画的全都是猴子时，便立即把它合上了。这件事引出了一场谈话，我们从奥狄莉的日记中可以找到与此有关的一些痕迹。

奥狄莉日记摘录

人们怎么会想到把那些丑恶的猴子如此细心地画出来！若是人们仅仅只把它们看作是动物，那人们已经是贬低自己了；若是人们追求刺激，从这些猴子的面孔上寻找自己所熟悉的人的各种特征，那可真是不安好心了。

一味喜欢那些漫画和讽刺画，确实是一种怪癖。一直以来我们的这位教师，使我们不受博物学的折磨，我很感谢他，我不喜欢那些蠕虫和甲虫。

这次他向我承认，他对此也有同感。"关于大自然，"他说，"除了那些直接在我们周围的有生命力的东西以外，其他的，我就没必要再认识了。我们身边那些叶绿茂盛、开花结果的树木，我们经过的每个灌木丛，我们踏过的每一根草茎，与我们有一种实在的关系，它们是我们真正的朋友。那些在枝头蹦来蹦去、在树叶间歌唱的鸟儿，都是归我们所属，它们从小时候就对我们讲话，它们的语言我们懂得。人们会问自己，是不是每一种从它原来环境出来的陌生生物，都会留下某种可怕的印象给我们，然而因我们习以为常了，所以这种印象也就淡化了。如果让猴子、鹦鹉和黑人与我们生活在一起，那生活就会变得杂乱和喧闹的。

有时，一种对此类离奇事物好奇的欲望吸引了我，我便会对旅行家美慕不已，因为他可以看到这些离奇的东西，同那些离奇的东西在日常生活中活跃地聚集在一起。但是，这样一来他也会变成另外一种人。漫步在棕榈树下的人，没有不受到惩罚的，人们在大象和老虎的故乡，思想肯定也会有所改变。

最值得敬重的只有自然科学家，因为他们善于把最稀奇古怪的东西同它们的产地和毗邻地区，都原原本本地向我们描绘出来。我多么希望听一次洪堡的演讲啊！

一间博物标本室会使我们觉得它像一座埃及古墓，里面陈列着各种各样涂上香料的动植物标本。在这种充满神秘的忽隐忽现的气氛中，祭司从事祭司倒是挺合适的。不过，在普通过程上不应列进这类东西，否则就会把更贴近我们身边的、更有价值的东西很容易地排挤掉。

一个教师，要是能唤起人们对独有的一件好事、独有的一首好诗的感情，那么他比一个把自然形成的序列，按照形状和名称，传授给我们的教师所做出的成绩要大很多，因为这种传授的结果无非是说明人的形象是最优秀的，也是惟一爱上帝的，这点我们不学也懂。

每个人都可以自由地从事对他有吸引力、使他快乐、对他有益的一切活动，不过人类最根本的研究对象则是人。

第八章

对于刚过去的事，懂得去研究的还不够多。我们不是被现实强有力地吸引住，就是沉浸于过去的回忆之中，只要有可能，便企图唤回或恢复那完全消逝了的一切。甚至就连豪门人家，他们受过先人的恩泽，往往是更多地怀念祖父辈而不是父亲。

在一个美好的日子里，寒冷的冬天就要结束，春天仿佛来临，我们的这位教师穿过巨大而古老的府邸花园，称赞着高高的菩提树下的林荫大道以及错落有致的亭园建筑，这些都是爱德华的父亲生前修建的。他欣赏了园林，便有了上面的那番感慨。园中草木完全按照当时栽培者的愿望生气勃勃地生长着，现在正当它们应该受人赞赏和重视的时候，却没有一个人谈起它们，这个地方几乎没有人再来过，人们把爱好和花费都转移到其他方面去了，就是府邸外面的辽阔地带。

回来以后，他向夏绿蒂发表了一番议论，她听了并没有不高兴的感觉，"生活推着我们向前，"她说，"而我们却认为是在自己行动，是在自己选择自己的事业和娱乐。可是，如果我们仔细观察一下，不难发现，这其实是时代的安排和意向，我们只是被迫去适应罢了。"

"确实是这样，"教师说，"潮流是没有人能抗拒的。时代在前进，而思想、观点、偏见和爱好也随着发生变化。如果儿子的青少年时代恰好是在时代的转变中，那么可以肯定地说，他与父亲不会有共同之处。假如父亲生活在这样一个时代：人们高兴地占有财产，并使这笔财产得到保障，受到限制和约束，在与世隔绝的情况下确保自己的享受。那么儿子则试图寻求自己本身的扩展、开放，把封闭的状态冲破。"

"整个历史酷似您所描述的这种父子关系，"夏绿蒂说道，"过去，每座小城都有城墙和护城河，大泽之中建造的都是贵族庄园，即使是小得可怜的城堡，也只有通过一座吊桥才能进入，对这些情况我们几乎没办法理解。而现在，即使是较大的城市也把城墙拆除了，王公的城堡下填平了壕沟，城市只不过是巨大的集镇而已。人们在旅行中看到这样的情景，一定会以为国泰民安，黄金时代来到了人间。在一个与自由的土地毫无相似之处的花园里，任何人都会感到不舒服。任何东西都不该使人产生非自然和强制的感觉，我们要完全自由地、不受任何限制地呼吸。我的朋友，您或许认为，人们会从这种状态返回到过去的那种状态吧？"

"为什么不会呢？"教师回答说，"每一种状态，不管是封闭型的还是开放型，都有自己的难处。开放型的前提是富庶，而且导致浪费。让我们看看您的例子吧，它已经明显地摆明了：物质一旦贫乏，人的自我限制就会立即出现。那些被迫利用土地的人，便会在庭院四周砌起围墙，以保护自己的利益。这样就会逐渐产生一种对待事物的新观点。一切为我所用，成了最重要的，甚至家道殷实的人最后也认为一切都应该为我所用。您可以相信我的话：您的儿子也许会不重视所有的亭园设施，而是回到牢固的围墙里面，回到他祖父栽培的高大的菩提树下。"

夏绿蒂听到教师说到她会有一个儿子，心里暗暗高兴，所以，虽然教师对她可爱而美丽的花园的前景做了令人不快的预言，但她还是原谅了他。她极为亲切地回答说："我们两人年纪都不算很大，无缘多次经历这样矛盾的情况。但是，当人们回顾自己的青少年时代时，回想起老一辈人的怨言，再对乡村和城市的情况仔细观察，那对您的这种看法就没有什么可反对的了。但是，人们难道就不能抗拒这种自然的进程吗？人们难道就不能使父亲和儿子、双亲和子女意见统一吗？您预言我将来会生个儿子，这使我高兴，但是，他将来一定要和他父亲作对吗？难道他非要把他父母建造的一切毁坏掉，而不是去完善它、提高它，在同样的意义上继续父亲的事业吗？"

"对此也有一个明智的补救办法，"教师回答说，"但是人们很少采用它。那就是做父亲的要提高儿子的地位，让他与自己共同掌管财产，让他一道去建造，去栽培，允许他像自己一样有一种无害的专断。一种活动能和另一种活动有机结合在一起，却不能强行凑合在一起。一条嫩枝很容易也很高兴缠在老树干上，但一条长得粗壮的树枝就不愿意再依附于老树干了。"

教师在不得不告别之际，很愉快能有偶然的机会，对夏绿蒂说这番叫她感到高兴的话，借此再次赢得了她对自己的好感。他离开学校已经很长时间了，尽管他不想马上就动身回去，可是夏绿蒂马上要分娩了，在这之前不能指望奥狄莉做出任何决定。他明确地意识到这一点，所以，他只好顺应客观情况，怀着憧憬和希冀重新回到女校长那里。

夏绿蒂分娩的日子就要到了，她待在房间里的时间更多了。原先就在她身边的几个女人现在成了她亲密的伴侣。奥狄莉操持着家务，她几乎对自己干的是些什么没有思考过。她对一切已听之任之，只希望为夏绿蒂，为未来的孩子，为爱德华尽心操劳，她看不出将来的结局会是什么样的。她每天都尽自己的义务，只有这样，才能使她把那些错综复杂的心绪摆脱掉。

一个男孩顺利地降临在人世，女人们全都肯定地说孩子和他的父亲一模一样。然而，当奥狄莉向夏绿蒂和婴儿祝福时，对她们的看法却不以为然。夏绿蒂早在筹备女儿婚事时，就深深地感受到丈夫不在身边的痛苦，而现在儿子诞生时，他依然不在身边，他无法给儿子取个名字，好让人们以后来称呼他。

米德勒是第一个前来祝福的人。他早就派了人打听，以便孩子一生下来就获得消息。他来到府邸，显得非常得意的神情，即使在奥狄莉面前几乎也掩饰不住。他对着夏绿蒂大声地说，他是一个排忧解难的人。他还说孩子的洗礼不能拖延得太久；那位年迈的牧师，虽然行将就木，但通过他的祝福可把过去和未来联在一起；孩子的名字就叫奥托吧，他除了用父亲和父亲朋友的名字以外，没有更合适的名字了。

此时正需要像他这样一个人的果断和催促，这样就可排除和克服各种各样的疑虑、异议、犹豫、呆滞、自以为是或自命不凡，以及动摇不定、出尔反尔和莫衷一是。因为一般来讲，往往在这种事情上会犹犹豫豫，在消除了一种疑虑之后又会产生新的疑虑，人们总想把各方面的关系全都顾全到，出现的情况却总是会损害某些关系。

米德勒很高兴承担了书写报喜信和致亲朋好友书函的工作。这些信必须立即写好发出去，因为他认为，最重要的是要把对这个家庭意义重大的喜事告诉给所有的人，即使那里面有不怀好意或蜚短流长的人也没有关系。当然，在此之前府邸中发生的爱情上的纠葛是无法避开公众耳目的，总归是那么一回事，已经发生了的一切只不过是给人们增添了议论的话题罢了。

洗礼的仪式应当搞得隆重些，但人数要限制，时间要简短。客人们到齐了，奥狄莉和米德勒做孩子的洗礼证人。那位老牧师在教堂仆役的搀扶下，迈着缓缓的步子走了过来，进行祷告，奥狄莉把孩子放在手臂上。当她满怀爱心看着孩子时，他睁开的双眼使她大为惊讶，因为她相信她看到的是她自己的眼睛，如此酷似会使每个人都感到吃惊的。最先把孩子接过去的米德勒也同样一怔，他发现孩子的模样竟然与上尉极为相似，这是他以前从来没有看到过的。

善良的老牧师由于身体衰弱，无法用比通常那样更多的仪式来完成这次洗礼。米德勒被眼前景象所感动，不禁想起他过去主持这类仪式的情景，何况他又有一种特性：在任何情况下能立即想到，该怎样宣讲和发表自己的看法。此时他看到周围的人虽为数不多，而且都是高朋好友，就更加按捺不住了。因此，在仪式快要结束时，他兴致勃勃地取代了牧师的位置，发表了一通生动的讲话，表达他作为教父的义务和希望。当他从夏绿蒂满意的表情中看出她对自己的赞赏时，就更加兴高采烈地讲个不停。

善良的老牧师想坐下来休息一下，可是我们这滔滔不绝的演说者，根本就没有注意到，或者说他更没有想到他正在酝酿着一场大灾难。他把在场的每一个人同孩子的关系着重地讲了一番，使奥狄莉听了好不容易才镇定下来，随后他转向老牧师说道："您，我尊敬的老人，现在可以引用西蒙的话了：'主啊，让你的仆人在和平中离去吧，因为我的眼睛已经看到了这家庭的救世主。'"

他正准备用华丽的词藻结束他的演讲，却发现他把孩子递给老牧师时，老牧师开始好像低头看孩子，随后很快仰面倒了下去。人们立即扶住了他，搀到一张安乐椅上坐下，尽管对他采取了各种应急的救护，但最终不得不承认他已经死了。

生与死，棺材与摇篮，竟是如此直接地并列在一起，让人看着和印在脑海里。这种截然对立的现象，不仅仅出于什么想像力，而且要亲眼看到，这对在场的人来说可是一项沉重的任务，这个任务越是来得突然，人们越是感到沉重。只有奥狄莉怀着一种妒羡的心情，注视着这位依然保持着慈祥、和蔼面容的长眠的老人，心想，她灵魂的生命已经死亡，可为什么躯壳还要保存下去呢？

如果说，白天发生的那些令人不快的事，经常迫使她对过去，对分离和失落进行一番思考的话，那么与此相反，夜里的奇妙的幻象对她却是一种慰藉了。这些幻象使她坚信爱人还活在人间，也巩固和活跃了自身的生命。每当她晚上躺在床上时，她就带着甜蜜的情感处在半睡半醒之中，她觉得好像朝一个十分明亮而光线柔和的房间里望去。她非常清楚地看见爱德华，可他穿的衣服不是她平素看到的那样，而是身着戎装。他每次出现的姿势都不相同，无论是站着、行走、躺着，还是骑在马上，都非常自然，一点也不做作。他的形象，就连最细微之处，都一如所愿地浮现在她的眼前，无须她费一点力气，也无须她去要求或激发她的想像力。有时她看见他周围有些东西，特别是一些活动的东西，比明亮的背景黯淡得多，看不清楚。她几乎无法分辨出这些阴影的形象，有时她觉得像人、像马、像树木、像群山。通常她都是在这种幻象之中入睡的。当她经过了一个宁静的夜晚，翌日清晨醒来时，她的精神为之一振，她感到很安慰。她确信爱德华还活在世上，她和他的关系依然亲密无间。

第九章

春天来得有些迟，不过还是比往常来得快，生机盎然。奥狄莉在花园里看到了她所期待的成果：一切都在如期地萌芽，发绿，开花。那些在布局巧妙的暖室和苗圃里培植的花草，现在终于接触到户外充满生机的大自然了。人们所要做的和需要照料的一切事情，不仅像过去那样，要求人们付出充满希望的劳作，而且也成为一种愉快的享受。

不过，由于露茜娜的狂野任性的行为，一些盆栽植物变得残缺不全，匀称的树冠也遭到了破坏，为此奥狄莉不得不去安慰那位园丁。她鼓励他说，一切很快就会恢复如初的。然而园丁对自己的工作有一种非常深厚的感情，一种纯洁朴实的想法，这些安慰对他起不了多大的效果。一个园丁不容许因为其他的爱好和兴趣而分散自己的精力，同样，植物为了得到持续或暂时的繁荣，它宁静的发育进程也不可以中断。植物就像那些任性的人一样，只有顺其习性对待它们，人们才能从它们那里得到一切。对培育的植物投以安详的目光，默默地、锲而不舍地去做每个季节、每个时刻该做的事情，这是对一个园丁的要求，也许对任何人的要求都不会比这更多。

这位善良的园丁是具有这种品质的，而且十分突出，因此奥狄莉很喜欢和他在一起工作。但是一段时间以来，他已不能得到酣畅地施展他的才能的机会，尽管他对果园和菜园的技艺十分精通，也懂得该怎么体现旧式花园的观赏性，以满足别人的要求；尽管他在培育柑桔、球茎石竹花、报春花方面有一套非凡的本事，甚至能同大自然一争高低，就像他在这种或那种园艺工作上取得了一个个成功一样，可是那些新式观赏树木和时兴花卉却使他感到几分陌生，而且对于随着时代出现的广阔无垠的植物学领域，以及那些令人头晕脑胀的陌生的名字，令人感到恐惧和厌恶。主人去年购进了一些花木，当他看到有些名贵的植物枯萎死去时，便认为那是无益的挥霍和浪费，他认为那些贩卖花木的园丁不够诚实，因而同他们的关系也相当平淡。

在经过许多尝试以后，他制定出了一个计划，奥狄莉对园丁的做法，给了极大的支持。但是这个计划是以爱德华返回府邸为基础而制定的，由于他不在，人们在这样或那样的事情上日益感到不便。

随着园中的花木日益根深叶茂，奥狄莉也日益觉得离不开这个地方了。恰好在一年前，她来到这里，作为一个陌生人，一个无足轻重的人。从那时以来，她得到了多少东西啊！可遗憾的是，从那时以来，她又失去了多少东西啊！她以前从没有这样富有过，也从来没有这样贫乏过。这两种感觉不断地更迭，甚至在内心十分紧密地交织在一起。她只好抓住眼前的东西，执著地、热烈地抓住，除此之外没有其他的解脱办法。

那些爱德华特别喜欢的东西，都受到她格外的关注，这是完全可想而知的。是啊，为什么她不该指望他不久就会返回家园呢？他不在家时，她为他所做的种种操劳，为什么她不该指望他当面向她表示谢意呢？

她还用另一种完全不同的方式来为他效劳，她出色地承担了照料孩子的工作。她决定用牛奶和水来喂养孩子，不把他交给奶妈，她就更成了孩子的直接的保护人。孩子在这美好的季节应当多呼吸户外的新鲜空气。她自己特别喜欢抱着他出去，抱着这个睡了的没有意识的孩子在幼嫩的花草丛间徘徊流连；在他童年时，这些花儿会对他笑脸相迎，在他少年时，这些树木将与他一起成长。每当她四下环顾，就不能不承认，这个孩子是出生在一个多么富有的环境里，因为凡是目光所及之处，那里的一切将来都归他所有。如果这孩子在父母的眼前长大，促成父母快乐的重新结合，那他是多么受人宠爱啊！

奥狄莉的这种感怀是那样纯洁，她甚至把这一切想像成为事实了，而她根本没有想到自己也置身其中。在这晴朗的天空和明亮的阳光下，她顿时领悟到，如果她的爱情要完美圆满，就必须是完全无私的。有时，她相信自己已达到了这个高度。她只希望自己的朋友能够幸福，只要她知道他是幸福的，她相信自己有力量舍弃他，甚至永远不见他。但是她打定主意，永远也不嫁给其他人。

为了使秋天也能像春天一样绚丽，奥狄莉早就做好了安排。各种所谓的夏季植物，各种秋天依然茂盛并能抗寒傲然生长的花草，特别是紫花，都撒下了种子，品种很多，到时把它们移植到各处，使这些地方形成一个地上的圣空。

奥秋莉日记摘录

我们读到的某些好思想，听到的某种引人注目的事，都应该记在日记里。若是我们同时也下些功夫，从朋友们的来信中，将那些独特的看法，独到的见解和偶尔出现的格言警语摘录下来，那我们就会变得十分富有。如果把书信都放起，再也不去读它们，最后，出于谨慎、保守秘密，而把它们销毁，那么对于我们和其他人来说，那些最美好、最直接的生命气息便永远不会再现了。我打算去补救这个损失。

童话般的四季又一次周而复始。感谢上帝！我们重又读到一年最优美的一章！紫罗兰和铃兰像是标题或题花。每当我们在生命之书看到它们时，总是给我们留下愉快的印象。

我们斥责那些在马路上游逛和乞讨的穷人，特别是那些未成年的人。可是我们难道没有注意到，一旦有事可做，他们便会马上去工作吗？大自然刚一打开它那可爱的宝藏，孩子们为了有事可做便尾随其后。那时再也没有人乞讨了，每个人都向你递送一束花。在你从睡梦中醒来之前，他们就把花采摘下来。向你恳求接受他们的花束的人，是那样亲切地望着你，像他们赠送的鲜花一样可爱。没有人再会显出可怜的样子，觉得有权利去要求报答了。

一年的时光为什么有时那么短暂，有时却又那么漫长？为什么它显得短暂，而在记忆里却又那么漫长？去年我就有这样的感觉。暂时与持久相互交织在一起，这种感觉在花园里，比在其他地方表现得更为明显。但是，任何东西，不管它们是怎样匆匆而去，都不会不留下与它相似的东西。

冬天也会使人感到可爱。当树木像精灵般一样显而易见地矗立在我们面前时，我们便会觉得自己也舒展自由了。它们现在什么也不是了，它们现在什么也不掩盖了。然而，一旦它们发芽、开花时，我们便会变得焦躁不安，非要等到枝叶繁茂，形成景色，树木像一个完整的形体逼近我们时，才会安静下来。

任何完美的东西都必须是出类拔萃的，都必须是与众不同，无可比拟的。听夜莺的鸣叫声，它依然属于鸟类，可随后，它就会超越自己的同类，就会向所有的飞禽表明，什么才是真正的歌唱。

一种没有爱情的生活，一种没有爱人在身边的生活，是一种结构松散的喜剧，就是蹩脚的"抽屉式喜剧"。人们一个接一个把它们拉出来，又一个接一个把它们推进去，然后又匆匆地去应付下一个。所有的一切，即使有好的和有价值的，也只是可怜地联在一起。任何地方都可以当作是开头，任何地方也可以当作是结束。

第十章

夏绿蒂觉得自己又快乐，又幸福。她非常喜欢这个强健的男孩，他那惹人喜爱的长相时时刻刻吸引着她的目光和心灵。通过这个孩子，她与这个世界和她的产业有了一种新的关系。她早先那种事业感又萌发出来。她目光所及之处，看到的都是她在去年所取得的成果，这一切使她感到欣慰。为一种特有的感情所激励，她和奥狄莉一起带着孩子登上了那间苔藓小屋。她把孩子放在小桌上，就像放在家庭祭坛上一样。当她看到还有两个空位时，不由想起了旧日的时光，一种寄予她和奥狄莉的新的希望涌上了心头。

年轻的姑娘也许会对这个或那个小伙子用着怯懦的目光顾盼。心中暗自思量，是否希望他成为自己的丈夫。可是谁要想为自己的女儿或一个女生操这份心的话，他就得在更大的范围内观察。夏绿蒂在这时便是如此。她觉得上尉和奥狄莉的结合并不是没有可能，他们那个时候也曾在这个小屋里并肩而坐，可这一桩对上尉有益的婚姻已随之消逝，其中的原因她不是不清楚。

夏绿蒂继续向高处攀去，奥狄莉抱着孩子。夏绿蒂沉浸在纷繁的思绪中：陆上行舟也会出现覆舟之厄，尽快地从中缓过来，振作起来，是美好的，值得称赞的。生活不就是有得有失吗？有谁不是作了计划而遭受挫折呢？有谁不是经常走一条路又迷了路？我们不是经常偏离既定的目标，转而想去达到一个更高的目标吗！旅行者在途中坏了一个车轮，极为扫兴，可是通过这种不愉快的偶然事件，却结识了一些对自己的一生都有着影响的朋友。命运会满足我们的愿望，但要按它自己的方式，为的是能给予我们，某种超越我们希望之上的东西。

就在诸如此类的思绪之中，夏绿蒂到达了山顶新建的那幢房屋。在这里，她的这些想法完全得到了证实。周围的景色比人们想像的要优美得多。四周所有碍眼的琐碎之物都被清除了，大自然和时令造就的美景清晰地显现出来，映入眼帘。为了填补空缺，和使彼此相离部分和谐地联结起来而栽植的幼嫩植物都是一片茵绿。

新房子差不多可以住人了。从顶层房间的窗口望出去，景色绚丽多彩。观赏得越久，发现的美景就越多。在一天中的不同的时间，阳光和月色会对景致产生多么奇妙的作用！在这里流连，应该是多么惬意的快事。对建筑和创作的兴趣又在夏绿蒂的心中油然而生。她看到一切粗活都已完成。只需要一个木匠，一个裱糊匠，一个能临摹和描金的画匠就行了。在很短的时间之内，房子装修完毕。地窖和厨房也很快安排妥当，因为这儿远离府邸，所以一切日常用品都必须储备齐全。两个女士带着孩子都住在上面。这所新房子仿佛成了一个新的中心，她们由此向各处散步，有许多意想不到的乐趣。在风和日丽的天气里，他们在高地上欢快地享受着自由新鲜的空气。

奥狄莉最喜欢顺着一条小径前往那片梧桐树林，有时独自一人，有时抱着孩子。这条小径一直延伸到小船停泊的地方，人们经常在这里乘船到湖上泛游。她有时也高兴在湖上荡舟，不过是独自一人，没有带孩子，因为夏绿蒂对带孩子划船感到有几分担心。奥狄莉从不耽误每天都到府邸看望那位园丁，她非常高兴地同他一起照料那些呼吸着自由新鲜空气的幼嫩植物。

在这个美好的季节中，一个英国人的来访正称夏绿蒂的心意。他在旅途中与爱德华结识，以后又见过几次面。他听到不少对庄园美景的赞语，这令他十分好奇，他想亲眼看看这些漂亮的设施。他带来了伯爵的一封介绍信，同时也带来了一位文静的讨人喜欢的男子旅伴。他有时与夏绿蒂和奥狄莉在一起，有时与园丁和猎人在一起，但更经常的是与他的那位同伴在一起，有时他也独自一人在附近四处漫游。从他的评论中可以看出，他是一位园林建筑的爱好者和鉴赏家，也许他本人也从事过这一类工作。尽管他已上了年纪，但仍然兴致勃勃地参加能使生活增添色彩，赋予生活以意义的各种活动。

两位女士只是在他在场时，才能充分领略到周围美丽的景色。他以行家的眼光，感受到这儿的一切都是新鲜的。因为他在此之前不熟悉这个地方，所以几乎分辨不出哪是人工所为，哪是浑然天成，这使他尤为喜悦。

可以这么说，这座花园变得丰富而充实。他早就知道那些新栽下去、正在发育成长的花木会形成什么样的景致。他对能展现美景的地方无不细加观察。他指着一股清泉说，若是这儿净化一下便可点缀一片树丛；他指着一个石洞说，这里稍加整理和拓宽便能成为一个理想的休息场所；只消砍去几棵树，就能从这里眺望对面壮观的层崖叠石。他祝愿居住在这里的人幸福，他们还有一些剩下来的工作要做。他请他们不要这么匆忙，而应在今后几年内慢慢享受建造和布置的乐趣。

除了与大家在一起的时间之外，这个英国人也决不会给人带来麻烦。他白天的大部分时间，都在忙于把花园里优美如画的景致摄入他的移动式暗盒，而且加以描绘，以便使自己和别人能够享受到他旅行中的丰厚成果。多年以来，他在每一处风景优美之地都是这样做的，因此汇成了一本极为有趣、极为悦目的画册。他给两位女士打开了随身带来的一只大皮箱，一边让她们看画片，一边借助说明使她们得到消遣。两位女士在寂寞的时候，很高兴能如此舒适地漫游世界，浏览河岸和港湾、群山、湖泊和江河，城市和古堡以及其他历史上负有盛名的地方。

两位女士各有自己的独特兴趣和爱好。夏绿蒂喜欢的是通常的历史胜地，而奥狄莉对爱德华经常提起的、令他流连忘返并吸引他一再重游的地方格外留意。每一个人，或是因第一印象所致，或是因某些情况和习惯之故，无论在近旁或远方，都会发现某些吸引他、与他的性格相投的地方，这些地方使他特别喜爱，特别入迷。

于是，她问这位英国爵士，他最喜欢什么地方，若是让他选择的话，他会把自己的住宅建在哪里。他随手在画片上指了好几个风景优美的地方，并用他那发音清晰的法语，兴致勃勃地说起他在那些地方的经历，他喜爱和珍视那些地方的原因。

对于现在他通常住在什么地方，最愿意重返什么地方的问题，他的回答十分直截了当，出乎两位女士的意料：

"我已经习惯于处处为家，总的来说，没有什么比别人为我造房子、植树、操持家务更舒适便利的了。我并不希望返回到自己的庄园，一部分是因为政治上的原因，最主要的是因为我的儿子去了印度。我所做的一切原本都是为了他，我想把一切都交给他，指望和他一道享受，然而他却弃之不顾去了印度。他想在那儿像某些人那样，更好地利用自己的生命，或者说去浪费自己的生命。"

"我们的生命浪费得太多，太多了，确实是这样的。我们往往不想在正常的情况下得到安逸，而是总希望到遥远的地方去，把自己弄得越来越不安适。现在，谁在享用我的房屋、我的庭院、我的花园呢？不是我，也不是我的亲人，而是陌生的客人，好奇的人士，不安静的旅行者。"

"虽说我们家还算有些钱财，但也不可能应有尽有，特别是在乡间，我们就缺少城市中某些经常必备之物。我们最热心渴求的书，手头没有，我们最需要的东西又恰恰被忘掉了。我们布置好家庭，为的是再次出门远游。若是我们不是愿意和故意出走，那就是种种关系、激情、偶然和必然性等等逼使我们要远离家门。"

爵士没有料到，他的这番话是如何深深地刺痛了这两位女士，一个人往往难免会陷入这样的一种危险之中，即使他在一个情况熟悉的社交圈子里发表一般性的议论，也会如此。这种出于好心和善意的偶然伤害，在夏绿蒂看来，并不是什么新奇之事。这个世界是如此清晰地呈现在她的眼前，即使有人考虑不周，无意之中迫使她把目光望向某个令人不快的地方，她也不会感到特别伤心痛苦。奥狄莉则不然，她处于半清醒的青年时代，她更多的是去感觉，而不是亲眼看到，她可以，她必须把目光从她不想看也不要看的地方移开。爵士的那番由衷之言使奥狄莉陷入了一种可怕的境地，因为它粗暴地撕掉了她眼前的美丽漂亮的面纱。她感觉到，到现在为止，她为这个家，为庭院，为花园以及整个环境所做的一切，原来都是毫无价值的，因为拥有这一切的那个人不想去享受，因为那个人也像眼前的这位客人一样，浪迹人间，而且是在他至亲至爱的人的逼迫下，漂泊到最危险的地方去。她一向习惯于默默地听人讲话，但这一次她却极为痛苦地坐在那儿，他依然以他开朗的性格兴致勃勃地说个不停，这使她的痛苦有增无减。

"我相信，"他说，"我走的是一条正确的道路，因为我总是把自己看做一个旅行者，舍弃了许多，为的是得到更多享受。我已经习惯于变动，变动已成了我的一种需要。就像演歌剧一样，正因为已经出现过许多布景，所以人们总是期待变换新的布景。我对最好和最坏的旅馆期待的是什么，我自己清楚得很，然而无论旅馆是好是坏，反正任何地方我都不会感到习惯。最后，要么完全听凭一种必然习惯的摆布，要么完全听凭任何偶然性的摆布，结果都是一样的。现在至少我没有什么可烦恼的，东西放错了地方，或者丢失了，我都无所谓；每天住的房间坏了，我也不必让人来修理；别人打坏了我心爱的茶杯，害得我好长一段时间用别的杯子喝水感觉不到什么滋味。我已经超脱了这一切。假如我头顶上的房屋开始着火了，我的仆人们照样可以泰然地打点好行装，然后我们从庭院动身到城里去。由于有这些长处，我细算一下，那我们到年终在外面花的钱不会比在家里的多。"

听了他的叙述，奥狄莉只觉得眼前出现了爱德华的身影。他又困又乏，艰难地在荆棘丛生的路上挣扎；他冒着危险，投身战场，动荡不定出生入死。他已经习惯了无家无友的生活，抛弃了一切，也就没有什么可失去了。幸好的是，这种聚会终于结束了。奥狄莉找了个地方，一个人痛痛快快地哭了一场。一种清醒的意识比任何抑郁的痛苦更能攫住了她的心，可她还在试图使这种意识变得更为清醒，如人们通常做的那样，一旦遭受折磨，便会折磨自己。

她觉得爱德华的处境是太可怜、太悲惨，她决心不管付出什么样的代价，都要尽力促成他和夏绿蒂重归于好，然后找个幽静的地方来埋藏自己的痛苦和爱情，并借助劳作来忘却它。

在这期间，爵士的同伴觉察出他朋友的谈话有不慎之处。他是一个文静的通达事理的人，也是一个细心的观察家，爱德华之处境与他的朋友说的情况有相似之处。爵士对这家人的关系一无所知，然而他的同伴在旅行中最感兴趣的是那些由于自然或人为造成的特殊事件，是那些由于守法与放纵之间的冲突，智性与理性、情欲与偏见之间的冲突而引起的异常事件。再说，他对这一家的情况，早已有所了解；事情是怎样发生的，现在情况如何，他都清清楚楚地知道。

爵士并没有因此而感到窘迫难堪，只是觉得有些遗憾。人们若是打算避免发生这类情况，那么在社交场合就得完全缄口不言，因为不仅仅是那些有分量的议论，就是最最琐碎的言词，也会与在场者的兴趣发生抵触。"我们今天晚上设法弥补一下，"爵士说，"不要再泛泛而谈。您就把您在旅途中听到的那些令人愉快而有意义的趣闻轶事讲给我们听听吧，反正您的皮包里和头脑里都储满了这些东西。"

两位客人虽有美好的愿望，然而这一次也未能以无恶意的谈话使两位女士高兴起来。这位旅伴先讲了一些离奇的、有意义的、欢快动人和恐怖的故事，吸引了她们的注意力，同时也唤起了她们强烈的同情心。随后他想用一个虽说离奇却缠绵柔情的故事作为结束，可他没有料到，这个故事与他的听众正好密切相关。

离奇的邻家孩子

一个男孩和一个女孩，他们是邻居，都出身名门贵族，两人年纪相仿。有朝一日，他们会结为夫妻，人们都怀着这个美好的愿望，看着他们一起长大。双方的父母也为他们将来的结合感到高兴。可不久人们就发现，这个意愿看来要落空，因为这两个出色的孩子之间出现了一种奇怪的敌意。也许是他俩过于相似的缘故吧。两人都非常有主见，表示自己的意愿直截了当，做起事来坚决果断，都受到伙伴们的喜爱和尊敬。可是，每当他俩在一起时，便成了对头，总是互不相让，相互作对。每逢两人不期而遇时，他们不是为了一个目标而竞赛，而总是为了一个目的而争斗。他俩十分善良可爱，而彼此之间却怨恨不已，心怀恶意。

这种奇异的关系在儿童游戏中就已经表现出来了，而随着年龄的增长越来越明显。有一次，男孩分成两支人马玩打仗游戏，那个倔强的女孩自告奋勇当上了一支队伍的头领。如果不是她的对手骁勇善战，最后对这位女对手解除武装，并把她抓住的话，他那一伙就会被她猛烈而无情的进攻打得落花流水，四下溃逃。然而，就是她被抓住了，还在拚命挣扎。他为了保护自己的眼睛和不伤害他的女对手，不得不扯下丝围巾，把她的双手反绑起来。

她为此怎么也不能原谅他，暗地里想方设法伤害他。双方的父母对这种异常的情绪早已有所注意，经过商量，他们决定放弃原来的美好愿望，把这相互敌对的两个人分开。

男孩在新的环境中很快就显得很出色，各门功课都名列前茅。根据他的监护人的愿望和他本人的爱好，他跻身军界。所到之处，他都受到人们的喜爱和尊敬。他那优秀的天性似乎只是为了使别人得到幸福和安宁。由于他摆脱了大自然给他安排的那个惟一的冤家，内心还感到很幸运，但他对此原因并不清楚。

相反，那女孩却迁入了一个迥然不同的环境。由于年龄的增长，教养的不断提高，更多的是由于某种内在的情感，她远离了曾经她一直参加玩耍的激烈的游戏。总的说来，她感到若有所失，周围既没有什么东西值得她去恨，也没有什么东西值得她去爱。

有位年轻人，年龄比她从前的那个邻家的对头大一些，他有地位，有家产，也有名望，在社交场合受到人们的喜爱，为女人们所垂青。他向她表露了爱慕之意。这是她第一次看到有一位朋友，一个情人，又是一个仆人向她大献殷勤。许多年龄比她大，教养比她高，容貌比她美，条件比她好的女人都不在他的眼里，他却单单喜欢了她，这使她颇为得意。他不断向她大献殷勤，但并不咄咄逼人。在各种不愉快的场合里，他都忠诚地站在她的一边。他已经向她的双亲提出了求婚，但仍然耐心而满怀期待地等待着她，这是因为她还十分年轻。这一切都使她对他产生了好感。而习惯的势力，以及他俩为社会所承认的那种表面关系，也必然促进了事情的发展。就这样，人们经常把她称为他的未婚妻，到后来她本人也就默认了。无论是她还是其他人，都不会想到，在她和他交换戒指之前还需要别的什么考验，长期以来他一直被看做是她的未婚夫。

整个事情的发展过程是平静的，即使通过订婚也没有加快速度。双方仍如以往一样，快乐地在一起相处，在未来严峻的生活开始之前，尽情地加以享受这春天般的美好年华。

就在这期间，那位远离故土的邻家之子，经过了相当完美的教育，登上了人生旅途中的一个相称的阶梯，现在特意休假回来，看望家人。他又一次站在漂亮的邻家姑娘的面前，神态十分自然，却又异乎寻常。姑娘在最近一段时间里，怀着做未婚妻的友好感情，同周围的一切都很融洽。她相信自己是幸福的，从某种程度上来说，也的确如此。但是现在，经过了那么长的时间之后，他又出现在她的面前，但并没有使她感到可恨，她已经没有能力去恨了。是啊，那种孩子时代的仇恨，实际上只是对内在价值的一种朦胧的承认罢了，而现在却化为惊喜交加的观察，快乐的相认，半是愿意半是勉为其难的不由自主的相互接近。这一切双方都有同样的感觉。长时间的分离必然会促成长谈，甚至孩提时不可理喻的行为也成为两个青年人愉快的回忆。他们似乎觉得，至少得通过一种友好的、关注的谈话才能消除往日那种无谓的仇恨，似乎不通过一些坦率的解释便不能化解儿时的粗暴的误解。

从他这一方来说，一切都显得通情达理，得体。他的地位，他的处境，他的志向，他的抱负都使他充实，他把这位漂亮的待嫁新娘的友谊，只是当做一种值得感激的赐予，快乐地加以领受，并不因此而存在某种非分之想，也没有因此而妒忌她的未婚夫，何况他与那位未婚夫也相处得十分好。

而姑娘这一方则全然不同了。她如梦初醒：童年时她与邻家之子的争斗是她初次激情的流露，这种激烈的争斗借助反抗的形式表现一种热烈的、像是天生的爱恋之情。在她的记忆里浮现出来的，除了对他自始至终的爱以外，别无其他。她想起那时手持武器搜捕他的情景，不禁暗自好笑。她还记得他解除自己的武装时内心所产生的一种惬意的感情油然而生。在她的想像中，她的手被他反绑时，她的心里感到极大的快乐。她为了伤害他、气恼他所做的一切，只不过是她吸引他注意自己的一种幼稚的手段罢了。她诅咒他俩的分离，她哀叹自己处在半梦半醒的昏睡状态，她怨恨那种迟钝的、爱幻想的习惯，使得她遇上了这样一个平凡的未婚夫。她变了，在双重意义上变了，是变得前进还是后退，那要随人们去说好了。

如果有人能对这种秘而不宣的感情，理解或同情的话，那就不会对她进行责备。当她的未婚夫和这位邻人站在一起时，人们就可以发现前者是无法和后者相比的。如果说，你喜欢前者而在某种程度上博得你的信任的话，那么后者就可以完全赢得你的全部信赖；如果说，你愿意和前者交往，那么你便希望后者成为你的朋友；要是在非常情况下，你想要他们为你做出牺牲，那么对前者你也许会有所怀疑，而对后者你会完全放心。对于这类事情的比较，女人天生有着特殊的敏感，她们有理由也有机会去培养这种敏感。

这种思想在美丽的未婚妻内心暗暗滋育着；人们越是无法在她面前说对未婚夫有利的话，无法劝她注意种种关系，尽到自己的义务，无法对她说明事已至此，不可改变的道理，她的那颗美丽的心就越来越变得偏颇。一方面，她被世俗和家庭、被未婚夫以及自己的许诺束缚；另一方面，那位奋发向上的年轻人对自己的思想、计划和打算丝毫不加隐瞒；他待她像个忠实的，然而并不亲昵的兄长。他还对她说起他即将启程的事情。因此，她童年时的那种乖张、粗暴的脾气似乎又复苏了，而且随着年龄的增长，变得更为严重，更为可怕。她决定一死了之，以惩罚他的无情无义，她曾经憎恨过他，如今却热恋着他，既然她无法占有他，但至少也要让他永远想着她，让他永远悔恨，叫他忘不了她死时的形象，不停地谴责自己为什么不去了解她的心思，不去揣摩和珍惜她的情感。

这种奇怪的疯狂的念头无时无刻都在缠着她，她以各种各样的形式把它掩饰起来。虽然她在人面前表现得有些异常，但没有人注意到，也没有人有足够的智慧去发现她心底的真正的奥秘。在此期间，亲友和熟人都被欢度几个节日搞得精疲力竭。几乎每天都有一些新奇和意想不到的安排。几乎每一处风景秀丽的地方都被装饰一新，准备迎接众多的欢乐的宾客。我们这位青年游子在他启程之前也想做点表示，他邀请这对年轻的未婚夫妇以及一些关系密切的亲朋好友做一次水上之游。人们登上了一艘装饰华丽的大船。这是一条游艇，上面有一间小客厅和几间舱室，在艇上如同在陆地上一样舒适。

在音乐声中，游船在宽阔的河面上行驶着。白天由于天气炎热，客人们都聚在底舱里，在那里玩智力游戏和打牌取乐。我们这位年轻的主人闲不住，于是坐到舵旁，替年迈的老船工掌舵，替下来的老船工在一旁很快进入梦乡。这时，游船驶近一处危险的水域，前面出现了两个小岛，它们平展的沙岸时而从这边，时而从那边伸向河床，两岛之间的河面变得十分狭窄，需要他集中所有注意力。这谨慎而目光犀利的年轻舵手本想把老船工唤醒，但他相信自己的能力，便向狭窄的水道驶去。就在这时，那位漂亮的女冤家头戴花环出现在甲板上。她取下花环，扔向掌舵人。"接着，留作纪念吧！"她喊道。"别打扰我！"他冲她喊道随手接过花环，"现在我得集中全部精力和注意力！""我不会再打扰你了，"

她喊道，"你再也不会见到我了！"说完她便快步跑向船头，纵身跳进水里。一些人大声叫了起来："救人哪，救人哪！她要淹死了。"他恐怖之极，不知所措。嘈杂声把老船工惊醒，他想伸手接过年轻人的舵，可是这时不是换舵手的时候，船搁浅了。就在这一瞬间，年轻人脱掉累赘的外衣，跳进水中，向他那漂亮的女冤家游去。

水对于那些熟悉水性和掌握水性的人来说，是一种友好的元素。它载着他，这个熟练的游泳者自如地驾驭着它。不久，他就追上了前面被水冲走的美人身边。他一手抓住她，把她托出水面，带着她游走。可是一股激流又把他俩猛然冲走，一直冲到离小岛和搁浅的船很远的地方。这里河面又变得宽阔，水流也变得平缓。他这才稳住了，振作起来。原来他只是机械地游动，现在他抬头四下一望，便奋力游向一块平坦的陆地。这地方灌木丛生，一直伸展到水中，显得舒适宜人。他把美丽的姑娘放到干燥的地面上，但是他已经感觉不出她还有一丝气息。就在他绝望之时，他眼前一亮，他看见一条穿过灌木丛的人行小径。于是他重新背起这个珍贵的包袱。走了不久，他看到一所孤零零的房屋。他到了那儿，遇到了一对好心的年轻夫妇。他们一看就知道发生了不幸和灾难，需要帮助。他略微考虑后提出了要求，马上就得到了满足。屋里生起了一堆旺火，床上铺了毛毯，家里的毛皮衣服以及其他可以用来取暖的东西都很快地拿了过来。当务之急是救人，为了使那半僵硬、半裸露的美丽的躯体苏醒过来，凡是能想到的办法都一一尝试了。终于成功了。她睁开了双眼，看到了她的朋友，便伸出天使般的双臂搂住了他的脖子。就这样持续了很久很久，泪水涌出了她的眼睛，完全恢复过来。"我又得到了你，"她说，"你还会离开我吗？"——"绝不会！"他喊道，"绝不会！"他不知道该说些什么，做些什么。"你要好好保重，"他又加了一句，"保重自己！要想到自己，为了你，也为了我。"

这时她才想到了自己，现在才注意到自己的处境。她在自己心爱的人，在自己的救命恩人面前没有什么可羞耻的。可她还是高兴地放他走开，让他去照料一下自己，因为他浑身上下都湿透了，还在滴水呢。

那对年轻的夫妇商量了一下，决定分别把自己的结婚礼服拿出来给这对年轻人穿上。这套礼服还完好的保存着，他们把这对男女从头到脚，从里到外打扮起来。在很短的时间，两位落难者就穿戴整齐，面貌焕然一新。当他俩来到一起时，四目相视，说不出的惊奇，都为他们的这身打扮感到好笑。爱情——一种不可遏止的激情，他们热烈拥抱起来。青春和爱情的力量转瞬间就使他们完全恢复过来，现在就缺音乐，否则他们就会翩翩起舞了。

从水里到陆地，从死亡到复活，从家庭圈子到荒野之地，从绝望变为狂喜，从冷漠变为爱恋和激情，这一切仅发生在瞬间，用头脑去理解还不够，它会胀裂，或是一片茫然。要承受这样一种出人意外的突变，必须用心灵去尽力体验。

他们完全陶醉在卿卿我我之中，过了好久才想起留在船上的人对他们担忧和焦虑。一想到又要和那些人见面，他们自己也未免忧虑和恐惧起来。"我们该逃走，还是该躲起来？"男的问道。"我们该待在一起。"她说着就搂住了他的脖子。

一位年轻的村民听他们说起有条船搁浅的消息后，没有多问就奔向岸边。幸好那条船正从河面上缓缓驶来，那是船上人费了很大气力才使它从浅滩处驶出来。游船一边行驶，人们一边搜寻，希望能发现两个落水者。那个村民边呼喊边挥手，以便引起船上人的注意。他跑到船容易靠岸的地方，不停地一边喊叫一边招手。船终于向岸边靠过来。当他们走下船时，出现了怎样一个场面啊！那对青年男女的双亲抢先冲到岸上，那个钟情的未婚夫几乎昏厥过去。两人的双亲刚听说他们亲爱的孩子已经得救时，便看到一对穿着别致衣服的男女从树丛走出来，直到走近，才与他们相认。"我看到了谁啊！"两位母亲喊道。"我看到了什么啊！"两位父亲叫道。这对得救的男女跪倒在他们面前。"你们的孩子啊，"他俩喊道，"已经成为一对。"——"请原谅！"姑娘说。"请为我们祝福吧！"青年大声说道。"为我们祝福吧！"两人一齐喊了起来，在场的人都惊得张口结舌。"为我们祝福吧！"这已是第三次请求了，又有谁还能拒绝呢？

第十一章

讲故事的人说到这里停下了，或者不如说是讲完了。他这时已经注意到夏绿蒂异常激动不安。她站起身来，默默地表示歉意，随即离开了房间。这故事她早就熟悉了。事情就发生在上尉和她的女邻居身上，虽然并不完全像这个英国人所讲的那样，但是主要情节却没有变样，只是在个别地方做了一些想像和加工。正如类似的故事那样，一经众口流传和由一位富有才智和情趣的人讲述，往往都是如此。

奥狄莉也随着夏绿蒂出去了，这也正是两位客人所希望的。这回轮到爵士有所觉察他们也许又犯了一个错误，讲了这一家熟悉，甚至与其有关的故事。"我们千万不要，"他说，"不要再惹出什么不快的事情。我们在这儿受到友好而盛情的款待，而我们似乎没有给她们带来多少快乐。我们得找个适当的方式向她们告别。"

"我得承认，"他的那位同伴说，"这儿还有其他的东西在吸引着我，不弄清楚，不了解得更详细，我是不愿离开这家人的。爵士阁下，昨天我们带着手提暗盒穿过花园时，您在忙于挑选美丽如画的地点，没有注意到您身边发生的事。您离开了大路，向湖边一个人迹罕到的地方走去，因为您觉得从那儿能观赏对岸迷人的景色。陪同我的奥狄莉却站住了，不肯一同前往，要求坐船到那儿去。我同她一起坐上小船，这位美丽的划船姑娘娴熟的动作使我大为惊讶。我对她说，在瑞士也有妩媚俏丽的姑娘当船夫，自从我离开那儿以来，还从来没有这样舒适地在湖上荡舟。我还忍不住地问她，为什么要避开那条小路，因为她在绕道时确实流露出不安的神情。'要是您不见笑的话，'她友好地回答，'我可以告诉您一些情况，虽然我对此也感到莫名其妙。每当我走上那条小路，内心总会感到一种说不出的颤栗，这在其他地方是从未有过的。什么原因，这我自己也说不出来，因此我总是避开那条小路，以免产生这种感觉。尤其是我在颤栗之后，平素常犯的左侧偏头痛便会发作起来。'我们上了岸，奥狄莉和您谈着话。此时，我去察看了她从远处给我指明的那个地方。我发现了石炭的明显的痕迹，这时，我是多么惊奇啊！我确信，在这儿稍微挖掘一下，就会找到丰富的石炭矿。

"请您原谅，勋爵，我看到您在微笑，我很清楚，对我热衷于这一类您所不确信的事情，您是以智者和朋友的态度来看待的。但是，在我对这位美丽的姑娘做钟摆振荡试验之前，我是不能离开这儿的。"

每当谈到这种事情，勋爵便提出反对意见，再次重申他的理由。他的同伴也总是谦虚而有耐心地听着，可最后还是坚持自己的意见和愿望。他也再三地解释，这种研究不是人人都能成功的，因此他不能放弃，而且要更加认真、更加彻底地进行研究。何况无机物之间的某些属性和亲合关系，有机物之间的某些属性和亲合关系，以及有机物与无机物之间的某些属性相亲合关系，我们迄今为止还不了解，在试验中肯定会显露出来。

他从随身带着的一个漂亮的小匣子里，取出了由金环、硫铁矿和其他金属材料组成的仪器。他把一个金属片吊在线上，悬在另一个平放的金属片上面，开始做他的试验。"您尽管幸灾乐祸吧，我的勋爵，"他说，"我从您的脸上看出了这种表情，恨不得我的这些东西不能摆动才好，可是我的试验不过是个引子罢了。等两位女士回来时，她们一定会感到好奇，想知道我们在干些什么有趣的玩意儿。"

两位女士回来了，夏绿蒂立刻明白了这是怎么回事。"这类事情我时常听说过，"她说，"但从没见到过什么效果。您现在既然把一切都准备停当了，那就让我试试吧，看看能否对我有作用。"

她很认真地把线提在手上，毫无激动的表情，尽管她把线一动不动地提着，但就是不见有丝毫的摆动。随后他们请奥狄莉也来试试。她更加平静，更加自然，更加无思无虑，提着吊有金属片的线，把它悬到平放的金属片上面，就在这时，吊着的金属片就像卷进了漩涡，明显地摆动起来，随着平放的金属片的摆动，时而朝这边，时而朝那边，时而成圆形，时而成椭圆形，时而成直线摆动。一切就像那位同伴所期待的那样，甚至超过了他的期待。

勋爵本人感到有些吃惊，但是他的同伴却由于高兴和好奇而不愿离开。他请奥狄莉再三重试，并变换多种试验方式。奥狄莉乐意地满足了他的要求。最后她不得不友好地请求他别让她试下去了，因为她的头痛病又发作了。他听了又惊又喜，热情地向她保证，只要她相信他的治疗方法，他准能把她的病完全治好。两个女人听了，一时还捉摸不透，但夏绿蒂很快就明白了他讲的是什么意思。她婉言谢绝了他的好心建议，因为她不能同意在她的周围做这件使她非常担惊受怕的事情。

客人走了。他们以一种独特的方式，在不知不觉中触动了两位女士，就是这样，她们还是希望将来能在什么地方与他们重逢。这时，夏绿蒂利用晴好的天气，到邻居家回访，这类事情她简直应付不过来，因为附近的人家近来都很热情地对她表示过关心，有的是出于真切的情意，有的只是由于风俗习惯。结束了回访之后，在家里，只要一看见孩子，她就又充满了活力。这孩子确实惹人疼爱，令人关心。他使人觉得奇异，简直像个神童。那匀称的身材，长得结实而强健，非常讨人喜欢。更使人惊奇的是越来越明显的双重的性格：脸部和体形越来越像上尉，眼睛却与奥狄莉的眼睛越来越难以区分。

由于这奇特的相似之处，也许更多的是由于女性的美好感情——她们常常对所爱的男孩子，即使这个孩子是另一个女人生的，也会怀着一种温柔的爱——奥狄莉很像是这成长中的孩子的母亲，或者更准确地说，是另一种类型的母亲。每当夏绿蒂一离开，奥狄莉便和孩子、侍女待在一起。因为奥狄莉对这个男孩倾注了全部感情，南妮不免产生了妒忌，前些时候她离开了女主人，回到她的双亲那里。奥狄莉经常抱着婴儿到户外散步，而且习惯到远处散步。她随身带着奶瓶，在孩子需要时就给他喂喂奶。在外出散步时，她也带一本书在身上。就这样，她抱着孩子，一边看书，一边散步，活像一个优雅娴静的沉思中的少女。

第十二章

战争的主要目的已经达到。爱德华胸前挂着勋章光荣离开军队，立即返回原来的那座小庄园。在那儿，他得知了关于家人的详细消息。他曾让人在她们毫无察觉的情况下进行过严密的调查。他那安静的隐居之地也以亲切的面貌展现在他的眼前，因为按照他的吩咐，在此期间庄园进行了修缮，增添了某些设施。庭园及四周虽然不够宽敞，但通过内部的装饰，尤其是赏心悦目的景致，这样，环境方面的欠缺得到了弥补。

过了一段快节奏生活的爱德华，已经习惯于办事采取果断的行动。现在他决定实施经过长时间深思熟虑的计划。首先他召来了已升为少校的上尉。两位久别重逢的朋友说不出的高兴。青少年时代的友谊犹如亲缘关系一样有着极大的长处，那就是无论发生什么芥蒂和误会，都不会从根本上受到损害，经过一段时间以后，旧日的关系便会恢复如初。

爱德华兴高采烈地接待朋友，问起他的情况怎样，运气如何，是否一切都已如愿以偿。随后爱德华半开玩笑地亲昵地问他，是否已经喜结良缘。他的朋友十分严肃地予以否认。

"我对你不能，也不应该隐瞒，"爱德华继续说，"我必须立即把我的想法和打算告诉您。您知道我对奥狄莉的热恋，你也早已了解，是因为她，我才去参加这场战争的。我不否认，我曾经希望了结我的一生，没有她，生命对我而言毫无价值。同时我也必须向你承认，我终究下不了彻底断念的决心。和她在一起的幸福是那么美好，那么值得向往，要我完全放弃她是不可能的。某些令人快慰的预感，一些值得高兴的迹象，坚定了我的信心和妄想：奥狄莉会成为我的。在那次奠基典礼上，一只刻有我俩名字头一个字母的玻璃杯被抛向空中，它没有摔碎，却被人接住了，重新回到了我的手里。当我在这寂寞的地方，度过了许多疑虑重重的时间之后，我对自己念道：让我自己来代替这只玻璃杯作个征兆，看看我俩的结合是不是可能。于是我奔赴战场，去寻求死亡，我这样做不是出于疯狂，而是怀着生的希望。奥狄莉就是我为之奋战的奖赏。在每一个敌军战阵的后面，在每一个战壕里，在每一个被包围的要塞中，我希望赢得、希望占有的便是她。我希望创造奇迹，生存下来，为的是要获得她，而不是失去她。这种情感引导着我，帮助我渡过了一切危险。现在我觉得自己到了目标，一切障碍都克服了，再也没有什么能阻挡我了。奥狄莉是我的。我认为，在这种思想和实现这种思想之间还有什么东西，那是无足轻重的。"

"你用寥寥数语，"少校回答说，"就勾销了人们可能会向你提出的一切反对意见，但是我还得把它重申一遍。你和你妻子关系的全部价值该如何衡量，这你自己去考虑好了。不过，你对她，对自己都是负有责任的，这一点你应该明白。当我一想到你们已经有了一个儿子，我就不能不直率地说，你们彼此是永远属于对方的。为了这个孩子，你们有责任共同生活，为他的教育和未来的幸福而操劳一生。"

"如果做父母的，自以为他们的存在对孩子来说是必不可少的，"爱德华回答说，"那只不过是他们的一种想法而已。一切生灵都会找到食物和帮助。如果说父亲早逝，儿子在青年时代享受不到舒适而幸福的生活，那么也许正因为如此，他能更快地受到如何顺应这个世界的教育，及时认识到他必须适应一切，而这一点正是我们大家迟早都要学到的。何况这儿根本就谈不上这个问题。我们都很富有，足够养活更多的孩子。如果把这么多的财富都堆到一个人的身上，那么这既不是什么责任，也不是什么好事。"

少校用一些话来点明夏绿蒂的价值，以及爱德华和她长久以来形成的关系时，爱德华急忙打断了他的话，说："我们干了一件蠢事，这一点我已看得很清楚。如果有谁到了一定的年龄以后，还想实现从前青年时代的心愿和希望，那他永远是自己欺骗自己。因为一个人的每一个十年都有其特定的幸福，特定的希望和前途。一个人如果由于某种妄想或某种情况向前或向后去攫取想要得到的东西，那他就太不幸了！我们做了件蠢事，难道就该一辈子这样下去吗？时代的习俗不肯承认的东西，难道我们就顾虑重重而放弃吗？在许多事情上，人们取消了自己的打算，停止了自己的行动，然而恰恰在这件事情上不应当这样，这是关系到整体而不是局部，关系到生活的总和而不是生活的这个或那个条件。"

少校适时地以一种同样雄辩的方式向爱德华说明了他与妻子、家庭、社会以及自己的事业的种种关系，然而他无法激起对方的任何关心。

"我的朋友，"爱德华说，"这一切我在灵魂深处都想过了。在喧嚣的战场上，当大地在持续不断的炮声中震得颤抖时，当子弹呼啸而过，击倒身边的同伴时，当我的战马被击中，帽子被击穿时，我想起了这一切。在星空下，在安静的篝火旁，这一切都浮现在我的眼前。这时候所有与我有关的人都在我的心里出现，我仔细地思量，仔细地感受，我有所收获，感到了满足。我不断地重复这样的想法，就这么决定了。

"在这样的时刻，我怎能对你隐瞒呢？我也想到了你，你也属于我所关心的人。我们不是早就成了休戚相关的人了吗？如果我欠了你的债，那么现在我就连本带利地向你偿还。如果你欠了我的债，那么你眼下就对我做出报答。我知道，你爱夏绿蒂，她是值得你爱的。我也知道，她对你并非无动于衷，那么为什么不该让她认识你的价值呢？你把她从我这里带走吧，把奥狄莉带到我的身边来！这样，我们就成了世界上最最幸福的人了。"

"正因为你用如此珍贵的礼物来打动我的心，"少校回答说，"所以我必须更谨慎，更郑重。这个建议，虽说我内心表示敬重，但它并不能使事情变得迎刃而解，反而会使事情变得更加棘手。这件事牵涉到你，也牵涉到我，牵涉到两个男子汉的命运、声望和名誉。他们迄今为止的行为是无可指责的，但由于这种奇特的行为——如果我们不想用其他字眼来称呼的话——他们将会受到伤害，在社会面前出乖露丑。"

"正因为我们一直是无可指责的，"爱德华说，"所以我们就有权去接受一次指责。谁在一生中证实自己是诚实可信的，那么他所做的事也会是诚实可信的，而别的人去做就会使人觉得可疑。就我来说．我最近加于自身的考验，也曾为别人干了艰难而危险的事情，我认为自己有理由为自己干点事情了。至于你和夏绿蒂，就让未来去决定吧。我决心已定，无论你还是别人，都无法阻挡。如果有人向我伸出手来，那我也乐意善待人家；如果人们袖手旁观，任我一人去干，或者加以反对，那么，走向极端的事势必将发生，那时也只好听之任之了。"

少校把尽可能持久地反对爱德华的打算作为自己的义务。他为了反对自己的朋友，采用了一个聪明的办法，表面上他似乎屈服了，只是在谈论实现离婚和重新结合应该遵循的形式和程序。其实，这样一来，一些令人不快的、棘手的、不合时宜的事情便出现了，使爱德华的心绪变得恶劣至极。

"我算看清了，"爱德华说，"一个人希望得到的东西，不仅仅要从敌人手里，而且可能也要从朋友手里夺取。我所希望的东西，不可缺少的东西，我要盯住不放，我要得到它，肯定会迅速地得到它。我很清楚，某些现实的东西不取消，某些喜欢固执的东西不消失，这样的关系是无法维持和建立起来的。我们光靠思考，这种事情是不会结束的。在理智的面前，一切权利都是平等的。当天平的一头翘起时，总得在另一头加上重量使它平衡。我的朋友，为了我，为了你自己，采取行动吧！为了我，为了你自己，把这团东西解开，理清，重新连结吧！不要让思虑来阻碍你。世人已经在议论我们了，他们还会再议论我们的，然后就像对待其他失去新奇感的事情一样，把我们忘了，让我们自行其是，不再对我们感兴趣了。"

少校没有别的办法，最后只得随爱德华的便，任凭他把这事当做是人所共知的、已成定论的事情来看待，任凭他像对待其他事情一样去谈细节的处理，甚至任凭他十分开心而风趣地谈论美好的未来。

接着爱德华严肃地沉思起来，继续说："如果我们一味地希望和期待，以为一切都会顺其自然地好起来，以为机遇会来引导我们走向胜利，那真是一种不可原谅的自欺欺人。用这样的方法，我们是不可能解救自己的，恢复各方面的安宁的。我是个无辜者，竟犯下了这些罪过，我怎能感到安心呢？由于我的急切要求，夏绿蒂才同意把你请到我们家里来，也正是由于这一变化，奥狄莉才来到了我们身边。已经发生的事情，我们已经无法主宰了，但是我们能够使它变得无害，可以因势利导，使它变成我们的幸福。我为大家展示了奇妙而又可爱的前景，难道你愿意视而不见吗？难道你要我，要我们大家都做出可悲的选择吗？要是这样的话，我们就要回到以前的状况中，去忍受种种的不适、不快和令人厌恶的事情，这不会产生任何美好和令人欣慰的结果。事情难道不就是这样吗？如果你没来拜访我，不和我一起生活，那你所处的顺利境况不是能使你感到快乐吗？在这些事情发生之后，只会感到痛苦。尽管我们有殷实的家产，夏绿蒂和我只能处在一种可怜的境地。如果你和世上其他人一样，相信岁月和分离会使感情变得淡漠，会使深深的印痕渐渐磨灭，那么在这些岁月中，人们恰恰不应当在痛苦和空虚中煎熬，而应当在快乐和幸福中度过。最后说一点最重要的事：根据我们所处的内外环境，如果我们还能等待的话，那么奥狄莉的命运会怎么样呢？一旦她离开我们家走上社会，失去我们的照料，就会被迫在这个邪恶、冷酷的社会上凄惨地流浪！如果你能给我描绘出奥狄莉没有我，没有我们大家也能幸福的情景，那你便说出了一个比其他任何理由都更为有力的理由，即使我无法同意，无法屈服，我也愿意重新加以审视和考虑。"

这个问题并不是那么容易解决的，至少少校一时想不出适当的答案。他没有别的办法，只好一再地提醒说，整个事情是多么重要，多么令人焦虑，从某种意义上来说又是多么危险。如果要去办的话，至少要十分认真地考虑才行。爱德华表示了同意，但有个条件，那就是在他们对事情取得完全一致的看法，采取最初的步骤之前，少校不能离开他。

第十三章

彼此完全陌生而又冷漠的人，只要在一起生活一段时间，便会互诉衷肠，产生一种信赖。至于我们的这两位朋友，那就更不用说了，他们重又同居一地，朝夕相处，彼此之间也是无所隐瞒。他们重温昔日的情景，少校据实说，在爱德华旅行归来时，夏绿蒂曾考虑把奥狄莉介绍给他，准备让这个可爱的姑娘同他结为夫妇。爱德华听了少校透露的这个情况欣喜若狂，也毫无顾忌地谈到夏绿蒂和少校之间的相互爱慕。他描绘得有声有色，因为他觉得这件事谈起来既感到愉快，又有益处。

少校对此既无法完全否认，也无法完全承认。然而爱德华却越来越坚信，越来越肯定。在他看来，这一切不仅是可能的，而且是即将成为事实。有关各方只需对他们所希望的事情表示同意就行了。离婚的事肯定可以办妥，随后便是重新结合。爱德华打算带奥狄莉去旅行。

在一个人的想像力所能描绘的舒适如意的事情中，最富有魅力的莫过于相爱的人，年轻夫妇到一个新的环境中，去享受他们新的爱情，并在多变的环境中，去考验和印证他们持久的结合。而在此期间，少校和夏绿蒂可以全权去管理田产、钱财和地面设施，并根据法律和公正的原则进行分配，使各方都满意。但是有一点爱德华是坚持不让的，那就是，孩子应该留在母亲身边，他认为如此处理最为有利，这样少校可以教育他，按照自己的观点引导他，施展他的才华。人们在洗礼时给他取名为奥托，这与少校的名字相同。

爱德华觉得一切都已就绪，他急于实现自己的计划，一天也等不及了。在回庄园的路上，他们来到了一座小镇，爱德华在这儿有一所房子。他本想留在这儿，让少校先行，等待回信。但他无法克制自己，想立即回到家园，于是他陪着朋友穿过了这个地方。他俩一边骑马而行，一边谈着这件重大的问题，不知不觉走了很远。

忽然，他们看见了远处山顶上的那所新房子。他们还是第一次看到闪闪发光的红色。爱德华突然产生了一种不可抗拒的渴望：他要在今天晚上办妥一切。他想先在附近的小村庄里躲一躲，让少校去夏绿蒂那儿，向她说明事由，使她惊讶得无法做出审慎的考虑，然后向她提出出其不意的建议，迫使她坦白地说出自己的想法。爱德华把自己的心愿也看做夏绿蒂的心愿，因此他断然相信这样做也迎合了她那强烈的愿望，希望尽快得到她的同意，除此他已经没有别的愿望了。

他欣喜地展望着这幸福而圆满的结局。他嘱咐少校，燃放几枚花炮，以便迅速地把喜讯传给在远处等待的他，要是夜晚，就放焰火。

少校策马向府邸行去。他没有找到夏绿蒂，却听说她眼下住在山上的新房子里，现在到邻居家做客去了，也许今天不可能很快回来。于是他又回到事先歇马的那家旅店。

在这段时间里，爱德华在一种不可能克制的焦躁心绪的驱使下，偷偷地从他隐身的地方溜了出来，沿着一条只有猎人和渔夫才熟悉的偏僻小路，向他的庄园走去。黄昏时分，他来到了湖畔的丛林中。湖水如镜，他第一次看到它如此澄澈、洁净。

这天下午，奥狄莉在湖边散步。她抱着孩子，习惯地边走边看书。她走到了渡口边的橡树下。孩子已经睡着了，她坐了下来，把孩子放在身边，继续看书。这是一本扣人心弦的书，令她爱不释手。她忘记了时间，没有想到从山下回新居还有很长一段路。她完全沉浸在书里和自己的感情中，看上去是那样的妩媚可爱，甚至连周围的树木草丛都活了起来，张大眼睛欣赏她，赞叹她。这时一片红色的落日余晖懒洋洋的洒在她的身后，把她的面颊和双肩染成了金黄色。

这时候，爱德华已经走了很长一段路，一直没有被人发觉。他到了自己的庄园，看到这里寂静无人，便壮着胆子往前走。最后他穿过了丛林，来到了橡树林。他看到了奥狄莉，奥狄莉也看到了他。他向她奔过去，扑倒在她的脚下。一段长时间的沉默，双方都努力使自己镇静下来。接着爱德华三言两语地向她解释，他为什么，又是如何来到这儿的。他已经派少校去找夏绿蒂。他们的共同命运也许在这瞬间已被决定了。他从未怀疑过她的爱情，她肯定也不会怀疑他的爱情。他恳求她同意。她犹豫不决，他便向她发誓。他想行使他往日的权利，把她搂在怀里。她指指身旁的孩子。

爱德华看到了孩子，惊愕不已。"万能的上帝啊！"他喊道，"如果我有理由怀疑我的妻子和我的朋友的关系的话，那么这个孩子便是一个可怕的证据。难道他没有少校的影子吗？我还从来没有见过如此相像的呢。"

"不是这样的！"奥狄莉回答说，"所有的人都说孩子像我。"——"这可能吗？"爱德华问。就在这瞬间，孩子睁开了眼睛，两眼又大又黑，炯炯有神，漂亮可爱。孩子懂事似地望着两个人，仿佛认识眼前的这两个人。爱德华倒在孩子身边，又一次跪在奥狄莉面前。"这是你！"他喊道，"是你的眼睛。啊！还是让我只看着你的眼睛吧。让我用一块面纱把赋予这孩子以生命的那个不详的时刻遮盖起来吧！丈夫和妻子可以各怀异心，搂抱在一起，强烈的情欲超越了合法的婚姻，难道我该用这种不幸的想法来使你那纯洁的心灵受伤吗？或者说，我们已到了这个地步，我和夏绿蒂必须分手，你将成为我的人。我为什么不能这样说呢？我为什么不能说出这句冷酷的话：这孩子是双重通奸的产物！他把我同我的妻子分开，把我的妻子同我分开，他本来应该把我和你结合在一起才是，愿这个孩子为我作证，愿这双美丽的眼睛对着你的眼睛说：我即使在另一个人的怀里，心也是属于你的。但愿你能感觉到，奥狄莉，我只有在你的怀抱里，才能洗刷我的过失，赎清我的罪孽。"

"听！"他喊道，同时纵身跃了起来。他听到了一声枪响，以为是少校发出的信号，其实那是一个猎人在附近山上放了一枪。后来再没有什么动静，爱德华变得焦躁起来。

奥狄莉这才发现太阳已经落山，山顶上的那所房子的玻璃窗反射出夕阳的最后一道余晖。"你走吧，爱德华！"奥狄莉叫道，"我们都已经分开这么久了，忍耐这么久了。你要想一想，我们俩对不住夏绿蒂啊。我们的命运得由她来决定，我们不应抢在她的前面自作主张。如果她答应，我就属于你；如果她不答应，我就不得不拒绝。既然你相信这个决定已近在眼前，那就让我们等待吧。你快回村里去，少校会以为你在那儿等他。可能发生了什么事情需要解释呢。少校一旦谈判成功，就放花炮通知你，这是真的吗？也许这时他正在找你呢。我知道，他没有遇见夏绿蒂，可能他到路上迎她去了，因为有人知道她去哪儿了。各种各样的情况都有可能发生。你让我走吧！现在她一定回来了，等着我和孩子呢。"

奥狄莉说得匆忙急促，把一切可能性都想到了。在爱德华的身边，她感到幸福，但她也感到现在必须离开他。"我求你，亲爱的！"她说道，"快回去吧，等着少校！"——"我听从你的命令。"爱德华说，他先是热情地凝视着她，接着把她紧紧地搂在怀里。她也用双臂搂着他，十分温柔地把他的头贴在自己的胸前。希望像颗星星从天上落下，掠过他们的头顶。他们在想像，而且相信彼此属于对方了。他们第一次坚定而纵情地接吻，然后又不情愿地痛苦地分开了。

太阳落山了，天色变得一片朦胧，湖旁散发着湿气。奥狄莉神思恍惚地站在那儿，随即动身了。她朝山上的房屋望去，以为看到了阳台上夏绿蒂白色的衣服。要是沿湖边的路走回去，就要绕很长的弯路。她知道夏绿蒂一定在焦急地盼着她的孩子。她看见梧桐树林就在对面，只隔着一片湖水便是那条通往山顶房屋的小径。她望着那儿，心也飞到了那儿。在这种急迫的心情中，带着孩子一道乘船渡湖的顾虑也完全消失了。她急匆匆地向小船走去，没有觉察到她的心在狂跳不已，双脚摇晃不定，她的各种感官失去了作用。

她跳上小船，抓起桨，推船离岸。她不得不用劲，又推了一下。小船摇晃着向湖中滑了一段距离。她右臂抱着孩子，左手拿着书，右手拿着桨，身子也摇晃起来，跌倒在船上，一失手桨向一边滑脱了。她要保持身体平衡，可孩子和书又从手上滑出了，从另一边掉进水里。她一把抓住孩子的衣服，但扭着的身子妨碍她站起来。右手空了，但也无法使自己转过身站起来。最后，她总算把孩子从水里拉上来，但孩子双目紧闭，已经停止了呼吸。

此时她完全清醒过来，但痛苦是那么巨大。小船几乎到了湖心，桨已经漂得很远。岸上连一个人影也不见，即使看到人，又有什么用呢？她孤立无援，只好听凭那无情而乖戾的水载着船漂流。

她试着自己求助于自己。她时常听人讲起抢救溺水者的方法，就在她生日的那天晚上，她还亲眼看到过。她把孩子的衣服脱下来，用自己的纱衣把孩子的身体擦干，又敞开胸衣，有生以来第一次袒露出前胸，有生以来第一次把一个生物——呵，他已经没有生气了——紧贴在她裸露的乳房上。这不幸的孩子四肢僵冷，使她的胸脯发冷，一直冷到内心深处。泪水止不住地从她的眼里涌出来，滴在孩子僵硬的躯体上，似乎使他有了一息温暖和生机。她继续努力尝试，用围巾把孩子裹起来，自信用抚摸、按摩、呼气，用眼泪和亲吻，可以代替她在这孤立无援的小船上所无法获得的救护。

一切都归于无效！孩子一动不动地躺在她的臂弯里，小船静静地浮在湖面上。然而，即使在这时，她那优美的情感也没有使她完全绝望。她抬头仰望苍天，跪倒在小船上，用双手把僵硬的小孩举过她那纯洁的胸脯。她的胸脯洁白晶莹，可惜也像大理石一样冰凉。她噙着泪水仰望着苍天，向上天呼救。当尘世间一切都无望时，一颗温柔的心总是希望在上天那儿找到至高的恩惠。

她也没有放弃向群星求助，它们已开始烁烁闪光。一阵轻风吹了过来，推着小船向梧桐树林那边漂去。

第十四章

奥狄莉急匆匆地奔回新居，唤来了外科医生，把孩子交给他。这位碰到一切情况都镇定如常的医生，按照通常的方法有步骤地抢救这幼小的尸体。奥狄莉在他的身边帮忙，拿取着需要的物品，但心事重重，仿佛身体在另一个世界里游动，这是因为最大的不幸也像最大的幸福一样，会改变一切事物的面貌。在经过一阵努力之后，这位诚实的医生摇了摇头，他对奥狄莉充满希望的问讯先是缄默不语，然后轻轻地吐了个"不"字。她离开了夏绿蒂的卧室——这一切都是在这儿进行的——她刚一走进起居室，还没来得及到沙发那儿，便心力交瘁地一头栽倒在地毯上。

就在这个时候，人们听到夏绿蒂的马车回来的声音。外科医生连忙恳切的请求周围的人留下别动，他打算自己去迎接她，好让她有个心理准备。可是她已经走进屋子，看到奥狄莉躺在地上。一个女仆哭喊着冲向了她，医生也走了进来，突然间她全明白了。但她怎么能一下子放弃希望呢！那位经验丰富、医道高明而又机智聪明的医生只是劝她别去看孩子。他走开了，佯称用新的办法再试一次。她坐到沙发上，奥狄莉仍躺在地上，但这时她把身子移近夏绿蒂的膝头，把那俊美的头枕在上面。那位医生走过走出，表面上是在为孩子操心，实际上是在为两位女士担心。半夜了，死一般的寂静变得越来越深沉。夏绿蒂不愿再欺骗自己了，她知道孩子再也不可能被救活过来。她要求看看孩子。人们用暖和、干净的棉布把孩子裹好，放在一个篮子里，摆到沙发旁边。他躺在那儿，只有脸露在外面，显得那么安详而清秀。

这件不幸的事情很快就惊动了整个庄园，消息随即传到了客店。少校沿着他熟悉的道路走上山去。他先在新房子外面转了转，拦住了到侧屋取东西的仆人，了解到详细的情况，然后要他把外科医生叫来。医生来了，见到这位昔日的恩人，不禁感到惊奇。他把眼下的情况告诉了少校，并保证让夏绿蒂做好同他见面的心理准备。他走进屋去，随即同夏绿蒂交谈起来。他引导她由一件事想到另一件事，最后想到了她的朋友。按照他的思路和看法，她理解到朋友的同情和前来探望是必定无疑的。总之，她知道了，她的朋友就在门外，而且一切都已知道，希望能让他进来。

少校走进房里。夏绿蒂带着痛苦的微笑向他表示欢迎。他站在她的面前。她揭开了盖在孩子尸体上的绿色绸布。在灰暗的烛光下，他看到了他本人的僵硬的肖像，他的内心不由自主地感到一种神秘的恐惧。夏绿蒂指了指椅子。他们面对面地坐着，默默无言，直至深夜。奥狄莉仍然静静地枕在夏绿蒂的膝盖上，她轻轻地呼吸着。她睡着了，或者说好像睡着了。

烛光衰微，烛光熄灭了。两位朋友像是从昏沉沉的睡梦中醒了过来。夏绿蒂望着少校镇定地说："请您告诉我，我的朋友，是怎样的天意安排你来参加这场丧事的？"

"现在，"少校轻声答道，就像她发问时一样，好像他们都不想惊醒奥狄莉似的，"现在说话遮遮掩掩、拐弯抹角、慢慢腾腾，时间和场合都不合适。您目前的处境是那么令人震惊，连我此行要办的大事也失去它的价值了。"

接着他十分平静而简单地向她说明爱德华派他来的用意和目的，他也承认他此行是自愿的，因为这关系到他自身的利益。这两点他说得很委婉，但也很率直。夏绿蒂镇静地听着，似乎既不显得惊讶，也不显得恼怒。

少校说完后，夏绿蒂用轻微的声音做了回答，他为了听得清，不得不把椅子往前挪近了一些。"我还从来没有遇到过这样的情况，但是处在类似的境地时，我总是一再对自己说：'明天会怎样呢？'我知道得很清楚，许多人的命运现在掌握在我的手中。我该怎样去做，这是不用怀疑的，我可以马上说出来。我同意离婚，我早该这样决定的。由于我的迟疑，我的抗拒，孩子死了，是我害死了他。有些事情是由命运来决定的。理智和道德，责任和神圣的一切同它对抗，都是徒劳的。命运之神认为是合理的事，就会发生，就算我们认为那是不合理的也没用。我们可以按照自己的意志行事，但最终还是命运说了算。"

"我还有什么可说的呢！命运之神要实现的本是我自己的愿望和意图，可我却轻率地与它对抗。难道我没有想过奥狄莉和爱德华是合适的一对吗？难道不是我自己设法让他们互相接近吗？我的朋友，您本人不是也知道这个计划的吗？为什么我不能把一个男人的任性与真正的爱情区分开来？为什么我接受了他的求婚呢？为什么我不作为一个女友使他和另一个女人幸福呢？看看这个不幸的昏睡的姑娘吧！当她从昏睡状态中清醒过来时，我会浑身发抖的。如果她不能用她的爱去补偿他失去的一切，那她如何活下去？如何安慰自己呢？其实，凭借他的倾慕和激情，是能够补偿他失去的一切的。如果说爱情能忍受一切，那么爱情更能补偿一切。在这样的时刻我不能想到自己。"

"您悄悄地离开吧，亲爱的少校。请您告诉爱德华，我同意离婚。我把整个事情交给他，以及请您和米德勒去处理。我对以后的处境并不介意，怎么办都行。我同意在给我的任何文件上签字，只是别要求我去协助，去动脑筋或出主意。"

少校站了起来。她从奥狄莉的身上伸过手去。他用嘴唇吻了吻这只可爱的手，喃喃地问："那么，我可以指望得到什么呢？"

"请允许我不向您做出回答吧，"夏绿蒂说，"我们没有犯下会使我们不幸的过错，但也不应当得到在一起生活的幸福。"

少校走了，内心为夏绿蒂深深地感到悲哀，对那死去的可怜的孩子却没有感到难过。他觉得，这样一种牺牲对各方面的幸福都是必要的。他想像着奥狄莉抱着自己的孩子，这是对爱德华丧子的最合适补偿；他也想像着夏绿蒂怀里抱着一个儿子，他更有权利认为这个男孩比死去的那个更像他本人。

这些令人陶醉的希望和想像在他的内心深处闪现。在回客栈的途中，他遇到了爱德华，原来他整夜都在门外等着少校，既没有焰火，也没有花炮向他报告佳音。他已经知道了那件不幸的事，他并没有为那个可怜的孩子感到难过；他把这件事看做是天意，虽然他内心并不完全承认这一点。这样一来，他幸福道路上的一切障碍就一下子全被排除了。少校很快把他妻子的决定告诉了他，因此他很爽快地听从了少校的劝告，回到村里，然后返回那个小镇，在那儿考虑下一步要做的事。

少校走后，夏绿蒂坐在那儿，只沉思了一会儿，奥狄莉就抬起头来，睁大眼睛望着她的女友。她先是从夏绿蒂的膝头移开身子，然后从地上站起来，站在夏绿蒂的面前。

"这是第二次了，"这个美丽的姑娘带着不可抑制的优雅而严肃的神情说道，"这是我第二次碰到同样的情况。你曾经对我说过，人们在一生中，经常会以同样的方式碰到相似的情况，而且往往是在关键的时刻。现在我发现这种说法是正确的。我必须向你吐露一个事实。在我母亲死后不久，那时我还是一个小孩子，我把我坐的小椅子挪到你的跟前，你也像现在一样坐在沙发上。我把头枕在你的膝盖上，似睡非睡，似醒非醒。周围发生的一切，我都能听到，尤其是讲的那些话，我听得清清楚楚。可我不能动弹，也不能说话，即使想这么做，也无法办到，而我心里却是清清楚楚的。那时你和一位女友在谈论我，你为我的命运感到难过，说我成为这个世界上的一个可怜的孤儿。你讲述了我靠人抚养的处境，还说，要不是一颗特殊的星星在我头顶上空高照，真不知我会多么不幸。你对我的希望，对我的要求，我都听得明明白白，而对这一切我也许是过分认真了。根据我有限的理解能力，我把你说的当成了法则，长期以来我都是按这些法则生活的。就是在你爱我，关心我，把我接到你家里住的时候，我都是这样做的，此后一段时期也是如此。"

"然而我现在越出了轨道，破坏了自己的法则，甚至失去了对这些法则的感情。在发生了这件可怕的事情之后，你又谈到了我的处境，这一次比上一次更惨。我半僵硬地躺在你的怀里，仿佛从一个陌生的世界里传来你轻微的说话声。我听到了关于我处境的谈话，我为我自己感到吃惊。和上次一样，我也在半睡半死的状态中为自己确定了一条新的道路。"

"像上次一样，我做出了决定。这个决定，我得马上告诉你。我绝不会成为爱德华的人！上帝已经用可怕的方式让我睁开了双眼，看到自己犯下了什么样的错误。我要赎罪，谁也不能使我改变这个主意！我亲爱的、好心的人啊！采取你的行动吧！让少校回来。写信告诉他，不要采取任何行动。刚才他走的时候，我是多么害怕啊。我也无法动弹。我真想跳起来，大声呼喊：'你不该让他怀着这种罪恶的想法离去。'"

夏绿蒂看到，也理会到奥狄莉的处境，但是她还是希望经过这段时间，经过劝说，使奥狄莉改变主意。然而，她刚说了几句暗示未来，减轻痛苦的话，奥狄莉就顶了起来，大声说："不！你别想说服我，别想哄骗我！当我听到你同意离婚之时，我就想跳进湖里，去赎罪，去弥补我的过失。"

第十五章

亲朋和家人在幸福和安宁中相处时，谈起已经发生和将要发生的事情，往往不只是出于必然和当然的原因；他们彼此间反复告知他们的打算，他们的所作所为，虽说不完全是在交换意见，但总给人一种好像一生都在商量着的印象。与此相反，在重要时刻，看来最需要别人帮助，最需要别人鼓励的时候，却发现每个人都避开了，各行其是，不与人谋，各自使用的方法秘而不宣，只有结果、目的和取得的成功才公之于众。

在发生了这么多奇怪和不幸的事情之后，两位女友间出现了一种静穆、严肃的气氛，它是通过相互间友好的体谅表现出来。夏绿蒂暗中派人把小孩埋葬在小教堂里。他安息在那儿，在一种充满不祥预兆的关系中，他成为了第一个牺牲品。

夏绿蒂尽可能地回到正常的生活中来。这时她首先发现奥狄莉需要她的帮助。她特别关心这个姑娘，但不想让她有所察觉。她知道，这个天使般的姑娘是多么爱着爱德华。她慢慢地搞清了这次不幸事故发生之前的种种情况，一部分是从奥狄莉那儿，一部分是从少校的信件中。

就奥狄莉这方面来说，她使夏绿蒂现在的生活变得轻松多了。她显得坦率，甚至健谈起来，但从不涉及现在和不久前发生的事情。她总是在留意，在观察，她懂得很多东西，现在都派上了用场了。她为夏绿蒂排忧解闷，而夏绿蒂则暗中怀着希望，想看到她所看重的他们结为夫妻。

然而奥狄莉却另有想法。她向夏绿蒂袒露了她生活道路上的秘密，从往日的克制和顺从中解脱出来。她感觉到自己通过悔恨，已经摆脱了因那次过失和灾难造成的重负。她已用不着克制自己了。对爱德华完全断念，已成了她在内心深处宽恕自己的惟一条件，而这个条件对于整个未来是不可缺少的。

就这样过了一段时间。夏绿蒂感到，房屋、花园、湖水、岩石和树林每天都在她俩的心中增添新愁。看来，换一下地方是解决的方法，然而究竟怎样去做，却不是那么容易决定的。

两位女士还住在一起吗？爱德华先前的意愿似乎是要她们必须这样做的。应该说他的威胁使她们必须这样做。然而，这两个女人尽管有着良好的意愿和坚强的理性，并且做出了最大的努力，但住在一起总使人感到尴尬，这点有谁看不出来呢？她们的交谈总要避开许多东西，有时她们倒高兴不完全听懂对方的意思，只求听懂一半就行了，然而更多的时候，一句话使对方不是在理智上，至少也会在感情上产生误解。她们惟恐伤害对方，而恰恰是因为这种畏惧心理最容易受伤害，也最容易伤害其他人。

如需要变换地方，或者彼此分开，至少要分开一段时间，这样便出现了那个老问题：奥狄莉到哪儿去？曾有有钱的大户人家提出要奥狄莉陪伴他们的女儿，这样可以使她快乐和上进，因为她很有希望成为这一家的财产继承人，但提了几次都没有成功。男爵夫人上次来访时提过，最近来信中又催促夏绿蒂把奥狄莉送到那儿去。现在夏绿蒂又一次提起这件事，但是奥狄莉断然拒绝了，她发现那是被人们通常称为大世面的地方。

"亲爱的姨妈，"她说，"为了证明我不是那么偏狭和固执，我想坦率说说在另一种场合不该说和不便说的话。一个少有的不幸的人，尽管他是无辜的，也会被人用可怕的方式加以对待。无论他在哪儿出现，看到他的人都会产生一种恐惧感。每个人都想看看他身上的奇怪之处，每个人都对他感到好奇，但又感到害怕。就像在一个发生了灾难的家庭或城市里那样，每一个身在其中的人都会感到害怕和恐惧。在那儿，白昼的光线不再是那么明亮，星星也好像失去了它们的光亮。"

"人们对待这些不幸的人是多么轻率啊！他们那种愚蠢的纠缠和笨拙的好意，也许是可以谅解的，但造成的伤害是多么严重啊！请原谅我说这种话。那时，露茜娜把那个可怜的病女孩从她躲藏的房间里拉出来，友好地对待她，善意地硬让她去跳舞和做游戏，我为那个女孩子感到十分的痛苦。那个可怜的女孩害怕了，而且越来越害怕，以至于最后逃开了，昏了过去，我把她抱住了。在场的人吃了一惊，激动起来，对这个不幸的人产生了好感。那时候我没有想到同样的命运在等待着我，可我的同情心是那样的真挚，那样的强烈，至今还能依然清楚地感觉到。现在我可以把这种同情心用在自己身上了，可以使我避免陷入类似的境况中。"

"亲爱的孩子，"夏绿蒂说，"你到哪儿也躲不开人们的目光啊。我们这没有修道院，否则在那儿你倒可以为这种感情找到一个避难所。"

"寂寞孤独不是什么避难所，亲爱的姨妈，"奥狄莉回答说，"只有在我们有所作为的地方，才能找到最有真正意义的避难所。如果厄运决心追踪我们，那么所有的赎罪，所有的一切都无法使我们摆脱它。只有闲散得成为世人所注目的人，我才会对世人感到厌恶，感到害怕。如果世人看到我在愉快地工作，不知疲倦地尽着自己的义务，那么任何人的目光我都能忍受，因为我在神的面前用不着感到羞愧了。"

"如果我没有猜错的话，"夏绿蒂说，"你是有意回到寄宿学校去。"

"是的，"奥狄莉回答说，"我不否认，我们受过极为特殊的教育，尽管如此，但我仍把通过普通的途径去教育别人，视为一种幸福的使命。我们不是看到，历史上很多人由于道德上的巨大不幸而隐居荒野吗？可是在那里他们也不能像所希望的那样隐藏起来。他们被召回尘世，去引导那些迷途者走上正道，有谁能比他们这些人现身说法做得更好呢？他们负有使命去帮助那些不幸的人，有谁能比他们更适合担负这项使命呢？没有，因为尘世间的任何灾难已无法侵害他们。"

"你选择了一项特殊的使命，"夏绿蒂说，"我不想阻拦你。你可以去试试，不过，如我所希望的只是短时期的。"

"我非常感谢您，"奥狄莉说，"感谢您同意我去试试，我并非自信，我想我会成功的。我会在那儿，回忆起我经历过的那些考试，这些考试同我今后所要经历的事情相比，是多么渺小，多么微不足道啊！我将怀着欣喜的心情去观察那些年幼学童的窘迫表情，对他们孩子般的痛苦给以微笑，轻轻地携手将他们从小小的失误中解救出来。幸福的人管教幸福的人，是不合适的。人们得到的越多，对自己和别人提出的要求就越多，这是人的天性。只有重新走向生活的人，才会为自己、为别人去培养知足常乐的感情。"

"让我对你的打算再提出一点异议吧，"夏绿蒂略加沉思后，终于说道，"我觉得这一点是极为重要的。这说的不是你，而是一个第三者。那位善良、明理、虔诚的年轻教师的想法，你是知道的。在你要走的那条路上，他会日益发现你的价值，对他来说，你是不可缺少的。从他的感情上来看，如果现在他没有你生活就不会愉快；到了将来，他一旦习惯了你的合作，没有你他的事业就再也无法干好。开始时你帮助了他，到了后来反而会折磨他。"

"命运不会温柔地对待我，"奥狄莉说，"谁爱上我，也许不能指望有什么好结果。那位朋友是那样的善良，那样的通情达理，正因为如此，我希望也在他的心中对我只产生一种纯洁的感情。他会把我看成一个断绝了尘缘的人，这样的人只有献身神灵，才能消除给自己和给别人所造成的灾难，因为神灵就在我们周围，虽然无影无形，却能保护我们免遭各种祸患。"

　　这个可爱的姑娘的表白是发自于内心的，夏绿蒂听了后进行了一番思考。她做了各种不同的窥探，别人是难以觉察的，看看是否有可能让奥狄莉去接近爱德华。但是，哪怕是稍微提及此事，或隐含极小的希望和暗示，都似乎会使奥狄莉极其反感。有一次，奥狄莉毫不掩饰地表明了自己的态度。

　　"如果你放弃爱德华的决心是如此坚定，如此不可改变的话，"夏绿蒂对她说，"那么，你就得小心。要提防与他再度见面的危险。在远离心上人时，我们对他的眷恋越深，似乎就觉得越能克制自己，因为我们把激情的力量，从向外扩展并转移到心灵深处。然而，当我们以为可以缺少的东西，突然又出现在我们面前，我们很快就会从这种错误想法中挣脱出来。你认为现在的情况怎样做最合适，就怎样做吧。你最好检验一下自己，或是改变你现在的决定，但要出于你的本意，出于你自己的意志。你千万不要偶然地、出乎意料地重新陷入从前的困境中，那样就会在你的心里产生一种难以承受的压力。正如我说过的，在你走这一步之前，在你离开我，一种不知会把你引向什么道路的新生活之前，你要再三考虑，是否真能够永远放弃爱德华。如果你做出了决定，那么让我们达成一个协议，要是他来找你，硬要接近你，你也不要同他见面，不要和他交谈。"奥狄莉马上不假思索地向夏绿蒂做出保证，把她先前的许诺又重复了一遍。

　　但是爱德华曾说过的那种威胁话，夏绿蒂还记挂在心中。只有在奥狄莉在不离开夏绿蒂的期间，他才能舍弃奥狄莉。虽然从那以后情况有了很大的变化，发生了许多事情，他随口说出的那句话，对以后发生的一些事情可以认为是无效了。但是，即使这样想，她也不敢，也不敢做出任何伤害他的事来。在这种情况下，应当让米德勒去打听一下爱德华的想法。

　　自从孩子死后，米德勒常来看望夏绿蒂，虽然每次时间都很短。这个不幸的事对他的影响很大，使他认识到这对夫妇重归于好，看来是不大可能了。但他还是按照自己的思想方式满怀着希望，不断努力，听到奥狄莉的决定他暗自感到高兴。他相信，随着时间的流逝，事情会得到缓解，因此他一直在考虑怎样使这对夫妇破镜重圆，并把那些感情上的波动看做是对夫妻之间爱情和忠诚的考验。

　　夏绿蒂一开始就把奥狄莉的决定写信告诉了少校。她十分恳切地劝爱德华不要采取任何行动，一定保持冷静，耐心等待，看这美丽的姑娘的情绪是否能恢复过来。对后来发生的事情和一些想法，她把最重要的告诉了他。现在一项艰难的任务：让爱德华对情况的改变做好思想准备，自然落到了米德勒的肩上。米德勒知道得很清楚，人们容易接受已经发生了的事，而不容易接受即将要发生的事，因此他劝说夏绿蒂，最好马上就把奥狄莉送回到寄宿学校去。

　　米德勒走后，她立即为奥狄莉的启程做了精心准备。奥狄莉在打点行装时，夏绿蒂看得很清楚，她既不打算带上那只漂亮的小箱子，也不打算带走里面的那些东西。夏绿蒂默不作声，让这默默无语的孩子自行其是。出发的日子到了。夏绿蒂的马车第一天将要把奥狄莉送到一家熟悉的旅店，第二天再送到寄宿学校。南妮将陪同她，仍当她的侍女。在夏绿蒂的孩子死后，这个热心的女孩子立即回到了奥狄莉的身边。她出于天性和倾慕，像往昔那样与奥狄莉形影不离，话也多了起来，仿佛要以此来使奥狄莉高兴，弥补过去她疏忽了的职责，完全献身于她所忠诚的女主人。她还从来没有离开过出生之地，因此能和奥狄莉一同远行，领略异地的风光，这使她喜出望外。她从府邸跑回村里，把自己的幸福告诉父母和亲戚，并向他们一一道别。不幸的是，她去了一个麻疹病人的家里，然后立刻受到了传染。启程的日期不能因此而推迟，奥狄莉本人也需要动身。这条路她曾经走过，途中住宿的那家旅店的主人她也认识。为她驾车的是府邸的马车夫，她没有什么可担心的。

　　夏绿蒂对此没有表示反对，她自己在思想上也急于摆脱目前的环境。她要做的只是把府邸中奥狄莉住过的房间布置一下，恢复到上尉来时的样子，好让爱德华重新使用。人们在心头总会再燃起重建昔日幸福的希望，夏绿蒂有理由，也有必要对此怀有这样的希望。

第十六章

　　米德勒来找爱德华谈话时，发现他独自一个人，右手托着头，胳膊支在桌上，看上去他十分痛苦。"您的头痛又在折磨您？"米德勒问道。"它是在折磨我，"爱德华说，"但是我并不恨它，因为它使我想起了奥狄莉。我想，也许她现在也在受头痛的折磨：右手托着头，痛得比我更厉害。为什么我就不能像她那样去忍受呢？这种痛苦对我来说是有益的，可以说，是我所希望的。因为只有这样，她那忍受痛苦的表情，才能更鲜明、更清晰、更生动地呈现在我的心中；只有在痛苦中，我们才能充分感受到忍受痛苦所必需的种种非凡的能力。"

　　米德勒发现他的朋友已经失望到如此程度，便马上地说出了他带来的消息。奥狄莉返回寄宿学校，这个想法她们两位女士是怎样产生的，后来又是怎样逐渐成熟的，又是怎样确定下来的，他一步一步，原原本本作了陈述。爱德华没有表示反对。他只讲了几句，从中似乎表明他对一切都听之任之。当前的痛苦仿佛已使他对一切都不在乎了。

然而，当米德勒刚一离开，只剩下他一个人时，他便站起身，在房间里徘徊。他不再感到痛苦了，脑海里在翻腾不已。早在米德勒讲述的时候，对这位恋人的想像力便已活跃起来。他看到奥狄莉孤独地，或者说感到孤独地走在那条他所熟悉的路上，歇在那家他所熟悉的旅店里，那儿他曾多次踏进过。他在想，在考虑，或者更确切地说，他不是在想，在考虑，而是在希望，在向往。他必须见到她，和她谈话。至于为什么，要达到什么目的，会产生什么样的后果，他都说不上。他无法克制，但他必须这样做。

他把自己的秘密告诉了仆人，这个仆人便立即打听到了奥狄莉动身的日期和时刻。这天黎明时分，爱德华独自骑着马，径直前往奥狄莉将要住宿的旅店。他到那儿的时间还很早，女店主甚感意外，高兴地接待了他。爱德华曾经为她家做过好事，她对他感恩戴德。她有个儿子，是个士兵，作战非常勇敢，当时只有爱德华在场，他把她儿子的英雄事迹一直报到统帅那儿，绕过了一些居心不良的人的阻挠，为她儿子争取一枚勋章，她不知怎样报答他才好。她便很快腾出了她的梳妆室，这间梳妆室同时也是她的存衣室和储藏室。但爱德华告诉她，有位女士要来此地，这个房间应当让给她住，给他自己在过道后面收拾一个房间就行了。女店主觉得这事有点奇怪，但她还是很乐意为她自己的恩人效劳。他对这件事是多么关注，多么热心呵。到傍晚，还有一段漫长的时间，他是怀着什么样的心情挨过的啊！他把房间里里外外观察了一番，他将要在这个房间里见到她。虽然这房间有些不尽人意，但在他眼里却是个天堂般的栖身之处。此刻，他还有什么没有考虑到呢？是让奥狄莉出乎意外地见到他呢，还是让她事先有所准备？最后，还是后一种想法占了上风。他坐了下来，开始写信。这封信她一定会收到的。

爱德华致奥狄莉

在你读这封信时，我最亲爱的人，我就在你的身旁。你不要害怕，也不要惊慌。我没有什么可使你害怕的。我不会强求你，在没有得到你的允许之前，我不会来见你。

在此之前，请你考虑一下你的处境和我的处境。你不打算采取决定性的步骤，我会十分感谢你的。这一步关系重大，你千万别走这一步！你处在一个十字路口，必须三思而后行。你可以成为我的人，你愿意成为我的人吗？噢，要是这样，你便给我们大家带来了莫大的恩惠，给我更是带来了无法估量的恩惠。

让我再见一见你，高高兴兴地见一见你吧。让我亲口提出这个问题，你也亲口回答这个美好的问题。奥狄莉，回到我的怀抱中来吧！你曾多次伏在我的怀里，这里儿永远属于你！

爱德华一面写，一面感觉到他最渴望见到的人正在走近他，马上就要出现在他的身边。她将从这个房门里进来，读到这封信。我一直渴望见到她，她真的会出现在我的面前吗？她的模样，她的思想会有什么改变呢？他握着笔，要把他所想的一切写下来。可是马车已经驶进了院子，他便匆匆地添了一句："我听到你来了，一会儿见！"

他叠好信，写好信封，但来不及盖章了。他跳起身，走进另一间房间，知道随后从这儿就能直达过道里。在这瞬间，他忽然想起他的表和印章留在桌上了。不能让她在没见到他之前先看到这些东西。他又跳了回去，总算把它们拿到手。这时他听到女店主的声音，她从前厅朝这儿走来，正在给客人安排房间。爱德华快步向房门奔去，但是门关上了。因为他刚才冲进房间时，把钥匙弄掉在地上，门咋呼一声锁上了。他像着了魔似的站在那儿。他使劲推门，但无济于事。噢，他多么希望自己能像精灵那样从门缝里溜走啊！可是毫无办法。他把脸掩在门柱后。当奥狄莉走了进来，女店主一眼就看见他。在奥狄莉面前，他无法躲藏。于是，他转过身来，面对着她。在这样一种奇特的情况下，使这对相爱的人又面对面地站在一起。她平静而严肃地看着他，既没有向前，也没有后退。他挪动脚步，尽量想靠近她。她倒退了几步，一直退到桌边。他也后退了。"奥狄莉，"他喊了起来，"让我们打破这可怕的沉默吧！难道我们只是相对而立的影子吗？你先听我说！你一到这儿就见到我，这完全是偶然的。在你身边有一封信，这是为你准备的。请你读一读吧，我求你，读一读吧！然后你再决定怎么做。"

她低头望着那封信，考虑片刻后拿起那封放在桌子上的信，打开读起来。读后，她表情毫无变化，轻轻把它放在一边。然后，她举起双手合在一起，放在胸前，身子稍稍前倾，注视着面前这个急切的人，那种目光使他不得不放弃他的要求，或者说，他的希望。她的这种神态和动作撕碎了他的心。他无法忍受她的目光，她的姿态。他看得很清楚，如果他坚持自己的要求，她就会跪倒在地上。他失望地跑出房间，打发女店主去照顾这个孤独的姑娘。

他在前厅踱来踱去。夜已深了，房里依然静悄悄的。终于女店主走出房门，拔出了钥匙。这个善良的妇人既激动，又困惑，不知该做些什么。最后，在临走时，她把钥匙递给爱德华，但他拒绝收下。她留下蜡烛，就离开了。

爱德华悲痛万分，扑倒在奥狄莉的房门口，泪水滴湿了门槛。一对相爱的人近在咫尺，而结果却是如此凄凉地度过了一夜，这种情况还从未有过。

天刚亮，马车夫便备好了车。女店主打开房门，走了进去。她看到奥狄莉和衣睡在那里，便退了出来，含着同情的微笑向爱德华示意。他们两人走到睡梦中的奥狄莉的面前。就连看一眼这种景象，爱德华也难以忍受。女店主不敢唤醒沉睡的姑娘，只是在她对面坐了下来。奥狄莉睁开了美丽的双眼，站起身来，她拒绝用早餐。爱德华走到她面前，恳求她，只说一句话来表明她的心意。他发誓，他完全遵从她的意愿。可是，她默不作声。他再次真挚地急切地问她，是否愿意成为他的人。她令人可怜地低下双眼，轻轻地摇了摇头，表示拒绝。他问她，是否愿意回寄宿学校。她表示不愿意。但是当他问道，她是否愿意回到夏绿蒂的身边时，她宽慰地点了点头，表示愿意。他急忙走到窗前去吩咐马车夫。她从他身后冲出房间，走下台阶，上了马车。马车夫驾车驶回府邸。爱德华与马车保持一段距离，骑马跟在后面。

第十七章

夏绿蒂看见奥狄莉坐着马车进了府邸的院子，随后又看见爱德华骑马跟了进来，她是多么惊异啊！她急忙走到门口。奥狄莉下了车，和爱德华一起走了过来。她热诚而用力地抓住这对夫妻的手，将他们拉在一起，然后跑回自己的房间。爱德华向夏绿蒂扑去，搂住她的脖子，泪如泉涌。他一时无法解释所发生的这一切，只求她对他要有耐心，并请她去安慰和帮助奥狄莉。夏绿蒂便匆匆走向奥狄莉的房间。她刚一跨进房门，不禁吃了一惊。房间已经腾了出来，只剩下空空的四壁，显得宽敞而沉闷。里面的东西都搬走了，只剩下了那个小箱子，因为人们不知放到哪儿去才好，仍然摆在房间中央。奥狄莉躺在地上，把头和手臂倚在箱子上。夏绿蒂过来照料她，问她出了什么事，但是没有得到回答。

夏绿蒂吩咐女仆端来了饮料，叫她留在奥狄莉身边，而自己忙跑去找爱德华。她在大厅里找到了他，但从他那里同样没有得到什么解释。他跪倒在她的面前，泪水滴湿了她的双手。他跑回自己的房间，夏绿蒂正想跟上去，却遇到了他的仆人。仆人尽他所知把事情向她做了说明。此后的情况她自己可以想得出来。她立即果断地着手眼前急需要办的事情。奥狄莉的房间很快便重新布置妥当。爱德华看见地上的东西，甚至连一张纸，都原封不动地放在那儿，跟他离开时的样子一样。

他们三个人又聚在一起了，但奥狄莉依然保持沉默。爱德华除了请求妻子要有耐心外，也别无办法，他自己好像缺乏耐心了。夏绿蒂派人去请米德勒和少校。米德勒没找到，少校来了。爱德华向他倾吐了心里话，坦白了每一个细节。这样，夏绿蒂便知道发生了什么事情，使情况起了这么奇怪的变化，使他们的情绪变化有这么大。

她亲切地找丈夫谈话。她除了请求他现在不要去刺激那个姑娘外，也没有其他的办法。爱德华感受到妻子的价值，她的爱情和理智，然而对奥狄莉的爱慕已经完完全全支配了他的感情。夏绿蒂给了他希望，答应同他离婚。他不相信。他的心病是那么严重，希望和信任已经离开了他的心灵。他却硬逼着夏绿蒂，要她答应与少校结婚。一种类似无缘无故的烦恼侵袭着他。夏绿蒂为了宽慰他，爱护他，便按他的要求去做。只要奥狄莉愿意与爱德华结合，她便答应和少校结婚。但她有一个条件，那就是两个男人现在必须一起外出一段时间。少校正好要为自家庄园的事外出，爱德华答应陪他去。两人着手准备旅行，大家感到心里平静了许多，至少是有事做了。

在此期间，人们注意到奥狄莉几乎不进饮食，继续保持沉默。只要一劝她，她便会惶恐不安，人们也只好随她而去。我们大家不是都有这样的弱点，为了一个人好，便不忍心使他烦恼吗？夏绿蒂想尽各种办法，终于想到把寄宿学校的那位教师请来，这个人对奥狄莉有很大的影响。奥狄莉没有去寄宿学校，他感到意外，曾来信表示亲切的关心，但一直没有得到复信。

为了不使奥狄莉感到吃惊，这个计划由人当面告诉了她。她好像并不赞成，沉思了片刻，最后仿佛打定了主意，她急忙跑回房间，就在傍晚之前，给大家写了下面这封信。

奥狄莉致朋友们

我亲爱的朋友们，事实已经不言而喻了，为什么还要我挑明呢？我已越出了我的轨道，再也不能陷下去。一个稍有敌意的魔鬼，控制着我，即使我希望与自身统一起来，它也似乎会从外部阻挠我这样去做。

我要舍弃爱德华，远离开他，不希望再见到他，这个决心是非常纯正的。然而事情却起了变化，他违反了他的意志，出现在我的面前。我许诺过不同他说话，也许我过于刻板地对待和理解这个诺言了。我保持沉默，在朋友面前缄口不语，出于我的感情和良心，现在再也无话可说。那种经过深思熟虑立下的严厉誓言，也许会使人感到难受和害怕，而我是为感情所逼，偶然立下的。只要这是我心里的要求，你们就让我这样坚持下去吧。不要请另外的人来！不要强迫我开口说话，不要强迫我多饮食，现在已经够多了。用你们的宽容和耐心来帮助我度过这段时间吧。我还年轻，青春会不知不觉地恢复过来的。请容忍我待在你们的身边，用你们的爱使我得到快乐，用你们的谈话来使我获得教诲，但是我的心意，可不要来干预，随我去吧！

两个男人一直在准备的旅行取消了，因为少校要外出办理的事务推迟了。这对于爱德华来说是求之不得的！奥狄莉的这封信又重新使他激动起来，她信中的话语令人欣慰，给人希望，他又一次受到鼓舞，自信有理由执著地等待下去。他突然宣布不打算外出了。"如果有意地草率地抛弃最不可缺少、最为需要的东西，这是多么愚蠢啊！"他大声说，"虽然我们有失去它的危险，但也许还能保住它啊！它表明了人们的意志和选择的能力。由于我们被这种愚蠢的傲慢所支配，总是提前几小时或几天，甩开自己的朋友，只是为了避免受那最后的、不可避免的期限的到来。然而这一次我要留下来。我为什么要离开呢？难道她不是已经离开我了吗？我不仅握她的手，还想拥抱她，我甚至不能这样想，这样想就会使我颤栗。她没有离开我，而是超越了我。"

爱德华像他所想的那样，像他所需要的那样，留了下来。他和她在一起时快乐无比，她也有这种感觉，她无法摆脱对幸福的需求。像往常一样，他们之间有一种难以言传的魔法般的吸引力。他们同住在一个屋檐下，即使没有正在想着对方，即使各干各的事情，即使被朋友们拖来拖去，也会相互靠近。如果同在一个大厅里，那用不了多久，他们便会相对而立，并肩而坐。只有这样，才能使他俩得到安慰，完完全全的安慰，只要这样的亲近就够了。无需眼神示意，无需言语表情，无需接触抚摸，只要在一起就够了。他们不是两个人，而是一个人，完全沉浸在无知觉的幸福之中，对自己，对世界都感到心满意足。是的，如果有人将他们中的一个留在房子的一端，那么另一个便会渐渐地、自然地、无意识地移到那边去。对他们来说，生活是未知的，他们只有在一起时，才能把这个谜解开。

奥狄莉显得非常快乐和平静，人们对她可以完全放心了。她很少离开家人，只是要求单独用餐，而且只要南妮伺候她。

任何一个人平常遇到的事，都会多次重复，而且次数比人们想像的要多，这是因为他的天性起了直接的作用。品格、个性、爱好、方向、地域、环境和习惯已成了一个整体，每个人就像飘浮在水和空气中一样，只有置身在这个整体中，才会感到舒适快乐。有些人，多次被人抱怨起了变化，但多年之后，我们惊奇地发现，他们没有任何变化，经过无数次内部和外部的刺激，他们依然如故。

我们的这几位朋友，他们的日常生活几乎又进入了旧日的轨道。奥狄莉依然沉默无语，总是用她的殷勤显示出她那亲切友好的品性。每个人也都以各自的方式显示出各自的品性。这个家庭圈子的人以此造成了一种恢复旧日生活的假象。如果有人误以为一切如故，那倒是情有可原的。

秋日和夏日一样的长，它把大家从户外召回室内。果实装点着大地，这是这个季节所特有的。人们真以为初春后便是秋天，春秋之间的那段时光已被遗忘了。现在鲜花盛开，是初春时种下的；树上成熟的果实，那时看上去还是绽开的花苞。

少校时来时去，米德勒也经常露面。晚上他们多半聚在一起，一如既往。爱德华像以往一样给大家朗读，可以说，他读得比任何时候更好，更生动，更有感情，也更愉快。他好像要用这种快乐和感情使奥狄莉重新活跃起来，打破她的沉默。他像过去那样坐着，使奥狄莉能够看到他读。要是她不看，要是他不能肯定她的目光在他朗读时追随着他，他便会心绪不宁，精神不集中。

前一段时间产生的一切不愉快、不舒畅的感情都不存在了。谁也不记恨谁，一切怨恨都已消失。夏绿蒂弹钢琴，少校拉起小提琴伴奏；奥狄莉弹弦乐，爱德华吹起笛子，一切就像过去在一起时那样。爱德华的生日快到了，去年没有庆祝，这次也不大操大办，只准备在平静而亲切的欢乐气氛中庆祝一下。大家在半是意会半是言传中取得了一致的意见。生日越是临近，奥狄莉越是流露出一种节日喜庆的心情。对这种心情，与其说是人们至今观察到的，还不如说是感觉到的。她好像经常在花园里察看那些花草，她暗示园丁，要保护好各种各样夏季花卉。她特别喜欢在紫菀花旁流连，这一年的紫菀花恰好开得特别繁茂。

第十八章

奥狄莉第一次打开了爱德华送给她的小箱子，是朋友暗中留心观察到的最重要的一件事。她从箱子里选出不同的衣料，加以裁剪，足够缝制一套完整的服装。余下的，她想在南妮的帮助下重新放进箱子，可是怎么也放不进去，她虽然取出了一部分衣料，里面还是装得满满的。南妮这个贪心的小姑娘看得眼红，特别是她看到服装所需的一切细小的物件都配齐了，鞋、袜、绣着格言的袜带、手套以及其他东西一应俱全，便请求奥狄莉把多余的送一些给她。奥狄莉拒绝了，但她拉开衣柜上的一个抽屉，让她随意挑选里面的东西。南妮急忙笨拙地抓了一些，随即拿着这些东西跑了出去。她要拿给家里人看，向他们夸耀她的幸福。

奥狄莉终于把所有的东西细心地放了进去。接着她打开箱盖里的一个暗格，把爱德华写给她的便条和书信，他俩以前散步时留作纪念的枯萎的花朵，一缕恋人的馨发，以及其他一些东西藏在里面。还有一件东西她也放了进去，那是她父亲的肖像。然后她把箱子锁了起来，把小钥匙系在金项链上戴到脖子上，垂在胸前。

在这期间，朋友们的心中又萌发了种种希望。夏绿蒂深信，在爱德华生日那天奥狄莉会重新开口说话。因为她一直在悄悄地忙个不停，流露出一种开朗快乐的神情，面带微笑，就像一个人在心爱的人面前藏着点值得他高兴和美好回忆的东西，脸上露出的那种微笑。然而谁也不知道在某些时候奥狄莉极度虚弱，只是当她在大家面前出现的时候，依靠一种精神力量才支撑下来。

在这段时间里，米德勒经常来，待的时间也比以往更长。这个固执的人知道得很清楚，到了一定的火候，铁也会熔化。他认为奥狄莉的沉默和拒绝，对他的计划是有利的。迄今为止，这对夫妇还没有采取离婚的步骤。他希望能用别的有利的方式来决定这位善良姑娘的命运。他倾听别人谈话，也作点让步，让他们明白自己的心意，并按自己的方式十分聪明地行事。

他一有机会，便往往禁不住对那些他认为是十分重要的话题发表议论。他多半生活在自己的内心世界里，和别人在一起时，通常也总是采取就事论事的态度。若是到朋友中间，他打开了话匣子，便滔滔不绝，正如我们常常看到的那样毫无顾忌，口若悬河，他的话有时会伤别人的心，有时也会医治别人的创伤；有时有利，有时有害，谁也料不到，这就要看当时的情况了。

爱德华生日的前夕，夏绿蒂和少校坐在一起，等待骑马外出的爱德华。米德勒在房间里来回踱步。奥狄莉留在自己的房间里，在整理第二天要用的饰物，并指点南妮做一些事情。小姑娘完全理解她的意思，伶俐地按照她默默无言的吩咐去做。

米德勒正好碰到了一个他津津乐道的话题。他经常强调，无论是教育孩子还是指导民众，没有什么比禁令和惩罚性的法规更愚蠢更野蛮的了。"人是喜欢活动的，"他说，"如果懂得什么是被禁止的，他就会听从，就会去行动，去执行。就我个人来说，在我的圈子里我宁愿容忍错误和过失，直到能找到与之相对立的道德为止，而不愿摆脱错误，看不到用正确的东西来代替它。只要他能够的话，人是乐意行善事，做些合适的事。他这样做，只是为了有事可做，他没有更多的考虑，不会比由于闲散无聊而干蠢事时考虑得更多。

"我听到儿童教育中不断重复十戒时，便感到非常讨厌。'应当尊敬父母'，这个第四戒还算是符合情理的命令式的戒律。要是孩子们真的把它铭记在心，那他们每天都可以遵照去做了。可是第五戒，我该怎么说它呢？'不应当杀人'，好像每个人至少都有杀人欲望似的！如果某个人恨一个人，发起怒来，暴躁不已，由于这个或那个原因，可能会偶尔杀了人。但是对儿童说，不要去行凶杀人，这难道不是一种极不文明的教育方法吗？应当这样说：'要爱护他人的生命，不要做伤害他的事，要冒着危险去拯救他。要想到，要是你伤害了他，就等于在伤害自己。'这才是有教养、有理性的民族中应有的戒律。可惜这条戒律在讲解宗教教义时，只是在'这是什么'一类问题里可怜地提到了一点点。"

"还有那第六戒，简直让我觉得可惜！这是什么玩意儿？这是在刺激天真无邪的儿童，挑逗他们对危险、对神秘事情的好奇心，激发他们的想像力，让他们在头脑里形成古怪的画面和情景。灌输给儿童的这些玩意儿，正是人们需要用强力铲除的东西。把这类事情交给秘密法庭进行严厉惩处，要比在教堂里当着教徒的面乱讲乱扯要好得多。"

正在这时奥狄莉走了进来。"'不应当奸淫'，"米德勒继续说，"这多么粗俗，多么下流！如果这样讲，听起来就完全不同了：你应当尊重婚姻。当你看到一对夫妻相爱时，你应当为此感到高兴，分享他们的幸福，就像对晴朗的天气感到幸福一样。假如他们的关系中出现了阴云，你要设法使它变得明朗。你应当设法去劝慰和缓解他们，让他们平静下来，使他们清楚地看到各自的优点，用高尚、无私的精神，去促进他们的幸福，让他们感到，每一种义务，特别是这种男女双方不可分离地结合在一起的义务，会给人带来怎样的幸福。"

夏绿蒂真是如坐针毡，因为她确信，米德勒没有意识到自己在什么场合，在说些什么话，所以她对这种情况更感到害怕了。她还没有来得及打断他的话，就看到奥狄莉脸色陡变，走出了房间。

"第七戒你就不必给我们讲了，"夏绿蒂勉强微笑着说。"其余各戒都是以这一戒为基础的，"米德勒说，"我只要拯救出这一戒就行了。"

这时南妮惊叫着，冲了进来："她快死了！小姐快死了！您快去看看吧！您快去呀！"

原来，刚才奥狄莉摇摇晃晃地回到自己的房间时，那些第二天要穿的衣服，要戴的饰物都摊放在几张椅子上。南妮一会儿走到这边，一会走到那边，欣赏着，赞叹着，欢快地叫了起来："您看，亲爱的小姐，这是新娘的装饰，您穿正合适！"

奥狄莉听到这话，便瘫倒在沙发上。南妮看到女主人脸色惨白，身体僵硬，便跑去找夏绿蒂。大家都来了，那位医生朋友也急忙赶来了。他认为这是一种衰竭的症状。他让人端来一杯肉汤。奥狄莉厌恶地拒绝喝下。当有人把杯子端到她的嘴边时，她几乎抽搐起来。医生严肃而急促地问南妮，这是怎么回事？奥狄莉今天吃过什么？小姑娘张口结舌，说不出话来。他又重复问了一句，小姑娘才说奥狄莉什么也没吃。

医生发现南妮神色异乎寻常的惊慌，便把她拉到隔壁房间里，夏绿蒂也跟了进去。南妮跪在地上，供认说，奥狄莉长时间以来几乎不吃不喝。在奥狄莉的逼迫下，她替奥狄莉把饭菜吃了。这件事她没有敢说出来，因为她的女主人恳求她，威胁她，她还天真地补了一句，这些饭菜也很好吃。

少校和米德勒也走了过来。他们看见夏绿蒂正在医生身边忙着。那个脸色苍白、天使般的姑娘坐在沙发的角上，看上去神志还清楚。人们劝她躺下来，她拒绝了，却示意人们把那个小箱子拿过来。她把双脚搁在上面，保持一种半卧的舒适姿势。她像是和大家诀别似的，向周围的人流露出最温柔的依恋之情，流露出饱含挚爱、感激、歉疚和真诚的惜别之情。

爱德华刚下马，听到这情况，马上冲进屋去。他扑倒在她的身边，握住她的手，无声的泪水浸湿了她的手。他就这样一动不动呆了很久，最后才大声喊道："难道我就再也听不到你的声音了吗？难道你就不能活下来同我说一句话吗？好，好！我就跟你去吧，到那儿我们会用另一种语言来说话！"

她用力握紧他的手，兴奋而充满深情地望着他，深深吸了一口气，像天使般默默动了动嘴唇，温柔而亲切地使劲吐出一句："答应我，活下去！"说完便倒了下去。"我答应你！"他向她喊道，然而这喊声只能随她而去，因为她已经离开了人世。

在泪水中度过了一夜之后，夏绿蒂便开始操办丧事，少校和米德勒从旁协助她。爱德华的处境令人感叹。他刚从绝望中挣扎出来，稍稍能思考时，便坚持要把奥狄莉的遗体留在府邸，他要伺候她，照料她，像对待活人一样对待她，因为她没有死，也不能死。人们按照他的意愿去做了，至少没有去做他所禁止的事。但他没有要求去看看奥狄莉。

这时，又发生一件可怕的、令人忧虑的事。南妮在医生的逼迫、威胁下说出了实话，而且说出实话后又遭到一顿责怪，她吓得逃跑了。人们找了好长时间才把她找到了，但她的精神似乎失常了。她的父母把她接了回去，不管怎样善待她也不起作用，她还是要逃跑，因此只好把她关了起来。

人们把爱德华渐渐从极度绝望中解脱出来，然而这只能使他更为不幸，因为他清楚而确切地知道，他永远失去了生活的幸福。这时，人们大胆地劝他，把奥狄莉安葬在小教堂里，这样她将永远留在大家中间，而且有个和平幽静的环境。但要得到他的同意是很难的，最后他提出了一个条件：要把她安放在敞口棺材里，上面扣一个玻璃罩，点上一盏长明灯。答应了他的条件后，他才勉强同意，显得无可奈何，对一切听之任之。

人们给奥狄莉优美的遗体穿上她为自己备好的衣服，在她头上戴上紫菀花编成的花环，这些紫菀花宛如悲哀的群星闪着不祥的光辉。为了装饰灵柩、大教堂和小教堂，花园里的花都被采了下来，顿时园里显得一片荒芜，好像严冬从花园里扫尽了一切欢乐。清晨，安放奥狄莉的敞口棺材抬出了府邸。朝霞再次染红了她天使般的容颜。送葬的人簇拥在抬棺者的周围，没有人愿意走在前头，也没有人愿意跟在后头，每个人都想围在她身旁，每个人都想最后一次瞻仰她的遗容。儿童、男人和妇女无不悲恸，最伤心的要数那些姑娘了，她们最直接地感受到她们失去了自己的伙伴。

南妮没有到场。人们把她留下了，或者确切地说没有把安葬的日期和时刻告诉她。她被关在家中一间朝向庭院的房间里。但是，她一听到钟声，便立刻知道这是怎么一回事。那个看管她的女人出于好奇去看送葬的人群，离开了她。南妮从窗户里跳到廊道里，发现门都上了锁，她又从那里爬上了阁楼。

这时，送葬的队伍正蹒跚着穿过村庄，行走在那条撒满落叶的整洁的道路上。南妮清楚地看见她的女主人就在下面，比所有的送葬者都显得更清晰，更完美。她像是凌驾在云雾之上，向南妮在示意。南妮精神恍惚，身体摇晃，昏昏沉沉地坠落下来。

随着一声惊叫，人群慌乱四散。由于拥挤和混乱，抬棺者不得不放下灵柩。南妮就倒在灵柩旁，四肢似乎都跌断了。人们把她扶起来，不知是出于偶然，还是出于有意，竟把她靠在尸体旁边。是啊，她似乎想用生命的余力去看望一下可爱的女主人。她那颤抖的双臂刚一碰到奥狄莉的衣服，她那无力的手指刚一触到奥狄莉交叉放在胸前的双手，她便跳起身来，先是举起手臂，双眼仰望苍天，然后在灵柩前跪下来，虔诚而又欣喜地注视着她的女主人。

最后，像是着魔似的，她纵身跳了起来，带着神圣的喜悦喊道："是的，她宽恕了我！凡人不能宽恕我，我自己也不能宽恕自己，但上帝通过她的眼神、她的表神、她的嘴宽恕了我。现在她又那么安详，那么温柔地躺在那儿，可你们都看见了，她是怎样坐起身来，双手合十为我祝福，又是那样亲切地望着我。你们大家都听见了，你们都是证人，她对我说：'你得到宽恕了！'现在我在你们中间再也不是一个凶手了。她原谅了我，上帝原谅了我，谁也不能再责怪我了。"

人们挤在她的周围，惊讶万分，面面相觑，谁也不知道该怎么办才好。"把她抬去安息吧！"南妮说，"她已经做完了她的事，该受的痛苦都已受了，她再也不能待在我们中间了。"人们抬起灵柩，继续向前移动，南妮紧跟在后面。队伍到了大教堂，又到了小教堂。

奥狄莉的灵柩停放下来，它的前面放着婴儿的棺材，末端摆着那个小箱子，它锁在一个坚实的大橡木箱里。人们想找一个女人，让她在最初这段时间守护躺在玻璃罩下、还楚楚动人的遗体。南妮不肯让别人来干这件事，她要独自一人留在这儿，不要别人陪伴，她愿意细心照料那初次点燃的长明灯。她的要求如此迫切而固执，人们只好依了她，免得她在感情上产生更大的痛苦，人们确实担心她会这样。

但是她独自呆在那儿的时间并不长。夜幕刚降临，跳动的灯光充分发挥它的威力，向四周洒下一片明亮的光华，这时门被打开了。那位建筑师走了进来，扑入他眼帘的是装饰得虔诚而庄重的四壁，在柔和的灯光下，比他所能想像的显得更加古朴，更加充满不祥的预兆。

南妮坐在灵柩的一侧，她马上认出了他，但只是默默地指了指去世的女主人。于是，他站在灵柩的另一侧，这个富有青春活力和温文尔雅的年轻人，克制着内心的感情，陷入沉思中，一副木然、呆滞的样子。他双臂下垂，双手合在一起，悲痛地扭着手指，低下头望着死去的奥狄莉。

他曾经有一次也是这样站在柏列撒的面前，而现在他又不由自主地做出了同样的姿势。可是这一次是多么自然啊！在这儿也有某些珍贵无比的东西从其高处跌落下来。如果说，在布列萨尔身上，人们惋惜的是一个人不可挽回地失去勇敢、智慧、权势、地位和才能，惋惜的是在关键时刻民族和公侯不可缺少的品质不仅没有受到重视，反而遭到责难和摈斥，那么，在奥狄莉身上，一个女人那么多的贤淑德行，刚从她天性的深处被召唤出来，很快又被她那无情的手毁掉了。这是些罕见的、美好而可爱的德行。在这个贫乏的世界，每时每刻都会以愉快和满足的心情迎接这些德行所施予的影响，并为失去它们而感到怀念，感到悲哀和惋惜。

年轻的建筑师沉默不语，南妮也沉默了一段时间。可是，当她看见他泪如泉涌，在痛苦中失去自持时，她便劝慰他，谈到了真实和力量，善良和自信。他对她那流利的言谈感到惊讶不已，自己也镇静下来，仿佛看到他美丽的女友浮现在他的面前，她是在一个更高的境界里生活和工作。他擦干了眼泪，痛苦也减轻了。他跪下来向奥狄莉告别，又热烈地握了握南妮的手，向她告别。当天夜里，他骑马离开了这里，没有去看望任何人。

当天夜里，那位外科医生在教堂里待了一宿，他没有让南妮知道。第二天清晨，他来看望她时，发现她是那么快活，那么开朗。他估计到她会精神错乱，以为她会告诉他夜里和奥狄莉的谈话，以及类似这样的幻象。但她却很正常，平静，神志清楚。她十分准确地记得从前的时光和事情。在她的谈话中，除了送葬那天发生的事情外，没有一句话违背事实，越出常情。她高兴地一再重复：奥狄莉怎样坐起身子，怎样向她祝福，怎样原谅了她，因此她才获得了永久的安宁。

奥狄莉的遗容宛然若生，与其说她是死者，还不如说她是睡美人，这吸引了远近的居民前来瞻仰。每个人都想从南妮的口中听到那件难以置信的事情。有些人听了嘲笑她，多数人则半信半疑，只有少数人相信她。

任何一种需求，在得不到真正满足时，必然会使人求助于信仰。大家亲眼看到摔断了四肢的南妮，但一触到奥狄莉圣洁的身体便恢复了健康，既然如此，那么类似的幸福为什么不能赐予其他人呢？先是那些温柔的母亲，她们把病魔缠身的孩子带来，她们相信孩子的病一下子好转了。相信的人越来越多，到最后，老弱病残都前来这里寻求慰藉和缓解痛苦。人们纷纷涌来，后来小教堂只好被锁了起来，除了做礼拜外，大教堂也关了起来。

爱德华不敢到死者那儿去。他孤寂地生活着，泪水似乎已经流干了，他再也没有能力感到痛苦了。他日益失去谈话的兴致，饮食也日渐减少。他只从那只玻璃杯里啜饮几口饮料提精神，然而这杯子对他命运的预言并不灵验。他依然喜欢观察杯子上那两个交织在一起的字母。他严肃的目光似乎在表明，即使现在，他也希望与奥狄莉结合。如果说，一件无关紧要的事会使幸运者得到幸福，一件偶然的事会使幸运者感到振奋，但一件最微不足道的小事也会使不幸者受到伤害，使他毁灭。有一天，爱德华把这只心爱的杯子举到嘴边，马上又吃惊地把它放下，因为他发现这只杯子既像又不像原来那只杯子，杯子上少了一个小小的记号。他问仆人，仆人只好承认，原来那只杯子不久前打破了，只好拿来一只同样的杯子，这只杯子也是爱德华曾经用过的。爱德华没有发火，这件事已经表明了他的命运。这个象征给了他什么样的触动呀！它深深地压在他的心头。从此，他对饮水似乎也很反感，他似乎下定决心，不进饮食，沉默不语了。

但是，他渐渐又感到不安，又要求吃点东西，又开口说话了。"唉！"有一次他对少校说，少校现在很少离开他的身边。"我是多么不幸啊，我整个追求到头来只是一种模仿，一顿空忙而已！对她来说是极大的快乐，对我来说却是痛苦。为了她的快乐，我被迫忍受这种痛苦。我必须追随她，在这条路上随她而去。然而我的天性和我的诺言却阻止我这样做。要去模仿不可模仿的事情，真是一项很难的任务。我很清楚，我的好友，无论做什么事情都要有才能，即使去殉难也是如此。"

在这种绝望的情况下，一段时间以来，爱德华的妻子、朋友和医生心急如焚，为他做了种种努力，现在我们回想这些又有什么用呢？最后人们发现他死了。第一个发现这件可悲事情的是米德勒，他喊来了医生，并按照他通常的做法，仔细观察了死者死时的现场。夏绿蒂急忙跑了过来，她怀疑这是自杀。她责怪自己，也责怪别人疏忽大意，真是不可原谅。然而，医生根据生理学，米德勒根据道德方面说出了理由，很快向她证实，事情并非如此。很显然，爱德华是预料到死亡的。死前，他在一个宁静的时刻，把一直细心收藏的奥狄莉的遗物，从一个小匣子里和信夹里拿了出来，一一摊开在面前：一缕鬈发，一些花朵，以及奥狄莉写给他的一些便条。第一张是他妻子偶然发现，交给他的充满不祥预感，从第一张直到最后一张，都在这儿。这些东西他不可能有意舍弃，让人发现。看到这些东西，他那颗一直动荡的心，处在一种不受干扰的宁静之中。他像是在思念那个圣洁的姑娘时长眠了。这样死，人们也许可以说他是幸福的。夏绿蒂把他安葬在奥狄莉的身边，并规定以后任何人也不许安葬在小教堂里。以此为条件，她向教堂和学校、向神父和教师捐赠了一笔数目可观的钱。

两个相爱的人就这样并卧长眠在这儿。在他们墓穴的上空，飘荡着一种和平宁静的气息，与他们相似的快乐的天使画像，从穹顶俯视着他们。假如有朝一日，他俩一起醒来，那该是一个多么欢快的时刻啊！